鲁迅文学奖

获奖作品集

短篇小说选

庞俭克 选编

中国出版集团 现代出版社

图书在版编目（CIP）数据

鲁迅文学奖获奖作品集短篇小说选 / 庞俭克选编. —北京：现代出版社，2018.10（2021.5重印）

ISBN 978-7-5143-7281-6

Ⅰ. ①鲁… Ⅱ. ①庞… Ⅲ. ①短篇小说—小说集—中国—当代 Ⅳ. ①I247.7

中国版本图书馆CIP数据核字（2018）第218780号

鲁迅文学奖获奖作品集短篇小说选

选　　编：庞俭克
责任编辑：申　晶
出版发行：现代出版社
通讯地址：北京市安定门外安华里504号
邮政编码：100011
电　　话：010-64267325　64245264（传真）
网　　址：www.1980xd.com
电子邮箱：xiandai@vip.sina.com
印　　刷：永清县晔盛亚胶印有限公司

开　　本：710mm×1000mm　1/16　　印　　张：22.25　　字　　数：381千字
版　　次：2018年10月第1版　　印　　次：2021年5月第2次印刷
书　　号：ISBN 978-7-5143-7281-6
定　　价：55.00元

目 录

老屋小记

史铁生①

一、年龄的算术

年龄的算术，通常用加法，自落生之日计，逾年加一；这样算我今年是45岁。不过这其实也就是减法，活一年扣除一年，无论长寿或短命，总归是标记着接近终点；据我的情况看，扣除的一定是多于保留的了。孩子仰望，是因为生命之囤满得冒着尖；老人弯腰，是看囤中已经见底。也可以用除法，记不清是哪位先哲说过：人为什么会觉得一年比一年过得快呢？是因为，比如说，1岁之年是你生命的全部，而第45年只是你生命的1/45。还可以是乘法，你走过的每一年都存在于你此后所有的日子里，在那儿不断地被重新发现、重新理解，不断地改变模样，比如23岁，

---

①史铁生　（1951—2010）男，汉族，生于北京。1967年初中毕业。1969年赴陕西省延安插队，1972年因双腿瘫痪转回北京。1974至1981年在北京北新桥街道工厂做临时工，后因病情加重回家休养。病后开始学习文学创作，1979年发表处女作《法学教授及其夫人》。主要作品有：短篇小说《午餐半小时》《我们的角落》《我的遥远的清平湾》《奶奶的星星》《命若琴弦》《第一人称》《别人》《老屋小记》等；中篇小说《关于詹牧师的报告文学》《插队的故事》《礼拜日》《原罪·宿命》《一个谜语的几种简单的猜法》《小说三篇》《中篇1或短篇4》等；散文《好运设计》《我与地坛》《墙下短记》《足球内外》等；长篇小说《务虚笔记》。有《史铁生作品集》（三卷）、《史铁生全集》（12卷）出版。获1983、1984年度全国优秀短篇小说奖。曾任中国作协全委，北京作协副主席、合同制作家。

你对它有多少新的发现和理解你就有多少个 23 岁。

23 岁时我曾到一家街道生产组去做工，做了 7 年。——这话没有什么毛病：我是我，生产组是生产组，我走进那儿，做工，7 年。但这是加法或减法。若用除法乘法呢，就不一样。我更迷恋乘法，于是便划不清哪是我，哪是那个生产组，就像划不清哪是我哪是我的心情。那个小小的生产组已经没有了，那 7 年也已消逝，留下来的是我逐年改变着的心情，和由此而不断再生的那儿间老屋，那些年月以及那些人和事。

二、到老屋去

那是两间破旧的老屋，和后来用碎砖垒成的几间新房，挤在密如罗网的小巷深处，与条条小巷的颜色一致，芜杂灰暗，使天空显得更蓝，使得飞起来的鸽子更洁白。那儿曾处老城边缘，荒寂的护城河水在那儿从东拐向南流；如今，城市不断扩大，那儿差不多是市中心了。总之，那个地方，在这辽阔的球面上必定有其准确的经纬度，但这不重要，它只是在我的心情里存在、生长，一个很大的世界对它和对我都不过是一个悠久的传说。

我想去那儿，是因为我想回到那个很大的世界里去。那时我刚在轮椅上坐了一年多，23 岁，要是活下去的话，料必还是有很长久的岁月等着我。V 告诉我有那么个地方，我说我想去。V 和我在一条街上住，也是刚从插队的地方转回来，想等一份称心的工作，暂时在那生产组干着。我说我去，就怕人家不要。V 说不会，又不是什么正式工厂，再说那儿的老太太们心眼儿都挺好。父亲不大乐意我去，但闷闷地说不出什么，那意思我懂：他宁可养我一辈子。但是“一辈子”这种东西，是要自己养的，就像一条狗，给别人养了就是别人的。所有正式的招工单位见了我的轮椅都害怕，我想万万不可就这么关在家里并且活着。

我摇着轮椅，V 领我在小巷里东拐西弯，印象中，街上的人比现在少 10 倍，鸽哨声在天上时紧时慢让人心神不定。每一条小巷都熟悉，是我上小学时常走的路，后来上了中学，后来又去“串联”又去“插队”又去住医院……不走这些路已经很久。过了一棵半朽的老槐树是一家有汽车房的大宅院，过了大宅院是一个小煤厂，过了小煤厂是一个杂货店，过了杂货店是一座老庙很长很长的红墙，跟着红墙再往前去，我记得有一所著名的监狱。V 停了步，说到了。

我便头一回看见那间老屋：尘灰满面。屋门前有一块不大的空场，就是日后盖起那几间新房的地方。秋光明媚，满地落叶金黄，一群老太太正在屋前的太阳地里劳作，她们大约很盼望发生点儿什么格外的事，纷纷停了手里的活儿，直起腰，从老花镜的上缘挑起眼睛看我。V“大妈，大婶”地叫了一圈儿，又仰头叫了一声“B大爷”。房顶上还蹲着一个老头儿，正在给漏雨的屋顶铺沥青。

“怎么着爷们儿？来吧！甭老一个人在家里憋闷着……”B大爷笑着说，露出一嘴残牙。他是说我。

三、D的歌

应该有一首平缓、深稳又简单的曲子，来配那两间老屋里的时光，来配它终日沉暗的光线，来配它时而的喧闹与时而的疲倦。或者也可以有一句歌词，一句最为平白的话，不紧不慢地唱，反反复复地唱，便可呈现那老屋里的生活，闻见它清晨的煤烟味，听见它傍晚关灯和锁门的轻响。

我们七八个年轻人占住老屋的一角，常常一边干活儿一边唱歌。7年中都唱过些什么，记不住也数不清。如今回想，会唱的歌中，却找不出哪一句能与我印象中那老屋里缓缓流动的情绪符合。能够符合它的只应当是一句平白的话，平白得甚至不要有起伏，唯颤动的一条直线，短短的，不断地连续。这样一句话似乎就在我耳边，或者心里，可一旦去找它却又飘散。

到这儿来的年轻人，有些是像V那样等着分配更好的工作的，有些则跟我一样，或轻或重地有着一份残疾。健康的一拨一拨地来了又一拨一拨地走了，残疾的每次招工都报名，但报名与落榜的次数相等。

D的嗓音并不亮，但音域宽，乐感好，唱什么是什么。D只是一条腿有点瘸，但除了跑不快，上树上房都不慢。“文革”已到后期，电影院里开始放映一些外国影片了，那里面的音乐和插曲让D着迷。《桥》哇，《流浪者》呀，《瓦尔特保卫萨拉热窝》，还有后来的《追捕》《人证》，D一律都看八九遍。《拉兹之歌》《丽达之歌》《草帽歌》，D都能用“外语”唱，嘀里咕噜咿咿呜呜——D说：保证没错儿，不信咱再去看一遍。小T就笑。小T一边梳辫子一边说：“哇，老天，您这可是哪国语呀，什么意思知道不？”D一脸不屑：“操心操心，你管它什么意思干吗？”小T说：“不知道什么意思就瞎唱！”D故做惊讶状：“嘿，我说小T，你平时可不笨，长得也挺好，咋不懂音乐呢？音乐！用不着他妈的什么意思。”小T红了脸：“音乐就音乐，你管我长得好不好呢？”小T的话里露出几分满足。

小T长得漂亮，自己知道，也知道别人知道。小T也爱打扮，不过在那年月里也真可谓“英雄无用武之地”，无非是把毛衣拆了织、织了拆，变出些大同小异的花样，或者刻意让衬衫的领子从工作服上面鲜艳夺目地翻出来。但那在翻滚着灰色和蓝色的老屋里和小街上，毕竟是一点新意。

D不光能唱，那些外国电影中的台词他差不多都能背诵。碰上哪天心里不痛快，早晨一来他就开戏，谁也不理，从台词到音乐一直到声响效果，全本儿的戏，不定哪一出。“空气在颤抖，仿佛天空在燃烧……”（语出《瓦尔特保卫萨拉热窝》）“看呀，天空多么蓝啊，往前走，对，往前走不要朝两边看……”（语出《追捕》）“那儿就你一个人吗？”“不，还有它。”“谁？”“死神。”（语出《爆炸》）“俄罗斯是农民的国家，没有城市也能活……”“啊，你描绘了一幅多么可怕的图画……”（语出《列宁在1918》）可惜我记不住那么多了。

组长L大妈冲D喊：“你整天这么演电影儿可不行，还干活儿不干？”

“你瞧我手底下闲着了吗？革命生产两不误嘛。”

“你影响别人！”

“谁？死神吗？”

“滚，没人跟你贫嘴！想干就干，不想干回家！”

“啊，您描绘了一幅多么可怕的图画……”D把画笔往L大妈眼前一拍，“中国是人民的国家，不画这些臭画儿也能活！”

“好小子，有种的你走！你怎么不走呀？”

D跷起二郎腿，闭起眼睛唱歌：“妈妈～杜哟瑞曼巴～得噢斯绰哈特～哟～给喂突密～？”（Mama，do you remember，the old strawhat you gave to me？）

L大妈冲大伙喊：“都干活儿，谁也甭理他！”

老屋里静下来，只有D的歌声。“……我看这世界像沙漠，四处空旷无人烟，我和任何人都没来往，都没来往……”轻轻地有些窃笑。有几个老太太忍不住笑出声，劝D：“算了吧，别怄气，都挺不容易的，干吗呀这是？快，快干活儿。”D说一声“别打岔”，歌声依旧，一首又一首唱得陶醉，仿佛是他的独唱音乐会。L大妈脸上红一阵白一阵。天窗上漏下一道阳光，在昏暗的老屋里变换着角度走，灿烂的光柱里飘动着浮尘和D悠缓的歌声……阳光渐渐移在D的身上，柔和宁静，仿佛舞台灯光，应该再有一阵阵掌声才像话。

近午歌声才停。D走到L大妈跟前，拿过画笔，坐回到自己桌前干活。

L大妈追过来：“这就完啦？你算人不算？”

D不抬头："好男不跟女斗。"

"什么？小兔崽子，你说什么？！"L大妈气昏。

D慌忙起立，赔笑道："不不不，我是说，法律不承认良心，良心也不承认法律。"（《流浪者》台词）

L大妈把画笔摔得满地，坐在门槛上一把鼻涕一把泪地哭诉，说她这可是图的什么，每月总共多拿两块钱，操心劳神还挨骂，可真是犯不上。如是等等。"是我不愿意你们青年人都分配上个好工作吗？跟我闹脾气顶他娘个屁用！不信你们就问问去，哪回招工的来了我不是挨个儿给你们说好话……"

四、外汇

老太太们盼望着这个小生产组能够发达，发展成正式工厂，有公费医疗，一旦干不动了也能算退休，儿孙成群终不如自己有一份退休金可靠。她们大多不识字，五六十岁才出家门，大半辈子都在家里侍候丈夫和儿女。

我们干的活倒很文雅：在仿古的大漆家具上描绘仕女佳人，花鸟树木，山水亭台……然后在漆面上雕刻出它们的轮廓、衣纹、发丝、叶脉……再上金打蜡，金碧辉煌地送去出口，换外汇。

"要人家外国钱干吗呢，能用？"A老太太很有些明知故问的意思，扫视一周，等待呼应。

"给你没用，国家有用。"G大婶搭腔，"想买外国东西，就得用外国钱。"

"外国钱就外国钱吧，怎么叫外汇？"

"干你的活儿呗老太太！知道那么多再累着。"

"我划算，外汇真要是那么难得，国家兴许能接收咱这厂子……"

老太太们沉默一会儿。料必心神都被吸引到极乐世界般的一幅图景中去了。

"哎，对了，U师傅，您应当见过外汇？"

于是，最安静的一个角落里响起一个轻柔的声音："外汇是吗？哦，那可有很多种哪，美元、日元、英镑、法郎、马克……我也并不都见过。"这声音一板一眼字正腔圆，在简陋的老屋里优雅地飘浮，怪怪的，很不和谐，就像芜杂的窄巷中忽然闪现一座精致的洋房，连灰尘都要退避。"对呀对呀，纸币，跟人民币差不多……对呀，是很难得，国家需要外汇。"

这回沉默的时间要长些，希望和信心都在增长。

可是 A 老太太又琢磨出问题了："咱们买外国东西用外国钱，外国买咱的东西不是也得用中国钱吗？那您说，咱这东西可怎么换回外汇来呢？"

"不，" U 师傅细声地笑一下，"外国人买咱们的东西要付外汇。"

"那就不对了，都用他们的钱，合着咱的钱没用？"

U 师傅光是笑，不再言语。

很多年以后，我在一家五星级饭店里看见了那样几件大漆的仿古陈设：一张条案、几只绣墩、一堂四扇屏风。它们摆布在幽静的厅廊里，几株花草围伴，很少有人在它们跟前驻足，唯独我一阵他乡遇故知般的欣喜。走近细看，不错，正是那朴拙的彩绘和雕刻，一刀一笔都似认得。我左顾右盼，很想对谁讲讲它们，但马上明白，这儿不会有人懂得它们，不会有人关心它们的来历，不会再有谁能听见那一刀一笔中的希望与岑寂。我摸摸那屏风纤尘不染的漆面，心想它们未必就是出自那两间老屋，但谁知道呢，也许这正是我们当年的作品。

五、三子

冬天的末尾。冻土融化，变得温润松软时，B 大爷在门前那块空场上画好一条条白线，砖瓦木料也都预备齐全，老屋里洋溢着欢快的气氛。但阵阵笑声不单是因为新屋就要破土动工，还因为 B 大爷带来的"基建队"中有个傻子。

"嘿，三子，什么风把你刮来了？"

"你们这儿不是要盖房吗？"

"嗬，几天不见长出息了怎的，你能盖得了房？"

三子愧怍地笑笑："这不是有 B 大爷吗？"

三子？这名儿好耳熟。我正这么想着，他已经站到我跟前，并且叫着我的名字了。"喂，还认得我吗？"他的目光迟滞又迷离。

"噢……"我想起来了，这是我的小学同学，可怎么这样老了呢？驼背，而且满脸皱纹。"你是王……？"

"王……王……王海龙。"他一脸严肃，甚至是紧张。

又有人笑他了："就说'三子'多省事！方圆十里八里的谁不知道三子？未必有谁能懂得'王海龙'是什么东西。"

三子的脸红到耳根，有些喘，想争辩，但终于还是笑，一脸严肃又变成一脸愧怍，笑声只在喉咙里"哼哼"地闷响。

我连忙打岔："多少年了呀，你还记得我？"

"那我还能不记得？你是咱班功课最棒的。"

众人又插嘴说："那，最孬的是谁呢？""小学上了11年也没毕业的，是谁呢？""俩腿穿到一条裤腿里满教室跳，把新来的女老师吓得不敢进门，是谁？"

"我——！妈了个×的，行了吧？！"三子猛喊一声，但怒容只一闪，便又在脸上化作歉疚的笑，随即举臂护头作招架的姿势。

果然有巴掌打来，虚虚实实落在三子头上。

"能耐你不长，骂人你倒学得快！"

"这儿都是你大妈大婶，轮得上你骂人？"

"三子，对象又见了几个啦？"

"几个哪儿够，几打了吧？"

"不行。"三子说。

"喂喂——说明白了，人家不行还是咱们不行？"

"三子！"B大爷喊，"还不快跟我干活儿去？这群老'半边天'一个顶一个精，你惹得起谁？"

B大爷领着三子走了，甩下老屋里的一片笑骂。

B大爷领着三子和V去挖地基，还有个叫老E的40多岁的男人。三子一边挖土一边念念叨叨地为我叹息："谁承想他会瘫了呢？唉，这下他不是也完了？这辈子我跟他都算完了……"V听了就毗瞪三子："你他妈完了就完了吧，人家怎么完了？再胡说留神我抽你！"三子便半天不吭声，拄着锹把低头站着。B大爷叫他，他也不动，B大爷去拽他，他慌忙抹了一把泪，脸上还是歉意的笑。——这些都是后来B大爷告诉我的。

六、春天

三子的话刺痛了我。

那个23岁、两腿残废的男人，正在恋爱。他爱上了一个健康、漂亮又善良的姑娘。健康、漂亮、善良——这几个词太陈旧，也太普通了，但我没有别的词给她。别的词对于她都嫌雕琢。别的词，矫饰、浮华，难免在长久的时光中一点点磨损掉。而健康、漂亮、善良，这几个词经历了千百年。

属于那个年轻的恋爱者的，只有一个词：折磨。

残疾已无法更改，他相信他不应该爱上她，但是却爱上了，不可抗拒，也无法逃避，就像头上的天空和脚下的土地。因而就只有这一个词属于他：折磨。并不仅因为痛苦，更因为幸福，否则也就没有痛苦也就没有折磨。正是这爱情的到来，让他想活下去，想走进很大的那个世界去活上一百年。

他坐在轮椅上吻了她，她允许了，上帝也允许了。他感到了活下去的必要，就这样就这样，就这样一百年也还是短。那时他想，必须努力去做些事，那样，或许有一天就能配得上她，无愧于上帝的允许。偷偷地但是热烈地亲吻，在很多晴朗或阴郁的时刻如同团聚，折磨得到了报答，哪怕再多点儿折磨这报答也是够的。但是总有一块巨大的阴影，抑或巨大的黑洞——看不清它在哪儿，但必定等在未来。

三子的话，又在我心里灌满了惶恐和绝望。一个傻人的话最可能是真的。

杨树的枝条枯长、弯曲，在春天最先吐出了花穗，摇摇荡荡在灰白的天上。我摇着轮椅，毫无目的地走。街上车水马龙人流如潮，却没有声音——我茫然而听不到任何声音，耳边和心里都是空荒的岑寂。我常常一个人这样走，一无所思，让路途填塞时间，劳累有时候能让心里舒畅、平静，或者是麻木。这一天，我沿着一条大道不停地摇着轮椅，不停地摇着，不管去向何方，也许我想看看我到底有多少力气，也许我想知道，就这么摇下去究竟会走到哪儿。

夕阳西坠时，看见了农田，看见了河渠、荒岗和远山，看见了旷野上的农舍炊烟。这是我两腿瘫痪后第一次到了城市的边缘。绿色还很少，很薄，裸露的泥土占了太重的比例，落霞把料峭的春风也浸染成金黄，空幻而辽阔地吹拂。我停下车，喝口水，歇一会儿。闭上眼睛，世界慢慢才有了声音：鸟儿此起彼落的啼鸣……农家少年的叫喊或者是歌唱……远行的列车偶尔的汽笛声……身后的城市“隆隆”地轰响着，和近处无比的寂静……但是，我完了吗？如果连三子都这样说，如果爱情就被这身后的喧嚣湮灭，就被这近前的寂静囚禁，这个世界又与你何干？睁开眼，风还是风，不知所来与所去，浪人一样居无定所。身上的汗凉了，有些冷。我继续往前摇，也许我想：摇死吧，看看能不能走出这个很大的世界……

然后，暮色苍茫中，我碰上了一个年轻的长跑者。

一个天才的长跑家——K。K在我身旁收住脚步，愕然地看着我，问我这是要到哪儿去。我说回家。他说，你干吗去了？我说随便走走。他说你可知道这是哪儿吗？我摇摇头。他便推起我，默默地跑，朝着那座“隆隆”轰响的城市，那团灯火密聚的方向……

七、长跑者

想起未开放的年代，一定会想起K，想起他在喧嚣或寂静的街道上默默奔跑的形象。也许是因为，那个年代，恰可以这孤独的长跑为象征、为记忆、为诉说吧。

K因为在“文革”中出言不慎，未及成年就被送去劳改，3年后改造好了回来，却总不能像其他同龄人一样有一份正式工作。所谓“改造好了”，不过是标明“那是被改造过的”（就像是“盗版”的），以免与“从来就好的”相混淆。这样，K就在街道生产组蹬板车。蹬板车之所得，刚刚填平蹬板车之所需。力气变成钱，钱变成粮食，粮食再变成力气，这样周而复始我和K都曾怀疑上帝这是什么意图。K便开始了长跑，以期那严密而简单的循环能有一个漏洞，给梦想留下一点可能。K以为只要跑出好成绩，他就可以真正与别人平等，或者得一份正式工作，或者再奢侈些——被哪个专业田径队选中。

K推着我跑，灯火越来越密，车辆行人越来越多……K推着我跑，屋顶上的月亮越来越高，越来越小，星光越来越亮越来越辽阔……K推着我跑，“隆隆”的喧嚣慢慢平息着，城市一会儿比一会儿安静……万籁俱寂，只有K的脚步声和我的车轮声如同空谷回音……K推着我跑在我的印象中一直就没有停下，一直就那样沉默着跑，夜风扑面，四周的景物如鬼影幢幢……也许，恰恰我俩是鬼（没有“版权”而擅自“出版”了），穿游在午夜的城市，穿游在这午夜的千万种梦境里……

K是个天才长跑家。他从未受过正规训练，只靠两样天赋的东西去跑：身体和梦想。他每天都跑两三万米，每天还要拉上六七百斤的货物蹬几十公里路，其间分三次吃掉两斤粮食而已。生产组的人都把多余的粮票送给他。谈不上什么营养，只临近大赛的那一个月，他才每天喝一瓶牛奶，然后便去与众多营养充足、训练有素的专业运动员比赛。年年的“春节环城赛”我都摇着轮椅去看他跑。年年他都捧一个奖杯或奖状回来，但仅此而已，梦想还是梦想。多少年后我和K才懂了那未必不是上帝的好意相告：梦想就是梦想，不是别的。

有个十三四岁的男孩要跟K学长跑，从未得到过任何教练指点的K便当起了教练。后来，这男孩的姐姐认识了K，爱上了K，并且成了K的妻子——那时K仍然在拉板车，在跑，在盼望得到一份正式工作，或被哪个专业田径队选中。

热恋中的K曾对我说过一句话。他说他很久以来就想跟我说这句话了。他说：“你也应该有爱情，你为什么不应该有呢？”我不回答，也不想让他说下去。但是他又说："这么多年，我最想跟你说的就是这句话了。"我很想告诉他我有，我有爱情，但我还是没有告诉他，我很怕去看这爱情的未来。那时候我还没能听懂上帝的那一项启示：梦想如果终于还是梦想，那也是好的，正如爱情只要还是爱情，便是你的福。

八、U师傅

U 师傅有什么梦想吗？U 师傅会有怎样的梦想呢？

U 师傅的脚落在地上从来没有声音，走在深深的小巷里形单影只，从不结群。U 师傅走进老屋里来工作，就像一个影子，几乎不被人发现。"U 师傅来了吗？"——如果有人问起，大家才往她的座位上望，看见一个满头乌发、身材颀长的老女人，跟着听见一声如少女般细声细气地回答——"来了呀。"

我初来老屋之时，听说她已经有 50 岁——除非细看其容颜，否则绝不能信。她的身段保持得很好，举手投足之间会令人去想：她必相信可以留驻往昔，或者不信不能守望住流去的岁月。无论冬夏，她都套一身工作服，领口和袖口的扣子都扣紧。她绝不在公用的水盆中洗手，从不把早点拿来老屋吃。她来了，干活；下班了，她走。实在可笑的事她轻声地笑，问到她头上的话她轻声回答，回答不了的她说"真抱歉，我也说不好"，令她惊讶的事物她也只说一声"哟，是吗"。

"U 师傅，您给大伙说两句外国话听听行不行？"

"不行啊，"她说，"都快忘光了。"

小 T 说："U 师傅，您听 D 唱的那些嘀里嘟噜的是外语吗？"

她笑笑，说："我听不懂那是什么语。"

小 T 便喊 D："嘿，你听见没有，连 U 师傅都听不懂，你那叫外语呀？"

D 走到 U 师傅跟前，客客气气地弓身道："有阿尔巴尼亚语，有南斯拉夫语，有朝鲜语，还有印度语。"

"哟，是吗？"U 师傅笑。

"U 师傅，我早就想请教您了，您说'杜哟瑞曼巴'是什么意思？"

"你说的大概是 do you remember，意思是，'你还记得吗'。"

"哎哟喂，神了。"D 挠挠头，再问："那'得噢斯绰哈特'呢？"

U 师傅认真地听，但是摇头。

"一个草帽，是吗？"

“草帽？噢，大概是 the old strawhat，‘那个旧草帽’，是吗？”

“‘哟给喂突密’呢？”

“you gave to me，就是‘你给我’。哦，这整句话的意思应该是，‘妈妈，你还记不记得你给我的那个旧草帽’。”

D 点头咂舌，跷着大拇指在老屋里走一圈，回到自己的座位上去。

小 T 快乐地手舞足蹈：“哇，老天，D 哥们儿这回栽了吧？”

D 不理小 T，说：“U 师傅，我真不明白，您这么大学问可跟我们一块儿混什么？”

L 大妈的目光敏觉地投向 U 师傅，在那张阻挡不住地要走向老年的脸上停留一下，又及时移开：“D，干你的活儿吧，说话别这么没大没小的！”

听说 U 师傅毕业于一所名牌大学的西语系，听说 U 师傅曾经有过很好的工作，后来生了一场大病，病了很多年工作也就没了。听说 U 师傅没结过婚，听说不管谁给她介绍对象她都婉言谢绝。

U 师傅绝对是一个谜。老屋里寂寞的时刻，我偶尔偷眼望她，不经意地猜想一回她的故事。我想，在那五十几年的生命里面必定埋藏着一个非凡的梦想，在那优雅、平静的音容后面必定有一个牵魂动魄的故事。但是她的故事守口如瓶，就连老屋里的大妈大婶们也分毫不知，否则肯定会传扬开去。

应该是一个爱情故事，一个悲剧。应该是一份不能随风消散、不能任岁月冲淡的梦想，否则也就谈不上悲剧。应该并不只是对于一个离去的人，而是对于一份不容轻置的心血，否则那个人已经离开了你，你又是甘心地守望着什么呢？等待他回来？我宁愿不是这样一个通俗的故事。如果他不回来（或不可能再回来），守望，就一定是荒唐的吗？不应该单单去猜测一种现实——何况她已经优雅而平静地接受了别人无法剥夺的：爱情本身。她优雅、平静但却不能接受的是：往日的随风消散。是呀那是你的不能消散的心的重量，不能删减的魂的复杂，不能诉说的语言绝境，不能忘记的梦之神坛或大道。

到底是怎样一个故事并不重要。

有一次小 T 去 U 师傅家回来（小 T 是老屋唯一去过 U 师傅家的人），跟我们说：“哇老天！告诉你们都不信，U 师傅家真叫讲究喂，净是老东西。”

D 说：“有比 L 大妈还老的东西？”

小 T 说：“我是说艺术品，字画，瓷器，还有太师椅呢。”

D 说：“太湿，怎么坐？”

小T说："你们猜U师傅在家里穿什么？旗袍！哇老天，缎子的，漂亮死了！头发绾成髻，旗袍外面套一件开身绣花的毛坎肩，哇老天，她可真敢穿！屋里屋外还养了好多好多花……"

U师傅的梦想具体是什么，也不重要。

九、B大爷

B大爷70多岁了。砌砖和泥、立柱架梁，攀墙上房，他都还做得。察领导之颜、观同僚之色，他都老练。审潮流之时、度朝政之势，他都自信有过人之见——无非是"女人祸国"的歪论、"君侧当清"的老调。B大爷当过兵打过仗，枪林弹雨里走过来，竟奇迹般没留下一点伤残。不过他当的既非红军，亦非八路，也不是解放军。他说他跟"毛先生"打过仗。

"哪个毛先生？"

"毛主席呀，怎么了？"

"哎约喂B大爷子！毛主席就是毛主席，能瞎叫别的？"

"不懂装懂不是？'先生'是尊称，我服气他才这么叫他。当年我们追得毛先生满山跑，好家伙，陈诚的总指挥，飞机大炮的那叫狂，可追来追去谁知道追的是师傅哇？论打仗，毛先生是师傅，教你们儿招人家还未准有工夫呢，你们倒他妈不依不饶地追着人家打？作死！师傅就是先生，'先生'是尊称，懂不？"

"满山跑？什么山？"

"井冈山呀？怎么着，这你们又比我懂？"

"哪里哪里，你是师傅，啊不，先生。"

"噢嗬，不敢当，不敢当。"B大爷露出一嘴残牙笑。

他当过段祺瑞的兵，当过阎锡山的兵，当过傅作义的兵，当过陈诚的兵。

"那会儿不懂不是？"B大爷说，"心想当兵吃粮呗，给谁当还不一样？就看枪子儿找不找你的麻烦。饥荒来了，就出去当两天兵，还能帮助家里几个钱。年景好了就溜回来，种地，家里还有老娘在呢。唉，早要是明白不就去当红军了？"

"您当兵，也抢过老百姓？"

"苍天在上，可不敢。冲锋陷阵，闹着玩的？缺德一点儿枪子儿也找你。都说枪子儿不长眼，瞎说，枪子儿可是长眼。当官儿的后头督着，让你冲，你他妈还能想什么？你就得想咱一点儿昧良心的事儿没有，冲吧您哪。不亏心，没事儿，也甭躲，枪子儿知道朝哪儿走。电影里那都是瞎说。要是心虚，躲枪子儿，哪能躲得过来？咣当，挺壮实的一条汉子转眼就完了。我四周躺下过多少呀！当了几回兵，哪回我娘也没料着我能囫囵着回来。我说，娘，你就信吧，人把心眼儿搁正了，枪子儿绕着你走。”

“B 先生，枪子儿会拐弯儿吗？”

“会，会拐弯儿。”

你惊讶地看着 B 大爷，想笑。B 大爷平静地看着你，让你无由可笑。B 大爷仿佛在回忆：某个枪子儿是怎样在他眼前漂漂亮亮地拐了弯儿的。

“这辈子我就信这个，许人家对不起你，不许你对不起人家。”

在基建队，B 大爷随时护着三子，不让他受人欺侮。

晚上，三子独自东转西转，无聊了，就还是去 B 大爷那儿坐坐。

生产组的新车间盖好了，B 大爷搬去那两间老屋里住，兼做守卫。木床一张，铺盖一卷，几件换洗的衣裳，最简单的炊具和餐具，一只不离身的小收音机——B 大爷说：“这辈子就挣下这几样儿东西，不信上家里瞅瞅去，就剩一个贼都折腾不动的水缸。”

三子到 B 大爷那儿去，有时醉醺醺的。B 大爷说：“甭喝那玩意儿，什么好东西？”三子说：“您不也喝？”B 大爷说：“我什么时候死都不蚀本儿啦！喝敌敌畏都行。”三子说：“我也想喝敌敌畏。”B 大爷喊他：“瞎说，什么日子你也得把它活下来，死也甭愁活也甭怕才叫有种！”三子便愣着，撕手上的老茧，看目光可以到达的地方。

B 大爷对旁人说：“三子呀，人可是一点儿不傻，只不过脑子不好使。”

脑子不好使而人并不傻，真是非凡之见。这很可能要涉及艰深的哲学或神学问题。比如说，你演算不出这非凡之见的正确，却能感受到它的美妙。

十、浪与水

从老屋往北，再往东，穿过芜杂简陋的大片民居，再向北，就是护城河了。老城尚未大规模扩展的年代，河两岸的土堤上柽柳浓荫、茂草藏人，很是荒芜。河很窄，水流弱小、混浊，河上的小木桥踩上去嘎嘎作响，除去冰封雪冻的季节，总有人耐心地向河心撒网，一网一网下去很少有收获；小桥上的行人驻足观望一阵，笑笑，然后各奔前途。

夏天的傍晚，我把轮椅摇过小桥，沿河“漫步”，看那撒网者的执着。烈日晒了一整天的河水疲乏得几乎不动，没有浪，浪都像是死了。草木的叶子蔫垂着，摸上去也是热的。太阳落进河的尽头。蜻蜓小心地寻找露宿地点，看好一根枝条，叩门似的轻触几回方肯落下，再警惕着听一阵子，翅膀微垂时才是睡了。知了的狂叫连绵不断。我盼望我的恋人这时能来找我——如果她去家里找我不见，她会想到我在这儿。这盼望有时候实现，更多的时候落空，但实现与落空都在意料之内，都在意料之内并不是说都在盼望之中。

若是大雨过后，河水涨大几倍，浪也活了，浪涌浪落，那才更像一条地地道道的河了。

这样的时候，更要到河边去，任心情一如既往有盼望也有意料，但无论盼望还是意料，便都浪一样是活的。

长久地看那一浪推一浪的河水，你会觉得那就是神秘，其中必定有什么启示。“逝者如斯夫”？是，但不全是。“你不能两次踏进同一条河”？也不全是。似乎是这样一个问题：浪与水，它们的区别是什么呢？浪是水，浪消失了水却还在，浪是什么呢？浪是水的形式，是水的信息，是水的欲望和表达。浪活着，是水，浪死了，还是水，水是什么？水是浪的根据，是浪的归宿，是浪的无穷与永恒吧。

那两间老屋便是一个浪，是我的 7 年之浪。我也是一个浪，谁知道会是光阴之水的几十年之浪？这人间，是多少盼望之浪与意料之浪呢？

就在这样的时候，这样的河边，K 跑来告诉我：三子死了。

“怎么回事？”

“就在这河里。”

雨最大的时候，三子走进了这条河里，在河的下游。

“不能救了？”

我和 K 默坐河边。

河上正是浪涌浪落。但水是不死的。水知道每一个死去的浪的愿望——因为那是水要它们去作的表达。可惜浪并不知道水的意图，浪不知道水的无穷无尽的梦想与安排。

“你说三子，他要是傻他怎么会去死呢？”

没人知道他怎么想。甚至没有人想到过：一个傻子也会想，也是生命之水的盼望与意料之浪。

也许只有 B 大爷知道：三子，人可不比谁傻，不过是脑子跟众人的不一样。

河上飘缭的暮霭，丝丝缕缕融进晚风，扯断，飞散，那也是水呀。只有知道了水的梦想，浪和云和雾，才可能互相知道吧？

老屋里的歌，应该是这样一句简单的歌词，不紧不慢反反复复地唱：不管浪活着，还是浪死了，都是水的梦想……

雾月牛栏

迟子建[①]

宝坠在暗夜中倾听牛反刍的声音。这种草料与唾液杂糅的声音使他陷入经常性的回忆。他总觉得有什么重要的事情就裹在这声音里，可回忆像深渊一样难以洞穿，他总是无功而还。

继父大约是快死了的缘故。这一段他几乎天天都来牛屋和宝坠说话。有时他一言不发地抚摸宝坠的脑袋，眼睛里漫出混浊的泪水。宝坠就说："叔，你饿了？"因为他饿极了就想哭。

继父摇摇头，青黄的面颊抽搐着，他哆哆嗦嗦地拉住宝坠的手说："等叔死了，你就回屋里去睡。"

"我乐意和牛在一起。"宝坠嘻嘻笑着，"花儿快生小牛犊了。"

花儿是一头棕白相间的花母牛，它左脸有块形似兰花的白斑，这使它比扁脸和地儿都显得漂亮。地儿是一头三岁的黑公牛，是家里耕田犁地的主要劳力；而扁脸矮矮的个子，深棕色，是头年长的公牛，由于尾巴太粗，拉屎时老是弄脏尾巴。宝坠便埋怨它，夜里往槽子里添食时就拍一下扁脸的肚子，"别贪吃个没完啊，吃东西要有时有晌的。"

这话是母亲经常说给他的，如今他转嫁给扁脸。扁脸可不管这一套，它食量惊人地照吃不误，身后的卫生自然也就每况愈下。宝坠曾试图将它的尾巴用绳子拴

---

①**迟子建**　女，1964年生于黑龙江省漠河。1984年毕业于大兴安岭师范学校。1983年从事写作，至今已发表文学作品近300万字。作品有《迟子建文集》(四卷)，长篇小说《晨钟响彻黄昏》《热鸟》，散文随笔集《伤怀之美》《听时光飞舞》等80多种。

起，高高地吊在牛栏上，可他仅仅试验着刚把绳子系在牛尾上，扁脸就拉下一盘屎，用尾巴卷着扬到宝坠的脸上，气得宝坠直想割下它的尾巴。

“割下你的尾巴喂狼！”宝坠威胁着，却把扁脸尾巴上的绳子解了下来。

继父已经好些天不来牛屋了。雪儿每次来给他送饭，宝坠就问：“我叔死了吗？”

雪儿就将洁白的牙齿咬得咯吱咯吱地响，恨恨地说：“你才死呢！”

雪儿是宝坠同母异父的妹妹。她清清瘦瘦的，不爱吃荤腥食物，眼睛又黑又大，有几分倔强，母亲常说雪儿的肚子里长满蛔虫。

牛反刍的声音衰竭了，宝坠咂摸咂摸嘴合上了眼睛。才睡着不久，一道强光刺痛了他的眼睛，一股浓烈的汗酸味袭来，母亲声音嘶哑地吆喝道：“宝坠，你醒醒，你起来看看你叔，他要撒手了，想要瞅瞅你。”

“你别让它刺我的眼睛。”宝坠嘟囔着，指着那道射向他的电筒光。

母亲连忙将那光转向别处，正照在中间的牛栏上，三朵拴牛的梅花扣朵朵清幽，只是没有香气沁出。

宝坠坐了起来。

“你快去呀，你叔等不了多久了。”母亲带着哭音说，“虽然说他是你后爸，可待你多好呀，你一住牛屋，他就把这拾掇得比人住的屋子还暖和，他还天天给你来送饭，宝坠——”

“我不回人住的屋子。”宝坠复又躺下，“我要和牛睡在一起。”

“你就去这一回，”母亲乞求地俯身抚摸了一下儿子的额头，“明天妈给你烙葱花油饼。”

“卷土豆丝吗？”宝坠的胃因为兴奋而跳了一下。

母亲点点头。

宝坠再一次坐起来，他觉得母亲的那张脸跟冻白菜一样难看，她的头发也跟扁脸的尾巴一样脏。他穿上鞋，为着天明后的一顿美味而出了牛屋。外面有些凉，星光像蟋蟀一样在院子里跳荡，他看见了屋子里的灯光，就在开门的一瞬他害怕了，他瑟瑟颤抖着后退，屋子里的气息使他想哭，他哀哀地说：“我要回牛屋——”

“宝坠——”母亲说，“妈给你跪下不成？”

“宝——坠——”继父的声音像在海浪上颠簸的小船一样晃晃悠悠地漂来。

母亲就势一把将他推进屋子，然后将背后的门关上。

宝坠持续地颤抖着，他见雪儿正端着个黄茶缸给继父喂水，继父斜倚在炕头，眼睛睁得大大的，垂在炕边的胳膊像根干柴棒一样僵直。

宝坠被母亲给推到炕沿前。雪儿瞪了一眼宝坠，把茶缸余下的水泼到地上，然后到窗前去了。

继父的嘴唇像蚯蚓一样蠕动着，他喘着粗气说：“叔要死了，你答应叔，以后你回屋来住，你自己住一个屋，你妈和雪儿住一个屋。”

“妈和叔住一起。”宝坠说。

“可叔要死了，她不能和叔住一起了。”继父说。

“再来个活的叔和她住一块。”宝坠说。

母亲声嘶力竭地上来打了宝坠一下，“孽——障——”

宝坠趔趄了一下，站定后不知所措地看着继父。

“我要和牛住。”宝坠说，“花儿要生牛犊了。”

继父怜爱地看着宝坠，大颗大颗的泪水流到凹陷的双颊。

“叔——”宝坠忽然说，“你死后就不回来了？”

继父“呃”了一声，依然泪流不止。

“那我问你个事，”宝坠说，“牛为什么要倒嚼呢？”

继父曾当过兽医，对牲畜的事自然了如指掌。

“牛长着四个胃。”继父说，“牛吃下的草先进了瘤胃，然后又从那到了蜂巢胃。到了这里后它把草再倒回口里细嚼，接着，接着——”

“接着又咽下去了？”宝坠目不转睛地盯着继父问。

继父疲乏地点点头，说：“咽下的草进了重瓣胃，然后再跑到皱胃里去。”

宝坠把“皱胃”听成了“臭胃”，他不由得嘻嘻笑道：“牛可真傻，倒来倒去，把那么香的草给弄到臭胃里了。到了臭胃就变成屎了吧？”

继父的泪水流得更凶了，他仍然徒劳地想拉一拉宝坠的手，可他的每一次挣扎都使得他与继子之间的距离在增加。

宝坠惦记着该给三头牛再添些夜草，所以他就转过身朝屋外走。

母亲哽咽着挡住宝坠的去路，她说：“你不谢谢你叔这些年对你的养育之恩？”

“他都要死了。”宝坠说，“谢他，他也记不住多一会儿了，还累脑子。”

“你这个傻——”母亲号啕大哭。

宝坠绕开母亲，他朝屋外走去，雪儿蹲在门槛上呜呜地哭。宝坠一脚跨过她，说：“你又不死，你哭什么。”

“明天我屁也不给你吃！”雪儿咬牙切齿地指着宝坠的背影说。

“葱花油饼，还卷土豆丝呢。”宝坠得意扬扬地说。

“做梦！”雪儿“呸”了宝坠一口。

宝坠一回到牛屋花儿就低低地叫了一声，小主人从不夜间出门，它大约为他担心了。地儿也随之温存地“哞——”了一声，就连脾气暴躁的扁脸也短促地应和了一声，加入了问候者的行列。宝坠心下感动着，连忙去给它们添草。取草的路上他被铡刀给绊倒了，爬起后他数落铡刀：“白天你还要干活呢，晚上不好好睡觉，伸手拽我干啥。”

干草在槽子里柔软地起伏着。宝坠对着他的仨伙伴说：“你们急了吧？我叔要死了，他想瞅瞅我。”他摸着花儿圆鼓鼓的肚子说，“我现在知道了，你们长着四个胃，最后的那个胃是臭胃。”

花儿、地儿和扁脸吃过草后慢条斯理地反刍，宝坠支持不住回炕睡下了。

雾气使牛屋的早晨根本不像早晨。有雾的日子宝坠就格外想哭。他坐在炕上，环顾着愈发显得昏暗的牛屋，不明白那雾怎么年年都来。

牛槽上横着的牛栏被一东一西两根柱子支撑得永远那么牢固。那道栏是白桦树做成的，黑色的树斑像是一群人的大大小小的眼睛嵌在那里，有的炯炯有神，有的则呆滞不堪。三朵拴着牛的梅花扣在雾气中颤颤欲动，仿佛真正的花在盛开。宝坠每天要爬到牛槽两次接触牛栏，早晨打落三朵梅花使牛获得去野外的自由，晚上又将三朵梅花重新盘上。他每次在解和结梅花扣的时候都怦然心动，仿佛这个瞬间曾发生过什么重大事情，可他无论如何也想不起什么，一如他听到牛的反刍声努力回忆仍终无所获一样。

宝坠在雾气中望着那道牛栏，这时牛屋的门开了，一汪亮色如泉水一般涌入，雾气纷纷扬扬地漫了过来。雪儿清脆的声音响了起来：

“宝坠，你的饭！”

自从继父病危后，一直都由雪儿来为他送饭。

宝坠没有答应。

雪儿飞快地走到南墙的饭桌旁，将一个碗和一个盘子摆上去。她穿着翠绿色的短褂子，三头牛为着这黯淡光线中的鲜润翠色而无比纵情地叫起来。

“葱花油饼卷土豆丝！”雪儿说，“你别一顿都吃了，留下两张中午吃。”

宝坠还是没有答应。

“妈说了，今天下雾了，路滑，别把花儿带出去了。它要是摔着了，肚子里的牛犊就保不住了。”雪儿伶牙俐齿地说。

宝坠答应了一声，然后问：“叔死了吗？”

“你才死呢！”雪儿几步蹿到宝坠面前，“他要死了你哪有葱花油饼吃，吃个屁！”

“你肚子里都长虫子了，还这么厉害。”宝坠说。

“狗肚子才长虫子呢！”雪儿蹿了一下，那样子像只绿鹦鹉。

“叔怎么还没死。”宝坠颇为失落地说。

雪儿气鼓鼓地离开牛屋，走到门口时她又大声重复：“别带花儿出去啊，外面下雾了，路太滑！”

宝坠跳下炕去吃葱花油饼。他将饼平摊在桌子上，然后将土豆丝卷上。奇怪的是他以回屋见叔为代价换来的美食并未给他带来快乐，他的胃里好像塞满了棉花，再吃进什么都显得多余。他只咽了一张就离开饭桌。

从矮矮的东窗可以看到外面的雾仍然很大。

宝坠跳上牛槽，他站在上面，头颅就越过了牛栏，三朵梅花扣莹莹欲动地望着他。宝坠先解开了两朵，地儿和扁脸就朝门走去。轮到花儿，他踌躇了一下，但还是把那朵花打落了，他跳下牛槽摸着花儿的鼻子说：“今天你要慢点走，外面下雾了，你要是摔倒了，肚子里的牛犊也会跟着疼。”

花儿“哞——哞——”地叫了两声，温顺地答应了。

宝坠将两张饼卷起放进饭袋，背上水壶，赶着三头牛出了牛屋。

雾气轰轰烈烈地在大地上浮游。太阳像团刺猬一样在浓雾背后变幻不定地动着。宝坠视线模糊，只觉得脚下的路仿佛涂了猪油。踩上去东摇西晃的。扁脸显示出长者风范，冲锋在前，地儿紧随其后，只有花儿听话地跟在宝坠身边。他们四个在大雾中穿行，经过一座座房屋。屋外的黑栅栏在白雾中像是在水中漂游的青鱼。几声清冷的狗吠声响起，接着是一缕金色的鸡鸣。宝坠和花儿同时停下步子。等待鸡鸣声落下。他们都喜欢这声音。偶尔有几个过路人与宝坠擦肩而过。虽然看不清他们的脸，但那声音宝坠却是熟悉的。

“放——牛——去——”拉长声调的人是老张头儿，他喜欢喝酒，舌头总是不听使唤。

“花儿还莫（没）生？”这是做豆腐的邢婶，她说话很快，口腔中老是散发出一股葱味。

“你叔还撑得住吗？”问这话的一定是李二拐了，他扯着三岁的儿子红木。他因为死了老婆，老是一副惨兮兮的样子，每天领着孩子在村子的小路上转悠，谁吆喝去吃饭他就进谁家的门。他老婆死了一年，他便领着儿子吃遍了全村的人家。现在他每碰到宝坠都要打听他叔的病。

宝坠回答这三个人的话都很简短：

“嗯。”

“没生。”

“快死了。”

宝坠和三头牛走向离村两里的草场。这里的雾气更大一些，草湿漉漉的，宝坠很快听到了牛垂头啃草的声音，那声音“嗤——嗤——”的，可见草的柔韧性和纯度之好。他站在草丛中，伸出手抓了一把雾气，觉得抓空了，就再抓一次，仍是空的，手上什么也没存下。他不明白能看得见的近在咫尺的东西为什么会抓不住。

宝坠的继父本以为自己夜里就会撒手人寰，而到了凌晨竟然能悠徐自如地喘气了。为了证实自己还活着，他咳嗽了一声，这时他身边的女人便翻了一下身，有气无力地问一声“你行吗？”

他“嗯”了一声，便试探着下地走几步路，出乎意料地能走到东窗前。天色灰蒙蒙的，外面白雾汹涌，弥漫着犹如传说中的天堂气息。这使他心中的隐痛再次发作，泪水无声地漫下。女人见他没事了，就穿衣起来点火做饭。她一边拨弄柴火一边说：“昨晚答应了宝坠，今天要给他烙葱花油饼，他还要卷土豆丝呢。你说他傻，可他吃的心眼一点也不缺，唉。”

雪儿不久也起来了，她出了自己的小屋就冲灶房的母亲喊：“下大雾了，外面什么也看不清，全都糊涂着。”

“雾月到了。”女人淡淡地说，接着无限忧伤地叹息了一声。

“这雾是什么变成的呢？”雪儿惆怅地自问着。

女人说：“一会你给哥哥送饭时，告诉他今天别带花儿出去，雾这么大，滑倒了花儿，那肚子里的牛犊可就遭殃了。”

雪儿看了一眼母亲正和着的面团，惊叫一声：“真给宝坠烙葱花油饼呀！”

“雪儿——”宝坠的继父从东窗转过身来说，“以后不能老是宝坠宝坠地叫，要喊哥哥——”

“傻子也算是哥哥吗？”雪儿满不在乎地说，“他天天和牛在一块，别人都说咱家养着四头牛。”

“三头。”女人强调，“那一头还没生下来呢。”

“宝坠也算头牛！”雪儿说完，跑到院子里给鸡雏喂食。

雾气到了上午十点左右才渐渐稀薄了。太阳依旧朦胧如窗纸后的油灯。宝坠的继父喝了一些汤水，就走向院子另一侧的牛屋。女人小心翼翼地跟在他身后。他推开牛屋的门，看着他亲手盘起的火炕、垒起的火墙，看着墙上挂着一些熟悉的物件：狍皮、马鬃、成捆的棕绳、捕鼠夹子、挂网等等，想起他初见宝坠时他是一个多么聪明伶俐的孩子，他的泪水又滚了下来。

"花儿怎么不在——"女人忽然在背后慌慌张张地说，"这个傻子，告诉他下雾天别带花儿出去，它快要生了，要是摔倒了揣不住牛犊可怎么好！"

女人返身快步地回屋去找雪儿："你怎么没把妈的话传给宝坠？花儿不在牛屋里！"

"我说了——"雪儿大声争辩，"说了两遍呢！"

"他今天能带它们去哪片草场？"

"我怎么知道。"雪儿说，"他晚上回来就知道了。"

"他晚上能回来，可花儿不知能不能回来。"女人不由得咒骂起已来的雾月，直骂得嘴角发麻，气喘吁吁，然后才定下心来想着去寻宝坠。她刚刚换上胶鞋，突然想起丈夫卧炕半月已病入膏肓却突然奇迹般地能行走，内心甚感不祥，唯恐她出去的这一刻会有意外。虽然对于未来来说，牛比丈夫更重要，但她还是选择了丈夫。

宝坠的继父把目光转向那道白桦木的牛栏。他的眼前闪现出八年前的宝坠。他第一次见到这孩子时就喜欢上了他。他生得虎头虎脑，很爱笑，生父因为打草遭毒蛇咬而丧了命。那时宝坠的妈妈不像现在这么邋遢，炕上的被褥拆洗得有皂香味，锅碗瓢盆绝不存一丝污垢。他虽然比她小两岁，还是心满意足地与她结婚了。那时他们只有一间屋子，宝坠睡在炕梢。由于新婚，他几乎每夜都要和女人在一起，如果月光好，他就能看清宝坠熟睡时的脸。宝坠每翻一下身或发出一声梦呓，他都要为之一抖，觉得已故的男主人的阴魂还在角落监视他。他曾发誓说要尽快造一座房子，让已经七岁的宝坠独自去睡。然而未等他的房子造起来，雾月来临了。

他们居住的村子三面环山，一面临水。每逢六月，雾就不绝如缕地飘来了。从早到晚，只有正午时分雾气才会消散一刻。由于日照不充分，所以这个月庄稼长得很慢。人都说雾能连上三四天都难得一见，可他们这里的雾却能持续一个月。一些气象学专家曾来此地做过考察，也终未能做出一个合理的解释。倒是老百姓的民间传说占了上风。说是三百年前有位仙人云游四方经过此地，但见田里庄稼长势喜人，牛羊成群，家家户户仓廪殷实，一派欣欣向荣的气象。只是很多人家的男人都在骂老婆，骂的又都是一个词“丑婆娘”。仙人大惑不解，问了几家挨骂而啼哭的女人，她们都说一到六月，阳光灿烂而农事稍闲的时候，男人们就嫌她们丑陋而牢骚不止。仙人一笑，遂将此地的六月点化成雾月，斩首了泼辣的阳光。袅袅雾气中的女人恍若仙女，男人都少了脾气，有一种羽化登仙的感觉，消逝的柔情又湿漉漉地复活。

宝坠的继父在那个雾月格外渴望自己的女人。有一天晚上，他们被大雾包裹着尽情地欢娱，宝坠不知什么时候醒了，坐起来看着他们跃动的影子，后来发出嘻嘻的笑声。宝坠的笑声彻底摧毁了他的激情，他胆怯地从女人身上哆哆嗦嗦地下来，觉得受到了莫大的羞辱。

第二天早晨，宝坠到牛屋去，他便也跟去了。牛屋里飘着雾气，他小心翼翼地问宝坠：

“昨晚你看见什么了？”

“我看见叔和妈叠在一起。”宝坠认真地说。

宝坠跳上牛槽，解拴在牛栏上的牛绳，这时忽然问：“叔，你们弄出的动静怎么跟牛倒嚼的声音一样？”

他就是在这一刻蹿上牛槽一拳将宝坠打倒在牛栏上的。宝坠的脑袋重重地磕在牛栏上，“呃”了一声，然后像股水一样泻倒在牛槽里了。他当时以为不过是把宝坠打昏了，于是就抱着他回屋，对正在灶房忙碌的女人说：“宝坠把头磕到牛栏上了。”

“他是个灵巧孩子，怎么会磕到那？”女人叫着去试宝坠的鼻息，她感觉到了他的呼吸，就放宽心说，“磕昏了，睡一觉就会好的。”

宝坠在雾中一直昏睡一天。他起来后是又一个雾天的早晨了。他看着一切都觉得陌生，目光呆滞，母亲喊他宝坠时他也不知道答应。

“你觉得头疼吗？”继父问他。

宝坠看着外面的雾说：“不疼。”

当天夜里宝坠就闹着要去牛屋住，他说不能和人住在一起。继父以为他不过是糊涂一两天而已，并未太放在心头，于是就去牛屋给他临时搭了一张铺。宝坠从此开始了与牛生活的日子。他坚持不回人住的屋子。后来他们发现宝坠不断地说一些似是而非的话，而且贪吃贪睡，逢到有雾的日子就泪水涟涟，他们便知宝丧失了一部分意识，沦为一个弱智儿童了。女人为此哭得抽过好几回。那时她已怀孕，动了胎气，所以雪儿是个早产儿。继父更是悔恨难当，他怎么也想不明白那一拳会葬送继子的前程。那道白桦木的牛栏在他看来跟屠刀一样可恶。他不敢把真实的一幕道给老婆，只是默默地给牛屋装修起来，为宝坠盘了一铺火炕。他每天给宝坠送饭，跟他说话，希望能打开他记忆的闸门。三九天北风呼啸的时候，他几乎每到半夜都要起炕到牛屋给宝坠的炕填些柴火，顺便也喂喂牛。宝坠无法像其他孩子一样上学，只能天天放牛。宝坠也喜欢牛，三头牛的名字都是宝坠给取的。每年的除夕，他一大早晨就来到牛屋为宝坠换上新衣，将窗户贴上“福”字，还送给宝坠一盏他亲自糊的灯笼，宝坠喜欢金色黄色的南瓜灯，他就年年送他一盏。夜半吃饺子放鞭炮的时候，他还把宝坠带到院子，让他看火花和听响儿。宝坠乐得忘乎所以，能吃下两大盘饺子。

雪儿的降生并没有给身为父亲的他带来任何快乐。因为他觉得雪儿的诞生与宝坠的病有着某种微妙的联系。雪儿两岁的时候，他便丧失了与女人亲热的能力。他不敢再想那件他曾乐此不疲的事。负疚感使他沉默寡言，健康备受滋扰侵蚀。宝坠的母亲因为丈夫的病而讨了无数个偏方，最终他还是萎靡不振。她的脾气便一天天坏起来，整日面目浮肿，不事修饰。当丈夫瘦得已经全然脱相的时候，她便张罗着借钱去大城市给他看病。可丈夫坚决不同意。说以后的钱都要攒着，留给宝坠治脑袋。女人便落着泪说丈夫善心肠。对原方的孩子这么好，是宝坠前世修来的福分。

雾气使白桦木的牛栏显得更粗了一些。他盯着那道罪恶的牛栏，恨不能将它当成脆骨嚼碎，咽进肚子，把它带到地狱去。四年前他便倾其所有翻盖了房屋，使一间屋变为了两间，雪儿有了自己的一铺小炕。他知道自己将不久于人世，他希望宝坠能回到人住的屋子，这样也许会使他的病慢慢好转。可宝坠昨晚的话却使他最后的一口气没能畅快地吐出来，他说继父死后还会来个活叔，人住的屋子依然没有宝坠的位置。这朴素的道理他怎么就没想到？可他再也没有力气翻盖房子了。

“宝坠——”他对着那道惨白的牛栏低低叫了一声。

牛栏在整个牛屋里处于极其显赫的位置，正当牛槽上，而且是牛屋的中心。它的白色树皮已经被拴牛的绳子给磨出亮光，但大大小小的黑色树斑依然清晰如目。除了牛栏别具一格地横空出世外，其他物件都是竖的。竖的柱子、竖的墙、竖的门，这使得被支撑在半空的白色牛栏格外抢眼。宝坠的继父只在传说中听过狰狞的鬼的长而尖的利牙，在他看来，这道牛栏就是谁栽在他家的一颗牙。

“我要拔下这颗牙。”他暗暗对自己说。

他环顾牛屋，在西北角的工具箱里翻出一把劈松明用的小斧子，然后返身走到牛槽前，试探着往上攀，可他觉得身上的力气已经逃命在先了，他拼足劲也站不到牛槽上，只能眼巴巴地举着斧子看着那道高高在上的牛栏。他这样僵持了大约不到两分钟，忽然觉得更浓的雾气涌来，白色的牛栏狡猾地隐身其中，仿佛一道云层后的闪电让人捉摸不定。他的眼前渐渐模糊，先是无边的白色，接着是强大的黑色，再接着是激烈的紫色，他摇摇晃晃地冲着牛栏唤了一声：“宝坠——”然后扑倒在地，他死时手里还握着斧子。那斧子因为久不使用，已经锈迹斑斑了。

宝坠赶着三头牛回村时已是晚炊时分了。扁脸和地儿走在头里，他和花儿落在后面。傍晚时的雾气更大一些，宝坠走得很慢很慢，他生怕花儿有个闪失。他想好了，要是叔还没死，他就再问他个事。

他未进家院就听见一阵锯声和刨木板的声音传来。他停下来拍了一下花儿，说：“咦，听听，家里怎么有动静？”

花儿沉默了一刻，然后仰起头短促地叫了一声，它肯定小主人的话时总是这副举止。

宝坠只觉得院子里游动着许多人影。刨木板的声音嚓嚓地像收割麦子。他不小心撞上一个人，那人说：“是宝坠回来了？”

宝坠“嗯”了一声，然后问：“你们这是干啥？”

“打棺材。”那人平静地说，“你叔死了。”

“叔死了。”宝坠嘀咕一句，然后偏过脸对花儿说，“我还想问他个事呢。”

宝坠忽然委屈起来，他呜呜地哭了。哭声在雾气中流窜，几乎所有的人都听到了这声音，人们不约而同地问：“谁在哭？”

“是宝坠。”

“宝坠哭他叔。”

“宝坠舍不得他叔走。”

大家七嘴八舌地说着内容相同的话，然后品评宝坠的哭声：

“比亲生儿子哭得还真。”

“不和他叔有这么深的感情，哪能这么哭。”

宝坠的哭声使得屋里已经歇了的母亲的哭声再次号啕而起。雪儿明亮的哭声也加入进来。一些人屋里屋外地走来走去，一会儿劝老的，一会儿又劝少的。最后宝坠被一个人给领回牛屋，花儿一声不吭地跟在小主人身后，地儿和扁脸已经在里面等候多时了。那人将牛屋的灯拉亮，昏黄的灯光照着白色的牛栏、翘起的铡刀以及继父亲手为他盘的那铺火炕。宝坠哆嗦了一下，内心有一股异常凄凉的感觉。领他的人见他不哭了，就关上牛屋的门去打棺材了。

宝坠跳上牛槽，将三头牛拴在牛栏上。他每系一个梅花扣眼前都要闪现出一下叔的形象。因为他想问叔的那个问题是：他怎么会系梅花扣？这是他一个人白天在草场时所想的唯一事情。他再也无法从叔那里得到这问题的答案了。

宝坠跳下牛槽给它们填了些豆饼，然后坐在炕沿望着牛栏上的三朵梅花扣。花儿离开槽子远远地走到一堆干草前，这使它脖颈上的绳子绷紧了一刻。牛栏的一朵梅花扣也跟着颤动了一下。宝坠不由得冲口而出，“谁也别想弄开我系的花！”

继父的红棺材被浓雾包裹着，那红色就显得有几分温柔了。停尸三天入殓后，继父就要被埋了。一大清早门外就来了一挂载灵柩的马车，宝坠被人给戴上孝帽子，腰间扎上长长的孝布，这使他很不高兴。雾气缭绕的院子里人影幢幢，灵幡像支硕大的芦苇一样斜插在院门口。母亲来到牛屋叮嘱宝坠，一会儿送他叔时要大声地哭，到十字路口要朝着东西南北各磕一个头，口中还要吆喝，“叔你好走——”

“你记住了？”母亲凄怨地问。她的满嘴起了燎泡，大约是抹眼泪和鼻涕的缘故，她的袄袖像涂了层浆子一样，泛出干硬的白色。

宝坠没有搭腔。

母亲加重语气说：“你叔对你那么好，你要好好送他，那样他在地下会保佑你好起来。”

宝坠很不理解，母亲的话仿佛说明他哪出了毛病似的。可他觉得自己一切正常。

母亲一出牛屋，宝坠就把孝帽子摘下扔到干草上，孝布也扯了下来，这样他觉得身上的血又流淌自如了。他熟练地跳到牛槽打开三朵梅花扣，然后带着地儿、扁脸和花儿走出牛屋。他们经过院子的时候有很多人都指着牛问宝坠：

“你不送你叔了？”

宝坠“嗯”了一声，说：“我要放牛去。”

“你不送你叔，你妈不生气吗？”

“她生气就生气去吧。”宝坠说，“叔都死了，送他他也不知道。”

人们看着宝坠赶着牛走上湿漉漉的村路，谁也没有上前阻拦他，也没有人去通报他屋里的母亲。大家都在想：宝坠已经很不幸了，还难为他送葬做什么呢？

雾气使白天跟黄昏一般朦胧，而黄昏又比以往的黄昏更加灰暗。宝坠赶着牛回家时隐约能看见路上飘散的圆圆的纸钱，牛蹄把它们踏碎了很多。

他一进院子母亲就迎了过来，她一言不发地抚摸了一下花儿的头，然后长吁一口气。

“叔走了？”宝坠问。

“走了。”母亲平静地说，“你今天还回牛屋住？”

“嗯。”宝坠说，“我喜欢和牛在一起。”

“你叔不是说了吗？”母亲慢条斯理地说，“他走后让你回屋来住。”

“不。”宝坠坚决地说，“花儿要生了。”

“那等花儿生了后你回屋？”

“花儿一生，牛就更多了，牛离不开我。”宝坠赶着牛回到牛屋。他跳上牛槽，将三朵梅花扣结结实实地盘在牛栏上，然后给牛饮水。

牛屋里灯影黯然。空气很静，这使得牛饮水的声音格外清脆。这时牛屋的门开了，雪儿穿件蓝褂子进来了，她捧着一个碗，辫梢上系着白头绳。她默默地把碗摆在饭桌上，然后转身定定地看着宝坠。

“你今天送叔去了？”宝坠问她。

雪儿“嗯”了一声。

“去的人多吗？”宝坠又问。

雪儿依旧“嗯”了一声。

牛嗞咕嗞咕地饮水不止。

“哥——哥——”雪儿忽然带着哭音对宝坠说，“以前我叫你宝坠你生气吗？”

宝坠摇摇头，说：“我就叫宝坠呀，你喊我哥哥是什么意思？”

“哥哥就是亲人的意思，就是你比我大的意思。”雪儿说。

“扁脸还比你大呢，你也喊它做哥哥吗？”宝坠问。

“跟牛不能这么论。”雪儿耐心地解释，“人才分兄弟姐妹。”

“噢。”宝坠惆怅地说，“我是哥哥。”

三头牛饮足水匍匐在干草上。

“怎么以前我不是哥哥呢？”宝坠糊涂地问。

雪儿委屈地说：“那时我恨你，才不会叫你哥哥呢，爸活着时从来没有抱过我一回。他就在乎你，天天惦记你的牛屋。他快死的时候上不来气，我就给他喂水，可他老喊你的名字。我还是他亲的呢！”

“你就恨我了？”宝坠问。

雪儿点点头，说：“爸一死就不恨你了。”

“不恨了？”

“没人像爸那么疼你了。”雪儿说，“还恨你干什么！”

“那你恨我叔？”宝坠问

雪儿噙着泪花摇摇头，说：“我可怜他。他天天半夜都要挨妈的骂，妈一骂他，他就哭，边哭还边‘宝坠宝坠’地叫。”

“你怎么知道呢？”宝坠问。

“我听到的啊。”雪儿说，“妈骂他的声音很大，传到我的屋子里了。后来一到半夜我就醒，醒来就能听见妈在骂他。到了雾月妈骂他就更凶。”

“妈骂他什么呢？”

“窝囊废。”雪儿答，“就这一句话。”

宝坠满面迷惑。

“‘窝囊废’就是不中用的意思。”雪儿解释。

“妈半夜要用叔干什么？”宝坠问。

“我也不知道。”雪儿说。

“叔挨骂后喊我的名字做啥？”宝坠又问。

“我也不明白。”雪儿说，“是不是你让他变成窝囊废了？”

宝坠正言厉色地说：“我能放牛，我都不是窝囊废，我怎么能让叔变成窝囊废呢？妈净胡说，叔什么活都会干，还知道牛长着四个胃，他多了不起。不过他不会系梅花扣。”宝坠说，“你说叔和妈都不会系梅花扣，我是跟谁学的呢？”

“你自己的亲爸呗。”雪儿说。

“他在哪？”宝坠兴奋地问。

“地下。”雪儿一努嘴说，“听人说，早死了。”

宝坠颇为失落地“呃”了一声。

“今天才把爸埋了，李二拐就领着红木来咱家了。”雪儿说。

“妈给他们饭吃了？”宝坠问。

“给了。”雪儿说，“还把你小时候穿过的衣裳给了红木。”

“你不乐意他们来？”宝坠问。

雪儿凄怨地说："爸才死，妈就给他们饭吃，我都不想跟她说话了。"

"那就不跟她说话。"

"可屋子里就我和妈两个人。"雪儿忧心忡忡地说，"要是不说话，我怕她生气，以后她半夜没人骂了，会不会骂我呢？"

"她凭什么骂你？"宝坠颇为认真地说，"你又没让肚子里的蛔虫跑到她肚子里。"

雪儿听后忍不住笑了一声，然后她泪光点点地望着宝坠。

宝坠说："你不用怕，她半夜要是骂你，你就来牛屋找哥——哥——"

宝坠在说到"哥哥"一词时结结巴巴的。

雪儿"嗯"了声，指着饭说："快吃吧，一会儿热气都跑没了。是剩下的丧饭。"

宝坠将目光转移到丧饭上。

花儿生产了，是头黑白相间的花牛，宝坠给它取名为卷耳。因为它生下来时有一只耳朵像花苞那样蜷曲着。卷耳给一家人带来了雾月当中从未有过的融洽和快乐。雪儿天天来逗弄卷耳，不是用粉色的头绫子缠它的腿，就是用笤帚篾扎它的黑鼻头。母亲也夜夜来给卷耳喂豆浆。花儿对卷耳慈爱备至，总用舌头舔它的脸，地儿也对它无限怜爱。只有脏尾巴的扁脸常常出其不意地冲着卷耳锐利地叫几声，企图吓唬它。而卷耳对此毫不在意，扁脸的恶作剧也就只好偃旗息鼓了。一周后，卷耳就溜光水滑地四处闲逛了。它很调皮，不是用嘴去拱地里的青苗，就是用蹄子把柴垛蹬散。它唯一安静下来的时候便是望雾。白茫茫的雾气使它刚熟识的人和场景变得恍惚的时候，它就现出若有所思的神情。

宝坠再去草甸子放牛时队伍就扩大了。他想他的队伍会不断壮大下去，最终他会被牛群所包围。他会了解每一头牛的脾性，懂得它们每做出的一个举止所蕴含的内容。牛屋的白桦木牛栏的梅花扣会越聚越多，一朵朵相挨着开放。那时他赶着一群牛走在村路上会有多么风光啊。

雾月将尽的一个黄昏，宝坠赶着牛刚回到牛屋，雪儿就兴高采烈地跑了进来。她气喘吁吁地说："爵哥，妈今天把李二拐骂出门去了，他以后再也不会来了。"

宝坠木讷地说："他不来就不来。"

"你知道妈为什么骂他吗？"雪儿压低声说，"李二拐说跟妈过日子后，要把你送到金矿点去给人看点儿，说你傻，不懂得偷金子，人家愿意雇你。说你去金矿点还能帮家挣钱，省下家里的饭，他都帮你把活答应下了。"

宝坠吃惊地看着雪儿。

“妈听完后就骂李二拐——”雪儿挺了挺胸脯，憋粗了嗓子绘声绘色学说道，“你给我滚蛋，别想这么作践我们宝坠！他叔活着时对宝坠比亲生的还好，谁要拿我的宝坠不当人看，这辈子就别想再踏我的门槛！”

“李二拐就给骂走了？”宝坠问。

“嗯。”雪儿说。

“好。”宝坠赞叹道。

雪儿接着有些羞怯地说：“哥哥，你以后不用惦记我半夜可能会挨妈的骂了，她现在天天搂着我睡觉，还帮我捉头发里的虱子。”

宝坠放心地笑了，他跳上牛槽，到牛栏那去拴牛。他异常熟练地系着梅花扣，这时雪儿对他说：

“哥哥，我昨天梦见爸和你了。”

宝坠跳下牛槽探询地看着雪儿。

“我梦见爸领着你过年。”雪儿颤着声说，“天很黑，还下着雪，爸领着你在院子里放炮仗。炮仗声很响，爸怕吓着你，还帮你捂耳朵。”

宝坠非常想哭，因为梦和雾气一样都不能使他抓到手。他不知道梦会是什么滋味。

“我还梦见爸来到牛屋看卷耳，他伸手摸卷耳的鼻子，卷耳不认识他，就伸出蹄子踢他。”

“卷耳怎么能那样。”宝坠伤感地说，“那不是叔吗？”

那一夜宝坠听着牛反刍的声音，再一次竭尽全力回忆这声音里曾包裹着什么重大事情，他想得脑袋发麻，可回忆的周围仍然是森严的高墙，难以逾越。他又打开灯去看那道白桦木的牛栏，漆黑的树斑睁着永不疲倦的眼睛望着悬在它身上的梅花扣，他的回忆缥缈如屋外的白雾，暗无天日。宝坠发了一会儿呆，然后望着睡态可爱的卷耳。他对自己说：“和牛过得好好的，想那些不让我想起的事情干什么。”

宝坠关了灯，睡了。他的睡眠没有梦，因而那睡眠就干干净净的，晶莹剔透。早晨，他猛然被“吱扭”的声音和一道亮光所扰醒，他从炕上坐起来，只见卷耳把牛屋的门撞开了。花儿、地儿和扁脸都充满深情地望着屋外久违的阳光。

雾月过去了。

宝坠下了炕，他走到牛屋门口。卷耳歪着头，无限惊奇地看着屋外飞旋的阳光。宝坠拍了一下它的屁股，说：“出太阳了，到外面玩去吧。”

卷耳试探着动了动蹄子，又蓦然缩回了头。宝坠这才想起卷耳生于雾月，从未见过太阳，阳光咄咄逼人的亮色吓着它了。宝坠便快步跨过门槛，在院子里踏踏实实地走给卷耳看，并且向它招手。卷耳温情地回应一声，然后怯生生地跟到院子。

卷耳缩着身子，每走一下就要垂一下头，仿佛在看它的蹄子是否把阳光给踩黯淡了。

赵一曼女士

阿　成[①]

伪哈尔滨的市立医院，如今仍是医院。不过，的确是有些破旧了，在太平岁月，看上去却像一家战时医院。我并不经常去那里，偶尔去那里，诚实地说，是为了巴结那里住院的领导，目的是在心理上获得一种安全感。——有时候，突然莫名其妙地有了一种不安全感。有时候，则是出于情义，去探望在那里治病的好朋友。小人物的生活，大抵是如此的罢。

后来，得知赵一曼女士在日伪统治时期曾在这里住过院，我便翻阅了有关她的一些资料。

赵一曼女士住的这家医院，是一座欧式建筑（可能是巴洛克式吧）。她住在一病区。

哈尔滨这座优秀的城市里，欧式建筑是很多的，几乎随处可见。在冬季，这座别致的城市经常有着很美丽的大雪，纷纷扬扬，漫天飘舞，蔚为壮观。你会看到白色的雪在这座城市里无处不在。

在落雪的日子里，听一听巴赫的《意大利协奏曲》，或者莫扎特的《第九钢琴协奏曲》，是这座城市普通市民的一种很好的享受。20世纪三四十年代的哈尔滨，

①**阿　成**　原名王阿成，1948年生，黑龙江人。编审、中国作协会员。曾发表长篇小说《马尸山冬雨》《忸怩》等四部；中短篇小说集《年关六赋》《胡天胡地风骚》《欧阳江水绿》《城市笔记》《空坟》（英文版）、《良娼》（法文版）及随笔集《哈尔滨人》等。

侨居着许多外国人。据统计，这里的侨民多达三十多个国家十几万人。

这些众多国家的侨居者，在这座城市里充当着各种角色，商人，西餐馆的老板或女招待，面包师，建筑师，马车夫，出租车司机，娼妓，神父或者嬷嬷，还有在街头拉着手风琴讨钱的乞丐。也有日本侨民。这些日侨，还不能等同于日本关东军及随军家属。前者是客人，后者是侵略者，并对这座优雅的城市，实施了长达十四年之久的统治。

这座城市，还有许许多多的教堂。曾有人称哈尔滨是“教堂之城”。离监禁赵一曼女士的医院最近的教堂，一共有三座，一座是20世纪初德国人建造的基督教路德会教堂，属于典型的12世纪哥特式建筑。另一座是中世纪拜占庭式建筑“东正教圣母教堂”。再一座教堂，如今已经不在了，就是世界闻名的圣尼古拉东正大教堂。躺在病床上的赵一曼女士能够清晰地听到从这三座教堂的钟楼上传来的大大小小的钟声。在20世纪三四十年代寂静的城市里，那是何等有韵味的钟声啊！

我无法猜测赵一曼听到这些钟声时有怎样的感想，但我能肯定一点，就是英雄也热爱生活，热爱生命，并且对欧洲文化及建筑艺术有着很高的鉴赏水平。

她又是一个女人，仅仅三十多岁，这钟声也会令她流泪的吧——

赵一曼女士，是一个略显瘦秀且成熟的中国女性。在她身上弥漫着脱俗的文人气质和职业军人的冷峻。在任何地方见到她，你都能很快在众多的人当中看出她别于他人的风度。也正是由于这一点，大野泰治认定自己捕获了东北抗日联军的一个重要人物。

在赵一曼女士率领抗联活动的小兴安岭的崇山峻岭之中，在珠河县附近，也能够听到来自坡镇（一面坡）那座教堂的钟声。那儿的钟声，响在冬夜里，会传得很远很远，山壁还会有幽远的回声。那钟声里，抗联的兵士正在森林里烤火，烤野味吃，或者唱着杨靖宇将军谱写的歌曲“火烤胸前暖，风吹北后寒……战士们哟”……这些都能给躺在床上的赵一曼女士留下清晰的回忆。

在医院里，赵一曼女士单独一个病房，由南岗警察署派来的警察昼夜24小时轮流看守。

病房很干净，挡着乳白色的窗帘。白色的小柜上有一个玻璃花瓶，里面插着丁香花。当时正好是六月，全城都弥漫着丁香花味儿。听说，丁香花现在已成为这座城市的“市花”了。赵一曼是1935年初的大雪天进入医院的，到丁香花开，已经是半年多了。

赵一曼女士当然也喜欢丁香花，这座城市的市民是把丁香花作为友谊和爱情的信使，插入千家万户的花瓶中的。

这束丁香花，是女护士韩勇义摆放在那里的。

赵一曼女士平平地躺在床上。她是在山区中了日军讨伐队的子弹后，被抓获的。远间警佐用马车把赵一曼女士拉到珠河县公署门前，命令属下把她抬到县公署的正厅，交给了他的上司大野泰治。

当时，赵一曼女士流了很多血。

在场的日本人都感到这个女人的生命岌岌可危。

珠河一带，有雄秀的景观和强悍的历史。我在 1991 年写的一篇小说《胡天胡地风骚》里，介绍过一个叫孙羽林的人在珠河升县的时候写的一副对联：

载酒赋诗白山王气黑水霸图胜迹蔚成新栋宇
先忧后乐看四境桑麻万家灯火放怀奚止快登临

此“白山黑水”之说，没有得到更多人的注意，一直是把“白山黑水”作为浅吟低唱之辞使用。可惜了。

从“四境桑麻”中我现在似乎能理解，20 世纪三四十年代流亡在关内的东北学生，为什么流着泪，唱那支《松花江上》的歌，我相信，歌词中那句“同胞啊，爹娘啊，哪年哪月，才能收回我家乡——”是发自他们肺腑的呐喊。

前面我说过，大野泰治从赵一曼女士很高的文化修养和激昂的抗日态度上推断，他们抓到了抗日联军中一个了不起的大人物。

大野泰治深感自己的幸运。

在审讯赵一曼女士的时候（“主要是问一些要点”——大野泰治语），他不断地用鞭子把儿捅她手腕上的伤口，是一点一点地往里拧，并用皮鞋踢她的腹部、乳房和脸。一共搞了两个多小时左右。大野泰治没有获得有价值的回答。

他恨这个女人，他觉得很没面子，伤了作为一个日本军人的自尊。

大野泰治在向上司呈送的审讯报告上写道：

赵一曼是中国共产党珠河县委会委员，在党的工作上有与赵尚志同等的权力。她是北满共产党的重要干部，通过对此人的严厉审讯，有可能澄清中共与苏联的关系。

这里，大野泰治巧妙地暗示，他所以没有审出什么东西，是为了把功劳留给上司，上司只要酷刑审问就行了。

大野泰治不仅是一个军人，也是一个工于心计的政客。

大野泰治的报告书，成了决定赵一曼女士死刑的根据。

大野泰治非常兴奋，在他的办公室里痛快地舞了一阵军刀。

赵一曼女士是1935年11月下旬被捕的。然后，从珠河县转到哈尔滨滨江省公署警务厅看押。滨江省警务厅司法科对赵一曼女士进行了严刑拷问和人格污辱。于1936年，以假名“王氏”将她送到哈尔滨市立医院监禁治疗。司法主任千叶警官是看守负责人，他的任务是要通过这个重要的“女思想犯”，了解哈东地区革命军外围团体的全貌，并获取思想对策上的重要参考资料。

《滨江省警务厅关于赵一曼的情况报告》，及南岗警察署司法警士松本英雄，哈市警察局特务科翻译周质彬等人，都曾扼要地介绍了赵一曼女士从市立医院逃走和被害的情况。

赵一曼女士是在6月28日逃走的。白天，这座城市下了一场暴雨。这是一场极为壮观的大暴雨，电闪雷鸣，声势十分凌厉。这场大暴雨把全城所有的建筑，包括市立医院和丁香树，都冲刷得干干净净。在每年的6月份，大雨经常光顾这座北方城市，使得这里的空气十分清闲湿润。

这天夜里，看守警士董宪勋在他的叔父董广政的协助下，将赵一曼女士抬出医院的后门。后门外，是松花江的大堤，站在这里，可以俯瞰道里和道外两区的万家灯火。

出了医院的后门，一辆早已雇好的出租车已等在那里。开车的是个白俄。几个人上了车，车立刻就开走了。白俄一边开车，一边叼个烟卷哼着俄国歌曲。他什么也不知道，他也不想知道什么，他只是为了钱。

夜风很凉，很湿润，马路上仍有残雨，车轮驶过去，便溅起了很高的水帘。一车人都沉默着，听白俄司机唱。

在20世纪三四十年代的哈尔滨，到处都可以听到洋人的歌唱。

出租车开到文庙屠宰场的后面，停了下来，客人下了车，白俄司机就把车开走了。

女护士韩勇义早就等候在那里，雇好了一顶轿子，扶着赵一曼女士上了轿，然后，一伙人立刻向宾县方向逃去。

赵一曼女士在住院期间，发现年轻的警士董宪勋似乎可以争取。经过一段时间的观察、分析，她觉得有把握试一试。

赵一曼女士躺在病床上，和蔼地问董警士："董先生，您一个月的薪俸是多少？"

董警士显得有些忸怩，他说："十多块钱罢……"

赵一曼女士遗憾地笑了，颇有感慨，说："真没想到，董先生的薪俸这样少，而且少得如此可怜。"

董警士更加忸怩了。

赵一曼女士端庄地说："七尺男儿，为着区区十几块钱，甘为日本人役使，不是太愚蠢了吗？"

董警士无法再正视这位成熟女性的眼睛了。只是哆哆嗦嗦给自己点了一支烟。

以后，赵一曼女士经常对董警士聊山区抗联的战斗和生活，聊小兴安岭的风光，五花山，飞鸟走兽。

赵一曼是一个善于表达，又善于捉摸对方心理的女人，与她接触过的人都十分信赖她。

赵一曼女士用通俗的、饶有趣味的小说体裁记述日本侵略东北的罪行，并写在药纸上。董警士对这些纸片很有兴趣，对共产党如此活泼的文本十分着迷。

他以为这是赵一曼女士记述的一些资料，并不知道是专门写给他看的。

看了这些记述，董警士非常向往"山区生活"。他愿意救赵一曼女士出去，和她一道上山。

赵一曼女士对董警士的争取，共用了二十天时间。

我非常佩服这位共产党的干部。

有人称共产党是"洪水猛兽"，是不是也包括对该党的"工作能力"的恐惧呢？……

对女护士韩勇义，赵一曼采取的则是"女人对女人"的攻心术。

半年多的相处，使韩护士对赵一曼女士十分信赖。她对赵女士讲了自己幼年丧母、恋爱不幸、工作受欺负（她没有工薪，只是个见习护士），等等。

女人是有一种倾吐欲的。尤其是家庭不幸，恋爱受挫的女性。

赵一曼女士坦率地向她讲述自己和其他女战士在抗日队伍中的生活，有趣的、欢乐的生活。她的语调是深情的、回忆式的、甜蜜的。

韩护士真诚地问赵一曼女士："如果中国实现了共产主义，我应当是什么样的地位呢？"

赵一曼女士说："年轻人，你到了山区，一切都能明白了。"

赵一曼女士说："要实现这个主义，就要到山区去。一切的疑问，到了赵尚志那里都能明白。"

韩护士卖掉了自己的两个戒指，两件大衣和其他衣物，共得60元，准备作为逃跑时的费用。

赵一曼女士是一个细致，也很谨慎的女人。虽然她成功地与董警士和韩护士建立了极其秘密，也极其危险的关系，但只是到有了绝对把握之后，赵一曼才正式把两个人相互介绍给对方。

当时，他们都很激动，很兴奋，都有一种崇高感。

南岗警察署在赵一曼女士逃走后，很快从那个白俄司机处发现了线索，后来又从太古街的轿铺主人那里得知，赵女士是由他们抬到荒山嘴子附近去的。

松本英雄和千叶警官等几个人，马上乘车去追。

途中，必由之路上的阿什河桥被暴雨冲垮了。几人只好到附近的村庄征到几匹马，骑马追。

追到阿什河以东二十多公里的地方，发现了坐在马车上的赵一曼女士、护士韩勇义、警士董宪勋及他的叔父董广政。

千叶警官命令松本英雄等六人，从路边的田地中包抄合围，用手枪逼迫着，将他们逮捕。

赵一曼女士淡淡地笑了。

赵一曼女士是在珠河县被日本宪兵枪毙的。

那个地方我去过，有一座赵一曼女士的纪念碑。纪念碑惊人地粗糙，并且十分简陋。但那儿环境却十分幽静，周围种植着一些松树。

我去的时候，那里清静得几乎无人。旁边有一年迈的老人看着我。

我看了看他，笑了笑。

他指着石碑说，赵一曼？

我说，对，赵一曼。

赵一曼被日军枪杀前，曾写了两份内容不尽相同的遗书：

宁儿：

母亲对于你没有能尽到教育的责任，实在是遗憾的事情。

母亲因为坚决地做了反满抗日的斗争，今天已经到了牺牲的前夕了。

母亲和你在生前是永久没有再见的机会了。希望你，宁儿啊！赶快成人，来安慰你地下的母亲！我最亲爱的孩子啊！母亲不用千言万语来教育你，就用实行来教育你。

在你长大成人之后，希望不要忘记你的母亲是为国而牺牲的！

1936 年 8 月 2 日

亲爱的我的可怜的孩子：

母亲到东北来找职业，今天这样不幸的最后，谁又能知道呢？

母亲的死不足惜，可怜的是我的孩子，没有能给我担任教养的人。母亲死后，我的孩子要替代母亲继续斗争，自己壮大成人，来安慰九泉之下的母亲！你的父亲到东北来死在东北，母亲也步着他的后尘。我的孩子，亲爱的可怜的我的孩子啊！

母亲也没有可说的话了。我的孩子自己好好学习，就是母亲最后的一线希望。

1936 年 8 月 2 日

在临死前的你的母亲

本小说附件：

《滨江省警务厅关于赵一曼的情况报告》

（1936 年 8 月 11 日滨警特密 8853 号）

姓名：赵一曼，现在 29 岁（30 岁）

职业：无职业

原籍：山东省济南府（四川宜宾县）

住址：不定

…………

四、意见

回顾赵一曼逃走事件，我们应加以考虑的是：

1.对思想犯人的管理，是最需要慎重的。如急需设置拘留思想犯人的单人房间。

2.有必要进一步努力，彻底普及警察精神。

3.关于扑灭共产主义和抗日思想的王道主义的宣传工作，以前实在是只有讲理论或流于形式，因而有改进的必要。例如，宣传文件，要做到通俗易懂，富有趣味，无论什么人都去抢着看的地步才好。

档案：119-2.1151 第13号

镇长之死

陈世旭①

一

十几年前，我们小镇文化馆一个面黄肌瘦的年轻人，因为写作了一篇小说改变了默默无闻的命运。那小说获了那一年的全国文学大奖。他后来也因此被调到省里去做专业作家，自然是很扬眉吐气的了，整天一副天才在思考的深沉样子，在镇子里走着，觉得一切都那么琐屑和肮脏，心里充满了悲悯。没想到有一天却遭了一个人的迎头棒喝。

那天他在镇中学里跟一班崇拜者讲了奋斗史回来（他调省的调令已经来了，这些日子许多单位都抓紧请他讲演），过河的时候，忽然看见河对岸的镇长。镇上的河水浅，河上删节号似的横了一串大卵石，便是桥。他看见镇长时，已经走过一大半卵石了，镇长就在卵石后头站着。过了桥，他本来打算侧着脸从镇长身边擦过的，镇长却喊住了他。

"那个写小说出名的，就是你吗？"

镇长光头底下那张尽是疙瘩的脸绷紧了，让他有些发毛。他垂了头，四外张望，惊怕地发现自己孤立无援。

"人倒霉，盐罐子生蛆。如今是人是鬼都往我头上扣屎盆子。你这小子只顾自

①**陈世旭** 男，江西南昌人，生于1948年。读书，插队，又读书。曾在江西作协工作，业余从事小说写作。著有小说《小镇上的将军》《裸体问题》《青藏手记》等。

己出名，就不管别个死活了。我一个小镇长，迫害得了那么大一个人物么。如今你小子是行了时了，老子却是永世不得翻身了！”

镇长话说得咬牙切齿，却并没有什么进一步的行动。说完了就沿了那串卵石，一跳一跳地走了，再没有回头。等他过了河，年轻人才缓过神来，回头看定镇长那一撅一撅的屁股明白自己再没有了危险，怒火便一点一点在心里升腾起来。一再下决心追上去，朝那屁股上踹一脚，终是隐忍住了。他气得还不至于失去理智，真要是打起来，镇长的两只手指头就可以捏扁他的。

当时的镇长早已不是镇长了，被停了职，在镇上的蔬菜大队劳动，待分配工作。他的被停职，当然不是因为那个年轻人写的小说的缘故，但那小说跟他却不是没有一点关系。小说里写了一个级别很高的老干部被流放到小镇来，镇上以镇长为代表的恶势力给了他许多的迫害。倘若不是因为镇长当时的处境，小说作者肯定不会把反面人物安排成“镇长”的。

二

那年轻人的得奖小说里写到的镇政府当时叫镇革委会——听说有些读者曾就此提出质疑，说作者违背了历史的真实。这意见并不错，只是少了些幽默感——当时的镇革委会倒是很革命的，就在镇口的大路边上，先前是本地一个大姓宗族的祠堂，多年失修，破烂不堪，四墙裂了缝，已经歪斜了，屋头上长了草，衰败成灰色；祠堂改成办公室后开的窗子上，没有玻璃，蒙在上面的是包装化肥的透明塑料袋。“文革”时候才在满墙刷了红漆黄漆，不是为了维护屋子，是为了写语录。红红黄黄的颜色像在一张苍老的脸上化妆，不仅是难看，简直是狰狞。屋子里也几乎没有一样完整的东西，桌子要互相靠着才放得稳，椅子要靠了墙才敢坐，会计的算盘和圆珠笔上都包扎着医院用的胶布。镇上原本就穷，再经了几年革命洗礼就更清白了。不过，再穷也有穷开心的法子。镇长到小镇上任，开第一次镇革委领导班子会，就领教了这开心。

乡镇上从来没有按时开会这一说。人总是先先后后参差不齐，说是九点开，十点人能坐拢就不错。等人的时候，先到的人就讲笑话打发时间。领导干部又主要讲的是跟领导干部有关的笑话：上次来了一位领导，大会上作报告，首先宣布来意：“我这回，是专门来搞妇女，”顿一下，才说“计划生育工作的”接下来就自谦，“我是个大老粗，有多粗呢？你们妇女主任知道，昨天晚上，我跟她摸了一下，一直摸到下半夜……”等等。在这类笑话里，开心的对象总少不了妇女主任。说多了，就觉得是老套子，没有新意。这一天，有人出了个点子，对另一个人说，我们莫总是图嘴巴皮子快活。今天不来素的，要来就来点荤的。你平日跟妇女主任眉来眼去，今天敢不敢当大家的面，在她胸口抓一把，也给我们开个眼界。

大家就起哄，一致说："好！"一片山响，如同誓师。

妇女主任是六几届下来的知青，很积极能干。下来不到一年就入了党，成了知青模范。镇革委筹办妇代会时被抽上来，以后就留下来当了新生的妇代会主任。镇上的知青有“五朵金花”，最好看的两朵都进了镇革委。一朵是镇广播站的播音员；一朵就是这妇女主任。妇女主任是工农兵型的，很丰满壮实，胸脯特别高，让许多人垂涎。

被提议的那另一位是镇革委副主任（也就是副镇长），妇女主任就是由他发现推荐上来的，两人的关系自然也就不一般。私底下有人问他跟妇女主任是不是有事，他总是反问：你看呢？分明是得了手的神气。只是大家还没有看到公开的证明。

妇女主任总是最后一个到会。一是因为来早了，会让这些臭男人没头没脑地打趣；二是因为当了干部，又碰到场面的事，一个女人上下总要收拾得光鲜些。那天她穿了件短袖衫，那衫子很薄，其实遮掩不住什么，里面肉色的胸罩远远看起来跟没戴一样（这其实是镇上人的看法。妇女主任的穿着还是很得体的，只是因为带着些城里人的趣味，镇上人觉得有些惹眼就是）。

妇女主任高耸着那似乎没有戴胸罩的胸脯，大踏步地走进来。她走路的步伐和声响，跟她说话做事一样，都是很轰动很壮烈的。相反屋子里倒是显出格外的安静。一向高声大气的男人们都凝了神，似乎在深思国家和世界的前途。这使妇女主任有些意外，有些奇怪，又有些泄气。回回，她总是最招人注意的，这回却遭了冷落。

“出什么事了吗？”

她也不由得放轻了脚步，走到副镇长身边推推他的肩。

先前闷头抽烟的副镇长慢慢地把吸剩的烟头在一块西瓜皮里揿灭，忽然一扭头，伸出那只粘着瓜汁的手，一把抓住了妇女主任的一只乳房。

屋子轰的一声像是突然坍塌了。先前一个个做出深沉样子的男人们一齐爆发出哄笑，有人笑岔了气，连同椅子一下仰翻在地上。

妇女主任并不示弱，劈头盖脸地同副镇长揪打起来，一片“死鬼、畜生”地乱骂，脸涨得通红。但听起来，只有三分恼怒，却有七分快活。

终于平静下来，副镇长宣布开会。镇上原先的镇长调走了，一直由副镇长主持工作。副镇长原以为自己这回填镇长的空是没有疑义的，没想到县里却又派了新镇长来。

“今天的会，就是欢迎新镇长。”

副镇长懒洋洋地说，瞟了一眼在对面角落里坐着的一个人，又懒洋洋地举起手带头拍巴掌。好像他刚刚想起来屋子里还坐了一个镇长。底下的巴掌跟着响了几声，稀稀拉拉也是懒洋洋的。副镇长是本镇人，从读书到工作一直没有离开镇子。镇政府也大都是跟他一起共事或由他提拔起来的熟人，大家都看他的眼色行事。在他上面，镇长换了好几位，都待不长。但是上面也绝，宁可走马灯似的换人，就是不给他转正。他也就立了志斗法。县里要调他走，他就是不走。又抓不到他什么大错，他在上面也有帮忙说话的，就这样僵持着。对这一回新来的镇长，他自然也是不在乎的了。

新来的镇长不但没有可以让人在乎的地方，反而是很让人看不上眼的。一个疤痕累累的瘌痢头，那疤痕显然是剃头佬的杰作，粉红间以灰白。这累累疮疤之间，偶有几绺稀毛，像沙漠上的骆驼草。脸很黑，满是粗糙的皱纹和紫色的小瘤子。这样一个人来做镇长，实在是对全镇的一种欺负。

这欢迎会，不过是个例行公事，显示副镇长大度。因此他们该说什么说什么，该做什么做什么，全然不顾及新来的镇长会有什么态度。镇长也一直安然地坐着，带着一种憨憨的新奇看着众人。众人笑，他也跟着笑。众人笑完了，他也就不笑，只不说话。等到副镇长宣布了请他说话，他才开口。

他说他今天并不是头一回到镇上来。县里决定调他到镇上来之后，他已经在镇上各处转过几回，镇上七七八八的情况，他是晓得一些的。

他的话一出口，大家就听出他的中气是很足，嗓门也大，但是他克制着。他的话听起来很和缓，但其实很硬扎，没有一句客套，也没有一点要请教的意思，甚至没有一点隐讳：“今天的会不必开长。这样的会开长了也没有意思，欢迎不欢迎我反正都得来。我看这样，办公室下个通知，开个两级干部会，把全镇下属各单位的负责人都集中到镇里来，镇革委所有负责人都参加。报到时间就定在下个星期一。”

镇长说完就宣布散会，随即就起身走出会议室。既没有问副镇长有没有什么补充，更没有征求任何人的意见。会议正式开始到结束，前后不到十分钟。

其他的人一时呆在座位上没有动。大家面面相觑，觉得这回有点“来者不善”。有道是“十个瘌痢九个哈（音 há，同‘蛮’）”，这回恐怕是遇上一个难剃的瘌痢来了。

副镇长脸色铁青。跟镇长的这头一回交手，他明显是输了。镇长毫不客气轻易地就把会议的主动权夺了过去，等于把他晾在那里。末了他冷冷地一笑，他对自己在镇上的绝对地位还是有信心的。

镇长第二天上班就坐在镇革委办公室，一直看着办公室主任把会议通知起草，油印出来，又分装信封邮寄出去。然后又吩咐要一个一个单位打电话，保证不能缺漏一个人。电话要做记录，他回头要核实的。

三

又是公函，又是电话，应到的人全部到齐。其实不这样，人也到得齐的，除非哪个遭了天灾人祸。那年头，乡镇干部指望开这类会，就像伢儿指望过年，说的就是：口里没有味，开个现场会。

但这一回副镇长却有了别的心思。会议后勤，由他具体负责。他通知办公室主任，新镇长来了，要有新的作风，开革命化的会，会议伙食按最低标准办。以往都是在财务规定的范围外再增加一笔开支。这笔开支跟规定的经费比，是大头，出处最后都分摊给下属各个单位。各单位的头都来了，分享了这开支的结果，他们都很乐意，因为理由很正当。副镇长这回不增加这笔开支的理由也很正当。办公室主任心领神会，但心里有些打鼓：副镇长这一手很绝，明摆着是要坍新镇长的台，却让你恨得想咬他也找不到地方下牙了。

镇长听汇报的时候却说，要得，就要这样。听口气不像是反话，倒似乎是正中下怀。镇长后来又让把租用的客栈退掉，把镇革委的办公室都腾出来铺了干禾草，让参加会的人全部打地铺睡在这个老祠堂里。厢房不够，镇长自己带了镇革委机关的干部就睡在堂屋里。好在这祠堂有些规模，参加会的连工作人员一起不足半百，勉强挤得下。只是吃和拉有些问题。祠堂做了镇革委机关后，在屋后加了个院子，建了食堂和厕所。先前主要是供机关的人使用，现在一下子加了许多人，自然就难以满足需要。镇长说，革命化么，就化彻底些。这样的困难有什么大不了的，尿就滋在墙脚上，拉屎和吃饭，分批。凡事妇女优先。

大家觉得新鲜，倒没有几个有怨言。报到的当天夜里，一屋子男女嘻嘻哈哈，荤的素的，笑话不断。

第二天起来大家都变了脸色。不晓得从何时起，祠堂外布了岗哨，背了真枪实弹的民兵，不准一个人出进。屋子里的几只摇把电话也都摇不出声音，明显是有意切断了线。大家你看我，我看你，不晓得出了什么事。正要闹，镇长一下从什么地方站出来（他夜里不晓得什么时候出了祠堂），身后跟了两个武高武大的带枪的民兵。他清了清喉咙，压低了声音说，大家不要乱，哪个作乱莫怪我不客气。老子今日就是来专政的。你们这班家伙，共产党叫你们当干部，你们一件好事不做，不是爬灰就是作奸。把男人轰出去上水利，自己就去糟蹋人家老婆女儿。镇上我是来了些时候的，你们各人做的好事一桩也瞒不过我。这回我让你们自己交代。老实交代了没有事。哪个要打埋伏，我拆他骨头。现在都去吃早饭，吃完了，回到各人铺上写交代。交代一个出去一个。一日不交代，一日不准出这祠堂门；一辈子不交代我就让他坐穿牢底。莫想带口信，莫想串供。两里路处我就派了岗，除了雀子跟老鼠，哪个也过不来。

这些年，人家什么莫名其妙的事没有见过做过。自己对别人做得，别人也就对自己做得。理是没有讲头的，镇长将来时，人家就听说是有些来头的。倒不是做了什么惊天动地的事业，是因为县革委主任看重他。

县革委主任是“三结合”后从军管部队留下的，又是刚成立的省革委主任的直接下级。说是说强龙不压地头蛇，但也还有一句话：“好汉不吃眼前亏。”

不满三天，大多数人都写出了交代。那三天里头，整个祠堂里死气沉沉。镇长派了民兵，轮流在各人的铺前来回逡巡。堂屋和厢房里只有一片轻轻的翻动引起的禾草的悉悉声和笔尖在纸上的划拉声，偶尔夹杂着一二声咳嗽和叹息。有人放屁引起了嗤笑，但立即就止住了口。夜里，才有人做噩梦，从地铺上跳起来，鬼哭狼嚎。值夜的民兵，哗哗地拉动枪栓，又压抑下去。

白天，镇长在食堂的仓库里清出了个角落，等着一个接一个来送交代的人。他不看，让交代的人自己念。他闭起眼睛一边听一边拗椅子。那个人念完了，他才睁开眼，说：“行，材料放在这里。你可以回去听候处理。”三天后，祠堂里只剩下镇革委机关本身的几个人。副镇长一直咬紧牙，黑了脸，仰在自己的地铺上，用无言表示最高的轻蔑。妇女主任和办公室主任也都没有动静。镇长并不跟他们打照面。到第四天上午，他让民兵把妇女主任带到食堂仓库里来。好长时间，他一言不发，闭着眼睛，专心地拗他的椅子。妇女主任则隔了桌子坐在他对面，低着头捻自己的衣角。这几天她也没有认真梳洗，披头散发，面色蜡黄。先前的风骚劲一点看不到，像一棵霜打了的菜。

镇长终于开口，说："别的我都不想问，只问你一件事，有一回你开妇女会，讲计划生育，动员大家上环，有人担心上环出事，难受，你说，你就上了环，一点事没有。你一个大闺女，上环做什么？"妇女主任抬起头，愣愣地看了一会儿镇长，忽然"哇"的一下哭起来。这几天，因为副镇长的顽抗，她也一直硬撑着。现在，她实在撑不住了。

妇女主任随后就交代了自己的错误事实。镇革委没有了部宿舍，家不在镇上的干部要在镇上过夜就睡办公室。妇女主任没有成家，就只有住在镇妇联办公室，在床铺和办公桌中间挂张帘子。副镇长的家在镇下面的生产大队。他平时很少回去，也在自己办公室搭了张床。逢到别的干部都不在的时候，他把祠堂大门一关，同妇女主任就做成了夫妻。妇女主任起先不肯，到底受了他的培养，却不过情分。他说，这是对她最好的再教育……

镇长打断她的哽咽，说："你不必讲那么细，不要前言也不要后语把刚才讲的这段写下来就行。"

妇女主任刚出门，办公室主任一头撞了进来。他已经在门外等了多时。他两只脚索索抖着几乎要下跪。镇长让他坐，他坐了几次也没有坐稳，屁股老是不得落实。他牙齿"格格"地打着战，结结巴巴地求镇长高抬贵手。他说他胆子小，做不成什么事情。年轻时冒失过一回，到如今一想起来就心惊肉跳。他把那次冒失写在了纸上，作为交代：那时候他刚到镇上，做民政工作。有一回，一对在他手上打了结婚证的新婚夫妇来找他，说是圆房三天了，就是成不了事。那时正是正月里，镇政府很多人都还没有来上班。中午他在镇上的一个亲戚家里喝了很多酒，胆子正是麻的。他就突然心血来潮，对那男的说，你在这里待着，我给你老婆检查一下，就带了那女的进了自己的宿舍。那时候的人百分之百相信政府干部。相信干部，也就是相信政府；相信政府，也就要相信干部。那男的也就老老实实地等。那女的也就老老实实地让他检查。他检查的办法很实在，就是把那件事做一遍，算是试验。试验结束，他大汗淋漓地把那女的带到男的面前，说，没有问题，通了。过了一个月，夫妻二人居然带了礼来谢他，说是他们那回一回去就果真成了事，现在怀上了。他涨红了脸不敢再看他们。他是罪该万死，利用了革命群众对政府的信任，应该让革命群众打翻在地，踏上一千只脚，一万只脚。

镇长耐心地听办公室主任念完了自己的交代，停止了拗椅子，睁开眼睛，没有像对待先前的那些人那样让他把交代留在桌上，倒是隔着桌子，伸手把办公室主任手上的那叠纸接过来，扇扇子似的摇了摇，然后拿过桌上的打火机，点着了那叠纸。火舌沿着那叠纸的下角往上舔，一片一片燃烧后的碎屑虫子似的飞起来。一直到快要烧到手指了，他才松了手。又看着那点纸屑烧完，收缩成一团，打了个旋飘起，才抬起头，对办公室主任说："这件事就到此为止。"

办公室主任一直惊怕地睁大的眼睛里泪水一下涌出来，一直想跪没有跪成，现在"咚"的一下跪了个扎实。

镇长笑了笑，说："行了。以后注意，要跟路线，不要跟人。"

办公室主任说："我晓得的，晓得的。你就是路线。"

以后的日子，镇长就带了那一大摞交代一个单位一个单位去落实处理。自然并不是每个单位的负责人都有偷鸡摸狗的劣迹，但这些人也都搜肠刮肚地写了些平时吆五喝六，好吃懒做的事来凑成交代，斗私批修总之很彻底，只求尽早出那祠堂门。镇长一律拿了对付办公室主任的方式如法炮制，当了各人的面烧了各人的材料。他说，他要看的就是各人的态度，各人今后的工作。至于过去的账，一笔勾销了。

但有一个人，他没有放过。他把妇女主任的交代作为揭发报到县革委。全国上下都正在落实新发布的最高指示，检查知青工作，就等着要一个典型。副镇长刚好撞到枪口上，问了个奸污女知青的罪，抓起来判了重刑。依县革委主任的意思，要杀头的。好歹副镇长在县里有些根基，许多人冒险说情，才保住性命。

妇女主任自然在镇上待不住，回城去找了个工人下嫁，随后就调去了丈夫的那个烧砖瓦的工厂。

四

然后是镇长一生中最辉煌的一段日子。

省革委主任是个极有雄心也极有胆略的人，抓工业抓农业都有许多惊世骇俗的创造。镇长的真正发迹，就得力于这创造。

根据我们这个农业省丘陵山地多的特点，省革委主任亲自确定了一个改天换地的战略，概括起来是个顺口溜："八字头上一口塘，周围栽树满山岗，中间一条机耕道，新村建在山边上。"就是在两条山丘的上方拦坝筑水库，水库下边的田垄中间修机耕道。先前田垄中间的村庄全部拆迁到山丘脚下去，建成像军队营房一样整齐的"新村"。简称"大搞八字头上一口塘"。进行了全省的动员布置，社社队队都必须大搞八字头上一口塘，不搞的按反革命论处。

小镇除了镇子之外，就有一个种蔬菜的农业大队，而且在平畈上。没有山丘，也就搞不成八字头上一口塘。但镇长还是召开了全镇大搞八字头上一口塘的战略部署动员大会。镇长说，搞不搞是态度问题，搞成什么样，是水平问题。没有山，建不了塘，机耕道总可以修的，新村总可以建的。

一散会，就让人按事先画好的机耕道，新村规划图打石灰线。线一打出来，就让人动手，边拆旧屋，边做新屋。那个农业大队一时鸡飞狗跳，烟尘滚滚。却有一个村子没有动静。这个村子还恰恰紧挨着规划图上的机耕道，是非拆不可的。

这村人所以这样胆大，不怕做反革命，是因为一个寡妇做了他们的盾牌。这寡妇的屋子立在这村子的最前沿，而且压着那条按规划图打出的石灰线。寡妇是新寡，男人害病，没有钱住医院，在家里拖了几个月死了，给寡妇留下了六个儿子，最小的还在怀里吃奶，最大的刚刚挑起一担粪。

镇长听说居然有人敢对抗，便带上民兵跑了来。寡妇面对气势汹汹的镇长和把枪端在手上的民兵，全无惧色。几个儿子都挤在她身边。她一手搂着吃奶的儿子，一手挡定了自己的屋门，说，横直是死，你们有种就把老娘一家人连屋子一起拆！

一村子男女都围上来，看镇长怎样唱这台戏。

镇长的癞痢头涨得通红，眼角很有力地弯下来，射出凶光。

“真不走？”

“不走！”

“还是走吧。”

“不！”

“那就怪不得我了。”

镇长咬了咬牙，后退一步，示意民兵上前。几个民兵围上去，把寡妇一家人一个一个地从屋门口扯开。寡妇一家人杀猪似的嚎叫起来，骂声哭声惊天动地。寡妇满地打滚，“畜生”“癞痢”骂个不休。围观的人中，几个年轻的血性涌上来，龇牙咧嘴地想要冲出来拼命。镇长喝道：哪个敢动，动就开枪！年纪大些的赶快靠拢把那几个年轻人挡了起来。镇长回头，向一台早已停在那里待命的拖拉机挥了挥手。

马力很大的“东方红”轰轰地冒着黑烟，履带沉闷地格拉格拉响着，好像是从每个人的胸口轧过。寡妇的那幢茅草盖顶的土坯屋几乎听不见声音就塌成了一堆土。

一村人一哄而散，晓得是再没有理可讲了，都回去抢自家的东西。想让这样一个哈巴痢痢发善心，除非日头从西边出来。

镇长并没有让拖拉机继续推下去。他对生产队长说，去，叫他们莫慌，不作对就行了。先去清新村的地基。

寡妇一家人则被关在生产队的仓库里。寡妇已经声咽气短，依旧挣扎着要寻死觅活。镇长让把她的手脚捆住，系牛一样系在柱子上。跟寡妇一样捆住的，还有她那个可以担起一担粪的大儿子。

夜里，镇长一个人摸到仓库来，让把守的民兵开了门，交代他不要让别人进来。自己进了仓库，又随手把门带上。

仓库里的情形很狼藉。寡妇的几个儿子，除了老大跟她一样被捆着，吃奶的那个白天已经被民兵抱走，其他几个儿子横竖乱躺在地上，满头满脸乌黑，都沉沉地睡着了。有一个忽然翻动了身子，嘴里咕哝了一声，似乎是喊饿。白天让人送来的饭菜仍七零八落地搁在地上，一口没有动过，早已冰冷了。显然是寡妇有过绝食的命令。寡妇的大儿子是醒的，看见镇长进来，肩膀动了动，又无力地垂了下去，目光也很黯淡。镇长进门的时候，坐在地上的寡妇大约是睁开过眼睛的，但现在她头歪着，仰靠在柱子上，眼睛紧紧地闭着。她明显在极力控制自己。从梁上悬下的那盏马灯离她的头不远，灯光亮亮地照着她的脸。那张脸枯黄而憔悴，像一张干缩的贴上去的纸。但她的眼睛的上下眼皮在格外有力地紧张地颤动，里边有一股凝聚的极大的力量在向外奔涌，却不是眼泪。

镇长垂了头，静静地看着。他好像感到了疲倦，感到自己要垮了，突然双膝一软，跪在了寡妇面前。

"婶娘！"他轻轻地喊。"我对你不起。"

寡妇睁开眼睛，狐疑地看着镇长。

镇长避开她的眼睛，看着地下，继续说："我也是没有法子。都是吃五谷杂粮长大的，我不晓得我们瞎办不得么！现在上头叫办，你不办，是要法办的。法办了我一个人不要紧，你们到头还是躲不过这一劫的……"

寡妇往起欠了欠身子，嘴巴嚅了嚅，忽然把一大口带血的痰吐到镇长的额头上。

带着浓血的腥臭的痰慢慢地流下来，流进眼窝，又顺着鼻梁流到嘴唇边上。镇长任它流，不擦。

"有气你只管出吧，只不要作践自己。死鬼给你留了群崽，这就是宝，不要几年，他们一个个就会像扁担一样站起来了。"

寡妇重又闭上眼睛，不理睬他。但眼皮子却不再抖动了。"婶娘！"镇长又喊，"我是为你好。拆了旧屋你可以住新屋。新屋让队里做，不要你出钱。几个伢崽就算我的兄弟，我月月给你们送口粮。我活着在，你们就死不了。"

寡妇第二天就带着大儿子上工了。大家都觉得蹊跷。寡妇原是三番五次地真的寻过死的，现在却安静下来。日子不咸不淡，都很硬扎地拖着。寡妇本来话就不多，镇长那天夜里又交代过，他许的愿，她不要在外头说。自古救急不救穷，他就是一身是铁，也打不了几颗钉的。

镇长的话都做了数。新村建好之后，在生产队的新仓库边搭了两间披厦，安置了寡妇一家。镇长如期给寡妇一家送了几年米，回回都是夜里他自己背去，一直背到寡妇那个吃奶的儿子都上队放了牛。镇农业大队吃的是定销粮，镇长背的米，都让粮站用自己的名字记在账上，到他下台的时候，粮站举报了这笔贪污粮。寡妇那时候正有一个儿子要去当兵，怕政审不合格，不敢出头给镇长说话。便让大儿子凑了钱，夜里送到镇长家屋去，让他去归还粮款。镇长不收，说，虱多不痒，债多不愁，了了这回事，我不还是个罪人。一直到镇长死了，寡妇熬不过良心，到坟上烧纸钱，才把这些哭诉出来。只是这时候说什么也都晚了。

镇长落个很惨的下场，是很多年后的事。当时他是红得发紫的。新村建好之后，全县都到小镇来开了现场会。县革委主任把这里的经验总结后又专门报告了当省革委主任的老首长，引起了老首长的极大兴趣。接着又在小镇开了全省的建新村现场会。省革委主任带了随员、记者以及全省各县的革委会主任浩浩荡荡几百人到小镇来，把镇里镇外压得塌了三寸。镇长先是成了省劳模接着又成了全国劳模。省报和全国的大报都登了他的大幅照片。那颗疙里疙瘩的瘌痢头经过很巧妙的洗印处理，竟反而有了几分艺术效果。

但这回的现场会也差点惹出大祸。

五

原说是视察了新村，在现场会开始时作完指示就到市里去的，但讲话的时候，话筒突然没有了声音。省革委会主任掼下话筒，回过头就要发作。正在主席台后侧照应扩音器的镇广播站播音员赶紧跑出来，抓过话筒连拍了几下，仍是没有动静。

她很尴尬，一时慌了手脚。整个会场的气氛也一下僵住，似乎是等待着一场战争的爆发。

省革委会主任的脸色却不知为什么重又容光焕发起来。他和颜悦色地对可怜巴巴的播音员说，小鬼，下去吧，我讲话本来不需要扩音的。接着他就大了声讲起话来，并且越讲越有兴致，幽默风趣，妙语连珠，不时引起满场的笑声和鼓掌。

吃过饭，省革委会主任竟不走了，对镇长说，让广播站那个小鬼来，我想跟她谈谈。

让人敬畏的省革委会主任在位不久，全省各级领导就晓得了他的一个极有个性的嗜好，就是每到一处就要找些好看的女孩子进行革命教育。他虽然年过半百，但精力旺盛得吓人，白天不论怎样辛苦劳碌，这教育还是要通宵达旦的，一点不知疲倦。他抓这教育同他抓革命、抓生产一样都是极有魄力的。就有了种种传言，说是省革委会主任到了哪里，哪里的母鸡都要赶紧穿裤子。都说这是阶级敌人用心险恶的攻击，但私底下大家又都把这攻击一遍又一遍用心不险恶地重复，还加了一个形象的描绘，说是“大搞八字头上一口塘”

镇长说，那太好了，省革委会主任要在小镇过夜，要对播音员进行革命教育，无疑是对播音员最大的鞭策，最大的鼓舞，也就无疑是小镇广人革命干部和革命人民最大的光荣，最大的幸福。我马上去做安排。镇长欣欣然、跃跃然，受宠若惊。

然后他就陀螺一样在镇革委会的院里院外转起来，收拾省革委会主任一行过夜的房子和床铺；吩咐准备省革委会主任一行的夜宵；布置保卫省革委会主任一行的民兵岗哨……省革委会主任很感动说，你歇着吧，忙活一天了，把那小鬼给我叫来就行啦。

“好的，就来了。”

镇长一边雷厉风行地调度，一边干脆利落地应诺。

但是镇长再次出现在省革委会主任面前的时候，仍是一个人。

“小鬼呢？”

省革委会主任显然有些不悦了。他迫不及待地要做一个女孩子的工作，结果却老是这么一只可恶的瘌痢头在他面前进进出出。常常有这样的情况，许多下级干部以为只要自己忠心耿耿，尽心尽责就能讨上级领导喜欢，却往往因为抓不住上级领导的主要意图而总是搔不到领导的痒处，反而更添了领导的心理负担，使得种种殷勤，种种辛苦都成为一场白忙。更严重的甚至招致了领导的怨恨。因为领导的有些心思是要靠下级去领会而不便明确指示的。一个下级干部乖巧不乖巧，能干不能干，要害和标志常常就在这里。

镇长自然不是不乖巧，不能干的人，只是这一回，他实在无能为力：他去找镇广播站播音员的时候，才听说，仅仅在约五分钟之前，播音员搭了一辆拉货的便车，匆匆赶去了城里搭火车。当时她刚刚接到从上海老家打来的电报，祖母病危，让她速归。她甚至来不及向镇长当面请假，写了张假条连同电报一起让人带给镇长，就哭哭啼啼地跑到公路上搭车去了。

镇长现在带来的，就是这张电报。他请示省革委会主任要不要过目。那上面还留着一个上海女孩子到什么时候什么地方也免不了要用的护肤脂的温柔气息。

省革委会主任锐利的眼睛静静地看了一会镇长，什么话也没有说，径直从镇长身边走过，走到门外，喊了一声什么人，就竟自走到了镇革委会的院子里。

几辆从省城开来的吉普车很快就轰轰地吼起来，雪白刺眼的车灯横扫着镇革委的院子。随后车队就向镇外的黑暗风驰电掣似的扑去。

被省革委会主任抛下的镇革委会的一院子人都呆了，弄不清省革委会主任为什么忽然作了战略转移；来的时候轰轰烈烈，小镇一时间福星高照；走的时候阴阴森森，小镇似乎要大难临头。这样的跌宕起伏，反差实在是太大太猛了。小镇人见的世面、经的事少，受不得这样的惊吓。

镇长倒是很安然，说，首长就是这样火爆的性格，工作作风一向泼辣，这在全国都是很有名的。真要有什么什么也是我担着，没有你们的事，各人回去吧。

后来果然也真没有什么事。镇长和小镇都依旧是全省的先进典型。镇长后来还是依旧多次出席了全省、全国的各种表彰会、讲用会、经验交流会。省革委会主任也没有因为那天晚上的事对他生出什么隔阂。证明是，镇长后来还特地从省城带了一张省革委会主任在一次会议上单独接见并同他亲切交谈的合影的放大照片回来。那照片用镜框镶了，挂在镇革委会议室主席像的下边。不过，再后来，这又成为镇长上了反党贼船的铁证。

省革委会主任那天晚上突然离去给小镇留下的谜，也是在镇长下台后解开的。

先是镇邮电所的所长揭发镇长曾经让他给镇广播站播音员——那个上海女知青出一张假电报，让她回上海。当时的小镇邮电所还没有直接的电报业务能力。外地来的电报先打到城里的邮电局，再由那里挂长途到镇上，镇邮电所记录后再送交受报者。但那天城里并没有电话来。播音员上海家里的那个电报，电文是镇长在电话里口授的。他当时想问，镇长说，你莫管，照记就是，记了，亲自送到播音员手上，不准再对别人说这回事。你要误了事，我法办你。邮电所长说，那时候，这个臭瘌痢在镇上一手遮天，我给他吓住了。今天终于可以伸张正义，水落石出了。

专案组把这件事单独立了一个案，口授电报的事，镇长供认不讳。他并且补充说，播音员祖母生病也是事实，只不过老人家早已瘫痪在床。另外，那辆货车，也是他临时安排的。后来，那个播音员从上海回来，同样是他写信通知的。回来的当天，他就给了她一张上大学的推荐表。推荐表上所要求的全部手续都是在他的监督下闪电式地办完的。正好是上海的一所美术院校，播音员没有几天就永远地从镇上消失了。

专案组派人去了上海找那个前镇广播站播音员出旁证，证实了上述的种种。正在上大学的播音员只是一直没有搞明白，那天晚上镇长为什么突然来找她，告诉她家里会有电报来，让她接到电报马上动身，到镇街口的那棵樟树下面去，那里会有一辆货车等她千万不要犹豫。镇长说，你什么也不要问，走你的就是，以后有机会再告诉你原因。回了上海先住着，什么时候回来，我会给你去信。你要不听我的，出了事那就莫要怨我。镇长当时的样子又神秘又紧张。播音员虽然有些糊涂，但让她回上海总是件意想不到的好事，她也顾不得那么多了。后来镇长又来信，让她回小镇办理上大学的手续。她就赶紧去了，又快快地回上海了。就是这样。至于镇长那天为什么匆忙让她去，她后来一直也没有问，也没多想，因为没有必要。她觉得这个乡下人样子难看死了，心肠倒蛮好的。问到她晓不晓得镇长为什么对她那么好。她笑一笑，说："谁晓得！"脸上分明现出上海人常有的优越，意思很明白的：我这样一个，上海女子，能不让男人喜欢么！而且是那样丑的一个外省乡下人！给人的感觉镇长是打了她的主意，癞蛤蟆想吃天鹅肉的。

这样倒使镇长得了一个解脱。专案组原是想从中问出镇长同播音员的私情的。看这种情形，委实也不像。回来再向镇长作最后核实，问他为什么对播音员那么关照，镇长说，你们想是为什么呢？你们怎样想怎样写就是了。结论横直是你们做的。

六

镇长的辉煌很短促，像扫帚星划过小镇的空中。

先是中央的林彪，接着是省革委会主任，接着是县革委主任，接着是镇长，一个一个地被押上了历史的审判台。就像他们当初理直气壮地把别人押上历史的审判台一样。据说，他们竟是串通好了谋反的。省革委主任大搞八字头上一口塘，是战略工事的一部分。他那回来小镇，主要是来看地形的，计划在小镇修一个地下指挥所。那天晚上说住下又突然撤走，就是为了保密。总之事情很严峻，很可怕。大家这才晓得，一个臭癞痢当初能那么不可一世，原来竟有这样的背景，也就激起大家无比的痛恨，声讨起来一个个义愤填膺。

但这个“臭癞痢”却满不在乎，开批斗会的时候，他依旧像先前做镇长时一样神气活现。

一上台，他跪下一条腿，另一条腿伸着，两条手臂平展着。主持人喊：“你起来，我们不搞体罚。”他说：“我自己罚自己，跟你没有关系。”主持人说：“你这样子是什么意思？”他说：“你这还看不出来？我没有文化的都认得：一个头，两只耳朵，平伸两只手，伸条腿，跪条腿，这不是个‘光’字么。不过不是光荣的‘光’，是光卵一条绳的‘光’，如今我光卵一条绳，什么都不是了，甘心情愿接受批斗。”大家听了，又看他怪模怪样，想笑又不敢笑，就开始揭批。

镇食品站的站长上去说：“你当个镇长，专搞特殊化，回回买肉，精的不要，肥的不要，专要猪头肉。镇上一个月才供应几头猪？一头猪有几两猪头肉？你回回只要猪头肉，别个吃什么？要是让你这样的人篡党夺权的阴谋得逞，劳动人民不重吃二遍苦，重受二茬罪，才怪哩。”说着狠狠地跺了跺脚，高呼：“我们是一千个不答应，一万个不答应的！”

在台角上的镇长疑疑惑惑地瞟了瞟食品站长，说：“你是表扬我还是揭批我啊？世上哪有不吃精不吃肥只吃猪头肉的人？我是穷得没有法子啊。你要喜欢，二回我拿猪头肉跟你换精肉肥肉，你只莫加收我的钱就是。免得你吃二遍苦，受二茬罪。”

食品站站长给他说得噎住，一时不晓得怎样回复。主持人就及时地喊：“下一个上来。注意这是你死我活的阶级斗争，要说大是大非问题，敌我矛盾问题。”

“我来！”

下面一个人勇敢地应了一声，挺身而出。是镇革委会办公室主任。

办公室主任先前是跟镇长跟得最紧的一个。大家人前人后叫他做“镇长的吊刀”。他并不恼火，反而乐意，说是“跟路线”，一脸的自豪。镇长也是少不得他的。镇长走到哪里都喜欢讲话，讲话便少不得稿子，稿子都是由办公室主任写。写得好不好，主要就看厚不厚。拿到手上，先掂掂分量，再看页码，好几十页，就说要得！

但是，其实，再短的稿子，镇长也念不完的。他放牛放到十几岁才去上小学，上了没有几年，家里没有口粮了，就又回去种田。他胆大。他那个山里没有学校，他居然敢办学，一个人当校长当老师——当老师又教语文、又教算术、又教画、又教体育、当伙头、当打钟的。当了几年，教出些什么桃李自然是天晓得，倒是他自己出了名，被调到公社做干部。“文化大革命”，他那个公社造反最早。司令自然是他。他把公社机关所有的公章用麻绳串成一串，当裤带系在腰上。大约是因为大家都晓得十个瘌痢九个哈，居然当地没有人敢另立山头跟他对抗。有几个人背后嘀嘀咕咕过几回想想还是觉得惹不起瘌痢，便死了心。因此，“文化大革命”了几年，别的公社都牺牲了人，他那个公社连武斗也没有发生过。瘌痢也就因此显得出类拔萃，然后就成了镇革委会主任。唯一可惜的是字依旧是认得不多，跟镇长的身份远不相称。但是他决不肯因此跌价，稿子总要有一定厚度的，因为那是镇长权威的体现。至于念不全，他有法子解决。

那法子很简单，就是将稿子复写成两份，他拿一份，另一个字认得多的人拿一份。他作报告的时候那个人就站在他身后，遇到有他不认得的字（预先看一遍做好记号），就给他提词。本来这不失为一种可靠的保障，但他性子急，有时候报告作到兴头上，他就顾不得听人提词，依旧信口开河地念错。好在他不怕出丑，别人要是纠正了，他马上又改回来。比方，他把“赤裸裸”念成了“赤果果”，后边提词的人赶紧轻轻地纠正：不是“赤果果”是“赤裸裸”。他听见了，就放下手上的报告稿扭回头大声问：“不是赤果果？”“不是。”“是‘赤裸裸’？“是。”“那好。”他回过头，对台下黑压压的一片人说：“我刚才念错了，不是‘赤果果’，是‘赤裸裸”’对他念错字别字，大家开头常笑，后来见他坦白得可爱，就笑不起来，反而觉得他人实在。他的坦白就像他对待自己的瘌痢。别的瘌痢六月三伏都想方设法捂着，他则一年四季从不戴帽子，就那样暴露着，炫耀似的。

办公室主任走上台的时候，镇长并没有什么惊讶的表示，事情原本也是意料中的，“文化大革命”了几年，这种人见多了。

办公室主任的揭发主要围绕着镇长做过的报告里的黑话，都是些大歌大颂“四人帮”及其爪牙的话。这些话都有文字根据的，出自某年某月某日在什么会上的报告。办公室主任说得有鼻子有眼，一清二楚。

镇长起先一副满不在乎在神气，听久了，好像有些烦，就说：“那些话都是你写的，我不过就念念罢了，还念不完全。要是有罪，你总要担当一半，莫往我一个人头上栽赃，莫墙倒众人推哟。”

办公室主任给他说得尴尬，站在台上脸红一下，白一下，憋了好久，突然声嘶力竭地喊：“你作威作福的时代一去不复返了。到如今你还敢强辩，你有几个脑袋！”

镇长低了头，嘟囔说，我有几个脑袋！我要有几个脑袋，还会要这个瘌痢头么！

虽然是咕哝，但声音大家都听得见，不由得哄笑起来。主持人赶紧抓起话筒喊“严肃些，严肃些”，却自己也终于忍不住笑了。

七

对镇长的处理没有批斗时以为的那么严重。到底只是个基层干部，红是红过，却同上面的那些大人物没有什么非法的组织上的瓜葛。但已经批斗成敌我矛盾了，总不能一风吹，就下到蔬菜大队去劳动。镇长自然不当了，但工资还在镇上拿。先挂起来再说。

这一挂挂了有六七年。这期间，不管是镇上的还是外面赶到镇上来的受了冤枉的大干部、小干部都落实了政策；以这冤枉和平反作素材写了电影、电视和小说的文人许多出了名，还没有听到他有工作变动的消息。那个年轻人写的获奖小说里关于镇长迫害老干部的事，自然跟他没有关系，因为他不在位上。但小说出了名，大家便都对号入座，把那个该死的“镇长”安到他头上，因为只有他在背时。他有怨气，也是自然的。但他却并不是一个记恨别人的人，那回在桥头跟那个春风得意的小人物偶然相撞，他那些话，其实并非特地找人麻烦，心里未必有什么恶意的。

这可以从他后来说的话里得到证明。

那之后不久，他就死了。他随拖拉机进城去送菜，中间有段山路，是个下雨天，山路打滑，拖拉机翻到山坡下，把几个坐在拖斗菜堆上的人一起扣在里边。他和生产队的一个副队长把拖斗前边有抓手栏杆的地方让给了几个女社员，两个人坐在旁边的车帮子上。车子一翻，车帮子就横着压在他们身上。那个副队长当时就死了。他送到镇医院还活了几天。死之前他不知为什么特意提到了两个人：一个是那个镇广播站的播音员上海女知青。如今她是电视、电影上能让一般观众觉得脸熟的演员了；另一个就是那个写小说的人，如今是杂志报纸上常常出现名字的作家了。一个他拼了命救过；一个他做过垫脚石。好歹这镇上也出了有头有脸的人物了，好像这些都成了他的什么荣耀。这使大家很是为人性的弱点感慨。人终是不甘心寂寞的，像他这样一个人，早已一文不值了，却到死还要把自己同一些名人攀扯上。这些名人其实同他八竿子也搭不到边的。

那位女明星曾经到镇上来过一回。他们要拍一部电视剧，里边也有一个像法国的《巴黎圣母院》的敲钟人那样的角色，内心美好，外表奇丑。他们在上海当地找了好久都没有物色到理想的人。最后女明星忽然想起了她插队地方的镇长。当时他还没有死。一伙人风风火火跑到镇上，一打听，“镇长”在下边监督劳动，懊丧不已，后悔当初没有先打个电话来问问情况，弄得白跑这么一趟。这地方又没有什么可白相的。

那位作家来得晚些。那回在镇上的小河桥头同镇长的遭遇，让他什么时候想起什么时候恶心，脸上由不得就发烧发烫，就像是当众被人抽了一耳光。在省城听说“镇长”死了，他还恨恨的，遗憾不能鞭尸。以后年月久了，关于小镇的记忆日渐淡薄，自然也就淡薄了“镇长”和“镇长”对他的侮辱。直到不久前，他同省城文化界的几个朋友觉得在城里待得有些腻了，想寻一处偏僻乡村找一点回归自然的感觉，叫作寻找“精神的家园”。其中一个人忽然想起作家发轫的小镇，几个人就雀跃起来，说是去访一访作家的故居。结果几个人同样是大失所望。

十几年之后的小镇，早已面目全非。镇上先前排列着古旧雕楼的老街早已拆了个精光。代之而起的是用劣质水泥和等外瓷砖敷就的店铺门面。镇外的小河早已干涸（据说是由于上游办了工厂，抽多了地下水的缘故），却造了粗蛮的水泥大桥，叫“长虹卧坡”，那几个字也不知出自哪位庸官的手笔，写得极恶俗。沿河修了很宽的马路，却让各类摊贩拥塞得水泄不通。总之是了无牧歌的情趣。几个人要走，又错过了返回省城的班车。县里来作陪的人很惭愧，觉得对不住让他荣幸了一回的这班人，挖空心思想了好久说，静穆的地方倒是有一个，就是作家写过的瘌痢山，先前那位老干部流放的地方。那里的树都长起来了，成了林，不过如今那里是镇上的公墓区。不晓得各位有没有兴趣。

大家说：那有什么，爱和死本是永恒的主题。正要去感受感受死亡意识。

瘌痢山倒真是差强人意。因为其实只是一个大土坡，坡也平缓，从山脚铺了很宽很直的水泥台阶达到山顶。顶上是造型简陋却不失庄重的当地烈士的纪念碑。纪念碑俯视的四面山坡上，便是本镇仙逝者的归宿。因为是新开辟的公墓区，坟茔都是近十几年立起的，每一座都自然有修得极虔敬的墓碑，一方都像极是讲究的门楼。水泥、青石、花岗石、大理石都可以一眼看出是不惜工本的上等材。碑上的字都烫了金或描了红。相比之下，倒是那水泥剥落，基石凹陷，字迹模糊的纪念碑显得寒碜冷寂了。这现象也许并不难理解。作家自己所在的单位，办公室破烂得像个废弃的寒窑，宿舍却装潢得一家比一家豪华。作家去年到日本访问，见到的日本国会灰溜溜的，倒是三菱重工一类私家公司的办公楼更适合称作宫殿。富了和尚穷了庙，看来这也是一个世界性的流行趋势。不免喟叹一番。

不过，整个公墓区也并非座座坟墓都那样堂而皇之。在公墓区背面的山坡脚下，就有一座坟，没有墓碑，也没有草皮，光秃秃的一小堆土。从坡上流下的水把这一小堆土冲刷得稀稀拉拉，不仔细辨认，很难看出这是一座坟。一个人小解时偶然发现了的。这个人择了一个高些的土堆站上去，刚好就站在了那坟堆上，那泡尿也就刚好撒在了坟头上。

“这好像是堆坟。”痛快淋漓之余，他似有所觉。

“不错的，”县里陪同的那个人证实说，“就是作家在小说里写过的那个镇长的坟。年年除了一个老寡妇来烧几张纸，没有人管的，等于野坟。”

“你说什么？”已经走到前面去了的作家回头问，“哪个镇长？”

“就是在你小说里跟老干部作对的那个。”“真是他？”“真的。”“他怎么埋在这里？”

“不埋这里埋哪里。他死的时候家里没有人来收尸，还是县民政局处理的。要不，还真是死无葬身之地呢。”

哺乳期的女人

毕飞宇[①]

断桥镇只有两条路，一条是三米多宽的石巷，一条是四米多宽的夹河。三排民居就是沿着石巷和夹河次第铺开来的，都是统一的二层阁楼，楼与楼之间几乎没有间隙，这样的关系使断桥镇的邻居只有“对门”和“隔壁”这两种局面。当然，阁楼所连成的三条线并不是笔直的，它的蜿蜒程度等同于夹河的弯曲程度。断桥镇的石巷很安静，从头到尾洋溢着石头的光芒，又干净又安详，夹河里头也是水面如镜，那些石桥的拱形倒影就那么静卧在水里头。千百年了，身姿都龙钟了，有小舢板过来它们就颤悠悠地让开去，小舢板一过去它们便驼了背脊再回到原来的地方去。不过夹河到了断桥镇的最东头就不是夹河了，它汇进了一条相当阔大的水面，这条水面对断桥镇的年轻人来说意义重大，断桥镇所有的年轻人都是在这条水面上开始他们的人生航程的。他们不喜欢断桥镇上石头与水的反光，一到岁数便向着远方世界蜂拥而去。断桥镇的年轻人沿着水路消逝得无影无踪，都来不及在水面上留下背影。好在水面一直都是一副不记事的样子。

旺旺家和惠嫂家对门。中间隔了一道石巷，惠嫂家傍山，是一座二三十米高的土丘；旺旺家依水，就是那条夹河。旺旺是一个七岁的男孩，其实并不叫旺旺。

---

①**毕飞宇** 男，1964年生于江苏兴化，1987年毕业于扬州师范学院中文系，从教五年，1992年起从事新闻工作，任新闻记者。20世纪80年代中后期开始小说创作，主要作品有长篇小说《上海往事》《那个夏季，那个秋天》；小说集《慌乱的指头》《祖宗》等。作品曾荣获《人民文学》奖、《小说选刊》奖、《小说月报》奖。

但是旺旺的手上整天都要提一袋旺旺饼干或旺旺雪饼，大家就喊他旺旺，旺旺的爷爷也这么叫，又顺口又喜气。旺旺一生下来就跟了爷爷了。他的爸爸和妈妈在一条拖挂船上跑运输，挣了不少钱，已经把旺旺的户口买到县城里去了。旺旺的妈妈说，他们挣的钱才够旺旺读大学，等到旺旺买房、成亲的钱都挣回来，他们就回老家，开一个酱油铺子。他们这刻儿正四处漂泊，家乡早就不是断桥镇了，而是水，或者说是水路。断桥镇在他们的记忆中越来越概念了，只是一行字，只是汇款单上遥远的收款地址。汇款单成了鳏父的儿女，汇款单也就成了独子旺旺的父母。

旺旺没事的时候坐在自家的石门槛上看行人。手里提了一袋旺旺饼干或旺旺雪饼。旺旺的父亲在汇款单左侧的纸片上关照的，“每天一袋旺旺”。旺旺吃腻了饼干，但是爷爷不许他空着手坐在门槛上。旺旺无聊，坐久了就会把手伸到裤裆里，掏鸡鸡玩。一手提了袋子，一手捏住饼干，就好了。旺旺坐在门槛上刚好替惠嫂看杂货铺。惠嫂家的底楼其实就是一爿铺子。有人来了旺旺便尖叫。旺旺一叫惠嫂就从后头笑嘻嘻地走了出来。

惠嫂原来也在外头，1996 年的开春才回到断桥镇。惠嫂回家是生孩子的，生了一个男孩，还在吃奶。旺旺没有吃过母奶。爷爷说，旺旺的妈天生就没有汁。旺旺衔他妈的奶头只有一次，吮不出内容，妈妈就叫疼，旺旺生下来不久便让妈妈送到奶奶这边来了，那时候奶奶还没有埋到后山去。同时送来的还有一只不锈钢碗和不锈钢调羹。奶奶把乳糕、牛奶、亨氏营养奶糊、鸡蛋黄、豆粉盛在锃亮的不锈钢碗里，再用锃亮的不锈钢调羹一点一点送到旺旺的嘴巴里。吃完了旺旺便笑，奶奶便用不锈钢调羹击打不锈钢空碗，发出悦耳冰凉的工业品声响。奶奶说：“这是什么？这是你妈的奶子。”旺旺长得结结实实的，用奶奶的话说，比拱奶头拱出来的奶丸子还要硬铮。不过旺旺的爷爷倒是常说，现在的女人不行的，没水分，肚子让国家计划了，奶子总不该跟着瞎计划的。这时候奶奶总是对旺旺说，你老子吃我吃到五岁呢。吃到五岁呢。既像为自己骄傲又像替儿子高兴。

不过惠嫂是另外。惠嫂的脸、眼、唇、手臂和小腿都给人圆嘟嘟的印象。矮墩墩胖乎乎的，又浑厚又溜圆。惠嫂面如满月，健康，亲切，见了人就笑，笑起来脸很光润，两只细小的酒窝便会在下唇的两侧窝出来，有一种产后的充盈与产后的幸福，通身笼罩了乳汁芬芳，浓郁绵软，鼻头猛吸一下便又似有若无。惠嫂的乳房硕健巨大，在衬衣的背后分外醒目，而乳汁也就源远流长了，给人以取之不尽、用之不竭的印象。惠嫂给孩子喂奶格外动人，她总是坐到铺子的外侧来。惠嫂不解扣子，直接把衬衣撩上去，把儿子的头搁到肘弯里，而后将身子靠过去。等儿子衔住了才把上身直起来。惠嫂喂奶总是把脖子倾得很长，抚弄儿子的小指甲或小耳垂，弄住了便不放了。有人来买东西，惠嫂就说："自己拿。"要找钱，惠嫂也说："自己拿。"旺旺一直留意惠嫂喂奶的美好静态，惠嫂的乳房因乳水的肿胀洋溢出过分的母性，天蓝色的血管隐藏在表层下面。旺旺坚信惠嫂的奶水就是天蓝色的，温暖却清凉。惠嫂儿子吃奶时总要有一只手扶住妈妈的乳房，那只手又干净又娇嫩，抚在乳房的外侧，在阳光下面不像是被照耀，而是乳房和手自己就会放射出阳光来，有一种半透明的晶莹效果，近乎圣洁，近乎妖娆。惠嫂喂奶从来不避讳什么，事实上，断桥镇除了老人孩子只剩下几个中年妇女了。惠嫂的无遮无拦给旺旺带来了企盼与忧伤。旺旺被奶香缠绕住了，忧伤如奶香一样无力，奶香一样不绝如缕。

惠嫂做梦也没有想到旺旺会做出这种事来。惠嫂坐在石门槛上给孩子喂奶，旺旺坐在对面，隔了一条青石巷呢。惠嫂的儿子只吃了一只奶子就饱了，惠嫂把另一只送过去，她的儿子竟让开了，嘴里吐出奶的泡沫。但是惠嫂的这只乳房胀得厉害，便决定挤掉一些，惠嫂侧身站到墙边，双手握住了自己的奶子，用力一挤，奶水就喷涌出来了，一条线，带了一道弧线。旺旺一直注视着惠嫂的举动。旺旺看见那雪白的乳汁喷在墙上，被墙的青砖吸干净了。旺旺闻到了那股奶香，在青石巷十分温暖十分慈祥地四处弥漫。旺旺悄悄走到对面去，躲在墙的拐角。惠嫂挤完了又把儿子抱到腿上来，孩子在哼叽，惠嫂又把衬衣撩上去。但孩子不肯吃，只是拍着妈妈的乳房自己和自己玩，嘴里说一些单调的听不懂的声音。惠嫂一点都没有留神旺旺已经过来了。旺旺拨开婴孩的手，埋下脑袋对准惠嫂的乳房就是一口。咬住了，不放，惠嫂的一声尖叫在中午的青石巷里又突兀又悠长，把半个断桥镇都吵醒了。要不是这一声尖叫旺旺肯定还是不肯松口的。旺旺没有跑，他半张了嘴巴，表情又愣又傻。旺旺看见惠嫂的右乳上印上了一对半圆形的牙印与血痕，惠嫂回过神来，还没有来得及安抚惊啼的孩子，左邻右舍就来人了。惠嫂又疼又羞，责怪旺旺说："旺旺，你要死了。"

旺旺的举动在当天下午便传遍断桥镇上。这个没有报纸的小镇到处在口播这条当日新闻。人们的话题自然集中在性上头，只是没有挑明了说。人们说："要死了，小东西才七岁就这样了。"人们说："断桥镇的大人也没有这么流氓过。"当然，人们的心情并不沉重，是愉快的，新奇的。人们都知道惠嫂的奶子让旺旺咬了，有人就拿惠嫂开心，在她的背后高声叫喊电视上的那句广告词，说："惠嫂，大家都'旺'一下。"这话很逗人，大伙都笑，惠嫂也笑。但是惠嫂的婆婆显得不开心，拉了一张脸走出来说："水开了。"

旺旺爷知道下午的事是在晚饭之后，尽管家里只有爷孙两个，爷爷每天还要做三顿饭，每顿饭都要亲手给旺旺喂下去。那只不锈钢碗和不锈钢调羹和昔日一样锃亮，看不出磨损与锈蚀。爷爷上了岁数，牙掉了，那根老舌头也就没人管了，越发无法无天，唠叨起来没完。往旺旺的嘴里喂一口就要唠叨一句，"张开嘴唇，闭上嘴嚼，吃完了上床睡大觉。""一口蛋，一口肉，长大了挣钱不发愁。"诸如此类，都是他自编的顺口溜。但是旺旺今天不肯吃，调羹从右边喂过来他让到左边去，从左来了又让到右边去。爷爷说："蛋也不吃，肉也不咬，将来怎么挣钞票？"旺旺的眼睛一直盯住惠嫂家那边。惠嫂家的铺子里有许多食品。爷爷问："想要什么？"旺旺不开门，爷爷说："克力架？"爷爷说："德芙巧克力？"爷爷说："亲亲八宝粥？"旺旺不开口，亲亲八宝粥旁边是澳洲的全脂粉，爷爷说："想吃奶？"旺旺回过头，泪汪汪地正视爷爷。爷爷知道孙子想吃奶，到对门去买了一袋，用水冲了，端到旺旺的面前来。说："旺旺吃奶了。"旺旺咬住不锈钢调羹，吐在了地上，顺手便把那只不锈钢碗也打翻了。不锈钢在石头地面活蹦乱跳，发出冰凉的金属声响。爷爷向旺旺的腮边伸出巴掌，大声说："捡起来！"旺旺不动，像一块咸鱼，翻了一双白眼，爷爷把巴掌举高了，说："捡不捡？"又高了，说："捡不捡？"爷爷的巴掌举得越高，离旺旺也就越远，爷爷放下巴掌，说："小祖宗，捡呀！"

是爷爷自己把不锈钢餐具捡起来了。爷爷说："你怎么能扔这个？你就是这个喂大的，这可是你的奶水，你还扔不扔？啊，扔不扔？——还有七个月就过年了，你看我不告诉你爸妈！"

按照生活常规，晚饭过后，旺旺爷到南门屋檐下的石码头上洗碗。隔壁的刘三爷在洗衣裳。刘三爷一见到旺旺爷便笑，笑得很鬼。刘三爷说："旺爷，你家旺旺吃人家惠嫂豆腐，你教的吧？"旺旺爷听不明白，但从刘三爷的皱纹里看到了七拐八弯的东西。刘三爷瞟他一眼，小声说："你孙子下午把惠嫂的奶子啃了，出血啦！"

旺旺爷明白过来脑子里轰隆就一声。可了不得了。这还了得？旺旺爷转过身就操起扫帚，倒过来握在手上，掀起旺旺冲了屁股就是三四下，小东西没有哭，泪水汪了一眼，掉下来一颗，又汪开来，又掉。他的泪无声无息，有一种出格的疼痛和出格的悲伤。这种哭法让人心软，叫大人再也下不了手。旺旺爷丢了扫帚，厉声诘问说:“谁教你的?是哪一个畜生教你的?”旺旺不语。旺旺低下头泪珠又一大颗一大颗往下丢。旺旺爷长叹一口气,说:“反正还有七个月就过年了。”

旺旺的爸爸和妈妈每年只回断桥镇一次。一次六天,也就是大年三十到正月初五。旺旺的妈妈每次见旺旺之前都预备了好多激情,一见到旺旺又是抱又是亲。旺旺总有些生分,好多举动一下子不太做得出。这样一来旺旺被妈妈搂着就有些受罪的样子,被妈妈摆弄过来又摆弄过去。有些疼。有些别扭。有些需要拒绝和挣扎的地方。后来爸爸妈妈就会取出许多好玩的好吃的,都是与电视广告几乎同步的好东西,花花绿绿一大堆,旺旺这时候就会幸福,愣头愣脑地把肚子吃坏掉。旺旺总在初三或者初四开始熟悉和喜欢他的爸爸和妈妈,喜欢他们的声音、气味。一喜欢便想把自己全部依赖过去,但每一次他刚刚依赖过去他们就突然消失了。旺旺总是扑空,总是落不到实处。这种坏感觉旺旺还没有学会用一句完整的话把它们说出来。旺旺就不说。初五的清晨他们肯定要走的。旺旺在初四的晚上往往睡得很迟,到了初五的早上就醒不来了,爸爸的大拖挂就泊在镇东的阔大水面上。他们放下一条小舢板沿着夹河一直划到自家的屋檐底下。走的时候当然也是这样,从窗棂上解下绳子,沿夹河划到东头,然后,拖挂的粗重汽笛吼叫两声,他们的拖挂就远去了。他们走远了太阳就会升起来。旺旺赶来的时候天上只有太阳,地上只有水。旺旺的瞳孔里头只剩下一颗冬天的太阳,一汪冬天的水。太阳离开水面的时候总是拽着的,扯拉着的,有了痛楚和流血的症状。然后太阳就升高了,苍茫的水面成了金子与银子铺成的路。

由于旺旺的意外袭击,惠嫂的喂奶自然变得小心些了。惠嫂总是躲在柜台的后面,再解开上衣上的第二个纽扣。但是接下来的两天惠嫂没有看见旺旺。原来天天在眼皮底下,不太留意,现在看不见,反倒格外惹眼了。惠嫂中午见到旺旺爷,顺嘴说:“旺爷,怎么没见旺旺了?”旺旺的爷爷这几天一直羞于碰上惠嫂,就像刘三爷说的那样,要是惠嫂也以为旺旺那样是爷爷教的,那可要羞死一张老脸了。旺旺的爷爷还是让惠嫂堵住了,一双老眼也不敢看她。旺旺爷顺了嘴说:“在医院里打吊针呢?”惠嫂说:“怎么了?好好的怎么去打吊针了?”旺旺爷说:“发高烧,退不下去。”惠嫂说:“你吓唬孩子了吧?”旺旺爷十分愧疚地说:“不打不骂不成人。”惠嫂把孩子换到另一只手上去,有些责怪,说:“旺爷你说什么吗?七岁的孩子,又能做错什么?”旺旺爷说:“不打不骂不成人。”惠嫂说:“没有伤着我的,就破了一点皮,都好了。”这么一说旺旺爷又低下头去了,红了脸说:“我从来都没有和他说过那些，从来没有。都是现在的电视教坏了。”惠嫂有些不高兴，甚至有些难受，说话的口气重了：“旺爷你都说了什么吗？”

旺旺出院后人瘦下去一圈，眼睛大了，眼皮也双了，嘎样子少了一些，都有点文静了。惠嫂说：“旺旺都病得好看了。”旺旺回家后再也不坐在石门槛了，惠嫂猜得出是旺爷定下的新规矩，然而惠嫂知道旺旺躲在门缝的背后看自己喂奶，他的黑眼睛总是在某一个圆洞或木板的缝隙里忧伤地闪烁。旺爷不让旺旺和惠嫂有任何靠近，这让惠嫂有一种说不出的难受。旺旺因此而越发鬼祟，越发像幽灵一样无声游荡了。惠嫂有一回抱了孩子给旺旺送几块水果糖过来，惠嫂替他儿子奶声奶气地说：“旺旺哥呢？我们请旺旺哥吃糖糖。”旺旺一见到惠嫂便藏到楼梯的背后去了。爷爷把惠嫂拦住说：“不能这样没规矩。”惠嫂被拦在门外，脸上有些挂不住，都忘了学儿子说话了，说：“就几块糖嘛。”旺爷唬了脸说：“不能这样没规矩。”惠嫂临走前回头看一眼旺旺，旺旺的眼神让所有当妈妈的女人看了都心酸，惠嫂说：“旺旺，过来。”爷爷说：“旺旺！”惠嫂说：“旺爷你这是干什么嘛！”

但旺旺在偷看，这个无声的秘密只有旺旺和惠嫂两个人明白。这样下去旺旺会疯掉的，要不就是惠嫂疯掉。许多中午的阳光下面狭长的石巷两边悄然存放了这样的秘密。瘦长的阳光带横在青石路面上，这边是阴凉，那边也是阴凉。阳光显得有些过分了，把傍山依水的断桥镇十分锐利地劈成了两半，一边傍山，一边依水。一边忧伤，另一边还是忧伤。

旺爷在午睡的时候也会打呼噜的。旺爷刚打上呼噜旺旺就逃到楼下来了。趴在木板上打量对面，旺旺就是在这天让惠嫂抓住的。惠嫂抓住他的腕弯，旺旺的脸给吓得脱去了颜色。惠嫂悄声说：“别怕，跟我过来。”旺旺被惠嫂拖到杂货铺的后院。后院外面就是山坡，金色的阳光正照在坡面上，坡面是大片大片的绿，又茂盛又肥沃，油油的全是太阳的绿色反光。旺旺喘着粗气，有些怕，被那阵奶香裹住了，惠嫂蹲下身子，撩起上衣，巨大浑圆的乳房明白无误地呈现在旺旺的面前。旺旺被那股气味弄得心碎，那是气味的母亲，气味的至高无上。惠嫂摸着旺旺的头上，轻声说：“吃吧，吃。”旺旺不敢动。那只让他牵魂的母亲和他近在咫尺，就在鼻尖底下，伸手可及。旺旺抬起头来，一抬头就汪了满眼泪，脸上又羞愧又惶恐。惠嫂说：“是我，你吃我，吃。——别咬，衔住了，慢慢吸。”旺旺把头靠过来，两只小手慢慢抬起来了，抱向了惠嫂的右乳。但旺旺的双手在最后的关头却停住了。万分委屈地说："我不。"

惠嫂说："傻孩子，弟弟吃不完的。"

旺旺流出泪，他的泪在阳光底下发出六角形的光芒，有一种烁人的模样。旺旺盯住惠嫂的乳房拖了哭腔说："我不，不是我妈妈！"旺旺丢下这句没头没脑的话回头就跑掉了。惠嫂拽下上衣，跟出去，大声喊："旺旺，旺旺……"旺旺逃回家，反闩上门，整个过程在幽静的正午显得惊人动地。惠嫂的声音几乎也成了哭腔。她的手拍在门上，失声喊道："旺旺！"

旺旺的家里没有声音。过了一刻旺爷的鼾声就中止了。响起了急促的下楼声，再过了一会儿，屋里发出了另一种声音，是一把尺子抽在肉上的闷响，惠嫂站在原处，伤心地喊："旺爷，旺爷！"

又围过来许多人。人们看见惠嫂拍门的样子就知道旺旺这小东西又"出事了"。有人沉重地说："这小东西，好不了啦。"

惠嫂回过头来。她的泪水泛起了一脸青光，像母兽。有些惊人。惠嫂凶悍异常地吼道："你们走！走——！你们知道什么？"

心比身先老

池　莉[①]

在海拔四千多米的高原上，有一个藏族姑娘，倚着低矮的门框，纺羊毛。她握着一种从来没有名称的自制的木头器具的手柄，不停地转动，杂乱的羊毛便被简单地绞成了粗细不均的羊毛线。

第一天，我看见了她，她在纺羊毛。她身后是蓝汪汪的巨大的天空。远处有山，山是光秃秃的，牦牛在山坡上缓缓移动。门前的土堆上是一只晒太阳的懒狗。第二天，她在纺羊毛。四周和第一天没有什么区别。第三天，她在纺羊毛。一切依旧，时光在这儿百年如一日。

第四天，我走近姑娘。姑娘撩起沉重的眼帘望望我，羞涩地笑笑。我接过那油亮油亮的手柄，姑娘便教我纺羊毛。我纺了很长时间，直到胳膊实在酸胀得动弹不了。可我抬头一看，太阳还在那儿，一动没动，我的心中悄悄泛起了无边的苍凉。

我和姑娘用手势对话。她让我参观了她十二年来纺织的所有羊毛制品。在这些背包、毡子、挂毯、坐垫和披肩中，我一眼就看中了一条披肩。这条披肩上用五颜六色织着西藏佛教中的某个故事，一个威武的神戴着狰狞的面具不知踩在什么敌

---

①池　莉　女，湖北人，1974年下乡插队，1977年就读于冶金医学院，毕业后从事医务工作，1980年首次发表文学作品，1983年就读于武汉大学中文系，1990年开始从事专业写作。著有小说《烦恼人生》《太阳出世》《你是一条河》《绿水长流》《云破处》《来来往往》等，在海内外出版了十余种作品集及《池莉文集》，曾获全国中篇小说奖等多种奖项。

人的身上。

姑娘最初有些为难。她为织成这条披肩花了整整两年的工夫，如果要卖的话，她的价钱将很高，她要二十块钱。

我掏出了口袋里仅有的一张百元大票，买下了这条世上绝无仅有的在四千米的高原上用两年青春织就的具有护身符含义的披肩。姑娘永远在这高原上，而我将带着她纺织的披肩去很多很多地方。

结果大家都嘲笑我。兰叶说：你真敢在外面用？我说：当然。

李晓非和吴双自然认为我有些疯疯癫癫。牟林森到底是搞美术的，对披肩倒能接受，却对我花掉一百元钱表示不以为然。他揉了揉我的头顶，说：我就烦小姑娘装贵夫人模样，居高临下，慷慨解囊，你呀还不够那个份呢。

牟林森又给了我一张百元钞票，规定我只能买吃食不能再买装饰物。

我的分辨屡次被他们打断。我也说不出在高原上面对那姑娘时的内心感受。我只得跟他们发急，嚷道：我喜欢我喜欢你们少管闲事好不好！

从此，我就顽强地使用这条披肩，兰叶经常冲我吃吃傻笑。她知道什么呀！

尽管我在朋友们中间，可我的心却不在这里。

下午，我从昏沉的午睡中挣扎着坐起来，揉半天眼睛，然后轻轻摇摆着低烧之中欲醉欲仙的身体，靠在窗前远眺晶莹的蓝天和布达拉宫。我裹着我那条有争议的披肩，从披肩里探出一张苍白的瘦脸，瘦脸的颧骨那儿是一抹不正常的红晕，嘴唇发紫，耳垂上戴着从帕廓街买来的藏式银饰，银饰上镶满了蓝绿蓝绿的松耳石。我像个女巫，每天下午定时出现在同一窗口，用呆呆的凝望打发青春的岁月。

我不再喜欢饭店里的工作，穿件不属于自己的旗袍，站在餐厅门口对每一个打饱嗝的人微笑。有些人是些什么人，哪里配接受一个纯洁女孩的微笑！我说我喜欢艺术，喜欢画画，凡听到的人都觉得十分可笑。父母已与我如隔鸿沟。他们连我跟几个朋友一起出去走走都不同意都不理解。他们可真是老了。我没有仗可打，我没有知青可当，我没有大学可读，我没有工作可做，我陷落在我的苍白的历史阶段之中。

我住的饭店紧挨着一个体育场。每天下午三点钟有一个马术队来训练。他们来了之后我就看他们。我天天看，在窗口，一动不动，以至于他们也习惯了我。有个骑黄褐色马的小伙子骑术非常棒，当他从远处策马奔来时，他总是要看我几眼。我喜欢看小伙子们骑马。我羡慕他们，在羡慕的情绪中我心里头常常泛起那莫名的无边的苍凉。

我在等他们。牟林森去了阿里，吴双去了藏北的那曲，李晓非和兰叶仍然留在日喀则，而我在拉萨。独自在拉萨。

进藏前大家说好了一块儿行动的。结果大家一块儿走到日喀则就分裂了。三个男人，谁都认为自己选中的地方值得去，喝啤酒喝得面红耳赤，你他妈我他妈地向别人表现自己的个性，谁都不买谁的账。

我说：去哪儿不都一样吗？

三个男人根本不睬我，兰叶则像个知识分子那样沉稳地一字一板地对我说：那可太不一样了。

我说：是吗？

接着我咯咯地冷笑。笑得兰叶的脸发胀起来。

兰叶是个安徽小女子。本来在地方剧团唱黄梅戏，有一回遇上到安徽漫游的吴双，便跟着吴双进京闯世界了。兰叶水蛇腰，狐狸脸，天生一副俏模样。她是挽着吴双的胳臂进藏的，现在却已经投入了李晓非的怀抱。而李晓非是我的男朋友，以前几乎夜夜都泡在我工作的那家饭店里。可没料到他一见到兰叶眼睛就再也移不开。

李晓非公然说：如此美貌的女子，我为什么不能享受呢？

李晓非在舞厅的音乐声中霸气十足地朝兰叶伸出了手，兰叶迟疑了片刻，毅然离开吴双，飘然奔向李晓非。一曲终了，李晓非与兰叶勾肩搭背偎在一块。兰叶到吴双身边取她的小包，吴双一直幽幽地盯着她，兰叶笑笑对吴双说：对不起。

吴双只是点了点头。

我在这一刻里悲愤至极。不等李晓非对我说什么，就决定要抢先抛弃他，我走到牟林森面前，牟林森拍拍他的膝盖头，我便顺从地坐在了上面。我知道牟林森喜欢我，但我更知道他喜欢过许多女孩，没有人能长久地占据他的心。他是个现代派画家，他以名家自居做出种种的名人派头。经常给女孩子们苦头吃。我在很长时间里坚持着与他的距离，可在这个我记不清日期的某一天的某一刻里，突然地我就成了他的女朋友。我坐在牟林森的膝上，他望着我，默契地揽我入怀。吴双喝了一声彩，击案叫道：好！

李晓非有些愣愣的，他被我立竿见影的报复弄愣了，也许他并没有打算与兰叶建立长久的关系。兰叶在一旁捅了捅李晓非的腋窝，想逗他笑。我抱住牟林森的肩，让热泪流进了他的后背。咱们这算什么事呀？1980年之前，在我们新中国建国的三十一年时间里，我们所有的电影里连一个男女接吻的镜头都没有。现在才过去十四年，我们有些人一下子跨越了整个社会主义社会，完全和资本主义社会的玩世不恭的青年一样了。人与人的关系如此随便和赤裸裸，真没多大意思。但我只能这么做，我才不能让李晓非生生地欺负人。

我病了。我认为我之所以生病是因为我亵渎了神灵，大家都不相信我的说法。

初到西藏，牟林森的一个朋友带我们去看天葬。在墨竹工卡的结布岗天葬台，当第一只显然是领袖的兀鹰拍打着翅膀降落到地面，大摇大摆地一口啄食了大块尸肉的时候，我不由自主地尖叫了一声。兀鹰应声扭头，死死盯视着我，它那高贵而冰冷的目光使我不寒而栗。从这一刻起，细细的寒战就已经从我心里头升起，我不敢再出声。

一具尸体在这短短的工夫里消失了，干干净净彻彻底底地悠然升上了天空。地面上除了骨头之外也是干干净净的，只有香香的桑在天葬台缭绕。桑是一种烟的名称，用柏树枝松叶架成一个香堆，点燃之后压上糌粑，这叫烧桑。在香香的桑的薄烟里，天葬师拿走了头骨。他将用头骨当作砖，为天葬台垒一堵墙，好让人靠着休息。一切是这么自然和坦荡，使我对自己最初的尖叫感到羞愧。有时候，相信什么是一刹那的觉悟。我相信了天葬是人的生死轮回的一个环节。无数的人在出生，无数的人在死去。无数的人在重复前人的故事，谁也不会逃脱这个循环。从这个角度看待人生，不是一个一个的轮回又是什么？那么那些鹰鹫当然是神鹰了。若不是天庭的使者，它们怎么会如此准确地来到天葬场呢？

我在尖叫的当天夜里开始发烧并且夜夜盗汗。在盗汗之后我总会被自己冰凉的睡衣凉醒。在初醒的蒙眬时刻里，我准能闻到桑的奇特香味。于是我明白了我的病因。

我建议我们买条哈达去大昭寺拜拜佛，大家都乐。牟林森朝我发脾气，让我一天三次口服抗生素。我服了两天抗生素之后反而高烧咳嗽起来。

怎么说才能够让思维受到经验限制的人们相信目前还不能被证实的某些存在呢？如果现在人类还没有发明它，如果这时候我指着天空的闪电说其实它可以被当作电灯为我们照明，我想我的话肯定不被人相信。

牟林森说：得了，你知道什么呀！

我躺在医院并不洁白的病床上发着高烧，咳嗽得像只罗锅。医生说在高寒缺氧的西藏，高烧咳嗽是个可怕的病。吴双说：那怎么办呢？

牟林森说：多留点钱。

吴双说：不留人照顾吗？

牟林森看都没看我，说：一个女人一辈子要发烧和咳嗽许多次，可西藏在地球上只有一个，并且正在时时刻刻地消失掉原始的古朴和神秘。

我说：牟林森，康珠在世界上也只有一个。

牟林森，我这情热中的新男友笑了。他用调侃的语气没心没肺地说：天涯何处无芳草。

我闭上了眼睛。

吴双说：康珠，你别介意，他这人喜欢开玩笑。你是开玩笑，对吧牟林森？

牟林森说：开什么玩笑。

牟林森说：我们他妈还是不是男人？

吴双体格瘦削，脸呈菜色又刚刚被兰叶抛弃，正是对自己男子汉气魄信心不足的时候，他脚一跺，说：好吧，我走了！

吴双要去那曲，据说那曲是世界上海拔最高的城市。吴双指望在那儿遇上一场大漠的飓风和冰雹，指望离太阳更近好让紫外线晒黑他苍白的脸。

吴双曾经是校园诗人，尽管当前诗已死去，但他心中多少还残留着对女性的温爱。他临走摸了摸我滚烫的额，说：真对不起！

我说：没事。

牟林森的手被我挡开了。对他我也说：没事。

后来真是没事。即使有事又如何？阿里和那曲都是那么的遥远和偏僻。而李晓非和兰叶在日喀则完全陷入热恋之中。他们肯定忘掉了世界上的一切。

我独自一人在拉萨。

我什么也不用干，终日闲逛。除了低烧使我昏昏沉沉之外，我生活得挺好，一点不想念什么人。

我独自在拉萨。虽然像我这样的女孩子一诉说痛苦就会惹人笑话，但只有我知道我们有痛苦。我们经历平淡，吃喝不愁，但真的我们有痛苦。在拉萨的日子是我开始有想法的人生时刻，我想我该用自己的眼睛看这个世界了。

每天早上我迎着阳光到拉萨河边散步。八月份的拉萨是夏季，但一早一晚还是凉意如水。我裹着我独特的披肩。散发着浓烈的羊膻味。在拉萨河边走走停停，汉人都疑惑地看我一眼。拉萨河的河床像草原一样宽阔，可以将人的心看得静静的平平的。

中午我午睡。下午看马术队训练。黄昏后我从饭店晃悠出来，去帕廓街。晚上的帕廓街商人和游客都稀少了许多，大昭寺这才恢复了它作为古老的朝佛中心的模样。我恍恍惚惚，举止迟钝地漫步街头，遇上玛尼堆就垒上一颗石头子，遇上转经就逐个地转上一遭，遇上放生羊就喂它一些糌粑。我在为自己的病体祈求神灵，也在为自己愚钝的头脑祈求神灵。

我常常累得走不动路。走不动了我就坐在广场上看满街乱跑的藏狗。看一种亭亭玉立的叫作“章大人”的花。看大昭寺门前被叩等身长头的人们磨成了镜面的大青石。大青石叫我感动。难道信佛的人来此叩等身长头的人都是不曾接受现代文明的人吗？不是，人们信什么做什么都是有他的道理的。我渐渐在懂事。我决不会再傻兮兮笑这个笑那个。

我还喜欢看唐嘎。唐嘎类似我们汉族的丝织画。我们的丝织小品多出自苏杭，因此也典雅清淡，湖光山色小桥流水。唐嘎的主题内容是宗教，艳丽夺目的色彩，繁复茂密的花纹将金色的光芒和五彩的云霞环绕在佛像四周。每一尊佛像都是慈祥无比的，就像好心的老奶奶，商贩们将唐嘎挂满了大昭寺的围墙。使每一个行人和游客老远老远就能看到灿烂的佛的笑容。我坐在广场花坛的边沿上长久地注视佛的笑容，温和宽容之感就会流水一般从我身心淌过。

我还喜欢看穿着沉重青色藏袍的老年妇女当街小便。她们蹲得像一种舞蹈姿势，宽人的袍子体面地遮住了一切，只是有一线水流从她们的袍子底下蜗行出来。她们并不躲闪大街上人们的目光，她们与你对视的时候，你会发现她们的眼神无所谓和安详得像天使。这是主人翁的姿态和眼神，城市是你们认定的，那是你们的事，在她们，城市仍然是高山草原大牧场。多棒！

我百看不厌的还有威风凛凛的康巴汉。西藏有句老话，说是：安多的马，康巴的汉。西藏康巴地区的男子在西藏是非常著名的。他们是男性之中的优良品种。他们个高，肩宽，腰瘦，腿长，胸膛挺直，头颅昂扬，他们的面部轮廓如刀砍斧削，肤色黧黑并且闪耀着丝绸般的光泽。康巴汉的服饰格外漂亮，他们藏袍绣锦，藏靴齐膝，高高的毛边藏帽上甩动着一缕红缨，一柄镶宝石的藏刀斜挎腰间，他们的步伐总是雄赳赳气昂昂的。有一天，一个进藏旅游的汉族姑娘和我坐在一块儿休息，她看着康巴汉激动地说：我爱他们！我真想嫁给他们，你呢？

我开怀大笑。我回答她说：我拿不准。因为据说他们从不洗脚。

在我长大的二十多年里，老是被人教导着。父母、老师和电视电影一直喋喋不休地告诉你说这是丑的那是美的，这是甜的那是苦的，这是对的那是错的，这是真的那是假的。可在我遇到的实际问题中，许多标准并不准确。我厌烦了别人对我说些什么。我只想自己亲眼看。我将从一个地方走到另一个地方，睁大我的眼睛，看这个世界上我能看到的一切。通过看到的一切我想我就会拿准我该怎么去做。幸福和不幸都是我自找的，从此我不会怨天尤人。

敲门声。

我转过脸，看着房门。在低烧的昏沉中我拿不准是否我的房门被敲响。我在拉萨没有一个熟人。我的伙伴们都待在他们向往的地方。我的房门十天来无人敲响。

敲门声又响起，是我的门。

我站在窗边没动，说：请进。

骑手加木措就这样走进了我在拉萨的一段生活。

加木措就是马术队那个骑黄褐色马的小伙子。我们已经有十天的默然对视的经历。

加木措显然有康巴汉的血统，但他穿的是汉族的运动衫。他手里拎根马鞭，热气腾腾，汗水津津地站在我的门口说：你好！我叫加木措。

我说：你好！我叫康珠。

加木措笑了笑，想说什么欲言又止。

我等着他说话。我没有离开我倚靠的窗台。我头重脚轻，体内在细细地寒战。我紧了紧披肩，眼皮发涩地望着加木措。

加木措犹豫了一下，行了个藏式的弯腰礼说：对不起打扰了。扎西得勒！

扎西得勒就是祝福与问候的意思。

加木措说完就要给我带上房门。

我说：加木措，有什么事情请说好吗？

加木措说：没什么正经事。加木措的一口汉语非常流利。

他说：你看上去好像身体不适，高原反应吗？

我说：恐怕不是高原反应。

加木措说：生病了？你一个人吗？没人照顾你？我送你上医院去！

加木措说着就要行动，我赶紧告诉他不用上医院，我有药。这病医院治不好，我想这是亵渎了神灵的缘故。

你真这么想？加木措惊喜地反复问我：你真这么想？你也信佛？

我说：我现在还没信佛，但我真这么想。

加木措说：那你的病就好治了。

我说：怎么治？

加木措说：祈求神佛嘛。

我笑起来。

加木措说：要真心诚意地祈求，佛会照料你的。明天我带你去拜佛。

我说：好吧。我说：加木措，你找我有什么事呢？

加木措说：我可以说给你听，但说给你听的条件是不让你做。

我说：为什么？

加木措说：因为你在生病。我不知道你病了。

我心头一热。我顿时想起了离我而去的牟林森们。我的泪无法制止地就流下了脸颊。原来加木措在和他的队友们打赌。他们说如果加木措能到饭店来带我到训练场，加木措就赢了，反之，他们就赢了。赌注是啤酒。这是典型的男孩子们的闹剧。冲着加木措对我的关心，我很愿意给加木措这个面子，但加木措不让我到那烈日炎炎的训练场去。他十分严肃认真地指出一个人应该说话算话，我既答应他不下去就应该不下去。

加木措说：你保证？

我说：好，我保证。

我没想到马术队的年轻人会如此看重他们的胜利。他们冲着加木措欢呼，吹口哨。加木措输给每个人的啤酒不是我以为的一瓶两瓶，而是每人一箱。加木措一箱一箱扛来啤酒送给他的队友，他的队友冲着他砰砰地打开啤酒，仰着脖子牛饮，有几个顽皮的骑手还朝我扬了扬酒瓶以示致意。

我乐了。我为加木措愤愤不平。我想我有什么必要在这种关键时刻信守那可笑的诺言呢。我离开了窗口。我到卫生间对着镜子涂了口红，振作振作了精神，然后一溜烟下了楼。

我突然出现在训练场。一匹枣红马仰脖嘶鸣，骑手们却都哑了。他们疑惑地看着我，停止了喝酒。我对他们弯了弯腰，说：扎西得勒。

他们慌忙还礼，有的说：“扎西得勒”，有的说：“你好”，一片混乱。

我穿过他们中间走近加木措。加木措惊喜又自豪地迎接着我，我仰起脸对加木措说：能教我骑马吗？

加木措大吼一声：哈！

加木措一下子举起我，将我放在他的黄褐色马背上。他挽着缰绳，胳膊一挥说：拿酒来！

训练场上顿时又沸腾起来。骑手们输得喜笑颜开。一箱箱啤酒搬来了，垒在加木措身边，几乎每个骑手都要羡慕地给加木措一拳。啤酒赢来之后，加木措说：来呀，我请大家喝酒！

骑手们说：康珠呢？

我说：我当然也请你们喝酒。

骑手们嚷道：好哇好哇！

加木措将我从马上扶下来。加木措一瓶一瓶地用牙齿咬开酒瓶盖子，我一瓶一瓶地向骑手们逐一敬酒。他们都是藏族人，个个都是酒中豪杰。他们喝罢之后立刻反过来敬我的酒。他们擎酒瓶至眉际，唱起了敬酒歌。我一刻不喝，他们就一刻不停地唱。人家举着酒瓶在你面前不住气地唱歌，这是多么厉害的一招。我只得豁了出去，敞开酒量喝起来。骑手们跳起了"锅庄"，边跳边唱边喝，我也深受感染，挥胳膊踢腿地加入其中。以前我喜欢跳迪斯科也跳贴面舞，讨厌犹抱琵琶半遮面的交谊舞，现在我发现了能使我热爱和陶醉的舞蹈：锅庄。为了高兴，为了友情，为了无法用语言表达出来的愉悦，我们挥胳膊踢腿，我们蹦蹦跳跳，我们不用灯光、场地、服饰和音响，我们有天然的节奏和天然的歌喉。对于汉族人来说，跳舞似乎总是一件令人害臊的带表演性质的事情。在这里，跳舞不是一件事情，跳舞就是高兴。我高兴得忘乎所以了，低烧加酒精使我舞步踉跄，加木措一直紧紧地围绕着我，生怕我出什么意外。

我什么意外也没出。

最后，加木措怀着胜利者的豪情教我骑马。我有生以来没骑过真正的马。看人家骑马是那么神气那么自如，心中一直存着向往。及至我真正骑上马，才发现马鞍并不舒服，尽管上面垫有皮子还是非常硌人，脚镫也是很不容易习惯的，马一开步，我的丝袜就被铜制的脚镫磨了个窟窿。而马背要比我想象的宽厚得多，我的两条腿必须分得开开的，根本使不上劲来夹住马背。马儿向前跑了几步，骑手们的喝彩还没有停止，我已经眼前一黑，一头栽了下来。

骑手加木措就是这样走进了我在拉萨的一段生活。果然不出我所料，加木措是个康巴汉。

加木措说：我得帮你治病。

加木措拎着五瓶酥油，把我带到大昭寺，让我往所有我伸臂能及的长明灯里添一小勺酥油。

我说：开玩笑吧？大昭寺的长明灯像天上的星星一样多呢？

加木措有点不高兴，说：怎么是开玩笑呢？

我说：怎么啦？

加木措说：你知道自己亵渎了神灵，光说说有什么用，应该用行动来表示自己的悔意。

我想想也是。

于是我答应了加木措，老老实实地逐一地为大昭寺的长明灯添加了酥油。

加完酥油，我想找地方坐一会儿，歇歇脚，加木措却说应该给大佛许个愿再歇。

我被带到那尊最大的佛像面前跪下。我不知道愿是怎么个许法，加木措让我跟着他说。

加木措耳语般地讷讷地说：我叫康珠。

我学道：我叫康珠。

我是汉人。

我是汉人。

我不当心亵渎了神灵。

我不当心亵渎了神灵。

我请我的藏族朋友加木措替我祷告，祈求神灵的原谅，消除对我的惩罚。

我忍不住笑了一声，但在加木措严肃的表情下我还是重复道：我请我的藏族朋友加木措替我祷告，祈求神灵的原谅，消除对我的惩罚。

加木措继续说：加木措将在今天太阳落山之际到明天日出之时在大昭寺门前口诵六字真经叩一夜等身长头。

我简直目瞪口呆。

等身长头在我们汉族看来完全是做俯卧撑。全身趴下去，叩个头，站起来，再全身趴下去，叩个头，如此周而复始，口中还须念念有词，这般劳累筋骨的叩头礼，做一个两个五个十个倒也罢了，怎么能够连续不停地做一夜呢。

我说：加木措！

加木措一脸惘然：又怎么了？快跟着我说，把愿许完。

我说：加木措！你也不和我商量一下就许一夜的等身长头，这不成！

加木措说：那么两夜？

我恼了，叫道：加木措！

加木措说：你怎么就不明白呢？叩一夜等身长头是必需的，我阿爷有次肚子疼，我为他叩了三天三夜的等身长头。只要诚心诚意，叩一夜头算什么？难道光是口头上说说好听的话就成吗？难道一个人不需要用最虔减的举动来使自己进入佛的境界，好让佛的意旨降临吗？

加木措说到最后使用了藏语，用藏语流畅地表达了他的激动之后又意识到我并不懂他的语言，便又结结巴巴地译成汉语，似乎有些词不达意。

我只好说：好吧。

我趴在蒲团上，小声对大佛说：加木措将在今天太阳落山之际到明天日出之时在大昭寺门前口诵六字真经叩一夜等身长头。

又大又圆又亮又冷的月亮升起来了，狗群在月色中狂热地乱窜，这是拉萨的夜。

夏日里拉萨的夜也很冷很冷。我偎在大昭寺的门廊里，穿着加木措的羊皮大衣，劈头盖脸地包扎着羊毛披肩，只露出了一双眼睛。

这是骑手加木措。这是英武的康巴汉子加木措。这是真诚无比的朋友加木措。他从容不迫地叩着等身长头，喃喃念着唵嘛呢叭咪吽六字真经。他就在我面前，但他已看不见我。我无法捕捉到他那盲人一般的眼睛，只能瞅着他深色的颧骨上一闪一闪的釉光。大昭寺的红色寺门已经关上，寺内寂然无声，不远处的广场为现代建筑材料水泥铺就，1990 年曾在这里点燃过第十一届亚洲运动会圣火。只有泛着青光的大青石像活的一样与加木措的身姿呼应着。说真的，我实在不能理解宗教的魅力，可我希望理解。在我看来眼前这一切既现实又世俗也无特别之处，那么加木措凭借什么进入圣境呢？

我毫无睡意。我看看加木措，看看广场，看看某一扇窗口忽然亮起又熄灭的灯光，我看着拉萨的整个夜晚。我用自己比照加木措，我认为他是个有福之人。他有信仰，他可以找到万能的消解病痛和烦恼的地方。我是找不到了。我相信西藏这块土地上有神灵存在。可我这种人是无法被纳入的。比如我决不会因为某个朋友生病叩一夜等身长头；比如拉萨的这一夜，我自然永生难忘，但我决不会因为神灵而仅仅是为了加木措的友情；比如日后谈起拉萨的故事，愿神灵宽恕——我肯定是当作旅途见闻与人大侃，手里夹着一支香烟；比如对待牟林森们，我憎恨他们却又离不开他们，我为他们的冷酷深感寒心却又欣赏他们的潇洒，并且还会受他们影响，很快学成一副冷心冷面，任何时候不管任何人想去哪儿就去哪儿。

想到这里，我心苍凉，加木措啊，你白疼了朋友一场。

令人惊异的是，当第二天的下午我起床看加木措他们训练的时候，我的低烧彻底退去了。

我请加木措吃了一顿饭。

加木措对我请他吃饭这种表示感谢的方式不理解也不满意。在整个晚饭过程中他一直别别扭扭不能尽兴。吃到中途，他在饭桌下脱了鞋子。一股脚臭冲天而起，我装着没闻到，但我再也吃不下东西。可是，周围的顾客纷纷对我们侧目而视，加木措觉察到了压力。

加木措说：他们看我们干吗？

我说：天知道，管他呢。

加木措愤怒地说：那我们怎么吃饭？

我说：照样用嘴巴吃。

加木措说：如果你一定要我吃下去，得来一些酥油茶。

我对服务员说：请上点酥油茶。

服务员说：对不起，我们饭店没有酥油茶。

加木措说：那我们走吧，到茶馆喝去。

我们离开饭店，加木措领着我穿进小巷，找到了一家茶馆。茶馆板凳油腻漆黑，桌面上钉着苍蝇，可有滚烫的酥油茶。

我却没法喝酥油茶。一是我不习惯那种味道，二是我不能容忍用苍蝇爬过的茶碗。

加木措的情绪稍有好转，他问我：你告诉我，好些洋人和汉人为什么都怪模怪样地看我们？

我说：我可以告诉你，但你不能生气。

加木措说：不生气。喝上了这么好味道的酥油茶生什么气。

我告诉他那是因为他脱了运动鞋有气味。

加木措恍然大悟，哦，他说：就为这点事吗？穿着鞋不舒服还不能脱？

我笑。

加木措叹道：这个世界上的人变得越来越霸道了。

加木措坚定不移地宣布说：可我就是喜欢脱鞋，以后还要脱，谁也阻挡不了我。

我赞成他的话。当我们没有做对别人有害的事情的时候，谁也阻挡不了我们。一点点臭气不算有害。同时我又不无遗憾地想：加木措要没这个习惯就好了。

从一个漫长的睡梦中，我终于醒来，有点不明白今夕何夕，吾身何身。

牟林森带着多日不见之后更加蓬勃的胡须在我房间的沙发里看书。

我慢慢爬起来，拥被坐着，四下观望，想弄清现实与梦境的区别所在。

牟林森说：哈罗，康珠。

我说：哈罗。

我说话之后立即意识到牟林森从阿里回来了。我不禁说：啊呀牟林森真的是你！

牟林森有些感动，他扔下书走过来，径直走到我跟前，我也有些感动地张开了双臂，一个情人般的拥抱冲动向我们袭来，但却就在我们近距离对视的一瞬间，这种亲昵的冲动稍纵即逝。我们同时明白拥抱消失了，我顺手改为去拿我的披肩，牟林森只是拍了一下我的脑袋，我们心里多少有些沮丧和失望，但都立刻表现出了满不在乎的态度。

牟林森说：看来把你扔在拉萨是对的，医生到底比我们强，看你粉嘟嘟的，气色真好。

他的话一下子彻底清醒了我。我跳下床，没找到鞋，我顾不上许多便慌里慌张赤脚奔到窗前。

加木措正在望我的窗口。

我朝他拼命挥手，大声告诉他：今天也没发烧，我真的好了！

加木措得意地笑了。他甩了一个脆亮的响鞭，与他的队友们呼啸而去。

牟林森在我背后一下一下地鼓那种冰冷的掌，说：真了不起，勾搭一个康巴汉了。

别胡说，我说，别用你我这些人胡说八道的口气谈论加木措！

牟林森说：哦，看来竟是纯真的爱情了。

我说：加木措为了我的病，在大昭寺叩了整整一夜的等身长头。你们有什么资格来嘲笑他?

牟林森说:一夜的等身长头?多好的体力啊!

我说,牟林森,我说的是真话。你如果继续调侃加木措,别怪我跟你急!

牟林森没见过我的严肃,从来没见过。我在他的生活中只是个简单而快活一味崇拜名人的现代派女孩。

牟林森开始端详我,说:也许真的士别三日当刮目相看了。

我被他看得有些心乱。我说:好了好了,给我谈谈阿里的故事吧,阿里果然有无人区吗?

牟林森恢复了对我的蔑视,说:和女人谈什么阿里!女人一辈子都只知道情哥哥情妹妹你对我好我对你好。

牟林森点燃烟,挑衅地等着我的反击。我说不过他。他总是这么不平等地对待我。他以性别年龄为优势,以见多识广的社会经验为优势,总要对我居高临下。

我没理他,我趴在地上往床底下看,鞋在里面。准是牟林森在我熟睡的时候到过床边。不知道当他独自端详一个他所喜欢的熟睡中的姑娘时,他是否涌动过真挚的爱意?我真是捉摸不透现在的这一帮男人。《魂断蓝桥》等爱情经典影片在中国改革开放之后我们才看到,我们看的时候涕泪交加,可一出影院就恍若隔世。我们没有过爱情之花盛开的历史阶段,从封建社会的哭着塞进花轿一忽悠就是玩世不恭,男人卸掉了他们对女人的全部责任和良心,能躲懒便尽量躲懒,朝三暮四,朝秦暮楚。可他们居然还以为我年纪小什么都不懂。我是懒得与他们耗费心力的。我对他们最简单有效的办法就是拉倒。拉倒了再交别的男朋友。天下男人多的是。比如李晓非走了还有牟林森,牟林森走了不是还有吴双吗?李晓非想伤害我,他办不到,牟林森也别想办得到。

我从床底下捞出鞋来,穿在脚上,到走廊里大叫:吴双,吴双。

吴双应声出了他的房间。吴双的脸果然被晒脱了皮,白一块黑一块像生了红斑狼疮。

吴双说:病好了没有?

我说:好了。

吴双说:我一直在担心,甚至内疚,觉得我们把你一个人留在拉萨太不人道了。在那曲我试着打过电话,打不通。

牟林森说:想给远方的姑娘写封信,可惜没有邮递员来传情。

哪里哪里,吴双有点不好意思地说:没想写信这事。

我只管拉吴双坐下，然后坐在他旁边问长问短。牟林森抽完了一支烟，兀自笑道：还是俗话说得好哇。

吴双问：什么俗话？

牟林森说：对女人不必大恩大德，只须小恩小惠。

吴双说：我这算小恩小惠吗？

我装作没听见他们的话，继续缠着吴双讲他的那曲历险记。直到李晓非和兰叶在暮色中打开他们的房门。

兰叶抢先说话，亲爱的，我们不知道你病了。但你现在气色非常好。

我说：小美人，你的气色可不太好，眼睛有纵欲过度的嫌疑，在日喀则订婚了吗？

李晓非赶紧解救兰叶，说：康珠，多日不见，不拥抱一下？

我说：没问题。

我紧紧地搂住李晓非不放，李晓非不敢正视我的眼睛，低低地在我耳边说：别闹，松开。

我不松开直到李晓非尴尬地讨饶：饶了我吧小姑奶奶。

大家笑起来。我将李晓非推向兰叶，他踩了兰叶的脚，兰叶夸张地跳开，大家又笑起来。

我突然感到无聊至极。我点了一支烟，索然寡味地吸了几口。我走到窗前，窗外的训练场已空无一人。

牟林森过来，在我身后站了一会儿，揽住我的肩说：吃饭去吧。

我们在“高原之星”饭店吃晚饭。我们五个人加上牟林森的一个朋友。牟林森的朋友给我们送来了五张机票，是明天上午十点的飞机。我讨厌这个及时送来机票的家伙，席间一直拒绝与他说话，弄得他有点莫名其妙。在来饭店的路上，吴双提议请加木措来和我们一块儿吃饭。牟林森说今晚咱们自己聚，大吃一顿多日渴望的汉族菜肴，换个时间再请加木措，请他吃最好的藏菜。我以为牟林森说的是真话，可是我们在饭店刚坐定，他的朋友就来了。他们早就约定好了一切。

牟林森没把加木措当回事。吴双也没有，他一看见香喷喷的菜肴就忘了一切。李晓非和兰叶就不用提了，完全是一对臭味相投、见利忘义、口蜜腹剑的狗男狗女。我一想到自己曾经和李晓非出双入对，身上鸡皮疙瘩就层出不穷。

他们把一个发着高烧的女孩扔在拉萨，然后心安理得地去玩，然后又心安理得地接受了病愈的事实。丝毫不在意这其中真诚地帮助过她的另一个人，实际上他也帮助了他们大家。如果我出了什么事，如果我继续病着，牟林森他们就不会有今晚这顿美满的晚宴。

我的心情简直糟糕透顶。

牟林森点了这个饭店几乎所有的汉式菜肴。他们扑上去猛吃一通，都说还是我们的菜好吃还是我们的菜好吃。

第一巡吃过，牟林森让兰叶献一首歌给为我们买机票的朋友。兰叶说：我唱不好。

李晓非说：专业水平，你唱不好谁唱得好？

牟林森说：得得，上去唱吧。

兰叶掩唇一笑说：那我就献丑了。

吴双低声对我说：兰叶就这小家子气叫人觉得她不可爱，她漂亮但不可爱。

我没吱声，我仍然沉浸在糟糕的心情里，为我们这个集体不重视加木措的友情而羞愧。

兰叶迎着音乐喷泉的波光异彩娉娉婷婷走上卡拉OK歌台。体现她人生最高价值的时刻到来了，她高挺胸脯，翘着臀部，顾盼生姿，一下子把个小戏子的恶俗暴露无遗，除了李晓非色迷心窍，不觉其丑之外，牟林森、吴双和我都掉开了眼睛。

兰叶的第一支歌是《夫妻双双把家还》，这是她最拿手的好戏，正好又最符合她此时此刻的心意，于是，一句“树上的鸟儿成双对，绿水青山带笑颜”出口，珠圆玉润，百媚千娇，饭店食客举座皆惊，掌声雷动。

牟林森、吴双和牟林森的朋友一人夹一支烟，端一杯扎啤，大谈阿里和那曲。阿里简直称得上是未经现代文明染指的最后净土。阿里是千山之巅万水之源。那曲的海拔之高气候之恶劣使人无法想象。那曲的草原、牦牛、白铁皮房子和飓风是多么令人难以忘怀啊！

我一支接一支地抽烟。我披着我粗糙原始大红大绿的羊毛披肩，擦去了口红，歪在靠背椅里，一支接一支抽烟。在离群索居的这段口子里，我完全忘记了烟这个东西，加木措甚至不知道我还会抽烟。和他们混到一块，烟瘾就复苏了。我始终等待着，我多么希望他们能谈到加木措。让我说说加木措的故事。可他们就是不。

牟林森在我抽第十支香烟时夺走了我的唇上的烟。他说：康珠！你他妈在干什么？抽得像个男流氓！

我说：像个男流氓就像个男流氓。

吴双说：康珠，乖一点儿好不好？

我转头冲吴双说：不好！

我说：为什么要我乖一点儿，你们呢？

牟林森和吴双都不接我的话茬。

我说：把烟给我。

我以为牟林森不会给的，但他给了。他将香烟和打火机都扔进我的怀里，继续大谈他的阿里之行。

没人劝我不抽烟，我无法停下来。我在兰叶一发而不可收的歌声中不住气地抽烟，把嘴唇都抽得风干了一般，从心里到肺里到肚里到口里全是苦味。我一直在考虑与加木措道别的问题。机票已经来了，明早就要走了，我却坐在这无聊的歌厅里。我鼓励自己站起来，勇敢地走出去，去加木措家，告诉他我要走了并感谢他的友谊。可是，时间在一分一秒地过去。我就是站不起来。我没去过加木措家，也不敢去加木措家，我不愿意把关系弄复杂，也不愿意把平常的事情搞得像虚假的电影镜头。我站了起来，如果牟林森他们有谁扶我一把，陪我一道，一切就很好，但他们不。

回到我们的住处已是深夜十二点多钟。牟林森一路搀扶着我，我的情绪还是无可救药地败坏下去。

我坐在床上，抱着膝沉思默想。

兰叶一直都没有回房间睡觉，这夜倒回来了。她十分愉快，哼哼唱唱地卸装洗澡，穿着性感的绣花丝绸睡袍晃来晃去，收拾她的行李。她在床上铺开了一床的藏式首饰，一件件地试戴，每戴一件都要在我面前摆个姿势，问：好看吗？

开始我说好看，后来我不再理睬她，但她仍然不知趣地问：好看吗好看吗？

我说：求你别烦我行不行？

兰叶咬着红唇轻浅地一笑：就这么苦恼？

兰叶说：其实牟林森比李晓非男子汉多了，又有名气又有钱。再说了，大家也就是好玩而已，将来谁跟谁还不一定呢。

我说：你知道什么呀！

兰叶说：那就是为加木措了。为加木措就更用不着痛苦。康巴汉是挺漂亮的，可据说他们打老婆，吃糌粑，喝奶茶，住帐篷……咱们汉人可受不了。

我狠狠地瞪了一眼兰叶，但没有制止住她，她接着说：是不是还没钻那康巴汉的帐篷呢？如果你想去我可以陪你去并且一定为你守口如瓶。

我喝了一大口水，含在口里，招手让兰叶靠近。待兰叶神秘兮兮地凑过来后，我一口水全朝她喷了过去。她狼狈逃窜，妖媚的脸和性感的睡衣全湿了。

当牟林森、吴双、李晓非跑进我们房间的时候，兰叶在号啕大哭，我也在号啕大哭。

早晨六点半钟在拉萨还属于夜晚，太阳得在九点以后慢慢升起。牟林森不断砰砰敲门催促我。兰叶昨晚又回到了李晓非床上，今晨早早依偎在李晓非怀里，坐在饭店台阶上，接受李晓非窃窃私语的抚慰。

六点半出发八点之前准可以到达贡嘎机场，时间够充裕的。但牟林森吴双连连叫喊我们赶快上车。他们都显得归心似箭，都像正人君子一样看重时间和诺言。昨夜的一番闹腾，兰叶会更加明确地让他们明白我是因为什么而不满。显然他们根本就不愿意把加木措当回事。牟林森心里清楚地知道一切，他故意装出不知道的样子。他看待加木措就和看待西藏的山水寺庙草原蓝天一样。我们是游客，付了钱，看个风景看个稀罕，看完了就该走了。他，他们怎么如此没心没肺！

我从窗口看见他们都上了车，我回到床上躺着不动。

吴双再次上楼叫我，我装睡了不理他。吴双急得直搓手。说：康珠，你起来，我为我们几个人作个自我批评成不成？我们是太不够意思了。

牟林森大步进来，说：吴双你还跟她磨蹭什么！

牟林森把我从床上拽起来，连拉带拖地下了楼，塞进吉普车，还装模作样地理直气壮，说：女人真他妈无知胆儿大，连赶飞机这事还敢含糊。

赶飞机哪儿有牟林森他们弄得那么玄乎？一路上我们非常顺利，车开得飞快。一个小时还不到，贡嘎机场就到了。我们钻出车门，天边才泛出浅亮的青色。

候机厅里坐满了汉藏中外的各种族人等，各种人体气味混杂在一起直冲脸面。藏民们围坐在地上喝奶茶吃糌粑，也有的从怀里掏出羊腿香甜地撕咬。我们进了候机厅又退了出来，在院子里站着或者坐在行李上，院子里很冷，大家不分层次地穿着所有的衣服，长长短短像小丑。他们说话、抽烟，抱着膀子跳脚取暖，神态都很放松，很无所谓，很闲适。就等时间一到上飞机了。

我紧紧裹着我那在我们五个人中间已经著名的羊毛披肩，点燃一支烟，独自走到一边。

天一刻一刻地亮了起来，我就要离开西藏了，加木措今天下午将会发现我已不在那个窗口，我却连个招呼都没打。他的队友们的脸色肯定都不好看。肯定的。

吴双走了过来，说：康珠。

我扭过身子。

吴双说：康珠，我在那边发现了一个公用电话亭，我陪你去打个电话好吗？

我转回身，眼睛潮了。我点了点头。

吴双陪我去电话亭，在我们走出了牟林森他们视线之后，吴双说：康珠，你听我说，是牟林森想起打电话这事的。

吴双说：说真的，打个电话也就行了。我们没有时间与加木措见面，其实也没这必要，记住他比客客气气请他吃顿饭要强。你不至于和加木措谈恋爱吧？

吴双诚恳地等着我的回答。

我说：好像还没这趋势。但我们实在太没心没肺，无情无义。

吴双说：是啊。我们怎么就成了这个样子，既不能负责，也无法承诺，既保证不了自己又不能依赖他人，就是这个样子了。

我说：别说了，那就打个电话吧。

我将电话打到体委，很顺利地找到了加木措。我说：加木措，我要走了。非常遗憾的是昨晚上拿到机票，来不及向你告别。

我说：加木措，请你一定记住我非常非常感谢你！

加木措打断了我的话，说：你现在在哪里？

我说：在贡嘎机场。

加木措问：几点的飞机？

我说：十点。

加木措说：等我一会儿。

加木措说完就挂上了电话。

我再次拨通电话找加木措，人说找不到他了。

我坐在我的行李上，又燃起一支烟。我把轻烟对着远山吹去，对着草原吹去。牟林森过来从我唇上拿掉香烟，递过一杯热牛奶。我乖乖地端起杯子就喝。

牟林森捋了一把我的头发。

牟林森说：我就知道你是一个听话的好女孩。

我歪起头注视牟林森，想着吴双说的话：我们既不能负责，也无法承诺，既保证不了自己也不能依赖他人。

牟林森也注视着我，半晌才吐出一句：对不起，康珠。

他说完便掉头走开，我默默地承受了他的道歉。

在一点一点亮起来的蓝天白云之间，经幡飘动起来，尘土卷扬起来，车马声嘈杂起来，人物活动起来，一个又一个手摇转经筒的藏民蹒跚而过，他们一心一意，与世无争，好像他们人在尘世，心却不在这里。要去布达拉宫、大昭寺、色拉寺、哲蚌寺等数不清的寺庙拜佛呢？一步一步，要走长长的长长的路，经过春秋寒暑，然后呢？我心里头又泛起一浪覆盖一浪的苍凉。是不是终须有个信仰我们才能守承诺忠信用，才能保证自己依赖他人呢？

兰叶再一次看看手表，大声对牟林森说：我们该去换登机牌了。

李晓非制止了兰叶。李晓非对牟林森和吴双说：这个什么加木措倒有趣，我还真想见识见识。

我突然站起来，吓了他们一跳。我仿佛听到了疾驰的马蹄声。我引颈遥望，大家都惊奇地跟着我引颈遥望。我们没望见什么。大家复又坐下来。

牟林森说：我 ×！

我建议他们四人先领登机牌，进去候机，三个男人都没接受。使他们等待加木措的与其说是歉意倒不如说是好奇。方才我听到马蹄声的预感让他们大大惊讶。牟林森说：骑马穿越城市的饭店酒吧小轿车什么的到飞机场来送人，真他妈新鲜和刺激！

李晓非不信，他认为加木措多半会坐出租车来。

吴双说他宁愿加木措骑马，那多棒！

正在大家七嘴八舌议论的时候，一匹雄健的黄褐色的骏马由草原冲出来，横切公路，直奔机场。我跳跃起来，我挥手叫喊道：加木措！加木措！

加木措一直奔到我们跟前才勒住马。他那深红的脸膛和骏马的浑圆的前腿在我眼前一闪我就离开了地面。加木措像叼羊那样把我攫上了马鞍。他坐在我身后，一手搂着我的腰，"啪"地扬鞭驰向草原。在出人意料的一刹那，我听见牟林森、吴双、李晓非、兰叶都仓皇失措地叫了：喂！喂！

我在飞，在草原上飞。

加木措说：我说过送你的。我还答应过让你好好骑一次马的。

我没话可说。

草原一侧是缓缓上升的巨大山坡，山坡上是西藏无限透明的蓝天，蓝天下有几棵树，树上挂满经幡。风在我脸颊边呼呼吹过，我的硕大的耳环在猛烈地晃动。我周身的血液被颠簸得沸腾起来。飞奔的马对于我来说是不好骑的，我的脚踝在马镫的摩擦下生生地疼，大腿和臀部都像在被颠簸所肢解。但我心里是非常高兴的。难道深深地深深地蛰伏在每一个女人心底里的梦幻，不就是被一个骑着骏马的英俊青年掳走吗？这是一个多么古老而又多么不现实的梦幻啊！古老和不现实得使我们90年代的年轻人早就忘记了它。而加木措忽然为我们圆了这个梦。不仅仅是为我，是我们。我的伙伴们在机场广场上踮脚遥望着这片草原使劲地摇手，许多乘客也汇集到广场上，在那儿指指点点，热烈鼓掌。

我的泪一颗颗涌出来，洒在草原上。我知道我这机遇将千载难逢，加木措给了我一种古典的作为女人的荣誉。

加木措把我送回了机场，他轻轻把我放在我的伙伴们中间，对我们大家说了声：扎西得勒！

加木措掉转马头，狂奔而去。公路上的一溜小轿车刹车刹得吱吱怪叫青烟直冒。

我们去换登机牌，然后排队通过安全检查。我的双腿发抖，无法迈步，牟林森和吴双一边一个架着我。

安检时女保安小姐问：她怎么了！

牟林森说：她在一个童话故事里头刚出来。

在等待登机的最后一刻里，兰叶主动与我和解了。她坐在我身边，说：如果是我，我会留在西藏。

我朝兰叶温和地笑了一笑。

我无法停留在任何一个地方。我还有好多好多地方没去。我要亲眼去看许多的东西。我没有固定工作，没有生活能力，不能解决麻烦问题。我也是一个既不能负责又不敢承诺的人。兰叶知道什么呀！

飞机升空了。我要求紧挨机窗坐。我把脸贴在机窗玻璃上。我看到了西藏的千山万壑，草原牧场和寺庙红墙，看到了山谷中的一条公路。看到了公路旁边的那片草原和山坡。山顶上，有个骑着黄褐色骏马的骑手一动不动立在那儿，那是加木措！

骑手加木措啊！

我望着他，直到白云遮盖了大地。

一首我在拉萨闲居的日子里偶然读到的诗句悄然浮现在我眼前：

如海洋如星空的草原啊
如牧歌如情人的草原啊
我永生永世的爱恋
深入并且辽远
曾幻想能在最为动心的那刻死去
……但为了什么终于不能

1994年9月30日武汉

鞋

刘庆邦[①]

有个姑娘叫守明，十八岁那年就定了亲。姑娘家一定亲，就算有了未婚夫，找到了婆家。未婚夫这个说法守明还不习惯，她觉得有些陌生，有些重大，让人害羞，还让人害怕。她在心里把未婚夫称作“那个人”，或遵从当地的传统叫法，把未婚夫称为哪哪庄的。那个人的庄子离她们的庄子不远，从那个人的庄子出来，跨过一座高桥，往南一拐，再走过一座平桥，就到了她们庄。两个村庄同属一个大队，大队部设在她们庄。

那个人家里托媒人把定亲的彩礼送来了，是几块做衣服的布料，有灯芯绒、春风呢、蓝卡其、月白府绸，还有一块石榴红的大方巾。那时他们那里还很穷，不兴买成衣，这几样东西就是最好的。听说媒人来过彩礼，守明吓得赶紧躲进里间屋去了，手捂胸口，大气都不敢出。母亲替女儿把东西收下了。母亲倒不客气。

媒人一走，母亲就把那包用红方巾包着的东西原封不动地端给了女儿，母亲眼睛弯弯的，饱含着掩饰不住的笑意，说：“给，你婆家给你的东西。”

---

①**刘庆邦**　1951 年生。现为中国煤矿作家协会主席，北京作家协会副主席，一级作家，北京市政协委员，中国作家协会第五、第六、第七、第八、第九届全国委员会委员。著有长篇小说《断层》《遍地月光》等九部，中短篇小说集、散文集《走窑汉》《响器》《黄花绣》等五十余种。短篇小说《鞋》获第二届鲁迅文学奖。中篇小说《神木》《哑炮》获第二届和第四届老舍文学奖。长篇小说《遍地月光》获第八届茅盾文学奖提名。根据其小说《神木》改编的电影《盲井》获第 53 届柏林电影艺术节银熊奖。曾获北京市首届“德艺双馨”奖。多篇作品被译成英、法、日、俄、德、意大利、西班牙等外国文字，出版有六部外文作品集。

对于婆家这两个字眼儿，守明听来也很生分，特别是经母亲那么一说，她觉得有些把她推出去不管的味道，她撒娇中带点抗议地叫了一长声妈，说："谁要他的东西，我不要！"

母亲说："不要好呀，你不要我要，我留着给你妹妹做嫁妆。"

守明的妹妹也在家，她上来就叫出了那个人的名字，说她才不要那个人的破东西呢，她要把那个人的东西退回去，就说姐嫌礼轻，要送就重重地来。

"再胡说我撕你的嘴！"守明这才把东西从母亲手里接过来了。她有些生妹妹的气，生气不是因为妹妹说的礼轻礼重的话，而是妹妹叫了那个人的名字。那名字在她心里藏着，她小心翼翼，自己从来舍不得叫。妹妹不知从哪里听说的，没大没小，无尊无重，张口就叫出来了。仿佛那个名字已与她的心有了某种联结，妹妹猛丁一叫，带动得她的心疼了一下。她想训妹妹一顿，让妹妹记住那个名字不是哪个小丫头片子都能随便叫的，想到妹妹是个心直口快的，说话从来没遮拦，说不定又会说出什么造次话来，就忍住了。

守明正把东西往自己的木箱里放，妹妹跟过来了，要看看包里都是什么好东西。

姐姐对她当然没好气，她说："哪有好东西，都是破东西。"

妹妹嬉皮笑脸，说刚才是跟姐姐说着玩呢。向姐姐伸出了手。

守明像是捍卫什么似的，坚决不让妹妹看，连碰都不让妹妹碰，她把包袱放进箱子，啪嗒就锁上了。

妹妹被闪了手，觉得面子也闪了，脸上有些下不来，她翻下脸子，把姐姐一指说："你走吧，我看你的心早不在这个家了！"

"我走不走你说了不算，你走我还不走呢。"

"谁要走谁不是人！"

母亲过来把姐妹俩劝开了。母亲说："当闺女的哪个不是嘴硬，到时候就由心不由嘴了。"

家里只有守明一个人时，守明才关了门，把彩礼包儿拿出来了。她一块一块地把布页子揭开，轻轻抚抚摸摸，放在鼻子上闻闻，然后提住布块两角围在身上比画，看看哪块布适合做裤子，哪块布做上衣才漂亮。她把那块石榴红的方巾也顶在头上了，对着镜子左照右照。她的脸早变得红通通的，很像刚下花轿的新娘子。想到新娘子，她把眉一皱，小嘴一咕嘟，做出一副不甚情愿的样子。觉得这样子不太好看，她就展开眉梢儿，耸起小鼻子，轻轻微笑了。她对自己说："你不用笑，你快成人家的人了。"说了这句，不知为何，她叹了一口气，鼻子也酸酸的。

有来无往不成礼，按当地的规矩，守明该给那个人做一双鞋了。这对守明来说可是一件了不得的大事，平生第一次为那个将要与她过一辈子的男人做鞋，这似乎是一个仪式，也是一个关口，人家男方不光通过你献上的鞋来检验你女红的优劣，还要从鞋上揣测你的态度，看看你对人家有多深的情义。画人难画手，穿戴上鞋最难做。从纳底，做帮儿，到缝合，需要几就节儿，哪个环节做不对了，错了针线，鞋就立不起来，拿不出手。给未婚夫的第一双鞋，必须由未婚妻亲手来做，任何人不得代替，一针一线都不能动。让别人代做是犯忌的，它暗示着对男人的不贞，对今后日子的预兆是不吉祥的。为这第一双鞋，难坏当地多少女儿家啊！有那手拙的闺女，把鞋拆了哭，哭了拆，鞋没做成，流下的眼泪差不多能装一鞋壳儿。做鞋守明是不怕的，她给自己做过鞋，也给父亲和小弟做过鞋，相信自己能给那个人把第一双鞋做合脚。在给父亲和小弟做鞋时，她就提前想到了今天这一关，暗暗上了几分练习的心，如今关口就在眼前，她的心如箭在弦，当然要全神贯注。

守明开始做鞋的筹备工作了。她到集上买来了乌黑的鞋面布和雪白的鞋底布，一切全要新的，连袼褙和垫底的碎布都是新的，一点旧的都不许混进来。她的表情突然变得严肃起来，让母亲觉得有些可笑，但母亲不敢笑，母亲怕笑羞了女儿。母亲悄悄地帮女儿做一些女儿想不到，或想到了不好意思开口的事情，比如：女儿把做鞋的一应材料都准备齐了，才想起来还没有那个人的鞋样子。不论扎花子，描云子，还是做鞋，样子是必要的，没样子就不得分寸，不知大小，便无从下手。女儿正犯愁，母亲打开一个夹鞋样的书本，把那副鞋样子送到了女儿面前。原来母亲事先已托了媒人，从那男孩子的姐姐手里把男孩子的鞋样子讨过来了。女儿不大相信这是真的，但从母亲那肯定的目光里，她感到不用再问，只把鞋样子接过来就是了。她心头涌出一股说不出的感动，遂低下头，不敢再看母亲。

拿到了鞋样子，等于知道了那个人的脚大小。她把鞋底的样子放在床上，张开指头拃了拃，心中不免吃惊，天哪，那个人人不算大，脚怎么这样大。俗话说脚大走四方，不知这个人能不能走四方。她想让他走四方，又不想让他走四方。要是他四处乱走，剩下她一个人在家可怎么办。她想有了，应该在鞋上做些文章，把鞋做得比原鞋样儿稍小些，给他一双小鞋穿，让他的脚疼，走不成四方。想到这里，她仿佛已看见那人穿上了她做的新鞋，那个人由于用力提鞋，脸都憋得红了。

她问："穿不合适吗？"

那个人吭吭哧哧，说合适是合适，就是有点紧，有点夹脚。

她做得不动声色，说："那是的，新鞋都紧都夹脚，穿的次数多了就合适了。"

那个人把新鞋穿了一遭，回来说脚疼。

她准备的还有话，说："你疼我也疼。"

那个人问她哪里疼。

她说："我心疼。"

那个人就笑了，说："那我给你揉揉吧！"

她有些护痒似的，赶紧把胸口抱住了。她抱得动作大了些，把自己从幻想中抱了回来。她意识到自己走神走远了，走到了让人脸热心跳的地步，神都回来一会儿了，摸摸脸，脸还火辣辣的。

瞎想归瞎想，在动剪子剪袼褙时，她还是照原样儿一丝不差地剪下来了。男人靠一双脚立地，脚是最受不得委屈的。

做底的功夫在纳鞋底上，那真称得上千针万线，千花万朵。在选择鞋底针脚的花形时，她费了一番心思:是梅花形好，枣花形好，还是对针子好呢？她听说了，在此之前，那个人穿的鞋都是他姐姐给做，他姐姐的心灵手巧全大队有名，对别人的针线活儿一般看不上眼。待嫁的闺女不怕笨，就怕婆家有个巧手姐。这个巧手姐给她摊上了。不用说，等鞋做成，必定是巧手姐先来个百般验看。她说什么也不能让婆家姐姐挑出毛病来。守明最后选中了枣花形。她家院子里就有一棵枣树，四月春深，满树的枣花开得正喷，她抬眼就看见了，现成又对景。枣花单看有些细碎，不起眼，满树看去，才觉繁花如雪。枣花开时也不争不抢，不独领枝头。枝头冒出新叶时，花在悄悄孕蕾。等树上的新叶浓密如盖，花儿才细纷纷地开了。人们通常不大注意枣花，是因远远看去显叶不显花，显绿不显白。白也是绿中白。可识花莫若蜂，看看花串中间那嗡嗡不绝的蜜蜂就知道了，枣花的美，何其单纯，朴素。枣花的香，才是真正的醇厚绵长啊！守明把第一朵枣花"搬"到鞋底上了。她来到枣树下，把鞋底的花儿和树上的花儿对照了一下，接着鞋底上就开了第二朵，第三朵……

那时生产队里天天有活儿，守明把鞋底带到地里，趁工间休息时纳上几针。她怕地里的土会沾到白鞋底上，用拆口罩的细纱布把鞋底包一层，再用手绢包一层，包得很精细，像是什么心爱的宝贝。她想到姐妹们和嫂子们会拿做鞋的事打趣她，不知出于何种心理需求，她还是忐忐忑忑地把"宝贝"带到地里去了。那天的活儿是给棉花打疯杈子，刚打一会儿，她的手就被棉花的嫩枝嫩叶染绿了，像扑克牌上大鬼小鬼的手。这样的手是万万不敢碰上白鞋底的，若碰上了，鞋底不变成鬼脸才怪。工间休息时，她来到附近河边，团一块黄泥作皂，把手洗了一遍又一遍。

这还不算，拿起鞋底时，她先把手可能握到的部分用纱布缠上，捏针线的那只手也用手绢缠上，直到确信自己的手不会把鞋底弄脏，才开始纳了一针。

守明是躲到一旁纳的，一个嫂子还是看到了。底是千层底，封底是白细布，特别是守明那份痴痴迷迷的精心劲儿，一看就不同寻常。嫂子问她给谁做的鞋。

守明低着眉，说："不知道！"

她一说"不知道"，大家都知道了，一齐围拢来，拿这个将要做新娘的小姑娘开玩笑。有的说，看看跟笏板一样，怎么像个男人鞋呢！有的问，给你女婿做的吧？有人知道那个人的名字，干脆把名字指出来了。

守明还说"不知道"。

她的脸红了，耳朵红了，仿佛连流苏样的剪发也红了，剪发遮不住她满面的娇羞，却烤得她脑门上出了一层细汗。她虽然长得结结实实，饱饱满满，身体各处都像一个大姑娘了，可她毕竟才十八岁，这样的玩笑她还没经过，还不会应付。她想恼，恼不成。想笑，又怕把心底的幸福泄露出去，反招人家笑话。还有她的眼睛，眼睛水汪汪、亮闪闪的，蕴满无边的温存，闪射着青春少女激情的火花，一切都遮掩不住，这可怎么办呢？后来她双臂一抱，把脸埋在臂弯里了，鞋底也紧紧地抱在怀里。这样，谁也看不见她的眼睛和她的"宝贝"了。

姐妹们和嫂子说："哟，守明害羞了，害羞了！"

她们的玩笑还没有完，一个嫂子惊讶地哟了一声，说："说曹操，曹操就到，守明快看，路上过来的那个人是谁？"说着对众人挤眼，让众人配合她。

众人说，不巧不成双，真是的呢！

守明的脑子这会儿已不会拐弯儿，她心中轰地热了一下，心想，路上过来的那个人一定是她的那个人，那个人在大队宣传队演过节目，和大队会计又是同学，来大队部走走是可能的。她仿佛觉得那个人已经到了她跟前，她心头大跳，紧张得很。别人越是劝她，拉她，让她快看，再不看那人就走过去了，她越是把脸埋得低。她心里一百个想看，却一眼也不敢看，仿佛不看是真人真事，一看反而会变成假人假事似的。

守明的一位堂姐大概也受过类似的蒙蔽，有些看不过，帮守明说了一句话，让守明别上她们的当。又说，我守明妹子心实，你们逗她干什么。

守明这才敢抬起头来，往地头的大路上迅速瞥了一眼，路上走过来的人倒是有一个，那是一个戴烂草帽、光脊梁、像吓唬老鸹的谷草人一样的老爷爷，哪里是她日思夜想的那个人。心说不看，管不住自己，还是看了，一看果然让人失望。守明觉得受了欺负，跃起来去和那位始作俑的坏嫂子算账。那位嫂子早有防备，说着“好好，我投降”，像兔子一样逃窜了。

又开始给棉花打杈子时，守明的心里像是生了杈子，时不时往河那岸望一眼。河那边就是那个庄子的地，地尽头那绿苍苍的一片，就是那个庄子，她的那个人就住在那个庄子里。也许过个一年半载，她就过桥去了，在那边的地里干活，在那个不知多深多浅的庄子里住，那时候，她就不是姑娘家了。至于是什么，她还不敢往深里去想。只想一点点开头，她就愁得不行，心里就软得不行。棉花地里陡然飞起一只鸟，她打着眼罩子，目光不舍地把鸟追着，眼看着那只鸟飞过河面河堤，落到那边的麦子地里去了。麦子已经泛黄，热熏熏的南风吹过，无边的麦浪连天波涌。守明漫无目的地望着，不知不觉眼里汪满了泪水。

第一次看见那个人是在全大队的社员大会上，那个人在黑压压的会场中念一篇大批判的稿子，她不记得稿子里说的是什么，旁边的人打听那个人是哪庄的，叫什么名字，她却记住了。那个人头发毛毛的，唇上光光的，不像个成年人，像个刚毕业的中学生。她当时想，这个男孩子，年纪不大，胆子可够大的，敢在这么多人面前念那么长一大篇话，要是她，几个人抬她，她也不敢站起来。就算能站起来，她也张不开嘴。再次看见那个人是大队文艺宣传队在她们村演节目的时候，那个人出的节目是二胡独奏，拉的是一支诉苦的曲子，叫天上布满星，月牙儿亮晶晶……那个人拉时低着头，塌蒙着眼皮，精神头儿一点也不高，想不到他拉出的曲子那样好听，让人禁不住地眼睛发潮，鼻子发酸。以后宣传队到别的村演出，到公社去演，她跟别的姐妹搭成帮，都追着去看了，看到那个人不光会拉二胡，吹笛子，还会演小歌剧和活报剧。演戏时脸上是化了妆的，穿的衣服也是戏中人的衣服，这让守明觉得那个人有点好看。要是舞台上有好几个人在演，守明不看别人，专挑那一个人看。她心里觉得和那个人已经有点熟了，她光看人家，不知人家看不看她。她担心那个人看她时没注意到，就不错眼珠地看着那个人的一举一动。她这个年龄正是心里乱想的年龄，难免七想八想，想着想着，就把自己和那个人联系到一块儿去了。她不知道那个人有没有对象，要是没对象的话，不知那个人喜欢什么样的……她突然感到很自卑，有一次戏没看完就退场了，在回家的路上她骂了自己，骂完了她又有点可怜自己，长一声短一声地叹气。

有一天，家里来个媒人给守明介绍对象，守明正要表示心烦，表示一辈子也不嫁人，一听介绍的不是别人，正是让她做梦的那个人，她一时浑身冰凉，小脸发白，显得有些傻，不知如何表态。媒人一走，她心说，我的亲娘哎，这难道是真的嘛！泪珠子一串一串往下掉。母亲以为她对这门亲事不乐意，对她说，心里不愿意就说不愿意，别委屈自己。守明说："妈，我是舍不得离开您！"

守明相信慢工出巧匠的话，她纳鞋底纳得不快，她像是有意拉长做鞋的过程，每一针都慎重斟酌，每一线都一丝不苟。回到家，她把鞋底放在枕头边，或压在枕头底下，每天睡觉前都纳上几针，看上几遍。拿起鞋底，她想入非非，老是产生错觉，觉得捧着的不是鞋，而是那个人的脚。她把"脚"摸来摸去，揉来揉去，还把"脚"贴在脸上，心里赞叹：这"脚"是我的，这"脚"真不错啊！既然得了那个人的"脚"，就等于得了那个人的整个身体。有天晚上，她把"那个人的脚"搂到怀里去了，搂得紧贴自己的胸口。不料针还在鞋底上别着，针鼻儿把她的胸口高处扎了一下，几乎扎破了，她说："哟，你的指甲盖这么长也不剪剪，扎得人家怪痒痒的，来，我给你剪剪吧！"她把针鼻儿顺倒，把"脚"重新搂在怀里，说"好了，剪完了，睡吧！"她眯缝着眼，怎么也睡不着，心跳，眼皮也弹弹地跳。点上灯，拿起小镜子照照脸，她吓了一跳，脸红得像发高烧。她对自己说："守明，好好等着，不许这样，这样不好，让人家笑话！"她自我惩罚似地把自己的脸拍打了一下。

媒人递来消息，说那个人要外出当工人。守明一听有些犯愣，这真应了那句脚大走四方的话。看来手上的鞋得抓紧做，做成了好赶在那个人外出前送给他。那个人此一去不知何时才能回还，她一定得送给那个人一点东西，让那个人念着她，记住她，她没有别的可送，只有这一双鞋。这双鞋代表她，也代表她的心。她有点担心，那个人到了外边会不会变心呢？

这时妹妹插了一手。趁守明眼错不见，拿起鞋底纳了几针。她一眼就发现了，一发现就恼了，她质问妹妹："谁让你动我的东西，你的手怎么这么贱！"她把鞋底往床上一扔，说她不要了，要妹妹赔她。

妹妹没见过姐姐这么凶，她吓得不敢承认，说她没动鞋底子，连摸也没摸。

"还敢嘴硬，看看那上面你的脏爪子印！"她过去一把捉住妹妹的手，捉得狠狠。拉妹妹去看。

妹妹坠着身子使劲往后挣，嚷着坚持说没动，求救似的喊妈，声音里带了哭腔。

母亲过来，问她们姐妹俩又怎么了。

守明说妹妹把她的鞋底弄脏了。

母亲把鞋底看了看，这不是干干净净的嘛！

守明说:“就脏了，就脏了，反正我不要了，她得赔我，不赔我就不算完！”她觉得母亲在偏袒妹妹，把妹妹的手冲母亲一扔，扔开了。

母亲说:“不算完怎么了，你还能把她吃了。你是姐姐，得有个当姐姐的样儿。”母亲又吵妹妹:“愣在那里干什么，还不下地给我薅草去！”

妹妹如得了赦令，赶紧走了。

守明把母亲偏袒妹妹的事指出来了，说:“我看你就是偏向她！”她隐约觉出，母亲开始把她当成人家的人了，这使她伤感顿生。

母亲说:“你们姐妹都是我亲生亲养，我对哪个都不偏不向。我看你这闺女越大越不懂事，不像是个有婆家的人。要是到了婆家，还是这个脾气，说话不照前顾后，张嘴就来，人家怎么容你，你的日子怎么过？”

母亲的话使守明的想法得到印证，母亲果然把她当成人家的人了，她说:“我就是不懂事……我哪儿也不去，死也要死在家里！……”说着一头扑在床上就哭起来了。哭着还想到了那个人，那个人要远走，也不来告诉她一声，不知为什么！这使她伤心伤得更远。

母亲坐在床边劝她，说鞋底别说没脏，脏了也不怕，到时用漂白粉擦一遍，再趁邻家在大缸里用硫黄熏粉条时熏一遍，鞋底保证雪白雪白的，比戏台上粉底朝靴的漆白底都白。

守明把母亲的话听到了，也记住了，但她的伤感并不能有所减轻。

在一个落雨的日子，守明把鞋做好了，做得底是底帮是帮的，很有鞋样儿。她把鞋拿在手上近看，靠在窗台上远观，心里还算满意。

鞋做成后，守明不大放得住。那双鞋像是她心中的一团火，她一天不把“火”送出去，心里就火烧火燎的。还好，那个人外出的日期定下来了，托媒人传话，向她约会，她正好可以亲手把鞋交给那个人。

约会的地点是那座高桥，时间是吃过晚饭之后。当晚守明没有吃饭，她心跳得吃不下。等别人吃过晚饭，天已经黑透了。那天晚上月亮很细，像一支透明的鸽子毛。星星倒很密，越看越密。守明心想，一万颗星星也顶不上一颗月亮，要这么多星星有什么用。地里的庄稼都长出来了，到处像黑树林，有些吓人。母亲要送她到桥头去。她不让。

守明把一切都想好了，她要让那个人把鞋穿上试一试，那个人若说正好，她就不许他脱下来，让她穿这双鞋上路——人是你的，鞋就是你的，还脱下来干什么！临出门，她又改变了主意，觉得只让那个人把鞋穿上试试新就行了，还得让他脱下来，脱下来带走，保存好，等他回来完婚那一天才能穿。她要告诉他，在举行婚礼那一天，她若是看不见他穿上她亲手做的这双鞋，她就会生气，吹灭灯以后也不理他。当然了，就这个事情守明会征求他的意见，他要是点头同意了，守明就等于得到一个比穿鞋不穿鞋意义深远得多的重大许诺，她就可以放心地等待他了。

守明的设想未能实现，她两次让那个人把鞋试一试，那个人都没试。第一次，她把鞋递给那个人时，让那个人穿上试试。那个人对她表示完全信任似的，只笑了笑，说声谢谢，就把鞋竖着插进上衣口袋里去了。二人依着桥上的石栏说了一会儿话，守明抓了一个空子，再次提出让那个人把鞋试一试。那个人把他的信任说出来了，说不用试，肯定正好。

“你又没试，怎么知道正好呢？”

那个人固执得真够可以，说不用试，他也知道正好。直到那个人说再见，鞋也没试一下。那个人说再见时，猛地向守明伸出了手，意思要把手握一握。

这是守明没有料到的。他们虽然见过几次面，说过几次话，但从来没有碰过手。和男人家碰手，这对守明来说可是一件了不得的大事，她心头撞了几下，犹豫了一会儿。还是低着头把手交出去了。那个人的手温热有力，握得她的手忽地出了一层汗，接着她身上也出汗了。她抬头看了看，在夜色中，见那个人正眼睛很亮地看着她。她又把头低下去了。那个人大概怕她害臊，就把她的手松开了。

守明下了桥往回走时，见夹道的高庄稼中间拦着一个黑人影，她大吃一惊，正要折回身去追那个人，扑进那个人怀里，让她的那个人救她，人影说话了，原来是她母亲。

怎么会是母亲呢！在回家的路上，守明一直没跟母亲说话。

后记：我在农村老家时，人家给我介绍了一个对象。那个姑娘很精心地给我做了一双鞋。参加工作后，我把那双鞋带进了城里，先是舍不得穿，想留作美好的纪念。后来买了运动鞋、皮鞋之后，觉得那双鞋太土，想穿也穿不出去了。第一次回家探亲，我把那双鞋退给了那位姑娘。那姑娘接过鞋后，眼里一直泪汪汪的。后来我想到，我一定伤害了那位农村姑娘的心，我辜负了她，一辈子都对不起她。

清水里的刀子

石舒清[1]

和自己在同一面炕上滚了几十年的女人终于赶在主麻前头埋掉了。坟院里只不过添了一个新的坟包而已。这样一种朴素的结局，细想起来，真是惊心动魄。马子善老人是最后一个走出坟院的，在走出坟院门的那一刹那，老人突然觉得自己的鼻腔陡然地一酸，似乎听到一个苍老而又稳妥的声音附在自己的耳畔轻轻说，好啊，老东西，你命大，让你又逃脱了，那么就再转悠上几天，再转悠上几天就回来，这里才是你的家。细想想，你在外面转的时间也不短了，长得很了啊。马子善老人诚恳地点着头，是啊是啊，实在是在外面混得太久了，把那样一个鲜活的婴儿，把那样一个强壮的青年混成了目前这副样子，这使他觉得尴尬而辛酸。马子善老人记得，他是孩子的时候，村子小得像一个羊圈，坟院远没有现在大，但那时候的坟院也显得空空的。到如今村子已经很大了，坟院几经突破，成了眼下几乎和村子一样大的规模，而且里面密密麻麻地排列着坟堆，似乎几个村子的人都死光了都埋在这里了，但实际上随着死人越来越多，活人也越来越多。马子善老人就在死人和活人都增多的过程里一天天一天天活到了七十多岁，衰老成了如今这副样子。马子善老人有时在水面上看一看自己苍老的影子觉得不可理解，他真讲不清是什么将自己变化得如此苍老。坟头一多，连坟院里也似乎热闹了，这使马子善老人有些淡淡的失意，他喜欢空旷寂寥的坟院，喜欢坟头很少，大家相互珍惜着经历永恒的时

---

①石舒清　原名田裕民，男，回族，1969年生。曾任中学英语教师、县委宣传部创作员。1989年开始文学创作，迄今已在《人民文学》等刊物发表小说散文约九十万字。小说集《苦土》曾获全国第五届少数民族文学骏马奖。

间；坟头一多，使人觉得到这里以后还会像外面那样钩心斗角，争争吵吵。但毕竟坟院比尘世要宁静得多，毕竟人们都在黄土下埋得很深，连串个邻近的门都是不可能的了。送葬的人都走净了，院门外的浮土上印着很多的脚印，大家来时的脚印和去时的脚印重叠了，这样就使得许多脚印都失去了方向。人们走得多么快，只留了一些模模糊糊的脚印，但终有一天人们要把自己留在这里的。谁都不免把自己留在这里的。日光倾泻在坟院里，使坟院像一个庞大的废墟。看这天空多么像一个大大的钟面啊，日头不过一根针，在这巨大的钟面上无休止地划来划去。马子善老人瞅了瞅日头，日头自然也是看着他的。马子善老人突然感激自己鼻腔的那一酸楚了，不然自己会很忽略地走出坟院的，正是那一酸楚使自己留在了这样一个重要的位置上。坟院门上，这就是生死之门，人应该在这里多站站的。马子善老人觉得自己是那样渴望在这里多站一会儿，躲在坟院深处是不好的，毕竟自己还活着嘛，可是盲目地到尘世上去就更不好。去干什么呢？似乎就没有什么可干的了。现在最好就是在这样的位置上多站一会儿，多想一会儿。想法很多的，想法会使人有一种觉悟的幸福。这么大的天空只有日头独自走长路实在是太孤单了，马子善老人看看日头觉得日头很孤单。孤单着也好，有时候奇怪地觉得孤单着也是一种福分。马子善老人回头看了看坟院，只这么一会儿，老婆坟头的土已没有刚才那样新鲜了，他想起自己将老婆用一匹小青驴从南山里驮来给自己当媳妇的事，老婆头上戴着红纱，两只鞋面上绣满花的脚在铜镫里摆着，随着铜镫一荡一荡，一荡一荡，让人的心生出化雪的感觉。那时候想不到那样年轻好看的媳妇最终会归宿于这样一个坟包。马子善老人轻轻叹一口气，应该在这里多走走的，应该在这里多看看才是，这里才是家。那个用血肉温暖了一辈子几辈子的家如今不是自己的了，那是儿子孙子他们的家了。但儿子孙子们不久也会到这里来的，那么那个家究竟是谁的家呢？马子善老人想，该找李乡老讲讲了，该跟他给自己要一块地皮了，得好好找一块长眠之地，不然，草率地一死，让人埋到一个狭窄处，可就坏了。马子善老人突然非常渴盼能知道自己什么时候死，他站在坟院门口喃喃自问，主啊，我究竟在几时呢？你能悄悄地告知我吗？四周一片寂静，坟院里的风微凉地掠过他的脸面，有些竟吹入他耳朵的深处。他想若是知道自己归真的一刻，那么提前一天，他就会将自己洗得干干净净，穿一身洁爽的衣裳，然后去跟一些有必要告别的人告别，然后自己步入坟院里来，找到自己的长眠之地，含着清泪，诵着《古兰经》，听任自己的生命像和风那样一丝丝吹尽。想到必死无疑的自己连自己什么时候死都不知道，想到自己会在毫无准备的情况下死掉，他突然觉得一种异常的伤感与恐惧。他想起一句人们常说的话来，尤其那些善说大话的人也这样说，那些人，在他们说了一世界大话之后，突然会说，我除了不知道我几时死，再啥我不知道呢？听听，再善于讲大话的人，他也不知道他几时死。

回到家里，耶尔古拜还拿着他母亲的照片抽抽噎噎地哭着。他想劝劝儿子，又没劝，劝也是白劝。他想，儿子若到了自己这个年龄，就不会因亡人而哭了。自己若在儿子那个年龄，大概也还是要哭的。这都是很自然的事。儿子见他回来了，就眼泪巴嚓地过来问他，如何搭救亡人。这里都是这样信仰的，亡人一入土，冥冥处就开始拷问他的罪过了，亡人都有着一个罪人的身份。因而活着的亲属就得施行一些搭救亡人的仪式。有钱人家，搭救的排场是很大的，但人还是贫寒之家居多。那么宰一只鸡，烙两个油馕，也还是不比有钱人家差的。阿訇们说，有时候举念一枚枣，比举念一峰骆驼都贵重。但实际上人们还是看重骆驼，觉得骆驼贵重。人们也毕竟都是很世俗的，毕竟觉得宰一峰骆驼的搭救效力要远远强过宰一只鸡。儿子眼泪巴嚓地来问他如何搭救时他说，量力而行吧，七七的日子上点一炷香，烙两个油馕就成了。儿子说，别的都可以将就，四十不能将就啊，四十日那天来的人多，不要说宰一只鸡，宰一只羊都不行，人笑话呢。他说，宰羊不行你还要宰啥。这样说时他突然想到家里那头老牛，他的心猛地一紧，什么都说不出来了。儿子又落下眼泪来，说，大，我妈苦了一辈子，活的时节没活上个好，殁了，咱们要把亡人当个事呢。他什么都没有说，他担心什么一般闭着眼睛，似乎老牛就在他闭着的眼睛里了，悠闲地摇着干燥的尾巴。静了片刻，儿子说，大，我想，咱们那个牛，也老了，再买个嘛咱们也没钱，你看……他就觉得自己的心上被一只漆黑的拳头捣了一下。他凉凉地看了儿子一眼，说，把他宰了，地拿啥犁？儿子声音很低地说，它还能犁几年呢？是啊，老黄牛确乎是老了，经它拉朽的犁都有好几副了，还指望它能犁多少地？而且它活着也不过是个犁地而已。它最终就能免去一刀之劫呢？宰就宰了吧，他听到自己心里凉凉地说。但儿子似乎听到了，他看见儿子点了点头。他心里有什么东西在具有力度地纠缠着，又像是空空如也。

耶尔古拜牵着老黄牛走到西边的墙角下，清晨的阳光照亮了墙壁和牛的一部分，使牛身有着两样颜色。在光里的那一部分黄着，显得干燥，处在阴影中的部分却是紫色，显得厚重。牛那么温驯，耶尔古拜用一根指头粗的草绳就牵走了它。它不缓不急地走着，像是驮着什么极重的担子，又像悟了什么一样显得旷达而随意，它和耶尔古拜之间的草绳软软地垂着，其实不是耶尔古拜在牵它，而是它跟着耶尔古拜走着罢了。它走到墙根下，就像一座山那样稳稳地站住了。阳光落在它那阔大的脸上，它微眯着眼，不疾不缓，悠闲而舒适地反刍着，显得自在而受用。耶尔古拜端了一大盆清水来，他这些日子每天都要把牛洗一次，这样老牛像是穿了新衣裳，显得稍稍地年轻与精神了一些。耶尔古拜用一把大刷子蘸了清水洗着牛身，洗得很是详尽，他还把洗衣粉洒在牛身上，他把牛脖里的褶皱用手指舒展开来洗着，把它的尾巴搭在自己的肩上，洗着它的臀部，他把牛蹄子都洗到了，他把女儿缺了齿的梳子拿来，将牛尾浸湿，然后像好看的女子梳理自己的长发那样梳着长长的牛尾。牛微闭着眼睛，忘我地享受着对它无微不至的洗浴，似乎这个被洗着的身体不是它的一样。耶尔古拜把牛洗净，用一领干净的毛巾擦干它，然后站在远处欣赏它。他很满意地点着自己的头。洗完牛，他就抱来新铲的鲜草给它吃，看着肥嫩的苦苦菜叶被牛大口大口香甜地吃着，看着牛瘪瘪的肚子有些夸张地鼓起来，耶尔古拜真是有着一种难以言述的喜悦。他对母亲的强烈的情感与念想都寄托在这牛上了。他觉得自己不是在侍候一头牛，而是虔敬地侍奉着自己敬重的一位老人。自从举意在母亲的四十祀日要用这头牛时，他就觉得这头牛已超越了其他一切牛，这头被举念了的牛已有了一种独特的品质与意义。它将携带使命去拯救苦海中因自己的罪行而受难的亡灵。耶尔古拜有时用心地洗着这牛，莫名其妙地有着一种感动，有几次更是匪夷所思，他突然想对着这牛，泪雨婆娑地喊一声娘，这愿望竟是那样强烈，使他几乎不能抑制。他觉得自己这么多年竟是把牛看轻了，牛有着博大而宽容的心灵，他觉得牛实在是一种了不起的生命。宰一只鸡怎么能跟宰一头牛相提并论？他真心地觉得，宰一头品质卓越的牛实在是能免却一份很大的灾难。他一点也不怀疑这头牛对他母亲的巨大作用。他觉得在举念之后，它就不是在人间的生命了，他一定会归宿到一个令人向往的地方。一只鸡可以生活在群星后面的天庭里吗？不能的，但一头牛却能。牛可以凭着它不改的忠厚和善良堂而皇之地走进一切巨大的宫殿之门。因此耶尔古拜像干着一件神圣的事业那样侍候着这老牛，使它一天一天地健壮起来，一天一天地年轻起来。耶尔古拜看着，心里有着难以言述的感动与狂喜。当牛大口大口地吃着鲜嫩的草时，马子善老人偶尔也会走过来，蹲在一旁看牛吃草，他脸上的表情没有耶尔古拜那样鲜明。他对耶尔古拜说，瞅它这吃，就像它还能活一千年。然后不待儿子说什么，拿起一大朵肥嫩的苦苦菜，将一片菜叶脆脆地折裂，立即溢出稠稠的奶汁来，马子善老人皱皱眉，说，唔，这么多的奶。

就这样，四十的日子一天一天像一大团阴影那样悄然地逼近了。

四十日的前三天，晨光给高高的树梢上淡淡地涂了一抹金色。无数的麻雀在巨大的树冠里异常激越地吵着，让人的心里荡开着一粼一粼很温馨的银波。马子善老人正在离树冠较近的高房子里精心地粘《古兰经》，经典历时久了，纸质已经泛黄，而且轻若鸿毛，但上面的字迹却似愈加清晰。突然耶尔古拜跑上来有些焦灼地说，老牛吃也不吃了，喝也不喝了，昨夜里放在槽里的清水与鲜草原模原样地放着。马子善的心强烈地一动，他把没有粘好的经典摊开在桌面上有阳光的地方晒着，自己匆匆随儿子来到了牛棚。牛棚盖在大门的外面，平时看不出，这一刻才发现这牛棚有着一些缝隙，一些金叶子似的阳光从那些缝隙里照进来，很短，往往在空间就莫名地消失了。牛棚里很干净，有着一种促人感动的牛粪气息。牛宁静端庄地站在那里，像一个穿越了时空明澈了一切的老人。它依然在不缓不疾，津津有味地反刍着，它平静淡泊的目光像是看见了什么，又像是什么也无意看。它的肚子明显有些瘪。槽里有一盆清水，清得像能生出莲花来，显然，这水没有动过，盆旁边是草，显然也没有动过，一夜之间，那么鲜嫩的草有些蔫了。大，你看，这水，它一口都没喝，还有草，都没吃。儿子有些焦灼地说。牛像是没有看到他们父子俩，它投入而又忘我地反刍着自己的东西。儿子突然问他说，大，是不是……他知道儿子要说什么，他的鼻腔深处强烈地一酸，喉头处像硬硬地梗了一个什么硬物，他觉得自己的泪水带着一股温热迅疾地流下来了，他连忙转过头，有些踉跄地疾疾地走了出去。日头升高了一些，光星像凌乱的雪花那样扑面而来，他低下头像在风里面似的走着，上了高房子，麻雀吵得愈加热烈。他坐在炕边上，两手蒙住脸，感觉泪水在指缝里流出来了。他说不清自己为什么要流泪，更说不清自己为什么竟有那么多的泪，似乎还有要哭出声来的欲望。终于呜呜咽咽地哭出声来了，心像一个大海那样激情难抑，心里满满地都是感动。耶尔古拜诧异地出现在门口，阳光使他的正面显得很暗。见父亲那样，他显得有些无措，很快又走下去了。麻雀们不知受到了怎样的打击，轰一声响，骂咧咧地飞了，余下几只在树里，有些胆怯和猜测地鸣着。马子善老人不能自抑地哭了一会儿，感到自己像激流那样平缓了下来，心境渐渐宽阔，但那种感动还是满满地在心里。他有着大病初愈那样伤感而美好的心境。他觉得有些罪过，把这么了不起的一个生命竟忽略了，竟像畜生那样役使了它几十年。想起那时候他打在它背上的鞭子，他觉得愧疚而难过，如果谁用鞭子打他相同的数量以示惩罚，他一定会很乐意很感激的。还想起一件事来，那就是牛一边拉着犁走一边扬起尾巴拉粪，当时觉得没什么，渐渐就觉得这真是过于残忍了，我们人连一个拉粪的机会都不给它，在它拉粪的时候我们还不放过它，还在役使它——哪里知道它竟是这样一个高贵的生命！马子善老人又想起槽里的那盆净无纤尘的清水，那水在他眼前晃悠着，似乎要把他的眼睛和心灵淘洗个清清净净。那是一盆怎样的水啊，在那样清澈的水里，果真有一把银光幽幽的刀子吗？记得老人们都讲过的，说牛这样的生命是大牲，如果举念端正，把牛能用到好路上，那么，这头牛在献出自己的生命之前，会在饮它的清水里看到与自己有关的那把刀子，自此就不吃不喝了。显然，这头不吃不喝的老牛是看到自己的那把刀子了，就在它面前的那盆清水里看见了。马子善老人真切地觉到一种难言的强烈的震动，他那么不能自禁地要为此流一些眼泪。

过了一天，过了两天，牛还是不吃，盆里的水有些浑了，草也蔫得像野风吹过一样，牛肚子触目惊心地瘪下去了。两个后胯那里有着两个深坑，里面可以卧两只母鸡了。但牛依旧静静地立着，双眼微闭，依旧在轻轻在反刍着。没有什么可以质疑的了。这了不起的生命，它竟然这样韬光养晦，竟为人役使地度过了自己艰辛的一生。马子善老人心里有了一种驱之不散的肃穆。只要他一闭眼，在他内部的视野里，就有一盆清得让人像涟漪那样微微战栗的水，在这水里，慢慢就会生出一把世所罕见的刀子，在清水的深处像一种暗藏的秘密那样不断地向你闪悠着银光。马子善老人感恩地点着自己的头，泪水在他的脸上流着，他喃喃说，你比我强，你知道你的死，可是我不知道。他记得老人们讲过，像牛这样的大牲，看到清水里的刀子后，就不再吃喝，为的是让自己有一个清洁的内里，然后清清洁洁地归去。原来是这样的一种生命！这两天里，飞散的麻雀又聚在树梢上了，马子善老人把翻阅破了的经典精心粘好，放在桌面上，大大的玻璃窗上，阳光照进来，像金子那样的阳光落在大大的桌面上，落在摊开的古老的经典上。

马子善老人坐在高房子外面，纷乱的麻雀声像阳光下的雨泡儿那样明明灭灭个无休无止。他浴在阳光里，想起他年轻的时候，老牛也还不老，也还年轻，和他一般有着暴烈的脾气，不时就将自己那样一个健壮而沉重的身子腾起在半空，在半空里有力而又极度紧张地扭曲一下，它后面还是拖着犁的啊，就将地犁得乱七八糟，马子善老人欣慰地想着这些，喃喃说，原谅我吧，咱们都有过年轻的时候嘛。然而最令他伤痛不已的是，牛知道它的死，他贵而为人，却不能知道。

明天就是四十祀日了。这些日子阳光总是出奇的好。人总觉得自己是被置身在一个阳光的世界里。耶尔古拜拿了一把刀子来给他磨。刀子足有一尺多长，长久地不用，上面已生了红锈。但刀子是可以磨得锋利的。他借了村里最好的磨石来，灌了一铜汤瓶清水，把清水倒在磨石上，磨石上就像显出了一篇碑文。他想他一定要把刀子磨好，红锈在清水里像血丝那样迟疑地流动着，他想他一定要把刀子磨出银子那样的光来。他突然想牛在清水里看到的刀子，是自己磨的这一把吗？一定是的，还能是哪一把呢？因此一定要把手里这把刀子磨得和清水里那把一模一样，不然就对不起那不凡的生命啊。他一边用力地磨着刀子，一边看见自己的眼里有亮亮的东西掉下来，溅到青青的磨石上和耀眼的刀刃上，儿子走过来对他讲什么，他不抬头，儿子就走了。

那天夜里星星密缀了天空，使整个天空显得沉甸甸的。没有风，偶或撞到极细微的一丝，倒给人一种担心与警觉。夜深的时候，马子善老人顶着满天星光悄然钻到牛棚里去，直到寺里喊邦克时才钻出来，他的脸有些苍白。那时候星星已落掉不少，像被摘去果子的枝头那样，天空显得比深夜时轻渺了许多。耶尔古拜已经起来扫院子了。马子善老人对他说，家里的事你看着弄吧，我去县上买些调和之类的东西。耶尔古拜说大你今儿不能走啊。老人不答他的话，拿出一条很白很厚的毛巾来，说，宰的时候用这个把眼睛蒙上。耶尔古拜说，大，今儿你不能走啊。但马子善老人走了。一直到了日落，他才回来，他的脸总之是有些苍白，他先到牛棚里去转了一圈，然后他像是下了一个决心，他走进门里去了，但是他很快站住了，他看见一个硕大的牛头在院子里放着，牛头正向着他，他不知道牛的后半个身子哪里去了。他觉得这牛是在一个难以言说的地方藏着，而只是将头探了出来，一脸的平静与宽容，眼睛像波澜不兴的湖水那样睁着，嘴唇若不是奓在地上，一定还是要静静地反刍的。他有些惊愕，他从来没有见过这么一张颜面如生的死者的脸。

吹　牛

红　柯[①]

他们正在喝开桌酒，动筷子前先把自己跟前三杯酒干掉。有人在外边喊他。那人骑在马上，可以听见马蹄刨地的声音。那人说："你的老朋友马杰龙叫你。"

"啥事？"

"叫你吹牛"。

那人打马走了。

马杰龙的牧场离镇上有好几十公里。大家嚷嚷："喝酒喝酒，明天再说。"他把开桌酒喝了，但没动筷子，大家就不高兴："拉个老太太就可以吹牛，非要你去吗？"马杰龙养了一大群牛，他也喜欢马杰龙的牛。他说："对不起，我得去一下。"大家都在发愣，他就出去了。

他跨上马，一抖缰绳，马踢踏踢踏一路小跑。快要出镇子时，他又踅回去。他一直把马骑到商店里，骑到柜台跟前。店里的人都扬头看他，他的马打出一串吐噜，主人问他要什么？他高高在上，指指这个指指那个，柜台上很快放了一堆绿洲方糖云南砖茶还有四瓶伊犁特。主人问他还要什么，他的眼睛搜索半天，他看见了花生和蚕豆，他说就要这个。主人取出几袋花生和蚕豆，问他还要什么，好东西多得很，主人掂两条红雪莲香烟，他把烟收了。主人又掂两袋阿瓦提洗衣粉，他嗯一声拉下脸，主人就尴尬了。旁边的人都笑："娘儿们才买洗衣粉，人家又不是娘儿

---

①红　柯　原名杨宏科(1962—2018)，男，陕西岐山人，曾在新疆任教十年。1995年回陕西。在《人民文学》等刊发表小说二百余万字，主要作品有短篇小说集《美丽奴羊》，长篇小说《百鸟朝凤》《西去的骑手》。曾获第二届冯牧文学奖文学新人奖。

们。”他指指柜上的东西：“给我装好。”主人找一个蛇皮袋，往里塞砖茶方糖，主人要装伊犁特时，他把酒抓过来。马脑袋也伸过了柜台，差点把主人撞倒，主人靠在货品架上。他把伊犁特一瓶一瓶插进口袋，肋巴两边全塞满了，像别了几把刀子。他把蛇皮袋压在马鞍上，一带缰绳就出去了。

出了镇子，马反而慢了，马蹄又碎又轻。马知道主人喜欢这样。主人腰板笔直，可主人的脑袋是耷拉的，灯芯绒外套的领子贴着腮，眼睛眯得很细，马背一颠晃，眼睛便晃荡出一丝瞳光，像溅出来的水。马奔上一面长坡，从坡头开始出现零乱而低矮的山岗。山都是赤褐色的沙碛和岩石，植物难以逾越。牧草和骆驼刺越来越少，后来连骆驼刺也不见了。他就睡着了。

他有马背上睡觉的功夫。到了沙石地带，他就瞌睡。他跟植物一样，对沙石不抱任何奢望。他的头发被风高高吹起来，头发有点卷，那是风吹卷的。沙土落在头上很快就不见了，沙土沉淀到头皮上，头发还是很黑的。沙土还在往下沉，那些大颗沙粒跟虫子似的快要叮破脑壳了。他早就习惯沙粒的叮咬，它们跟虱子没什么两样，顶多让你痒痒一下，他确实被痒了一下。他就打呼噜，他的呼噜声是顶有名的。

他在床上打呼噜，他老婆就往他嘴里灌水。水也止不住雄壮的呼噜声，跟煮茶似的，他睡得更酽了。老婆就哭，老婆一哭，他就醒了，呼噜声戛然而止，老婆的哭声很灵验。别人的老婆是打哭的，他老婆的哭声是呼噜打出来的。他没打过老婆，男人怎么能打老婆呢？他对那些爱打老婆的人说，儿子娃娃是长尿的，干吗动手呢？手是对付男人的。人家就嚷嚷，问他有什么高招制服女人，他就说打呼噜。他老婆喜欢他，也喜欢他的呼噜；尽管呼噜让她哭鼻子，可呼噜声也制止了丈夫的牛性子。老婆把家打理得井井有条，把他侍候得熨熨帖帖。他吃好喝好，往床上一躺，大型轰炸机就起飞了。他把自己的呼噜声比作威力无比的大型轰炸机。对他来说睡觉不是停顿，而是新世界的开始。呼噜声是做好梦，你说这有多奇妙！

马杰龙是他的好朋友，去马杰龙家做客，他就有这奇妙的感觉，他就能在马背上睡得山呼海啸波澜壮阔。

他和他的马穿行在连绵起伏的丘岗地带，每上一道岗，身子就猛地往后倾斜，又猛地往前一栽，但绝对栽不到地上。他前后俯仰，绝不左右摇晃，左右一晃非栽下来不可。有时路很窄，路面全是乱石，马就跳起来，他差点惊醒，他都惊出汗了，睡眠眼看就要破裂，他的脑袋不是气球，他的脑袋盛得下任何坚硬的睡眠。他脑袋一胀，山岗就软下去，山岗落在马蹄底下。他和他的脑袋高耸在马鞍上，除过太阳和鹰，还没有谁能翻越他的脑袋。

天空升起绿色的光芒，草原出现在地平线上，马打出一串欢畅的吐噜，他也在这强劲的绿色中醒来了。他看见草地上的牛群，它们都是出奶很多的花牛，黑白相间，跟拼贴画一样。马杰龙的牛群要比这些牛棒得多。他和他的马从牛群边走过去。放牛的汉子跟他打招呼，还丢给他一支烟，他也给人家丢了一支。牧场的人都认识他，他是马杰龙的朋友嘛。

马杰龙的牛圈空荡荡的，马杰龙的老婆在里边起牛粪。女人看见他衣兜里的酒瓶子，女人就嚷嚷。他每回来都喝得大醉，马杰龙也醉得一塌糊涂，两个壮汉还要胡闹一气，家里跟遭抢劫一样。女人不怕他们喝酒，就怕他们胡闹。有时候他们喝得很高雅，边喝边吹牛，女人不停地加菜加肉，女人很喜欢他们吹牛。那才是他们最得意的时候，酒劲再大也闹不起来，身体壮得跟山一样。酒是什么？不就是哗哗流淌的水么。他是很有酒量的，可他就是喝不过马杰龙。总是他先醉，马杰龙也只好把自己灌醉，否则就不够朋友。每回喝酒，女人总是盯着他这位大兄弟，盯得他不好意思

"嫂子你这是干什么？"

"嫂子怕你喝醉"。

"大哥不是也醉了吗。"

他已经有三分醉态了，他一定要把马杰龙比下去："马大哥你很稳当啊——嗯，我要让你晃起来"。马杰龙笑。女人说："兄弟你太傻了，你是远道来的客，他以逸待劳，除非你歇一宿。"

就这样他养成了马背睡觉的习惯，马杰龙只能跟他打平手。高雅的气氛就是这样出现的，谁也比不过谁，就吹牛，海阔天空无边无际。牧场到底偏僻，吹起牛来马杰龙总是甘拜下风。马杰龙喜欢他吹牛，牧场的人都喜欢他吹。吹牛的范围由小镇而奎屯、石河子、冒吉，最后是乌鲁木齐，那是他去过的最大城市了。

他们醉酒的时候越来越少。可他这嫂子还这么嚷嚷，他就逗这可爱的女人："嫂子你开开恩吧，我们兄弟快半年没醉了。""嫂子不喜欢你们那副醉鬼样子。"女人真生气了，他就掏出酒瓶让女人看："没几瓶嘛，你不用怕。"

"你把酒厂搬来我也不怕，我把他赶出去了。"

"嫂子你真狠心呀。"

他把蛇皮袋丢在院子里，腿一夹马就窜出去。女人在院子里大喊："你一定把

他叫回来，你们在家里喝，我给你们煮肉。”

他嘴里嘿嘿直叫，他已经感觉到一种不同寻常的东西了。在无边无际的草原上喝酒，喝得再疯也不用担心撞翻桌子椅子茶几什么的。他和他的马窜成一股风，越上山岗时，大地就像咽下一块东西；他又窜进树林，树叶哗然响动，树好像刚刚站起来，又直又挺。

草原逐渐开阔，再也看不到低矮的山岗和稀疏的林子了。四野茫茫，天上只有一颗太阳，他就看太阳，太阳肯定知道他的朋友马杰龙，马杰龙就在这片草原上，马杰龙就是跑到俄罗斯，太阳也看得见。他在马背上仰头看太阳，太阳无数道光芒中有一道光变粗变长了，它的锋芒所指就是马杰龙的方位。他一抖缰绳，朝那里奔过去。

他穿过紫色的苜蓿，穿过蓝色的勿忘我，眼前出现大片大片的草原菊。

他的朋友马杰龙就坐在金黄的菊花地上。他的朋友马杰龙笑眯眯的，那笑容就像从花里开出来的。马杰龙盘腿坐在花毯上，传说中的哈萨克王就这样坐在白毡上眯着眼睛看他美丽的草原。马杰龙掐着下巴上的黑胡子，说："我的朋友你好啊！"马杰龙大手一撇，他就顺着那手势坐在地上。他的屁股可以感觉到鼓鼓囊囊的草原菊，他的手也感觉到了，花朵像锦缎绾出来的。四瓶伊犁特蹲在马杰龙的脚边，像四只小猎犬。他也有四瓶伊犁特，他的伊犁特像刀子一样掖在衣兜里。马杰龙说："你的酒你带回去，怕我马杰龙供不起酒吗？家里还有好几箱呢。"

"我喜欢喝你的酒。"

他取出蚕豆和花生，没东西盛，他撕开袋子掏着吃，马杰龙也掏了几颗蚕豆。他们一人一瓶抿着喝。蚕豆太咸。马杰龙说："吃这个。"马杰龙摘一朵草原菊丢在嘴里，他也摘一朵，慢慢咀嚼，麻丝丝的，草腥味很浓，咽下去后却有一股清香，香味是从鼻子里散出来的，他说："好厉害的花，沁到肺里了。"马杰龙说吃惯了，尝不出味，他说慢慢吃，马杰龙就慢慢吃，跟吃奶酪一样，细嚼慢咽，一股香气从鼻腔里冲出来，马杰龙打了个清冽的喷嚏。马杰龙抿一口酒，他也抿一口。马杰龙说："我还想打喷嚏。"马杰龙咽下一颗草原菊，便有一个喷嚏爆出来。马杰龙说："舒服死了，我从来没这么舒服过。"他说："这就叫鼻烟。"马杰龙瞪大眼睛，手里的酒瓶也是一惊一乍，晶光闪闪。他说："清朝的王公贵族就吸这种烟，装在玉石雕刻的壶里用鼻子吸。"

"不用嘴？"

“不用嘴”。

“那烟丝肯定是草原上长出来的。”

“就是这草原菊”，他摘一朵草原菊，“清朝的祖先是从北方大草原上来的，进了北京老想着老家的特产，就把这草原上的宝贝配制成烟，不用嘴吸，用鼻子闻，闻一下，味儿全都出来了。”

“草原妙就妙在这味儿上。”

“还有喷嚏。”

“喷嚏真好。”

他打了一个，马杰龙也打了一个。

马杰龙说：“想女人的时候才打喷嚏，这小玩意儿也能叫人打喷嚏。”马杰龙捻一朵草原菊，花朵飞旋，马杰龙在他肩上打一下：“好兄弟，大哥我就喜欢听你吹牛，来，咱吹喇叭。”

他们咬住瓶嘴，整瓶酒嘟嘟嘟响起来，就像骑手吹牛角号。吹完他们长长啊一声，又开第二瓶。瓶盖用牙咬开，酒香冲天而起，像冲出魔瓶的妖魔，向草原的四面八方逃窜。马杰龙说：“我发现我有点着魔。”他说我也是。马杰龙说：“这才是我的好兄弟，我们一起缠上了魔鬼。”

他们把酒瓶举起来对着太阳看。马杰龙说：“太阳成女人了，太阳穿着红兜兜。”他也看见了太阳的红兜兜，太阳那么一身好肉全让红兜兜给勒出来了，他就把那红兜兜给撕下来。其实那是图案优美的标签，伊犁特曲的标签是红色的，太阳穿上很合身。他叫起来：“哈，太阳成了光溜溜。”马杰龙也叫起来：“太阳是个女的。”他说：“咱们斯文些，女人看咱哩。”他坐端正，马杰龙也挺挺胸，马杰龙说：“你嫂子就是这么个人，爱叨叨，其实她喜欢咱喝酒，也喜欢你吹牛。”

“嫂子是好嫂子，咱给嫂子敬一杯。”

酒瓶磕在一起。

他们喝得高兴，就向太阳敬酒。嘴里嘀咕什么太阳没听清，可太阳看清楚了，他们给她敬酒哩，太阳就过来了。太阳走到他们跟前，他们打酒嗝儿；可他们坐得很端正。马杰龙说：“乖媳妇，今儿不吃菜不吃肉，纯纯地喝酒吹牛。”太阳空着手，太阳啥都没端，太阳大大方方走到他们跟前，马杰龙拱拱手；“乖媳妇你坐下。”他也拱拱手：“老嫂子你坐下。”太阳红了一下脸。马杰龙说：“你这兄弟，你嫂子不老么，你一说老，你嫂子就急了。”

“嫂子年轻着哩。”

“那你还说她老？”

“老是好的意思，咱中国人，尊重谁就把谁叫老啥老啥。”

马杰龙乐了：“兄弟我的好兄弟，我就爱听你吹牛。”

马杰龙看太阳一眼：“媳妇，咱不叫你乖媳妇了，乖来乖去不如一个老字，咱就叫你老婆。”马杰龙对着太阳叫老婆，他对着太阳叫老嫂子。

太阳雍容华贵，拎起金光灿烂的裙摆走开了。

“你嫂子就这么个人，不叫她弄菜，她非弄不可。”

太阳蹲在绿色草原上，草原亮堂堂的。草原上的女人都是这样做饭，用干牛粪燃起一堆火，煮奶茶煮肉。

“草原上的女人不容易啊，在屋里侍候男人，男人出外，还得跟着牲口住帐篷。”

“嫂子跟着你走遍了大草原。”

“要把牛娃子喂大，就得找最好的草场，它们刚长起来，就变成这个。”

马杰龙从怀里掏出一张纸片片，摇得哗啦啦响。那是一张现金支票，是奎屯一家食品厂的，上面的数字是十二万五千元。

“老兄你发财啦，你嚷嚷什么？”

“一大群牛变成一堆洋码数字，你说这算什么事儿？”

“这确实是桩头疼事。”

“老哥我头疼得厉害，你嫂子头也疼。”

“她莫（没）事，我来的时候她起牛圈呢，她干得很欢。”

太阳在草地上捡牛粪，太阳把干牛粪堆起来，堆得很高。

“你嫂子就这么个人，干活不惜力气，圈里的牛粪够烧，她还要到外边去捡，堆得跟山一样。”

太阳把牛粪点着了，烈火熊熊，发出轰轰的吼声。

“那是我的牛在叫。”马杰龙抹一下脸，泪水就不见了，马杰龙说：“我莫事。”马杰龙看他一眼：“我真的莫事，我给你嫂子留了几头牛，女人心软，本来说好留两头小牛，她一嚷嚷，就多留两头大的，那是小牛的爹和娘。”

“我看见了。”

“你看见了？”

“在圈里，挺不错。”

“你也觉得不错。”

“是你马杰龙的牛啊，马杰龙的牛是草原最好的牛。”

“可我的牛被他们赶走了。”

“喂老兄，是你卖掉的，人家给你的价钱很公平。”

“价钱确实很公平，我就是受不了。半夜三更我还提马灯去给牛加料，牛圈空荡荡的，我一下着魔了，骑上马抄起枪，在草原上窜了一夜，把身上的子弹全射光了。我赶到奎屯心里就发毛，那里没有草，我的牛肯定饿坏了。不管怎么说，我得把它们赶回去，赶到草原上去。厂子里的人就是听不进去，还说我无理取闹，为了我的牛我不在乎，我告诉他们，这里根本不是牛待的地方，牛应该待在草原上。厂长脸一横，你出尔反尔要受罚。我不在乎，罚多少算多少，我只要我的牛。厂长就往车间打电话，厂长说，你后悔也来不及了，牛全宰掉了。我大叫，二百头牛啊。厂长说，我们是机械化，流水线作业。手下人也嚷嚷，别说二百头，两千头也是一眨眼的工夫。我问他们杀牛干什么，牛跟你们有仇吗？人家就说我是苕子[1]，他们跟苕子不说。”

“你确实有点苕。”

“你说我的牛能回来吗？”

“能回来。”

“那你就给我吹一吹，我的牛怎么能回来。”

“那里已经有一头牛了，”他指着草原上的太阳，告诉马杰龙，“嫂子在挤奶哩。”

马杰龙眯着眼睛看，马杰龙喝酒的时候也没挪眼睛。

太阳的黄裙子拖在地上，太阳的手也是金黄的，在草原菊的花朵上，有一颗红艳艳的牛奶头，太阳的金手紧紧地攥着牛奶头，使劲捋，一道白线就出来了。

马杰龙直勾勾瞅着美丽的太阳，马杰龙连酒都想不起来了，他碰一下，马杰龙跟着动一下，马杰龙像个机器人一样。他知道他的朋友马杰龙，他也知道马杰龙的婚姻，他往马杰龙的嘴里塞一颗草原菊，他小声说：“这是牛奶头。”马杰龙的腮动一下，草原菊被咂得吱儿吱儿响，马杰龙已经尝到牛奶头的甜头了。他小声说：“你还记得那片草原吗？你肯定记得。草原上最出色的骑手马杰龙赶了好几百里路，干渴难忍，就抓住一头奶牛，咬住牛奶头美美地喝一通，把一对牛奶头都咂瘪啦。”“咂瘪啦。”马杰龙把草原菊咽到肚子里，又一颗草原菊塞到马杰龙的嘴里，马杰龙说：“对，对，是两个，牛奶头是两个。”

“你的记性还不错，应该是两个。你解了渴就打马走了，你醒来的时候，那头

---

①新疆人把疯子叫苕子。

牛卧在帐篷外边。牛吃了一夜草，奶头胀鼓鼓的，你乐坏了，奶牛还要让你喝一回。岂止一回，它要让你天天喝，喝个美。你高兴得发抖，可这回你没咂出奶，你吭哧半天连奶星子也没咂出来。奶牛的那双大眼睛多么亮啊，跟太阳一样望着你，你感动得泪都流下来了，你肯定听见奶牛给你说的话了。”

“奶牛真的说了？”

“肯定说了，要不你马杰龙能流泪吗，要不你马杰龙能有那么大胆子，喝了人家的牛奶，还要带走人家的丫头。”

马杰龙大口大口喝酒，紧张得要命，紧紧地抓住他的手：“好兄弟，我的好兄弟。”他声音小小一点，他几乎是耳语：“那头奶牛显然有神灵相助，神灵附体的动物就能张口说话，给人指点迷津，奶牛告诉你，要成为最幸福的人，必须请来它的主人，主人的手能让牛奶像泉水一样源源不断流出来。新婚之夜，你一着急就把新娘子当成了牛，你没叫新娘的名字，你喊出的是：牛啊我的牛。”

“我这样叫了吗？”

“你肯定这样叫了，你火急火燎咬新娘的奶头。”

“有这么回事。”

“肯定是这么回事，神灵在天上盯着呢，你没咂出奶对吧。”

“没咂出奶。”

“也没咂瘪。”

“没咂瘪。”

“而且越咂越大。”

“越咂越大。”

“草原所有的牛加在一起也比不上那么一对小奶头。”

马杰龙把酒全灌下去了，马杰龙俯在地上，用嘴噙住金光灿烂的草原菊，“唉，我的小奶头，我的牛。”马杰龙脖子一挺，整个大地都隆起来了，马杰龙噙住了大地的奶头，脑袋左晃右晃咂了很久很久，才抬起头长出一口气，马杰龙说：“我的牛回来了。”马杰龙看他一眼又说：“兄弟我的牛回来了。”

他说：“我的牛也回来了。”

他的脑子里铮响一下，他拿不住自己了。他从兜里拔出最后一瓶伊犁特，咬开盖子，对着瓶嘴吹喇叭，嘟嘟嘟，像雄壮苍凉的牛角号。这回他没看见太阳的红兜兜，他也没撕瓶子上的标签。太阳不用穿衣服，也不用给谁做媳妇，太阳完全一副蛮横相，硕大的脑袋上挺着两只角，一颠一颠跑起来。

他说："牛来了。"

马杰龙说："那是我的牛。"

他说："那是我的，是公牛，你看它没奶头。"

他们争得很厉害。

马杰龙对自己说："老婆对不起我得闹一闹。"

他对自己说："老嫂子对不起我也要闹一闹。"

他们的脑袋"嘭"撞在一起，"嘭"！又撞一下，他们的脑袋就起了牛犄角，他们嘿嘿笑："牛犄角，牛犄角你一个我一个。"他们撞得很厉害，牛犄角越撞越大，他们感到吃惊，这牛犄角怎么像女人奶头，越弄越大，他们就摸自己的额头，上边确实长了牛犄儿。

他们不撞了，他们往回走。走到家门口，女人就叫："头怎么了？"他们说"让牛撞了"。

厨　房

徐　坤[①]

厨房是一个女人的出发点和停泊地。

瓷器在厨房里优雅闪亮，它们以各种弯曲的弧度和洁白的形状，在傍晚的昏暗中闪出细腻的密纹瓷光。墙砖和地板平展无沿，一些美妙的联想映上去之后，顷刻之间又会反射回眸子的幽深之处，湿漉漉的。细长瓶颈的红葡萄酒和黑加仑纯酿，总是不失时机地把人的嘴唇染得通红黢紫，连呼吸也不连贯了。灶上的圆火苗在灯光下扑扑闪闪，透明瓦蓝，炖肉的香气时时扑溢到下面的铁圈上，"哧啦"一声，香气醇厚飘散，升腾出一屋子的白烟儿。莴笋和水芹菜烹炒过后它们会荡漾出满眼的浅绿，紫米粥和苞谷羹又会时时飘溢出一室的黑紫和金黄……

厨房里色香味俱全的一切，无不在悄声记叙着女人一生的漫长。女人并不知道厨房为何生来就属于阴性。她并没有去想。时候到了，她便像从前她的母亲那样，自然而然走进了厨房里。

这个夏天的傍晚，在一阵骤然而至的雷阵雨的突袭过后，燠热和喧嚣全被随风吸附而走。大地逐渐静止了。城市一枚火红的斜阳正从容地在立交桥上燃烧，一层层散漫的红光怡然飘落而下，照耀着一个在厨房里忙碌的叫作枝子的女人。女人优美的身体的轮廓被夕阳镶上了一层金边，从远处望去，很是有些耀眼。女人利手

①徐　坤　女，1965年生。曾从事东方文化研究，有译著《泰戈尔诗歌的意象》出版。1993年开始小说创作，已出版小说集《先锋》《女娲》等。曾获首届冯牧文学奖文学新人奖。

利脚无比快活地忙碌，还不断在切洗烹炸的间隙，抬头向西窗外瞟上一眼。夕阳就仿佛跟她有某种默契，含情脉脉地越过一棵临窗的茂盛玉兰树枝头对她俯首回望。

枝子的目光，也便跟着燃烧在一片红晖之中，润润的，柔柔的。

厨房并不是她自己家里的厨房，而是另一个男人的厨房。女人枝子正处心积虑的，在用她的厨房语言向这个男人表示她的真爱。

一条鳜鱼浑身被横横竖竖切了无数刀后，周身码放好了蒜片、葱丝和姜条，然后放进锅屉里热气腾腾地蒸着。卷心菜和河藕也油亮亮地沾着水珠儿洗好，与沙拉酱一起错落有致码放在盘子里边等待搅拌。水汽正顺着不锈钢盖子的缝隙慢慢地一点点往上溢起来。枝子停下手，幽幽地喘了一口气，转头偷眼向客厅里望了一眼。透过宽大明亮的钢化玻璃厨门，她看见男人松泽正懒散地蜷坐在沙发上，一张报纸遮住了大半个脸。男人的身子、手、脚都长长大大的，T恤的短袖裸露出他筋肉结实的小臂，套在牛仔裤里的两条长腿疏懒地横斜，大腿弯的部分绷得很紧，衬出大腿内侧十分饱满，很有力度——枝子的脸突然莫名其妙地红了，浑身迸过一阵难以自抑的幸福。她赶紧收回自己潮润润的目光，慌慌转回身去放眼观望窗外斜阳。

夕阳巨大的圆轮现在只剩下半个，它正在被树梢和钢筋水泥的建筑物奋力衔住，一口一口激情地往下吞吻。枝子的脸庞转瞬间又被烧红，周身辉映起一阵盲目的幸福。

我爱这个男人。我爱。

枝子在心里这样迷乱地对自己说。在这样说着的时候她的心里充满了羞涩。

枝子是被称作“女强人”的那种已然不惑的女人。爱情到了她这个年纪并不容易那么轻易来临。经过了岁月风尘的磨洗，枝子早年的一颗多愁善感的心，早就像茧子那样硬厚，那样对一切漠然、无动于衷了。多少年过去，一番刻苦的拼搏摔打，早年柔弱、驯顺、缺乏主动、动辄就泪水长流的枝子，如今已经百炼成钢，成为商界里远近闻名的一名新秀。

她这朵奇葩，将自己的社会身份和地位向上茂盛的茁茁固定之后，却偏偏不愿在那块烂泥塘里长了，一心一意想要躺回温室里，想要回被她当初毅然决然抛弃割舍在身后的家。

不知为什么，就是想回到厨房，回到家。

事业成功后的女人，在一个个孤寂难眠的时刻，真是不由自主地常要想家，怀念那个遥远的家中厨房，厨房里一团橘黄色的温暖灯光。

家中的厨房，绝不会像她如今在外面的酒桌应酬那样累，那样虚伪，那样食不甘味。家里的饭桌上没有算计，没有强颜欢笑，没有尔虞我诈，没有或明或暗、防不掉也躲不开的性骚扰和准性骚扰，更没有讨厌的卡拉 OK 在耳朵边上聒噪，将人的胃口和视听都野蛮地割据强奸。家里的厨房，宁静而温馨。每到黄昏时分，厨房里就会有很大的不锈钢精锅咕嘟咕嘟冒出热气，然后是贴心贴肉的一家人聚拢在一起埋头大快朵颐。

能够与亲人围坐吃上一口家里的饭，多么的好！那才是彻底的放松和休息。可她年轻气盛的时候哪儿懂这些？离异而走的日子，她却只有一个简单的念头：她受够了！实在是受够了！她受够了简单乏味的婚姻生活。她受够了家里毫无新意的厨房。她受够了厨房里的一切摆设。那些锅碗瓢盆油盐酱醋全都让她咬牙切齿地憎恨。正是厨房里这些日复一日的无聊琐碎磨灭了她的灵性，耗损了她的才情，让她一个名牌大学毕业的女才子身手不得施展。她走。她得走。说什么她也得走。她绝不甘心做一辈子的灶下婢。无论如何她得冲出家门，她得向那冥想当中的新生活奔跑。

果真她义无反顾，抛雏别夫，逃离围城，走了。

现在她却偏偏又回来了，回来得又是这么主动，这样心甘情愿，这样急躁冒进，毫无顾虑，挺身便进了一个男人的厨房里。

真正叫人匪夷所思。

假如不是当初的出走，那么她还会有今天的想要回来吗？

她并没有想。

此时她只是很想回到厨房，回到一个与人共享的厨房。她是曾经有过婚姻生活，曾经爱和被爱过的人，比较明了单身和已婚的截然不同。一个人的家不能算家，一个人的厨房也不能叫作厨房。爱上一个人，组成一个家，共同拥有一个厨房，这就是她目前的心愿。她愿意一天天无数次地悠闲地待在自家的厨房里头，摸摸这，碰碰那，无所事事，随意将厨房里的小摆设碰得叮当乱响。她还愿意将做一顿饭的时间无限地延长，每天要去菜市场挑选最时鲜的蔬菜，回来再将它们的每一片叶子和茎秆儿都认真地洗择。做每一顿饭之前她都要参照书上的说法，不厌其烦地考虑如何将饭菜营养搭配。慢慢料理这些的时候，她的心情定会像水一样沉稳，绝对不会再以为这是在空耗生命和时间。纤纤素手被洗菜水浸泡得指尖红肿、关节粗大，她也不会再牢骚埋怨。她希望她的心情就那样像水一样，温暾、空泛地在厨房里消磨时光，什么外面争斗的事情都不去想。她愿意看见有一两个食客，当然是丈夫和孩子吃着她亲手烧的好菜，连好吃都顾不上说，直顾低头吃得满嘴流油，脑满肠肥。

脑满肠肥？一想到这个词，枝子就不由得偷偷地笑了。

她真的是不想再在外面应酬做事，整天神经绷紧，跟来来往往形形色色的人虚与委蛇。不知为什么，她有些厌倦人。名利场上各色各样的人：卑鄙的、龌龊的、猥琐的、工于心计的、趋利务实的人……看都看得她眼花了。整天的与人打交道也快把她的神经折磨垮了。她想返身逃逸，逃到没有人的地方去，而厨房就是她最后的避难之所。

厨房对她来说从来没像现在这样亲切过。她从来没有像今天这样对厨房充满了深情。

炉上的不锈钢锅冒出袅袅热气。枝子的想象也随之袅袅。太阳就在她缥缈的想象里一点一点落到树梢下面去，落到她想象的尽头。那个长胳臂长腿的男人松泽看完了报纸，起身抻了一个懒腰，慢慢腾腾挪到厨房里来，再次问枝子需不需要帮什么忙。枝子听到男人满怀关切的问候，赶忙满心欢喜地连连说："不用，不用。"今天是这个男人松泽的生日，她想独立完成整个操作，让他尽情品尝一番她的烹饪手艺。

她为什么要主动向这个男人献艺？献艺完了又将会是什么呢？枝子不愿意想，不情愿这样残酷地拷问自己。她愿意在心里给自己的自尊留有一点余地。该是什么就是什么。枝子在心里说。枝子只希望能是她所想要达到的那个。此时她真是觉着自己对这个男人有些过分俯就，甚至有些低三下四。因为照她素常里的做人态度，以一个商界女星的身份来说，对她前呼后拥献殷勤的男人总是数不胜数。而她的鼻孔总是抬得很高，并且，暗中加着千倍的小心，很怕落入某些勾引利用的圈套。如今却这样巴巴地主动送上门来，可真是有些不好对自己的心解释了呢！

管它呢。随它去吧！反正来也是来了，还费力解释它干什么？

拖着长头发的高个男人松泽挓挲着两只手，在枝子身边围前围后转了两转，明白自己也实在帮不上什么。看来枝子对于今天的下厨是有过精心准备的，知道他这个单身汉的厨房里可能会七七八八的不全，所有的素菜、荤菜备料都由她亲自从外面带来。连烧菜用的油和醋等佐料，也全被她准备到了。甚至枝子还带来了围裙，柔软的白细棉布套头裙，腰间勒一根细带子，自上而下撒下一捧捧勿忘我小碎花。绵软的白裙贴在她身上，正好勾勒出枝子腰条的纤细。枝子的头发本来可以戴上与围裙配套的棉布帽，以免熏进油烟味儿。但她想了想，还是将帽子舍弃，将头发挽了几挽，然后向上用一枚鱼形的发卡松松一别，这样，她乌黑发亮的秀发就尽显在男人松泽的视野。

松泽盯着这个体态窈窕的女人，心里怦怦怦乱动了几动。当然，他是艺术家。艺术家面对美没有不动心的。他和她一直都算得上是很亲密的朋友，亲密的最初原因是枝子出资帮他举办个人画展的成功。从合作的愉快到亲密友好的交往，俩人的关系大致上就是走的这样一个过程。但是，再友好，他也不敢说是劳动她的大驾来给自己庆贺什么生日，尤其是没想到她还要亲自下厨。这该是出乎意外且又让他承受不起的情分。

能有一个漂亮女人主动来家里给自己过生日，真是一个求之不得的美事情。男人一方面惴惴，觉得女人枝子给他的面子太大了；一方面又稍嫌累赘，觉得整夜晚在自己家里吃上一顿饭，太缺乏新意。艺术家，总是爱好推陈出新。就在枝子下厨期间，就有三四个女孩子的电话打来，邀他出去派对。他不得不柔声细语轻声回绝。与待在家里传统的吃生日饭相比，当然卡拉 OK 包间或派对沙龙里搂搂抱抱的扭捏抚摸更能激发创造力。但若从长远的角度看，比起跟那些小女崇拜者玩玩白相，跟女老板的关系处理好对他将来的用途更大一些。男人在考虑问题时，往往从最实利的目的想。所以他决定还是死心塌地，留在家里与女老板亲近感情。

这样心里边一踏实下来，男人也就专注移情于厨房中的枝子身上，渐渐从忙而不乱的枝子身姿当中体味到另一种情致。枝子的动作，熟练而静美，如一朵栀子花儿开放在氤氲的厨房香气中。植物烹炒的香气中夹杂的成熟女人的体香，熏得男人松泽有些想入非非。在不知道该从哪儿下嘴的情况下，他便懒散地一条腿以另一条腿为重心，倚在厨房门框上，一边静待时机，一边向忙碌的枝子身上乱抛多情的眼神。

枝子意识到了男人的注视，略微有些慌乱，不等春风吹绽，便先兀自欢颜，面若桃花的有些气短。她一面竖起耳根，悉心倾听男人粗长的呼吸，一面竭力命令自己镇定，尽量掩饰住狂乱心跳，将身体动作恢复成正常。她所企望的，不就是这个男人的这样一种目光吗？如今已经等到了，那么她还紧张什么？这么想着，她手里切菜的动作就有了几分表演性质。

厨房不大，容不得俩人同时在里面转身，只要一动，就势必会发生身体上某些部位的接触。所以他们就在各自位置站着，口里还要间或说上几句哼哼哈哈应酬话，身体里却不免都暗暗生出几分紧张。主要是男主人还没有拿摸得好女老板的意图。松泽虽说已是风情老手，但在从来都很端庄的枝子面前，毕竟也是不敢造次，不知道她想要他做什么，要他做到什么程度。他还时时没有忘记她是投资人。所以他只是听之任之，一边散漫无际地调着情，一边还要暂时做出温文尔雅。这种孤男寡女同一屋檐独处的情境，终归还是需要有一些半真半假调情意味的。不然，艺术家就显得太不艺术，太寡淡无味了些。

而女人枝子也还没想好该如何开始。她也很希望能有一些情调，并且，最好由这情调本身给她一个循序渐进、顺理成章、水到渠成的过程。她倒是很希望示爱能由松泽一方主动开始。可一旦他真的主动了，说不定她反而会变得厌恶他，拒斥他。见他站在原地兀自不动，她不禁有些既希望又失望的心理。她看上他，经营他，是看中他的画风里的野气和灵活。后来单相思瞄上他，也是因为在相处过程里发现他已将这野气和灵活全然融合、发挥殆尽，在各种场合都圆熟、灵动、洒脱，很符合她眼里真正艺术家的气质。她以为四周围到处都是被文明过分文明化了的衰人，他的画里未曾泯灭的人类远古的粗犷之气。还有与神明相通的灵性。而这一切，正是她内心深深需要的。

在女老板的得力赞助经营下，松泽果然就大获成功且声名远扬。而她则以画推人，认为理所当然人如其画，画如其人，她便因此而爱上了自己的经营品。

两个身体持久的紧张让他们都有些承受不住。枝子在男人松泽的目光里已经汗流浃背。假如还没有进一步的动作，却还要这样无谓地僵持下去，枝子的细腰简直就要绷断了。她不停地用眼角余光扫射着身旁男人，脸蛋儿烧得厉害，肢体以一种柔和的弧度微微向他倾斜过去，那种身段中分明表示着一丝丝鼓励、期盼和犹豫不决。男人在承受温软的肉体倾斜过来的弯度同时也同样是犹疑不定、优柔寡断。他的身体不易察觉地晃了两晃，终于什么也没有能够做得出来。

就这样又沉默了一会儿，枝子的手指在水盆里游动时漫不经心地挑起“哗哗”的水声，听起来略微显出了一点烦躁。过分的紧张和犹疑终于把松泽自己调情的兴致破坏了，松泽说了一句：“我去布置餐桌。”借机急忙把自己从厨房打发开。

枝子的身体这才有空隙松弛下来。她抬起胳膊肘悄悄抹了一把头上的细汗。松泽到厅里丁零当啷地去拿碗筷、摆酒，布置餐桌。餐桌就由一个矮脚茶几临时串演。画家的客厅里一切当然都不正规，几个绣着花儿的软垫子散乱地扔在手工绘绣的波斯地毯上，床铺比正常人的矮去半截，只由一层席梦思垫子铺在地上充当。靠墙的一圈转角水牛皮沙发无比宽大，舒适，倒仿佛画家的一切日常活动都要依靠在沙发里展开似的。

松泽把枝子买来的油蜜蜜的生日蛋糕摆在桌子中央。巧克力奶油在灯下沁出浓浓的甜色，样子极其诱人。松泽盯着蛋糕上的奶油想了几想，终究也没想出个子午卯酉来。到现在为止他的另一股情绪并没有得到完全的调动，行动中仍旧有一些惯常与枝子交往时候的应酬色彩。“另一股情绪”当然就是他每每见到来为他献身的崇拜艺术的女孩子时的，那种身体内部的骤然启动，那种非要把一个回合进行到底时的狂乱和野性。说来也怪，他这样野气狂生的时候，竟然没有一次是不得逞的。

可现在他的身体里却分明缺乏这种感觉。怎么回事？这究竟是怎么回子事呢？松泽暗暗为自己的身体担忧。他并不明了，一旦有了身份和功利的意念，一切就都不好玩了，连一点点肉体的冲动都不容易发生。松泽坐下来开启酒瓶，同时也散漫地回眼向厨房里打量了一眼。玻璃厨门内的枝子似乎也已料到自己的身影会牵动男人的目光，于是，弯腰投臂的动作都尽力跟他欣赏的趣味相暗合，不慌不忙，舒缓有致。光与影当中枝子的柔媚影像，正跟厨房的轮廓形成一个妥帖的默契。那一道剪影仿佛是在说：我跟这个厨房是多么鱼水交融啊！厨房因了我这样一个女人才变得生动起来啊！

而松泽眼睛里却始终是莫衷一是的虚无。

太阳这时已经完全落下去了。晚霞收起她最后一轮艳丽，渐渐沉没于幽暗之中。夜的幕布开启，一切的人与物转眼之间变得朦胧。灶台上的累累成果现在被移到了餐桌上，香气淋漓，色泽也炫目。紧张和等待了大半晌的松泽这会儿真感到体能被消耗得够呛，确实需要补充营养了。可饥饿之后见到琳琅满目的这么一大桌子，却又有了几分惴惴和惶惶，愈发不知嘴从哪里下比较合适。抬眼再望枝子，枝子这会儿已经面目一新地端坐在他对面，脉脉含情地抬头凝望他。忙完了厨房里活计的枝子没忘了到卫生间里隆重地整修了一下自己。她在眼圈周围细心加过了眼影，这样眼中就愈发布满深情。唇线也用唇笔淡描素抹而过。腮影要不要打上橘红呢？枝子思忖了一下，最后决定放弃。等到进入接吻的实质性阶段时，满腮满脸的厮磨，粉影多了容易弄成一团花脸。

脸部修饰完毕，然后枝子又从手提袋里拿出一套真丝晚装，换下了身上一进门来时穿的果绿色白领丽人套服。套服太呆板，僵硬，笨手笨脚，不太使人容易介入，而丝绸可就相对质感，也简捷轻快得多了。这些都是为今晚的爱情特地准备的。虽然烦琐，但在她满心都是甜蜜憧憬之时，也并不觉得有什么费周折。

再从房里出来时，枝子就已经是黑色真丝长裙飘逸，身体上最值得称赞的部位——修长的脖颈和光洁的臂膊全都从领口和袖口裸露出来，它们在灯下泛起象牙色的皮肤光泽。而没有裸露出来的部位正包裹在真丝绸的内部炫耀着它们的初始神秘，诱惑着艺术家修长的手指去一点一点开启。

松泽再怎么上不来情绪，也还是不免为枝子的这一身装扮眼皮跳了几跳。饱览美尔后再将其饱尝，本来就是他作为画家的特长。这时的松泽他赶忙表示惊艳，表情夸张地一手扶杯，一手将握着倒酒的瓶子停在半空，眼含赞许地盯住枝子，仿佛喃喃自语地说："唔。我的上帝！真漂亮，你真漂亮！"

枝子有些激动，又不好意思流露，只很含蓄地说："谢谢。"说完便用眼光四下里斜了一下，思忖着自己该落座哪儿。松泽正很舒服地陷落在沙发里，把住了桌子的一方。枝子此刻也很想陷到沙发里去坐，跟松泽并排紧挨着……那样就比较方便多了。枝子脸一红，暗中瞬时一转念：可那样是不是显得自己过分主动了呢？她又把眼光偷偷瞟向松泽。可恨松泽那家伙此时并不给她一个在身边坐下的台阶，他若是能拍拍身边的席位，再半开玩笑半正经地说上一句："此处正虚席以待。"那么她也就顺水推舟地坐下来了。可现在他除了假装惊艳，别的一点表示都不呈现。害得她只好溜溜地错过他的身边，绕到对面去，隔着一张桌子，带着好大的失望装出款款落座。毕竟，在一切没正式开始之前，她不愿意将身份失得太轻率。

红葡萄酒在高脚杯子里幽幽的泛情。顶灯、壁灯、落地灯都被男主人一盏一盏地熄掉，只留下烛台上几支红红的蜡烛闪烁灼灼。隐藏进棚顶四角的音箱放送出柔柔的软歌。那是一种从鼻腔送出来的哼唱，绵绵无骨地含在一管萨克斯里头。枝子姿态软软地给松泽一小块一小块切了生日蛋糕，将带有粉红色玫瑰花的那块儿送进了他的碟子，而自己只留一枚嫩绿色的奶油叶子。祝福的话语一说就落入了俗套，远没有喝酒更能展示出新意。枝子和松泽俩人就频频地碰杯，你一杯，我一杯，你再敬我一杯，我再还你一杯。看架势好像都要成心把自己灌醉。

其实枝子才没想把自己灌醉，她只想借酒壮胆，把自己灌出几分将过程进行到底的勇气来。松泽暂时还没有想到那么多，他一边不辜负枝子的手艺，大快朵颐，一边还要腾出嘴，抽空把枝子的手艺表扬。那些称赞的话语落到枝子的耳垂儿上便款款粘住不下，湿乎乎的受用动听。而枝子手中的筷子却难得一动，一来是厨师从来就吃不下经自己手做出的美味佳肴，二来嘛，枝子的心思也完全不在这上头。枝子的眼睛在酒的滋润下，酒汪汪，直勾勾的，几乎是目不转睛地盯着对面的松泽，盯盯地瞧着他咀嚼时腮帮肌肉的漂亮滚动，看着他对女人说赞美话的时候口吐莲花，满头的艺术家长发一甩一甩的，还有他四十多岁男人刮得铁青的富含魅力的下巴，枝子真是看得又怜又爱，脸蛋儿烧得要起火。连眼珠儿都滋啦滋啦的要冒出火星子来。

这个时候的枝子就有些恨，有些爱，有些无奈，有些牙根儿发痒。她就只好又恨又无奈地猛往自己嗓子眼里灌酒。她不知道松泽对她是怎么感觉的，反正，是直到了这会儿他还没有动作。她想他至少应该是提议跳舞，或者是提议做点别的，发挥出这种场合他惯用的技巧和手段。他还要让我怎么样呢？枝子想。该做的我都做了，我再也越不过我这个年纪的矜持和自尊。她想自己无法保持长久期待状态，得不到满足期待是持续不下去的。

枝子就愈发独饮自斟，把自己喝得眼神和身态都酒汪汪的。

松泽没边没沿摇头晃脑夸赞了半天，稍一停顿下来时，才发觉耳朵里却只听见自己的话音，对面枝子连一点回声都没有。他赶忙伸手去给枝子斟酒，借这工夫用心往她脸上觑了一眼。却见枝子那里，正在拼命用她的眼神织网。枝子的眼神都快要不行了，温软黏稠，密密匝匝来来回回缠绕在他身上，直把他锁困在情意里头，只要他一挨上，就休想再挣得脱。松泽的心一软，身体一晃，酒就有点对不准杯子口，“哆”的一下，一大半就洒到了酒杯外头。

枝子端起顺着杯沿儿滴的酒，摇摇晃晃起身，说：“来，我们为今夜晚干杯。”

松泽说：“好，为今晚干杯。”

没等松泽的杯子递过去，枝子的杯子却直伸过来，摇摇欲坠地往他的酒杯上碰。但却因为目标不准，杯子直探向他的杯中而来。松泽下意识伸手一搪，“噗”，一杯酒碰洒，全洒在他的T恤和裤子上。

枝子慌忙说声：“对不起，对不起。”松泽说：“没关系，没关系。”说完回身要找东西去擦。枝子忙说：“我来，我来。”说着就晃晃地伸手把他拦住，又晃晃地起身，慢慢踅到厨房里，找来抹布和纸巾，欲替他擦拭身上的酒滴。她从厨房径直过到他的身旁，倚在沙发上，不等他客气拒绝，曲下身，半蹲半跪倚下去，伸手替他在裤子上擦。他就姿势艰难地曲在沙发上承受着。她现在已经跟他靠得这样近了，她的头发已经刮着了他的下巴，他们的身体也几乎完全要贴上，她已经闻到了他身上的体香和酒香。她这时在半晕半醒的脑子里划过一瞬间的迟疑和恍惚：要不要就势投到他的怀里去？

但是就在她这样稍一迟疑的时候，那个可以自然而然投怀送抱的两秒钟已倏忽而过。过了这个时间差，再想要投入进去就显得生硬、扭曲，动作之间的衔接就不紧密、不准确。

恋爱真是不可以用脑子的，只听凭本能去行动就行了。她想。恋爱的时候脑子真是多余啊。她想。她这样想着的时候心里边说不出有多么的沮丧，沮丧得简直就要流出眼泪来了。

还好，就在这当口，一双热乎乎的大手终于伸了出来，温情地顺势将她揽了过去。再不将她揽过去，可就真有些说不过去了。松泽想。松泽就这样做了一个顺水人情，顺势揽过了枝子的腰，让她靠在他身上。枝子听到了男人有力的心跳。她将头紧紧贴在他前胸上，闭着眼。两行委屈的泪水顺着眼缝悄悄流出了一点。但她没有顾得上去擦。她的身子这会儿全软了，软得一塌糊涂，什么也动不了。直到这会儿她被男人搂进怀里，这才觉得所有的骨头立刻都酥化，所有的矜持的铠甲也都立即崩塌。这会儿她想，她只想，我爱这个男人，我爱。跟我爱的男人在一起，这就行了。行了。

男人搂着一个没有骨头的酥软肉体，酒和本能混杂在一块儿，热辣辣地开始发酵起动。他用力抬起紧贴在他胸口的脸，急速地将嘴唇凑了上去。她那滑得像缎子一样的皮肤，嘴唇在哪儿也站不住脚。他忽然觉得有点咸，稍稍睁眼，推开了一点一看，女人流泪了。泪水顺着鼻梁两侧往下流，他忽然受了莫名的感动，重新将嘴唇贴上去，从眼睛一点一点地往下滑，先是吃干了她的泪，然后将吻落实到她的嘴唇。开始她还有几分矜持，昏昏之中还知道把嘴唇结成一条线，不给他以进去的机会。男人见状手段更加老道，一边吻着，托在她后背上的手还在不停地抚摸，一直抚到她在他手掌里马上就要摊成一汪水。男人见火候已到，这才缓缓将她抱到沙发上，果然，女人一双滚烫的红唇，立刻蚌一样张开，她不假思索，一口贪婪吸住了他的舌头，怎样也抽脱不出来。这时他才晓得了她这一吸的厉害，不是温热，不是柔软，而是一股狠劲，一股不要命的劲，真是恨不能把他的整个生命都吸吮下去，恨不能立即吊在他这棵树上摇晃死。男人领受不住，慌忙将身体稍微挪开，脑子里还在先惊后怕地想，不得了，真不得了，这个女人，不要命的女人，简直要把我玩死了。松泽他曾跟无数个女人玩过这种把戏，十分知道吻与吻之间的区别，他忽然间心中一动：莫非她是很认真，真的是跟他动了真情？她今天的表现，好像有点不大对劲啊！她为他所做的一切，她的所有厨房语言，好像都在向他示意：她愿意做他这个厨房的女主人，她是做他这个房间女主人的最好人选……

一意识到这里，男人火烧着的身体“忽悠”就打了一个激灵，热度瞬间就冷了下来。原来女人是认真了。这会儿他忽然明白了女人今天不是来玩的，女人今天是来认真的。女人今天来的目的性非常明确。她想要的是结果。她可不光光玩的是情调，而是想要一个实实在在的结果。从她的接吻态势上他已经就品味出来了。她的那些厨房用语的艰苦卓绝，无不在表明一个实实在在真的心迹，直到这会儿他才把她破译开来。

男人突然间感到懊丧。男人的这份懊丧一下子就灌满了他自己的周身。真不好玩。实在是不好玩。他能领受假意，却要拒绝真情。他不愿意有负担。在这个人人都趋功近利的时代，谁还想着给自己上套，给自己找负担？尤其是对于他一个艺术家来说，更不愿有任何形式的羁绊。家庭责任也好，社会义务也罢，能躲的就躲，能逃的就逃，能推脱的就推脱。他松泽卖画的税单，都是被逼无奈被税务部门找上门来才交的。他难道还会在他事业最火爆的时候，去选择接受她，会把一个女人当老婆娶到屋子里来养吗？那样的话他的自由和无羁还怎么体现？

谁说女人只是情感动物，比男人缺乏理性呢？女人一旦目的起来，比男人一点也不傻，也不逊色。关键是她选错了人，挑错了对象。艺术家松泽他一点都不想有什么负担，一点都不想去对别人负责。白玩可以，动真格的却不行。她想依赖上他。可他偏偏不是个愿意被依赖上的人。他不愿意有负担。男人跟女人的想法不一样，从根本上就不一样。若说假意嘛，他可是随便乱施得多了，还挺自在安全挺幸福的；若论真情的话，他画家松泽除了对他自己，对他自己的名和利以外，就再也没对谁真情过。他不怕玩，他就怕认真。以假对假的玩，玩得心情愉快，彼此没有负担，同时毫无顾忌，以真对假的玩，那就没法子玩了。以真对真就更不能玩了。

但是他又不能猝然把这一场游戏结束，装作冷冰冰的拒绝。得罪一位对他有用的女出资人。怎么说也划不来。况且他一贯以怜香惜玉著称，在一位风姿绰约的女人面前也不能显得太缺乏风度，再说，跟一个漂亮女人做一场稍微有一点危险的游戏，有什么不好？在悬崖边上玩，才会来得过瘾，比平常有刺激。再怎么说，他也不至于被她强奸成婚吧？

等到漫长的拥吻过去，女人感到心力衰竭，停止吸吮睁开眼睛时，见男人却在注视她。两个人的脸离得这样近，以至于一瞬间都在彼此的眼里变形。女人感到不好意思，急急避开他的打量，低下头，将脸埋在他的胸里。男人就像理顺一条小狗一样抚摸揉搓着她的后背和头发。她也就顺势连人带衣服蜷进他的怀里做小狗依人状。她闭上眼睛，默默享受着吻后余晕，觉得这心情总算有了着落，爱情也有了着落。对女人枝子来说，能够进行到这一步是多么的不容易，不容易啊！她却哪里有暇猜想，这样的逢场作戏，男人松泽他究竟经历了多少。作为一个男性艺术家，他跟周围那些崇拜他的女人滥情滥得简直都快要滥不起来了。

沉浸在自己一厢情愿爱情中的女人枝子并没心思去猜想这些。沉浸在不惑爱情中的女人可真是了不得。女人热情似火，稍微给她一点暗示就可以扑上来，又啃又咬，真正像只发情的猫。男人沉着地、饶有兴味地应付着这场追逐。一旦明晓了女人的目的性，男人的身体立即褪了激情，但他的另一份兴致却被点燃起来。现在他虽然置身其中，但却又像抽身其外一样观看着一场情戏的上演，有点像一个把持全局的导演在陪练一个女演员。他已将她的真情当作了好玩的事情。他还很有兴致再看一看，再陪练陪练。他发现自己倒也是很能进入角色嘛！

男人松泽暗中就很有些为自己得意。

而女人千娇百媚，女人此刻正沦陷在激情里不能自拔。女人的脸蛋已经燃出了大火，非要把他和她自己焚成灰烬不可。女人将葡萄酒跟他一口一口嘴对着嘴含喝。女人在他的怀里，将紫红的蛇果拦腰横切，又在一半边上都细细刻出锯齿形的牙边，然后女人像小老鼠般将锯齿牙边一点一点地啃啮，咬到最后就是嘴唇跟嘴唇的会合，两片肉贴在一起狂吻。女人的一切小把戏松泽都来者不拒，含情承受。但是他从不主动往下探索，就仿佛他是真正的谦谦君子似的。

这样女人就不知是什么意思。她频频地发动却得不到最终结果，女人简直都快要对自己失去最后的信心。难道是自己的魅力不够吗？女人在焦灼之中困乏地想，只要他一暗示，一有要求，她就会给他的，毫无保留地全部给他。她太想对这场爱情有一个切切实实的体认，太想要一个他和她定情的深入纪念，但是男人却偏偏就不予以满足，让她更百倍地煎熬和难受。情急之中她就更主动，更狂烈，更以丝绸的质感攀附缠绕在他身上，让他动作松懈不得，手掌忙不迭地将她身姿把玩戏耍，极其愉快地观察着她表情的每一点变化，就像一个衔笛起舞的印度耍蛇者。

这样玩着闹着，几个大起大落下去，不知不觉，夜已经深了。当女人又一次滚倒在他的怀中，沉醉于他中音共鸣区的声情并茂时，却听得他咬着她的耳垂，以一种湿漉漉的舌音在耳边叮咛：“嗳嗳，你看，已经两点钟了。我该送你回去了。”

女人一愣，像没听清似的，手臂从他脖子上掉下来，呆呆地仰起脸来看着他，两只盈满秋水的大眼睛里露出迷茫。回去？什么回去？为什么要回去？他这是什么意思？是在下逐客令吗？

女人的思绪半天没有回过神儿来。她的自尊与自信受了格外的打击。这是怎么回子事？难道这个样子就算完了？他这个态度表明的是什么？

可是她能说不走吗？她能说主动要求留下来过夜吗？那样她成什么了？

男人却根本不顾女人情绪的空顿，不由分说，起身离开她去衣橱里取外衣。男人的这一动作果断、坚决，不容置疑，不容商量，仿佛在用他的形体语言在提示她：他并无意于接纳她。他已经玩够了，不想再继续玩下去。他对她已经够负责的了，耐心陪了她一个晚上，且还让她囫囵的样子，并没有说对她始乱终弃或者多做别的什么。

女人看着眼前的一切，巨大的失落和自尊，让她的胸脯急遽起伏着，面部表情剧烈扭曲，半句话竟也说不出来。但也就是那么简单的一刹那，她就立刻止住痉挛着的眼底肌肉，突然变得满脸盈笑，用手指撩了撩额前的长发，装作满不在乎的样子，极其大度极其平静地说："好吧，我先来帮你收拾一下碗筷。"说话的语调，就仿佛她已是情场老手，对于这样的逢场作戏已经司空见惯，仿佛她真的纯粹是为给他过这个生日，为他做一顿生日晚餐而来，并且她还要做得善始善终。

不等男人阻拦，女人便大幅度地行动起来。她的动作幅度很大，有些不正常的难以自抑的夸张，大声问这个东西该放哪儿，那个碟子该放哪儿。她手脚麻利地将所有的东西都归拢好。然后又进卫生间补了补脸上被接吻弄乱的晚妆。接着她表情平静地出来，顺手拎起厨房地上的垃圾袋，对着厨房门口那个看得有些发怔的男人平静地说："走吧。"

树叶在夜风中哗哗响着，冷露提醒给人以无法遮掩的幽凉。枝子不由得在风里打了一个寒战。男人讨好地上来，又殷勤地搂了搂她的肩膀。枝子不说话，任他殷勤着，浑身木木的，一点感觉都没有。进了车里，男人和她并排坐在后座上，车子一开动，他便无限温存地伸过手，将她搂靠在他的臂膊中。枝子不拒绝，也不回应，仍旧是麻木的，任他这样毫无意义地搂着。此时她才觉得一切都变得毫无意义。

车子悄无声息地在暗夜里滑行，滑得轻飘而又滞重。偶尔能见到前面的车尾灯划出几抹窒息人的暗红。夜是干燥的。夜根本就没有潮声。她想。到了小区的楼门口，女人下车，男人也跟下来。假意跟她拥抱握别。握别完了，男人又返身低头钻进出租车，跟着车子往来时的路上走。女人目送着载着他的红色皇冠在夜幕中一点一点远去。毕竟，他还不是个坏人。她这样想，她愿意尽量往好的方面想。毕竟他还是有责任感的。哪怕这责任感只是在他最后护送她回家的这短短的一程。短短一程中的呵护和温暖，也足够她凭吊一生。

夜风猛劲地从楼门口吹了过来。女人的头发又乱了，几丝长发贴到脸上来，遮住了她的双眼。她抬手将发梢掠向脑后，无意间手指触到了脸上潮乎乎的东西。她转回身，扭亮了楼道里的廊灯，准备快速上楼。刚一抬脚，一大包东西碰着了她的腿。她低头一看，原来是厨房里的那一袋垃圾。直到现在她还把它紧紧地提在手里。

眼泪，这时才顺着她的腮帮，无比汹涌地流了下来。

清水洗尘

迟子建

天灶觉得人在年关洗澡跟给死猪煺毛一样没什么区别。猪被刮下粗粝的毛后显露出又白又嫩的皮，而人搓下满身的尘垢后也显得又白又嫩。不同的是猪被分割后成为人口中的美餐。

礼镇的人把腊月二十七定为放水的日子。所谓“放水”，就是洗澡。而郑家则把放水时烧水和倒水的活儿分配给了天灶。天灶从八岁起就开始承担这个义务，一做就是五年了。

这里的人们每年只洗一回澡，就是在腊月二十七的这天，虽然平时妇女和爱洁的小女孩也断不了洗洗刷刷，但只不过是小打小闹地洗。譬如妇女在夏季从田间归来路过水泡子时洗洗脚和腿，而小女孩在洗头发后就着水洗洗脖子和腋窝。所以盛夏时许多光着脊梁的小男孩的脖子和肚皮都黑黢黢的，好像那上面匍匐着黑蝙蝠。

天灶住的屋子被当成了浴室。火墙烧得很热，屋子里的窗帘早早就拉上了。天灶家洗澡的次序是由长至幼，老人、父母、最后才是孩子。爷爷未过世时，他是第一个洗澡的人。他洗得飞快，一刻钟就完了，澡盆里的水也不脏，于是天灶便就着那水草草地洗一通。每个人洗澡时都把门关紧，门帘也落下来。天灶洗澡时母亲总要在外面敲着门说：“天灶，妈帮你搓搓背吧？”

“不用！”天灶像条鱼一样蜷在水里说。

“你一个人洗不干净！”母亲又说。

“怎么洗不干净。”天灶便用手指撩水，使之发出哗啦哗啦的声响，仿佛在告诉母亲他洗得很卖力。

“你不用害臊。”母亲在门外笑着说，“你就是妈妈生出来的，还怕妈妈看吗？”

天灶便在澡盆中下意识地夹紧了双腿，他红头涨脸地嚷，“你老说什么？不用你洗就是不用你洗！”

天灶从未拥有过一盆真正的清水来洗澡。因为他要蹲在灶台前烧水，每个人洗完后的脏水还要由他一桶桶地提出去倒掉，所以他只能见缝插针地就着家人用过的水洗。那种感觉一点也不舒服，纯粹是在应付。而且不管别人洗过的水有多干净，他总是觉得很浊，进了澡盆泡上个十几分钟，随便搓搓就出来了。他也不喜欢父母把他的住屋当成浴室，弄得屋子里空气湿浊，电灯泡上爬满了水珠，他晚上睡觉时感觉是睡在猪圈里。所以今年一过完小年，他就对母亲说：“今年洗澡该在天云的屋子里了。”

天云当时正在叠纸花，她气得一梗脖子说：“为什么要在我的屋子？”

“那为什么年年都非要在我的屋子？”天灶同样气得一梗脖子说。

“你是男孩子！”天云说，“不能弄脏女孩子的屋子！”天云振振有词地说，“而且你比我大好几岁，是哥哥，你还不让着我！”

天灶便不再理论，不过兀自嘟囔了一句，“我讨厌过年！年有个什么过头！”

家人便纷纷笑起来。自从爷爷过世后，奶奶在家中很少笑过，哪怕有些话使全家人笑得像开了的水直沸腾，她也无动于衷，大家都以为她耳朵背了。岂料她听了天灶的话后也使劲地笑了起来，笑得痰直上涌，一阵咳嗽，把假牙都喷出口来了。

天灶确实不喜欢过年。首先不喜欢过年的那些规矩，焚纸祭祖，磕头拜年，十字路口的白雪被烧纸的人家弄得像一摊摊狗屎一样脏，年仿佛被鬼气笼罩了。其次他不喜欢忙年的过程，人人都累得腰酸背痛，怨声连天。拆被、刷墙、糊灯笼、做新衣、蒸年糕等，种种的活儿把大人孩子都牵制得像刺猬一样团团转。而且不光要给屋子扫尘，人最后还得为自己洗尘，一家老少在腊月二十七的这天因为卖力地搓洗掉一年的风尘而个个都显得面目浮肿，总是使他联想到屠夫用铁刷嚓嚓地给死猪煺毛的情景，内心有种隐隐的恶心。最后，他不喜欢过年时所有人都穿扮一新，新衣裳使人们显得古板可笑、拘谨做作。如果穿新衣服的人站成了一排，就很容易使天灶联想起城里布店里竖着的一匹匹僵直的布。而且天灶不能容忍过年非要在半夜过，那时他又困又乏，毫无食欲，可却要强打精神起来吃团圆饺子，他烦透了。他不止一次地想若是他手中有了至高无上的权力，第一项就要修改过年的时间。

奶奶第一个洗完了澡。天灶的母亲扶着颤颤巍巍的她出来了。天灶看见奶奶稀疏的白发湿漉漉地垂在肩头，下垂的眼袋使突兀的颧骨有一种要脱落的感觉。而且她脸上的褐色老年斑被热气熏炙得愈发浓重，仿佛雷雨前天空中沉浮的乌云。天灶觉得洗澡后的奶奶显得格外臃肿，像只烂蘑菇一样让人看不得。他不知道人老后是否都是这副样子。奶奶嘘嘘地喘着粗气经过灶房回她的屋子，她见了天灶就说："你烧的水真热乎，洗得奶奶这个舒服，一年的乏算是全解了。你就着奶奶的水洗洗吧。"

母亲也说："奶奶一年也不出门，身上灰不大，那水还干净着呢。"

天灶并未搭话，他只是把柴火续了续，然后提着脏水桶进了自己的屋子。湿浊的热气在屋子里像癞皮狗一样东游西蹿着，电灯泡上果然浮着一层鱼卵般的水珠。天灶吃力地搬起大澡盆，把水倒进脏水桶里，然后抹了抹额上的汗，提起桶出去倒水。路过灶房的时候，他发现奶奶还没有回屋，她见天灶提着满桶的水出来了，就张大了嘴，眼睛里现出格外凄凉的表情。

"你嫌奶奶——"她失神地说。

天灶什么也没说，他拉开门出去了。外面又黑又冷，他摇摇晃晃地提着水来到大门外的排水沟前。冬季时那里隆起了一个肮脏的大冰湖，许多男孩子都喜欢在冰湖下抽陀螺玩，他们叫它"冰嘎"。他们抽得很卖力，常常是把鼻涕都抽出来了。他们不仅白天玩，晚上有时月亮明得让人在屋子里待不住，他们便穿上厚棉袄出来抽陀螺，深冬的夜晚就不时传来"啪——啪——"的声音。

天灶看见冰湖下的雪地里有个矮矮的人影，他躬着身，似乎在寻找什么，手中夹着的烟头一明一灭的。

"天灶——"那人直起身说，"出来倒水啦？"

天灶听出是前趟房的同班同学肖大伟，便一边吃力地将脏水桶往冰湖上提，一边问："你在这干什么？"

"天快黑时我抽冰嘎，把它抽飞了，怎么也找不到。"肖大伟说。

"你不打个手电，怎么能找着？"天灶说着，把脏水"哗——"地从冰湖的尖顶当头浇下。

"这股洗澡水的味儿真难闻。"肖大伟大声说，"肯定是你奶奶洗的！"

"是又怎么样？"天灶说，"你爷爷洗出的味儿可能还不如这好闻呢！"

肖大伟的爷爷瘫痪多年，屎尿都得要人来把，肖大伟的妈妈已经把一头乌发侍候成了白发，声言不想再当孝顺儿媳了，要离开肖家，肖大伟的爸爸就用肖大伟抽陀螺的皮鞭把老婆打得身上血痕纵横，弄得全礼镇的人都知道了。

“你今年就着谁的水洗澡？”肖大伟果然被激怒了，他挑衅地说，“我家年年都是我头一个洗，每回都是自己用一盆清水！”

“我自己也用一盆清水！”天灶理直气壮地说。

“别吹牛了！”肖大伟说，“你家年年放水时都得你烧水，你总是就着别人的脏水洗，谁不知道呢？”

“我告诉你爸爸你抽烟了！”天灶不知该如何还击了。

“我用烟头的亮儿找冰嘎，又不是学坏，你就是告诉他也没用！”

天灶只有万分恼火地提着脏水桶往回走，走了很远的时候，他又回头冲肖大伟喊道：“今年我用清水洗！”

天灶说完抬头望了一下天，觉得那迤逦的银河刷地亮了一层，仿佛是清冽的河水要倾盆而下，为他除去积郁在心头的怨愤。

奶奶的屋子传来了哭声，那苍老的哭声就像山洞的滴水声一样滞浊。

天灶拉开锅盖，一勺勺地把热水往大澡盆里倾倒。这时天灶的父亲过来了，他说：“看你，把奶奶惹伤心了。”

天灶没说什么，他往热水里又对了一些凉水。他用手指拭了试水温，觉得若是父亲洗恰到好处，他喜欢凉一些的；若是天云或者母亲洗就得再加些热水。

“该谁了？”天灶问。

“我去洗吧。”父亲说，“你妈妈得陪奶奶一会儿。”

这时天云忽然从她的房间冲了出来，她只穿件蓝花背心，露出两条浑圆的胳膊，披散着头发，像个小海妖。她眼睛亮亮地说：“我去洗！”父亲说：“我洗得快。”

“我把辫子都解开了。”天云左右摇晃着脑袋，那发丝就像鸽子的翅膀一样起伏着，她颇为认真地对父亲说，“以后我得在你前面洗，你要是先洗了，我再用你用过的澡盆，万一怀上个孩子怎么办？算谁的？”

父亲笑得把一口痰给喷了出来，而天灶则笑得撇下了水瓢。天云嘟着丰满的小嘴，脸红得像炉膛里的火。

“谁告诉你用了爸爸洗过澡的盆，就会怀小孩子？”父亲依然“嘀嘀”地笑着问。

“别人告诉我的，你就别问了。”

天云开始指手画脚地吩咐天灶，“我要先洗头，给我舀上一脸盆的温水，我还要用妈妈使的那种带香味的蓝色洗头膏！”

天云无忌的话已使天灶先前沉闷的心情为之一朗，因而他很乐意地为妹妹服务。他拿来脸盆，刚要往里舀水，天云跺了一下脚一迭声地说：“不行不行！这么埋汰的盆，要给我刷干净了才能洗头！”

“挺干净的嘛。”父亲打趣天云。

“你们看看呀？盆沿儿那一圈油泥，跟蛇寡妇的大黑眼圈一样明显，还说干净呢！”天云梗着脖子一脸不屑地说。

蛇寡妇姓程，只因她喜欢跟镇子里的男人眉来眼去的，女人背地说她是毒蛇变的，久而久之就把她叫成了蛇寡妇。蛇寡妇没有子嗣，自在得很，每日都起得很迟，眼圈总是青着，让人不明白她把觉都睡到哪里了。她走路时习惯用手捶着腰。她喜欢镇子里的小女孩，女孩们常到蛇寡妇家翻腾她的箱底，把她年轻时用过的一些头饰都用甜言蜜语泡走了。

“我明白了——”天云的父亲说，“是蛇寡妇跟你说怀小孩子的事，这个骚婆子！”

“你怎么张口就骂人呢？”天云说，“真是！”

天灶打算用肥皂除掉污垢，可天云说用碱面更合适，天灶只好去碗柜中取碱面。他不由得对妹妹说：“洗个头还这么啰唆，不就几根黄毛吗？”

天云顺手抓起几粒黄豆朝天灶撇去，说：“你才是黄毛呢。”又说：“每年只过一回年，我不把头洗得清清亮亮的，怎么扎新的头绫子？”

他们在灶房斗嘴嬉笑的时候，哭声仍然微风般地从奶奶的屋里传出。

天云说：“奶奶哭什么？”

父亲看了一眼天灶，说：“都是你哥哥，不用奶奶的洗澡水，惹她伤心了。这个年她恐怕不会有好心情了。”

“那她还会给我压岁钱吗？”天云说，“要是没有了压岁钱，我就把天灶的课本全撕了，让他做不成寒假作业，开学时老师训他！”

天云与天灶一团和气时称他为“哥哥”，而天灶稍有一点使她不开心了，她就直呼其名。

天灶刷干净了脸盆，他说：“你敢把我的课本撕了，我就敢把你的新头绫子铰碎了，让你没法扎黄毛小辫！”

天云咬牙切齿地说：“你敢！”

天灶一边往脸盆哗哗地舀水，一边说：“你看我敢不敢？”

天云只能半是撒娇半是委屈地噙着泪花对父亲说：“爸爸呀，你看看天灶——”

“他敢！”父亲举起了一只巴掌，在天灶面前比画了一下，说：“到时我揍出他的屁来！”

天灶把脸盆和澡盆一一搬进自己的小屋。天云又声称自己要冲两遍头，让天灶再准备两盆清水。她又嫌窗帘拉得不严实，别人要是看见了怎么办。天灶只好把窗帘拉得更加密不透光，又像仆人一样恭恭敬敬地为她送上毛巾、木梳、拖鞋、洗头膏和香皂。天云这才像个女皇一样款款走进浴室，她闩上了门。隔了大约三分钟，从里面便传出了撩水的声音。

父亲到仓棚里去找那对塑料红色宫灯去了，它们被闲置了一年，肯定灰尘累累，家人都喜欢用天云洗过澡的水来擦拭宫灯，好像天云与鲜艳和光明有着密不可分的联系似的。

天灶把锅里的水填满，然后又续了一捧柴火，就悄悄离开灶台去奶奶的屋门前偷听她絮叨些什么。

奶奶边哭边说："当年全村的人数我最干净，谁不知道哇？我要是进了河里洗澡，鱼都躲得远远的，鱼天天待在水里，它们都知道身上没有我白，没有我干净……"

天灶忍不住捂着嘴偷偷乐了。

母亲顺水推舟地说："天灶这孩子不懂事，妈别跟他一般见识。妈的干净咱礼镇的人谁不知道？妈下的大酱左邻右舍的人都爱来要着吃，除了味儿跟别人家的不一样外，还不是因为干净？"

奶奶微妙地笑了一声，然后依然带着哭腔说："我的头发从来没有生过虱子，胳肢窝也没有臭味。我的脚趾盖里也不藏泥，我洗过澡的水，都能用来养牡丹花！"

奶奶的这个推理未免太大胆了些，所以母亲也忍不住"扑哧"一声乐了。天灶更是忍俊不禁，连忙疾步跑回灶台前，蹲下来对着熊熊的火焰哈哈地笑起来。这时父亲带着一身寒气提着两盏陈旧的宫灯进来了，他弄得满面灰尘，而且冻出了两截与年龄不相称的青鼻涕，这使他看上去像个捡破烂儿的。他见天灶笑，就问："你偷着乐什么？"

天灶便把听到的话小声地学给父亲。

父亲放下宫灯笑了，"这个老小孩！"

锅里的水被火焰煎熬得吱吱直响，好像锅灶是炎夏，而锅里闷着一群知了，它们在不停地叫嚷，"热死了，热死了"。火焰把天灶烤得脸颊发烫，他就跑到灶房的窗前，将脸颊贴在蒙有白霜的玻璃上。天灶先是觉得一股寒冷像针一样深深地刺痛了他，接着就觉得半面脸发麻，当他挪开脸颊时，一块半月形的玻璃本色就赫然显露出来。天灶擦了擦湿漉漉的脸颊，透过那块霜雪消尽的玻璃朝外面望去。院子里黑黢黢的，什么都无法看清，只有天上的星星才现出微弱的光芒。天灶叹了一口气，很失落地收回目光，转身去看灶坑里的火。他刚蹲下身，灶房的门突然开了，一股寒气背后站着一个穿绿色软缎棉袄的女人，她黑着眼圈大声地问天灶："放水哪？"

天灶见是蛇寡妇，就有些爱理不睬地"哼"了一声。

"你爸呢？"蛇寡妇把双手从袄袖中抽出来，顺手把一缕鼻涕擤下来抹在自己的鞋帮上，这让天灶很作呕。

天灶的爸爸已经闻声过来了。

蛇寡妇说："大哥，帮我个忙吧。你看我把洗澡水都烧好了，可是澡盆坏了，倒上水哗哗直漏。"

"澡盆怎么漏了？"父亲问。

"还不是秋天时收饭豆，把豆子晒干了放在大澡盆里去皮，那皮又干又脆，把手都扒出血痕了，我就用一根松木棒去捶豆子，没承想把盆给捶漏了，当时也不知道。"

天灶的妈妈也过来了，她见了蛇寡妇很意外地"哦"了一声，然后淡淡打声招呼："来了啊？"

蛇寡妇也淡淡地应了一声，然后从袖口抽出一根桃红色的缎子头绳："给天云的！"

天灶见父母都不接那头绳，自己也不好去接。蛇寡妇就把头绳放在水缸盖上，使那门水缸看上去就像是陪嫁，喜气洋洋的。

"天云呢？"蛇寡妇问。

"正洗着呢。"母亲说。

"你家有没有锡？"父亲问。

未等蛇寡妇作答，天灶的母亲警觉地问："要锡干什么？"

"我家的澡盆漏了，求天灶他爸给补补。"蛇寡妇先回答女主人的话，然后才对男主人说："没锡。"

"那就没法补了。"父亲顺水推舟地说。

"随便用脸盆洗洗吧。"天灶的母亲说。

蛇寡妇睁大了眼睛，一抖肩膀说："那可不行，一年才过一回年，不能将就。"她的话与天云的如出一辙。

“没锡我也没办法。”天云的父亲皱了皱眉头，然后说：“要不用油毡纸试试吧。你回家撕一块油毡纸，把它用火点着，将滴下来的油弄在漏水的地方，抹均匀了，凉透后也许就能把漏的地方弥住。”

“还是你帮我弄吧。”蛇寡妇在男人面前永远是一副天真表情，“我听都听不明白——”

天灶的父亲看了一眼自己的女人，其实他也用不着看，因为不管她脸上是赞同还是反对，她的心里肯定是一万个不乐意。但当大家把目光集中到她身上，需要她做出决断时，她还是故作大度地说：“那你就去吧。”

蛇寡妇说了声“谢了”，然后就抄起袖子，走在头里。天灶的父亲只能紧随其后，他关上家门前回头看了一眼老婆，得到的是一个不折不扣的白眼和她随之吐出的一口痰，那道白眼和痰组成了一个醒目的惊叹号，使天灶的父亲在迈出门槛后战战兢兢的，他在寒风中行走的时候一再提醒自己要快去快回，绝不能喝蛇寡妇的茶，也不能抽她的烟，他要在唇间指畔纯洁地葆有他离开家门时的气息。

“天云真够讨厌的。”蛇寡妇一走，母亲就开始心烦意乱了，她拿着面盆去发面，却忘了放酵母，“都是她把蛇寡妇招来的。”

“谁叫你让爸爸去的。”天灶故意刺激母亲，“没准她会炒俩菜和爸爸喝一盅！”

“他敢！”母亲厉声说，“那样他回来我就不帮他搓背了！”

“他自己也能搓，他都这么大的人了，你还年年帮他搓背。”天灶“咦”了一声，母亲的脸便刷地红了，她抢白了天灶一句：“好好烧你的水吧，大人的事不要多嘴。”

天灶便不多嘴了，但灶坑里的炉火是多嘴的，它们用金黄色的小舌头贪馋地舔着乌黑的锅底，把锅里的水吵得嗞嗞直叫。炉火的映照和水蒸气的熏炙使天灶有种昏昏欲睡的感觉。他不由得蹲在锅灶前打起了盹儿。然而没有多一会儿，天云便用一只湿手把他搡醒了。天灶睁眼一看，天云已经洗完了澡，她脸蛋通红，头发湿漉漉地披散着，穿上了新的线衣线裤，一股香气从她身上横溢而出，她叫道：“我洗完了！”

天灶揉了一下眼睛，恹恹无力地说：“洗完了就完了呗，神气什么。”

“你就着我的水洗吧。”天云说。

“我才不呢。”天灶说，“你跟条大臭鱼一样，你用过的水有邪味儿！”

天灶的母亲刚好把发好的面团放到热炕上转身出来，天云就带着哭腔对母亲说，“妈妈呀，你看天灶呀，他说我是条大臭鱼！”

“他再敢说我就缝他的嘴！”母亲说着，示威性地做了个挑针的动作。

天灶知道父母在他与天云斗嘴时，永远会偏袒天云，他已习以为常，所以并不气恼，而是提着两盏灯笼进“浴室”除灰，这时他听见天云在灶房惊喜地叫道：“水缸盖上的头绫子是给我的吧？真漂亮呀！”

那对灯笼是硬塑的，由于用了好些年，塑料有些老化萎缩，使它们看上去并不圆圆满满。而且它的红颜色显旧，中圈被光密集照射的地方已经泛白，看不出任何喜气了。所以点灯笼时要在里面安上两个红灯泡，否则它们可能泛出的是与除夕气氛相悖的青白的光。天灶一边刷灯笼一边想着有关过年的繁文缛节，便不免有些气恼，他不由得大声对自己说：“过年有个什么意思！”回答他的是扑面而来的洋溢在屋里的湿浊的气息，于是他恼上加恼，又大声对自己说：“我要把年挪到六月份，人人都可以去河里洗澡！”

天灶刷完了灯笼，然后把脏水一桶桶地提到外面倒掉。冰湖那儿已经没有肖大伟的影子了，不知他的“冰嘎”是否找到了。夜色已深，星星因黑暗的加剧而显得气息奄奄，微弱的光芒宛如一个人在弥留之际细若游丝的气息。天灶望了一眼天，便不想再看了。因为他觉得这些星星被强大的黑暗给欺负得噤若寒蝉，一派凄凉，无边的寒冷也催促他尽快走回户内。

父亲还没有回来，母亲脸上的神色就有些焦虑。该轮到她洗澡了，天灶为她冲洗干净了澡盆，然后将热水倾倒进去。母亲木讷地看着澡盆上的微微旋起的热气，好像在无奈地等待一条美人鱼突然从中跳出来。

天灶提醒她：“妈妈，水都好了！”

母亲“哦”了一声，叹了口气说，“你爸爸怎么还不回来？要不你去蛇寡妇家看看？”

天灶故作糊涂地说：“我不去，爸爸是个大人又丢不了，再说我还得烧水呢，要去你去。”

“我才不去呢。”母亲说，“蛇寡妇没什么了不起。”说完，她仿佛陡然恢复了自信。提高声调说：“当初我跟你爸爸好的时候，有个老师追我，我都没答应，就一门心思地看上你爸爸了，他不就是个泥瓦匠嘛。”

“谁让你不跟那个老师呢？”天灶激将母亲，“那样的话我在家里上学就行了。”

“要是我跟了那老师，就不会有你了！”母亲终于抑制不住地笑了，“我得洗澡了，一会儿水该凉了。”

天云在自己的小屋里一身清爽地摆弄新衣裳，天灶听见她在唱：“小狗狗伸出小舌头，够我手里的小画书。小画书上也有个小狗狗，它趴在太阳底下睡觉觉。”

天云喜欢自己编儿歌，高兴时那儿歌的内容一派温情，生气时则充满火药味。比如有一回她用鸡毛掸子拂掉了一只花瓶，把它摔碎了，母亲说了她，她不服气，回到自己的屋子就编儿歌：“鸡毛掸是个大灰狼，花瓶是个小羊羔。我饿了三天三夜没吃饭，见了你怎么能放过！”言下之意，花瓶这个小羊羔是该吃的，谁让它自己不会长脚跑掉呢。家人听了都笑，觉得真不该用一只花瓶来让她受委屈。于是就说：“那花瓶也是该打，都旧成那样了，留着也没人看！”天云便破涕为笑了。

天灶又往锅里填满了水，他将火炭拨了拨，拨起一片金黄色的火星像蒲公英一样地飞，然后他放进两块比较粗的松木杆。这时奶奶蹒跚地从屋里出来了，她的湿头发已经干了，但仍然是垂在肩头，没有盘起来，这使她看上去很难看。奶奶体态臃肿，眼袋松松垂着，平日它们像两颗青葡萄，而今日因为哭过的缘故，眼袋就像一对红色的灯笼花，那些老年斑则像陈年落叶一样匍匐在脸上。天灶想告诉奶奶，只有又黑又密的头发才适合披着，斑白稀少的头发若是长短不一地披下来，就会给人一种白痴的感觉。可他不想再惹奶奶伤心了，所以马上垂下头来烧水。

“天灶——”奶奶带着悲愤的腔调说，“你就那么嫌弃我？我用过的水你把它泼了，我站在你跟前你都不多看一眼？”

天灶没有搭腔，也没有抬头。

“你是不想让奶奶过这个年了？”奶奶的声音越来越悲凉了。

“没有。”天灶说，“我只想用清水洗澡，不用别人用过的水。天云的我也没用。”天灶垂头说着。

“天云的水是用来刷灯笼的！”奶奶很孩子气地分辩说。

“一会儿妈妈用过的水我也不用。”天灶强调说。

“那你爸爸的呢？”奶奶不依不饶地问。

“不用！”天灶斩钉截铁地说。

奶奶这才有些和颜悦色地说：“天灶啊，人都有老的时候，别看你现在是个孩子，细皮嫩肉的，早晚有一天会跟奶奶一样皮松肉散，你说是不是？”

天灶为了让奶奶快些离开，所以抬头看了一眼她，干脆地答着：“是！”

“我像你这么大时，比你水灵着呢。”奶奶说，“就跟开春时最早从地里冒出的羊角葱一样嫩！”

“我相信！”天灶说，“我年纪大时肯定还不如奶奶呢，我不得腰弯得头都快着地，满脸长着癞？”

奶奶先是笑了两声，后来大约意识到孙子为自己规划的远景太黯淡了，所以就说：“癞是狗长的，人怎么能长癞呢？就是长癞，也是那些丧良心的人才会长。你知道人总有老时候就行了，不许胡咒自己。”

天灶说：“嗳——！”

奶奶又絮絮叨叨地询问灯笼刷得干不干净，该炒的黄豆泡上了没有。然后她用手抚了一下水缸盖，嫌那上面的油泥还待在原处，便责备家里人的好吃懒做，哪有点过年的气氛，随之她又唠叨她青春时代的年如何过的，总之是既洁净又富贵。最后说得嘴干了，这才唉声叹气地回屋了。天灶听见奶奶在屋子里不断咳嗽着，便知她要睡觉了。她每晚临睡前总要清理一下肺腔，透彻地咳嗽一番，这才会平心静气地睡去。果然，咳嗽声一止息，奶奶屋子的灯光随之消失了。

天灶便长长地吁了口气。

母亲历年洗澡都洗得很漫长，起码要一个钟头。说是要泡透了，才能把身上的灰全部搓掉。然而今年她只洗了半个小时就出来了。她见到天灶急切地问：“你爸还没回来？”

“没。”天灶说。

“去了这么长时间，”母亲忧戚地说，“十个澡盆都补好了。”

天灶提起脏水桶正打算把母亲用过的水倒掉，母亲说：“你爸还没回来，我今年洗的时间又短，你就着妈妈的水洗吧。”

天灶坚决地说：“不！”

母亲有些意外地看了眼天灶，然后说：“那我就着水先洗两件衣裳，这么好的水倒掉可惜了。”

母亲就提着两件脏衣服去洗了。天灶听见衣服在洗衣板上被激烈地揉搓的声音，就像饿极了的猪欻食一样。天灶想，如果父亲不及时赶回家中，这两件衣服非要被洗碎不可。

然而这两件衣服并不红颜薄命，就在洗衣声变得有些凄厉的时候，父亲一身寒气地推门而至了。他神色慌张，脸上印满黑灰，像是京剧中老生的脸谱。

“该到我了吧？”他问天灶。

天灶“嗯”了一声。这时母亲手上沾满肥皂泡从里面出来，她看了一眼自己的男人，眼眉一挑，说“哟，修了这么长时间，还修了一脸的灰，那漏儿堵上了吧？”

“堵上了。”父亲张口结舌地说。

“堵得好？”母亲从牙缝中迸出三个字。

“好。”父亲茫然答道。

母亲“哼”了一声，父亲便连忙红着脸补充说：“是澡盆的漏儿堵得好。”

“她没赏你一盆水洗洗脸？”母亲依然冷嘲热讽着。

父亲用手抹了一下脸，岂料手上的黑灰比脸上的还多，这一抹使脸更加花哨了。他十分委屈地说：“我只帮她干活，没喝她一口水，没抽她一根烟，连脸都没敢在她家洗。”

“哟，够顾家的。”母亲说，“你这一脸的灰怎么弄的？钻她家的炕洞了吧？”

父亲就像一个做错了事的孩子似的仍然站在原处，他毕恭毕敬的，好像面对的不是妻子，而是长辈。他说“我一进她家，就被烟呛得直淌眼泪。她也够可怜的了，都三年了没打过火墙。火是得天天烧，你想那灰还不全挂在烟洞里？一烧火炉子就往出燎烟，什么人受得了？难怪她天天黑着眼圈。我帮她补好澡盆，想着她一个寡妇这么过年太可怜，就帮她掏了掏火墙。”

“火墙热着你就敢掏？”母亲不信地问。

“所以说只打了三块砖，只掏一点灰，烟道就畅了。先让她将就过个年，等开春时再帮她彻底掏一回。”父亲傻里傻气地如实相告。

“她可真有福。”母亲故作笑容说，“不花钱就能请小工。”

母亲说完就唤天灶把水倒了，她的衣裳洗完了。天灶便提着脏水桶，绕过仍然惶惶不安的父亲去倒脏水。等他回来时，父亲已经把脸上的黑灰洗掉了。脸盆里的水仿佛被乌贼鱼给搅扰了个尽兴，一派墨色。母亲觑了一眼，说：“这水让天灶带到学校刷黑板吧。”

父亲说：“看你，别这么说不行吗？我不过是帮她干了点活。”

“我又没说你不能帮她干活。”母亲显然是醋意大发了，“你就是住过去我也没意见。”

父亲不再说什么，因为说什么也无济于事了。天灶连忙为他准备洗澡水。天灶想父亲一旦进屋洗澡了，母亲的牢骚就会止息，父亲的尴尬才能解除。果然，当一盆温热而清爽的洗澡水摆在天灶的屋子里，母亲提着两件洗好的衣裳抽身而出。父亲在关上门的一瞬小声问自己女人：“一会儿帮我搓搓背吧？”

“自己凑合着搓吧。”母亲仍然怨气冲天地说。

天灶不由得暗自笑了，他想父亲真是可怜，不过帮蛇寡妇多干了一样活，回来就一副低眉顺眼的样子。往年母亲都要在父亲洗澡时进去一刻，帮他搓搓背，看来今年这个享受要像艳阳天一样离父亲而去了。

天灶把锅里的水再次添满，然后又饶有兴致地往灶炕里添柴。这时母亲走过来问他："还烧水做什么？"

"给我自己用。"

"你不用你爸爸的水？"

"我要用清水。"天灶强调说。

母亲没再说什么，她进了天云的屋子了。天灶没有听见天云的声音，以往母亲一进她的屋子，她就像盛夏水边的青蛙一样叫个不休。天云屋子的灯突然被关掉了，天灶正诧异着，母亲出来了，她说"天云真是的，手中拿着头绫子就睡着了。被子只盖在腿上，肚脐都露着，要是夜里着凉拉肚子怎么办？灯也忘了闭，要过年把她给兴过头了，兴得都乏了……"

天灶笑了，他拨了拨柴火，再次重温金色的火星飞舞的辉煌情景。在他看来，灶炕就是一个永无白昼的夜空，而火星则是满天的繁星。这个星空带给人的永远是温暖的感觉。

锅里的水开始热情洋溢地唱歌了。柴火也烧得毕剥有声。母亲回到她与天灶父亲所住的屋子，她在叠前日洗好晾干的衣服。然而她显得心神不定，每隔几分钟就要从屋门探出头来问天灶："什么响？"

"没什么响。"天灶说。

"可我听见动静了。"母亲说，"不是你爸爸在叫我吧？"

"不是。"天灶如实说。

母亲便有些泄气地收回头。然而没过多久她又探出头问："什么响？"而且手里提着她上次探头时叠着的衣裳。

天灶明白母亲的心思了，他说："是爸爸在叫你。"

"他叫我？"母亲的眼睛亮了一下，继而又摇了一下头说，"我才不去呢。"

"他一个人没法搓背。"天灶知道母亲等待他的鼓励，"到时他会一天就把新背心穿脏了。"

母亲嘟囔了一句"真是前世欠他的"，然后甜蜜地叹口气，丢下衣服进了"浴室"，天灶先是听见母亲的一阵埋怨声，接着便是由冷转暖的嗔怪，最后则是低低的软语了。后来软语也消去，只有清脆的撩水声传来，这种声音非常动听，使天灶的内心有一种发痒的感觉，他就势把一块木板垫在屁股底下，抱着头打起盹儿来。他在要进入梦乡的时候听见自己的清水在锅里引吭高歌，而他的脑海中则浮现着粉红色的云霓。天灶不知不觉睡着了。他在梦中看见了一条金光灿灿的龙，它在银河畔洗浴。这条龙很调皮，它常常用尾去拍银河的水，溅起一阵灿烂的水花。后来这龙大约把尾拍在了天灶的头上，他觉得头疼，当他睁开眼睛时，发觉自己磕在了灶台上。锅里的水早已沸了，水蒸气袅袅弥漫着。父母还没有出来，天灶不明白搓个背怎么会花这么长时间。他刚要起身去催促一下，突然发现一股极细的水流悄无声息地朝他蛇形游来。他寻着它逆流而上，发现它的源头在“浴室”。有一种温柔的呢喃声细雨一样隐约传来。父母一定是同在澡盆中，才会使水膨胀而外溢。水依然汩汩顺着门缝宁静地流着，天灶听见了搅水的声音，同时也听到了铁质澡盆被碰撞后间或发出的震颤声，天灶便红了脸，连忙穿上棉袄推开门到户外去望天。

夜深深的了。头顶的星星离他仿佛越来越远了。天灶大口大口地呼吸着寒冷的空气，因为他怕体内不断升腾的热气会把他烧焦。他很想哼一首儿歌，可他一首歌词也回忆不起来，又没有天云那样的禀赋可以随意编词。天灶便哼儿歌的旋律，一边哼一边在院子中旋转着，寂静的夜使旋律变得格外动人，真仿佛是天籁之音环绕着他。天灶突然间被自己感动了，他从来没有体会过自己的声音是如此美妙。他为此几乎要落泪了。这时屋门“吱扭”一声响了，跟着响起的是母亲喜悦的声音：“天灶，该你洗了！”

天灶发现父母面色红润，他们的眼神既幸福又羞怯，好像猫刚刚偷吃了美食，有些愧对主人一样。他们不敢看天灶，只是很殷勤地帮助天灶把脏水倒了，然后又清洗干净了澡盆，把清水一瓢瓢地倾倒在澡盆中。

天灶关上屋门，他脱光了衣服之后，把灯关掉了。他蹑手蹑脚地赤脚走到窗前，轻轻拉开窗帘，然后返身慢慢地进入澡盆。他先进入双足，热水使他激灵了一下，但他很快适应了，他随之慢慢地屈腿坐下，感受着清水在他的胸腹间柔曼地滑过的温存滋味，天灶的头搭在澡盆上方，他能看见窗外的隆隆夜色，能看见这夜色中经久不息的星星。他感觉那星星已经穿过茫茫黑暗飞进他的窗口，落入澡盆中，就像课文中所学过的淡黄色的皂角花一样散发着清香气息，预备着为他除去一年的风尘。天灶觉得这盆清水是好极了，他从未有过的舒展和畅快。他不再讨厌即将朝他走来的年了，他想除夕夜的时候，他一定要穿着崭新的衣服，亲手点亮那对红灯笼。还有，再见到肖大伟的时候，他要告诉他，我天灶是用清水洗的澡，而且，星光还特意化成皂角花撒落在了我的那盆清水中了呢。

上 边

王祥夫[①]

外边来的人，怎么说呢？都觉得上边真是个好地方，都觉着上边的人搬到下边去住是不可思议？这么一来呢，就显出刘子瑞和他女人的与众不同，别人都搬下去了，上边，就只剩了刘家老两口，好像他们是留下来专门看守上边的空房的。人们都知道，房子这种东西就是要人住才行，一旦没人住就会很快破败下来。一开始，人们搬下去了，但还是舍不得上边的房子，门啦窗子啦都用石头堵了，那时候，搬下去的人们还经常回来看看，人和房子原是有感情的。后来，那房子便在人们的眼里一点点破败掉，先是房顶漏了，漏出了窟窿。但是呢，既然不再住人，漏就漏吧，结果那窟窿就越漏越大，到后来，那房顶就会慢慢塌掉。人们一开始还上来得勤一点，到了后来，下边的活计也忙，人们就很少上来了。有些人家，虽然搬下去了，但上边还有一些碎地，零零星星的碎地，一开始还上来种，到了后来，连那零零星星的碎地也不上来种了。这样一来呢，上边就更寂寞了，人们倒要奇怪老刘家怎么不搬下去。外边的人来了，就更是觉得奇怪。村子破败了，味道却出来了，好像是，上边的村子要是不破败倒没了味道，破败了才好看，而这好看的破败和荒凉之中却让人意外地发现还有户人家在这里生活着，却又是两个老人。这就让这上边的村子有了一种神秘感，好像是，老刘家真是与众不同了。这倒不单单因为老刘家的儿子在太原工作。

---

①王祥夫　曾获“鲁迅文学奖”“林斤澜短篇小说奖杰出作家奖”“赵树理文学奖”“小说月报百花奖”“上海文学奖”等，并屡登“中国小说排行榜”。著有长篇小说、中短篇小说集、散文集三十余部。

人们把这个村子叫“上边”，因为它在山上，村子的后边也就是西北边还是山，山后边呢，自然还是山。因为是在山里，房子便都是石头盖的，石头是那种白色的，给太阳晒得晃眼。村子里的道路原是曲曲弯弯的，曲曲弯弯的道路也是石头铺的，是那种圆石头，起起伏伏地铺过来铺过去，道路两边便是人家，人家的墙也是石头砌的，高高低低的石头墙里或是一株树，或是刘子瑞今年种的玉米，今年的雨水又勤，那玉米就长得比往年格外好，绿得发黑，年轻力壮的样子。既然人们都不要那院子了，老刘便在那荒败的院子里都种上了庄稼，这样可以少走一些路，村子外的地就可以少种一些。老刘的院子呢，在一进村不远的地方，一进去，左手是三间矮房，窗台下就是鸡窝。右手是一间牲口棚，那头驴在里边站着，嘴却在永远不停地动。驴棚的顶子上晒满了玉米，紧靠着牲口棚是一间放杂物的小房，房顶上堆满了谷草，房子里是那条狗，来了人会扑出来，却给铁链子拴着。因为给铁链子拴着就更愤怒了，不停在叫，不停在叫，也不知是想咬人一口还是想让人把它给放开。而那些鸡却不怕它，照样在它的身边寻寻觅觅，有时候呢，还会感情暧昧地轻轻啄一下狗，亲昵中有些巴结的意思，又好像还有些安慰的意思在里边。老刘家养了一院子的鸡，那些鸡便在院子里到处刨食，这里刨一个坑，那里刨一个坑，坑里有什么呢？真是让人莫名其妙，有两只鸡不知是老了还是得了什么病，最近毛都脱光了，露出红红的鸡皮，好像是，鸡也知道好看难看，别的鸡也许是嫌这两只鸡太难看，便不停地去啄它，你啄一下，我啄一下，这两只鸡身上的毛便更少。鸡这种东西，原来都是势利眼，刘子瑞的女人把玉米往院子里一撒一撒，这就是在喂鸡了，而那些鸡却偏偏不让这两只脱了毛的鸡吃食，只要这两只鸡一表现出要吃食的欲望，别的鸡就舍弃了吃食而对那两只鸡群起而攻之。有时候，这两只鸡简直就给啄晕了，就缩在土坑里，闭着眼，像是死了，却是活着。等别的鸡吃完了，这两只鸡才敢慢慢慢慢站起来，脱了毛的鸡真是难看，红红的，腿又是出奇的长，每迈一步都很夸张的样子，啄食的时候，要比别的鸡慢好几拍，好像是，那只是一种试探，看看别的鸡是不是同意自己这么做。这也是一种日子。

日子呢，是什么意思？仔细想想，倒要让人不明白了。比如就这个刘子瑞，天亮了，出去了，去弄庄稼去了，他女人呢，踏着小脚去喂驴，然后是喂鸡，然后呢喂那条狗。日头高起来的时候又该做饭了，刘子瑞女人便又踏着小脚去弄了柴火，把灶火点着了，然后呢，去洗山药了，洗好了山药，那锅里的水也开了，便下了米。锅里的水刚好把米埋住，这时你就会明白刘子瑞的女人是要做稠粥了。水开了后，那米便被煮涨了，水不见了，锅里只有“咕咕嘟嘟”的米，这时候刘子瑞的女人便把切好的山药片子一片一片放在了米上，然后盖了锅盖。然后呢，便又去捞来一块老腌菜，在那里“嚓嚓嚓嚓，嚓嚓嚓嚓”地切。然后是，再用水淘一淘，然后是，往老腌菜丝里倒一点点麻油。这样呢，饭就快要做好了。饭做好的时候，刘子瑞的女人便会出去一回回地看，看一回，再看一回，站在院子的门口朝东边看。因为刘子瑞总是从那边上来。她在这院门口简单就是看了一辈子，从前呢，是看儿子回来，现在呢，只有看自己的男人。有时候，连她自己都觉着自己有些奇怪，为什么不搬到下边去住？好像是，她怕这个她住了一辈子的村子寂寞，她对村子里的一草一木太熟悉了。要是自己走了呢，她常常问自己，那庄稼，那树，那鸽子该怎么办？要是儿子一下子从太原回来呢？怎么办？她这么一想的时候，就好像已经看到了院子里长了草，房顶上长了草，好像是，都已经看到了儿子站在院门口失望的样子。儿子已经有好长时间没回来过了。好像是，她现在已经习惯了。

当时，下村的刘泽祖就是从东边的那条路把儿子给他送来的。儿子当时才6岁，看上去呢，像是三四岁，太瘦太小。村里的人都说怕这孩子不好活，说不要也罢。刘泽祖呢，说这孩子也不知是哪里的？在麻镇走来走去跟个狗似的已经有一个多月了，又不是麻镇上的人。镇上的人说天也要冷了别把这孩子冻死，谁家没孩子就把他领走也算是做了件好事。刘泽祖当时正在镇里开村干会，就把这孩子给刘子瑞背了回来。这都是多会儿的事情了。人们都知道刘子瑞的女人不会生孩子，她是三十岁上抱的这孩子，这孩子来刘子瑞家的时候已经六岁，这孩子叫什么？叫刘拴柱，意思全在名字里了，是刘子瑞和他女人的意思。这孩子也真是争气，上学念书都好。在上边村住，要念书就要到下边村去，多少个日子，树叶子一样，原是算不清的，刘子瑞的女人总是背了这个拴柱往下边村送，刘子瑞的女人偏又是小脚，背着孩子，那路怎么好走？下坡，岔着腿，一步一步。一年级、二年级、三年级就是这样过来的，天天都要送下去，放学的时候，还要再下去，再把拴柱背回来，一直到上四年级那年冬天，是刘子瑞女人大病了一场，山里雪又大，刘子瑞又正在修干渠，刘子瑞的女人才不再接送这个孩子。人们都说生的不如养的亲，这话什么意思呢？刘子瑞的女人再清楚不过，亲就是牵肠挂肚。比如，一到拴柱下学的时候，刘子瑞的女人就坐不住了，要到院子外去等，等过了时候，她便会朝外走，走到村巷外边去，再走，走到下边的那棵大树那边。再走，就走到村外了。那小小的影子呢，便也在远远的地方出现了，一点一点大起来也就走近了。日子呢，也就这样不知不觉地过去又过来。就是现在，天下雪了，刘子瑞女人就会想儿子那边冷不冷；刮风呢，刘子瑞女人就又会想儿子那边是不是也在刮风。儿子上中学时的笔记本子，现在还在柜顶上放着。柜顶上还有一个铁壳子闹钟，现在已经不走了，闹钟是儿子上学时买的。闹钟上边是两个镜框，里边是照片，儿子从小到大的笑都收在那里边。镜框里边还有，儿子同学的照片。还有，儿子老师的照片。还有，儿子搞过的一个对象，后来吹了，那照片却还在那里。刘子瑞的女人有时候还会想：这姑娘现在结了婚没？还有，一张请帖，红红的，什么事，请谁呢？刘子瑞女人亦是不知道，总之是儿子拿回来的，现在，也在镜框里。

玉米是个好东西，玉米可以煮着吃的时候也就是说快到秋天了。今年上边的玉米长得出奇好。玉米棒子，怎么说呢，用刘子瑞的话说"长得真像是驴球！"刘子瑞上县城卖了一回驴球样的玉米，他还想再去多卖几回，他发愁地里的玉米怎么收？收回来怎么放？房顶上都堆满了，总不能让玉米在地里待着。偏巧呢，天又下开了雨，而且是下个不停。屋子又开始漏了。刘子瑞上了一回房，又上了一回，用塑料布把房子苫了一回，但房子还是漏。刘子瑞女人把柴火抱到了东屋里，东屋的炕上摊了些粮食，炕着。东屋也漏，炕上便也放几个盆子。刘子瑞的女人时不时要去倒那盆里的水，端着盆，岔着腿，一下，一下，慢慢出去，院子里简直就都是稀泥。那些鸡算是倒了霉，在驴圈门口缩着发愁，半闭着眼，阴阳怪气的样子。那两只脱毛鸡好像要把头和翅子都重新缩回到肚子里去，或者是，想再缩回到一个蛋壳里去，只是，现在没那么大的蛋壳。刘子瑞的女人把盆子里的水一盆一盆都倒在院子外边去。院子外边的村道是个斜坡，朝东边下去，道上的石头都给雨淋得亮光光的，再下去就是一个小场面，刘子瑞现在就在那小场面上收拾庄稼，场面上那个黑石头在雨里黑得发亮。雨下了几天呢，足足下了两天，地里的玉米长得实在是太高了，雨下得地里的玉米东倒西歪，像是喝醉了。玉米棒子太大了，一个一个都驴球样垂了下来。雨下了两天，然后是暴太阳，这才叫热，房顶，院子，地里和远远近近的地方都冒着腾腾的蒸汽，像是蒸锅，只不过人们都把这种汽叫作雾。太阳也许是太足了，又过了几天，地就全干了。上边村的地是那种细泥土，那土简直要比最细的箩筛出的莜面还要细，光脚踩上去那才叫舒服。院子里，鸡又活了，又都东风压倒西风地互相啄来啄去。鸡的爪子，就像是一把把小耙子，不停地耙，不停地耙，把院子里的土耙得不能再松，土耙松了，鸡就要在土里洗澡了：土是那么的干爽，那么的细粉，热乎乎的，鸡们是高兴的，爪子把土刨起多高，然后是翅子，把土扬起来，扬起来，身子一紧，接着是一抖，又一紧，又一抖。好像是，这样还不够，鸡们有时候也是有创意的，有的鸡就飞到房上去，要在房上耙。刘子瑞的女人就不依了，骂了。房顶上能让鸡耙吗？刘子瑞的女人就一遍遍地把鸡从房顶上骂下来，那鸡竟也懂，她在那里一骂，鸡就飞到了墙头上，好像是，懂得害羞了，小冠子那个红，一抖一抖的。但鸡是没有上过学的，不懂得什么是纪律，过一会儿就又飞到了房顶上。刘子瑞的女人就又出去骂，忽然呢，她愣住了，或者，简直是吓了一跳。是谁上了房？从后边，上去了，“呼哧、呼哧”地赶房上的鸡，房上的鸡这下子可给吓坏了，叫着从天而降：咯咯，咯咯，咯咯咯咯。好像是在说“妈呀，妈呀，妈妈妈呀！”是谁？谁上了房，刘子瑞的女人不是用眼，是凭感觉，感觉到房上是谁了。是不是拴柱？刘子瑞的女人问了一声，声音不大，像是怕把谁吓着。房顶上的塑料布给从房后边“哗啦哗啦”扯下去了，答应的声音也跟着到了房后。是不是拴柱？刘子瑞的女人知道是谁了，但她还是又问了一句，声音不大，紧张着，好像是，怕吓着了谁。房上的塑料布子，刘子瑞早就说要扯下去了，要晒晒房皮，但刘子瑞这几天让玉米累得不行，一回来就躺在那儿了。刘子瑞女人绕到房后边去了，心是那样的跳，刘子瑞女人绕到房后去了，好像是，这又是一个梦，房后边怎么会没有人？人呢？她急了。妈你站开。儿子却又在房上说话了，他又上了房，去把压塑料布的一块青砖拿开。妈你站开。儿子又在房上说，塑料布子，从房上“哗啦”一声，落下来了。刘子瑞女人看到儿子了，叉着腿，笑着，在房上站着，穿着牛仔裤，红圆领背心。房顶上有窟窿了。儿子在房上说，弯下了腰，把一只手从那窟窿里伸进去，然后呢，儿子又从房上下来，然后呢，又上去，然后呢，又下来。儿子把一块木板补在了那窟窿上，然后又弄了些泥，把那窟窿抹平了。刘子瑞女人在下边看着房上的儿子，儿子每直一下身，每弯一下身，刘子瑞女人的嘴都要随着一张一合。儿子弄好了房上的窟窿，要从房上下来了，先探下一条腿，踩在了墙上，刘子瑞女人的嘴张开了，儿子站稳了，她的嘴就合上了。儿子又在墙上弯下身子，从墙上又探下一条腿，刘子瑞女人的嘴又张开了。刘子瑞女人站在那里给儿子使劲儿，嘴一张一合一张一合地给儿子使劲。忽然，她想起做饭了。她慌慌地去地里掰了几棒玉米，一想了想，又慌慌地弄了一个倭瓜来。倭瓜硬得简直就像是一块石头，这是多么好的倭瓜，但还是给切开了，她一下一下把籽掏尽了，锅里的水也要开了。她把玉米先放在锅里，倭瓜再放在玉米的上边。锅烧开后，她又去打了一碗鸡蛋。她站在那里想了想，想哪只鸡哪只鸡该杀？鸡都在下蛋，哪只都不该杀。公鸡呢，更不该杀。刘子瑞的女人就出去了，先是去了小场面那边，探探头。那边没有刘子瑞的人影。她站在那里喊了：嘿——她喊了一声还不行，又喊了一声：嘿——她这么一喊呢，刘子瑞就从玉米地里探出头来了，他不知道自己女人喊自己做什么？嘿——刘子瑞也嘿了一声，对他女人说自己在这儿呢，有什么事？这下子，刘子瑞才知道儿子回来了，并且知道自己女人是要让自己到下边去买只鸡来，家里的鸡都下蛋呢。

刘子瑞便马上下去了，去了下边的村子。去买鸡，下边村子有不下蛋的鸡，他走得很急，出汗了，脸简直比下蛋鸡的脸还红。这是庄户人的脸，很好看的脸，脸上还淌着汗，在额头上的皱纹里。酒呢，还有两瓶，就不用买了。刘子瑞在心里想，还是儿子上回回来时买的。烟呢，该买一盒儿好一点的：买什么牌子的呢？刘子瑞在心里想。刘子瑞忽然觉得脚下不对劲儿了，下去的路和地里不一样，都是石头，不像地里的细土是那么让人舒服。鞋还在玉米地里呢。刘子瑞想想，还是没回去，就那么光脚去了下边。路边的玉米长得真壮，绿得发黑，一棵挨着一棵，每一棵上都吊着一两穗大得让人吃惊的棒子，真像是好后生，一伙一伙地站在那里炫耀他们的大玉米棒子？过了玉米地，又是一片高粱地，高粱也长得好，穗子头都红了，红扑扑的，好像是姑娘，挤在一起在那里站着，好像是，因为她们看到了玉米地那边的大棒子，害羞了，脸红了。这他妈的真是一个好秋天。

雨水这东西是个怪东西，如果下足了，那简直就是对地里的庄稼的一种怂恿，长吧，长吧，使劲长吧。而且呢，雨水一足，季节也好像是给怂恿的放慢了脚步，没有那么足的雨水，地里的庄稼就会早早地黄了，没信心了，秋天也会跟上来了。

儿子回来了，先是在地里忙了一天，把收下的玉米十字披开搭在树上。然后去了一趟下边，去看了看他的同学。隔一天，又把同学招了上来，来做什么？来给房子上一层泥，这么一来呢，刘子瑞这里就一下子热闹了。和刘拴柱现在是个能干的城里人一样，他的同学现在都是能干的庄稼人。以前还看不出来，现在在一起一干活就看出来了，刘子瑞的儿子干活就有些吃力了。他先是去和泥，先和大泥，也就是，把切成寸把长的莜麦秸和到泥里去，莜麦秸先在头天晚上用水泡软了，土也拉回来了，都堆在院子外窄窄的村道上，反正现在也没人在那村道上走来走去。刘子瑞的儿子把莜麦秸先散在土堆上，然后用耙把莜麦秸和土合起来，这是个力气活儿。规矩的做法是用脚去踩，“咕吱咕吱”地把泥和草秸硬是踩在一起。刘子瑞女人烧了水，出去看了一回儿子在那里和泥，出去看了一回还不行。又出去看了一回，好像是不放心。儿子踩泥的时候，她站在那里嘴一动一动地给儿子使劲。她看着儿子踩一回，又用耙子把泥再耙一回，把踩在下边的草秸再耙上来，然后再踩。儿子用耙子耙泥的时候，先是把耙子在泥里用力一抓，身子也就朝前弯过去，往起耙的时候，儿子的肩上的肩胛骨就一下子上去，上去，那是在使力气，肩胛骨快要并到一起的时候，耙子终于把一大团泥草耙了起来。儿子在那里每耙一下，刘子瑞的女人的嘴就要张开一回，泥草耙好一堆，她的嘴也就合上一回。她在那里看了一会儿子耙泥，然后又慌慌地回去。去端开水了。拴柱，喝口水。刘子瑞女人对儿子说。儿子呢，却说不喝不喝，现在喝什么水？我给你把水放这儿，你咋不喝点儿水？刘子瑞女人又对儿子说。不喝不喝，儿子还是说。

刘子瑞的女人闻到儿子身上的汗味儿了，她对这种汗味儿是太熟悉了，这让她觉得自己又像是回到了从前的日子，这让她有些恍惚，又有些说不出的兴奋。她站在那里又看了一会儿儿子和泥。这时候有人从院子里出来了，说房上要泥呢，拴柱你和好了没？行了行了，拴柱说，连说和好了和好了，我这就来。从院子里出来的人又对刘子瑞女人说，婶子您在这地站着做什么？待会儿小心弄您一身泥，刘子瑞女人便又慌慌地回到了院里。刘子瑞的院子里，好像是，忽然有了某种欢快的气氛，这种欢快挺让刘子瑞女人激动的。那两个人在房上，是刘子瑞儿子的同学，其中一个会吹笛子，叫刘心亮。小的时候就总是和刘子瑞的儿子一起吹笛子。另一个早早结了婚，叫黄泉瑞，人就好像一下子老了许多，现在呢，好像是因为和过去的同学一起劳动又欢快了起来。刘子瑞的儿子这时拖了泥斗子过来，要在下边当小工，要一下一下把泥搭到房上去，这其实是最累的活儿。刘子瑞的女人站在那里，心痛地看着儿子。她忽然冲进屋去，手和脚都是急慌慌的样子，她去给儿子涮了一条毛巾，儿子却说现在干活儿呢，擦什么擦？儿子把一勺泥，一下子，甩到房顶上去了。给，给，刘子瑞女人要把手巾递给儿子。不擦不擦。儿子说，又把一勺泥，一下子，甩到房顶上去了。要不就喝口水？刘子瑞女人说。不喝不喝。儿子说，声音好像有些不满，又好像是不这样说话就不像是她的儿子。仔细想想，当儿子的都是这种口气，客气是对外人的，客气有时候便是一种距离。刘子瑞女人的心里呢，是欢快的，人好像也一下子年轻了。

她又站在那里看了一会儿，然后，绕到后边去，看了一回刘子瑞在后边一点一点补墙洞。然后她合计她的饭去了。她合计好了，要炒一个鸡蛋韭菜，韭菜就在地里，还有一个拌豆腐，还有一样就是烩宽粉。肉昨天已经下去割好了，晚上已经在锅里用八角和花椒炖好了。乡下做菜总是简单，一是没那么多菜，二是为了节省些柴火。总是先炖肉，肉炖好了，别的菜就好做了，和豆腐在一起再炖就是一个肉炖豆腐，和粉条一起做就又是一个肉烩粉条子，还要有一个山药胡萝卜，也要和肉在一起炖，刘子瑞的女人在心里合计好了，再弄一大锅稀粥，等人们干完活儿就让他们先喝两盅，酒喝得差不多的时候就蒸糕。刘子瑞女人先用大锅熬粥，儿子从小就喜欢喝豆粥，她在锅里下了两种豆子：小红豆和绿豆，想了想，好像觉得这还不够，又加了一些羊眼豆，想了想，又加了些小扁豆。

给房子上泥的活不算是什么大活儿，但吃饭却晚了。好像是，这顿中午饭都快要和晚上饭挨上了。人们上完了第一层大泥，要等它干干，到了明天就再上一层小泥，等它再干干，然后还要上去再压，把半干的泥压平实了。人们现在都忙，第一天，刘子瑞儿子的那些同学帮着刘子瑞家干了一天。第二天，又上来，又帮着干了一天。晚上吃过饭，刘子瑞儿子的同学就都又下去了。第三天，是拴柱，一个人上了房，在上边仔细地压房皮，先从房顶后边，一点点一点点往前赶。头顶上的太阳真是毒，刘子瑞的女人不知什么时候，又从后边上了房，要给儿子身上披一件单布衫子，不要不要不要。儿子光着膀子说，好像有些怪她从下边上来。我要我不会下去取？谁让您爬梯子？儿子说。过不一会儿，刘子瑞女人又从后边踩梯子上来了，给你水。她给儿子端上来一缸子水。不要不要，我不渴。儿子一下一下地压着房皮。你不喝你小心上火，刘子瑞女人说。我渴我不会下去喝？谁让您爬梯子？儿子说，好像是，不高兴了。刘子瑞女人这边呢，好像是在下边怕看不清楚儿子，所以，她偏要爬那个梯子，下去了，但她马上又扒在了梯子上。这会儿，她就站在梯子上看儿子在那里压房顶。儿子把泥铲探出去，压住，又慢慢使劲拉回来，再把泥铲探出去压住，再慢慢慢慢使劲拉回来。儿子每一使劲儿，刘子瑞的女人便把嘴张开了，到儿子把泥铲拉回来，松了劲，她也就松了劲，嘴又合上了。你喝点儿水，你不喝水上了火咋办？刘子瑞的女人又对儿子说。您下去吧，下去吧。儿子说。你喝了水我就下。刘子瑞女人说。儿子只好喝了水，然后继续压他的房皮，压过的地方简直就像是上了一道油，亮光光的。刘子瑞的女人就那么在梯子上站着，看儿子，怎么就看不够？

儿子压完了房顶，又去把驴圈补了补。鸡窝呢，也给加了一层泥。儿子说，做完了这些，再把厕所修修，下午就要往回赶了。他这么一说，刘子瑞女人就又急了。急什么？她自己也说不清，其实她昨天晚上就知道儿子今天下午就要回去了。她迈出院子去，跟着儿子，好像是，怕儿子现在就走。儿子呢，昨天和黄泉瑞说好了的，要去他那里先弄一袋子水泥上来，要修修厕所了。家里的厕所不修不行了。儿子说要在走之前把厕所给再修一修。这会儿，儿子下去取水泥了。刘子瑞女人已经把鸡都圈了起来，怕它们上房，怕它们到处刨。儿子去了没有多大工夫就把水泥从下边扛了回来。沙子是早下的，儿子现在做活儿就是麻利，很快，就把厕所给弄好了，弄了两个台，还抹得光光的。正好可以蹲在上边。儿子说可千万等干了再用，又嘱咐他妈千万要把鸡和狗都拴好了，别把刚刚弄好的水泥弄糟了。儿子又看看天，说最好是别下雨。刘子瑞女人跟在儿子后边就也看看天，也说是最好别下雨。儿子进屋去了，刘子瑞女人也忙跟着进屋，儿子说下午就要走了，再在炕上躺躺吧，城里可没有炕。儿子用手巾把脸擦了擦，又把脚擦了擦，就上了炕。刘子瑞女人知道儿子是累了，儿子上了炕，先是躺在炕头那边，躺了一会儿说是热，又挪了挪，躺到了炕尾。不一会儿，儿子就睡着了，天也是太热，和小时候一样，儿子一睡着就出了一头的汗，人呢，也就躺成个"大"字了。刘子瑞女人想好了，中午就给儿子吃擀面条。接风的饺子送风的面。她一边揉着面，一边看着儿子。刘子瑞这时候去了地里，说是要让儿子带些玉米去给那些城里人吃，他去掰玉米去了。屋里院外这时又静了下来，鸡和狗都让关在圈里，它们不知道这个世界上出了什么事，怎么会大白天把它们关了起来？它们的意见，这会儿可大了，简直是怨气冲天，便在窝里拼命地叫。"咕咕咕咕，咕咕咕咕"叫一气，忽然又停了，好像要听听外边的反应，然后再叫。

坐在那里，慢慢慢慢揉着面，刘子瑞女人忽然伤起心来。什么是梦呢？人活着就像个梦。儿子现在躺在炕上，忽然呢，马上就要走了，那么点儿，那么点儿，当时他是那么点儿，在自己的背上，让他下来多走半步他都不肯，有时候要背他他偏又不让。两个人都在地上走就都费鞋！妈背着你就省下一个人的鞋！刘子瑞女人还记着当年自己对儿子这么说。刘子瑞女人也不知道自己给儿子做过多少双鞋，总是一双比一双大。那个猪槽子呢，刘子瑞女人忽然想起了那个喂猪的大木槽。以前总是她，把儿子按在那个猪槽子里洗澡，左手按着右手洗，右手按着左手洗，按住上边洗下边，按住下边洗上边。以前，她还把儿子搂在一起睡，冬天的晚上，睡着睡着，儿子就会拱到自己的被子里来了。好像是，不知出了什么怪事，儿子怎么就一下子这么大了。刘子瑞女人忽然抹起眼泪来。面揉好了，她用一块湿布子把面团蒙了，让它慢慢饧。然后，她慌慌张张去了东屋，去了东屋，又忘了自己要做什么？站了一下，又去了院子里，儿子穿回来的衣服她都给洗了一遍，都干了。她把衣服取了下来，放在鼻子下闻闻，是儿子的味儿，儿子穿回来的那双球鞋，她也已经给洗了一遍，放在窗台上，也已经干了。她把鞋放在鼻子下闻了闻，是儿子的味儿。还有那双白袜子，她也洗过了，她把它从晾衣服绳上取了下来，也放在鼻子下闻了闻，是儿子的味儿，儿子的味道让她有说不出的难过。她把儿子的衣服和袜子闻了又闻。

刘子瑞的儿子是下午两点多走的，吃过了他妈给他擀的面，面是用井水过了一下，这就让人吃着舒服。吃过了饭，刘子瑞女人心里就有点受不住了，她已经，把儿子要带的东西都收拾好了。那么大一个蛇皮袋子，里边几乎全是玉米。刘子瑞要送一送儿子，好像是，习惯了，儿子每次回来他都要送一送，送到下边的站上去。东西都收拾好了，刘子瑞也下了地。刘子瑞女人一下子受不了啦，好像是，这父子两个要扔下她不管了，每逢这种时候，她总是这种心情，想哭，又不敢哭泣。这时候，儿子出去了，她在屋里看着儿子，她的眼睛现在像是中了魔道，只会跟着儿子转来转去，儿子去了院子西南角的厕所，但儿子马上又出来了，然后，就像小时候那样，叉腿站在院子里，脸冲着厕所那边，做什么？在撒尿。原来厕所的水泥还没干呢。儿子像小时候一样把尿撒在院子里了。院子里的地都让鸡给刨松了，又干又松，脚踩上去真舒服。刘子瑞女人在屋里看着儿子叉着腿在院里撒尿。刘子瑞也朝外看着，他心里也酸酸的。等干了再用，现在一用就坏了。儿子撒完了尿，又从外边进来了，说水泥还要干半天，别让鸡刨了。是是是，放出来就刨了，我一辈子不放它们。刘子瑞女人说。该走了该走了，再迟就赶不上车了。儿子又说，故意看着别处。刘子端女人心就“怦怦”跳开了。玉米也太多了吧？儿子说，拍拍那一大袋玉米。不多不多，要不，再掰些？刘子瑞说。儿子笑了，说又不是去卖玉米，这么多。不重吧？刘子瑞女人对儿子说。不重不重。儿子说，把那一袋子玉米就势上了肩，这一上，就再不往下放了。那我就走了。儿子说，故意不看他妈，看别处。

刘子瑞女人跟在刘子瑞和儿子的后边，踏着小脚，一直把儿子送到了村子边。然后就站在那里看儿子和自己男人往下走，一点一点变小，天那么热，日头把周围的白石头照得让人睁不开眼。儿子和自己男人一点一点变小的时候，刘子瑞女人就开始哭，眼泪简直是“哗哗哗哗”地流。她一直站着，直到儿子和自己男人的人影儿小到一下子不见了。她再看，就只能看到庄稼，远远近近的庄稼。石头，远远近近的石头。还有，再远处蓝汪汪的山。这一切，原本就是寂寞的，再加上那远远近近蚂蚱的叫声，它们要是不叫还好，它们一叫呢，就显得天地都寂寞而旷远了。

刘子瑞的女人回去了，慢慢慢慢回去了。一进院子，就好像，一个人忽然梦醒了，才明白过来房子是重新抹过一层泥了，那泥还没怎么干，湿湿的好闻。驴圈也抹过了，也还没干，湿湿的好闻。鸡都给关在圈里，院子里静静的，这就让刘子瑞的女人有些不习惯。好像是，自己一下子和自己的家有些生分了。她进了屋，心里好像一下子空落落的。儿子昨天还在炕上躺着、坐着、说着、笑着，还有儿子的同学，这个在这边，那个在那边，现在是什么也没有。儿子一回来，这个家就活了，其实呢，是她这个做妈的心活了。刚才还是，儿子的鞋在炕下，儿子的衣服在绳上搭着，儿子的气味在屋里弥漫着。现在，一下子，什么也没了。刘子瑞的女人又出了院子。好像是，屋子里再也不能待了，不能待了！不能待了！刘子瑞的女人站在了院子里，院子现在静了。昨天，儿子就在房檐下给房上上泥，上累了，还蹲在那块儿地方抽了一支烟。昨天，儿子的同学在这院里走来走去。现在呢，院子里静得不能再静。刘子瑞女人一下子看到了什么？嘴角抽了抽，像是要哭了，她慌慌张张地过去了，靠厕所那边的地上，湿湿的，一小片，但已经翘翘的，是儿子临走时撒的尿，刘子瑞女人在那湿湿翘翘的地方站定了，蹲下了，再后来呢，她把手边的一个盆子拖过来，把那地方牢牢盖住了，又哭起来了。

第二天呢，原来的生活又好像是一下子变回来了。刘子瑞早上起来又去了地里，弄他的庄稼。刘子瑞的女人，起来，先喂驴，然后喂那些鸡。鸡给关了整整一天，都好像疯了，又是抖，又是跳，又是叫，那只公鸡，精力怎么就会那么旺？一个挨一个往母鸡身上跳，那两只脱毛鸡，受宠若惊了。半闭上眼睛，欲仙欲死的样子，接受那公鸡的降临。又好像是给关了一天关好了，红红的鸡皮上顶出了尖尖白白的毛根儿，但还是一样的难看。刘子瑞的女人做完了这一切，便又在那倒扣的盆子边站定了，她弯下身子去，把盆子，慢慢慢慢，掀开了，盆子下边是一个干干的翘起来的泥碗样的东西，是儿子给她留下的。没有人能够听到刘子瑞女人的哭声，因为上边的村子里再没别人了。那些鸡，它们怎么会懂得主人的心事？它们吃惊地看着刘子瑞的女人，蹲在那里，用手掀着盆子，看着被盆子扣住的那块地方，呜呜咽咽……

隔了半个多月，又下过几场雨，刘子瑞儿子山下的同学黄泉瑞这天忽然上来了。来取泥铲子，说也要把家里的房顶抹一抹，今年好像是到了秋后雨水要多一些。黄泉瑞坐了一会儿，抽了一支烟，然后下去了。走的时候，黄泉瑞站在院子里看看，说这下子收拾得好多了，鸡窝像个鸡窝，驴圈像个驴圈，黄泉瑞还看到了院子里地上扣的那个盆子，他不知道地上扣个盆子做什么。他对刘子瑞女人说拴柱过年回来的时候他一定会再上来，来好好喝几口。他还说：还是拴柱好，现在是城里人了。他还说城里就是比乡下好，过几年拴柱要把婶子接到城里去住。他还说：回去吧，我一个晚辈还让您送，您看看您都送到村口了，您不能再送了。他还说：过几天，也许，拴柱就又要回来了……

山上是寂寞的，远远近近，蚂蚱在叫着，它们为什么不停地在那里叫？也许，它们是嫌山里太寂寞？但它们不知道，它们这么一叫，人的心里就更寂寞了。

驮水的日子

温亚军[①]

上等兵是半年前接上这个工作的。这个工作其实很简单，就是每天赶上一头驴去山下的盖孜河边，往山上驮水。全连吃用的水都是这样一趟一趟由驴驮到山上的。

在此之前，是下士赶着一头牦牛驮水，可牦牛有一天死了，是老死的。连里本来是要再买一头牦牛驮水的，刚上任的司务长去了一趟石头城，牵回来的却是一头驴。连长问司务长怎么不买牦牛。司务长说驴便宜，一头牦牛的钱可以买两头驴呢。连长很赞赏地对司务长说了声你还真会过日子，就算认可了。但他们谁也没有想到，这驴是有点脾气的，第一天要去驮水时，就和原来负责驮水的下士犟上了。驴不愿意往它背上搁装水的挑子，第一次放上去，就被它摔下来。下士偏不信这个邪，唤几个兵过来帮忙硬给驴把挑子用绳子绑在身上，驴气得又跳又踢。下士抽了驴一鞭子，骂句："不信你还能犟过人。"就一边抽打着赶驴去驮水了，一直到晚上才驮着两个半桶水回来，并且还是司务长带人去帮着下士才把驴硬拉回来的。司务长这才知道自己图省钱却干了件蠢事，找连长去承认错误并打算再用驴去换牦牛。

---

①**温亚军**　1967年10月出生于陕西省岐山县，1984年底入伍至今，曾在新疆服役十六年。现为某部队出版社副社长，大校。著有长篇小说《西风烈》《她们》《鸽子飞过天空》等七部，出版小说集《硬雪》《桃花落》《驮水的日子》等十五部；作品获第三届鲁迅文学奖，第十一届庄重文文学奖，首届柳青文学奖；以及《小说选刊》《中国作家》《十月》《上海文学》等刊物奖。部分作品被翻译成英、日、俄、法等文。现为中国作家协会会员，北京作家协会理事、北京作协签约作家。

连长却说还是用驴算了，换来换去，要耽搁全连用水的。司务长说这驴不听话，不愿驮水。连长笑着说，它不愿驮就不叫它驮？这还不乱套了！司务长说，那咋办？连长说，调教呗！司务长一脸茫然地望着连长。连长说，我的意思不是叫下士去调教，他的脾气比驴还犟，是调教不出来的，换个人吧。连长就提出让上等兵去接驮水工作。

上等兵是第二年度兵，平时沉默寡言，和谁说个话都会脸红，让他去调教一头犟驴？司务长想着驮水可是个重要岗位，它关系着全连一日的生计问题，这么重要的工作交给平时话都难得说上半句的上等兵，他着实有点不放心。可连长说，让他试试吧。

上等兵接上驮水工作的第一天早上，还没有吹起床哨，他就提前起来把驴牵出圈，往驴背上搁装水的挑子。驴并没有因为换了一张生面孔就给对方面子，它还是极不情愿，一往它身上搁挑子就毫不留情地往下摔。上等兵一点也不性急，也不抽打驴，驴把挑子摔下来，他再搁上去，反正挑子两边装水的桶是皮囊的，又摔不坏。他一次又一次地放，用足够的耐心和驴较量着。最后把他和驴都折腾得出了一身汗，可上等兵硬叫驴没有再往下摔挑子的脾气了，才牵上驴下山。

连队所在的山上离盖孜河有八公里路程，八公里在新疆就算不了什么，说起来是几步路的事。可上等兵赶着驴，走了近两个小时，驴故意磨蹭着不好好走，上等兵也是一副不急不恼的样子，任它由着自己的性子走。到了河边，上等兵往挑子上的桶里装满水后，驴又闹腾开了，几次都把挑子摔了下来，弄得上等兵一身的水。上等兵也不生气，和来时一样，驴摔下来，他再搁上去，摔下来，再搁上去。他一脸的惬意样惹得驴更是气急，那动作就更大，折腾到最后，就累了。直到半下午时，上等兵才牵着驴驮了两半桶水回来。连里本来等着用水，司务长准备带人去帮上等兵的，但连长不让去。连长说叫上等兵一个人折腾吧，人去多了，反倒是我们急了，让驴看出我们拿它没有办法，不定以后它还多嚣张呢。

上等兵回来倒下水后，没有歇息，抓上两个馒头又要牵着驴去驮水。司务长怕天黑前回不来，说别去了。可上等兵说今天的水还不够用，一定要去。司务长就让上等兵去了。

天黑透了，上等兵牵着驴才回来，依然是两半桶水。倒下水后，上等兵给驴喂了草料，自己吃过饭后，牵上驴一声不吭又往山下走。司务长追上来问他还去呀？上等兵说今天的水没有驮够！司务长说，没够就没够吧，只要吃喝的够了，洗脸都凑合点行了。上等兵说，反正水没有驮够，就不能歇。说这话时，上等兵瞪了犟头犟脑的驴一眼，驴此时正低头用力扯着上等兵手里的缰绳。司务长想着天黑透了不安全坚决不放上等兵走，去请示连长。连长说，让他去吧，对付这头犟驴也许只能用这种方法，反正这秃山上也没有野兽，让他带上手电筒去吧。司务长还是不放心。连长对他说，你带上人在暗中跟着不就行了。

上等兵牵着驴，这天晚上又去驮了两次水，天快亮时，才让驴歇下。

第二天，刚吹起床哨，上等兵就把驴从圈里牵出来，喂过料后，就去驮水。这天虽然也驮到了半夜，可桶里的水基本上是满的。一连几天都是如此，如果不驮够四趟水，上等兵就不让驴休息，但他从没有抽打过驴一鞭子。驴以前是有过挨抽的经历的，不知驴对上等兵抱有知遇之恩，还是真的被驯服了，反正驴是渐渐地没有了脾气。

连里的驮水工作又正常了。

连长这才对司务长说，怎么样，我没看错上等兵吧，对付这种犟驴，就得上等兵这样比驴更能一磨到底的人才能整治得了。

为此，连长在军人大会上表扬了上等兵。

上等兵就这样开始了驮水工作。刚开始他每天都牵着驴去驮水，慢慢地，驴的性格里也没了那份暴烈，在上等兵不愠不怒、不急不缓的调教中，心平气和得就像河边的水草。上等兵在日复一日的驮水工作中，感觉到驴已经真心实意地接纳了他，便对驴更加亲切和友好了。驴读懂了他眼中的那份亲近，朝空寂的山中吼叫几声，又在自己吼叫的回声里敲着鼓点一样的蹄音欢快地走着。上等兵感应着驴的那份欢快，明白驴对自己的认同，就更加知心地拍拍驴背，然后把缰绳往它的脖子上一盘，不再牵它，让它自己走，他跟在一边，一人一驴，走在上山或者下山的小道上。山道很窄，有些地方窄得只容一人通过，上等兵就走到了驴后面。时间一长，驴也熟悉了这种程序，上等兵基本上是跟在驴后面，下山上山都是这样。有时候，驴走得快了，见上等兵迟迟未跟上来，就立在路边候着，直到上等兵到它跟前，伸手摸摸它被山风吹得乱飞的鬃毛，说一声走吧，才又踢踏踢踏地往前走。到了河边，上等兵只须往驴背上的桶里装上水就行，水装满了，驴驮上水就走。到了夏天，盖孜河边长满了草，上等兵就让驴歇一歇，吃上一阵嫩嫩的青草。他躺在草地上，感受盖孜河湿润的和风，看着不远处驴咀嚼青草，被嚼碎的青草的芳香味洋溢着喜悦一瓣一瓣又掉入草丛。他闭上眼睛，静静地听着一些小昆虫振翅跳跃，从这棵青草跳到另一棵青草的声响，还有风钻入草丛拱出一阵的声音。他那么醉心地聆听着，竟隐隐约约地捕捉到一些悠长的牧笛声。他蓦然睁眼，那悠长的声音没有了，只有夏日的阳光宁静地铺洒着，还有已在他近处的驴咀嚼着青草，不时抬头凝视他，那眼神竟如女人一般，湿湿的，平静中含着些许的温柔和多情。每当这时，上等兵就从草地上坐起来，看着驴吃青草的样子，想着这么多日子以来他和驴日渐深厚的情谊。他和驴彼此越来越对脾气了，他说走驴就走，说停驴就停，配合得好极了，他就觉出驴的可爱来。上等兵觉出驴可爱的时候，突然想着该给这头驴起个名字了。每天在河边、山道上，和驴在一起，他叫驴走或者停时，不知叫什么好，总是硬邦邦地说“停”或“走”，太伤他们之间的感情了。起个名字叫着多好。有了这样一个念头，上等兵兴奋起来。他一点都没有犹豫，就给驴起了个“黑家伙”的名字。上等兵起这个名字，是受了连长的影响。连长喜欢叫兵们这个家伙那个家伙的，因为驴全身都是黑的，他就给它起了“黑家伙”。虽然驴不是兵，但也是连队的一员，也是他的战友之一，当然还是他的下属。这个名字叫起来顺口也切合实际。

上等兵就这么叫了。

起初，他一叫，“黑家伙”还不知道这几个字已是它自己的名字，见上等兵一直是对着自己叫，就明白了。但它还是不大习惯这个名字，对上等兵不停地“黑家伙”“黑家伙”的呼叫显得很迟钝，总是在上等兵叫过几遍之后才反应过来。但随着这呼叫次数的增多，它也无可奈何，就认可了自己叫“黑家伙”。

上等兵每天赶上“黑家伙”要到山下去驮四趟水，上午两趟，下午两趟，一次驮两桶水，共八桶水，其中四桶水给伙房，另外三桶给一、二、三班，还有一桶给连部。一般上午驮的第一趟水先给伙房做饭，第二趟给一班和二班各一桶，供大家洗漱，下午的第一趟还是给伙房，第二趟给三班和连部各一桶。这样形成了套路，慢慢地，“黑家伙”就熟悉了，每天的第几趟水驮回来给哪里，“黑家伙”会主动走到哪里，绝不会错，倒叫上等兵省了不少事。

有一天，上等兵晚上睡觉时肚子受了凉，拉稀，上午驮第二次水回来的路上，他憋不住了，没有来得及喊声“黑家伙”站下等他，就到山沟里去解决问题。待他解决完了，回到路上一看，“黑家伙”没有接到叫它停的命令，已经走出好远，转过几个山腰了。他赶紧去追，一直追到连队，“黑家伙”已经把两桶水分别驮到一班和二班的门口，兵们帮着把水倒下了，“黑家伙”正等着上等兵给它取下挑子，吃午饭呢。

司务长正焦急地等在院子里，以为上等兵出了什么事，还想着带人去找呢。

上等兵冲到“黑家伙”跟前。“黑家伙”以为自己做错了事，扑闪着大眼睛看着上等兵，等着上等兵给它不高兴的表情。上等兵不但没有骂它，反而伸手细细抚摸着它的背，表扬它真行。“黑家伙”冲天叫了几声，它的兴奋感染得大家都和它一块高兴起来。

有了第一次，上等兵就给炊事班打招呼，决定让驴自己独自驮水回连。他在河边装上水后，对“黑家伙”说声你自己回去吧。“黑家伙”就自己上山了。上等兵第一次让“黑家伙”独自上路的时候，还有点不大放心，悄悄地跟在“黑家伙”的后面，走了好几里路。弯弯曲曲的山路上，“黑家伙”不受路两旁的任何干扰。其实也没有什么可以干扰“黑家伙”的东西。上等兵就立着，看“黑家伙”独自离去。上等兵远远地看着，发现“黑家伙”稳健的身影，竟是这山中唯一的动点。在上等兵的眼中，这唯一的动点，一下子使四周沉寂的山峰山谷多了些让人感动的东西。但究竟是什么样的感动，上等兵却又说不出来。上等兵就那样看着“黑家伙”一步一步走远，直到消失在他的视线里。视野里没有“黑家伙”的影子了，上等兵才一下子感到心里有点空落，四面八方涌来的寂寞把他从那种无名的感动中揪了出来，他抖抖身子，寂寞原来已在刹那间浸淫到他的全身。上等兵这才明白，原来“黑家伙”已在他的心中占了一大块位置。在平日的相处中，他倒没有太大的在意，而一旦“黑家伙”离开了他，哪怕像现在这样短短的离开，他的失落感便像春日的种子一样迅速钻出土来。上等兵望眼欲穿地盼着山道上“黑家伙”身影的出现。

过了一个多小时，果然“黑家伙”不负他望，又驮着空挑子下山来到河边。上等兵高兴极了，扑上去竟亲了“黑家伙”一口，当场表扬“黑家伙”的勇敢，并把自己在河边等“黑家伙”时割的青草奖赏给它。嫩嫩的青草一根一根卷进“黑家伙”的嘴中，“黑家伙”吃着，还不停地甩着尾巴，表示着它的高兴。

上等兵托人从石头城里买了一个铃铛回来，拴到“黑家伙”的脖子上。铃铛声清脆悦耳，陪伴着“黑家伙”行走在寂静的山道上。“黑家伙”喜欢这铃铛声，它常常在离上等兵越来越近的时候，步子也越来越快，美妙的铃铛声也就越加地响亮，远远地传到在盖孜河边等候着它的上等兵耳朵里。到了山上，负重的“黑家伙”脖子上的铃铛声也可以早早地让连队的人意识到“黑家伙”回来了。上等兵每天在河边只负责装水，装完水，他很亲热地拍拍“黑家伙”的脖子，说一声“黑家伙”，路上不要贪玩。“黑家伙”用它那湿湿的眼睛看一看上等兵，再低低叫唤几声，转身便又向连队走。上等兵再不用每趟都跟着“黑家伙”来回走了。

为了打发“黑家伙”不在身边的这段空闲时间，上等兵带上课本，送走“黑家伙”后，便坐在河边看看书，复习功课。上等兵的心里一直做着考军校的梦呢。

复习累了，他会背着手，悠闲地在草地上散散步，呼吸盖孜河边纤尘不染的新鲜空气，感受远离尘世、天地合一的空旷感觉。在这里，人世间的痛苦与欢乐、幸福与失落、功利与欲望，都像是融进大自然中，被人看得那样淡薄。连“黑家伙”也一样，本来充满对抗的情绪，却慢慢地变得充满了灵性和善意。想到“黑家伙”，上等兵心里又忍不住漫过一阵留恋。他知道，只要他一考上军校，他就会和“黑家伙”分开，可他又不能为了“黑家伙”而放弃自己的理想。上等兵想着自己不管能不能考上军校，他迟早都得和“黑家伙”分开，这是注定的，心里好一阵难受，就扔开书本，拼命给“黑家伙”割青草。他想把“黑家伙”一个冬天甚至几个冬天要吃的草都割下、晒干，预备好，那样，“黑家伙”就不会忘记他，他也不会在分离的日子里备感难受。

在铃铛的响声中，又过了一年。这年夏天，已晋升为下士的上等兵考取军校。接到通知书的那天，连长对上等兵说，你考上了军校，还得感谢“黑家伙”呢，是它给你提供了复习功课的时间，你才能考出好成绩的。

上等兵激动地点着头说，我是得感谢“黑家伙”。他这样说时，心里一阵难过，为这早早到来的他和“黑家伙”的分手，几天里都觉得心里沉甸甸的。临离开高原去军校前的那一段日子，他一直坚持和“黑家伙”驮水驮到了他离开连队的前一天。他还给“黑家伙”割了一大堆青草。

走的那天，上等兵叫“黑家伙”驮着自己的行李下山，“黑家伙”似乎预感到什么，一路上走得很慢，慢得使刚接上驮水工作的新兵有点着急，几次想动手赶它，都被上等兵制止了。半晌午时才到了盖孜河边，上等兵给“黑家伙”背上的挑子里最后一次装上水，对它交代一番后，看着它往山上走去，直到“黑家伙”走出很远。等他恋恋不舍地背着行李要走时，突然听到熟悉的铃声由远及近急促而来。他猛然转过身，向山路望去，“黑家伙”正以他平时不曾见过的速度向他飞奔而来，纷乱的铃铛声大片大片地摔落在地，“黑家伙”又把它们踩得粉碎。上等兵被铃声惊扰着，心不由自主地一颤，眼睛被一种液体模糊了。模糊中，他发现，奔跑着的“黑家伙”是这凝固的群山中唯一的动点。

大老郑的女人

（小城系列之一）

魏　微①

一

算起来，这是十几年前的事了。

那时候，大老郑不过四十来岁吧，是我家的房客。当时，家里房子多，又是临街，我母亲便腾出几间房来，出租给那些来此地做生意的外地人。也不知从哪一天起，我们这个小城渐渐热闹了起来，看起来，就好像是繁华了。

原来，我们这里是很安静的，街上不大看得见外地人。生意人家也少，即便有，那也是祖上的传统，习惯在家门口摆个小摊位，卖些糖果、干货、茶叶之类的东西。本城的大部分居民，无论是机关的，工厂的，学校的……都过着闲适、有规律的生活，上班，下班，或有周末领着一家人去逛逛公园，看场电影的。

城又小。一条河流，几座小桥。前街，后街，东关，西关……我们就在这里

---

①**魏　微**　女，生于1970年。1994年开始写作，迄今已发表小说、随笔一百余万字。作品曾登1998、2001、2003、2004、2006、2010、2012年中国小说排行榜。曾获第三届鲁迅文学奖、第二届中国小说学会奖、第十届庄重文文学奖、第九届华语文学传媒大奖·年度小说家奖、第四届冯牧文学奖及各类文学刊物奖。部分作品被译成英、法、日、韩、意、俄、波兰、希腊、西班牙、塞尔维亚等多国文字。现供职于广东省作家协会。

生活着，出生，长大，慢慢地衰老。

谁家没有那些陈芝麻烂谷子的事，说起来都不是什么新鲜事，不过东家长西家短的，谁家婆媳闹不合了，谁离婚了，谁改嫁了，谁作风不好了，谁家儿子犯了法了……这些事要是轮着自己头上，就扛着，要是轮着别人头上，就传一传，说一说，该叹的叹两声，该笑的笑一通，就完了，各自忙生活去了。

这是一座古城，不记得有多少年的历史了，项羽打刘邦那会儿，它就在着，现在它还在着；项羽打刘邦那会儿，人们是怎么生活的，现在也差不多这样生活着。

有一种时候，时间在这小城走得很慢。一年年地过去了，那些街道和小巷都还在着，可是一回首，人已经老了。——也许是，那些街道和小巷都老了，可是人却还活着：如果你不经意走过一户人家的门口，看见这家的门洞里坐着一个小妇人，她在剥毛豆米，她把竹筐放在膝盖上，剥得飞快，满地绿色的毛豆壳子。一个静静的瞬间，她大约是剥累了，或者把手指甲挣疼了，她抬起头来，把手甩了甩，放在嘴唇边咬一咬，哈哈气……可不是，她这一哈气，从前的那个人就活了。所有的她都活在这个小妇人的身体里，她的剥毛豆米的动作里，她抬一抬头，摔一摔手……从前的时光就回来了。

再比如说，你经过一条巷口，看见傍晚的老槐树底下，坐着几个老人，有一搭无一搭地聊着什么。他们在讲古诫。其中一个老人，也有八十了吧，讲着讲着，突然抬起头来，拿手朝后颈处挠了几下，说，日娘的，你个毛辣子。

多少年过去了，我们小城还保留着淳朴的模样，这巷口，老人，俚语，傍晚的槐树花香……有一种古民风的感觉。

另一种时候，我们小城也是活泼的，时代的讯息像风一样地刮过来，以它自己的速度生长、减弱，就变成我们自己的东西了。时代讯息最惊人的变化首先表现在我们小城女子的身上。我们这里的女子多是时髦的。不记得是哪一年了，我在报纸上看到，广州妇女开始化妆了，涂口红，掸眼影，一些窗口单位如商场等还做了硬性规定，违者罚款。广州是什么地方，可是也就一年半载的工夫，化妆这件事就在我们这里流行起来了。

我们小城的女子，远的不说，就从穿列宁装开始，到黄军服，到连衣裙，到超短裙……这里横躺了多少个时代，我们哪一趟没赶上？

我们这里不发达，可是信息并不闭塞。有一阵子，我们这里的人开口闭口就谈改革，下海，经济，因为这些都是新鲜词汇。

后来，外地人就来了。

外地人不知怎么找到了我们这个小城，在这里做起了生意，有的发了财，有的破了产，最后都走了，新的外地人又来了。

最先来此地落脚的是一对温州姐妹。这对姐妹长得好，白皙秀美，说话的声音也温婉曲折，听起来就像唱歌一样。她们的打扮也和本地人有所区别，谈不上哪有区别，就比如说同样的衣服穿在她们身上，就略有不同。她们大约要洋气一些，现代一些；言行淡定，很像是见过世面的样子。总之，她们给我们小城带来了一缕时代的气息，这气息让我们想起诸如开放、沿海、广东这一类的名词。

也许是基于这种考虑，这对姐妹就为她们的发廊取名叫作“广州发廊”。广州发廊开在后街上，这是一条老街，也不知多少年了，这条街上就有了新华书店、老邮局、派出所、文化馆、医院、粮所……后来，就有了这家发廊。

这是我们小城的第一家发廊，起先，谁也没注意它，它只有一间门面，很小。而且，我们这里管发廊不叫发廊，我们叫理发店，或者剃头店。一般是男顾客占多，隔三岔五地来理理发、修修面，或者叫人捏捏肩膀、捶捶背。我们小城女子也有来理发店的，差不多就是洗洗头发，剪了，左右看看就行了。那时，我们这里还没有烫发的，若是在街上看见一个自来卷的女子，她的波浪形的头发，那真是能艳羡死很多人的，多洋气啊，像个洋娃娃。

广州发廊给我们小城带来了一场革新。就像一面镜子，有人这样形容道，它是一个时代在我们小城的投影。仅仅从头发上来说，我们知道，生活原来可以这样，花样百出，争奇斗艳。是从这里，我们被告知关于头发的种种常识，根据脸形设计发型，干洗湿洗，修护保养，拉丝拉直，更不要说烫发了。

等我知道了广州发廊，已经是两三年以后的事了。有一天放学，我和一个女同学过来看了，一间不足十米见方的小屋子里，集中了我们城里最时髦漂亮的女子，她们取号排队，也有坐着的，也有站着的，或者手里拿着一本发型书，互相交流着心得体会……我有些目眩，到底因为年纪小，胆怯，踅在门口看了一下就跑出来了。

我听人说，广州发廊之所以生财有道，是因为不单做女人的生意，就连男人的生意也要做的。做男人的生意，当然不是指做头发，而是别的。这“别的”，就有人不懂了，那懂的人就会诡秘一笑，解释给他听：这就是说，白天做女人的生意，夜里做男人的生意。听的人这才似懂非懂，恍然大悟，因为这类事在当时是破天荒的，人的见识里也是没有的。因此都当作一件新奇事，私下里议论得很有劲道。

倘若有人怀疑道，不可能吧？派出所就在这条街上……话还没说完，就会被人“嘻”的一声打断道，派出所？怎见得派出所里就没她们的人？说着便一脸的坏笑。或者由另外的人接话道，你真是不灵通，现在都什么年代了，这事在广东那边早盛行了。

大老郑是在后些年来到我们小城的，他是福建莆田人，来这里做竹器生意。当时，我们城里已经集聚了相当规模的外地人，就连本城人也有下海做生意的，卖小五金的，卖电器的，开服装店的。

广州发廊不在了，可是更多的发廊冒出来，像温州发廊，深圳发廊……这些发廊也多是外地人开的，照样门庭若市。那温州两姐妹早走了，她们在这里待了三四年，赚足了钱。关于她们的传言没人再愿意提起了，仿佛它已成了老皇历。总之，传言的真假且不去管它，但有一点却是真的，人们因为这件事被教育了，他们的眼界开阔了，他们接受了这样一个现实。一切已见怪不怪。

大老郑租的是我家临街的一间房子。后来，他三个兄弟也跟过来了，他就在我家院子里又加租了两间房。院子里凭空多了一户人家，起先我们是不习惯的，后来就习惯了，甚至有点喜欢上他们了，因为这四兄弟为人正派乖巧，个性又各不一样，凑在一起实在是很热闹。关键是，他们身上没有生意人的习气，可什么是生意人的习气，我们又一下子说不明白了。

就说大老郑吧，他老实持重，长得也温柔敦厚，一看就是个做兄长的样子。平时话不多，可是做起事来，那真是既有礼节，却又不拘泥于礼节，这大概就是常人所说的分寸了。当年，我家院子里结了一株葡萄，长得很旺盛，一到夏天，成串的葡萄从架子上挂下来，我母亲便让大老郑兄弟摘着吃。或者她自己摘了，洗净了，放到盘子里，让我弟弟送过去。大老郑先推让一回，便收下了；可是隔一些日子，他就瓜果桃李地买回来，送到我家的桌子上。又会说话，又能体贴人，说的是：是去乡下办事，顺便从瓜田里买回来的，又新鲜，又便宜，不值几个钱的，吃着玩吧……一边说，一边笑，仿佛占了多少便宜似的。

他又是顶勤快的一个人。每天清晨，天蒙蒙亮就起床了，开门第一件事就是扫院子，又为我家的花园浇浇水，除除草……就像待自己家里一样。我奶奶也常夸大老郑懂事、能干，心又细，眼头又活……哪个女人跟了他，怕要享一辈子福呢。

大老郑的女人在家乡，十六岁的时候就嫁到郑家了，跟他生了一双儿女。我们便常常问大老郑，他的女人，还有他的一双儿女。大凡这时候，大老郑总是要笑的，不说好，也不说不好……总之，那样子就是好了。

我们说，大老郑，什么时候把你老婆孩子也接过来吧，一起住一段。

大老郑便说好，说好的时候照样还是笑着的。

有很长一段时间，我们都信了大老郑的话，以为他会在不经意的某天，突然带一个女人和两个少年到院子里来。尤其是我和弟弟，整个暑假慢而且昏黄，就更加盼望着院子里能多出一两个玩伴，他们来自遥远的海边，身体被晒得黝黑发亮，身上能闻见海的气味。他们那儿有高山，还有平原，可以看见大片的竹林。

这些，都是大老郑告诉我们的。大老郑并不常提起他的家乡，我们要是问起了，他就会说一两句，只是他言语朴实，他也很少说他的家乡有多好、多美，但是不知为什么，我的眼前总浮现出一幅和我们小城迥然不同的海边小镇的图景，那儿有青石板小路，月光是蓝色的，女人们穿着蓝印花布衣衫，头上戴着斗笠，背上背着竹筐……和我们小城一样，那儿也有民风淳朴的一瞬间，总有那么一瞬间，人们善良地生活着，善良而且安宁。

我不知道，我为什么会有这样的想象，也许这一切是缘于大老郑吧。一天天的日常相处，我们慢慢对他生出了感情，还有信任，还有很多不合实际的幻想。我们喜欢他。还有他的三个弟弟，也都个个讨人喜欢。就说他的大弟弟吧，我们俗称二老郑的，最是个活泼俏皮的人物，又爱说笑，又会唱歌。唱的是他们家乡的小调：

姑娘啊姑娘
你水桶腰水桶腰

腔调又怪，词又贫，我们都忍不住要笑起来。有一次，大老郑以半开玩笑的口吻，托我母亲替他的这个弟弟在我们小城里结一门亲事，我母亲说，不回去了？大老郑笑道，他们可以不回去，我是要回去的，是有老婆孩子的人呢。

大老郑出来已有一些年头了，他们莆田的男人，是有外出跑码头的传统的。钱挣多挣少不说，一年到头是难得回几次家的，我母亲便说，不想老婆孩子啊？大老郑挠挠腮说道，有时候想。我母亲说，怎么叫有时候想？大老郑笑道，我这话错了吗？不有时候想，难道是时时刻刻想？我母亲说，那还不赶快回去看看。大老郑说，不回去。我母亲说，这又是为什么？大老郑笑道，都习惯了。他又朝他的几个兄弟努努嘴，道，这一摊子事丢给他们，能行吗？

大老郑爱和我母亲叨唠些家常。这几个兄弟，只有他年纪略长，其余的三个，一个二十六岁，一个二十岁，最小的才十五岁。我母亲说，书也不念了？大老郑说，不念了。都不是念书的人。我母亲说，老三还可以，文弱书生的样子，又不爱说话，又不出门的。大老郑说，他也就闷在屋子里吹吹笛子罢了。

老三吹得一手好笛子，每逢有月亮的晚上，他就把灯灭了，一个人坐在窗前，悠悠地吹笛子去了。难得有那样安静惬意的时刻，我们小城仿佛也不再喧闹了，变得寂静，沉默，离一切好像很远了。

有一阵子，我们仿佛真是生活在一个很远的年代里，尤其是夏天的晚上，我们早早地完了饭，我和弟弟把小矮凳搬到院子里，就摆出乘凉的架势了。我们三三两两地坐着，在幽暗的星空底下，一边拍打着蒲扇，一边听我父母讲讲他们从单位听来的趣闻，或者大老郑兄弟会说些他们远在天边的莆田的事情。

或有碰上好的连续剧，我们就把电视机搬到院子里，两家人一起看；要是谈兴甚浓的某个晚上，我们就连电视也不看的，就光顾着聊天了。

我们说一些闲杂的话，吃着不拘是谁家买来的西瓜，困了，就陆续回房睡了。有时候，我和弟弟舍不得回房，就赖在院子里。我们躺在小凉床上，为的就是享受这夏夜安闲的气氛，看天上的繁星，或者月亮光底下梧桐叶打在墙上的影子；听蛐蛐、知了在叫，然后在大人切切的细语中，在郑家兄弟悠扬的笛声和催眠曲一样的歌声中睡去了。

似乎在睡梦之中，还能隐隐听到，我父亲在和大老郑聊些时政方面的事，关于经济体制改革，政企分开，江苏的乡镇企业，浙江的个体经营……那还了得！——只听我父亲叹道，时代已发展到什么程度了！

我们两家人，坐在那四方的天底下，关起院门来其实是一个完整的小世界。不管谈的是什么，这世界还是那样的单纯、洁净、古老……使我后来相信，我们其实是生活在一场遥远的梦里面，而这梦，竟是那样的美好。

二

有一天，大老郑带了一个女人回来。

这女人并不美，她是刀削脸，却生得骨骼粗大。人又高又瘦，身材又板，从后面看上去倒像个男人。她穿着一身黑西服，白旅游鞋，这一打眼，就不是我们小城女子的打扮了。说是乡下人吧，也不像。因为我们这里的乡下女子，多是老老实实的庄稼人的打扮，她们不洋气，可是她们朴素自然，即便穿着碎花布袄，方口布鞋，那样子也是得体的，落落大方的。

我们也不认为，这是大老郑的老婆，因为没有哪个男人是这样带老婆进家门的。大老郑把她带进我家的院子里，并不作任何介绍，只朝我们笑笑，就进屋了。隔了一会儿，他又出来了，踅在门口站了会儿，仍旧朝我们笑笑。

我们也只好笑笑。

我母亲把二老郑拉到一边说，该不会是你哥哥雇的保姆吧。二老郑探头看了一眼，说，不像。保姆哪有这样的派头，拎两只皮箱来呢。

我母亲说，看样子要在这里落脚了，你哥哥给你们找了个新嫂子呢。二老郑便吐了一下舌头，笑着跑了。

说话已到了傍晚，天色还未完全暗下来，从那半开着的门窗里，我们就看见了这个女人，她坐在靠床的一张椅子上，略低着头，灯光底下只看见她那张平坦的脸，把眼睛低着，看自己的脚。她大约是坐得无聊了，偶尔就抬起头来朝院子里睃上一眼，没想到和我们其中一个的眼睛碰个正着，她就又重新低下了头，手不知往哪放，先拉拉衣角，然后有点局促的，就摆弄自己的手去了。

她的样子是有点像做新娘子的，害羞，拘谨，生疏。来到一个新环境里，似乎还不能适应。屋里的这个男人，看上去她也不很熟悉，也许见过几次面，留下一个模糊美好的印象，知道他是个老实人，会待她好，她就同意了，跟了他。

那天晚上，她给我们造成了一种婚嫁的感觉，这感觉庄重、正大，还有点羞涩，仿佛是一对少年夫妻的第一次结合，这中间经过媒妁之言，一层层繁杂的手续……终于等来了这一天。而这一天，院子里的气氛是冷淡了些，大家都在观望。只有大老郑兴兴头头的，在屋子里一刻不停地忙碌着，他先是扫地，擦桌子……当这一切都做完的时候，他犹豫了一下，在离她有一拳之隔的床头坐下了。他搓着手，一直微笑着，也许他在跟她说些什么，她抬起头来看他一眼，就笑了。

他起来给她倒了一杯水。

再起来给她搬来一只放杯子的凳子。

那么下面还能做些什么呢？想起来了，应该削个苹果吧，于是他就削苹果了。他把苹果削得很慢很慢，像在玩一样技艺。有时他会看她，但更多的还是看我们，看我和弟弟，还有他家的老四。我们这几个半大不小的孩子，就站在院子正中的花园里，一边说着玩着笑着，一边装作不经意地探头看着……隔着花园里的各种盆盆罐罐，两棵冬青树，我们看见大老郑半恼不恼地瞪着我们，他伸出一只腿来把门轻轻地挡上了。

那天晚上，这女人就在大老郑的房里住下了。原先，大老郑是和老四住一间房，后来，老四被叫进去了，隔了一会儿，我们看见他卷着铺盖从这一间房挪到另一间房，他又嘟着嘴，好像很不情愿的样子，我们就都笑了。

那天的气氛很奇怪，我们一直在笑。按说，这件事本没有什么特别可笑的地方，因为我们小城的风气虽然保守了些，可是在男女之事上，也有它开通豁达的一面。大约这类事在哪里都是免不了的，一个已婚男子，老婆又常不在身边，那么，他偶尔做些偷鸡摸狗的事也是正常的。我父亲有一个朋友，我们唤作李叔叔的，最是个促狭的人物，因常来我们家，和大老郑混熟了，有一次他就拿他开玩笑说，大老郑，给你找个女朋友吧？

大老郑便笑了，嗫嚅着，半晌没见他说出什么来。李叔叔说，你看，你长得又好，牙齿又白，还动不动就脸红——

我母亲一旁笑道，你别逗他了，大老郑老实，他不是那种人。

可是那天晚上，我母亲也不得不承认道：这个死大老郑，我真是没看出来呢。她坐在沙发上，很笃定地等大老郑过来跟她谈一次。她是房主，院子里突然多出来一个女人，她总得过问一下，了解一些情况吧。

原来，这女人确是我们当地的，虽家在乡下，可是来城里已有很多年了。先是在面粉厂做临时工，后来不知为什么辞了职，在人民剧场一带卖葵花子。我母亲说，我们也常去人民剧场看电影看戏的，怎么就没见过你？

女人说，我也常回家的。——当天晚些时候，大老郑领女人过来拜谒我母亲，两人坐在我家的客厅里，女人不太说什么，只是低着头，拿手指一遍遍地划沙发上的布纹，她划得很认真，那短暂的十几分钟，她的心思都集中到她的手指和布纹上去了吧？大老郑呢，只是一个劲地抽着烟，偶尔，他和我母亲聊些别的事，常常就沉默了。话简直没法说下去了，他抬头看了一眼灯下的蛾虫，就笑了。我母亲说，你笑什么？

大老郑说，我没笑啊。

这么一说，禁不住女人也笑了起来。

女人就这样来到我们的生活里，成为院子里的一个成员。这一类的事，又不便明说的，大家也就睁一只眼闭一只眼的，就此混过去算了。我母亲原是极开明的，可是有一阵子，她也苦恼了，常对我父亲嘀咕道，这叫什么事啊！家妻外妾的，还当真过起小日子来了。——又是叹气，又是笑的，说，别人要是知道了，还不知该怎么嚼舌呢，以为我这院子是藏污纳垢的——

其实，这是我母亲多虑了。时间已走到了1987年秋天，我们小城的风气已经很开化了。像暗娼这样古老的职业都慢慢回头了，公安局就常下达“扫黄”文件，我父亲所在的报社也做过几次跟踪报道。当然了，我们谁也没见过暗娼，也不知她们长什么样子，穿什么样的衣裳，有着怎样的言行和做派，所以私下里都很好奇。我母亲因笑道，再怎么着，大老郑带来的这个也不像。我奶奶说，不像，这孩子老实。再则呢，她也不漂亮，吃这行饭的，没个脸蛋身段，那股子浪劲，那还不饿死！我父亲笑道，你们都瞎说什么呢？

总之，那些年，我们的疑心病是重了些，我们是对一切都有好奇、都要猜忌的。那的确是个与众不同的年代吧，人心总是急吼吼的，好像睡觉也睡不安稳。一夜醒来，看到的不过还是那些旧街道和旧楼房，可是你总会感觉到，有什么东西变了，它正在变，它已经变了，它就发生在我们的生活里，而我们是看不见的。

无论如何，女人就在我家的院子里住了下来。起先，我们对她并不友善，我母亲也有点忌讳她和大老郑的姘居关系，可是她又不能赶的，一则和大老郑的交情还不错，二则呢，这女人也着实可怜，没家没道的。乡下还有个八岁的男孩，因离了婚，判给前夫了。

她待大老郑又是极好的，主要是勤快，不惜力气。平时浆洗缝补那是免不了的，几个兄弟回来，哪次吃的不是现成饭？还换着花样，今天吃鱼明天吃肉的，逢着大老郑兴致好了，哥几个咂二两小酒也是有的。他们一家子人，围着饭桌坐着，在日光灯底下，刚擦洗过的地面泛着清冷的光。

有时候，饭是吃得冷清了些，都不太说话，偶尔大老郑会搭讪两句，女人坐在一旁静静地笑。有时却正好相反，许是喝了点酒的缘故吧，气氛就活跃了起来。老二敲着竹筷唱起了歌，他唱着哩哩啦啦的，不成腔调，女人抿嘴一乐道，是喝多了吧？

老三说，别理他，他一会儿就好了。

两人都愣了一下，可不是，话就这么接上了，连他们自己都不提防。郑家几个兄弟都是老实人，他们对她始终是淡淡的，淡不是冷淡，而是害羞和难堪。就比如说她姓章，可是怎么称呼呢，又不能叫嫂子或姐姐的，于是就叫一声“哎”吧，“哎”了以后再笑笑。

女人很聪明，许是看出我们的态度有点睥睨，所以轻易不出门的。白天她一个人在家，她把衣服洗了，饭做了，卫生打扫了，就坐在沙发上嗑嗑瓜子，看看电视。看见我们，照例会笑笑，抬一下身子，并不多说什么。从她进驻的那一天起，这屋子就变了，新添了沙发、茶几、电视……她还养了一只猫，秋天的下午，猫躺在门洞里睡着了，下午三四点钟的太阳照下来，使整个屋子洋溢着动物皮毛一样的温暖。

有一次，我看见她在织手套，枣红色的，手形小巧而精致，就问，给谁的？织给儿子的吗？她笑道，儿子的手会有这么大？是老四的。她放下手里的活，找来织好的那一只放在我手上比试一下，说，我估计差不多，不会小吧？

几个弟弟中，她是最疼老四的，老四嘴巴甜，又不明事理，有一次就喊她做“姐姐”了，她愣了一下。一旁的老二老三对了对眼色，竟笑了。没人的时候，老四会告诉她莆田的一些事情，他的嫂子，两个侄儿。他们镇上，很多人家都住上小楼了，她就问，那你家呢？老四说，暂时还没有，不过也快了。

她又问，你嫂子漂亮吗？这个让老四为难了，他低着头，把手伸进脖颈处够了够，说，反正是，挺胖的。她就笑了。

她并不太多问什么的，说了一会儿话，就差老四回房，看看他二哥三哥可在，老四把头贴在窗玻璃上说，你呆会来打扫吧，他们在睡觉。她笑道，谁说我要打扫，我要洗被子，顺带把你们的一块洗了。

她虽是个乡下人，却是极爱干净的，和几个兄弟又都处得不错，平时帮衬着替他们做点事情。她说，我就想着，他们挺不容易的，到这千儿八百里的地方来，也没个亲戚朋友的，也没个女人。说着就笑了起来。她的性格是有点淡的，不太爱说话，可是即便一个人在房间里坐着，房间里也到处都是她的气息。就像是，她把房间给撑起来了，她大了，房间小了。

也真是奇怪，原来我们看见的散沙一样的四个男人，从她住进来不久，就不见了，他们被她身上一种奇怪的东西统领着，服从了，慢慢成了一个整体。有一次，我母亲叹道，屋里有个女人，到底不一样些，这就像个家了。

而在这个家里，她并不是自觉的，就扮演了她所能扮演的一切角色，妻子，母亲，佣工，女主人……而她，不过是大老郑的萍水相逢的女人。

她和大老郑算得上是恩爱了。也说不上哪恩爱，在他们居家过日子的生活里，一切都是平平常常的，不过是在一间屋子里吃饭、睡觉。得空大老郑就回来看看，也没什么要紧事，就是陪陪她，一起说说话。她坐在床上，他坐在床对面的沙发上。门也不关。——门一不关，大方就出来了，就像夫妻了。

慢慢地，我们也把她当作大老郑的妻了，竟忘了莆田的那个。我们说话又总是很小心，生怕伤了她。只有一次，莆田的那个来信了，我奶奶对大老郑笑道，信上说什么了？是不是盼着你回去呢？我母亲咳嗽了一声，我奶奶立刻意识到了，讪讪的，很难为情了。女人像是没听见似的，微笑着坐在灯影里，相当安静地削苹果给我们吃。

也许我们不会意识到，时间怎样纠正了我们，半年过去了，我们接受了这女人，并喜欢上了她。我们对她是不敢有一点猜想的，仿佛这样就亵渎了她。我母亲曾戏称他们叫“野鸳鸯”的，她说，她待他好，不过是贪图他那点钱。后来，我母亲就不说了，因为这话没意思透了，在流水一样平淡的日子里，我们看见，这对男女是爱着的。

他们爱得很安静，也许他们是不作兴海誓山盟的那一类，经历了很多事情了，都不天真了。往往是晚饭后，如果天不很冷的话，他们就出去走走，我母亲打趣道，还轧马路？怎么跟年轻人似的。他们就笑笑，女人把围巾挂在大老郑的脖子上，又把他的衣领立起来。有时候他们也会带上老四，老四在院子外玩陀螺，他一边抽着陀螺，一边就跟着他们走远了。

或有碰上他们不出去的，我们两家依旧是要聊聊天的，说一说天气，饮食，时政。老二倚在门口，说了一句笑话，我们便“喷”的一声笑了，也是赶巧了，这时候从隔壁的房间里传来了一声清亮的笛音，试探性的，断断续续的，女人说，老三又在吹笛子了。我们便屏住了声息，老三吹得不很熟练，然而听得出来，这是一首忧伤的调子，在寒夜的上空，像云雾一样静静地升起来了。

我家的院子似乎又恢复了从前的样子，甚至比从前还要好的。一个有月亮光的晚上，人们寒缩，久长，温暖。静静地坐在屋子里，知道另一间屋子里有一个女人，她坐在沙发上织毛线衣，猫蜷在她脚下睡着了。冬夜是如此清冷，然而她给我们带来了一种岁月悠长的东西，这东西是安稳、齐整，像冬天里人嘴里哈出来的一口热气，虽然它不久就要冷了，可是那一瞬间，它在着。

她坐在哪儿，哪儿就有小火炉的暖香，烘烘的木屑的气味，整间屋子地弥漫着，然而我们真的要睡了。

有一阵子，我母亲很为他们忧虑，她说，这一对露水夫妻，好成这样子，总得有个结果吧？然而他们却不像有“结果”的样子，看上去，他们是把一天当作一生来过的，所以很沉着，一点都不着急。冬天的午后，我们照例是要午睡的，这一对却坐在门洞里，男人在削竹片，女人搬个矮凳坐在他身后，她把毛线团高高地举起来，逗猫玩。猫爬到她身上去了，她跳起来，一路小跑着，且回头“喵喵”地叫唤着，笑着。

这时候，她身上的孩子气就出来了，非常生动的，俏皮的，像一个可爱的姑娘。她年纪并不大，顶多有二十七八岁吧。有时候她把眼睛抬一抬，眼风里是有那么一点活泼的东西的。——背着许多人，她在大老郑面前，未尝就不是个活色生香的女人。

逢着这时候，大老郑是会笑的，他看她的眼神很奇怪，是一个男人对女人的，又是一个长者对孩子的，他说，你就不能安静会儿。

她重新踅回来坐在他身后，或许是拿手指戳了戳他的腰，他回过头来笑道，你干什么？她说，没干什么。他们不时地总要打量上几眼，笑笑，不说什么，又埋头干活了。看得多了，她就会说，你傻不傻？大老郑笑道，傻。

这时候，轮着他做小孩子了，她像个长者。

三

第二年开春，院子里来了一个男人。这男人大约有四十来岁吧，一身乡下人的打扮，穿着藏青裤子，解放鞋。许是早春时节，天嫌冷了些，他的对襟棉袄还未脱身，袖口又短，穿在身上使他整个人变得寒缩，紧张。

按说，我们也算是见过一些乡下人的，有的甚至比他穿得还要随便，不讲究的，但没有像他这样邋遢、落伍的……他又是一副浑然无知的样子，看上去既愚钝又迂腐，像对一切都要服从，都能妥协的。那些年，我们这里的乡下人也多有活络的，部分时髦人物甚至胆敢到城里来做买卖的，开口闭口就谈钱，经济、回扣，十足见过世面的样子。可这个男人不是，看得出来，他是属于土地的，他固守在那里，摆弄摆弄庄稼……这大概是他第一次进城吧？

他像是要找人的样子，有点怯生生的，先是站在我家院门外略张了张，待进不进的。手里又攥着一张皱巴巴的纸条，不时地朝门牌上对照着。那天是星期天，院子里没什么人，吃完了午饭，大老郑携女人逛街去了，其余的人，或有出去办事的，到澡堂洗澡的，串门的……因此只剩下我和母亲在太阳底下闲坐着。老四和我弟弟伏在地上打玻璃球。

这时候，我们就看见了他，生涩地笑着，瑟缩而谦卑，仿佛怕得罪谁似的。我母亲因勾头问道，你找谁？他低下头，微微弯着身子，把手抄进衣袖里说道，我来找我的女人。我母亲说，你女人叫什么？并向他招招手，他满怀感激地就进来了，轻声说了一个名字，我母亲扭头看了我一眼，噢了一声。

他要找的是大老郑的女人，这就是说，他是女人的前夫了？

我们再也不会想到，这辈子会见到女人的前夫，因此都细细地打量起他来。他长得还算结实，一张红膛脸，五官怕比大老郑还要精致些，只是肤质粗糙，明显能看出风吹日晒的痕迹，那痕迹里有尘土，暴阳，田间劳作的种种辛苦……也不知为什么，这乡下人身上的辛苦是如此多而且沉重，仿佛我们就看见似的，其实也没有。

他一个人站在我家的院子里，孤零零的，显得那样的小，而且苍茫。春天的太阳底下，我们吃饱了饭，温暖，麻木，昏沉，然而看见他，心却一凛，陡地醒过来了。我母亲说，要么，你就等等？他笑笑。我母亲示意我进屋搬个凳子出来，等我把凳子搬出来时，他已贴着墙壁蹲下了，从怀里取出烟斗，在水泥地上磕了磕。

毋庸讳言，我们对他是有一点好奇的。就比如说，我们不知道他为什么来找女人，是想重修旧好吗？他们现在还有密切的联系吗？他们又是怎么离的婚？我们对女人是一点都不了解的，只知道她的好，他也是好的……可是两个好人，怎么就不能安安生生地过日子呢？

起先，他是很拘谨的，不太说什么。可是也就一袋烟的工夫，他就和我母亲聊上了。原来，他是极爱说话的，他说话的时候有一种沉稳又活泼的声色，使我们稍稍有些惊诧，又觉得他是可爱的。他说起田里的收成，他家的一头母猪和五头小猪，屋后的树……总之加起来，扣除税和村上的提留，他一年也能挣个几百块钱呢！——不过，他又叹道，也没用处，这几百块钱得分开八瓣子用，买化肥和农药，孩子的书学费，他寡母的医药费……所以，手里不但落不下什么钱，反倒欠了些债。

我母亲说，这如何是好呢？

他没有答话，把手伸进腋窝里挠了几下，拿出来嗅嗅，就又说起他们村上，有两家万元户的，他们凭什么？不就因着手里有点余钱，承包个果园，鱼塘……他哼了一声，看得出有点不屑了。他们丢了田，他咕哝道，天要罚的。他说这话时有一种平静的声气，很忧伤，而且悲苦。

我母亲打趣道，依我看，你要解放思想，那田不种也罢。

他打量了我母亲一眼，瓮声瓮气说道，种田好。

我母亲笑道，怎么好了？种田你就当不上万元户。

他的脸都涨红了，急忙申辩道，种田踏实。自从盘古开天以来，哪有农民不种田的，你倒跟我说说！也就是这些年——可这些年怎么了，他一下子又说不出来了——再说，我不当万元户，也照样有饭吃，有衣穿，也能住上新瓦房。不过——他想了想，把手肘压在膝盖上，突然羞涩地笑了。他承认道，造瓦房的钱主要是女人的，她在城里当干部，每月总能挣个三四百，够得上他半年的收入了。

我们都愣了一下，我母亲疑惑道，当干部？当什么干部？我一个月都挣不了三四百，问问这城里，除了做生意的——再说，不是离婚了吗？

离婚？他扶着膝盖站起来了，睁大眼睛说道，你听谁说的？

看他那眉目神情，我们都有点明白了，也许……我们应该怀疑了，什么地方出问题了，我们被蒙蔽了。他不是女人的前夫，他是她的男人。我母亲朝我努努嘴，示意我把老四和弟弟领到院外去，她又笑道，瞧我说的这是哪门子胡话，因不常见着你，小章又一个人住，就以为你们是离了婚的。

男人委屈地叫道，她不让我来呀。再说了，家前屋后的也离不开人，要不是细伢子的书学费……这不，都欠了一个月了。老师下最后通牒了，说是再不交就甭上学了。也是赶巧了，那天二顺子进城，在这门口看见了她，要不我哪找她去？

他絮絮地说着，抱怨起这些年他的生活，又当爹又当妈的，家也不像家了；但凡手里宽绰些，他也不会放她出来。当什么干部？——他哧的一声笑了，我还不知道她那点能耐？双手捧不动四两的，也就混在棉织厂，当个临时组长罢了。

我和母亲面面相觑。面粉厂，棉织厂，人民剧场卖葵花子……这么一说，都是假的了。我母亲且不敢声张，又拐弯抹角地问了他一些别的。总之，事情渐趋明朗了，它被撕开了面纱，朝我们最不愿意看到的那个方向转弯了。

男人一说竟滑了嘴，收不住了。那天晌午，我们耳旁嗡嗡的全是他的声音。那是怎样的声音啊……一说起他的婆娘，他显得那样的啰唆，亲切而且忧伤。他时常想她吗？夜深人静的时候，他是否常常就醒过来，看窗格子外的一轮月亮。一天中难得有这样的时刻，能静下来想点事情吧？白天下田劳作，晚上锅前灶后地忙碌，一年年地，他侍候老母，抚养幼子……这简直要了他的命！他的女人在哪？这当儿，她也睡了吧？一想起她在床上的熊样子，他就想笑。想得要命。她是顾家的，哪次回来没给他捎上好的烟叶，给儿子买各式玩具，给婆婆带几样药品？可他不如意，也不知为什么，有时简直想哭。他就想着，等日子好了，他要把她接回来，安排她做分内的事，让家里重新燃起油烟气。

呵，让家里燃起油烟气。那一刻，他坐在正午的太阳底下，慢慢地眯起了眼睛。

他停顿了一下，许是说累了，不愿再说下去了。在那空旷的正午，满地白金的太阳影子，我家的院子突然变得大了，听不到一点声音，人身上要出汗了。——再也没有比这更寂寞、荒凉的一瞬间，我们一点点地沉了下去，在太阳地里坐得久了，猛地抬起头来，阳光变成黑色的了。

丈夫最终没能等来他的女人，他兴高采烈地回去了。他知道，隔几天他的女人就会把工资如数上交，他要用这笔钱给细伢子交书学费。他又从门洞里拖出半袋米，托我们转交，说，这是好米，在城里能卖不少的价钱呢，留着她吃吧；我们在家里的，能省些则省些。

女人是在晚上才回的家，她跟在大老郑的后头，手里提着大包小包的。我母亲趋前问道，都买了什么？大老郑笑道，随便给她买了些衣服。女人立在床头，把东西一样样地抖出来，皮鞋，衣裙……又把一件衣料放在膀子上比试一下，问我母亲道，也不知好看不好看？我就嫌它太花哨了，都是他主张要买。大老郑笑道，这几样当中，我就看中这一件，花色好，穿上去人会显得俏丽。

平心而论，女人的做派和先前没什么两样，可是我们都看出一些别的来了。就比如说她是细长眼睛，大老郑说话的当儿，她把眼睛稍稍往上一抬，慢慢的，又像是不经意的……反正我是怎么也描述不出来，学不出来的。——就这么一抬，我母亲拿手肘抵抵我，耳语道，真像。

原来，我母亲早就听人说过，我们城里有两类卖春的妇女，说起来这都是广州发廊以后的事了。就有一次，有人指着沿街走过的一个女子，告诉她说这是做“那营生”的。那真是天仙似的一个人物，我母亲后来说，年轻且不论，光那打扮我们城里就没见过；我母亲因问道，不是本地人吧？那人淡淡笑道，哪有本地人在本地做生意的？她们敢吗？人有脸，树有皮，再不济也得给亲戚朋友留点颜面，万一做到兄弟、叔伯身上怎么办？

还有一类倒真是我们本地人，像大老郑的女人，操的是半良半娼的职业。对于类似的说法，我母亲一向是不信的，以为是谣言，她的理由是，良就是良，娼就是娼，哪有两边都沾着的？殊不知，这一类的妇女在我们小城竟是有一些的，她们大多是乡下人，又都结过婚，有家室，因此不愿背井离乡。

这类妇女做的多是外地人的生意，她们原本良善，或因家境贫寒，在乡下又手不缚鸡，吃不了苦，耐不了劳；或者是贪图富贵享乐的；也有因家庭不合而离家出走的……凡此种种，不一而足。她们找的多是一些未带家眷的生意人，手里总还有点钱，又老实持重，不寒碜，长得又过得去，天长日久，渐渐生了情意，恋爱上了。

她们用一个妇人该有的细心、整洁和勤快，慰藉这些身在异乡的游子，给他们洗衣做饭，陪他们说话；在他们愁苦的时候，给他们安慰，逗他们开心，替他们出谋划策；在他们想女人的时候，给他们身体；想家的时候，给他们制造一个临时的安乐窝……她们几乎是全方位的付出，而这，不过是一个妇人性情里该有的，于她们是本色。她们于其中虽是得了报酬的，却也是两情相悦的。

若是脾性合不来的，那自然很快分手了，丝毫不觉得可惜；若是感情好的，那男人最终又要回去的，难免就有麻烦了，总会痛哭几场，缱绻难分，互留了信物，相约日后再见的，不过真走了，也慢慢好了，人总得活下去吧？隔一些日子，待感情慢慢地平淡了，她们就又相中了一个男子，和他一起过日子去了。

做这一路营生的妇人，多由媒人介绍来的，据说和一般的相亲没什么两样，看上两眼，互相满意了，就随主顾一起走了。而这一类的妇人，天性里有一些东西是异于常人的，就比如说，她们多情，很容易就怜惜了一个男子；她们或许是念旧的，但绝不痴情。她们是能生生不息、换不同男子爱着的……或许，这不是职业习性造就的，而是天性。

和我们一样，她们也瞧不起娼妓，大老郑的女人就说过，那多脏，多下流呀！而且，也不卫生。她吃吃地笑起来，那是早些时候，她的“前夫”还未出现。她们和娼妓相比，自然是有区别的，和一般妇女比呢，就有点说不清楚了。照我看来，唯一的区别就在于，在通过恋爱或婚嫁改善境遇方面，她们是说在明处的，而普通妇女是做在暗处的。因此，她们是更爽利、坦白的一类人，值不值得尊敬是另一说了。

我们家对过，有一户姓冯人家的老太太，我们都唤作冯奶奶的，最是个开朗通达的人物。长得又好，皮肤白，头发也白，夏天若是穿上一身白府绸衣褂，真是跟雪人一般。这老太太是颇有点见识的，大概因她儿子在监察局做局长、女儿在人民医院做护士长的缘故吧，她说起天文地理来，那是能让人震一震的。常常是坐在自家门口剥毛豆米，隔着一条马路就朝我奶奶喊过来，你家今天吃什么？两个老太太一递一声地说着话，末了她端着一个竹筐子，一路颠颠地就跑过来了。看见我，就笑道，阿大下学堂了？看见我弟弟，就说，小二子，今天挨没挨先生批？她是很得人缘的一个，凡是认识她的没有不尊敬她的。她的风流事在我们这一带是传遍了的，年轻时因男人跑台湾，单单丢下她娘儿三个，两张嗷嗷待哺的嘴，怎么活呀？就找相好呗，也不知找了多少个，才把这两个孩子拉扯大，出息了，成家了。倘若有人跟她做媒，她大凡是回绝的，说的是，她男人一天不死，她就要等他回来。有人背地里取笑她，这叫什么等？比她男人在时还快活。无论如何，她是抚养了两个孩子，不是含辛茹苦，而是快快乐乐。

我们无论如何也说不清，在大老郑的女人和冯奶奶之间，到底有何不同，可是我们能谅解冯奶奶，而不能谅解大老郑的女人。我母亲很快下了逐客令，当天晚上，她就找大老郑过来摊牌了，大老郑如实招供，和我们了解的情况没什么出入，不过他说，她是个好人。我母亲通情达理地说，我知道。你也是好人，可是这跟好人坏人没关系，我们是体面人家，要面子，别的都好说，单是这方面……你不要让我太为难。

我母亲又说，你是生意人，凡事得有个分寸，别让外人把你的家底给扒光了。大老郑难堪地笑着，隔了一会儿，他搓搓手道，这个，我其实是明白的。

大老郑携女人走了，为眼不见心不烦，我母亲让他的几个兄弟也跟着一起走了。从那以后，我们再也没见过他们，也没听到过他们的任何讯息了。

这一晃，已是十五年过去了，我们也不知道，大老郑和他的女人，他们过得还好吗？他们是不是早分开了？各自回家了？在他们离开院子的最初几个年头，每到夏天，我们乘凉的时候，或是冬天，我们早早缩在被子里取暖的时候，就会想起他们，那是怎样安宁纯朴的时光啊，像我们幻想中的莆田的竹林，在月光底下发出静谧的光……现在，它已经遥不可及了；或许，它压根儿就没存在过？

而这些年来，我们小城是一步步往前走着的，这其中也不知发生了多少事；有一次，我父亲因想起他们，就笑道，这叫怎么说呢，卖笑能卖到这种份上，还搭进了一点感情，好歹是小城特色吧，也算古风未泯。我母亲则说，也不一定，卖身就是卖身，弄到最后把感情也卖了，可见比娼妓还不如。

唉，这些事谁能说得好呢？我们也就私下里瞎议论罢了。

城乡简史

范小青[①]

自清喜欢买书。买书是好事情，可是到后来就渐渐地有了许多不便之处，主要是家里的书越来越多。本来书是人买来的，人是书的主人，结果书太多了，事情就反过来了，书挤占了人的空间，人在书的缝隙中艰难栖息，人成了书的奴隶。在书的世界里，人越来越渺小，越来越压抑，最后人要夺回自己的地位，就得对书下手了。怎么下手？当然是把书处理掉一部分，让它还出位置来。这位置本来是人的。

自清的家属特别兴奋，她等了许多年终于等到了这一天，对于家里摆满了的书，她早就欲除它们而后快。在自清的决心将下未下、犹犹豫豫的这些日子里，她没有少费口舌，也没有少花心思，总之是变着法子说尽书的坏话。家里的其他大小事情，一概是她做主的，但唯一在书的问题上，自清不肯让步，所以她也只能以理服他，再以事实说话。她拿出一些毛料的衣服给他看，毛料衣服上有一些被虫子蛀的洞，这些虫子，就是从书里爬出来的，是银灰色的，大约有一厘米长短，细细的身子，滑起来又快又溜，像一道道细小的闪电，它们不怕樟脑，也不怕敌杀死，什么也不怕，有时候还成群结队大摇大摆地在地板上经过，好像是展示实力。后来自

---

①范小青　女，苏州人。江苏省作协党组副书记、副主席，中国作协全委会委员，苏州市文联主席，《苏州杂志》主编。著有长篇小说十七部，代表作有《城市表情》《女同志》《赤脚医生万泉和》等，中短篇小说二百余篇，代表作有《瑞云》《我们的战斗生活像诗篇》《城乡简史》等，电视剧代表作有《费家有女》《干部》等。小说《城乡简史》获第四届鲁迅文学奖（2004—2006）全国优秀短篇小说奖。

清的家属还看到报纸上有一个说法，一个家庭如果书太多，家庭里的人常年呼吸在书的空气里，对小孩子的身体不好，容易患呼吸道疾病，自清认为这种说法没有科学性，但也不敢拿孩子的身体来开玩笑。就这样，日积月累，家属的说服工作，终于见到了成效，自清说，好吧，该处理的，就处理掉，屋里也实在放不下了。

处理书的方法有许多种，卖掉，送给亲戚朋友，甚至扔掉。但扔掉是舍不得的，其中有许多书，自清当年是费了许多心思和精力才弄到手的，比如有一本薄薄的书，他是特意坐火车跑到浙江的一个小镇上去觅来的，这本书印数很少，又不是什么畅销书，专业性比较强，这么多年下来，自清从来没有在别的地方看到过它，现在它也和其他要被处理的书躺在了一起。自清看到了，舍不得，又随手捡了回来，他的家属说，你这本也要捡回来那本也要捡回来，最后是一本也处理不掉的，家属的话说得不错，自清又将它丢回去，但心里有依依惜别隐隐疼痛的感觉。这些书曾经是他的宝贝，是他的精神支柱，一些年过去了，他竟要将它们扔掉？自清下不了这样的手。家属说，你舍不得扔掉，那就卖吧，多少也值一点儿钱。可是卖旧书是三钱不值两钱的，说是卖，几乎就是送，尤其现在新书的书价一翻再翻，卖旧书却仍然按斤论两，更显出旧书的贱，再加上收旧货的人可能还会克扣分量，还会用不标准的秤砣来坑蒙欺骗。一想到这些书像被捆扎了前往屠宰场的猪一样，而且还是被堵住了嘴不许嚎叫的猪，自清心里就有说不出的难过，算了算了，他说，卖它干什么，还是送人吧。可是谁要这些书呢，自清的小舅子说，我一张光盘就抵你十个书屋了，我要书干什么？也有一个和他一样喜欢书的人，看着也眼馋，家里也有地方，他倒是想要了，但他的老婆跟自清的家属不和，说，我们家不见得穷得要捡人家丢掉的破烂。结果自清忍痛割爱的这些书，竟然没个去处。

正好这时候，政府发动大家向贫困地区的学校捐赠书籍或其他物资，自清清理出来的书，正好有了去处，捆扎了几麻袋，专门雇了一辆人力车，拖到扶贫办公室去，领回了一张荣誉证书。

时隔不久，自清发现他的一本账本不见了。自清有记账的习惯，从很早的时候就开始了，许多年坚持下来，每年都有一本账本，记着家里的各项收入和开支。本来记账也不是一件很特别的事，许多家庭里都会有一个人负责记账，也是长年累月坚持不变的。但自清的记账可能和其他人家还有所不同，别人记账，无非就是这个月里买了什么东西，用了多少钱，再细致一点儿的，写上具体的日期就算是比较认真的记法了。总之，家庭记账一般就是单纯地记下家庭的收入和开销，但自清的账本，有时候会超出账本的内容，也超出了单纯记账的意义，基本上像是一本日记了，他不仅像大家一样记下购买的东西和价钱，记下日期，还会详细写下购买这件东西的前因后果，时代背景，周边的环境，当时的心情，甚至去那个商店，是怎么去的，走去的，还是坐公交车，或者是打的，都要记一笔，天气怎么样，也是要写清楚的，淋没淋着雨，晒没晒着太阳，路上有没有堵车，都有记载，甚至在购物时发生的一些与他无关、与他购物也无关的别人的小故事，他也会记下来，比如某年某月某日的一次，他记下了这样的内容：下午五时二十五分，在鱼龙菜场买鱼，两条鲫鱼已经过秤，被扔进他的菜篮子，这时候一个巨大的霹雷临空而降突然炸响，吓得鱼贩子夺路而逃，也不要收鱼钱了，一直等到雷雨过后，鱼贩子不知从哪里冒了出来，自清再将鱼钱付清，以为鱼贩子会感动，却不料鱼贩子说，你这个人，顶真得来。好像他们两个人的角色是倒过来的，好像自清是鱼贩子，而鱼贩子是自清。这样的账本早已经离题万里了，但自清不会忘记本来的宗旨，最后记下：购买鲫鱼两条，重六两，单价：5元/斤，总价：3元。这样的账本，有点喧宾夺主的意思，记账的内容少，账外的内容多，当然也有单纯记账的，只是写下，某年某月某日某时在某某街某某杂货店购买塑料脸盆一只，蓝底绿花，荷花。价格：1元3角5分。

但是自清的账本，虽然内容多一些杂一些，却又是比较随意的，想多记就多记一点儿，想少写就少写一点儿，心情好又有时间就多记几笔，情绪不高时间不够就简单一点儿，也有简单到只有自己能够看得懂的，比如：手：175元。这是记的缴纳的手机费，换一个人，哪怕是他的家属，恐怕也是看不懂的。甚至还有过了几年后连他自己都看不懂的内容，比如：南吃：97元。这个“南吃”，其实和许许多多的账本上的许许多多内容一样，过了这一年，就沉睡下去了，也许永远也不会再见世面的，但偏偏自清有个习惯，过一段时间，他会把老账本再翻出来看看，并没有什么目的，也没有什么意义，甚至谈不上忆旧什么的，只是看看而已，当他看到“南吃”两个字的时候，就停顿下来，想回忆起隐藏在这两个字背后的历史，但是这一小片历史躲藏起来了，就躲藏在“南吃”两个字的背后，怎么也不肯出来，自清就根据这两个字的含义去推理，南吃，吃，一般说来肯定和吃东西有关，那么这个南呢，是指在本城的南某饭店吃饭？这本账本是五年前的账本，自清就沿着这条线去搜索，五年前，本城有哪些南某饭店，他自己可能去过其中的哪些？但这一条路没有走通，现在的饭店开得快也关得快，五年前的饭店现在已经没有人记得清楚了，再说了，自清一般出去吃饭都是别人请他，他自己掏钱请人吃饭的次数并不多，所以自清基本上否定了这一种可能性。那么“南吃”两字是不是指的在带有南字的外地城乡吃饭，比如南京、比如南浔、比如南方、比如南亚、比如南非等，采取排除法，很快又否定了这些可能性，因为自清根本就没有去过那些地方，他只去过一个叫南塘湾的乡镇，也是别人请他去的，不可能让他买单吃饭。自清的思路阻塞了，他的儿子说，大概是你自己写了错别字，是难吃吧？这也是一条思路，可能有一天吃了一顿很难吃的饭，所以记下了？但无论怎么想，都只能是推测和猜想，已经没有任何的记忆更没有任何的实物来证明"南吃"到底是什么，这 90 多块钱，到底是用在了什么地方。好在这样的事情并不多，总的说来，自清的记账还是认真负责的。

自清的账本里有许多账目以外的内容，但说到底，就算是这样的账本，也并没有什么重大的意义，甚至也没有什么实际的作用。自清的初衷，也许是想用记账的形式来约束自己的开销花费，因为早些年大家的经济都比较拮据，总是要想尽一切办法节约用钱，记账就是办法之一，许多人家都这么办。而实际上是起不到多大的作用的，该记的账照记，该花的钱还是照花，不会因为这笔钱花了要记账，就不花它了。所以，很多年过去了，该花的钱也花了，甚至不该花的也花了不少，账本一本一本地叠起来，倒也壮观，唯一的用处就是在自清有闲心的时候，会随手抽出其中一本，看到是某某年的，他的思绪便飞回这个某某年，但是他已经记不清某某年的许多情形了，这时候，账本就帮助他回忆，从账本上的内容，他可以想起当年的一些事情，比如有一次他拿了 1986 年的账本出来，他先回想 1986 年是一个什么样的年头，但脑子里已经没有具体的印象了，账本上写着，86 年 2 月，支出部分。2 月 3 日支出：16 元 2 角（酒：2 元，肉皮：1 元，韭菜：8 角，点心：1 元，蜜枣：1 元 3 角，油面筋:4 角，素鸡:8 角，花生:5 角，盆子:8 元 4 角）。在收入部分记着：1 月 9 日，自清月工资：64 元。

当年的账本还记得比较简单，光是记账，但只是看看这样的账，当年的许多事情就慢慢地回来了，所以，当自清打开旧账本的时候，总是一种淡淡的个人化的享受。

如果一定要找出一点儿实际的作用，在自清想来，也就是对下一代进行一点儿传统教育，跟小孩子说，你看看，从前我们是怎么过日子的，你看看，从前我们过个年，就花这一点儿钱。但对自清的孩子来说，似乎接受不了这样的教育，他几乎没有钱的概念，就更没有节约用钱的想法，你跟他讲过去的事情，他虽然点着头，但是目光迷离，你就知道他根本没有听进去。

自清开始的时候可能是因为经济条件差，收入低，为了控制支出才想到记账的，后来条件好起来，而且越来越好，自清夫妻俩的工作都不错，家庭年收入节节攀升，孩子虽然在上高中，但一路过来学习都很好，肯定属于那种替父母扒分的孩子，以后读大学或者出国学习之类都不用父母支付大笔的费用，家里新房子也有了，还买了一辆车，由家属开着，条件真的不错，完全没有必要再记账。更何况，这些账本既没有什么实际的用处，却又一年一年地多起来，也是占地方的，自清也曾想停止记账这一种习惯，但也只是想想而已，他做不到，别说做不到不记账，就算只是想一想，也觉得不行。一想到从此以后就再也没有账本了，心里就立刻会觉得空荡荡的，好像丢失了什么，好像无依无靠了，自清知道，这是习惯成自然。习惯，真是一种很厉害的力量。

那就继续记账吧。于是日子就这样一年一年地过去了，账本又一本一本地增加出来，每年年终的那一天，自清就将这一年的账本加入无数个年头汇聚起来的账本中，按年份将它们排好，放在书橱里下层的柜子里，这是不要公示于外人的，是自己的东西。不像那些买来的书，是放在书橱的玻璃门里面的格子上，是可以给任何人看的，还是一种无言无声的炫耀。大家看了会说，哇，老蒋，十大藏书家，名不虚传。

现在自清打开书橱下面的柜门，就发现少了一本账本，少的就是最新的一本账本。年刚刚过去，新账本才刚刚开始使用，去年的那本还揣着温度的鲜活的账本就不见了。自清找了又找，想了又想，最后他想到会不会是夹在旧书里捐给了贫困地区。

如果是捐给了贫困地区，这本账本最后就和其他书籍一样，到了某个贫困乡村的学校里，学校是将这些捐赠的书统一放在学校，还是分到每个学生手上，这个自清是不知道的。但是自清想，这本账本对贫困地区的孩子来说，是没有用处的，它又不是书，又没有任何的教育作用，也没有什么知识可以让人家学的，更没有乐趣可言，人家拿去了也不一定要看，何况自清记账的方式比较特别，写的字又是比较潦草的字，乡下的小孩子不一定看得懂，就算他们看得懂，对他们也没有意义，因为与他们的生活和人生根本是不搭界的。最后他们很可能就随手扔掉了那本账本。

但是对于自清来说，事情就不一样了，少了这本账本，自清的生活并不受影响，但他的心里却一阵一阵地空荡起来，就觉得心脏那里少了一块什么，像得了心脏病的感觉，整天心慌意乱。开始家属和亲友还都以为他心脏出了毛病，去医院看了，医生说，心脏没有病，但是心脏不舒服是真的，不是自清的臆想，是心因反应。心因反应虽然不是气质性病变，但是人到中年，有些情绪性的东西，如果不加以控制和调节，也可能转变成具体的真实的病灶。

自清坐不住了，他要找回那本丢失的账本，把心里的缺口填上。自清第二天就到扶贫办公室去，他希望书还没有送走，但是书已经送走了。幸好办公室工作细致，造有花名册，记有捐书人的单位和名字，但因为捐赠物物多量大，不仅有书，还有衣物和其他物品，光造出来的花名册就堆了半房间。办公室的同志问自清误捐了什么重要的东西，自清没有敢说实话，因为工作人员都很忙，如果知道是找一本家庭的记账本，他们会觉得自清没事找事，给他们添麻烦。所以自清含糊地说，是一本重要的笔记本，记着很重要的内容。工作人员耐心地从无数的花名册中替他寻找，最后总算找到了蒋自清的名字。自清还希望能有更细致的记录，就是每个捐赠者捐赠物品的细目，如果有这个细目，如果能够记下每一本书的书名，自清就能知道账本在不在这里，但工作人员告诉他，这是不可能的，其实就算他们不说，自清也已经认识到这一点。也就是说，自清在花名册上找到自己的名字，名字后面的备注里写着“捐书一百五十二册”，就是这件事情的结局了。至于自清的书，最后到了哪里，因为没有记录，没人能说清楚。但是大方向是知道的，那一批捐赠物质，运往了甘肃省，还有一点也是可以肯定的，自清的书和其他许许多多的捐赠物品一样，被捆扎在麻袋里，塞上火车，然后，从火车上被拖下来，又上了汽车，也许还会转上其他运输工具，最后到了乡间的某个小学或中学里，在这个过程中，它们的命运是不可知，是不确定的，麻袋与麻袋堆在一起，并没有谁规定这一袋往这边走那一袋往那边走，搬运过程中的偶然性，就是它们的命运，最后它们到了哪里，只是那一头的人知道，这一头的人，似乎永远是不能知道的。

其实这中间是有一条必然之路的，虽然分拖麻袋的时候会有各种可能性，但每一个麻袋毕竟是有它的去向的，自清的麻袋也一定是走在它自己的路上，路并没有走到头。如果自清能够沿着这条路再往前走，他会走到一个叫小王庄的地方。这个地方在甘肃省西部，后来小王庄小学一个叫王小才的学生，拿到了自清的账本，带回家去了。

王才认得几个字，也就中小那点水平，但在村子里也算是高学历了，他这一茬年龄的男人，大多数不认得字，王才就特别光荣，所以他更要督促王小才好好念书，王才对别人说，我们老王家，要通过王小才的念书，改变命运。

捐赠的书到达学校的那一天，并没有分发下来，王小才回来告诉王才，说学校来了许多书，王才说，放在学校里，到最后肯定都不知去向，还不如分给大家回家看，小孩可以看，大人也可以看。人家说，你家大人可以看，我们家大人都不识字，看什么看。但是最后校长的想法跟王才的想法是一致的，他说，以前捐来的那些书，到现在一本也没有了，与其这样，还不如分给你们大家带回去，如果愿意多看几本书，你们就互相交换着看吧。至于这些书应该怎么分，校长也是有办法的，将每本书贴上标号，然后学生抽号，抽到哪本就带走哪本，结果王小才抽到了自清的那本账本。账本是黑色的硬纸封皮，谁也没有发现这不是一本书，一直到王小才高高兴兴地把账本带回家去，交给王才的时候，王才翻开来一看，说，错了，这不是书。王才拿着账本到学校去找校长，校长说，虽然这不是一本书，但它是作为书捐赠来的，我们也把它当作书分发下去的，你们不要，就退回来，换一本是不可能的，因为学校已经没有可以和你们交换的书了，除非你找到别的学生和他们的家长愿意跟你们换的，你们可以自由处理。但是谁会要一本账本呢，书是有标价的，几块，十几块，甚至有更厚更贵重的书，书上的字都是印出来的，可账本是一个人用钢笔写出来的，连个标价都没有，没人要。王才最后闹到乡的教育办，教育办也不好处理，最后拿出他们办公室自留的一本《浅论乡村小学教育》，王才这才心满意足回家去。

那本账本本来王才是放在乡教育办的，但教育办的同志说，这东西我们也没有用，放在这里算什么，你还是拿走吧。王才说，那你们不是亏了么，等于白送我一本书了。教育办的同志说，我们的工作都是为了学生，只要学生喜欢，你尽管拿去就是。王才这才将书和账本一起带了回来。

可这教育办的本书王才和王小才是看不懂的，它里边谈的都是些理论问题，比如说，乡村小学教育的出路，说是先要搞清楚基础教育的问题，但什么是基础教育问题，王才和王小才都不知道，所以王才和王小才不具备看这本书的先决条件。虽然看不懂，但王才并不泄气，他对王小才说，放着，好好地放着，总有你看得懂的一天。丢开了《浅论乡村小学教育》，就剩下那本账本了。王才本来是觉得占了便宜的，还觉得有点对不住乡教育办，但现在心情沮丧起来，觉得还是吃了亏，拿了一本看不懂的书，再加上一本没有用的城里人记的账本，两本加起来，也不及隔壁老徐家那本合算，老徐家的孩子小徐，手气真好，一摸就摸到一本大作家写的人生之旅，跟着人家走南闯北，等于免费周游了一趟世界。王才生气之下，把自清的账本提过来，把王小才也提过来，说，你看看，你看看，你什么臭手，什么霉运？王小才知道自己犯了错，垂落着脑袋，但他的眼睛却斜着看那本被翻开的账本，他看到了一个他认得出来但却不知其意的词：香薰精油。王小才说，什么叫香薰精油？王才愣了一愣，也朝账本那地方看了一眼，他也看到了那个词：香薰精油。

王才就沿着这个“香薰精油”看下去了，他无论如何也想不到，他这一看，就对这本账本产生了强烈的兴趣，因为账本上的内容，对他来说，实在太离奇，实在太神奇。

我们先跟着王才看一看这一页账本上的内容，这是2004年的某一天中的某一笔开支：午饭后毓秀说她皮肤干燥，去美容院做测试，美容院推荐了一款香薰精油，7毫升，价格：679元。毓秀有美容院的白金卡，打七折，为475元。拿回来一看，是拇指大的一瓶东西，应该是洗过脸后滴几滴出来按在脸上，能保湿，滋润皮肤。大家都说，现在两种人的钱好骗，女人和小人，看起来是不假。

王才看了三遍，也没太弄清楚这件事情，他和王小才商榷，说，你说这是个什么东西。王小才说，是香薰精油。王才说，我知道是香薰精油。他竖起拇指，又说，这么大个东西，475块钱？他用的是人民币吗？王小才说，475块钱，你和妈妈种一年地也种不出来。王才生气了，说，王小才，你是嫌你娘老子没有本事？王小才说，不是的，我是说这东西太贵了，我们用不起。王才说，呸你的，你还用不起呢，你有条件看到这四个字，就算你福分了。王小才说，我想看看475块的大拇指。王才还要继续批评王小才，王才的老婆来喊他们吃饭了，她先喂了猪，身上还围着喂猪的围裙，手里拿着猪用的勺子，就来喊他们吃饭，她对王才和王小才有意见，她一个人忙着猪又忙着人，他们父子俩却在这里瞎白话。王才说，你不懂的，我们不是在瞎白话，我们在研究城里人的生活。

王才叫王小才去向校长借了一本字典，但是字典里没有“香薰精油”，只有香蕉香肠香瓜香菇这些东西，王才咽了一口口水，生气地说，别念了，什么字典，连香薰精油也没有。王小才说，校长说，这是今年的最新版本。王才说，贼日的，城里人过的什么日子啊，城里人过的日子连字典上都没有。王小才说，我好好念书，以后上初中，再上高中，再上大学，大学毕业，我就接你们到城里去住。王才说，那要等到哪一年。王小才掰了掰手指头，说，我今年五年级，还有十一年。王才说，还要我等十一年啊，到那时候，香薰精油都变成臭薰精油了。王小才说，那我就更好好地念书，跳级。王才说，你跳级，你跳得起来吗，你跳得了级，我也念得了大学了。其实王才对王小才一直抱有很大希望的，王小才至少到五年级的时候，还没有辜负王才的希望，王才也一直是以王小才为荣的，但是因为出现了这本账本，将王才的心弄乱了，他看着站在他面前拖着两条鼻涕的王小才，忽然就觉得，这小子靠不上，要靠自己。

王才决定举家迁往城里去生活，也就是现在大家说的进城打工，只是别人家更多的是先由男人一个人出去，混得好了，再回来带妻子儿子。也有的人，混得好了，就不回来了，甚至在城里另外有了妻子儿子，也有的人，混得不好，自己就回来了。但王才与他们不同，他不是去试水探路的，他就是去城里生活的，他决定要做城里人了。

说起来也太不可思议，就是因为账本上的那四个字“香薰精油”，王才想，贼日的，我枉做了半辈子的人，连什么叫“香薰精油”都不知道，我要到城里去看一看“香薰精油”。王才的老婆不同意王才的决定，她觉得王才发疯了。但是在乡下老婆是做不了男人的主的，别说男人要带她进城，就是男人要带她进牢房下地狱，她也不好多说什么。王小才的态度呢，一直很暧昧，他只觉得心里慌慌的、乱乱的，最后他发出的声音像老鼠那样吱吱吱的，他说，我不要去，我不要去。可是王才不会听他的意见，没有他说话的余地。

王才说走就走，第二天他家的门上就上了一把大铁锁，还贴了一张字条，欠谁谁谁 3 块钱，欠谁谁谁 5 块钱，都不会赖的，有朝一日衣锦还乡时一定如数加倍奉还，至于谁谁谁欠王才的几块钱，就一笔勾销，算是王才离开家乡送给乡亲们的一点儿心意。王才贴字条的时候，王小才说，如数加倍是什么意思？王才说，如数就是欠多少还多少，加倍呢，就是欠多少再加倍多还一点。王小才说，那到底是欠多少还多少还是加倍地还呢。王才说，你不懂的，你看看人家的账本，你就会懂一点事了。其实王小才还应该提出王才的另一些错误，比如他将一笔勾销的“销”写成了“消”，但王小才没有这个水平，他连“一笔勾消”这四个字还是第一次见到。

除了衣服之外，王才一家没有带多余的东西，他们家也没有什么多余的东西，只有自清的那本账本，王才是要随身带着的，现在王才每天都要看账本，他看得很慢，因为里边有些字他不认得，也有一些字是认得的，但意思搞不懂，就像香薰精油，王才到现在还不知道它是什么。

在车上王才看到这么一段：“周日，快过年了，街上的人都行色匆匆，但精神振奋，面带喜气。下午去花鸟市场，虽天寒地冻，仍有很多人。在诸多的种类中，一眼就看中了蝴蝶兰，开价 800 元，还到 600 元，买回来，毓秀和蒋小冬都喜欢。搁在客厅的沙发茶几上，活如几只蝴蝶在飞舞，将一个家舞得生动起来。”

后来王才在车上睡着了，他做了一个梦，梦见一只蝴蝶对他说，王才，王才，你快起来。王才急了，说，蝴蝶不会说话的，蝴蝶不会说话的，你不是蝴蝶。蝴蝶就笑起来，王才给吓醒了，醒来后好半天心还在乱跳，最后他忍不住问王小才，你说蝴蝶会说话吗？王小才想了想，说，我没有听到过。

这时候，他们坐的车已经到了一个火车小站，在这里他们要去买火车票，然后坐火车往南、往东，再往南、再往东，到一个很远的城市去。中国的城市很多，从来没有出过门的王才，连东南西北也搞不清的王才，怎么知道自己要到哪个城市呢。毫无疑问，是自清的账本指引了王才，在自清的账本的扉页上，不仅记有年份，还工工整整地写着他们生活的城市的名称。他写道：自清于某某年记于某某市。

在这里停靠的火车都是慢车，它们来得很慢，在等候火车到来的时候，王才又看账本了，他想看看这个记账的人有没有关于火车的记载，但是翻来翻去也没有看到，最后王才啪地打了一下自己的嘴巴，说，你真蠢，人家是城里人，坐火车干什么？乡下人才要坐火车进城。

其实自清最后还是去了一趟甘肃。他和王才一家走的是反道，他先坐火车，再坐汽车，再坐残疾车，再坐驴车，最后在甘肃省的西部找到了小王庄，也找到了小王庄小学，最后也知道了自己的账本确实是到了小王庄小学，是分到了一个叫王小才的学生手里，王小才的家长还对此有意见，还跑到学校来论理，最后还在乡教育办拿了另一本书作补偿。自清这一趟远行虽然曲折却有收获，可是他来晚了一步，王小才的父亲带着他们全家进城去了。他们坐的开往火车站的汽车与自清坐的开往乡下的汽车，擦肩而过，会车的时候，王才正在看自清的账本，而自清呢，正在车上构思当天的账本记录内容。但他在车上的所有构思和最后写下的已经不是一回事了，因为在车上的时候，他还没有到达小王庄。

这一天晚上，自清在小旅馆里，借着昏暗的灯火，写下了以下的内容：“初春的西部乡村，开阔，一切是那么的宁静悠远，站在这片土地上，把喧嚣混杂的城市扔开，静静地享受这珍贵的平和。我到小王庄小学的时候，校长不在学校，他正在法庭上，他是被告，学校去年抢修危房的一笔工程款，他拿不出来，一直拖欠着。校长当校长第四个年头，已经第七次成为被告。中午时分，校长回来了，笑眯眯地对我说，对不起，蒋同志，让你久等了。他好像不是从法庭上下来。平静，也许是因为无奈，也许是因为穷困，才平静。我说，校长，听说你们欠了工程款，校长说，本来我们有教育附加费，就一直寅吃卯粮，就这么挪下去，撑下去，现在取消了教育附加费，挪不着了，就撑不下去了。我说，撑不下去怎么办？校长说，其实还是要撑下去的，学校总是要办的，学生总是要上学的，学校不会关门的，蒋同志你说对不对。面对贫困的这种坦然心态，在日新月异的城市里是很难见着的。今天的开支：旅馆住宿费：3元，残疾车往：5元（开价2元），驴车返：5元（开价1元），早饭：2角。玉米饼两块，吃下一块，另一块送给残疾车主吃了。晚饭：5角。光面三两。午饭：5角（校长说不要付钱，他请客，还是坚持付了，想多付一点儿，校长坚决不收），和小学生一起吃，白米饭加青菜，还有青菜汤。王小才平时也在这里吃，今天他走了，不知道今天中午他在哪里吃，吃的什么。”

自清最后在王小才家的门上，看到了那张字条，字写得歪歪扭扭，自清以为就是那个分到他的账本的小学生写的，却不知道这字是小学生的爸爸写的，虽然王小才已经念到五年级，他的爸爸王才才四年级的水平，平时家里的文字工作，都是由王小才承担的，但这一回不同了，王才似乎觉得王小才承担不起这件事情，所以由他出面做了。

自清最终也没有找回自己丢失的账本，但是他的失落的心情却在长途的艰难的旅行中渐渐地排除掉了，当他站到那座低矮的土屋前，看到“一笔勾消”这四个字的时候，他的心情忽然就开朗起来，所有的疙疙瘩瘩，似乎一瞬间就被勾销掉了，他彻底地丢掉了账本，也丢掉了神魂颠倒坐卧不宁的日子。

自清从大西北回来，看到他家隔壁邻居的车库里住进了一户外来的农民工家庭。在自清住的这个小区里，家家都有车库，有些人家并没有买车，也或者车是有的，但那是公车，接送上下班后，车就走了，不停在他家，这样车库就空了出来，有的人家就将车库出租给外来的人住。

这个农民工就是王才。王才做的是收旧货的工作，所以他和小区里的人很快就熟悉起来。天气渐渐地热了，有一天自清经过车库门口，看到王才和他的妻子在太阳底下捆扎收购来的旧货，他们满头大汗，破衣烂衫都湿透了。小区里有一只宠物狗在冲着他们叫喊，小狗的主人要把小狗牵走，还骂了它，王才说，不要骂它，它又不懂的。狗主人说，不懂道理的狗东西。王才说，没事的，它跟我们不熟，熟了就不叫了，狗都是这样的。下晚的时候，自清又经过这里，他看到他们住的车库里，堆满了收来的旧货，密不透风，自清忍不住说，师傅，车库里没有窗，晚上热吧？王才说，不热的。他伸手将一根绳线一拉，一架吊扇就转起来了，呼呼作响。王才说，你猜多少钱买的？自清猜不出来。王才笑了，说，告诉你吧，我捡来的，到底还是城里好，电扇都有得捡。自清想说什么却没有说得出来，王才又说，城里真是好啊，要是我们不到城里来，哪里知道城里有这么好，菜场里有好多青菜叶子可以捡回来吃，都不要出钱买的。王才的老婆平时不大肯说话的，这时候她忽然说，我还捡到一条鱼，是活的，就是小一点，鱼贩子就扔掉了。自清说，可是在乡下你们可以自己种菜吃。王才说，我们那地方，尽是沙土，也没有水，长不出粮食，蔬菜也长不出来，就算有菜，也没得油炒。自清从他们说话的口音中，感觉出他们是西部的人，但他没有问他们是哪里人。他只是在想，从前老话都说，金窝银窝，不如自家的狗窝，但是现在的人不这么想了，现在背井离乡的人越来越多了。

王才和自清说话的时候，是尽量用普通话说的，虽然不标准，但至少让人家能听懂大概的意思，如果他们说自己的家乡话，自清是听不懂的。后来他们自己就用家乡话交流了，王小才从民工子弟学校放学回来的时候，王才跟王小才说，我叫你到学校查字典你查了没有？王小才说，我查了，学校的大字典有这么大，这么厚，我都拿不动。王才说，蝴蝶兰是什么呢？王小才说，蝴蝶兰就是一种花。王才说，贼日的，一朵花也能卖这么多钱，城里到底还是比乡下好啊。

这些话，自清都没有听懂，但他听出了他们对生活的满意。后来他们还说到了他的账本，他们感谢这本账本改变了他们的生活，让他们从贫穷的一无所有的乡下来到繁华的样样都有的城市。自清也一样没有听懂，他也不知道现在王才每天晚上空闲下来，就要看他的账本，而且王才不仅看自清的账本，王才自己也渐渐地养成了记账的习惯，王才记道："收旧书 35 斤，每斤支出 5 角，卖到废品收购站，每斤 9 角，一出一进，净赚 4 角 ×35 斤，等于 14 元整。到底城里比乡下好。这些旧书是住在楼上那个戴眼镜的人卖的，听说他家的书多得都放不下了，肯定还会再卖。我要跟他搞好关系，下次把秤打得高一点儿。"

一个星期天，王小才跟着王才上街，他们经过一家美容店，在美容店的玻璃橱窗里，王才和王小才看到了香薰精油，王小才一看之下，高兴地喊了起来，哎嘿，哎嘿，这个便宜哎，降价了哎，这瓶 10 毫升的，是 407 块钱。王才说，你懂什么，牌子不一样，价格也不一样，便宜个屁，这种东西，只会越来越贵，王小才，我告诉你，你乡下人，不懂就不要乱说啊。

吉祥如意

郭文斌[①]

五月是被香醒来的。娘一把揭过捂在炕角瓦盆上的草锅盖，一股香气就向五月的鼻子里钻去。五月就醒了。五月一醒，六月也就醒了。五月和六月睁开眼睛，面前是一盆热气腾腾的甜醅子。娘的左手里是一个蓝花瓷碗，右手里是一把木锅铲。娘说，你看今年这甜醅发的，就像是好日子一样。六月看看五月，五月看看六月，用目光传递着这一喜讯。五月把舌头伸给娘，说，让我尝一下，看是真发还是假发。娘说，还没供呢，端午吃东西可是要供的。五月和六月就忽地一下子从被筒里翻出来。

到院里，天还没有大亮。爹正在往上房门框上插柳枝。五月和六月就后悔自己起得迟了。出大门一看，家家的大门上都插上了柳枝，让人觉得整个巷子是活的。五月和六月跑到巷道尽头，又飞快地跑回。长长的巷道里，散发着柳枝的清香味，还散发着一种让他们说不清的东西。雾很大，站在巷子的这头，可以勉强看到那头。但正是这种效果，让五月和六月觉得这端午有了神秘的味道。来回跑的时候，六月觉得有无数的秘密和自己擦肩而过，嚓嚓响。等他们停下来，他又分明看到那秘密就在交错的柳枝间大摇大摆。再次跑到巷道的尽头时，六月问，姐你觉到

---

①**郭文斌**　1966年生于宁夏西吉，先后就读于固原民族师范、宁夏教育学院中文系、鲁迅文学院。著有散文集《空信封》《点灯时分》《孔子到底离我们有多远》，小说集《大年》《吉祥如意》，诗集《我被我的眼睛带坏》等二百多万字。《大年》曾获央视电视散文奖、宁夏文艺评奖，《吉祥如意》先后获“人民文学奖”“小说选刊奖”“鲁迅文学奖”。

啥了吗？五月说，觉到啥？六月说，说不明白，但我觉到了。五月说，你是说雾？六月失望地摇了摇头，觉得姐姐和他感觉到的东西离得太远了。五月说，那就是柳枝嘛，再能有啥？六月还是摇了摇头。突然，五月说，我知道了，你是说美？这次轮到六月吃惊了，他没有想到姐姐说出了这么一个词，平时常挂在嘴上，但姐把它配在这个用场上时还是让他很意外，又十分佩服。自己怎么就没有想到它呢？随之，他又觉得自己没有想到这个词是对的，因为它不能完全代表他感觉到的东西。或者说，这美，只是他感觉到的东西中的一小点儿。

等他们从大门上回来，爹和娘已经在院子里摆好了供桌。等他们洗完脸，娘已经把甜醅子和花馍馍端到桌子上了，还有干果、净水，在蒙蒙夜色里，有一种神秘的味道，仿佛真有无数的神仙在他们看不见的地方等着享用这眼前的美味呢。

爹向天点了一炷香，往地上奠了米酒，无比庄严地说：

艾叶香，香满堂，
桃枝插在大门上，
出门一望麦儿黄，
这儿端阳，那儿端阳，
处处都端阳。

艾叶香，香满堂，
桃枝插在大门上，
出门一望麦儿黄，
这儿吉祥，那儿吉祥，
处处都吉祥。
…………

接着说了些什么，五月和六月听不懂，也没有记住。爹念叨完，带领他们磕头。六月不知道这头是磕给谁的。想问爹，但看爹那虔诚的样子，又觉得现在打扰有些不妥。但六月觉得跪在地上磕头的这种感觉特别美好。下过雨的地皮湿漉漉的，膝盖和额头挨到上面凉津津的，有种让人骨头过电的爽。

供完，娘一边往上房收供品，一边说，先垫点儿底，赶快上山采艾。说着给他们每人取了一碗底儿。然后拿过来花馍馍，先从中间的绿线上掰开，再从掰开的那半牙中间的红线上掰开，再从掰开的那小半牙上的黄线上掰开，给五月和六月每人一牙儿。他们拿在手上，却舍不得吃。这么好看的花馍馍，让人怎么忍心下口啊。可是娘说这是有讲究的，上山时必须吃一点儿供品。五月问，为啥？娘说，讲究嘛，一定要问个子丑寅卯来。六月说，我就是想知道嘛。娘说，这供品是神度过的，能抵挡邪门歪道呢。六月说，真的？娘说，当然是真的。六月说，那我们每天吃饭都供啊。娘说，好啊，你奶奶活着时每天吃饭就是要先供的。

甜醅子是莜麦酵的，不用吃，光闻着就能让人醉。花馍馍当然不同于平常的馍馍了，是娘用干面打成的，里面放了鸡蛋和清油，爹用面杖压了一百次，娘用手团了一百次，又在盆里饧了一夜，才放到锅里慢火烙的。一年才能吃一次，嚼在口里面津津的，柔筋筋的，有些甜，又有些淡淡的咸，让人不忍心一下子咽到肚里去。

接着，娘给他们绑花绳，说这样蛇就绕着他们走了。六月问，为啥？娘说，蛇怕花绳。六月就觉得绑了花绳的胳膊腕上像是布下了百万雄兵，任你蛇多么厉害老子都不怕了。绑好花绳后，娘又给他们每人的口袋里插了一根柳枝。有点全面武装的味道，让六月心里生出一种使命感。

五月和六月在雾里走着。在端午的雾里走着。六月不停地把手腕上的花绳亮出来看。六月手腕上是一根三色花绳，在蒙蒙夜色里，若隐若现，让人觉得那手腕不再是一个手腕。是什么呢，他又一时想不清楚。六月想请教五月。可当他看见五月时，就把要问的问题给忘了。因为五月在把弄手里的香包。六月一下子就崩溃了。他把香包给忘在枕头下面了。六月看着五月手里的香包，眼里直放光。六月的手就出去了。五月发现手里的香包不见了，一看，在六月手上。六月看见五月的脸上起了烟，忙把香包举在鼻子上，狠命地闻。五月看见，香气成群结队地往六月的鼻孔里钻，心疼得要死，伸手去夺，不想就在她的手还没有变成一个“夺”时，六月把香包送到她手上。五月盯着六月的鼻孔，看见香气像蜜蜂一样在六月的鼻孔里嗡嗡嗡地飞。五月把香包举在鼻子前面闻，果然不像刚才那么香。再看六月，六月的鼻孔一张一张，蜂阵只剩下一个尾巴在外面了。五月想骂一句什么话，但看着弟弟可怜的样子，又忍住了。就在这时，香包再次到了六月手里。六月一边往后跳，一边把香包举在鼻子前面使劲地闻，鼻孔一下一下张得更大了，窑洞一样。五月被激怒了，一跃到了六月的面前，不想就在她的手刚刚触到六月的手时，香包又回到她手里。

嘿嘿。五月被六月惹笑了。这时的六月整个儿变成了一个大大的鼻子，瘫在那里，一张一合。五月的心里又生起怜悯来。反正肥水没流外人田，要不就让他再闻闻吧。就把香包伸给弟弟。不想六月却摇头。五月说，生姐姐气了？六月说，没有，香气已经到我肚子里了。五月说，真的？六月说，真的。五月说，你咋知道到了肚子里？六月说，我能看见。五月说，到了肚子里多浪费。六月想想，也是，一个装屎的地方，怎么能够让香委屈在那儿呢。要不呵出来？五月说，呵出来也浪费了。

我可以呵到你鼻子里啊。六月为自己的这一发明兴奋不已。五月也觉得这是一个好主意，就把嘴大张了，蹲在六月的面前。六月就肚皮用力，把香气一下一下往姐姐鼻孔里挤。

但六月却突然停了下来。六月看见，姐姐闭着眼睛往肚里咽气的样子迷人极了。那香气就变成一个舌头，在五月的额头上亲了一下。

妈哟，蛇。五月跳起来。六月向四周看了看，说，没有啊。五月说，刚才明明有个蛇芯子在我头上舔了一下。六月说，大概是蛇仙。五月说，你看见是蛇仙？六月点了点头。五月问，蛇仙长什么样儿？六月说，就像香包。五月看了看手里的香包，说，难怪你这么喜欢它，原来它成仙了。

做香包讲究用香料。五月和六月专门到集上去买香料。五月说，她要选最香最香的那种。要把六月的鼻子香炸。六月说，把我的鼻子香炸有啥用，我又不是你女婿。五月说，反正香炸再说。二人乐颠颠地向集上走去。

集上的香料可多了。五月到一个摊上拿起一种闻闻，到一个摊上拿起一种闻闻，从东头闻到西头，又从西头闻到东头，把整个街都闻遍了，还是确定不下来到底哪一个最香，拿不定主意买哪一种。五月犯愁了。这时，过来了一个比五月大的女子选香料，五月的眼睛就跟在她的手上。五月问六月，你看这个人像不像是新媳妇？六月看了看，屁股圆圆的，辫子长长的，像。五月说，那她买的，肯定是最香的。五月就照刚才那个新媳妇买的买了。

山上有了人声，却看不见人。五月和六月被罩在雾里，就像还没有出生。六月觉得今天的雾是香的。不知为何，六月想起了娘。你说娘现在干啥着呢？六月问。五月想了想说，大概做甜糕呢。六月说，我咋看见娘在睡觉呢。五月说，你还日能，还千里眼不成，咋就看见娘在睡觉呢。六月说，真的，我就看见娘在睡觉呢。五月说，那你说爹在干啥呢？六月说，爹也在睡觉呢。五月说，我们走时他们明明起来了，咋又睡觉呢。六月说，爹像是正在给娘呵香气呢。五月说，难道爹也把娘的香包给叼去了？六月说，大概是吧。

突然，六月说，那是我的香包。说着往回跑。五月一跃，像老鹰抓鸡似的把六月抓在手里，说，你走了，我咋办？六月说，我拿了香包就回来。五月看了看六月，解下脖子上的香包给六月，说，我把我的给你。六月犹豫着，没有动手。五月就亲自给六月戴上。六月看见，胸前没有了香包的五月一下子暗淡下来，就像是一个被人摘掉了花的花秆儿，看上去可怜兮兮的。但他又没有力量把它还给五月。六月想，人怎么就这么喜欢香呢？是鼻子喜欢还是人喜欢呢？

然后他们去挑花绳儿。街上到处都是花绳儿，这儿一绺那儿一绺的，让人觉得这街是谁的一个大手腕。六月和五月每人手里攥着两角钱，蜜蜂一样在这儿嗅嗅，在那儿闻闻，还是舍不得花。直到集快散了，他们才不得不把那两角钱花出去。他们的手里各拿着五根花绳儿。那个美啊，简直能把人美死。

路上，六月问五月，你说，谁的新媳妇最漂亮？五月说，你的啊。六月说，好好说啊。五月说，你说呢？六月说，要说，肯定是街的新媳妇最漂亮啊。五月一惊，看着六月，问，为啥？六月说，他的一个大胳膊上就戴了那么多的花绳儿，腔子上戴了那么多的香包，身上有那么多的香料，你说不是他还能是谁？五月把眼睛睁得像铜锣一样，贴向六月的脸，笑了一下，说，怪死了怪死了，你咋会有这样一个奇怪的想法，街咋能娶新媳妇，要是街娶了新媳妇，那该是怎样的一个女子才配呢？六月说，你就配啊，我知道你想配呢。五月哈哈哈地大笑起来。那姐就是这个世界上最幸福的人了。六月说，那我就是街的大舅舅了。五月说，那我们就有用不完的花绳和香包了。

雾仍然像影子一样随着他们。六月的目光使劲用力，把雾往开顶。雾的罩子就像气球一样被撑开。在罩子的边儿上，六月看见了星星点点的人。六月给姐说，你看，他们早已经上山了。五月说，这些扫店猴，还扇得早得很。说着，二人加快了脚步，几乎跑起来。

到了一个地埂下，六月说，这不是艾吗？五月上前一看，果然是艾。一株株艾上沾着露水豆儿，如同一个个悄悄睁着的眼睛。五月看了看山头，说，他们咋就没有看见？六月说，他们是没有往脚下看。五月说，他们为啥就不往脚下看？六月说，他们没有想起往脚下看。五月觉得六月说得对，欣赏地看着六月说，你咋就想起往脚下看？六月说，我本来也想着山顶呢，我也不知道咋就往脚下看了一下。五月说，山上那些人多冤枉。六月说，但我还是想上山。五月问，为啥，这里不是有艾吗？六月说，我想看大家采艾，我也想和大家一起采。五月说，那姐采你看不就行了？六月说，你一个人采，有啥看头。五月说，可是万一路上碰上一条蛇呢？六月说，我们不是绑了花绳儿吗？我们不是吃过供了的花馍馍了吗？五月说，那就到山顶吧。五月想，其实她也想到山顶呢。人怎么就那么喜欢到山顶上去呢？脚下明明是有艾的，却非要上到山顶去。

> 五月缝香包时，六月就欺负她。噢噢，给她女婿缝香包着呢。噢噢，给她女婿缝香包着呢。五月追着打六月。六月一边跑一边说，养个母鸡能下蛋，找个干部能上县。但五月总是追不上六月。这连她自己都奇怪。平时，她可是几步就一把把六月压到地上了。后来，她发现自己其实是有私心的。她就是不想追上。她只是喜欢那个追。说穿了，是喜欢六月一边跑一边这么喊。羞死了，羞死了。六月跑一跑，停下来，把屁股撅给五月，用手拍拍。跑一跑，停下来，把屁股撅给五月，用手拍拍。五月就真羞了，就装作生气的样子回到屋里，把门关上，任六月怎么敲也不开。六月就在外面给她一遍又一遍地下话，一遍又一遍地保证不再欺负她。五月就好开心。她喜欢六月这样哄她。之前，每当六月欺负她，她总是像猫扑老鼠一样抓住他，拧他耳朵，听他告饶。但现在她不喜欢那样了。她觉得这样躲在门后听六月下话，感觉真是美极了。

上到半山腰，六月就跟不上了。六月说，姐慢点行吗，我走不动了。五月回头一看，笑笑。这时，五月发现雾的罩子破了一条口子，从口子里看去，村子像个香包一样躺在那里。五月的舌头上就泛起一种味道，那是娘捂在盆里的甜醅子。五月想回家了。但艾还没有采上呢。这是一年的吉祥如意呢。五月就叫六月快走。不想，六月索性蹲下了。

哎哟，蛇。五月突然叫了一声，跑起来。六月在后面拼命追。不一会儿就超过五月，跑在前面，并且一再回头催姐快跑啊。跑了一会儿，五月的腿就不听话了，就索性一屁股坐在路上，出着粗气大笑。六月回头，看见五月坐在那里大笑，上气不接下气地问，你真看见蛇了？五月说，真看见了。六月说，蛇是啥样的？五月说，就像个你。六月说，才像你呢，你就是一条美女蛇。五月说，你不是说一点儿都走不动了吗，咋跑起来还比姐快。六月就看见他的心被五月的话划开了一条缝儿。是啊，当时明明走不动了嘛，怎么姐一声蛇，自己反而就跑到姐前面去了呢？

哎哟，你看蛇。五月却坐在那里不动。六月装作真的样子跑了几步。回头看五月，五月还是坐在那里不动。五月说，娘说了，蛇是灵物，只要你不要伤它，它是不会咬人的。娘说，真正的毒蛇在人的心里。六月说，娘胡说呢，人的心里咋能有毒蛇呢。五月说，娘还说，人的心里有无数的毒蛇呢，它们一个个都懂障眼法，连自己都发现不了呢。六月就信了，就在心里找。找了半天，也没有找到。最后，他发现问题不是有没有蛇，而是他压根就不知道心在哪里。问五月。五月也说不上来。六月的心里就有了一个问题。

娘说香包要缝成心形，心肩上吊三色穗子，心尖上吊五色穗子。一般情况下，每年的香包都是没有过门的新媳妇做好了让人送给婆家的。六月家没有没过门的新媳妇，就只能是娘和姐姐自己做了。这让五月六月心里多少有些遗憾。但五月比六月看得远，五月说，其实没关系，娘年轻的时候不也是咱们家的新媳妇嘛。六月一下子对五月佩服得不得了。六月说是啊，可是她是谁的新媳妇呢？五月都笑死了。五月说，你说是谁的？六月想了想，没有想出个所以然来。五月说，爹啊，你这个笨蛋，娘是爹的新媳妇啊，还能是别人的不成？六月恍然大悟。经五月这么一说，六月突然觉得娘和爹之间一下子有意思起来。还有五月，今年已经试手做了两个香包了。娘说，早学早惹媒，不学没人来。五月就红着脸打娘。娘说，男靠一个好，女靠一个巧，巧是练出来的。五月就练。一些小花布就在五月的手里东拼拼西凑凑。

但六月很快就忘了这个问题。因为五月真的看见了蛇。六月从五月的脸色上看到，这次姐不是骗他。五月既迅速又从容地移到六月身边，把六月抱在怀里，使劲抓着六月的手，然后用嘴指给六月看身边的草丛。六月就看见了一个圆。姐弟二人用手商量着如何办。六月说，我们的手腕上不是绑了花绳儿了吗，我们不是吃过供过的花馍馍了吗？五月说，娘不是说只要你不伤它它就不会伤你吗？六月说，娘不是说真正的蛇在人的心里吗？难道草丛就是人的心？或者说人的心就是草丛？五月说，人心里的那是毒蛇，说不定眼前的这条不是毒蛇呢。这样说着时，六月的身子激灵了一下，接着，他的小肚那儿就热起来。五月瞥了一眼六月。六月的脸上全是蛇。

就在这时，那圆开始转了，很慢，又很快。当他们终于断定，它是越转越远时，五月和六月从对方身上，闻到了一种香味，一种要比香包上的那种香味还要香一百倍的香味。直到那圆转到他们认为的安全地带，五月和六月的目光相碰，然后变成了水，在两个地方流淌，一处是手心，一处是六月的裤管。

娘教五月如何用针，如何戴顶针。五月第一次体会到了用顶针往布里顶针的快乐，把针穿过布的快乐，把两片布连成一片的快乐。五月缝时，六月趴在炕上看。真是奇怪，这么细的一个针，屁股上还有一个眼儿，能够穿过去线，那线在针的带领下，能够穿过去布，那布经线那么一绕一绕，就连了起来，最后变成娘说的“心”。有意思。手就痒了。就向姐要针线。拿我也试试嘛。娘说，男孩子不能拿针的。六月问，为啥？娘笑着说，男孩子要拿大针呢。六月问，啥叫大针？娘说，等你长大就知道了。六月复又躺在炕上，在心里描绘那个大针。有多大呢？五月戴的是娘的顶针，有些大，晃晃荡荡的，针就不防滑脱，顶到肉里去，血就流出来。五月疼得龇牙咧嘴。六月急着给她找布包。娘却没事一样。娘说，这一开始，就得流些血。六月就觉得娘有些不近人情。再看娘手中的针，简直就像是她干儿子一样听话。它在娘手里怎么就那么服帖呢？

山顶就要到了，五月和六月从未有过地感觉到“大家”的美好。每一个人看上去都是那么可爱。即使是那些平时他们憎恶得瞅都不愿意瞅一眼的人。六月给五月说了自己的这一发现，六月悄悄说，我咋现在就看着德成不憎恶呢。五月悄悄地说，我也是。

噢噢，噢噢，你看六月像不像一个新女婿。德成说。大家说，像极了。德成说，还领着一个新媳妇呢，脖子里还挂着红呢。六月有些羞，又有些气，却没有发火。五月说，我们刚才看见蛇了。地生说，真的？六月自豪地说，当然是真的。地生说，别吹牛了，如果真看见，早尿裤裆了。六月的脸就红了。五月护短说，你才尿裤裆呢，如果是你，说不定都吓死了。地生说，如果是我，我就把它抓了烧着吃。五月说，吹老牛。地生说，不信你找一个来试试啊。白云说，闭上你的臭嘴，我奶奶说，蛇可灵呢，它能听见呢。我奶奶还说，蛇是不咬善门中的人的。地生问，啥叫善门中的人？白云说，就是一辈子做好事的人家，还不吃肉，不吃有臭味的东西。白云接着说，我奶奶说，那时村子里发生蛇患，人们晚上想方设法关紧门窗，蛇也常常钻到被窝里，有许多人都被蛇咬死。唯独李善人每晚开着门睡大觉，蛇却从来不去找他。六月说，真的？我奶奶说，千真万确，说着，白云上前拿起六月的香包看。

喜欢就送你吧。六月没有想到自己会说出这么大方的一句话。白云惊讶地看着六月，就像是发现太阳从西边出来了。六月接着说，喜欢就送给你。白云说，真的？五月咳嗽了几声。不想六月还是说，真的。说着拿下来给白云。白云迟疑着接过，有点担当不起的样子，又有点不相信这是真的样子。

噢噢，白云是六月媳妇。噢噢，白云是六月媳妇。

地生和德成拍着手喊。太阳就从六月和白云的脸上升起来了。

爹让六月舂香料。六月拿起石杵一舂，香料就捣蛋地跳出来。五月说，让我试试吧。爹说，女孩子不能干这个活的。五月问，为啥？爹说，不为啥。五月的嘴就噘起来了。不为啥又为啥不让人舂。爹拿过杵给六月示范。那香料一点儿也不捣蛋了。六月再试，它们还是跳出来。五月说，就那么点香料，都让六月糟蹋完了。爹一边往石窝子里捡跳到地上的香料，一边说，爹刚学时，也是这样，得摸索，说不清的。六月听爹刚学时也是这样，就大了胆子舂，直舂得香料在石窝子里乱开花。舂着舂着，那香料就服帖了。六月奇怪，当你小心翼翼地舂时，它反倒要跳，可当你不管它三七二十一，不怕它跳时，它反倒不跳了。这一发现让六月激动得头皮一阵阵过电，像是谁伸手一下子把他心里好多窗子都打开了。六月看五月，五月一脸的羡慕。六月就又心疼姐姐。有些事你是永远不能干的。突然，六月发现这家里是分着两派的，爹和他是一派，娘和姐是一派。你看，这娘教姐学针，却不让他学。这爹教他拿杵，却不让姐拿。莫非这杵，就是娘说的大针？

五月无望地看着六月舂香料，终于觉得这事和自己无缘，就拿了花布开始缝香包。随着六月杵子的一上一下，屋子里渐渐地充满了香味儿。

雾渐渐散去。山上的人们一点点清晰起来，就像是一个个鱼浮出水面。六月东瞅瞅，西瞅瞅，心里美得有些不知所措。六月向山下看去，村子像个猫一样卧在那里。一根根炊烟猫胡子一样伸向天空。娘和爹还在睡觉吗？娘和爹多可惜啊，不能看到这些快要把人心撑破了的美。

不觉间，太阳从东山顶探出头来，就像一个香包儿。山也过端午呢，山也戴香包呢。六月想。再看大家时，大家就像听到太阳的号令似的一齐伏在地上割艾了。六月问五月，为啥不等到太阳晒会儿把艾上的露水晒干了再采？五月说，这艾就要趁太阳刚出来的一会儿采，这样采到的艾既有太阳蛋蛋，又有露水蛋蛋。这太阳蛋蛋是天的儿子，露水蛋蛋是地的女儿，它们两人全时，才叫吉祥如意。六月奇怪五月怎么把太阳和露水说成蛋蛋。蛋蛋是娘平时用来叫他们的。姐姐这样一说，六月就蹲下来，拿出篮子里的刃子准备采艾。但是六月却下不了手。一颗颗玛瑙一样的露珠蛋儿被阳光一照，让人觉得它不再是露珠，而是一个个太阳崽子。六月一下子明白了五月为啥要用蛋蛋来称呼太阳和露珠儿。这样，一刃子下去，就会有好几个太阳蛋蛋死掉。五月说，你发什么愣，还不趁着露珠蛋蛋刚醒来赶快采。六月说，我下不了手。五月问，为啥？六月说，我觉得这露珠儿太可怜了。五月就扑哧一声笑了，我还以为是你觉得艾可怜呢，真是个二愣，这露珠儿有什么可怜的，你不采，太阳一出来，它们也得死，它们就是这么个命。但是它们又没有死，明天早上，它们又会活过来。六月想想也是。接着心里升起对五月姐的崇拜来。他没有想到姐会说出这么大的道理来。

但六月还是下不了手。五月又笑了，说，如果你觉得它们可怜，你可以先把它们摇掉啊，让它躺到地里慢慢睡去，你再动手啊。六月觉得这个主意好，就动手摇。不想又把六月的心摇凉了。这一摇，让六月看见了一个个美的死去原来是这样简单的一件事。他第一次感到了这美的不牢靠。而让这些美死去的，却是他的一只手。六月看了看他的手，突然觉得它不单单是一只手，它的里面还藏着一些深不可测的东西，是什么呢？他又一时想不明白。但他又不甘心，这分明是我自己的手，怎么连自己都看不明白呢？六月第一次对自己开始怀疑起来。

六月开始采艾。采着采着，就把露珠儿的问题给忘了，把手的问题也忘了。六月很快沉浸到另外一种美好中去。那就是采。刃子贴地割过去，艾乖爽地扑倒在他的手里，像是早就等着他似的。六月想起爹说，采艾就是采吉祥如意，就觉得有无数的吉祥如意扑到他怀里，潮水一样。

一山的人都在采吉祥如意。

多美啊。

娘教五月如何往香包里放香料：把香料均匀地撒在新棉花上，然后把棉花装进香包里，然后封口。娘说，这样香包就既是鼓的，又是香的。六月问娘，为啥要鼓？娘笑笑说，就你问题多，你说为啥要鼓？六月说，叫我姐说。五月说，又不是我问的问题。六月说，鼓了五月女婿喜欢。五月就打六月。娘笑得嘴都合不上了。六月说，我看地地对我姐有意思呢。娘说，是吗，让地地做你姐夫你愿意吗？六月说，不愿意，他又不是干部。娘说，那你长大了好好读书，给咱们考个干部。六月说，那当然。等我考上干部后，就让我姐嫁给我。五月一下子用被子蒙了头。娘哈哈哈地大笑。六月说，就是嘛，我爹常说，肥水不流外人田，我姐姐为啥要嫁给别人家？娘说，这世上的事啊，你还不懂。有些东西啊，恰恰自家人占不着，也不能占。给了别人家，就吉祥，就如意。所以你奶奶常说，舍得舍得，只有舍才能得，越是舍不得的东西越要舍，这老天爷啊，就树了这么一个理儿。六月说，这老天爷是不是老糊涂了。娘说，他才不糊涂呢。

等地娘娘把她的女儿全部从艾上收去时，大家开始收刃。六月站起来，看见姐姐的花袄子被露水打得像个水帘。姐姐把他采的艾拿过去，用草绳束了，给他。然后用草擦刃子上的泥。太阳照在擦净的刃面上，扑闪扑闪的。姐姐翻了一下刃面，那扑闪就到了她的脸上。不知为何，六月觉得这时的姐姐就像一株艾。如果她真是一株艾，那么该由谁来采呢？六月被自己的这一想法吓了一跳。这一采，不就等于死了吗？可是，大家分明认为死是一件吉祥的事呢，要不怎么会有一山头的人采艾呢？六月又不懂了。

路上，六月看到别人采的艾要比他们姐弟采的多得多，就觉得他们家小孩太少了。六月突然想到，爹和娘咋不上山采艾呢？问姐姐。姐姐说，因为爹和娘不是童男童女。六月问，啥叫童男童女？姐姐想了想说，大概就是铜做的吧？六月觉得不对，分明是肉，怎么说是铜做的。六月问，不是铜做的为啥就不能采艾？五月说，不知道，爹这样说的，你看，这上山采艾的，都是童男童女。六月的脑瓜转了一下。不对，这童男童女，是没有当过新娘和新郎的人。五月被六月的话惊了一下，回头看路后边的人，发现真是这么回事。看六月，六月的神情是一个等待。五月用一个揽的动作表达了她的夸奖。六月就感到了一种童男童女的自豪和美好，也感到了一种不是童男童女的遗憾。

将军的部队

李　浩①

我老了，现在已经足够老了，白内障正在逐渐地蒙住我的眼睛，我眼前的这些桌子、房子、树木，都在变成一团团灰色的雾。眼前的这些，它们已在我的眼睛里逐渐地退了出去，我对它们的认识都必须依靠触摸来完成——有时我看见一只只蝴蝶在我的面前晃动、飞舞，它就在我的眼前，可我伸出手去，它们却分别变成了另外的事物：它们是悬挂着的灯，一团棉花，一面小镜子，或者是垂在风里的树枝。

因为白内障的缘故，我把自己的生活处理得混乱不堪。几乎所有的物品都不在它应该的位置，水杯和暖水瓶在我的床上，拐杖则在床的右侧竖着，而饭勺，它应当在我的床对面的茶几上……我依靠自己在白内障后手的习惯来安排它们，所以我房间里的排布肯定有些……有许多本来应该放在屋里的东西，因为我的手不习惯，它们就挪到了屋外。就是这样，我的屋子里还不时会叮叮当当，我老了，自己刚刚放下的东西马上就可能遗忘。我说我的生活处理得混乱不堪还有其他的意思，现在就不提它了。好在，这种混乱随着我走出屋去而有所改变，我离开了它们，我就不再去想它们了，我觉得自己还有许多的事情可想。我坐在屋檐下。别看我的眼

---

①李　浩　1970年生于河北，中国作协会员，河北师范大学教授。主要作品有短篇小说集《将军的部队》《父亲，镜子和树》《侧面的镜子》《告密者札记》，长篇小说《镜子里的父亲》《如归旅店》，诗集《果壳里的国王》，评论集《阅读颂，虚构颂》等。曾获鲁迅文学奖、庄重文文学奖、蒲松龄全国短篇小说奖、孙犁文学奖等。有作品入选各类选集五十余种，或被译为英、法、德、日、意、韩文。

睛已被白内障笼罩了，但我对热的感觉却变得特别敏感，我能感觉热从早晨是如何一点点地升到中午的，它们增加了多大的厚度和宽度。

我坐着的姿势有点像眺望。

我坐着的姿势有点像眺望，是的，我是在眺望，别看我看不清眼前的东西了，可旧日的那些人和事却越来越清晰，我能看清三十年前某个人脸上的每一条皱纹，我能看清四十年前我曾用过的那张桌子上被蜡烛烧焦的黑黑的痕迹。我坐在蜡烛的旁边打瞌睡，蜡烛慢慢地烧到了尽头可我一无所知。我甚至没有闻到桌子烧着后焦煳的气味。

我坐在屋檐下。我坐在屋檐下，低着头，低上一会儿，然后就向一个很远的远处眺望。当然，白内障已不可能让我望见远处的什么了，我做这样的姿势却从来都显得非常认真。我的这个动作是模仿一个人的，一个去世多年的将军的，这种模仿根本是无意的，只到三个月前我才突然地发觉，我的这个动作和将军是那么相像。

我越来越多地想到他了。

想到他，我感觉脚下的土地，悄悄晃动一下，然后空气穿过了我，我不见了，我回到了将军的身边，我重新成了干休所里那个二十一岁的勤务员。

想到他，我的患有白内障的双眼就不自觉地灌满了泪水。我已经足够老了，我知道我的时间已经不多了，我能听到死神在我身边有些笨拙和粗重地喘息。我没什么可惧怕的，更多地我把他当作自己的亲人，一个伴儿，有些话，想起了什么人，什么事，就跟他说说。想起将军来的时候，我就跟他谈我们的将军，谈将军的部队。别看他是死神他也不可能比我知道的更多。

将军的部队装在两大巨大的木箱里。向昔日进行眺望的时候，我再次看见了那两个木箱上面已经斑驳的绿漆，生锈的锁，生锈的气味和木质的淡淡的霉味。

对住在干休所里，已经离休的将军来说，每日把箱子从房间里搬出来，打开，然后把刻着名字的一块块木牌从箱子里拿出来，傍晚时再把这些木牌一块块放进去，就是生活的核心，全部的核心。直到他去世，这项工作从未有过间断。

那些原本白色的，现在已成为暗灰色的木牌就是将军的部队。直到现在，我仍然无法说清这些木牌的来历。我跟身边的伴儿说的时候，他只给了我粗重的喘息，并未做任何的回答。我跟他说，我猜测这些木牌上的名字也许是当年跟随将军南征北战的那些阵亡将士们的名字吧，我的猜测是有道理的，可后来，我在整理这些木牌的时候，却发现，上面有的写着“白马”“黑花马”“手枪”，而有一些木牌是无字的，很不规则地画了一些“○”。也许，将军根本不知道那些阵亡战士的名字？

我用这种眺望的姿势，望见在槐树底下的将军打开了箱子上的锁。他非常缓慢地把其中的一块木牌拿出来，看上一会儿，摸了摸，然后放在自己的脚下。一块块木牌排了出去。它们排出了槐树的树荫，排到了阳光的下面，几乎排满了整个院子。那些木牌大约有上千个吧，很多的，把它们全部摆开可得花些时间。将军把两个木箱的木牌全部摆完之后，就站起身来，晃晃自己的脖子，胳膊，腰和腿，然后走到这支部队的前面。

阳光和树叶的阴影使将军的脸有些斑驳，有些沧桑。站在这支部队的前面，将军一块块一排排地看过去，然后把目光伸向远处——我仍然坚持我当年的那种印象，将军只有站在这支部队前面的时候才像一个将军，其他的时候，他只能算是一个老人，有些和善，有些孤独的老人。将军从他的部队的前面走过去他就又变成一个老人了，将军变成一个老人首先开始的是他的腰。他的腰略略地弯下去，然后坐在屋檐下的一把椅子上，向远处眺望。他可以把这种眺望的姿势保持整整一个上午或一个下午，我不知道他在想什么。现在我也老了，我也学会了这种眺望的姿势，可我依然猜不透将军会用一天天的时间来想些什么。可能是因为白内障的缘故，我眺望的时间总不能那么长久，而我有时可以什么都不想，只是坐着、待着，用模糊的眼睛去看。我想将军肯定和我不一样，他经历了那么多的战争，那么多的生生死死，他肯定是有所想的。

我老了。尽管我不明白将军在向远处望时想的是什么，但我明白了将军的那些自言自语。他根本不是自言自语，绝对不是！他是在跟身边的伴儿说话，跟自己想到的那个人，或者那些人说话，跟过去说话。就像我有时和将军说会儿话，和我死去的老伴，和死神说话。当年和将军我可不是这样说的，尽管他对我非常和蔼，可我总是有些拘束，和他说话的时候用了很多的精心。现在，我觉得他就像一个多年的朋友似的，我和他都是一样老的老人了。

帮将军把两个木箱搬出来，我就退到某一处的阴影里，余下的是将军自己的事了。将军摆弄他的那些木牌的时候，我就开始胡思乱想。这种胡思乱想能让时间加快一些。在没有胡思乱想时，我就用根竹棍逗逗路过的虫子和蚂蚁，或者看一只蝉怎样通过它的声音使自己从稠密的树叶中显现出来。将军的那种自言自语一片一片地传入我耳朵，其中，因为胡思乱想或别的什么，不知自己丢掉了其中的多少片。我耳朵所听到的那一片一片的自言自语，它们都是散开的，也没有任何的联系。

将军说，你去吧。

将军说，我记得你，当然。我记得你的手被冻成了紫色。是左手吧？

将军说，你这小鬼，可得听话呀。

将军说，我不是叫你下来吗？

将军说，马也该喂了。

将军说，……

在我回忆的时候，在我采用眺望的姿势向过去眺望的时候，我没能记住将军说这些话时的表情，但记下了他的声音。他的声音会很突然地响起来，然后又同样突然地消失。我常在他的声音里会不自觉地颤一下，突然地放下我的胡思乱想和手中的竹棍，我不明白这是因为什么。

有两次将军指着木牌上的名字问我，赵 ×× 你知道吗？王 ×× 呢？你清楚刘 × 的情况？……我只得老实地回答，我不知道，将军。

哟。将军有些恍然和茫然的样子。那两次问话之后我都能明显地觉察出将军的衰老。看我这记性。将军一边望着他所说过的名字一边摇头：人真是老了。我怎么想也记不起他们来。可我总觉得还挺熟的。真是老了。

他用手使劲地按着眼角上的两道皱纹。

有时将军也和我聊一些和他这支部队相关的陈年旧事，他选取的不是战争而是一些非常微小的细节。譬如某某爱吹笛子，吹得很好，有点行云流水的意思，只要不打仗了停下来修整的时候他就吹。后来在一次战斗中他的右手被炸掉了，笛子也丢了，某某很长时间都不吃不喝，闷闷不乐。他被送往后方医院。两个月后将军又偶然地见到了某某，他正在吹笛。因为没有右手的帮助，他的笛子吹得很不成调。他对将军说笛子就是原来的笛子，他用了三天才把它找回来。譬如一个战士特别能睡，打完一场战斗，将军一发出休息的命令，即使他站着也会马上鼾声如雷。他脚还特别臭。将军说我原本想让他当我的警卫员来着，可我受不了他的臭脚。说到这里时将军的声音很细，并且有种笑意。他笑得有些诡秘，他笑起来的样子让他年轻了很多。当时我是想对将军这么说的，我有点冲动——可最终我却没有把它说出来。现在想起来我是应该说的，我在向旧日的时光眺望中望到这一细节的时候，我就跟他说了。将军愣了愣，然后粗犷地笑起来：你这小鬼。我不是小鬼了，我已经老了。

将军还跟我说过逗蛐蛐、抓毒蛇、吃草根一类的小事，说过某某和某某的一点琐事，他很少跟我谈什么战争。我不知道他为什么不谈。要知道将军一生戎马经历了无数次大大小小的战争，要知道将军在这无数次的战争中很少失败，要知道他现在指挥的这支木牌上的部队，很可能是在战争中牺牲的将士啊。

在将军去世之后我收集了不少和将军有关的资料，只要是哪本书上提到将军的名字，我就毫不犹豫地把它买下来。原本我还想把将军的两个木箱也留下来的，后来我想将军比我更需要这支部队。那些木牌，燃烧的木牌，在将军的墓前变成了一缕缕的烟。它们升腾的样子就像一支远征的部队，我甚至听见了人喊马嘶，听见脚踩在泥泞中的声音，子弹穿过身体的声音。将军会把他的部队带向哪里呢？他重新见到自己的这支部队时，端出的会是怎样的一副表情？

…………

我悄悄地留下了两块木牌，那是两块没有写字的木牌，上面画的是“○”。原来我留下的木牌是三块，那一块木牌上写的是“白马”。对我这样一个从农村里出来的孩子来说，白马让我感到亲切。不过后来我把白马给将军送了过去，我看见那匹白马从浓烟中站起来，回头望了一眼，似乎还有一声嘶鸣，然后甩下一路嗒嗒的马蹄声绝尘而去。白马是属于将军的。

在我的眼睛还没有被白内障蒙住之前，我时常会翻翻我所留存的资料，找出那两块木牌。那些书上或详尽或简略地描述了将军一生的戎马，在那些书上，列出的是战争的残酷，将军作战的英勇和谋略，以及在艰苦生活中将军所表现的种种美德。书上没有将军和我所讲的那些人和事。说实话，读书上面的将军时我总是无法和我所接触的将军联系在一起，我总觉得，他们不是一个人，至少不完全是。我所知道的将军是一个离休的老人，有些古怪，但几乎没有什么英勇和谋略。这也许是时间所消磨掉的吧。时间要想改变什么东西是非常轻易的，就像我从二十一岁走向了现在的衰老。

如果下雨，下雪，外面的天气过热或者过于寒冷，将军就会叫我在他的书房里把木箱打开，他把那些木牌一块块拿出来，从某个墙角排到书桌上，然后又排到椅子上，再放在地上。两箱子的木牌摆完，将军就把自己摆出了书房，那些密密麻麻的木牌在房间里那么排着，它们带有一种让人不敢呼吸的肃穆。将军在摆完后站起身来，晃晃自己的脖子、胳膊、腰和腿，走到这支部队的前面看上一会儿，随后就叫我搬来椅子，坐下来，把目光伸向窗外。他所看的绝对不是窗外的树枝，雨打在树枝上的颤动或者树枝上沉沉的雾。不是。现在我也老了，我也有了这种眺望的习惯，我已经明白将军是在眺望过去的岁月。就像我现在，透过我的白内障，清晰地看见将军在那把红褐色的椅子上侧坐着，他的眼睛紧紧地盯着窗棂。只是窗棂。空气中有股潮潮的气味。有一些灰白色的光。昏暗如同一层层潮水，漫过了将军和他的椅子，向着书房的方向漫去。书房的门敞开着，里面的光线昏暗，那些或高或低的木牌在昏暗中静静地待着，一言不发。

对于将军那些木牌名字的来历，我曾经做过调查，当然这种调查是随意性的，我只是偶然地向有关的人提及，他们对我的问题都只能是摇头。似乎没人曾向将军提供过什么阵亡将士的名单，至少将军离休后没有。

那么木牌上的名字是如何得来的呢？它们是在什么时间成了木牌，装满了整整的两个木箱？……

倒是干休所的王参谋向我提供了一个细节。他说他见过一次将军发火，那时我还没有来到干休所。他看见将军紧紧抓住一块木牌，对着它大声说，你就是再活一次，我还得毙了你！当时王参谋吓得大气都不敢出。将军把那块木牌扔出了很远，木牌划过地板时发出了一阵很脆的声响。过了很久，将军突然对王参谋说，你把木牌给我捡回来。将军接过了木牌，用手擦了擦上面的尘土，然后小心地把它放回了那些木牌之间。王参谋说他记不太清了，他记得好像他把木牌递到将军手上时，将军的眼红红的。

对于将军的晚年，对于他每日里摆放他的这支“部队”，在我收集的资料中，没有得到记载。曾有一个宣传干事向我了解过将军的晚年，我向他叙述了将军在晚年的种种显得怪异的举动，尤其向他讲了将军每日如何摆放他的部队。——他是不是怀念自己的戎马生涯？是不是想继续战斗，消灭敌人？

我用很长的时间来思考如何回答。不，好像都不是，将军在晚年基本上没想到战争，他好像只是，只是……怎么说呢？他好像就是把木牌摆出来，想一想过去的事，就这样。就是这样。

那个干事对我的回答很感失望。我该怎样来写这件事？你想想还有没有别的？

人一老了就爱回忆过去的事，就爱胡思乱想。其实我年轻的时候就爱胡思乱想，老了，没什么事了，就更爱胡思乱想了。我坐在屋檐下，低着头低上一会儿就抬起头来，向一个很远的远处进行眺望。当然，白内障已经不可能让我望见远处的什么了，可我把这个姿势却做得异常认真。我越来越多地想到将军，我觉得他的某些部分正我身体内的某些部分里得到复活，有时候，一个生命是会成为另一个生命的，可我毕竟老了。

我在自己的晚年想通了将军当年的很多事，但也有不少，我可能一生都不会理解的，直到我死去。我想到了死。我不知道我的死亡会在一个什么样的时间，会死在一个什么样的环境中，但我对死亡多少是有点期盼的。我时常想我的死亡肯定会是一个窗外下着小雨的早晨，就像将军死时的那样。我越来越像他了。

经过近两天的昏迷，将军在那个窗外下着小雨的早晨醒来了。他对医院里的一切都好像有些陌生，甚至是恐惧，他紧紧地抓住了我的手。他的手在颤。他的手很烫。——你是叫某某吧？我不知道他叫出的是不是他的那支“部队”中的一个名字。我犹豫了一下，我说不是。那么你是某某？我再次对将军说，不是，我是您的勤务员，我叫某某。

他放开了我的手。他的脸侧向了一边。他手上的力气一点点地消失了。

——你帮我，把箱子，箱子，拿来。

在将军的面前我打开了他的那两个箱子，在他昏迷的时候我早已把箱子给拉到医院里来了，我知道将军少不了它。我把那些木牌依次摆开。将军欠了欠身子，他望着那些原本白色，现在已变成暗灰色的木牌，突然淡淡地笑了：

哈，看你这小鬼，真是，真是……

将军的手伸得相当缓慢。他的手指向了排在地上、茶几上的木牌，但我未能看清他手指确切的指向。现在我想，在一个人最后的时间里，他指向了谁，他想到的是谁都不算重要了。

将军带着那种淡淡的笑意，他走了。

屋檐下静静地坐着，我听见蜜蜂采蜜时的嗡嗡声，我听见又一树槐花劈开花蕾长出小花来时的声音。我听见阳光的热从树上落下时的声音，我还听见了许多我没有听过的声音。可能我听过，只是我忽略了它们，我记不起是什么东西可以发出这样的声音了。不一会儿，我就不再想它们了。我越过了它们，向一个远处眺望。

我的手指，抚摸着我一直收藏的那两块木牌。在我混乱的生活里它的位置却是一直都没变过。而现在，我抚摸着它们，感觉上它们变小了，但比以前更重了。

明惠的圣诞

邵　丽[1]

一

明惠是实在咽不下那口窝囊气才去找桃子的。桃子从城里回来已经七天了，明惠在徐二翠连绵不绝的骂声里数这个日子数得好艰难。七天，她每一分钟都计算着桃子会随时推门进来。

明惠每天都仔细地洗脸，找出像样点的衣服穿好。徐二翠若是出去了，她就手忙脚乱地把屋子收拾一下。心里明明是毛烘烘地躁着，却要强迫自己不断找件活计拿在手里。有时是拆一只旧手套，有时是翻看一本《妇女生活》。好像只有手里拿了点儿东西才让她心里更踏实。桃子来找她从来不敲门。桃子如果不敲门就进来，明惠就得一边做自己的事情一边漫不经心地责怪她。你这个人就是没教养，跟你说一百遍都不行，什么时候学会敲敲门再进来！

明惠在家里等桃子等了七天，她把手里的活计摔得满屋子翻跟斗。徐二翠的

①邵　丽　中国作家协会主席团委员。现任河南省文联主席、河南省作家协会主席。先后在《人民文学》《当代》《十月》等报刊发表小说、散文、诗歌等作品，部分作品被《小说选刊》《小说月报》《中华文学选刊》《作品争鸣》《新华文摘》以及各种年选版本等选载。出版长篇小说两部、中短篇小说集多部、散文随笔集两部、诗集两部。部分作品被译介到法国、日本、希腊等国家。曾多次获得《人民文学》《小说选刊》《小说月报》《当代》《中华文学选刊》《北京文学》《十月》等刊颁发的中短篇小说奖。短篇小说《明惠的圣诞》获第四届鲁迅文学奖。

骂声越来越凶恶。徐二翠很凶恶地骂猪骂鸡骂狗骂她的时候，明惠一声都不吭，她已经听习惯了，从她大学落榜回来的那一天起徐二翠就不断地这样变着花样儿骂。徐二翠的骂声中气十足地回荡在她们家那宽大的房间里，在新油漆过的门后不疾不徐地余音缭绕。拉开门，那徐二翠就完全是另外一副嘴脸了。要么是满脸堆笑点头哈气，要么是面无表情居高临下。有时候徐二翠骂得太不堪，肖正方就会和她对骂。比如徐二翠骂，老娘我省吃俭用啊，我白白供了你十几年啊，我还不如养只鸡养只猪啊！养只鸡还会给我下只蛋，养头猪还能卖些钱。老娘我都累死了，你倒还有脸回来白吃白喝做小姐啊，要是有囊气你就一头扎哪坑里死了去！肖正方若是碰巧在家，就用手指着徐二翠的鼻子回骂，你这臭狗屎娘们儿，你这像是当娘的说的话吗？闺女都这么大了你还不给她个脸，要是有个三差两错的，看我不把你揍得坐次红月子！肖正方一接口徐二翠就不骂了。徐二翠不骂了，肖正方好像士气才刚上来，一脚踢翻一只凳子或者是一个空坛子，看看并没遇到抵抗，才气收丹田，十分沉稳地点支大前门，大模二样地出去打牌去了。徐二翠不做饭，倚着门框抹眼泪。肖两万突然从外面忽悠着进来，痴着脸子在院子里喊，妈，妈啊，我饿啊妈！徐二翠急忙站起来给肖两万洗干净手脸。徐二翠说，乖儿子啊，妈这就去给你弄。然后手忙脚乱地去给一家人做饭吃，眼泪却仍然唰啦唰啦地落。

明惠那时不恨徐二翠，她觉得实在是她自己伤了娘的心。徐二翠是什么人啊？徐二翠从在村子里当小姑娘就是个人尖子，初中毕业一口气当了二十多年的村妇女主任啊。妇女主任位低权重，生育指标和避孕家什都在她手里握着，生杀大权莫过于此了。徐二翠是为了继续当村干部才嫁给了本村好逸恶劳的二溜子肖正方。徐二翠很少流眼泪，徐二翠生了白痴两万不被人同情，反被人指着脊梁骂她是逼人家断子绝孙遭了报应她都没有哭。徐二翠把个女儿明惠养得鼻子是鼻子眼睛是眼睛的，徐二翠让明惠吃最好的食粮穿最好的衣服受最好的教育。徐二翠和肖正方每次生气都底气十足地指着他的鼻子说，等着！等俺明惠考上大学嫁到城里我就跟闺女享福去。我让你们爷们去喝西北风！

明惠在乡上念了三年初中，明惠又在县上念了三年高中。明惠在村子里矜持得像个公主。过去村里人因为徐二翠恭敬明惠，现在是因为明惠而对徐二翠恭敬三分了。哪个不知道明惠念完高中是要接着念大学的，念完大学理所当然地要留在城里的。现在明惠回来了，明惠的落榜让村里人集体出了一口恶气。他们嬉笑怒骂的声音陡然增加了好几个调门，含沙射影的语言像带了毒刺的钉子，一根一根地钉在了徐二翠的耳根上。

村里人现在开始恭敬黄毛，黄毛从来没有被人恭敬过。黄毛长得丑丑的。黄毛不会过日子，养的孩子个个都吃不饱穿不暖的。黄毛的女儿桃子初中没有毕业就不念了，跟人到省城打工去了。关于桃子的一些传说很让村里人不屑，徐二翠就不止一次地加重了语气对明惠明确强调，我们是正经人家的女孩，我们得靠正经本事吃饭。

明惠从县城里回来了。明惠见了村里人把头一低就过去了。明惠把自己关在家里就再不露面儿了。

桃子从省城回来了。桃子回来就在村子里四处招摇。桃子见了谁都婶子大娘的喊得蜜甜。

桃子可是模样儿大变了，脸儿白了，奶子挺起来了，屁股翘得可以拴住一头公牛，衣服洋气得挂人的眼珠子。啧啧，俺的娘，桃子给全家人都买了新衣服，桃子是挣下大钱了！

桃子回来领着一个城里的小伙子，桃子说是她朋友。

啧啧，哪个会想到黄毛的闺女会出息得这样本事啊！

徐二翠说，日他亲娘，龟孙黄毛都比俺有本事啊！

徐二翠每天骂人的时候，与时俱进地增加了桃子回来的内容。明惠不出门，明惠什么都知道。

明惠想，我就不相信你桃子还真的成了精，你过去整天巴结着给我背书包提行李我都嫌不耐烦，我就不信你桃子在城里打两天工就敢把我明惠不放在眼里了。

明惠足足等了七天，明惠是实在咽不下那口窝囊气。明惠决定去找桃子出气。

明惠出门的时候天正落着小雨，秋风一下子就把她单薄的夏季衣衫给吹透了。明惠已经在屋子里关了快两个月了，明惠以为天还是夏天。明惠心里是气势的，明惠只是有些冷，明惠因为冷在村街里走得多少有些狼狈。明惠在村街上碰上了不少眼睛，有懒散的人的眼睛，有悠闲的动物的眼睛。明惠决定不和他们或它们中的任何一个打招呼，明惠目不斜视地从他们和它们身边走过。明惠觉得那些盯着她的眼睛没有一只是良善的，那眼睛统统流露着恶毒。他们分明是要看她明惠的笑话，他们分明是要看人尖子徐二翠的笑话。明惠腔子里的气息和皮肤一样透骨地寒着。明惠被徐二翠骂了快两个月了。明惠觉得她一定是得出口气了。

明惠没有敲门。明惠一脚就跨入桃子家的院子。桃子家院子里没有人，桃子家堂屋的门是虚掩着的，明惠直接就把门给推开了。

明惠推开门想逃都来不及了，一股火呼啦一下子就从屋子里窜出来。明惠的脸顿时被火苗子舔得血红。明惠忘了逃跑，竟然就那么傻呆呆地站着。屋子里的桃子正和一个高出她一头的小伙子浓烈地燃烧在一起。桃子背对着门，桃子正专注地在小伙子嘴上一下一下地咬着，分明就像她妈缝完被子用牙咬断线头一样。桃子觉得小伙子的身体突然间松懈了。桃子睁开眼睛，桃子发现小伙子的眼睛是盯着门口的，桃子终于看见了门口站着的明惠。

桃子拢一拢头发，丢开她手头的活计，漫不经心地责备明惠，是你呀，进来怎么都不知道敲门！

明惠被许二翠骂了两个月都没有流出的泪水，不争气地从胸腔里往外翻涌，忍都忍不住啊。明惠转过身朝外走，桃子就追出来把她拖住了。

桃子说，来家啊明惠。

桃子说，明惠，我就说要带马强去给你看呢。

桃子说，马强这就是我跟你说的我的好朋友明惠。明惠这是我的男朋友马强。

明惠明惠明惠明惠……这明惠是她喊的吗？这明惠她是这样喊的吗？过去她曾经明惠姐明惠姐地喊个不停，现在她倒成了明惠的姐了！但毕竟有个陌生的男人在旁边，明惠把愤怒和委屈暂时压了回去，明惠迅速回复了她惯常的表情和姿态。明惠说，我路过你家，看到门没关就进来了。

桃子根本没在乎明惠在说什么，桃子张罗着给明惠拿出一些吃的喝的。

明惠不吃，明惠也不去打量桃子的穿着，明惠的眼睛始终盯着院子里的一些别的事物，明惠眼睛的余光却把桃子的周身飞快地透视了个遍。徐二翠没有说错，桃子出息了，桃子的脸白得像细瓷，桃子的眉毛变得细柳柳的，桃子的胸脯挺得很高，桃子的乱蓬蓬的黄头发变得又柔顺又光滑，桃子……

桃子身上还又什么不好的呢？

桃子穿了白色的羊毛套衫，烟红的格子呢裙，高靿高跟的黑靴子。明惠的心扑通一声被刺了一下，像中了铅弹般酸沉酸沉的。那是她无数次设计过的装扮。如果考上学校，她首先向徐二翠讨钱，给自己买一套秋装。就是这样的裙子，这样的毛衣，这样的靴子。

明惠是可以比桃子穿得更出彩，更理直气壮的啊！

桃子从里屋翻出许多半旧衣服让明惠看，桃子说，明惠你要是喜欢可以把我的衣服拿一套去穿。明惠摆了手说谢谢桃子。明惠心里说，桃子那时候你穿了多少我的旧衣服，你总是穿我剩下的，而我怎么有可能穿你的？

明惠的目光小心地躲闪着不与桃子交接，明惠却在倏忽之间和那个马强对接了。明惠发现马强的目光非常明亮地盯着她，这目光让明惠立刻想起了王伍。王伍在他们高中的三年里始终用这样的目光盯她。哪怕是在她的背后，她也能感觉到他的眼光一波一波地像飞镖似的打过来。王伍和明惠一道在学校等通知，王伍考上了地区师专，明惠却什么都没有考上。王伍说，明惠，你还可以继续复习，明年你如果考上了，我们还可以在城里会合。

如果！如果？

明惠是咬着牙出的校门。

明惠觉得马强的眼睛比王伍亮多了，明惠想凭什么桃子该拥有这么亮的一双眼睛啊？明惠想，桃子我若是现在在省城干事，若是穿上你这样的衣裳，马强立刻就得跟我走。明惠是从马强的眼睛里得出这样的结论的，明惠被自己的想法吓了一跳，明惠又被自己的想法抚慰得很妥帖。明惠活到十八岁才知道，自己的内心会是这样的邪恶。

一瞬间，明惠好像走出了暗长的隧道，扑面而来的阳光忽剌剌打在自己的脸上，她眼睁睁地看着桃子像一株被抽了筋的植株，在自己面前一寸一寸地矮下去，心里更是受用了。明惠十分矜持地站起来告辞。明惠看都没看桃子一眼，说，桃子我是顺路过来看看你，桃子有时间带马强到我家去玩啊。

明惠说完对着马强抛了一个很明媚的笑脸站起来就走。桃子留都留不住，桃子只好跟着明惠相送。明惠说，回去啊桃子，不要送。明惠小声说，桃子，一定去我家啊，我工作的事情还得和你商量呢。

桃子啥时候得过明惠这样的信任？桃子激动得脸都红红的了。桃子的脸一红，明惠就知道她的话起了什么作用，她知道桃子很快就会去她家的。明惠哪里会有什么工作的事要商量，她不过就是要桃子到她家去。

桃子是第二天去明惠家的。马强没有去。桃子说，好好的，不知道马强为什么昨儿下午一定要走？

桃子心神不定地说，我这两日也就要走。

明惠不露声色地在心里笑了一下，明惠真的和桃子谈起工作的事情。桃子立刻忘了她的疑惑，十分热心地向她介绍起省城。

桃子说，活儿好找，在服装店在饭店干一个月差不多都是五百，在饭店干实惠些。累点儿，但是管吃住。要是学会了按摩那就挣得多了。桃子诚实地说，她就是在宾馆做按摩的。明惠悉心请教道，挣多少？桃子的目光暧昧地闪烁了一下说，那要看你自己的修行了。

桃子把什么都说了，桃子说，明惠你要是愿意出去工作，明天就可跟我走。桃子说，别忘了带身份证啊明惠。

明惠走的时候徐二翠哭得一死一活的，徐二翠一边哭一边说，我们这样的人家怎么会让闺女去卖力气？考不上学就不上，妈就在家养你一辈子！

徐二翠一边哭，一边帮明惠收拾东西。

明惠是和桃子一起去的省城，但是明惠很坚决地拒绝了桃子要为她介绍工作的打算。明惠说桃子介绍的工作她都不想做，她想到职业介绍所看看有没有给小孩子聘请家教的。明惠的沉着让桃子很敬佩，到底人家是读过高中的，有主见，不像自己，初来时只会瞎着急，遇到事情就哭。桃子让明惠先到自己租的住处住下，明惠只住了三天。那三天明惠可办了不少事情。桃子去上班后她就开始行动，她先后去了几家大宾馆和洗浴中心。

明惠直接请求见经理，经理不论是男的女的，见到明惠眼睛都是亮亮的。明惠才十八岁，明惠的美丽和稚嫩是最时鲜的武器。明惠看懂了那眸子里的亮，明惠的神态一下子就安定了。

明惠说，我想做按摩小姐。

你过去做过吗？

没有。

哦。女老板笑了笑，说，只要用心，没什么好学的啊！

明惠被女老板试用了。明惠腿勤手勤嘴勤，明惠会干的不会干的都争着干，明惠管谁都叫姐姐，甭管哪个姐姐的话都认真听认真记。明惠对谁都笑眯眯的，明惠和谁又都保持着一定的距离。明惠在半个月后就成了那里最受人喜欢的小姑娘。

一个月后明惠被正式录用了。女老板说，基础工资五百，活儿做多了另有提成。上班时间只许正常服务，至于下班后的事情他们不管，可也不承担任何责任。

明惠又去了一趟桃子那里，拿了她存在那里的已经没有多大用处的衣服。明惠告诉桃子，她到一个人家去带两个学前班的孩子。

明惠走后再没有和桃子联系过。桃子有心去找明惠，可她不知道那两个孩子的家，到底在什么地方。

二

圆圆到这家洗浴按摩中心做事还只有三四个月。从不见圆圆多言语，圆圆对谁都是既不热情也不冷淡，可几乎所有被她服务过的客人再来时，却都拿眼睛寻找圆圆。圆圆微微地笑着，眸子里流淌着一股子迷蒙的距离感。倒是这距离感，反而拉近了客人与她的距离。圆圆的态度矜持得倒不像是个做按摩的小姐呢。圆圆的神态让所有的中年男人看了都觉得心疼，觉得这女孩似乎是不该在这里做事情的。可她应该在什么地方做呢？谁又都想不出一个准确答案。她在这里做事的神情又恰恰是那么妥帖，那么让人受用。圆圆偶尔与客人谈上两句，总是让他们更加刮目相看，这姑娘小小的年纪，有见地又有思想，实在难得。当然，这是他们把圆圆与其他按摩小姐相比较的结果。

圆圆不管客人怎样夸奖她，也不管客人用怎样赞许的目光打量她，一律不动声色地做自己手头的活计，极认真，极周致。别人做五分钟的活她做七分钟，别人用八分的力气她用十分半，客人们如何会不喜欢这样既乖巧又踏实的圆圆啊。

圆圆学了别的姑娘，穿那种把奶子束得很挺的文胸，在冬天里仍然着一件领口开得很低的薄羊毛套衫。圆圆干活的时候，奶子几乎要贴到客人的脸上去。圆圆给人按摩肩膀的时候，奶子就顶住了客人的头。终于有客人耐不住，假装用手挠自己的痒痒，却分明在圆圆的奶子上蹭过去，圆圆没有任何反应。客人再等一会儿，就直接在那奶子上摸一把，圆圆仍然是没有任何反应。圆圆就好像一个汽车司机，心无旁骛地行走在面前的道路上，仿佛什么事情都没有发生，只管认真地驾驶。

到了晚上就有圆圆的电话，圆圆安详地接了，说是表哥，下了班自然就去见那表哥。

表哥就是下午的客人。见了也不说什么事情，只管带她去一家宾馆吃饭。饭菜要得很丰盛，再加两个人都吃不完。那人劝圆圆多吃一点，圆圆怕浪费，就慢慢地吃。那人并不怎么吃，只端了一只杯子喝红酒，吃到中间也给圆圆倒了一两杯。说，不辣，干红。圆圆也不拒绝，让她喝就一口喝下去。外表看不出心里有无变化，脸蛋却喝得红红的。

圆圆好像是有些醉了，醉得也是那么单纯，惹人爱怜。吃完饭那人就带她去另一家宾馆开了房间。

进了房间圆圆就尽顾着打量里面的摆设了。圆圆觉得这地方真不错，特别是那铺得柔软的席梦思大床。圆圆喝了酒有些困，要是能在那床上睡一觉就好了。那人却让圆圆去洗澡。圆圆在洗浴中心做事，天天都要洗澡，可她还是顺从地去洗了。圆圆洗了一半那人就进去了。圆圆没有反抗。

事情很快就完了。

圆圆觉得一切都平平淡淡的，就连她身下的处女血都没有让她惊讶。圆圆觉得其实《妇女生活》上的好多文章都太夸大其词了，没有什么撕心裂肺的疼，更没有什么叫人痛不欲生的难过。

那人叫了的士送她回去，分手的时候在她手里塞了五张大票。圆圆回到宿舍手都没有洗就睡下了，那一夜她手里就攥着那五张大票，就像攥着自己的命。

有了那次，那人就经常叫了圆圆出去。后来，又有别的人同样带了圆圆出去。

程序基本上全是一样的，圆圆没有觉得这个和那个有什么不一样。结束的时候他们也总是悄悄地塞给她一些钱，好像他们做得声张些就会亵渎了圆圆。无论得到的是三百还是五百，圆圆回去的第一件事情，就是把那钱展得平平的，有时还把昨天的或者前天的放在一起，反复地数上几遍。

圆圆有一阵子很为她的钱犯愁，藏在任何地方都不能放心。放在宿舍怕偷，带在身上怕抢。圆圆只好把钱存在银行里，她没有办法顾及那些银行小姐的表情了。圆圆到底是有心计的女孩，她总是把存折带在身上，假如碰到坏人就丢给他们，反正她设了密码的。再想一想，自己又冷笑起来，像自己这样子的，如果碰不见“坏人”，还有什么活路？

那些客人照常出现在按摩中心。圆圆见了任何一个都与惯常的表情姿态没有什么两样，稳稳地做自己的事，似乎和任何一个都不曾有过瓜葛。圆圆的态度让那些做过“表哥”的家伙们非常满意，至少让他们觉得安全。圆圆的休息时间渐渐被“表哥”们安排得很满。

圆圆已经往家里寄了两次钱，一次一千元。她知道那两千元足足可以让徐二翠重新抬起头做人了。圆圆没事做的时候，会偶尔往家乡的方向望一望，隔了几百公里的路程，圆圆清楚地看到她妈徐二翠又开始居高临下地做她的思想政治工作了。啊！新社会新时代了，生男生女还不是都一样。养个闺女出息了，一样可以享福啊！

圆圆告诉徐二翠她在人家家里教孩子功课，工资高，人家还管吃住。这让徐二翠更加得意起来。我不枉多让我们家闺女念了那么多年的书啊！

圆圆往家里寄了两次钱就再也不寄了，圆圆也不再朝家乡的方向望。没有事情的时候，她就低着头想自己的打算。圆圆想，我寄得再多我都不会再回去看你徐二翠的脸色了。圆圆想，我是不会再回那个到处都是泥巴的家乡了。

圆圆现在只在乎她的那些钱，她天天都要拿出存折来看上许多遍。圆圆的钱增加得很迅速，圆圆还是觉得慢了些。圆圆不放过每一个人的邀请，哪怕那个人让她很不耐烦，她也许根本不在意自己耐不耐烦。圆圆要钱，为了一百元她都肯出去。她知道有哪几个人是吝啬的，她完全可以找借口不和他们出去。可她不愿意让日子闲着，如果闲着，连一百元都没有。

圆圆和那些人出去，差不多都是先去吃饭。完全凭了客人的性子，性子急的吃得草率些，有时候就在小馆子里吃碗面。有的人就不一样了，他们把圆圆带到很讲究的地方，很细致地劝她吃，慢条斯理地说着闲话。这人也许是想培养一点儿感觉，但圆圆的感觉怎么样都是没有变化的。相反，拖得时间长了她反而着急起来。圆圆不在意吃，填饱肚子就行。她恨不得那些人把她带到一个地方直接就把事情办了，那样她就可以早一点知道她那天得到的是多少了。

圆圆给自己租了一小套房子，在一个破旧的小单元楼上。二十多平方米，没有客厅，但有厨房和卫生间。卧室放了一张大床和一张小木头桌子。圆圆很满意，圆圆觉得有那张床和那间能冲淋浴的小卫生间就足够了。圆圆以每个月一百五十元的价格租下了那套小房子。

圆圆主动提出让客人到她那里去，她含蓄地告诉人家，省时间省开房费的。圆圆的意思很明确。有人明白了她的意思，走的时候就会多放一张大票在她那里。圆圆心里得意起来，想起了自己曾经学过的资本家总是追逐利润最大化的课程。把理论和实践在这里结合了，别有一番滋味涌在心头。

圆圆很讨厌自己的月经，每次例假她都烦躁得要死。眼看着到手的钱却不能拿，还要找出许多理由搪塞。晚上一个人睡在小屋子里，身子下面潮湿着，又冷又饿，肚子一阵一阵地疼，她就忍不住心烦意乱起来。她小小的年纪，倒是知道爱惜自己的身子。她有想法，她不想就这么把自己毁掉。

圆圆来例假的时候不愿意见人，可圆圆例假时与老曹做过一次。老曹就是第一次带圆圆出去的那个人。老曹很大方，老曹是国有企业的老板。老曹每一次给圆圆的钱都是最多的。老曹用那双肉乎乎的手握住圆圆的手。圆圆感觉到那里面是一沓子报酬和安慰，还有些体贴。每次圆圆低着眼笑，老曹就把钱贴到圆圆的手心里，却并不松开她的手。老曹说，我真喜欢你啊圆圆！圆圆就抬起头，把笑脸更灿烂地给他。

老曹在圆圆来例假的时候说要见她。圆圆就答应了他。

圆圆与别人做的时候很木然，圆圆与老曹做的时候也很木然，但是圆圆在来例假的时候与老曹做就显得有些委屈。如果老曹说两句体贴的话，她会伤心，也许还会流下眼泪。如果老曹说了体贴话，圆圆流了眼泪，也说不定会有一些别的故事发生。但是，老曹那天并没有对圆圆体贴，老曹因为厂里职工上访告状的事情正烦着。老曹一看到圆圆的伤口，立马就变了脸色。老曹火气很大地说，你这小姑娘不是成心要我倒霉吗你？

圆圆不说话，圆圆的情绪仍旧变得木然起来。老曹火归火，火完了就开始办事。因为有两股火烧着老曹，他那天办事有点像开职代会一样潦草。当然，依然秉承了国有企业的气派，钱一点儿也没少给。

圆圆送走老曹，觉得下面火辣辣的疼。圆圆顾不得那疼，她洗都没洗就开始数老曹丢下的钱。仍然是一个令人满意的数字。圆圆想，老曹终归是个不错的人啊！

圆圆后来再逢例假时，死活都不肯见人了，倒不是因为老曹的火气，圆圆是真的很爱惜自己的身子。

圆圆没有事时就算她的钱，圆圆计算的结果，她这样积累下去，五年之后她就可以在城里买一套很不错的房子了。

圆圆想在城里买房子。圆圆想房子的时候可没有想到她妈徐二翠，更没有想到她爸肖正方和白痴肖两万。圆圆压根就没有想过要把他们接到城里来。圆圆有自己的想法，圆圆想房子的时候总是想到被桃子领回家去的马强。圆圆想，等买了房子就找一个马强那样的丈夫，甚至是比马强都好的丈夫。圆圆想，她不在乎那人是不是有钱，他若是个没有钱的，她就自己找一份踏实的工作养着他。圆圆想，人只要肯下力气，哪会有过不去的日子？圆圆想，她要给那人生两个孩子，她的两个孩子决不会像她圆圆一样整天挨徐二翠的骂，更不能像白痴肖两万一样一辈子都不能走出自己的村子。圆圆想，我要比徐二翠更有出息，我要把我的孩子生在城里！我要他们做城里人，我圆圆要做城里人的妈！

三

李羊群是雅园的常客。有很长一段时间了，李羊群每个礼拜六的午后都要到雅园非常耐心地洗浴按摩。许多常常来雅园的客人都把自己弄得很匆忙，好像他们耽搁的时间太长久了，世界的末日便会提前来临。实际上他们已经耽搁得很久，只不过他们假装不知道已经过了很久罢了。李羊群从来不着急，李羊群的情绪摆明了就是来此休闲，他来的时候总是显得很疲倦。李羊群和他们显然不一样，像是个文化人。李羊群只是不太爱讲话，他不挑人，赶上哪个就让哪个做，也从来不与这些女孩子们搭讪。他把自己像要大卸八块似的扔在按摩床上，然后把头埋在床头的透气孔里，说，开始吧！就没一点儿声息了。

李羊群常常来雅园，这里的女孩子他大约是一个都识不得的。

圆圆第一眼看到李羊群就觉得他不是一个好色的男人，她就是这样感觉的。李羊群那天显然是喝过酒，他洗完裹着一条浴巾进按摩间的时候，透过屋顶玻璃射进来的阳光突然间逆着打在他干净的身体上，圆圆的感觉有些模糊起来。这个生得很体面的人的脸上是透着丝丝缕缕悲伤的，当然，这悲伤别人是看不出的。圆圆那一刻觉得那悲是从她自己的心底里涌出，却写在了这个男人的脸上。圆圆的心多少有一些被打动的东西。圆圆是第一次招呼了他，她赶在别的女孩之前对他笑了一笑，她站起身重新理了一下已经很整齐的小床，李羊群便很顺从地走来。李羊群躺下了，李羊群说，开始吧！然后一句话都没再同她说。圆圆于是便开始和泥一样地揉搓着手下的人，她觉得这个人是完全听任她摆布的，圆圆就发挥得极好，她的一双肉乎乎的小手均匀流畅地上下翻飞，她是用这种无言的方式安慰一个人的伤悲，也是用自己的伤悲去安慰另外一个人的伤悲。圆圆的小手胖胖的，伸开来手背上全是圆圆的小肉窝窝。圆圆的指肚阔而绵软，客人们享受了它们的安抚没有不喜欢的。客人们说，这姑娘凭了这双手就该是个有福气的呀！李羊群没有夸奖圆圆的手，但是李羊群是彻底放松了让圆圆那双舒适无比的小手揉搓，李羊群觉得自己在这个女孩的手下变成了一个乖觉无比的婴孩。李羊群的脑子里变得空荡荡的了，他的脑子里却又装进了许多意想不到的东西，他活在这个世界上所有的不快，都被这个女孩子一把一把地抓起来，像在河水里漂摆衣服一样拨来荡去。水花溅起来，波浪互相撞击着，一圈一圈地向外扩展，就像李羊群突然间流出来的泪水，而且是越想控制越流淌得汹涌澎湃。李羊群被自己吓了一大跳，他以为圆圆会大呼小叫，他以为至少圆圆会停下手来呼唤同伴过来看他。她们会笑他，她们像参观一个精神病人一样用异样的目光打量他。她们假模假样的，可气又可笑地安慰他。可是李羊群想错了，圆圆什么都没有做，她甚至没有让自己的手有片刻停顿，她就那样用按摩膏和着李羊群的泪水继续她的工作。她仿佛事先就知道了一切。李羊群无声地伸出自己的大手把那双小手在脸上捂了片刻。

那次按摩结束后，李羊群是第一次在按摩间里打量一个女孩。他觉得这个年轻的女孩子脸上有一种成熟镇定得让他惊心动魄的东西。

她知道，他遇到了一个和他一样怀了委屈的人。

李羊群那一时间是应该让自己觉悟的。

李羊群再来按摩间是直接奔了圆圆过去的。圆圆有一种预感，她觉得李羊群肯定会约了她出去，她只是想不出李羊群会用什么方式约她。圆圆的正常按摩做到一半的时候，有人打电话找她。圆圆去接那电话，那时李羊群就睁开眼睛看她。是一个熟人打来的，约了她出去吃饭。圆圆眼前晃着李羊群看她的目光，圆圆就找了个理由推辞了。圆圆回来的时候有点儿心神不定。李羊群仍然是睁了眼睛看她。圆圆的心里就安适了一些。他和她不说话，但是他和她的心里好似是有了长久的默契似的。李羊群走的时候在圆圆的手里迅速塞了一张字条，毫无疑问是提前写好了的。圆圆觉得她那天的那一着是押对了。

圆圆下班前，洗了澡，特意把自己弄得更精彩些。那些女孩们就起哄，说圆圆你是不是相对象啊？圆圆不理她们，她的脸上溢出一丝不易察觉的睥睨的笑。

圆圆从雅园洗浴中心出来的时候，李羊群的车子已经在门口不远的地方等她了。白色的本田雅阁，很有一些奢华。但圆圆一点儿都不惊奇。倒是李羊群一瞬间有些奇怪或者失落，在心里快速地闪烁了一下，他再次觉得这姑娘是有些不同凡俗的。

李羊群问了圆圆的名字。圆圆说我叫圆圆。李羊群就告诉她他叫李羊群，李羊群说，你就称呼我李哥行了。

李羊群带圆圆去吃了肯德基，他好像知道圆圆的口味似的，问都没问就要了辣鸡腿汉堡，还要了一大包香辣鸡块，要了可乐，要了薯棒和奶玉米。李羊群自己只吃了一只田园堡，然后就停下来看着圆圆吃。圆圆突然有一种丧气的感觉，她预感到等她吃完，这个叫李羊群的男人立马就会送她回去。

圆圆吃了很久，圆圆把李羊群给她叫的所有的东西都吃掉了。圆圆想，她能多吃一点儿就会挽回一些失望。圆圆终于吃完了，圆圆又坐到了李羊群舒适的车子里。她满心想听到的是我带你去宾馆吧圆圆。可李羊群却说，我带你去喝茶吧圆圆。圆圆是跟了这个叫李羊群的男人第一次走进省城的茶馆。圆圆觉得那里灯光朦胧着，里面的人说话时细声细气的，服务生走路都轻手轻脚的，是一个非常雅致的去处呢。圆圆注意到了，李羊群请她吃饭总共花了不到一百元钱，可李羊群在这里要一杯龙井就花了一张大票。李羊群让圆圆自己点，圆圆尽在茶单子上瞅价钱了。一瓶矿泉水要二十五元，可矿泉水是单子上最便宜的了，她就指了矿泉水。李羊群说，矿泉水没意思，你不习惯喝茶，就要杯玫瑰花茶吧！圆圆手里还拿着单子，就又瞅了一眼价钱，五十元。她心里又有了一股子没有缘由的沮丧。李羊群也不看她的脸，又点了几样茶瓜子点心。

那漂亮的玻璃杯子里是放了些许的花和茶，水是续了又续。圆圆想，这什么时候才是个头啊？李羊群慢慢地品着茶，说着一些散碎的话，那声音就像粘在杯子口上，断断续续地像茶烟一样飘浮着。李羊群有一刻说圆圆你的性格有些像我的夫人，包括喜欢吃的东西。圆圆的表情紧了一紧，分明想说什么，但她到底没有打问他夫人的事情。李羊群再说些慢条斯理的、适合聊天的话题，圆圆一句都没有听进去。李羊群仍旧说他的，他把圆圆当作一个成熟女人了，他甚至把圆圆当作一个城市里的知识女孩了。圆圆作为一个听众，那倾听的状态也确实做得非常好，她的两个眼睛自始至终有礼貌地盯着李羊群的眼睛，她在李羊群询问她什么的时候，不失时机地点头或者摇头。她心里却盘算着，走的时候能不能把他们要的一大堆点心打包带回去当作明天的早点啊！

那杯顶级的高原玫瑰被开水浸泡得鲜艳无比，香气诱人。可圆圆已经喝不动了，圆圆把玩着杯子里的花朵，圆圆的心情越来越灰暗，就像那些玫瑰一样，刚被开水浇灌的时候，还泛着鲜艳。几泡下来，已经变成暗灰的茶泥了。圆圆的心里难过得要死，她是没有时间陪这个人这样消磨光阴的呀！

圆圆的确是个懂得礼貌的好女孩，圆圆心里无论有多难过，她的脸上始终没有流露出一点点的不耐烦来。

圆圆是在子夜时分被李羊群送回家去的，她的耐心似乎已经到了极限。这是第一次也将是最后一次，她想。

李羊群没有要求去她那间租来的小屋，圆圆提前已经知道，结局本来就应该是这样的。圆圆没有料到的是，在李羊群送她下车的时候，却在她的手心里塞了一个纸包，同下午塞那张字条时的情形差不多一样，迅速准确，多少有一些慌乱与不安。圆圆是通过那只白皙沁凉的手得到这些信息的。

圆圆紧攥了纸包上楼开了门锁，她打开灯，用后背抵住门，迫不及待地抖开那薄薄的牛皮纸信袋。她提着心想，该不会又是一个大失望吧？圆圆看到了崭新崭新的一沓老头票。雅园的女孩子们都把百元的票子叫作老头票。

圆圆闭上眼睛，把那沓老头票一字排开，放在嘴上吻了一下，然后又抛向屋顶。票子纷纷扬扬落下来，圆圆半天都没有睁开眼睛。

李羊群请圆圆吃了肯德基，喝了玫瑰茶，给了她整整十张老头票。但是李羊群从头到尾手都没有拉她一下。

李羊群与别的男人确实是不一样的。

圆圆同李羊群的交道就是从那时开始的，距今大概有两三个月了。李羊群每个礼拜六的下午准时来雅园拯救自己疲倦的身体和灵魂，他已经是圆圆固定的客户了。真是这样的，不单是那些女孩子们，连做派夸张的女经理看到李羊群都会柔了嗓子说，李老板啊，圆圆姑娘可是等着您呢。

圆圆在心里算着，李羊群带她出去已经是第十二次了。李羊群每一次带了圆圆出去照例都是先吃饭，然后去喝茶。圆圆总是在被李羊群送回家的时候得到一个小小的纸包，当然不是总会像第一次那么多，可是比起别的客人，仍然算是不少的。何况，明惠根本什么都没有做。明惠只是一个陪伴，一个听众。她只是需要在那么一个固定的时间，固定陪伴一个人，听一个人说一些无关紧要的闲话，或者仅只是陪他坐一坐。

这是一个寂寞的人！这段休息时间分明又是一段寂寞的时间！

圆圆是一个好听众，圆圆是一个好的陪伴者。圆圆一般情况下不发表意见，圆圆只是点头或者摇头，圆圆用面部表情表达她的理解与认同。

那是一段非常特别的日子，圆圆知道了一个叫李羊群的男人的许多事情。这个叫李羊群的男人却几乎对这个叫圆圆的姑娘一无所知。

李羊群者，男性。曾经是某国家机关的公务员，曾经是某市国家机关被正式任命的副局长。李羊群有一个青梅竹马的，很漂亮很出色的夫人。李羊群却因为与另一个女人的一次艳遇把他青梅竹马的，很漂亮很出色的夫人给弄丢了。李羊群当然算是很英俊很出色的男人了，能够与其夫人相媲美。李羊群的前夫人却带着她与李羊群共同生育的儿子，嫁给了另一个非常出色的男人。

李羊群对圆圆说，这个世界太混乱了，太混乱了。然后把头埋在自己的手掌里。那个时候他就像一只脱离了羊群的羔羊，被伤悲和孤独一层层地缠绕着。

圆圆想这个世界并不算太混乱，只是这个叫李羊群的男人有点儿混乱。

李羊群是辞了公职的。李羊群丢了老婆觉得很没面子。李羊群觉得老婆儿子都丢了还当什么副局长！就像一个丢了羊群的羊还有什么资格当头羊！李羊群现在自己搞了一个文化传播公司。李羊群宁愿自己走羊肠小道也不想同过去的朋友混在一起。李羊群是这样要求自己的：再来一次，一切重新开始！

李羊群是这样说的，可圆圆觉得李羊群仍然生活在他过去的时空里，他甚至像是仍旧与前夫人活在一起。

是啊，丢个老婆也许就像丢件衣服；而被老婆丢掉，就像丢掉了所有的衣服，赤身露体地站在人前！

是圆圆自己觉得过不去的，圆圆觉得李羊群终归是一个男人，是男人就会有那方面的欲望的。而且，李羊群是一个失去老婆的男人。圆圆很明确地表达了她的意思，她告诉李羊群，她不能老欠着他。

李羊群不老，且相貌英俊，当是一个十分优秀的男人。可圆圆总是不能确定她是否有爱上这个男人的意思。圆圆说实在的只是觉得有一些东西是她应该付出的，否则她心里会不踏实。

圆圆说，李哥，我不能老欠着你的情，你什么都可以做的。圆圆说这话的时候，这么一个鲜嫩的女孩儿家就那样明眸皓齿地与李羊群的目光对接了。是一种坦坦荡荡的直白，没有一丝半点的矫揉或者造作。这真的是一个好女孩呢！李羊群这样想。李羊群如果在这种时刻再拒绝圆圆的意思，那他肯定就不算个男人了。

李羊群送圆圆的时候去了她的小屋。

一切都显得很合适，亦很舒适。李羊群觉得没有任何不自然，李羊群是个懂得体贴人的男人，这让圆圆感觉到了。男人与男人之间是有一些不同之处的。

李羊群的礼拜六除吃饭喝茶之外，又多了一项活动内容。圆圆的礼拜六成了一个特别的日子。连老曹都觉悟到，圆圆在那一天是拒绝见他的。圆圆自己感觉，其实并没有什么特别的地方，只不过她的那一天是相对固定给某一个人的。

李羊群与圆圆的相识叫作赶巧，赶巧遇上了，赶巧觉得合适。

圆圆与李羊群的交道只是出人意料的轻松自然，省了许多不必要的盘桓与周旋，省了她心里的如意或不如意，高兴或不高兴。有许多东西圆圆确实是琢磨不清楚的，她很放松，在这个叫李羊群的男人跟前她放松起来。

礼拜六那一天成了他们共同的休息日。

圆圆生病了，圆圆是个血肉的身子理所当然会生病的。圆圆在某一个周末请了一天假，圆圆患了感冒，更重要的是她来例假了。圆圆想，她没有办法对李羊群解释她的例假，她想到老曹的态度，她决定干脆不见的好。

圆圆同李羊群在每个周末见一次面，是按惯例，并没有什么特殊的约定。他们之间甚至连电话都不曾有，开始是偷偷塞上一张小条子，后来完全凭了眼神。他们在服务与被服务即将结束的时候相互看上一眼，好像在说，你明白吗？明白。我等你？知道了。圆圆下了班，四处看一看，便能寻到白色的雅阁，像一只温顺的绵羊卧在路边。悄悄地踏了落叶走过去，自己开了车门上去。开车的人不说话，坐车的人也就没有声响。然后，车子就向某一个地方驶去。事情一直就是这样，他们没有任何约定，但是谁也不曾想会坏了这个没有约定的约定。

现在是圆圆这边突然出了故障，仍然按习惯延续的李羊群一下子觉得无所适从。他仍旧是去洗浴，仍旧是裹了浴巾进按摩间，圆圆却不见了。重新换了一个女孩给李羊群做规定程序的按摩，仍旧是把他揉得舒适起来。李羊群有些糊涂，后来李羊群就睡着了。

李羊群出了雅园才觉得有些不对。

圆圆姑娘到什么地方去了呢？

圆圆姑娘是谁？

他李羊群的生活里什么时候就有了一个圆圆姑娘啊！

叫圆圆的女孩好似深夜里的田螺姑娘突然从某一个地方跳出来，现在又一下子消失不见了。李羊群想，那么就等下一个周末，见了圆圆问个清楚。李羊群想，好久没有见几个旧友了，也许可以见一见，也许还可以独自去看一次夜场电影或者独自泡一次酒吧。李羊群想了好几种方案，毕竟还有许多可以供他消磨时间的方法方式。但是，李羊群的心里竟然有了一丝慌乱。李羊群开着车子直接去了圆圆那里。

出现这样的结果，倒是圆圆万万不曾料想到的。

圆圆那一刻虚弱不堪地躺着，头发散乱，身上穿了家常的小花布棉袄，床上凌乱地堆了许多女孩家的小物什。这样的圆圆，突然看到李羊群，直羞得恨不能闭上眼睛看不见他。

圆圆说屋子里不干净，赶着让李羊群走。李羊群把桌上地下都看了个遍，他好像是第一次发现这个女孩子生活的简陋。再拿眼睛看那躺在床上的，小小的无助的身子，一阵强烈的爱怜涌上心头。可不就是个孩子吗？

李羊群走了，但是李羊群很快又回来了。李羊群不但回来了，而且带回了许多东西，大包小包吃的东西，甚至还从小店叫了一锅鸡汤。李羊群像个兄长，或者更像父亲般地把圆圆从床上拖起来。他说，吃吧！

圆圆的身子瑟瑟地抖。

李羊群说，吃吧，吃了就什么都好了！

圆圆吃了许多东西，又喝了好多汤。李羊群一直看着圆圆，她从头到尾都没有一点儿要哭的意思。李羊群还从来没有见过这个女孩的眼泪。

圆圆不哭，圆圆吃饱了恢复了体力，圆圆的脸色也变得红润润的了。圆圆说，李哥，我身子不干净，你要是不嫌弃你就把我要了。李羊群是结过婚的人，他哪能不知道轻重。就说，那哪成圆圆？李羊群说，圆圆我可不是为了这个。李羊群的脸上竟然露出处子一般的羞涩。那天是圆圆硬要的，圆圆在灯光下脱净了自己的衣服，圆圆说，李哥你是怕我淡了你的运气？圆圆说到这里，李羊群就过不去了。李羊群看到女孩儿病恹恹的一副娇弱样儿，也确实比往日添了许多激情。圆圆不哭也不说话，可圆圆的身体紧紧地缠绕着身上的男人。圆圆突然发现，她这才是第一次从心理上与人交合，她所有的感官系统都无比地快乐着。

那天李羊群在圆圆那里待到很晚，他走的时候圆圆已经睡着了。圆圆第二天醒来，感觉自己的力气全回来了，昨晚的一切像是一个香甜的梦。圆圆看到桌子上放了几张大票，她拿起又放下了，第一次没再数男人给她的钱，心里却涌满了欢喜。李羊群是个好男人，是个难得的好男人呢。过去认识的所有的男人加在一起，或许都赶不上李羊群的一根小指头！圆圆是这样跟自己说的。

圆圆歇了两天就开始上班了，圆圆的情绪显而易见地更加愉快了，见到每一个人都笑得蜜糖一样甜腻。中间老曹又约了圆圆出去，圆圆刻意地温存了许多，圆圆的身体感觉也好起来。圆圆让老曹觉得，这姑娘是开了窍了。老曹那天给了圆圆比往日都要多的钱。老曹让圆圆觉得，老曹也确实是个不错的人！

圆圆送老曹走的时候，听到一个孩子在对面的大街上对什么人喊，笨蛋啊，礼拜六是圣诞节！

圣诞夜那天，李羊群约了圆圆出去。天非常冷，人行道上积了很厚的雪。到什么地方去呢？圆圆想着这样的天气应该躲在屋子里，钻在被子里。李羊群却把圆圆带到一个叫“直觉”的酒吧里去了。“直觉”那个夜晚是疯掉了，摇滚与尖叫组合得声嘶力竭。圆圆想逃跑，她忍受不了那样的声音与热闹。圆圆突然看到边上坐的一个七十多岁的奶奶都在摇头晃脑。再看一会儿，发现那老太太的脑袋根本就稳不住，圆圆冲着李羊群乐了。圆圆不喝酒，但是酒吧里的热烈让她觉得口渴得厉害，圆圆把李羊群给她要的一瓶科罗那一口气喝掉了，圆圆发现自己同酒吧里的姑娘们一样渐渐变得兴奋起来。

圣诞节、酒吧，这在圆圆的词库里曾经都是多么洋气的字眼啊，圆圆越来越兴奋。李羊群惊讶地发现，这地方让圆圆变成了一只快乐的母鸽子，咕咕、咕咕不停地说，咯咯、咯咯不停地笑。

李羊群开始喝红酒，就给圆圆要杯红酒。李羊群后来改了洋酒，就给圆圆同样要一杯洋酒。李羊群不停地给服务生点钞票，李羊群根本不清楚自己喝了多少杯。

李羊群和圆圆从酒吧出来的时候已经是子夜时分，气温大概在零下二十度左右，北风像一头巨大的怪兽，一口就把两个人身上的热气吞没了。圆圆不由自主地把身子扑向身边的人。李羊群也极自然地与圆圆拥在一处。他们彼此把对方紧密地搂了，他们怕着那冷，更怕着那狂欢之后的黑暗与寂静。

李羊群说，我们回家吧！

圆圆说，我们回家啊！

圆圆是那年的圣诞夜住进李羊群家里去的。李羊群的家是他一个人的家，家对他来说意味着一所一百多平方米的睡觉的窝。圆圆觉得她能为李哥治理这个家，圆圆还不到二十岁，可是她自己觉得，她一点儿不比三十五岁的李羊群更显得幼稚。

圆圆从进去起，就再没有出来做事。

圆圆在李羊群的家里生活得很像一个小主妇，李羊群的家里是雇了钟点工的，一个月要给人好几百块钱。圆圆说，李哥，反正我在家闲着也是闲着，要不我们把工人给辞了？李羊群说，辞了？干吗呀？我可不是让你来当工人的！圆圆一直琢磨他这话里的意思，不是让我当工人，那是把我当什么人呢？如果没有他这句话，圆圆还没觉得有什么问题。有了他这句话，倒真成了一个问题了。关于这个问题，圆圆想了许多天，想得自己都有些不痛快了，干脆就不想了。

圆圆把李羊群的家打理得井井有条。李羊群除了睡觉别的时间常常不回家。圆圆倒是从来没提过意见，是李羊群自己觉得挺过意不去的。李羊群就改了习惯，过去礼拜六的日子他也是在外面过，现在改了，现在他回自己的家和圆圆在一起过。圆圆在平常的日子就懒散得很，圆圆每到礼拜六就忙起来，把自己重新收拾得妥妥帖帖，等了李羊群接她出去。李羊群常常把圆圆带去原来的地方，吃饭、喝茶、聊天。那个时候，圆圆就有些糊涂，觉得仍旧是从前的日子。李羊群也分明与往日不同，往日在家里见了她并不太讲话，换到外面，就重新喋喋不休起来。不同的是，现在他们消遣完了就一起回家。一起回家去的时候，就都感觉得出他们之间还是有了变化的。

圆圆时时会想起那个大风雪的圣诞夜的情形，可是那样的情形再没发生过。

圆圆每日都在家里养着，一日比一日地懒散起来。什么都由工人做，连喂喂金鱼，浇浇花这样的活她都懒得做了。她睡睡觉，看看电视。有时一个人出去逛逛街，有时还出去洗洗桑拿，做做美容。曾经是她伺候人家，现在是人家伺候她。姑娘们赶着嘘寒问暖，巴结着除去她的外套，称赞她又白了漂亮了，称赞她的衣服首饰好看。短短的一年多的时间里，沧海已经变作桑田。圆圆开始穿上价格一件比一件更贵的衣服，本来就生得银盆大脸的饱满，两只肉耳垂厚厚地坠着。任谁家的女人还不都夸她是个有福气的命。

李羊群每月都会照时在一个抽屉里放些钱。圆圆不能把它们存起来，可那些钱足够她消费了。她花起钱来也不再吝惜，学会了那些在商场里一泡就是半天的女人，买一大堆没有用的东西回来。无聊的时候，就把那些东西翻了又翻，设想一些用场，常常想到一半就丢开了。

这样的日子，也许正是圆圆梦寐以求的。但真过上这样的日子，她心里又空得像一座被废弃的仓库。其实圆圆并不曾遗憾她是不是少挣了多少钱。她要钱的目的又是什么呢?

李羊群是个好男人，李羊群从来都不曾承诺圆圆什么。可谁又能说，日子不会这样一直过下去呢?

圆圆想，等上两年，她一定要养一个李羊群的孩子出来。

圆圆从来都不是一个娇气的女孩，可有一阵子她突然觉得有了撒娇的欲望。快到圣诞节了，她要求李羊群带她出去过圣诞夜。圆圆现在也洋气起来了，她渴望刺激，喜欢起节日里甘醇的酒香。

李羊群连想都没想就答应了，因为圆圆几乎没跟他提过什么要求。

李羊群带了圆圆出去，他这次没有带她去“直觉”。他花了六百多元买了两张“小上海”度假村圣诞晚会的票。他想，既然出去了，就应该让人家开开心心地玩儿个够。

装扮成圣诞老人的门童给了他们两顶红色的尖帽子。圆圆穿了雪白的鸭绒棉袄，配了大红的帽子，一张粉脸红红白白的，像个瓷实的瓷器娃娃。所有的人都忍不住看她。就连李羊群都吃惊地发现，与自己生活了这么久的一个女孩，竟然是这样的美丽得这么陌生。有一刻，当他从旁边看她的时候，仿佛觉得根本就不认识她。

二人找了一个位置坐下，立刻就有小姑娘过来推销她的玫瑰花和礼品。买花吧先生，送太太圣诞节礼物啊！李羊群随手就抽了一枝递给圆圆。圆圆的脸立刻就红了，迟疑了一下才羞涩地把那枝天鹅绒一样深紫色的玫瑰放在胸前。那样的颜色衬了雪白的底子，就越发地娇艳无比。李羊群恍然悟到，圆圆并不是他的太太。可那又有什么关系呢，他们在一起是愉快的。

还会有什么事情比让人愉快更重要呢！

圆圆并不能知道李羊群的心里在想些什么，圆圆见他对着自己发呆，就带了温情地与他的目光对接到一处。不相识的在一边看，就觉得是极好的一对。

真好啊！他们在心里兀自感叹。

李羊群的朋友就是这个时候从外面进来的，总有那么七八个，也许是十来个，圆圆那时哪里敢把心放平了数一数。

那群时髦的男男女女一看到李羊群就喊，哇，这么巧，早知道让老李请客了！

李羊群说我请酒水吧，你们就放开了喝。

那帮人几乎同时把目光打在圆圆身上。他们的目光让圆圆羞怯起来，那是城里人毒辣辣的肆无忌惮的目光。如果你是个心虚的人，仅凭那目光就能把你看矮下去半截。那目光罩着圆圆，圆圆只能把眼睛死死低在桌子上的那朵花上。

有一装束得极欧化的准洋妞儿把胳臂支在李羊群的肩上，很随便地说，哥们儿，介绍一下啊！圆圆的心一下子提了起来，她想这太难为他了。

李羊群也许是想了，也许是没想。李羊群说，她叫圆圆，我的伙伴。圆圆的心总算放下了，她没有上过大学，可她知道伙伴是有多种含义的，可以是生意伙伴，可以是工作伙伴，当然，也可以是性伙伴。

那些人好像立马就把圆圆给忘了，他们在他们身边坐下来。他们相互打情骂俏，也说一些文化事儿，有时还夹杂了英语。李羊群给他们每人要了一杯威士忌，男女都一样。他们开始自在地饮自己的杯中物。女孩子戴了很酷的首饰，跷了兰花指擎着杯子。她们也抽烟，样子极为优雅，就那么光明正大地在男人堆里抽。圆圆的那些女伴们也有抽烟的，可她们是在没有客人的时候，偷偷地抽，样子放荡而懒散。圆圆放松了一些，她因为不再被他们注意而放松。他们吐出的烟雾像一条河流，但她觉得自己被他们隔在了河的对岸。他们喝酒，圆圆就喝自己那瓶加柠檬的科罗那。女士们是那么优越、放肆而又尊贵。她们有胖有瘦，有高有低，有黑有白。但她们无一例外地充满自信，而自信让她们漂亮和霸道。她们开心恣肆地说笑，她们是在自己的城市里啊！

她圆圆哪里能与他们这个圈子里的人交道？圆圆是圆圆，圆圆永远都成不了她们中的任何一个！

圆圆是有自知之明的，坐一会儿就说要先走。圆圆说完走就拿眼睛去看李羊群的反应。李羊群这只羊好像回到自己的羊群就把圆圆给忘记了，刚才还精神头十足地盯她的那双眼睛，现在一下子散了。他这样的神态与这帮人在一起才是合辙押韵的。圆圆以为，李羊群不陪她一起走，至少会挽留她。李羊群那时候正忘情地和他们追忆起一桩往事，他仿佛忘记了自己的角色，他本是陪了她出来玩的。但他不想让任何人在这个时候穿插到他们的往事里。他头都没扭就挥了挥手说，那好吧圆圆，你先回吧！

圆圆出了门并不觉得冷，她想起去年的这个日子，自己偷偷笑了一笑。她感觉笑容在脸上有些涩，也许是皮肤有些干燥，紧紧的。

圆圆打了车回家，放了满满一浴盆热水，然后洒了精油和浴盐。她脱光了衣服钻进水里，一边听音乐一边让自己的身体在水里一点一点地滋润。圆圆从水面上看着自己匀称的身体，舒服地叹出一口长气。她原本就是该这样在家里待着的啊！

圆圆洗了一个透水澡，慢慢地在身上涂上浴后霜。她年轻的皮肤紧绷绷地发出瓷的光彩，也许还没必要这样精心养护。可冬天皮肤是会干燥的，做一点儿特别的护理，会让触摸到的手有一种丝绸般光滑的快感，李羊群就这样称赞过她。她想起了李羊群那双手。那双手在这个圣诞夜也许在她的身体之外游走着，在一大群城里人中间，张扬而又镇定。

圆圆换了睡衣，又到卫生间细心地把头发吹干。她在洗浴中心做的时候，往往是洗了澡倒头就睡，早上却发现掉了很多头发。现在圆圆已经很知道如何保养自己了。

圆圆很快就睡了，她睡得很香甜，一夜连梦都没有做。

圆圆第二天醒来的时候，太阳已经亮晃晃地从没有拉严的窗缝里射进来。因为身边没有人，她有一刻曾经迷惑自己身在何处。李羊群一夜没有回来。

圆圆起来把窗帘全部打开，一屋子亮晃晃的太阳让她顿时觉得心里干净得像一面镜子。太阳很新，日子亦十分尽如人意。

圆圆先喝了一小瓶依云矿泉水，象征性地做了几节柔体操。钟点工还没来。圆圆没有等，她用冰奶冲了一杯玉米片，在煮蛋器里放一个蛋，往烘烤机里放了两片面包。面包的香味瞬间覆盖了整个餐厅，圆圆吸了一下鼻子，她太爱这种烤面包的味儿了。圆圆仔细地给面包涂了黄油和蜂蜜，用四个指头夹了。她吃得非常认真，实际上她是在做营养和健美专家的功课。怎么样才能保持苗条，怎么样又能让营养均衡吸收。圆圆是个好学生，从她移植到城里的那天起，实际上她就逐渐适应了这里的土壤和气候。

圆圆吃了面包喝了奶，才脱了睡衣冲了淋浴，然后坐在化妆镜前给自己化妆。这是她每日的主要工作，哪怕是没有一个观众，哪怕她化了再洗去，她都觉得不能怠工。她今天占用的化妆时间可能比往常多一点儿，化得格外细致。

圆圆穿了出门的衣服，她突然决定要去逛商场了。

圆圆走的时候，钟点工刘打来电话问中午买什么菜。圆圆说买一只土鸡，炖了做汤面。这是李羊群喜欢吃的饭，圆圆不能肯定李羊群中午会不会回来，但还是准备了的好。也许他会回来。

圆圆打车去了鸿虞，那是省城比较高档的品牌店了。已经有很久了，圆圆有事没事常常去转一转，也未必每次都真的买。圆圆其实是个买衣服非常挑剔的人，即便有李羊群付钱，不是太十分理想的她都不肯要。而且，她也未必是奔着那些名贵的牌子。圆圆清楚，她太年轻，有一些大牌子并不适合她。

圆圆一连试了几个她平常喜欢的牌子。她喜欢有朝气的，喜欢那种重的色调，她还太鲜嫩，只有靠重才能压得住自己的轻。圆圆那天却是看上了宝姿的一套西洋红的羊毛格子套裙。她试的时候，突然想起了桃子的那件裙子。她立马脱了下来，说，有些俗气了。店主说，是刚刚上的货啊！圆圆看了一下店主，选了一件纯红色的长裙，说，包起来吧！看见店主笑了，圆圆很老到地用手比了一下说，老八五啊？店主说，我们最低九折！说完在计算器上按出一个数，就开始给她包衣服。圆圆最后用手摸了一下那料子，做结婚礼服倒也是可以的。

圆圆回到家已经差不多十二点了。李羊群依然没有回来。那女工都习惯了，圆圆洗了手她已经把饭菜摆好。

圆圆吃了一碗面，又喝了大半碗鸡汤。正午的阳光强烈地射进来，把满屋子弄得亮晃晃暖烘烘的。女工把屋子打扫得差不多纤尘不染了。这是个很负责任的女工，是个城里人呢！原来是个纱厂的工人，还当过省级劳模。圆圆问过的，说是现在下岗比当劳模挣得还多，工作亦没有从前的累。女工才四十来岁，总是穿着极朴素的衣衫，头发松松地在脑后打个结。她来的时候总是像一张纸那样悄无声息地飘进来，脸色苍白，目中无人，几乎是不带任何情绪的。这样的女工，倒是让圆圆看出许多尊重来。我老了大约就是这个样子的。圆圆想。

圆圆吃了饭就进了卧室。女工到底不记得她有没有给自己交代过什么。也许有，也许没有，她真的恍惚了。女工收拾干净，就关了门走了。

李羊群是晚间过了十一点后回家来的。他推开圆圆的门，见她穿了大红的衣裙，姿态端庄地躺在床上，脸色艳丽，已经睡得十分安静。

李羊群是第二日的早晨才看出异常的，他再去看她的时候，觉得那情形怎么与昨晚没有任何两样，过去摸了，才知道是冰凉的。

李羊群昨晚竟然没有发现，圆圆的枕头旁边是摆着一只空掉的药瓶的。

后来那药瓶就一直摆放在李羊群家里最显眼的地方。

清点遗物的时候，李羊群翻出了一张身份证。圆圆原来是叫肖明惠。

李羊群在一段较长的时间里基本上把肖明惠的历史搞清楚了，现在只剩下一个问题始终纠缠着他，那就是，这个叫肖明惠的姑娘为什么要寻死呢？

伴　宴

鲁　敏[1]

1. 看来这一次是让不过去了，得找她“谈话”。

仲熙半是期望半是忧焦——说实话他是最愿意找她“谈话”的，哪怕是为着一个注定不欢而散的题目。

她姓宋，单字一个琛。以“王”作偏旁的字，通常与玉器有关，仲熙明明知道，还是特地翻了字典：琛，“珍宝”之意。这位珍宝姑娘是琵琶手，据说祖辈是大家，族中弟子好玩，器乐上个个都有专擅，若能同堂，拉出来起码能站满半边台子，包括一干亲戚，也大多与民乐沾边，最不济的，也是调音师或在器乐厂做松香。

仲熙的扬琴，高二才学，后来虽是进了艺院，专业上只能算个半调子。所以，对宋琛这种带有童子功的世家出身，总觉得有些神秘，况且，宋琛这个人，怎么说呢，她真是不好说的一个人。

她模样挺好看，但这好看颇有争议，因她眉眼较硬，五官十分浓烈，总之相当西化，若走在繁华大街，十分相宜。但她是弹琵琶的呀，这味道就明显不对了，

---

①鲁　敏　1998 年开始小说写作。已出版《奔月》《六人晚餐》《九种忧伤》《荷尔蒙夜谈》《墙上的父亲》《取景器》《惹尘埃》《伴宴》《纸醉》《回忆的深渊》《百恼汇》等 20 部。曾获鲁迅文学奖、庄重文文学奖、人民文学奖、郁达夫奖、《中国作家》奖、中国小说双年奖、《小说选刊》读者最喜爱小说奖、《小说月报》百花奖原创奖、“2007 年度青年作家奖”，入选“《人民文学》未来大家 TOP20”、台湾联合文学华文小说界“20 under 40”等。有作品译为德、法、日、俄、英、西班牙、意大利、阿拉伯等多种文字。

往台上一亮相，是要减分的。

她业务也好，是团里一顶一的“大牌”，从省市到国家，能拿的奖都拿过，除了德艺双馨奖——就算她有一天资格够老，也绝不会拿到。不知怎么搞的，宋琛的人缘相当不好。这大概缘于她对个人隐私莫名其妙的高度屏蔽：她在团里，没有要好的女友；平常与众人对话，从不推心置腹，永远保持在社交寒暄的尺度，有时甚至连寒暄也省略，只说些必要的工作之事。这就叫人不舒服了，业务好就可以这样拒人于千里之外吗？所以，连带着，人们对她的业务，也不大肯褒扬了。

同时，由于她的冷淡，还造成了一种奇怪的陌生感，人们天天见她，却总说不上是真正认识她，比如，她的私人状况。除了年龄，去年二十八、今年二十九、后年三十，这个是清楚的、可控的，但别的，却一概囫囵：有男友否？已婚否？已离婚否？在分居吗？另有新男友吗？可真气人，这方面的来往与离合，她从来只字不提，填表时碰到婚否之类的格子，亦毫不理会地空着；家庭成员一栏，永远只写父母二人。若有人故意问起，她要么轻蔑一笑，要么信口胡说，用很低级的谎言来敷衍，像是着意嘲弄对方的智力与好奇心。这一切就让人更加愤然了：有什么不能说的啊，谁比谁更金贵啊。你当你是生活在西方啊，一个搞民乐的，怎么着也该讲点中国的人情世故吧。

仲熙从文化局调来民乐团时，宋琛就是这么个背景与现状。介绍别的乐手，钱主任最多花五分钟，但讲到宋琛，钱主任倒足足说了半个钟点。所以，从一开始，仲熙就记下她了，不过，对她的这种种作为，倒也没大惊小怪。仲熙前几年在文化局，跟各色各路的艺术界人士打交道多了，他是知道的，这种“夹生”（金陵土语，不合作之意），乃艺术人士的专利，算不上什么大毛病，再说，也正因为人与人各不相同，这世界才有点意思嘛！

此外，还有一个小小的原因：仲熙三年前的离异，除了至交亲朋，一般人，他也是从不提起。所以，某种程度上，他理解宋琛，说不定，私生活上，她也的确是有难言之处吧。

真正一起共事，仲熙慢慢发觉，这个宋琛，虽然有点怪气，但总的来说，很讲道理，合情合理的分内事，她十分认真；反之，则寸步不让。仲熙其实倒喜欢如此，怕就怕那种忽左忽右、缺乏原则的人物。

直到碰上她拒绝“伴宴”，仲熙才意识到，宋琛，是个问题。

2. 何为“伴宴”？这是团里约定俗成的简称，详指“给宴会伴奏”，具体说来，就是一席或数席的重要宴请，主办者邀请民乐团现场演奏一台音乐会，以助清雅之兴，使吃饭活动成为更艺术的娱乐、更高档的社交……若干年前，伴宴一般都是政治任务，级别约莫为市宴、省宴，在座的总有党和政府的领导人物，且半数涉外，有展示民族艺术瑰宝之意，乐手甚至要政审，众人为此突击排练、加班迟归，皆无怨言，反倒甚觉荣耀，因为日后说起，他们曾经为“某某”“某某某”或“某某·某某某”奏过一曲。

但近年情况有变，因所谓体制改革之故，民乐团得自己“找饭吃”——这个比喻，简直全无斯文，仲熙十分反感，但上上下下各种场合反复提及，他也就渐渐麻木了认同了，何况他还得带头去“找饭吃”——替团里上下的工资、奖金寻到出处！

唉，说实话，民乐的饭食，难找极了，现今谁有工夫、谁又有那个静气坐下来听一曲《渔樵问答》或《蕉窗夜雨》！到各处去联系演出，十有八九都是婉谢的，要么就问他有没有“十二乐坊”那样可以在台上边拉边扭的女队班子。唉，这当中的辛酸与委屈，不说也罢。总之，到最后，贵贱不遑挑，细小不敢舍，连“伴宴”也成为乐团上下老小的“饭食”之一种——企业主的周年庆，多金者的婚庆典，谈判方的鸿门宴，等等，只要有钱，民乐团无不贴身而上，弦动琴响，务求主客尽欢。

而伴宴一旦落到此等地步，对乐手们的自尊，便有了普遍意义上的打击，特别是碰上那些宴客，他们不再是从前的宴会聆乐者——吃饭几无声息、曲终必要礼节性拍手、只在两曲之间才相互致敬，而今，他们是各席面间奔走不息（名为“打的敬酒”）或数人同时敲桌干杯（名为“集体过电”），同时大声倾谈，以段子取乐，击掌哄然大笑，更不要说接电话、喝交杯酒、醉了乱嚷的，总之其景堪比闹市，全然不管台上的弦唱箫吟。

也曾有乐手为之冲冠一怒、抱琴而去，但又怎么样呢？隔几天还是要捏着鼻子上台。故而，大部分乐手都还是“懂事”与“配合”的，放下小我，服从大局，以“找饭吃”为第一要务，上了台只管垂着眼皮佯装自我沉醉。况且，也就是一台拼盘音乐会嘛，曲子都是经典选目，大家早已熟腻至极，真正奏来，并不耗费多少精力。算了，世事已至此，不独民乐，各样自命或被命名为“高雅”“严肃”的艺术，都是曲中求直、苟且偷生的，还有什么好说的。

也只有她、这个宋琛，从头至尾，一直是固执地保持着“大牌”的底线，抵死不肯“伴宴”，谁也说不动她，提到那两字，简直像剥了她的面皮、折了她的风骨。好在团里另外还有两个琵琶手，也能应付过去了，反正谁上台谁拿演出费呗。

这样，过往所有的伴宴，包括大小商演，从上一任团长手里就开始默认了——不喊她。只是，从组织纪律、集体主义的角度来看，作为一个业务尖子，她这等于在公然对抗“创收”，把自己与众乐手拉开层次，总之，影响不大好。

况且，目前的问题是：周五的这次伴宴，负责付钱的客户点名就要宋琛登台参演。

3.“客户？”坐到仲熙的办公室里，才听了半句，宋琛就冷笑起来，果真是大牌的脾气，“也对，所以我们团还有市场开发部、第三产业，而乐队呢，干脆叫流水车间好了。您呢，就是老总、CEO，可别再说自己是团长。”

仲熙望望她，就让她说两句吧，只要最终能答应就好。这次的客户，真的很有意思，说只要宋琛肯出来，他们还会介绍许多圈内的老总们来“照顾”民乐团。同时，在谈好的“伴宴”费之外，还特别暗示，会另外给宋琛本人一个大红包。换作别人，这“红包”会算个砝码，但她这里，仲熙决定提都不提，难保那只会把她推得更远——跟宋琛打交道，有种与众不同的挑战感，这反倒给了仲熙一种莫名的兴奋，要真能说得动她该多牛气！

“人家老总点名要听你的《十面埋伏》，说明是个行家呀，是个知音！自古以来，士为知己、女为……”仲熙开始编，这个角度肯定比“红包”更适合宋琛，许多恃才傲物的人，都会对知音网开一面。

“哼，这也叫知音？那全中国人都是我知音。不论谁，初次见面的，只要一听说我是弹琵琶的，对方就会一边点头一边说，哦，《十面埋伏》！《十面埋伏》！蛮好听蛮好听！”宋琛活灵活现地模仿起那种假充内行的神态，逗得仲熙差点笑起来，同时也暗自后悔，刚才该讲她的得奖曲目《霓裳羽衣》或《飞花点翠》就好了。

“你知道吗？那公司，不是一般的气派，人家本来打算请省歌舞团弦乐队伴宴的，那边连曲目单都准备好了，全是崇洋媚外的世界名曲，多亏我们这边的钱主任会办事，中国气派呀、民族精粹呀、传统经典呀一通轰炸，总算把这笔业务给抢了过来。”仲熙知道搞民乐的往往会跟西洋乐较劲，他便故意无中生有，想激发宋琛的好战心，“而且，钱主任还跟我说，这家公司，因为是总部，所以每年都要搞元旦迎新、中秋茶会、新春团拜、VIP感恩宴之类，若这次伴宴弄得好了，会成为一个长期的高端客户，最起码，咱们每个月的福利就有了呀！”仲熙知道自己满嘴商业气味，但这会儿是故意如此，他就不相信，这个宋琛真是个不食人间烟火的，下个星期就是端午节了，到时发嘉兴肉粽与高邮双黄蛋她会不拿？

“反正我不会去的。”宋琛突然收了话题，全然不顾仲熙方才的一通说教还余音未绝。她站起身，仲熙以为她要告辞，她却站到窗户边往院子里看。

那个位置，仲熙也经常站。

民乐团的院子原本就小，加之现在有不少乐手买了车，里面更是挤挤挨挨，有人甚至嚷着要把两棵长了多年的柏树给移走。唉，每次站在这个窗口，看到那些锃亮的车子以及匆匆来去的乐手，仲熙心中也说不清是喜是忧，总的说来，民乐团是庙穷和尚不穷，很多乐手都在私下里带学生，虽然课金比西洋乐要低不少，但若是有些名气，也肯吃苦，外快还是可观的。搞创作的人呢，则在外面替人编曲子，节会庆典、店歌会歌之类——真正临到自己团里交代的差使，反倒成了兼职似的，草草应付了事。这些公私夹缠的情况，仲熙心中十分清楚，但也不忍下快刀禁行，说到底，他感到自己并无充分的理由与充分的底气，就算众人每天八小时齐齐坐在团里，又哪里去找那么多的演出项目、去保证大家的荷包呢。民乐呀，有时狠心想想，真像个老妇人，唉，本便是一日闲过一日、一日枯似一日的。

大约是见仲熙一直没有回答，窗前的宋琛又不咸不淡地加了一句：“我之所以不去，也不是冲着你，是冲着外面。”

“外面是哪里？”仲熙倒也不急了，不知为什么，他总还存着一种朦胧的希望，觉得自己最终是可以说服宋琛的。

“于我而言，琵琶之外，都是外面。”宋琛顿了一顿，却又另外讲起别的，“唉，乐是什么？你一定知道这句：‘王宫悬、诸侯轩悬、卿大夫判悬、士特悬’，从小，家里人就跟我讲这些，我也一向信以为真，所以，是无论如何不肯走下来去伴宴的，请你理解。”

仲熙知道宋琛讲的是周代礼乐制度——悬，大略是指编钟之类的古乐，周代等级庄严，“乐”乃至高享受，不可随便举之，什么人可听什么级别的“乐”，都有严格规定。宫悬，即四面挂，此为王者特权；次之，为轩悬，即三面挂，是赐予诸侯的；而判悬（对挂）与特悬（独挂）则分别是为大夫与士所定的界限，万不得逾越……

仲熙听得明白，宋琛此话听上去像是自我辩解，其实，当是在讥讽自己吧——把民乐自高堂大雅弄得如此等而下之，乃至侍奉起一帮大嚼大吃的酒囊饭袋。可是，这又哪里是仲熙的错，由来已久矣，这“礼崩乐坏”连孔子都徒唤奈何呀。

但仲熙也不愿辩解，最主要的，他能感到，她对民乐的挚情，完全偏执于高雅一端，要让她转了弯上台伴宴，确乎是难于登青天，就好比让一个专门吟诗作赋的人去搞有偿报告文学，完全说合不了的。

但不行，今天还是得说合！仲熙暗中咬牙，不是怨她，而是恨自己，为什么偏偏是个狗屁团长呢，得说各种言不由衷之辞、做各种不情不愿之事——这是世上每个人都会面临的迷局。况且，就算他肯让步，团里也没有人可以宽容她的洁身自好，凭什么为了她一个人的坚守，就要碍了整个团的利益，这对别的乐手而言，是不公平的：技艺虽有高下，但当初，哪个不是夏练三伏冬练三九过来的，从汗到泪到血，谁没流过？谁不想堂而皇之地万众瞩目、扬名立万！而今，别人都放下身段了，她怎的就不能放下！

想了一想，仲熙决定还是找她的软肋处说："其实，宋琛，我懂得你的意思。但我们的民乐，不是要你这样去关起门来殉情的。你得先让她活才对，她活了你才能活。你若真把民乐当了你的命本，什么伴宴不伴宴，商演不商演，这些牛角尖都不必钻。君子能屈能伸，大道迂回求索。我觉得你的想法，太过狭隘了！你再考虑考虑吧！"

宋琛此时已走到门口，听了这话，停下站了一会儿，却没回头，终于还是走了。

她的这一停，让仲熙感到：可能还有希望。

4. 仲熙复又站到窗口，看宋琛青灰色的裙子从排练房廊下一直消失在器乐室之后。她的背影，值得长时间盯着看——比看她的正面要安全得多。仲熙早注意到，宋琛不喜欢明媚的颜色，哪怕就是演出服，也是冷色调，红、黄、橙这些从不上身。一直看到那青灰色的身影消失，仲熙忽然间若有所思，想到个小主意。

便把钱主任喊了来，后者一进门便眼巴巴地盯着他，见仲熙的表情，绝望地叹口气："没谈拢？真是的，连你的账也不买！怎么一点儿人味没有的，有本事她住到月亮上去！"

仲熙摇摇手，让钱主任介绍介绍这个点名要宋琛上台的客户。

钱主任先是不解，只喃喃地开始絮叨："唉，是的呀，我当时也奇怪，就算宋琛在咱们圈子里算个名家，但社会上一般的人，哪里会知道她。不过我见到的人也不是老总，是秘书，小年轻儿，一开口就问我们团是不是有个叫宋琛的，我说有是有，但她不伴宴。于是这小家伙就买东西一样跟我讨价还价，中途出去接了个电话，回来后口气更牛，说只要宋琛肯出来，便如何如何，许下一串诺言，反之呢，就什么都不要谈了。没办法呀，我只有答应下来，人家出的那个价钱，多好的一块大肥肉！我要拒绝了简直就是犯罪呀！咦，对了，仲团长，莫不是，那家单位的老总看上宋琛了？”钱主任脑袋忽然一低，面上露出一种通用的亲狎表情。

仲熙一阵不快，被冒犯了似的，又觉得自己莫名其妙，何况未见得钱主任就是妄加猜测，于是也就顺势往下说：“这样，你的人脉一向最广，去打听打听，到底怎么回事，弄清楚了我们也好主动一点儿……”

“万一就是那么个情况，这不等于就是宋琛给我们惹的事情嘛，这样，我们反倒可以拿住她，上台还是不上台，她直接去跟对方谈好了，省得我们为难！”钱主任太聪明了，聪明得话这么多、说得准确而露骨，让仲熙都替自己的念头害臊起来。唉，许多事，想得，做得，偏说不得。多少人，在世间痴滚了几十个年头，都弄不好这个分寸。

仲熙想起方才与宋琛的对话，她倒是“会”说话的，一百句里，肚子先吃掉九十九句，只把最后一句，骨头一样吐出来。要有机会，仲熙真想与她好好长谈一下，恐怕她不会相信，他仲某对民乐的爱之深、痛之切，并不比她少。

5. 当初在艺院，仲熙的方向是音乐史与理论研究，除了扬琴，别的也玩过几样，均是粗通而不精。但那几年里，终日浸淫，或听或赏，对民乐的喜欢，已深入骨髓。无数个清风明月之夜，他在校园里独自走路，远远地听各处传来的缥缈乐声，总是慨然系之。京胡的愤而激越、箫的无限留白、梆笛的哑涩胆怯，哪怕就是木鱼的“笃笃”两声，都让仲熙为之牵肠挂肚、心神俱往——民乐的大底子，是一个淡墨写就的悲字，如同老人回首世事，欲说还休；但细节的表现与起承上，却又吵闹亮丽，有种随意的天真之气。尤其是这几年，经过了婚姻离合、事业起伏之变，仲熙的心境，越发沉郁，越觉得这民乐里的好，与自己的人生哲学颇为贴合，其妙处，难与人细说。

故从文化局下来主持这日渐式微、摇摇欲坠的民乐团，别人只当他是遭到发配、事业进入低谷——多少学民乐的都在往外转，他反从机关大院往里转，仲熙却感到别样的称心，满心期望就手按照自己的理解去革新民乐，使之起死回生、大放异彩……但没过多久，他即意识这一雄心的浅薄：民乐，如仅仅作为个人之好，仍可以像最初一样精美绝伦；但若作为一个乐团、以物质实体的形式来求生存，就不对了，甚至，仲熙总时不时感到一种似曾相识的暮夕之气，那是什么？

仲熙捂着脑袋想，对，在文化局，有一阵子，他曾经参与过“申遗”工作，看了不知多少早已死去、正在死去以及必将死去的“非物质文化遗产”：高台狮子戏、手工骨牌灯、雕花天鹅绒、阳腔目连戏等好几十项，各处报来的介绍，均写得密密麻麻，真正下去一看，能知晓会演做的，大都已是豁牙瞽目之老人，就算尽力扑救，所得的约乎也仅是片鳞只爪或以讹传讹、将错就错之作，最可叹的是，“抢救”下来之后，仍不免束之高阁、录于典籍，并未获得生存与流传的新生。

对此，仲熙总存有深深的迷惑。固然，祖上所玩要戏弄的各样奇巧技艺，做子孙的应当谨严收录不误，就算画虎成猫，也算是一种心理安慰，毕竟人类受文明教化甚深，已无法忍受任何艺术的失去，故而各地皆执念于“申遗”，并以为是功德无量之举。但有一点也要清楚，艺术的此消彼长，也循着物竞天择、适者生存的理数，一个时代便有一个时代的欢娱，失去了彼时的土壤与情境，就好比没了魂魄，再怎么勉力维护，还是一团枯槁的肉身，与祖上那清新活泼的乡野真趣已是天壤之别！

民乐里，仲熙也同样感觉到这种逼近而来的暮夕之气，所以，他一直拼着命地接洽各种商演，表面上是为了生存与经济，实际上，也是一种恐惧与抵抗，他宁可民乐这样粗俗泼辣、不尽如人意地活着，也好过于无人问津、孤芳自赏中凄惨地死去！

唉，有机会跟宋琛说这些吗？如果她真能理解到仲熙之一二，也许反倒可以明白，那以退求进的“伴宴”，其无奈与必要……

6. 仅仅一天后，钱主任就带来了打探得来的结果，其时仲熙正在审定节目单，下面报来的单子上已赫然把宋琛的琵琶独奏排在第二位——第一曲通常是合奏，在宴席开始之前就要出来的，相当于暖场，第二曲才是主角。

钱主任拖着步子进来，虽是邀功但也显得失望：“关于那个老总，我费了不少劲儿，转弯抹角，查是查到了，可是……”他居然卖起关子。

仲熙不答话，只盯着钱主任。他不喜欢这个关子，因为他的确想买这个关子。

为什么会这样？仲熙自问，真要为着伴宴本身，他大约不至于此吧。是的，承认吧，比起团里其他人，自己可能更加好奇宋琛的情感生活，甚至想透彻地研究，进入她的内心世界，了解她的爱恨，看到她私下里放松恣情的真面目……那么，这是有点喜欢她？他诘问自己，很快发现这问题毫无意义——

虽然自己而今复又单身，但宋琛的具体状况不明，况且她对自己，大约并无特别的好感；最要紧的，就算她有好感又如何，自己在机关里混迹数年，此刻又身为团长，要懂一切的利害与原则——与一个富有争议的大牌乐手，怎么可能！

但是，唉，人之为人啊，总有情难自禁的向善向美之心，而宋琛，她的模样，她的脾性，她的格格不入与固执行事，就恰好这样吸引他！此种情感的真实灿烂，正与其微小与虚无相当——只须暗中收藏，不必求对方任何的确认与回馈。有时候，人与人之间，就有这种若有若无的东西吧，这也正是生活比较有滋味的一部分。

只是，那个客户，真的会是宋琛的一个追求者吗？甚而用上了这种老派而蹩脚的套路（叫堂会？赏红包？），这让仲熙泛上奇特的感觉，在瞧不起与嘲笑之后，他又希望那人“是”！这就说明宋琛的魅力、琵琶的魅力、民乐的魅力，一切美好事物击中世俗的魅力。

仲熙走神了，走了一个挺漫长的神。

终于，钱主任自己沉不住气，把嘴一撇说道：“没什么！那家公司的老总是个女的，四十多岁，没什么特别的。并且，据我掌握的情况，她压根不喜欢民乐，女强人么，一心扑在事业上的那种……”

仲熙有些愣住了，一个女的？这里面会有什么吗？奇怪呀！

算了不必追究，有时候人就得相信简单、迷信简单！

仲熙说服了自己，同时也松一口气，这样也好，免得真要去跟宋琛谈论她一直避讳莫深的情感生活。再说，那些所谓的情感瓜葛，未必真就能“胁迫”到宋琛，说不定反而会让她彻底翻脸，把合作搞砸了，不仅她不上台，整个团都上不了台，演出费全泡汤……这样倒好，装个直心肠子，就当那客户只是心血来潮、附庸风雅吧。

钱主任耐心等仲熙消化完这消息，又另换了略显诡谲的表情，递上来几页文件，仲熙一看，是市里的“五个一”重点人才推荐表——如若被荐上，会拿到专业津贴，被组织出国考察、脱产培训之类，有若干的好处，每隔三年才会分到小小民乐团一个名额，也算是政府对民乐人才的一种“泽被”。

钱主任放到桌上，见仲熙视若无物，于是又重新拿在手上，不吐不快的样子：“也是巧，今天刚收到这个通知！仲团长，你看，从专业水平看，宋琛是团里的头号人选，虽然她群众基础差一点儿。但瑕不掩瑜，所以呢，我建议，咱们团就报她，但有个条件，让她小小地回报一下团里，上个台嘛……”

仲熙埋着头听，完全听懂了钱主任的话外音。唉，一桩交易接着一桩交易！

对方可是宋琛啊。

其实，这次伴宴，宋琛若真不肯去，这笔业务黄了，也就算了，毕竟上了台也是要演的，强扭上去，反是弄巧成拙，影响演出效果——有些事，必要时，不如抱着顺遂的心态，退一步便罢了。

但想想钱主任吧，当初为了“拉”到这笔业务，多不容易，将要看得见的丰硕受益招摇在前，却一下子栽倒在宋琛手上，不仅他要跳脚，全团上下也会升腾起各样怨气，这对宋琛将大不利——仲熙实在不愿意那样。无论如何，大家现在都同在这民乐的小船上，只可一心一力才对。

这样一想，对钱主任提出的“建议”，也只有默认了，如果处理得当，不那么赤裸裸的，也未尝不是个办法。再说，这样，他又可以有事由再找宋琛“谈”一次“话”了不是吗？

也奇怪，就算经常会在团里见到，他竟仍然有些想念，想与她独处。

7. 料想不到的是，这第二次“谈话”，倒是宋琛主动约的仲熙，以一个简慢的方式：快到十一点，才打个电话，问是否有空中午在民乐团附近的茶馆见面。

仲熙自然是答应了，同时又觉得失落——这种仓促的约见，说明自己在她心目中完全没有一点儿分量。唉，她将永不会知道，自己竟会那么在意她。

宋琛仍是一身不起眼的灰绿色衣裳，但她五官鲜明，反而另有一种特别的味道。没有常见的寒暄与矜持，宋琛自作主张要了两份简餐。她显然是有话要说。

仲熙随身带上了“五个一”人才申报表及伴宴节目单，像是两份指向同一标的的合同似的，只觉得放在口袋里十分碍事——其实，真正碍事的是他自己的身份与心理感觉，他暗自慨叹：要是这会儿，能以另一种身份、另一种心境，与这个引人遐思的女子这样临窗静坐，随便聊聊他最喜欢的敦煌古曲，会多么好……

令他略感安慰的是，宋琛的确是个很好的谈话对象。比如下面的开头，就像一篇文章的引子，顿时让仲熙感到和风扑面，心境为之跃然。

“其实，你到我们团之前，我就听过你一曲《苏武》。”

仲熙一听连忙摆手，差不多要脸红了，他知道宋琛有个舅舅专司扬琴，自己跟那老人家是根本没法比的，而且，他回忆，那支曲子，当众敲得很少，可能是某次同学会上的即席之奏，完全登不得大雅之堂，哪晓得她当时正在座下。

宋琛等他说完一堆表示惭愧和谦虚的话，忍不住笑了：“咦，我刚才只说听过，并没有夸你敲得好啊！”

见仲熙更加不安，宋琛连忙往下继续："不过，你敲得很有风韵。我舅舅常说，扬琴这个器乐，一般人都以为，关键是在节奏快慢、点子的切分，对准确性的技术要求高过其他器乐。其实，真正的妙处倒恰在准与不准之间，其快与慢，要与曲子的意境相贴——欢腾畅快处，奏者一味求精准，反显得蠢相；滞重沉郁处，就算慢上八分之一拍，也是好的。这是我舅舅的歪理……而你那天敲的《苏武》，手一听就生，还有几处错音，但好就好在，如同水墨画的写意，里面的意思你'写'到了，复古拟古，曲风纯正。所以，我当时回去还跟舅舅说，今天倒看到一个懂得民乐的。"

仲熙被夸得有些醺然，内心十分高兴，因为刚才性急多话，这回索性只以一笑回应。

"所以，不用你多说，我也能理解，你到了团里，带着他们一起折腾，弄些钱、弄些市场、弄些影响，也是为了救民乐于濒亡。可是，我总觉得这样子下去，是背道而驰，对民乐的伤害多于补救，反会使之愈加的低廉轻贱……"

"愿闻其详。"仲熙想，这顿便饭，宋琛是要给他洗脑了。

"也没什么详。"宋琛却又把另外九十九句给咽下去了。吃了一会儿菜，她摸摸左手几个指肚上的老茧，也不看仲熙，像是自言自语："从小到大，没有游戏，没有电视，没有伙伴，永远都是一天六个小时地练，除了年初一与生日可以放假半天。这么些年，只与琵琶守在一处，虽是小了点，但心反而大了。许多事情，比如打扮、吃喝、金钱，于我而言，也只是清水穿肠，不留痕迹。总之，我什么都不在意的。"

仲熙留心听，她方才，只说"打扮、吃喝、金钱"，却没提到"男女"，他真有心想问一问，那方面如何呢，也是清水穿肠吗？

他想起她在台上的演出，黑漆漆的舞台，只一束白光打在琵琶上，她的演出服是冰蓝的长纱裙，如一朵莲花缀于天幕。她双目微闭，脸色处于半明半暗中，全部的精力只在十指，一曲《诉》里，具有多么惊人的柔情蜜意啊！若胸中没有缠绵，绝不可能奏出那样的衷肠！其实，这曲子是近人据《琵琶行》所作，重在技法繁复，夹弹、半轮，带起、泛音、绞弦，但意境稍弱，失之凄切，可宋琛指端的流淌，却让仲熙怦然心动、为之神往，这样的女子，怀抱的是怎样的娇痴怨嗔！什么样的人才能走到她的心中并占有一个小小的位置啊！仲熙记得自己当时呆立于台下，心中长叹息不已。

现在瞧瞧，她这双修长的、弹尽婉转与崎岖的手，可不就在眼前么！他多想轻轻地握上一握、亲上一亲啊！这不是亲她本人，而是亲一种与她相关的东西；这跟肌肤无关，只是一种情绪，一种需要！

见仲熙表情异样，宋琛觉察到什么，她抬起头，把眼睛正对着仲熙亮了一下，奇怪，她什么都没说，可仲熙却清清楚楚地感到，那亮，正是明确地要驱散他任何的胡思乱想！瞧这女子，多聪明，会巧妙而友善地阻止那个种子发芽。

宋琛继续正襟危坐，“哦，刚才扯远了。其实，我就是想跟你说，这器乐，有三相：声、音、韵，这三者，有境界上的递进关系，可谓发乎于心、忘乎于情、得乎于性。但你让他们整日价去敷衍那些闹哄哄的场面，能弹出来什么？下面又能听到什么？只能是‘声’，连‘音’都谈不上，所谓‘知声者众，知音者稀’，更不要讲‘韵’了！这哪里对得起祖宗传到我们手里的器乐！”宋琛似有一点儿激动，说罢往后一靠，完成此行的既定任务似的。

仲熙给她续了点儿水，一边点头。真要反驳宋琛，他同样可以讲出一百个理由来，可是他知道宋琛的，根本不必长篇大论，不如学着她，咽下九十九句，也只挑最要害的来说吧。

“你说的，都对。我只问你一句，若你是团长，一团人的工资福利、吃喝用度摆在跟前，还有离退休干部的工资与高额医疗费等，你还可以这样关起门来，以乐为食，追求最深的精髓？宋琛啊，皮之不存，毛将焉附？我得先把这一大家口养起来再说啊！弄不好，这里上顿不接下顿，这小小的民乐团是会解体的！到时，我们恐怕连白日梦都无处寄托！”

宋琛虚虚地盯着仲熙，似有一点小小震动。

走之前，仲熙把列有宋琛节目的伴宴节目单递给了她：“你看看，合不合适？”他自认为这话说得有些技巧——不合适的，可以是排序，可以是曲目，也可以是演奏者，就看宋琛怎么改了。

“五个一”人才推荐表他仍旧捂着。这两个东西他真没法同时拿出来；或许，他是有些天真的自我期许，他对她，是以情动之，以理动之，大不必以利诱之。

8. 一般来说，两个人的争辩，最后发言并结尾的那个似乎能占到一点儿记忆惯性的便宜——以此来说，中午在茶馆的谈话，仲熙并不能算是输在宋琛手下。可是，真奇怪，一整个下午，他却都在想宋琛的那段话。关于器乐之“三相”，她所讲的，像一根小肉刺，让他百般地感到不适……

他想起团里的另一个“创收”项目：古都雅韵风情音乐会。

这是通过文化局向旅游局好不容易争取到的一笔大“生意”，而后者也是特意照顾“没米下锅”的民乐团——让“古都雅韵风情音乐会”作为本地旅游项目的一个保留节目，只要是跟旅行社来的外地游客，都会被组织统一观看，逢上旅游旺季，每日两场，就算是淡季，一周也要三场。仲熙对这个长期而稳定的业务还是比较满意的——全团工资有二分之一要指靠它呢。

有时他也会到现场转转，情形当然不太乐观：那些衣着花花绿绿的各地游人，总是抱着骚动兴奋的过客心态，全然没有安坐的心情，他们最大的乐趣便在拍照与交谈，并东张西望目尽所见，以不枉此行。更有孩子四处乱跑，家长勉强拉住，用那种勤于教诲的口气指点台上：喏，记住，那个圆圆的有洞的是“员”（是“埙”，许多人只念半边字），那个叔叔吹的叫小号（其实是唢呐）……仲熙往往看得气闷，便转目至台上。

这一看，更糟，连再看第二眼的勇气都没了——即便是那短短的一眼，他已能强烈地感觉到，乐手们是怀着怎样木然的心情在演奏，不，可能比木然还糟，是压抑与恶心，这怨不得他们，每天三次啊，像磁带一样，永远是那一套经文化局、旅游局共同钦定的保留曲目：《茉莉花》《春江花月夜》《姑苏行》《金蛇狂舞》……再好再好的东西，就算是天下最美的那三个字，无穷无尽翻来覆去每天只用同一种音调在规定的时间用规定的方式说出来，且倾听的那一方完全无动于衷，谁不会发疯啊！

仲熙索性闭了眼，是啊，如果是外行，如果粗心一点儿听，所有的曲子都是驾轻就熟、流丽婉转的，可是他知道，那早已不是音乐了，只是一堆声音，正如宋琛所说，是器乐之三相里最低的一层，正是这种谋求稻粱的惨淡经营，让数千年绵延下来的民乐仅留下一个“声”的外壳！

这样一想，仲熙不禁悲中从来，又伤心又激愤，在一种自我惩罚的情绪之下，他忽然觉得，宋琛去不去伴宴，此一步甚为关键，是关乎气节、关乎精神的大事，往左走往右走，有巨大的隐喻与象征。

那么好吧，就这么定了，不管后果如何，同意她不去、支持她不去，永远不参加任何廉价或不廉价的商演，就让她作为最后一朵自由的小白花吧，孤傲地别在民乐团寒凉的衣襟上！

——此决定一做，仲熙反倒觉得一阵轻松，心情如暴雨突降后的澄明。他决定暂且不想：该如何向钱主任自圆其说，解释自己的反水。

9. 可哪知，仲熙这里刚刚艰难转身，宋琛却也兀自回头了。送回节目单时，她用与拒绝“伴宴”同样轻巧和目中无人的语气：“那个，我去了。”只在用词上，还不肯提“伴宴”二字。

仲熙吃惊地看她，她却不回看，只顾低头用手指点节目单，欲与仲熙讨论节目的顺序与内容。那意思是，她既是参加了，就希望一切都像点样子。

宋琛用铅笔做了一些修改，她认为这节目单不能算一篇好作文——一场音乐会，也是要求“豹头猪肚凤尾”的：“两头的么还行，但中间的几支曲子，怎么都那么绵啊，虚飘飘的，完全撑不住嘛。”

“噢那个啊。”也是，她这是头一次参加伴宴，不知道具体情况。仲熙压下心中的其他疑惑，先对她解释，“伴宴，就要讲究一个‘伴’字，开始的曲目自然要先声夺人，主客双方往往在此际步入宴会现场，但一旦客人们酒杯端起，我们这里就是奏仙乐也入不了他们的耳啊。故而，中间的曲子就以慢曲为主，音色轻柔，恰如背景乐一般，若有若无，绝不可喧宾夺主，扰客人的胃口。这样一直奏下去，直到快要终席，人家吃得差不多了，才会有闲情把注意力转到我们这边，他们会点些曲子，甚至会是通俗歌曲，也有时是我们自己来一个高潮，比如《花好月圆》或《步步高》，最后皆大欢喜……”这里面的小小门道，仲熙一直在做，并没有谁要听他解释，但今天这样明白地说出来，心里还真是有些酸楚，看看，这都落到什么份儿了！唉，也怨不得有些乐手，把“伴宴”干脆叫着“墙纸”，说他们晚上是去做“墙纸”了。

宋琛边听边点头，倒也不见得怎么样感触：“想不到有这些讲究。那么，除了《十面埋伏》，我还得另备一两支曲子，以防到后面被点到是不是？”看来这个宋琛，一旦决定要做什么事了，这个认真劲儿！可这种事，放在她身上，多么令人惭愧！心里真觉得对不起她！

仲熙就势把话说回来：“怎么回事？你为什么又改变主意了……其实，我后来也想通了，我们堂堂一个民乐团，总得坚持点什么对吧，如果那个客户真喜欢你的琵琶，就应当专门去听你的音乐会才对……”

宋琛摇摇头迅速笑了一下：“呃，这个，乐舞侍宴，自古有之。再说，我就算上了台，也还是在我自己的世界里，我啊，自有我的玻璃罩，可以挡住一切。”

仲熙没有勇气开口再往深里追问——宋琛的这一决定，究竟是为重温民乐古风还是为了帮他一把？也许是兼而有之，特别是后者，她自知不可能呼应他的情感，故而只有这样回报？不，这样很不好，情感上，他可从没要求她什么，都怪昨天在茶馆里有些失态……可是再想想，也好，她若肯怜悯，便是懂他、体恤他！这与爱之间，便只是一步之遥了！

仲熙百感交集地看着宋琛，谢也不是，推也不是，这个困扰他多日的难题，此刻一下子有了好的结果，却又说不上是高兴还是失落，他多想能够轻轻地抱一下宋琛啊，知己一般的，难友一般的。

10. 晚宴是六点半开始，但仲熙要求乐手们五点半就吃了晚饭全都到场，这是一个仪式感的问题，也是一个心理问题，正因为全团上下对伴宴都极为不屑，仲熙愈加规定严格，以此做一个反方向的张力，不至于大家坐到台上都松塌塌的没有样子。

而这一次，仲熙去得尤其早，跟服务员们一样早，那些女孩子正在忙着布席，一整个气派的大堂，总共八大桌。仲熙台上台下绕了好几遍，不管怎么说，这是宋琛头一次伴宴，仲熙希望不要出任何差错。同时，他仍然还存着一份好奇，想早点看看这家公司的女老总，为什么她偏偏死活要宋琛出场呢，这件事想想还是有些蹊跷的。

女老总当然不会早到，倒是宋琛，比其他乐手来得都早，仲熙趁机给她再打一个预防针："……最好的演奏，就是要做到目中无人，不管下面贩夫走卒人仰马翻，都只当与己无关。"仲熙还是怕她适应不了，这可不是音乐厅或大剧院。

宋琛什么脑袋，自然听懂了，她笑起来："你放心。所有的情况，蜘蛛都跟我说过了。"蜘蛛是另一个琵琶手的绰号，因她十指特别修长，故得此号。"好了，待会儿我就去换衣服了。你不要笑话，我选了最吓人的大红。因蜘蛛说客人一般都爱看琵琶手穿红衣。"

看着宋琛似乎是很轻松的背影，仲熙感到一阵难过。是啊，今天这是她的头一次伴宴，但仲熙绝不敢说是最后一次，许多事情都是这样，既是有了第一次，为什么不能有第二次第三次……唉，从此，宋琛也会成了一个伴宴的乐手吗？

仲熙一时感到自责和怆然。但此时此地毕竟不宜抒情，不多久，乐手们都到了，各就各位，化妆、更衣、备谱、调弦，一阵琴动弦响。而外面大厅里的签到迎接之声也渐渐哗然起来。很快，钱主任匆匆引着一位咖啡套装、身形偏胖的女人过来——就是出钱的衣食父母啊，仲熙马上满脸是笑，介绍、寒暄、相互致谢，然后仲熙告退，指挥上台，在宾客们一阵阵涌入落座之际，当晚的伴宴，以一曲合奏《节日》开场了。

仲熙坐于后台一侧，所谓的台子，只有三级楼梯高，离席面也很近，他可以斜着看到台下。他再次打量那女老总。

的确，太平常了，胖得平常，女强人得也平常。看来，真的没有什么。就连宋琛上台演奏，她也没有多加留意，只忙着与客人应酬，中途还掏出手机，一边打一边带着淡笑瞟着宋琛。

这样看了两支曲子，仲熙不禁有些昏然，索性起身到后台。宋琛果然在那里，另外尚有几个独奏的乐手在候场，也有刚刚下来的在歇着，要在平常，这里往往是发牢骚的最好地点，今天，大约是因为宋琛的出场，倒显得有些静默。宋琛仍跟在团里一样，谁也不理会，只独坐一边抱着琵琶。

仲熙站在那里，却也无话，总不能祝贺宋琛演出成功吧。

本以为这一晚大概就是要这样无话下去，忽听得前台有人急急走来，是钱主任，见到仲熙，他急忙把他往边上一扯，眼神从宋琛那里虚虚地掠过。

“女老总说，她有个重要客人刚刚才到，而且她先前也没注意到宋琛上台，所以……要宋琛重来一遍，还弹《十面埋伏》！”钱主任脑门子上全是汗，他也知道这话说不出口。有这样的吗？事先不是都有节目单的吗？就算要演员返场也不是这样返的。

仲熙跑到侧台，照钱主任的指点看，主桌并没有增加任何人，只在靠门口的边桌上，有一个新来的男人。“就是他，我刚才问过迎宾小姐，只有他是刚刚赶到的。”

仲熙细看，那男人面容白净，衣着散淡，倒不像官场中人，且神色灼然，有点坐立不安。他左手拿手机，右手在上面不停地写信息，根本无暇往台上瞧一眼。

“什么鸟重要客人！别听她的！”仲熙一到后台，就放开嗓子骂了一句，一口回绝。几个乐手马上围上来打探。宋琛恰好临时走开了不在。

钱主任顾不上避人了，在一边急得高一脚低一脚：“我当时就表示为难的。可女老总说，只要宋琛再登台，这次咱们团整个出场费翻倍，宋琛的红包另算。”

“有这等好事啊！”乐手们纷纷感叹，又惊又喜，“反正闭着眼就能拨拉一遍的，我要是宋琛，上去十几趟都可以啊。能叫返场，也是种荣耀嘛，只要每次费用都翻倍！”唉，听听这话，仲熙简直要发火，可也不能怪乐手们眼皮浅不晓得自重，而是，怎么说呢，“伴宴”这件事，本质上就是来赚钱的嘛，还有什么好矜持的！

不知什么时候，宋琛进来了，大约早听清楚原委，没有半点犹豫，就开始戴指套:“行的，那帮我补一下妆，上去就是了。”她没什么表情，既不是委屈也不是高尚，反正，平常极了。

钱主任欢喜不尽地称谢不迭，一圈人也都捧场地哄笑，说要集体请宋琛吃饭之类，总之，人人都对宋琛刮目相看般的。

仲熙却默然无语，颓然若失，感到无颜再看宋琛。他往远处站了站，恨不能藏身至某个巨大的阴影里。他忽然想起宋琛说过的“玻璃罩子”，看来，今晚，她真是把自己罩得刀枪不入了，故而再怎么样她都是不在乎的。

这时有人冲着宋琛殷勤地提醒:“你刚才出去时手机响了，响了好多声。会不会有急事啊！”宋琛这时已端坐到化妆台前，不领情地摇摇头:“要上台了，再有急事，也顾不得了。”

钱主任早在那里绕着圈子等了，她捧着琵琶，静了一会儿，站起身便上去了。

11.“叮叮叮”一串，清冽而凄绝的拨弦出来了，仲熙不由自主也跟了上去，站到钱主任一侧往台下瞧。

台下那女老总，却仍是随随便便瞟着台上，仍在跟人碰杯，毫不为意，神情举止中的轻慢，显得有些夸张，这让仲熙十分不解:她不是要死要活让宋琛重新上台的么，怎的听也不好好听？其他各桌的客人也是依然故我，奔走敬酒，一波波把宴会推向高潮。仲熙于是往后头看，看那新来的客人——

那男子正泥塑般一动不动盯着台上的宋琛，虽说四周个个喝得面红耳赤，他却是脸色发白，且那表情全然不是欣赏与陶醉，而是无法形容的痛心，似乎不忍看，可又愈加要看，而愈看又愈是不忍。

仲熙忽然感到不妙，可不妙在何处，却也说不清楚。他回头看台上的宋琛，她全不知情，只是微睇着眼，面色恬然，半掩在琵琶之后，超然物外，超逸尘世……

七分十四秒。《十面埋伏》的七分十四秒过去了。

宋琛仍旧闭着眼，照以往的经验，这应当是掌声起来的时候，当然现在没有，但宋琛依着她的老习惯，静候了一分钟，等自己的魂魄从某处归来似的，然后才慢慢睁开眼，也不看台下，只一手提着裙边起立，一边向台下欠身致谢，打算移步下台了。

掌声这时突兀地响起，差点把仲熙吓了一跳。一看，竟然是女老总，她一个人站了起来，大声地拍着巴掌。仲熙惶惑不安地盯着，不知这是什么意思。

女老总兴致十分高涨的样子，走到她方才致欢迎辞的麦克风前，用一个很漂亮的外交手势示意宋琛仍旧回到台上坐下。

她拍拍手，又拍拍麦克风，下面于是静了许多，不少人的鲍汁泰米饭刚吃到一半，仍旧接着吃——凉了再用，味道就走样了。

女老总回过头，定睛看了会儿宋琛，接着隆重并充满激情地向所有的宾客介绍她：几岁开始操琴，几岁开始获奖，某年获某项，某年到某国演出……简直像一个演出经纪人似的滔滔不绝、如数家珍。

仲熙愈加吃惊，身边的钱主任又在扯他的衣服，仲熙侧头，钱主任却冲台上努努嘴——台上的宋琛，表情有异，正目不转睛地盯着台下，仲熙顺着她目光看下去。

她看的，正是那新来的客人。后者也已情不自禁站起，与她呆呆地对看，半是哀告半是绝望。很显然，这位姗姗迟来的“贵客”，并不欣赏女老总所安排的这个“惊喜”。

仲熙移开目光，心中叹息一声，没有别的可能，此人，一定就是宋琛一直隐而不揭的“男女”事，她炽烈而秘密的爱……这是意料中的存在，可仲熙仍然感到莫大的苦涩，他曾一万次地好奇，宋琛的心灵归宿究竟何在，可真正看到，却又觉得刺目和伤心，最后的幻想完全被打破了！

那台上，女老总演讲正酣：“……各位各位，千载难逢，百年不遇，能有机会聆听到这样顶尖的艺术家为我们演奏，我建议，咱们每张桌子点一支曲子怎么样，一共来八首，这是很吉祥的数字！我相信，我们年轻漂亮的宋琛小姐一定不会让我们失望的，而同时我也可以保证，我的回报绝不会让宋琛小姐失望的，请大家随意，尽情点你们最喜欢的曲子！一切我来买单……”

闹剧就此拉开序幕，为了给女老总面子，显示他们的活跃，一群人嗷嗷大叫着表示赞同，并争先恐后地叫着曲名:《青藏高原》可以吗？周杰伦的《千里之外》！来一个《月亮代表我的心》……

仲熙只觉得全身燥热，想要冲上去拉宋琛下来，钱主任却拼死拽着，并在耳边说：“你别急，她会弹的，我听蜘蛛说，她连通俗歌曲的谱子都一并要了去准备的。”

这不堪的场面，宋琛竟皆视若无物，只带着一种奇异的解脱般的微笑，穿越崇山峻岭般盯着台下的那人。而只要有人报出曲名，她便礼貌地点点头，两手抚弦，好像随时会应声而动。

嗨，这个钱主任，还当真要等着宋琛弹！仲熙愤然地甩开他，正打算冲上去。却看见下面的局势略有变化，那站在最后面的男子，缓慢而引人注目地行动起来，他穿过一桌桌酒席，一直走到女老总身边，祈求般地小声说了一句什么。那女老总却随意而坚决地摇摇头，反而一把拉住他，面带幸福微笑，用半倚半挽的方式绑架着他，把他逐一地介绍给主桌上的客人。那些客人立刻满面堆笑地向他们二人敬酒，而女老总，则亲昵地把自己的酒杯替男子一直端到嘴边……

直到这时，谜底才算真正揭开。仲熙决不敢再看宋琛一眼！

看来还是钱主任最初的判断最为准确，这女老总，的确是看上了宋琛，早就看得好好的！她准确地抓住了要害啊，知道用什么最具破坏性的方式来对付宋琛……而他仲熙，又是个多么愚蠢的同谋，以拯救民乐的名义，以顾全大局的暗示，并夹缠着欲说还休的暧昧情意，一趟又一趟地，最终把宋琛拉到这里，让她穿上这样的大红纱裙，这样低下头颅，为心上人的妻子伴宴，弹奏这样一曲《月亮代表我的心》！

仲熙双目酸胀、气不可遏，只觉得脑袋里嗡的一声，他真想径直大步走上前去，真想去使劲敲打立杆话筒，发出刺耳的嚣叫声，然后尽他最可能的粗鲁，用最大的声音宣布：狗日的伴宴到此结束！永远结束！你们好好吃吧！

当然没有。

仲熙只是站在原处，两只手礼貌地对捏着，面带谦和微笑，笑得甚至还挺像样子呢。

12. 深夜的大街，行人已是稀少。仲熙陪着宋琛默默地走。关于晚上的一切，她什么都没说，而他，也更是什么都不好说了，难道说“对不起”？是谁发明了“对不起”啊，世界上还有比这更没用的话吗？

街对面的 24 小时快餐门店还开着，时髦的红橙色里有种隔世的温暖。仲熙想带宋琛过去坐坐。

进入长长的地下过街通道，仍有几个乞讨者在坚守，其中竟还有一个拉二胡的，穿得破破烂烂，手法极为流俗，拉的好像是刀郎的什么歌子，在带有回声的通道中撕扯，几近刺耳。按说，这种卖艺求乞的场景也不是头一次看到，但今晚、这会儿，更让仲熙感到巨大的沮丧，给打了两个耳光似的，又臊又恼，好像那个拉琴的就是他自己，如此委地成泥、令人羞耻！

想想这一个晚上吧，他们都品尝了什么？某种程度上，她与他，也都是乞讨者吧，乞讨爱，乞讨尊严，乞讨宽容，乞讨知音，以及一些不可能的幻梦……

宋琛默不作声地陪他站着，听那响亮的弦音，隔了一会儿，才慢慢地开口，仍是平常那若无其事的语气："想起来我有个亲戚，曾发痴想要改进民间器乐，因为总有人说民乐的发声不及西洋器乐精准，在音域及和弦上有诸多缺憾，无法表达深刻复杂的内涵云云。当然，他后来的研究是不了了之，但倒发现一个有趣的现象，古器乐的材质，总取于天地自然，比如，笛与箫，乃竹；埙与缶，用的是土；鼓用了皮革；磬，为玉石；而响板，仅是两片脆木而已，此外，还有苇膜、蟒皮、马鬃……"

仲熙不知宋琛意在何指，但也不禁顺着往下想：也是，声无哀乐呀，这些古器，从来就是这么自在的，高于庙堂，或低在陋巷，都与它本身无关，正所谓近者自近，远者自远……推而言之，与物、与情、与人，世间万物，皆当如此——这样看来，宋琛的平静竟是真的。她日日与民乐厮磨，心智的弹性，已得其一二了。

念及此，倒让仲熙感到一种苦涩的欣慰。直听那二胡拉完一整支曲子，他们才走过去，淡然地走进混沌的夜色，跟别人一样，没有任何施舍。

放生羊

次仁罗布[①]

你形销骨立，眼眶深陷，衣衫褴褛，苍老得让我咋舌。

湖蓝色的发穗在你额际盘绕，枯枝似的右手伸过来，粗糙的指肚滑过我褶皱的脸颊，一阵刺热从我脸际滚过。我微张着嘴，心里极度地难过。“你怎么成了这副样子？”我忧伤地问。你黑洞般的眼眶里，涌出几滴血泪，颤颤地回答：“我在地狱里，受着无尽的折磨。”你把藏装的袖子脱掉，撩起衬衣的一角。啊，佛祖呀，是谁把你的两个奶子剜掉了，血肉模糊的伤口上蛆虫在蠕动，鲜红的血珠滚落下来，腐臭味钻进我鼻孔。我的心抽紧，悲伤地落下泪水。“你在人世间，帮我多祈祷，救赎我造下的罪孽，尽早让我投胎转世吧。”你说。我握住你冰冷的手，哽咽

---

① 次仁罗布 1965年生于西藏拉萨。1981年考入西藏大学藏文系，获藏文文学学士学位。1986年大学毕业，先后在西藏昌都地区县中学、西藏自治区邮电学校任教;之后在西藏日报社工作，2005年调西藏文联《西藏文学》编辑部工作。2004年参加了鲁迅文学院第四届高级研讨班。2008年担任第七届茅盾文学奖评委。小说《杀手》2006年被《小说选刊》转载，入选年度短篇小说和小说排行榜，被译成韩语。2010年，小说《杀手》获西藏第五届珠穆朗玛文学奖金奖。中篇小说《界》2008年获得第五届西藏新世纪文学奖。2009年小说《阿米日嘎》《放生羊》发表于《芳草》杂志，被《小说选刊》和《小说月报》分别选载。《阿米日嘎》还入选年度中国短篇小说集和中国短篇小说精选，获“中国小说学会2009年度小说排行榜”和“首届‘茅台杯’《小说选刊》年度大奖（2009）排行榜”;《放生羊》入选“2009年中国当代最新作品排行榜”，被译成韩语。2009年获中国当代文学研究会和中国当代少数民族文学研究会“第七届全国当代少数民族文学研究创作新秀奖”。

着放在我的胸口，想让起伏跳动的心焐热这双手。“我得走了，鸡马上要叫。”你的脸上布满惊恐地说。“这是城里，现在不养鸡了，你听不到鸡叫声。”我刚说，你的手从我的手心里消融，整个人像一缕烟雾消散。

“桑姆——”我大声地喊你。

这声叫喊，把我从睡梦中惊醒，全身已是汗涔涔。睁眼，浓重的黑色裹着我，什么都看不清，心脏击鼓般敲打。我坐起来，啪地打开电灯。藏柜、电视、暖水瓶、木碗等在灯光下有了生命，它们精神爽朗地注视着我。你却不见了，留给我的是噩梦。不，是托梦，是你托给我的梦。刚才的一幕，就像真实发生的事情，让我惴惴不安。一急，我的胃部疼痛难忍，用手压住喘粗气。不久，疼痛慢慢消失，我又被那个梦缠绕。

你去世已经十二年了，这十二年里你一直没有投胎，这，我真的不曾想象过。你离开尘世后，我依旧每天都去转经，依旧逢到吉日要去拜佛，依旧向僧人和乞丐布施，难道说我做得还不够吗？让你一直受苦，我的心里很难受。今早我到大昭寺为你去烧斯乙，再去四方各小庙添供灯，帮你祈求尽早投胎转世。我已经没有了睡意，拉开窗帘向外张望，外面一片漆黑。窗玻璃上映显一张瘦削褶皱的面庞，衰老而丑陋，这就是此时的我了。我离死亡是这么的近，每晚躺下，我都不知道翌日还能不能活着醒来。孑然一身，我没有任何的牵挂和顾虑，只等待着哪天突然死去。我抬头看墙上的挂钟，才早晨五点，离天亮还有两个多小时。我起床，把手洗净，从自来水管里接了第一道水，在佛龛前添供水，点香，合掌祈求三宝发慈悲之心，引领你早点转世。

我把供灯、哈达、白酒等装进布兜包里出门。在路灯的照耀下我去转林廓，一路上有许多上了年纪的信徒拨动念珠，口诵经文，步履轻捷地从我身边走过。白日的喧嚣此刻消停了，除了偶尔有几辆车飞速奔驶外，只有喃喃的祈祷声在飘荡。唉，这时候人与神是最接近的，人心也会变得纯净澄澈，一切祷词涌自心底。你看，前面一位白发苍苍的老妇人，一步一叩首地磕等身长头；再看那位摇动巨大玛呢的老头儿，身后有只小哈巴狗欢快地追随，一路洒下啵玲玲的铃声。这些景象让我的心情平静下来，看到了希望的亮光。桑姆，你听着，我会一路上祈求莲花生大师，让他指引你走向转世之路。“退松桑皆古如仁不其，欧珠衮达帝娃亲卜霞，巴皆衮嘶堆兑扎不最，索娃帝所尽给露度岁……嗡拜载古如拜麦索底哄……”

你看，天空已经开始泛白，布达拉宫已经矗立在我的眼前了。山脚的孜廓路上，转经的人如织，祈祷声和桑烟徐徐飘升到空际。墙脚边竖立的一溜金色玛呢桶，被人们转动得呼呼响。走累的我，坐在龙王潭里的一个石板凳上，望着人们匆忙的身影，虔诚的表情。坐在这里，我想到了你，想到活着该是何等的幸事，使我有机会为自己为你救赎罪孽。即使死亡突然降临，我也不会惧怕，在有限的生命里，我已经锻炼好了面对死亡时的心智。死亡并不能令我悲伤、恐惧，那只是一个生命流程的结束，它不是终点，魂灵还要不断地轮回投生，直至二障清净、智慧圆满。我的思绪又活跃了起来。一只水鸥的啼声，打断了我的思绪。

布达拉宫已经被初升的朝霞涂满，时候已经不早了，我得赶到大昭寺去拜佛、烧斯乙。

大昭寺大殿里，僧人用竹笔蘸着金粉，把你的名字写在了一张细长的红纸上，再拿到释迦牟尼佛祖前的金灯上焚烧。那升腾的烟雾里，我幻到了你憔悴、扭曲的面孔。我的胸口猛地发硬，梗得有些喘不过气来。“斯乙已经烧好了，你在佛祖面前虔诚地祈祷吧！”僧人说。我捂着胸口，把供灯递到僧人手里，爬上白铁皮包裹的阶梯，将哈达献给佛祖，脑袋抵在佛祖的右腿上为你祈求。

我又去了四方的各个寺庙，给护法神们敬献了白酒和纸币。等我全部拜完时，时间已经临近中午。这才发现我又渴又饿，走进了一家甜茶馆。这里有很多来旅游的外地人，他们穿那种宽松的、带有很多包的衣服。其中，有个来旅游的女孩子，坐到我的身旁，央求我跟她合影。我笑着答应了。等我吃完面喝完茶时，那些来旅游的人还很开心地交谈着，我悄然离开了。

出了甜茶馆，我走进一个幽深的小巷里，与一名甘肃男人相遇。他留着山羊胡，戴顶白色圆帽，手里牵四头绵羊。我想到他是个肉贩子。当甘肃人从我身边擦过时，有一头绵羊却驻足不前，脸朝向我咩咩地叫唤，声音里充满哀戚。我再看绵羊的这张脸，一种亲切感流遍周身，仿佛我与它熟识已久。甘肃人用劲地往前拽，这头绵羊含泪被拖走。一种莫名的冲动涌来，我下意识地喊了声，“喂——”甘肃人惊惧地回头望着我。“这些绵羊是要宰的吗？”我凑上前问。“这有问题吗？”甘肃人机警地反问道。我把念珠挂到脖子上，蹲下身抚摩这头刚刚还咩咩叫的绵羊。它全身战栗，眼睛里密布哀伤和惊惧，羊粪蛋不能自禁地排泄出来。我被绵羊的恐惧所打动，一腔怜悯蓬勃欲出。为了救赎桑姆的罪孽，我要买回即将要被宰杀的这头绵羊。“多少钱？”我问。“什么？”甘肃人被我问得有点糊涂。“这头绵羊多少钱？”我再次问。“不卖。”“我一定要买。我要把它放生。”我说。甘肃人先是惊讶地望着我，之后陷入沉思中。灿烂的阳光盛开在他的脸上，脸蛋红扑扑的。他说：

“我尊重你的意愿，也不要赚钱，就给个三百三十。”他能改变想法，着实让我高兴，我立刻掏出衣兜里的钱交给了他。甘肃人把钱揣进衣兜里，牵绳递到我手里。他牵着其他绵羊走了。

“你这头绵羊跟我有缘，我把你放生，是因为你上上辈子积下的德今生的回报。”我自然地把绵羊称为了你。你没有理会我的话，冲着其他绵羊的背影又叫唤起来。甘肃人头都没有回，他和其他绵羊消失在小巷的尽头。我为那些即将被剥夺去的生命惋惜，取下脖子上的念珠，为那三只绵羊祈祷。我和你的身上涂抹着金灿的阳光，这阳光却无法驱散我们心头的隐忧。“我的钱只够救你，想想我们还要过日子呢。”我说。你抬起了头，我看到一汪清澈的泪水溢满你眼眶。我再次蹲下来，抚摩你毛茸茸的身子，上面还粘着杂草碎石。真是奇怪，我的脑子里把桑姆和你混合成了一体，从你的身上闻到了桑姆的气息，是那种汗臭和发香混杂的气味。这种久违的气息，刺激着我的感官，让我对你滋生出百般的爱怜来。我把脸埋进你的毛丛里，掉下了喜悦的泪水。幽深的小巷里，我和你相拥着，我为冥冥之中的这种注定而喜泣。

我带你回到了四合院，邻居们惊奇地望着我，小孩们兴奋地跑来围观。“爷爷，这是你的绵羊吗？”“是我的。”“它吃什么呢？”“草和蔬菜。”“……”

这下午，我为了你把窗户底下清扫了一遍，把很多捡来舍不得丢掉的垃圾全给扔了。你一直用疑惑的目光注视我，粉色的鼻翼不时嚅动。我对你说：“你的窝被我腾了出来，今后你就要在此度过余生。”你听过我的话，眼睛依旧盯着我。我想你没有听懂我的话。

时针在奔跑，它把太阳送到了西边的山后。我先要给你去买些吃的。从八廓街通往清真寺的小巷里，晚上有很多摆摊卖菜的四川人，我从一个菜摊上买了十斤白菜，再要了一些丢掉的烂菜叶子，回到家切碎喂给你。你显得很优雅，低垂着头，一小口一小口地咀嚼，不时用你那晶亮的眼睛对视我一下。你的眼神变得柔和了些，但不时还有犹豫和惊恐闪现。我心满意足地冲着你呵呵笑。我喜欢你一身的白毛和敏感的双眼。你这头绵羊，为了你我今天下午的那顿酒都忘了去喝。唉，一下午转眼就消失了，要是以往时间漫长得让我不知所措。

这一晚，我睡得很不踏实，心里老是惦记着你，醒来过三次，每次都要开门去看你。每次你都睡得很沉，在地上佝偻着身子，小脑袋缩在胸前，一副惹人爱怜的模样。桑姆的睡觉姿势也跟你差不多，你俩是何等的相像啊！我蹲在你的身旁，久久注视着你，心里充满温馨。

醒来，四合院里已经有人走动，还听到去上学的小孩叫闹声。

我睡过头了，急忙起来。

我解开套绳，牵你去转林廓时，你咩咩地叫喊，四蹄结结实实地抵在石板上，身子向后缩。来到院子中央打水的邻居见这般情景，过来帮我推你。你拗不过我们，只能顺从地跟在我的身后。我们俩穿过小巷走到了拉萨河边，碧蓝的江水一路陪伴我们，刁风飘摇我沧桑的白发。翻越觉布日山时，你又跟我拗起来，死活不上陡峭的山坡。几个转经人从后面推你，我从前面拽。这样僵持一阵后，我的全身出汗湿透，你快把我的体力全耗掉了。疲惫的我愤怒地吼："你再这样，我就把你送回甘肃人那里。"你的眼睛里拂过一丝惊惧，脑袋低沉下去，再也不看我一眼。"别急，你第一次带它来转经，可能有点害怕。""让它休息一下，我们帮你。""它怕了，看，身子都在抖。"七八个人围拢过来，站在爬山的狭窄小道上议论开了。风马旗在徐风中轻轻飘扬，发出微微的声响；刻玛呢石的人，盘腿坐在路边，在岩石板上叮叮咣咣地雕刻六字真言。有个老太婆从自己的包里，抓点揉好的糌粑坨，送到了你的嘴边。你湿漉的鼻翅儿嚅动，伸出舌头舔舐糌粑。"可怜的绵羊，你是被放生的，谁都不会伤害你，用不着害怕。"老太婆说着抚摩你的头。老太婆的手，轻轻地敲击你的背部，你顺从地向山坡上走去。我匆忙牵着绳走在前面。人们的念经声嗡嗡地在背后响起。

没有一会儿，我们来到仓琼甜茶馆，我把你拴在门口，让服务员给你一些菜叶吃。她们从厨房拿些菜叶子去喂你。一名服务员跑进来问我："准备放生吗？""是放生羊。"我回答。"那你该给它穿耳，或身上涂颜料。"服务员又说。"这些我知道。只是它刚买回来，再说我也不会穿耳。""明天你带它过来，我帮你穿耳。"一位喝茶的老头儿插话说。他穿氆氇藏装，白色的胡须只抵胸前。"那太好了。谢谢您。"我向他表示感激。他说给绵羊穿耳，是他的一个绝活，绵羊不会感到一点儿疼痛。他的自信，使我踏实了很多。"把你的包给我，我给你装点菜叶子。"服务员拿走了我的背包。

我背上满满当当的布兜包，领你从小昭寺门口过。街道两旁的店子开门营业了，嘈杂的音乐直冲天际，不时还能听到减价处理的叫喊声。我突然想带你去小昭寺，让你拜拜觉沃米居多吉（释迦牟尼佛），争取来世有个好的去处。我们穿越桑烟的缭绕，进了小昭寺大门，你用奇异的目光审视。有位僧人挡住了我们，不让你进寺庙里，说你会弄脏佛堂的。我向他恳求，说你是昨天刚买来的，是要放生的。他最终允许你进去。我提醒你，好好拜佛，用心祈求。你顺从地跟随我，你的目光落在慈祥的神佛和面目狰狞的护法神上，一种胆怯的虔诚表现出来，身子微弓，步伐轻柔。我从你的眼神里，发现你是一头很有灵性的绵羊，相信你跟着我会积很多的功德，这些以小积多的功德，最终会给你好的报应。

我俩坐在小昭寺院子里，晒着暖暖的阳光休息。空气里弥漫桑烟和酥油的气味，不时传来缓慢的鼓声，它们让我们的心远离浮躁，变得安静。我对你说："你们羊都是好样的，知道吗，松赞干布建设大昭寺时，是山羊背土填湖，立下了头等功劳。现在大昭寺里还供奉着一头山羊。"你听完我的话，把下巴抵在我的大腿上。我用手指挠你下巴，你欢喜地眯上了眼睛。我知道你的身子很脏，羊毛都有些发黑，我们回到家我给你洗澡。

你在自来水管底乖巧地站着，银亮的水从你的背脊上迸碎，化成珠珠水滴，落进下水管道里。我赤脚给你打肥皂，十个指头穿行在茸茸的卷毛里，从项颈一直游弋到肚皮底，你的舒服劲我的指头感受着。水管再次拧开，银亮的水顺羊毛落下时变得很浑浊。我再次打肥皂，再次冲洗，你呀白得如同天空落下的雪，让我的眼睛生疼。唉，十几年前，桑姆还健在的时候，我都是这样帮桑姆洗头，桑姆白净的脖子也在阳光下这般地刺眼。那种甜蜜的时日，在我的记忆里已经空白了很长很长。此刻，我又仿佛寻找到了那种甜蜜。我们坐在自家的窗户下，我用梳子给你梳理羊毛。你把身子贴近我，用脑袋摩挲我的胸口。你那弯曲的羊角，抵得我瘦弱的胸口发痛，我只得赶紧制止。我回屋取来酥油，把它涂抹在你的羊角上，上面的纹路愈加地清晰。你的到来，使我有忙不完的活要干，使我有了寄托和牵挂，使桑姆的点点滴滴又鲜活在我的记忆里。我再不能像从前一样，每天下午到酒馆里喝得酩酊大醉，我要想着你，想到要给你喂草呢。

我口渴难忍，提着塑料桶去买青稞酒。回到家，我坐在一张矮小的木凳上，身披一身的夕阳，一边看你一边喝酒。你站在面前，用桑姆惯用的那种羞怯、温情的眼神凝望着我。这种眼神，剥去了岁月在我心头堆砌的沧桑，心开始变得温柔起来。还有这酒，怎么落到肚子里，变成香甜的了。以往喝酒，怎么没有尝出香甜的余味呢。这是不是心境的变迁引来的，我真说不准。我一口一口地喝，这种香甜从舌苔上慢慢扩散向脑际，整个人被这种香甜沉溺。

这一夜我睡得很死，没有一个梦景出现。

你的两只耳朵被钢针粘着清油穿了孔，系上了红色的布条，这样你就显得引人注目。

桑姆，为了让你尽早投胎转世，我天天带着放生羊去转经。这头绵羊现在被我视如你了。

桑姆，你现在再没有出现在我的梦里，我不知道你现在的境况，有可能的话你再给我托一次梦吧。

现在，人们每天都能看到我和洁白的绵羊，顺着林廓路去转经。你耳朵上的红色布条，脊背中央点缀的红色颜料，向人们昭示着今生你要平安地度过此生，直到生老病死。

我带着你已经转了近一个月的林廓，你也熟悉了转经路上的一切。从今天开始我不再拴你了，我们相跟着去转经。我背上布兜包，里面装着我的茶碗和油炸果子，手里拨动念珠。我走走停停，看你是不是紧跟在我的身后。需要横穿马路时，我牵着你过，免得被车子把你给撞了。路上我遇到熟人，跟他们唠叨时，你驻足站在我的身旁。认识的人都说，“年扎啦，你做了一件了不起的善事，你会有好报的。”“这头绵羊懂人性啊！”“年扎啦，给它脖子上拴个铃铛，那样你就用不着老回头。”“遇到你，是这头绵羊的福分。”这些话让我听了心里乐滋滋的，你的到来我一直认定是前世注定的一个缘，要不桑姆刚托梦，你和我就不期而遇了，哪有这么巧合的事情。我进仓琼茶馆，你从门帘缝里挤进来，钻到桌子下面。“你待在外面，不能进来。”我对你喊。你蜷缩在桌子底，毫不理会我的叫喊。茶客们看着我，会心地微笑。“就让它躺在那里，它又不占位置。”服务员说。我没有再赶你，我从布兜包里掏出茶杯，搁在桌子上，再伸手取出油炸果子，掰碎了喂你。你用舌头把油炸果子卷进嘴里，用牙齿嚓嚓地嚼碎。我把甜茶喝了个饱，你却静静地躺着，脑袋随着进进出出的人摆动。“南边的三怙主殿正在维修，听说缺人手，要是谁能去帮忙，那功德无量。”有个中年人跟旁边的茶客说。这句话让我很振奋，我想这是一个多好的机会，我要去义务劳动。我把杯子里的那点剩茶倒掉，用毛巾把杯子擦干净，装进了布兜包里。我一起身，你机敏地从地上爬起来，一同出茶馆门，走到喧嚣的大街上。你已经不再注意周围的热闹了，一门心思地跟在我的身边。我们穿过热闹的小巷，回到了四合院里。

我把你拴在窗户底下，从麻袋里拿些干草，搁在掉了瓷的脸盆里；再用另一个盆，从自来水管里给你接上清水。你望着这两个盆，没有表现出饥渴的样子，只是清澈的眼睛里露出疲态来。你把四蹄关节一弯，卧躺在地上，耳朵轻轻地甩动。我知道你已经很累了，该让你休息一下。我进屋脱了鞋，把湿透的鞋垫放在窗台上，让阳光晒干，自己盘腿坐在床上。我在思考，为了桑姆该给三怙主殿捐多少钱，怎样才能让他们把我留在工地上。藏族人都知道，米拉日巴为了救赎自己的杀生罪孽，拜玛尔巴为师，用艰辛的劳动洗涤恶业，即使背部生疮化脓，手足割破，也咬着牙坚持，他最后得道了。为了桑姆有个好的去处，我捐五百元钱，再劳动一个月，为桑姆减轻一些恶业。这样想着，不知不觉中黑色的幕布把整个院子给罩住了。明天还要早起，现在我该入睡了。

一阵踢门声，把我惊醒。我匆忙坐起来，往门口喊："是谁？"门不敲了，外面很安静。我猜不明白谁会这么早来敲门，难道是邻居生病了？"喂，是谁？"我喊着把灯给打开了。嗵嗵地又再敲，而且敲的声音比先前更重更急促了。裤子套在腿上，我急忙去开门。掀开门帘，借着灯光看，一个人都没有。稍一低头，看见你依在黑色的门套上，抬起脑袋咩咩地叫唤。紧张一下从我的头脑里消失，原来是你在敲门，催促我赶紧起床去转经。我嘴里骂你几句，心里却是很高兴。我给佛龛添了供水，烧了香。之后给你喂了些干草，然后我们一路去转经。路灯下的水泥板人行道，把你的蹄音振出来，嗒嗒的足音伴随我的诵经声，一切显得如此的和谐。当我们走到功德林时，天空落下了毛毛细雨，我们俩加快脚步，去找避雨的地方。雨下大了，噼噼啪啪地砸下来，人行道和马路上开始积水。我的鞋里灌进了水，你的身子被水浇透。前面有人喊："过来，避雨。"我和你向一家餐馆的大门斗拱底跑去。这里已经聚了七八个人，绝大部分是来转经的。你可能太冷了，身子直往里面拱。站在最里面躲雨的小伙子，踢了你一脚。你什么反应都没有。旁边的一位老太婆忍不住，开始骂这个小伙子："没有看到这是头放生羊吗？你还要踢它，畜生都不如。"小伙子刚要发作，其他的转经人都一同训斥他。他看清了自己的处境，跑进大雨里，继续赶路。"这些年轻人，没有一点儿怜悯之心，活着跟牲畜一样。""可能喝了一晚上的酒，现在才回去呢。刚才我还闻到他一身的酒气。""一代不如一代。"我们待在斗拱底，听他们发出的感慨，希望这雨尽早停下来。半个多小时后，雨变小了，我们又继续去转经。

我们湿漉漉地来到了南边的三怙主殿，找到了管事的僧人。我把钱捐给他，希望他留我们两个在这里当小工。他很爽快地答应了我们的请求，说："除午饭殿里供应外，还要供应两次茶。"听到这个消息，我很高兴，这一天我忙着装土、和泥。你却被我拴在了三怙主殿阶梯旁。回家我给你用布缝了个褡裢，翌日你背着褡裢运土运沙，来回往返不停，用自己的汗水建设殿堂。僧人们都说："这头绵羊，活生生地给我们演绎建造大昭寺时的一幕。"

我俩在三怙主殿义务劳动了二十三天，后头的活路我们俩一点儿都帮不上忙，那是画师们的事情，他们要在墙上画壁画。结束工作后的第四天，三怙主殿的管事派了一名僧人，他推一辆手推车，送来了六袋鲜草和舍利药丸。我遵从他的指示，把药丸浸泡在水里。每次逢到吉日，我们两个喝上几口。偶尔，我用这圣水帮你清洗眼睛。

每天早晨你都要敲门弄醒我，然后你走在前头，我紧随其后。我路遇熟人，你会只顾往前走，到时候选个舒适的地方，站在那里等待我。到了茶馆，你会钻到我常坐的那个桌子底下，喝茶的人一见你，赶忙端着杯子，坐到别的位置上去，把地方腾给我们。人们都认识你了。

初夜我梦见到了桑姆。你走在一条云遮雾绕的山间小道上，表情恬淡、安详，走起路来从容稳健。后来你变得有些模糊，仿佛又幻成了另外一个人。我笑了，在梦境里我露出了白白的牙齿。这种喜悦使我睡醒过来。我端坐在床上，解析这个梦。我想你可能离开了地狱的煎熬，这从你的安详表情可以得到证明，梦境的后头你变得模糊起来，只能说明你已经转世投胎了。这么想着我很兴奋，于是睡意全无了。到了下半夜，我的胃部一阵疼痛，额头上沁出了颗颗汗珠。我想，这样疼的话，今天可能转不了经。那你怎么办？又想，这胃病，顶多会疼个个把小时，之后会没有事的。我起床吃了几粒治胃的藏药，又躺进被窝里。当你踹门时，那酸溜溜的疼痛依然驻留在我胃上，它不会让我走动的。你踹门的力度加强了，我只能硬撑着走到门口，把门打开，给你解了套绳。“我病了，你自己去转，转完赶紧回来。”我对你说。你仰头凝视我，等待我一同出门。我只得牵你到大门口，而后推你往前走。你回头怔怔地望着我。我向你挥挥手，示意向前走。你明白了我的意思，扭头向小巷的尽头走去，留下一阵清脆的蹄音，消失在小巷的尽头。

我躺在被窝里等着疼痛消失。

太阳光照到了窗台上，我躺在被窝里开始担心起你来。这种焦虑，让我心急如焚，忘却了疼痛。我穿上衣服，出门寻找你。这疼痛让我头上冒汗，脚挪不动，只能坐在大门口，背靠门框上。疼痛减弱了些，我的眼光瞟向巷子尽头时，你一身的白烙在我的眼睛里。你从巷子的尽头不急不慢地走来，偶尔驻足向四周观察一番。你自己都能去转经了，我喜极而泣。我坚持站立起来，等待你靠近。我把你拴在窗户下，拿些干草喂你。唉，又一阵钻心的疼痛袭上来，我只能蹲下身，用手顶住发疼处。“年扎大爷，你怎么啦？”“到医院去看病！”“你的脸色怪吓人的，我们送你去医院。”“……”邻居们围过来，坚持要送我到医院去。我犟不过他们，只能到医院去检查。医生要我住院，说病得不轻。我却坚持不住院，说给我打个镇痛的针就行。邻居们也坚持要我住院，说：“三顿饭，我们轮流给你送。”我很感激，但我不能住院。医生把几个邻居叫到了外面，进来时个个脸色凝滞而呆板。我从他们的脸上窥视到我的病情，已经到了无法救治的地步。“医生，我孤寡一人，你就把病情告诉我吧！”我向医生央求。“您太累了，需要待在医院等待康复。”医生说。“您就实话告诉我吧，我刚才从邻居们的眼神里知道我的病情很严重。”“别乱想了，病不重，你在医院里先住上。”邻居们好言相劝。“医生，您把病情单给我看看，即使是最坏的结果，我也能平静地接受。”医生的眼光落到了邻居们的脸上，邻居们低下头，谁都不吭一声。“我无儿无女，只能自己拿主意，你就给我看吧。”医生很无奈地把病情单递给了我。胃癌。这两个字跳入了我的眼睛里，心抖颤了一下。我想到时日不多了，要是我死了，你——放生羊该怎么办？这种牵挂让我的心情变得复杂起来，开始有些动摇了。我发现，面对死亡，我做不到无牵无挂。我盯着医生，问：“我还能支持多久？”医生回答：“不好说。配合治疗的话，比不治疗活得要久一些。”我不能住院，一旦住院，每天往我体内要灌输很多药水，那样我有限的时间全部耗掉在医院里了。再不可能天天去转经，去拜佛，那样我的身体没有垮掉之前，心灵会先枯竭死掉。“医生，今天给我打个镇痛的药。回去，我把家里的事情处理一下，明天过来住院。”我为了逃脱，开始跟医生撒谎。医生可能看出了我的伎俩，劝我道：“别拿自己的命来开玩笑。”我说了很多保证的话，才得以离开医院。

绵羊见邻居们扶着我回来，急忙从地上爬起来，向我靠过来。这不争气的眼泪，顿时哗哗流下来，把我的老脸溅湿了。桑姆也是这样被我们从医院里抱回来的，最后那口气是在自家的房子里断的。我这样流泪多不好，邻居们会以为我贪生怕死呢。他们把你推在一边，将我护送到房间里。我看到了你潮湿的眼睛，低垂下去的脑袋。邻居们围着我，劝我第二天去住院。有些还跑回家，给我送来了鸡蛋、酥油、牛肉。他们还向我承诺，一定看好带好喂好放生羊。这句话贴我的心，使缠绕我的担心减轻了不少。邻居们怕我累着，陆续回了各自的家。

我把窗帘拉上，打开电灯。胃还是有一点轻微的灼痛感。我把你领到屋子里，自己坐在了木床上。你卧躺在我的脚旁，抬头凝望。我身子前倾，给你挠痒。你惬意地眯上了眼睛。“我不知道自己什么时候会突然死去，活着的日子里，我会带你做很多的善事，这样你可以消除恶业，来世有个好的去处。即使我死了，你也会被院子里的人代养，直到老死。今生，我们俩把前世的缘续了下来，来世或几世之后还会接着续下去。”我动情地给你说。你仿佛听懂了我的话，站起来把两只前蹄搭在我的腿上，眼眶里闪耀泪花。我抱住你的脖子，尽情地哭泣。你湿润的呼吸在我的耳边流动，犹如桑姆的气息，它让我的情绪平稳下来。“我在祈求众生远离灾荒、战乱，远离病痛折磨的同时，也会给你祈求来世生在富贵人家，来世遇上慈祥父母，来世再与佛法相遇……”我跟你说了很多的话，好像自己真的明天就要死去一样。外面传来几声狗吠，这才知道时间已经很晚了，我和你该休息了。我把你牵回到院子里，让你早点睡觉。

我没有去住院，一种紧迫感促使我从这一天开始，带你去各大寺庙拜佛，逢到吉日到菜市场去买几十斤活鱼，由你驮着，到很远的河边去放生。那些被放生的鱼，从塑料口袋里欢快地游出，摆动尾巴钻进河边的水草里，寻不见踪影。几百条生命被我俩从死亡的边缘拯救，让它们摆脱了恐惧和绝望，在蓝莹莹的河水里重新开始生活。我和你望着清澈的河水，那里有蓝天、白云的倒影。清风拂过来，水面荡起波纹，蓝天白云开始飘摇；柳树树枝舞动起来，发出沙沙的声响；河堤旁绿草萋萋，几只蝴蝶蹁跹起舞。我和你神清气爽，心里充满慈悲、爱怜。我盘腿坐在河边，打开那桶青稞酒，慢慢地啜饮。手里的念珠飞快地转动，念珠磕碰的轻微声响，让我的心灵宁静。你悠闲地低头啃草，偶尔竖立耳朵，警觉地注视呼啸奔驶的汽车。太阳落山之前，我和你慢腾腾地回家去。

这年的夏末，策墨林寺里活佛在讲法。我带你去听法时，寺院院子里黑压压地坐满了人，我和你紧靠着坐在角落里。活佛讲法时，你竖着耳朵安安静静地卧躺在地上，眼睛时不时地瞟向法座上的活佛。待累了，你走向人群后面，转悠一圈，用不了多长时间，又回到我的身旁。看到你的这种表现，人们除了惊讶，还对你产生了怜惜之情。以后的每一天里，许多来听法的人会给你带些鲜草、蔬菜来，他们把这些堆放在你的面前，抚摩着你的背，说：“跟佛有缘，一定会有善的结果。”寺院的僧人们对你格外地开恩，允许你进入庙堂拜佛、转经，还给你赏了挂在耳朵上的红布条。

我和你每天都忙个不停，时间转眼到了中秋。这当中，我的胃虽有疼痛，但没有先前那般了。桑姆再也没有托梦给我，但愿你已投胎成人。我对桑姆的牵挂稍稍一松懈，发现对放生羊的牵挂与日俱增，担心自己死掉后没有人照顾你，怕你受到虐待，怕你被人逐出院子。这种烦恼一直萦绕在我的头脑里，促使我努力多活几年。每天我都要祈祷三宝，让我在尘世多待些时日。趁着中秋时节，我想带你去林廓路上磕一圈长头。我跟你说这件事时，你的眼睛里充满了渴望。我给你重新缝了个褡裢，给我做了个帆布围裙，这样我们算准备停当了。

天，还没有发亮，黑色却一点一点地褪去，渐渐变成浅灰色。我一步一磕，行进速度非常缓慢。你慢腾腾地走在我的身边，不时用眼睛瞟我。你背上的褡裢左侧装着一小袋糌粑和一瓶茶，右边装了一把白菜和一塑料罐水。当阳光照耀时，我和你已经磕到了朵森格路南端。一辆辆大巴车开过来，停在路边，车上下来国内外来的游客。他们一见到我们俩，就围拢过来，照相机噼噼啪啪地照个没完。我匍匐在地上又起来，走两步，接着跪拜在地上。你驮着东西，跟在我的身边。有些游客给我们施舍钱币，我把钱收了，合掌说："谢谢！"这些钱哪天我们捐给寺庙吧。我们磕着头把他们甩在了身后。我只祈求三宝保佑我多活些时日，让我能够陪伴你长久一些。

午饭，我们是坐在马路边吃的。我盘腿坐在人行道上，从褡裢里给你拿出白菜，掰碎了放在你的嘴下。你太饿了，几口就把它吃完了。我干脆把整坨白菜丢在你的面前，自己开始倒茶糅糌粑。路过的行人不免回头看我们，之后匆忙离开。我再给你喂了几坨糌粑，把水倒进塑料袋里，让你喝了个饱。我们俩在树荫底躺下休息。马路上飞驶的汽车和流动的人群，不能让我们完完全全地放松休息，嘈杂声使人的心悬吊。我们又开始磕起了长头，毒辣的阳光让我汗流浃背，滚烫的水泥板烫得我胸口发热。可这一切算得了什么，我要坚持一路磕下去。

翌日，我们又从昨天停顿的地方开始磕长头。发现，身边有几十个磕长头的人，从穿着来看，他们一定来自遥远的藏东。在嚓啦嚓啦的匍匐声中，我们一路前行，穿越了黎明。朝阳出来，金光哗啦啦地撒落下来，前面的道路霎时一片金灿灿。你白色的身子移动在这片金光中，显得愈加地纯净和光洁，似一朵盛开的白莲，一尘不染。

俄罗斯陆军腰带

马晓丽①

秦冲没想到这辈子还能见到鲍里斯，更没想到会在远离中俄边境的地方见到鲍里斯。

秦冲迅速地瞥了一眼鲍里斯的肩章，心当即就被狠狠地抓挠了一下，妈的，这家伙都上校了！

秦冲中校，虽然看上去只比上校差一级，但中俄两军编制不同，鲍里斯的上校上一级就是准将了，秦冲的中校上面还有上校、大校，然后才是将军，这中间差了不止三级呢。秦冲立刻觉得两个臂弯同时发痒，心想这回神经性皮炎指定是要犯大发了。

你好，秦！鲍里斯离老远就大叫。秦冲赶紧迎上去，一边喊，老鲍，你好！一边瞄住鲍里斯的手臂动作，恰到好处地跟他同时抬手敬礼，既避免了低一级先敬礼的尴尬，又不失热情和礼节。

直到跟鲍里斯的手握在一起之后，秦冲才正式开始兴奋。鲍里斯的手仍旧很不军人，厚软且潮热。从前秦冲每次跟鲍里斯握手都会有一种怪异的感觉，觉得自

---

①马晓丽　一级作家，中国作协会员，中国作协军事文学委员会委员，辽宁作协理事。主要作品有：长篇小说《楚河汉界》、长篇纪实散文《阅读父亲》、长篇传记《光魂——光学家王大珩》、中篇小说《云端》、短篇小说《杀猪的女兵》《舵链》等。其长篇小说《楚河汉界》曾入围第六届茅盾文学奖、获第二届中国女性文学奖、曹雪芹长篇小说奖及第十届全军一等奖。中篇小说《云端》入选《21世纪中国最佳中篇小说》，并获第十一届全军一等奖。

己握的不是鲍里斯的手。换句话说，就是秦冲认为凭鲍里斯这家伙的手不该这么温厚，因为秦冲尝过这只手出拳的滋味。但今天，鲍里斯那多毛而温厚的手却让秦冲备感熟悉和亲切。毕竟，他们是老相识了，不管当年秦冲多么烦这个倒霉的鲍里斯，但多年之后意外相见，特别是在中俄联合军事演习的野营村相见，还是令秦冲十分高兴的。

秦冲和鲍里斯是名副其实的老对手了，当年他俩都是边防连长时，曾守过同一段国境线，只是他们各为其主，一个在国境线这边，一个在国境线那边。一般情况下，国境线两边的边防军人是难得互相照面的，因为两国的哨所之间有固定的距离，巡逻线路也大多只并行不交叉。但他们这里不同，秦冲和鲍里斯守的是一段黑龙江，这江冬天封冻，夏天开化，所以哨所和巡逻线路就总得随着季节不断变化。夏天的情况比较简单，宽阔的江面把他们分别隔在两岸，两个边防连只隔江对峙着就是了。偶尔会发生一些行船偏离江心进入对方国界的情况，但大多不用你管它就会自行调整回来，不会有太大的麻烦。麻烦的是冬季。冬季黑龙江会封冻，封冻之后江面上不仅能走人，跑载重车都没问题。所以一到了这个季节，方方面面就都活泛起来了，偷越国境的想趁这个时候跑人，偷关的想趁这个时候倒腾货，还有那些在江面上凿冰捕鱼的，你一眼看不住他就可能凿到外国领土上了，稍不留神就会给你凿出个边境纠纷来。所以，每当进入冬季，两岸的哨位就开始跟着冰冻的江面，从岸边一点点地向江心推进。也就是在这个时候，秦冲的神经性皮炎开始准时发作。随着哨位不断地向江心的国境线推进，秦冲的两个臂弯内侧的皮肤就会越来越红越来越痒。直到哨位推到了江心，直到两国哨兵鼻子碰上了鼻子，直到秦冲跟鲍里斯两个眼儿对上了眼儿，秦冲的神经性皮炎就彻底大发起来了，痒得那叫一个抓心挠肝，扛不住劲儿时真恨不得拿刀把整块皮给片了去。

起初秦冲并不怎么烦鲍里斯。鲍里斯会讲汉语，是莫斯科大学汉语专业的，比较好沟通。但这还不是主要的，主要是秦冲觉得鲍里斯虽说不是陆军专业，没有伏龙芝那样令人信服的背景，但看上去很军人，身姿挺拔，着装严谨。俄军那时的服装比咱讲究，鲍里斯即便外面套着迷彩短大衣，也会束紧腰带，领口处露出一截体面的领带，而且无论什么时候出现，鲍里斯脚下的皮靴都擦得锃明瓦亮。尽管后来秦冲知道鲍里斯的皮靴并不是他自己擦的，但秦冲还是很欣赏鲍里斯的军容军姿。军人嘛，秦冲说，就得有军人气质。秦冲是很在意军人气质的，可惜那时咱的军装不给撑腰，想御寒就得把自己穿成个棉花包。秦冲是坚决鄙视棉花包的，所以在棉花包和气质中间他当然地选择了气质，也就是说在保暖和挨冻之间他当然地选择了挨冻。这就把秦冲弄得很悲壮，无论是巡岗查哨还是处理边境问题，只要是出现在俄军面前，特别是出现在鲍里斯连长面前时，秦冲准穿得周吴郑王的，而且冻死不服软，嘴都瓢了还叫硬，声称自己是耐高寒优良品种。其实，连刚下连的新兵蛋子都看得出，秦连长是在跟对面的鲍连长较劲儿，比的是军人气质。

秦冲开始烦鲍里斯是因为菜地的事。秦冲的连队有一块著名的菜地，之所以著名是因为在高寒地区开出这么一片菜地不容易。要知道，这里一年只有三个月的无霜期，只能抢在这三个月里种菜，而且还不是什么菜都能长，什么菜都能长得好。秦冲的连队不仅在这里种出了菜，而且还把菜种得瓜有瓜样果有果样，很给连队争脸面。这菜地自然就成了秦冲的宝贝，只要有人来连队，秦冲准会领着人家去菜地参观。

边境气氛趋于缓和之后，两边的连队有了较多的接触，时不时就在一起搞个联欢。有一次联欢后，秦冲为了表达热情，当然也是为了在鲍里斯面前显示，就把他们领到菜地参观。而且当场发给俄军官兵每人一个塑料袋，让他们进菜地自己摘点黄瓜西红柿带回去。这下可把俄罗斯兵们乐疯了，他们争先恐后地冲进菜地，不一会儿一人就摘了满满一袋子黄瓜西红柿。秦冲注意到鲍里斯没进菜地，但当时没往心里去，以为鲍里斯是端着，或是不想弄脏了自己的皮靴。

不久后，他们又搞了一次联欢活动，联欢活动的最后一项仍旧是安排俄军去菜地里摘菜。令秦冲万万没有想到的是，刚要给他们发塑料袋，他们就一人从腰间拽出了一个大编织袋，人家自己早就准备好了。一看这架势，秦冲就知道坏了，地里哪有那么多黄瓜西红柿呀，要是把那些大编织袋都装满，这菜地立马就得罢园了。可既然把人家领来了，就不能不让人家把口袋装满。秦冲翻眼去看鲍里斯，见鲍里斯竟像没事人儿似的，兴致勃勃地看着眼前的热闹场面。秦冲心下一沉，立刻稳住神儿，命战士们赶紧抢在俄军前面砍大头菜往里装，尽量减少我军的损失。

送鲍里斯走之前，秦冲意味深长地问鲍里斯，老鲍，看来你们很喜欢我们的菜地呀。

鲍里斯说，是的是的你们的菜地很有趣。

秦冲立刻跟上一句，你们也可以种菜地嘛。

不不，鲍里斯连连摇头。

不会种不要紧，秦冲说，我们可以给你们提供技术帮助。

不不，鲍里斯还是摇头。

菜种菜苗也没问题，秦冲又说，我们育苗时给你们带出来就是了。

不不，鲍里斯更加坚决地说，不是这个问题。

那还有什么问题？秦冲问。

鲍里斯说，问题是，我们不是农庄，是军队。

秦冲当时就卡壳了。

秦冲怎么也没想到鲍里斯竟能连骨头带筋地扔出这么难啃的一句话。这句话让秦冲在暗地里悄悄地啃了好长时间。啃没啃出名堂不知道，反正打那以后秦冲对菜地的热情明显不如从前那么高涨了。也就是从那时起，秦冲开始越来越烦鲍里斯了。只是那时秦冲的烦基本上还控制在正常范围之内，没达到后来那种剑拔弩张的地步。

眼前的鲍里斯仍旧身姿挺拔，皮靴锃亮。这么多年过去了，老鲍除了军阶有变化，其余方面似乎毫无变化，连神情都跟原来一样。见鲍里斯也在打量自己，秦冲下意识地挺了挺胸脯子。

秦冲今天穿的是作训服，脚蹬一双高靿作战靴，裤脚松松地塞在靴靿里，头戴一顶特种兵的贝雷帽，帽舌斜斜地压在眉峰处。秦冲知道自己身上这套装束野战味十足，更知道这种粗野的美很适合自己。好好看看吧，秦冲不无得意地想，今非昔比，现如今该轮到你老鲍眼馋我了吧？

果然，秦冲如愿以偿地在鲍里斯的眼里看到了赞许羡慕的亮光。

秦冲对鲍里斯他们这支部队印象一般化。

秦冲的特战营一进野营村就开始清理营区环境，整理内务。秦冲检查了一圈，以他的严苛都没挑出什么毛病。鲍里斯那边的俄罗斯兵可倒好，背包都没拆就撒丫子放了羊，眨眼间就把七个球场全占满了。秦冲过去看了一眼，简直没个样，光大膀子的光大膀子，穿大裤衩子的穿大裤衩子，满场鸣嗷乱叫不说，没过多大一会儿就当场打断了一根胳膊。

这事要发生在我军这边就完了，还没上战场就自损战斗力，从上到下谁也别想躲过这个处分了。秦冲想到鲍里斯情绪不会好，丢人丢到外军面前，把人丢大发了。所以秦冲趁午后的空隙时间，特地整了两瓶好白酒去看望鲍里斯。鲍里斯喜欢喝白酒，大多数俄罗斯人都喜欢喝烈性酒，而且特别喜欢喝中国的白酒。从前他俩每次在一起喝酒，鲍里斯都会喝得酩酊大醉。秦冲却从来不醉，秦冲的酒量一般人都比不了。其实鲍里斯的酒量也不小，只是他太贪恋酒，鲍里斯喝酒那架势活像是在讨便宜，多讨一杯是一杯。秦冲挺瞧不起鲍里斯上酒桌的那副德行，但这并不妨碍秦冲每次喝完酒都张罗着给鲍里斯带两瓶好酒回去。一码是一码，秦冲说，我跟鲍里斯之间是国际关系，都国际了咱就得表现得大气。

跨过野营村中间那条象征国境线的小路，穿过俄军野战帐篷群，秦冲注意到每个俄军帐篷门口都有一个擦皮靴的搭脚架，心想，看来苏联军队的传统一直没丢弃。秦冲听说五几年我军向苏军学习时，学的第一课就是擦皮靴，想到鲍里斯脚上那双永远锃明瓦亮的皮靴，秦冲不由得笑了。

俄军军官公寓在野战帐篷群的后面，是几排专门为他们搭建的轻体房。在这一点上，俄军跟我军完全不同，他们可不搞什么官兵一致，他们官就是官，兵就是兵，等级森严得很。秦冲这个营长可以和士兵一样住野战帐篷，但他们一个小排长都得住在军官公寓。

秦冲挺不屑地走进俄军军官公寓，发现这里的设施真他妈的全，不仅有洗衣间、淋浴间，甚至还有个台球室。秦冲站在连接几排轻体房的回廊中间，一时竟不知该向哪里去寻鲍里斯了。左面那排房间有声音，秦冲转向左面，却猛然撞见了一个肥胖的俄罗斯女人。那女人只穿了短裤和胸罩，正在用一条大毛巾擦湿漉漉的头发，见一个中国军人闯了进来，胖女人尖叫了一声跑回屋去，随着房门嘭的一声碰死，里面传出一阵哈哈大笑。

秦冲十分尴尬，知道自己误闯了厨娘们的住处，赶紧退了回来。秦冲知道俄军士兵不做饭，部队走到哪都得带着这些厨娘。今天秦冲还特地安排分管伙食的副营长去俄军食堂参观，让他了解外军的配餐方式。结果副营长一回来就乐不可支地向秦冲学，说那些厨娘做饭像配药，土豆削了皮再称重，最可笑的是一锅下好几十斤土豆，多一个也得从秤上拿下来……这有什么可笑的？秦冲没好气地瞪了副营长一眼，这叫科学配餐懂不懂？这叫严格按体能需要控制卡路里懂不懂？不懂就向人家学！

秦冲让副营长去跟人家学是有缘由的。俄军刚进驻当天后勤来不及展开，所以第一顿饭是联合指挥部安排的。我们中国人热情啊，而且我们表达热情最重要的方式就是让客人多吃，吃得越多越说明我们心诚，越显得我们大方好客。负责分餐的那几个兵也不知是得了谁的令，铆足了劲儿抡大勺子，个个餐盘都装得溜满。秦冲在一旁冷眼观看，发现许多俄罗斯兵看到面前那一大盘食物都面露难色，心里真替他们愁得慌。秦冲毕竟跟俄军有过接触，知道人家俄军的食物都是经过计算配比的，吃饭不允许剩，分给你多少就得吃进去多少，不像我们剩了可以随便倒掉，心想这吃又吃不进，剩又不能剩，倒又不让倒，还不把人撑出毛病呀？果然，没过一会儿那边就出毛病了。原来一个列兵实在吃不下去了想偷偷倒掉，结果被鲍里斯当场抓住。鲍里斯把那个列兵按在墙上足足地训了半个小时，最后到底逼着列兵把半盘子剩菜全部塞进了嘴里。秦冲知道鲍里斯这是在杀鸡给猴看，更知道鲍里斯这是故意做给中国军人看，否则他犯不上在大庭广众之下足足训上半个小时。秦冲看出鲍里斯做得很成功，那个列兵被逼着往嘴里塞食物的痛苦模样，的确把在场的所有中国军人都镇住了。秦冲也看出在场的中国军人普遍对鲍里斯产生了不满，但秦冲心里没有不满，因为秦冲一直很赞赏外军的配餐制度。当年秦冲在土耳其接受魔鬼训练时，就曾得益于那里的配餐制度。SAT 特训营严格按照体能配餐，学员给什么就得吃什么，给多少就得吃多少，那时秦冲被逼得连生牛肉都能吃了。回想 SAT 的训练那么艰苦，如果没有严格的配餐制度，身体恐怕是很难支撑下来的。

秦冲终于找到了鲍里斯。鲍里斯正在轻体房围成的院落中间晒太阳，他看上去似乎心情不错，闭目仰靠在躺椅上，只穿着一条短裤，全身都沐浴在阳光里。午后的阳光流金一样从鲍里斯那多毛的身体上流淌下来，漫过青草地，漫过矮树丛，在鲍里斯的周围蔓延出一片金黄色的宁静。

秦冲刚想招呼鲍里斯，突然看见了鲍里斯脱在旁边的衣服，目光一下子定在了搭在衣服上的那条腰带上。那是一条皮质优良的俄罗斯陆军腰带，棕黄色的皮带条上用明线扎出规则的菱形图案，纯铜卡头在阳光下闪着油亮的光。秦冲熟悉这种腰带，这腰带最独特的地方就在卡头，一般的腰带卡头上只有一个钉，这种腰带的卡头上却有两个钉，腰带上的钉眼也相应的有两排。秦冲曾在身上比量过这种腰带，说实话他很喜欢，他觉得这种双钉的腰带比单钉的扎在腰上更牢靠。秦冲觉得最不牢靠的就是我军现在用的这种腰带，卡头太民用化，时尚但不踏实。

默默地盯着那条俄罗斯陆军腰带，秦冲忽然间就没了兴致，连招呼都没跟鲍里斯打，就扭头匆匆离开了。

正式演习之前的两军合练进行得很顺利。这次演习主要是为加强中俄两军的联合反恐能力，要求多兵种配合，运用多种手段打击恐怖分子。所以秦冲的特战营在演练中就显得十分抢眼，他们一会儿出现在空中，跳伞在指定地点降落，一会儿从超低飞行的直升机中直接跃向地面，一会儿又沿着立陡立崖的墙壁向上攀爬……

俄军的表现也相当不错，他们对陌生环境的适应能力极强，很快就进入了情况。特别是他们的空降兵部队，虽然没展示他们的伞兵战车，但空降兵天女散花般突然密集地出现在空中，然后迅速落地集结，眨眼间就能投入战斗，还是很令人赞叹的。

一切正常，只须再预演一次，就开始正式演习了。但秦冲的神经性皮炎此时却莫名其妙地发作了。秦冲总觉得心里不踏实，但又想不出为什么不踏实。演习前的各项准备工作检查过无数次了，各个关键环节也交代过无数次了，问题到底出在哪儿呢？

近两天野营村的空气明显轻松了许多，我军的北方军区歌舞团来慰问过了，俄军的远东军区歌舞团也来演出了，演习前的紧张气氛因此掺进了一些类似年节的喜庆味道。但这都不是问题，秦冲挠着臂弯想，而且按照我们通常的说法，这还有鼓舞士气、提高部队战斗力的作用，所以问题应该不在这儿。

秦冲的神经性皮炎果然不是白犯的，他很快就追本溯源嗅出了野营村里的异样味道。秦冲发现有士兵在暗地里悄悄地跟俄罗斯士兵交换物品，而且这种情况大有愈演愈烈之势，最令秦冲担心的情况终于还是发生了。

按说，两个不同国家的军人整天碰鼻子碰脸地在一起厮磨，互相赠送点小礼物算不得什么。但以秦冲的边防工作经验来看，外事无小事，只要沾了外事的边，即便是小事也能演化成大事。所以打从一进野营村，秦冲就在特战营里多次强调不许私自与外军交往，不许与外军交换物品。但在野营村里住着的可不只是秦冲一个特战营，眼巴巴地看着人家与俄军你来我往弄得挺热乎，兵们自然就会好奇眼馋，自然就会心头发痒。何况那些俄军士兵又经常主动出击，说不定什么时候就从兜里掏出个领花、帽徽、兵种符号什么的，强烈要求跟你换东西。天下的军人没有不喜欢军品的，这些东西谁看见谁动心，谁摸着了都不想撒手。如果只是偶尔换个一两次倒也罢了，小来小去地换换也就罢了，可你想，士兵身上能有多少东西可换，换来换去不就开始动用下发给个人的装备了嘛，一动装备问题不就大了嘛。在秦冲看来，装备是军人躯体的一部分，是军人战斗力的一部分，躯体和战斗力怎么能随便拿去交换呢？要论喜欢，恐怕秦冲比谁都喜欢这些东西，但喜欢归喜欢，规矩归规矩，不能因为喜欢就坏了规矩。

秦冲决定今天晚上亲自蹲坑，看看到底是个什么情况。

月亮白亮白亮地顶在头上，连眼都不眨一下。这样的夜晚不适合隐蔽，却很利于观察。好在对秦冲来说根本不存在适合不适合的问题，什么样的环境下隐蔽都不成问题。秦冲选的地方不仅能藏身，还能清楚地观察到中俄两军联合岗哨的位置，甚至能借助远红外夜视望远镜看到临时国境线附近的大部分活动区域。

秦冲很快就发现，其实进入这个区域活动的大多是军官而不是士兵。他看到几个中俄军官在一起比比画画地交谈着什么。大概是我方的一个军官在跟一个俄军少校商量换个徽章，只见我方军官准备充分地掏出两条丝巾递到俄军少校手中，俄军少校马上痛痛快快地把一枚徽章递了过来。我方军官立刻拿出一面中俄联合军演的旗标，当场就把徽章别在了上面。中俄军官们个个伸长了脖子看着那旗标，嘴里不停地发出阵阵惊叹。秦冲好奇地把望远镜聚焦过去，看见那面旗标上面竟然别满了各式各样的徽章。还真有有心人啊，秦冲的馋虫顿时被勾了出来，一拱一拱地直往上顶，在心里把人家羡慕得一塌糊涂。没办法，秦冲咬住牙根想，眼馋也没鸟用，人家机关干部这么干行，咱不行，谁让咱屁股后面跟着一大群兵呢。

晚些时候兵们才开始活动。兵们显然不像军官那么张扬，但似乎更加默契。联合岗哨设在临时国境线的两边，之间相距只有几米。秦冲看见刚换下岗的两国哨兵会意地相视一笑，就向对方走去，站在临时国境线两边比比画画地交流起来……

月光洒在地上，地面泛起一层亮白色的光。秦冲心中不由一动，这情景太熟悉了，仿佛是在那个冰封的江上，白亮的月光照着宽阔的江面，照着江心的国境线，也照着竖立在国境线两边的哨所。秦冲隐蔽在一个雪堆后面蹲坑，看见那个大个子俄罗斯兵比比画画地做出喝酒的样子，中国兵会意地一笑，从怀里掏出了一瓶酒。俄罗斯兵的眼睛立刻红了，不顾一切地冲了过来。中国兵却笑着把酒瓶揣进了怀里。俄罗斯兵急切地伸出手去要，中国兵指了指他的腰，意思是让他用腰带来换。大个子俄罗斯兵明白了，马上毫不犹豫地抽出了腰间的皮带……

不，秦冲晃了晃脑袋，赶紧把思绪从江边上拉回来，这才看到眼前竟是俄罗斯兵指着中国兵的腰，向中国兵要腰带。中国兵掏出一样东西给他看，但俄罗斯兵显然不满意，坚持要腰带。中国兵又比画了几下，俄罗斯兵就有些急了，一把抽出了自己腰间的皮带……

就在这个时候，秦冲突然从暗处跳了出来。令秦冲没有想到的是，几乎就在同时，鲍里斯也出现在这里。

秦冲和鲍里斯惊讶地互相对视着，这情景竟然与多年前一模一样，他们谁也没想到多年前曾经发生过的一幕，会在这里重新上演！

接下来应该是什么呢？接下来应该是他俩同时发出野狍子般的吼声，顿时把那两个兵吓瘫了。中国兵虽然还站得住，但脸却已经贴到了胸脯上。大个子俄罗斯兵则面孔煞白浑身发抖，像个被卡住了脖子的小动物。

再接下来就是那条俄罗斯陆军腰带了，是鲍里斯抢过腰带狠命地抽打大个子俄罗斯兵，又扒掉俄罗斯兵身上的衣服抽打，后来干脆就把腰带调过来，用那个带双钉的铜质卡头抽打，直打得大个子俄罗斯兵在雪地上不停地翻滚号叫。

后来就该是秦冲上场了。秦冲本想拔腿就走的，妈的丢人还来不及呢，凭什么看上人家的腰带？人家的腰带就那么好？就值得你转磨磨想辙整瓶白酒跟人家换？亏这损兵做得出来，回去看我怎么收拾你！见鲍里斯上来就开打，秦冲心里极其不屑，心想自家的孩子自家领回去关上门管教就是了，犯不上在这撒野打给外人看。说老实话，秦冲急眼了也打兵，此刻他就恨不得照自己那兵的后屁股上狠狠地踹上一脚。但打也不是鲍里斯那么个打法。首先你得爱兵，得做他的家长，待你和他都认可了这种关系，即使急眼时打他几下子，下手也会带着亲情，双方都能接受。鲍里斯下手没有情，只有暴虐，但这不关他秦冲的事，秦冲只想赶紧把自己的兵带回去处理这事。但就在秦冲转身要离开的时候，却偏巧看见了血——大个子俄罗斯兵的头被鲍里斯打出血了。血汩汩地从那兵的头顶流出，流过眼眶，流过嘴角，顺着稚嫩的下巴滴答滴答地落在坚硬的冰面上。鲍里斯是不该让秦冲看见血的，看见血秦冲就管不了那么多了，在血滴落冰面上的那一瞬间，秦冲突然凌空弹射出去，一把夺下了鲍里斯手中的腰带。鲍里斯迅速回转身毫不含糊地当胸就给了秦冲一拳，两个人就势就扭打在一起了……

按秦冲后来的说法，这是他这辈子打的最具有国际影响的，也是最没名堂，最不讲章法，最有失军人气质的一场架。根本就谈不上打，秦冲说，脚下溜滑净摔跟头了，那也能算是打架？

秦冲和鲍里斯默默地对视着，这一次他们谁都没朝自己的兵吼叫。月光投射在他们的眼中，悄无声息地修改着从前的脚本——

鲍里斯不仅没发火，还微微地笑了一下。秦，鲍里斯说，你们的腰带很好，我们的士兵都很喜欢。

秦冲有些意外地看着鲍里斯，一时竟不知说什么是好了。

鲍里斯说，他只是想交换一下留个纪念，可以吗？

秦冲没说话，狐疑地望着鲍里斯。

好吧，鲍里斯耸了耸肩说，没关系。

直到鲍里斯的背影在黑暗中消失很久了，秦冲依然站在白亮的月光下一动没动。

下午突然下了一场暴雨。这雨下得毫无来由，中午还响晴薄日的，转眼间就狂风大作暴雨倾盆了。很少见这么大的雨，就像头顶上决了口似的，大水倾泻而下，没几分钟野营村的大小排水沟就都爆满了。眼看帐篷就要进水了，官兵们立刻冲出去冒雨排水。紧急情况下最能看出一支部队的素质，根本不用秦冲多说，官兵们就挖沟的挖沟，培土的培土，舀水的舀水，紧张而有序地干了起来。

对面的俄军帐篷也进水了，秦冲跑过去看了一眼，差点没笑喷，水漫进帐篷把盆都漂起来了，俄罗斯兵却什么都不顾只顾皮靴，光脚站在水里把皮靴提得高高的，好像只要把皮靴保住就什么都有了。秦冲赶紧派人去帮他们排水，俄罗斯兵这才纷纷跑出来，学着我们士兵的样子用盆往外舀水。

像来时一样突然，大雨说停眨眼间就停了。秦冲把俄军的帐篷挨个检查了一遍才放心。在检查俄军帐篷时，秦冲有了个意外的发现，他发现俄军竟然在悄悄地学我们的内务，他们也开始追求整齐划一，把牙缸摆成了一排，而且牙刷都朝一个方向倾斜。只是他们学得还不够地道，新牙刷都没开封，一看就是摆样子给人看的。秦冲心里暗自发笑，心想这形式主义真是害死人啊，一不留神把老毛子都给拐带坏了。尽管秦冲很赞成两军间应该互相学习，但毕竟文化背景不同，有些东西学得来，有些东西是学不来的，硬学恐怕也只是学个皮毛而已。别的不说，俄军光膀子这一手我们就学不来。俄军喜欢光膀子，不光休息光膀子，打球光膀子，连出操都个个光着个大膀子。开始秦冲看了很兴奋，心想这招好啊，光膀子出操多痛快多酷，而且还低碳环保，出身臭汗回来冲冲就行，连衣服都不用换洗了。但细想想还真就不能跟人家学。人家俄罗斯民族就是那文化，讲究的是个“放”。咱中国人不行，咱们讲究的是“收”，凡事都得收着点儿，捂着点儿。真要是突然间拉出一个营的光膀子兵，别说老百姓会吓一跳，连自己都觉得不对劲儿。

一个俄罗斯士兵引起了秦冲的注意，这兵年龄很小，脸上泛着一层淡黄色的茸毛，一副胎毛还没褪尽的模样。秦冲经过他身边时，把他手里的毛巾碰掉了。捡起毛巾递给他之后，秦冲随手亲热地拍了拍他的后脑勺，就像平常对待自己的兵那样。后来秦冲就发现自己挨个帐篷检查时，小俄罗斯兵一直跟在他身后。说不清这个小俄罗斯兵怎么会让秦冲心里忽悠一下，猛地想起了那个大个子俄罗斯兵。秦冲站住脚回过头，认真地打量了小俄罗斯兵一眼，发现他跟大个子俄罗斯兵一点儿都不像。但是，他的目光让秦冲觉得很熟悉。秦冲忽然明白了，正是他的目光让自己想起了大个子俄罗斯兵。秦冲其实很不愿意想到他，他是秦冲心中的一个痛。

秦冲和鲍里斯打架之后，秦冲顺理成章地获得了个处分。之后不久，那个被鲍里斯痛揍的大个子俄罗斯兵就偷越国境跑过来了。令秦冲哭笑不得的是，当哨兵把大个子俄罗斯兵抓住带到秦冲面前时，他竟高兴得扑过来想拥抱秦冲。秦冲这会儿躲还躲不及呢，哪还能跟他往一块儿搅和，赶紧打发人把他送给边境代表去处理。

后来边境代表来找秦冲，说大个子俄罗斯兵是因为实在受不了军队的体罚才跑过来的，他说自己如果再不跑就会被打死。还说他喜欢中国，愿意到中国来生活，表示他可以在中国做点生意养活自己。后来听说要把他遣送回去就号啕大哭，强烈要求见秦冲。

秦冲连连摆手，说不见不见。

见边境代表一脸内容地盯着他不吭气，又负气地说，别这么看着我好不好，好像他是我什么人似的，我跟他什么关系都没有，为他背个处分就已经够傻 × 的了。

边境代表说，大个子俄罗斯兵说不见到秦冲就绝食，他现在已经好几顿没吃饭了。

秦冲这才没了辙，只好答应去见面。路上秦冲还想，见面非得狠训这家伙一顿，但一看到大个子俄罗斯兵的眼神儿，秦冲立刻半句狠话都说不出来了。那大个子俄罗斯兵的眼神儿是那么的单纯，那么的无助。在见到秦冲的那一刻，他的眼睛像焰火般忽地亮了起来，就像看到了亲人一样，目光中充满了希望。秦冲让他坐下，他立刻就坐下。秦冲让他吃饭，他二话不说端起来就吃。他那充满了无条件的信任和依赖的眼神儿，把秦冲的心弄得乱七八糟的。秦冲知道自己承受不起他这样的信任和依赖，自己没有办法帮助他留下来，也没有办法保证他不回到那个令他恐惧的军队。最让秦冲受不了的是，自己不仅得劝说他回去，还得亲自押送他回去。

秦冲永远也忘不了那个寒风凛冽的冬日，他亲手把大个子俄罗斯兵交给了鲍里斯。

一看到鲍里斯，大个子俄罗斯兵的眼里立刻充满了恐惧。他扭过头来眼巴巴地望着秦冲，似乎在乞求秦冲的保护。但秦冲无法保护他，只能硬着心肠，做出一副无动于衷的样子。大个子俄罗斯兵被鲍里斯从秦冲身边带走的时候，像个无助的孩子一样，目光中充满了不解、悲伤和失望。那目光真让秦冲心里受不了，这感觉就像是把自家孩子往狼窝里送一样。秦冲咬紧牙根，目送着鲍里斯往回押送那个兵。在跨过国境线之前，大个子俄罗斯兵的脚步踉跄了一下，然后突然站住了，转过身来定定地看了秦冲一眼。这一眼，看得秦冲心里悚然一惊，那张稚嫩的脸仿佛顷刻间就荒芜了，苍老了，目光中所有的光亮似乎都熄灭掉了，像无月的夜一样没了一点儿生机，里面只有一种令人不安的濒死的绝望。

秦冲的牙根终于咬不住了，他一脚踢飞了脚下的积雪，头也不回地离开了现场。

秦冲的感觉没错，不久之后就得到消息，说大个子俄罗斯兵自杀了。

从听到这个消息的那一刻起，秦冲就再也没能摆脱过负疚心理。秦冲做过很多努力，想要把自己从这件事里择出来。他无数次地告诉自己，那个大个子俄罗斯兵的死跟自己没关系，自己在这件事情上无能为力。他也无数次地告诉自己，造成这个兵自杀的是鲍里斯，鲍里斯当然不会饶过一个偷渡的兵，当然要对这个兵施暴，这个兵实在受不了就只好自杀了。可是无论秦冲怎样说服自己，只要一想到那个兵的目光，秦冲就无法安放自己的内心，无法摆脱是自己跟鲍里斯合谋把那个兵逼上了死路的念头。

秦冲坚决地躲开了小俄罗斯兵的目光，他不想回忆过去，不想在回忆中败坏心境。

待到秦冲检查完俄军帐篷往回走的时候，鲍里斯才在远处出现。看着鲍里斯一身光鲜地朝这边走来，秦冲突然感到鼻子眼里一阵难耐的巨痒，冷不防打了一个响亮的大喷嚏。

演习进行得很成功，秦冲的特战营在演习中表现得极为突出，最后在解救恐怖分子扣押的人质时，特种兵在人们最意想不到的方向突然出现，迅速制服了恐怖分子，成功地解救出人质，表现出了极强的机动能力和极高的特战素质，获得了联合军演指挥部的高度评价。一切都很完美，只是演习过程中我军后勤部队出了点儿事，一辆保障车在完成夜间无照明快速机动科目时发生侧翻，驾驶员当场死亡了。

秦冲是从联合军演指挥部下发的通报中得知这件事的，通报要求各参演部队认真做好各项安全检查，保证演习结束后部队回撤的安全。说实在的，秦冲没太把这件事放在心上。在秦冲看来这么大规模的军事演习，上天入地地动用那么多飞机坦克、武器弹药、车辆人员，不出事是侥幸，出个把事实属正常。所以秦冲只按惯例把通报精神传达了，让各分队按要求进行安全检查，这事在他这儿就算过去了。

但很快，秦冲就发现这件事过不去了。

清晨，俄罗斯士兵一出来，秦冲就觉得哪个地方不对劲儿，仔细看过才恍然大悟，原来是没光膀子。真新鲜，自从入住野营村以来，这些俄罗斯士兵还是第一次在早上出操的时间没光膀子。不仅没光，而且个个还穿戴得十分整齐。秦冲心想，看架势今天早上俄军是不准备出操了。

果然，秦冲见鲍里斯把部队带到了野营村的小广场上。小广场中间并排竖立着两根旗杆，上面分别悬挂着中俄两国的国旗。鲍里斯就在国旗下面整队，像是要搞什么仪式。秦冲的好奇心骤起，决定在一旁看个究竟。

只见鲍里斯在队伍前面讲了一番话，秦冲虽然听不懂，但看得出鲍里斯的神情很严肃，所有俄军官兵的神情都很严肃。讲完话之后，鲍里斯发出了一连串的口令，只见全体俄军官兵一起摘下了帽子，低头默哀。与此同时，旗杆上的那面俄罗斯国旗开始缓缓下降，直降到半旗的位置停了下来。

秦冲心头一震，原来俄军是在为在演习中死去的中国军人举行哀悼仪式！

就像当年被鲍里斯当胸打了一拳一样，秦冲突然觉得心口发紧，好半天都喘不过气来。内心里沉睡了很久的一些东西似乎在这突然的重击下猛然惊醒了，用力地牵动着那些久已麻木了的神经，秦冲竟然感到了痛，而且是那种直抵内心的痛。秦冲依稀记起，自己已经很久都没有过这种真切的痛感了。

野营村里所有的中国军人，在那天的清晨过后都显得格外地沉闷。没有人去小广场，即使经过那里也尽量绕开中间的旗杆走，而且尽量不去看广场上空那两面一升一降的国旗。有一种暗暗的期待在军人们的心中蔓延，希望上面会通知我军也举行一个哀悼仪式。尽管过去从来没有过这样的哀悼，但过去与今天不同，因为过去军人们一直把这种情况叫作事故，今天他们才幡然醒悟这其实是牺牲，是与在战场上阵亡同样的一种牺牲。在心中同时蔓延开来的还有对降半旗的期待，军人们忽然觉得这很重要，在他国的国旗为我军的士兵降了半旗之后，他们希望我们的国旗也会为一个在演习中牺牲的士兵降下。

秦冲很清醒，他知道这两个期待一个都不可能实现。首先，在演习中举行哀悼仪式我军没有先例，其次降半旗需按死者级别报请有关部门批准。但清醒归清醒，却并不妨碍秦冲的两个臂弯越来越瘙痒难忍。果然，一整天也没有得到一点儿关于这方面的消息。

晚饭前秦冲再次提着没送出去的那两瓶酒去找鲍里斯。演习结束了，俄军明天就开始撤了，今晚他怎么也得跟鲍里斯单独喝上一顿，给鲍里斯送个行。别说，今天请鲍里斯喝酒，秦冲还真有点心甘情愿的意思，秦冲特地在我军餐厅定了一个小单间，还点了几个记忆中鲍里斯爱吃的菜。

鲍里斯的精神头都在酒上，还没坐稳就开喝，没等动筷子呢两杯已经干进去了。还是那副讨便宜没够的德行，一点儿没长进。但今天秦冲愿意，喝多少不吝，结果不大一会儿，鲍里斯就没形了。

鲍里斯举着酒杯说，秦，你和我喝一杯。

秦冲问为什么？

鲍里斯说，不为什么，就是喝一杯。

秦冲说不行，你得说出个道，我不喝没名堂的酒。

鲍里斯问什么是道？

秦冲说，就是说出喝这杯酒的道理。

鲍里斯想了想说，道理是我爱你，可以吗？

秦冲乐得不行，说不可以，我又不是女人。

鲍里斯问，那怎么说？

秦冲说，对男人只能用喜欢、尊敬这类的词。

鲍里斯说，那就是我尊敬你。

老鲍你搞错了吧，秦冲笑着指了指自己的肩章，又指了指鲍里斯的肩章，说我有什么可尊敬的？

不，鲍里斯摇着头说，你是个好军人。

秦冲认真地看着鲍里斯，问，老鲍，你真是这么想？

鲍里斯把手放在心的位置上说，是，你是好军人，从前到现在，都是。

好，秦冲说，就冲你这句话，我跟你连喝三杯！

喝完这三杯，鲍里斯突然问秦冲，秦，你看我是不是好军人？

秦冲迟疑了一下说，你让我想一想。你知道，我一直不喜欢你……

为什么？鲍里斯惊讶地问，我不知道。

这下倒轮上秦冲惊讶了，你不知道？

不知道。鲍里斯说，你等等，我知道了，是为了那次你和我打架？可那是你的问题，是你先动手打的我。

那我问你，那个兵，就是我交回给你的那个兵是不是死了？秦冲问。

鲍里斯点点头说，是。

秦冲一下子站了起来，逼视着鲍里斯问，他是怎么死的？

在车臣，我们去车臣参战的时候，鲍里斯耸了耸肩摊开手说，他运气不好。

秦冲一屁股跌坐在椅子上，半天没说话。

别难过，鲍里斯拍了拍秦冲的肩膀安慰说，他战斗很英勇，还被授予了总统签发的“勇敢”勋章。

秦冲忽然觉得小房间里烦闷得要死，两个臂弯奇痒，便起身对鲍里斯说，老鲍，我们出去走走吧。

鲍里斯莫名其妙地看着秦冲，焦急地说，不不，我们喝酒……

秦冲一把抓起酒瓶子塞到鲍里斯手里，说，走吧，咱们出去喝。

秦冲和鲍里斯两人一人拎着半瓶酒，穿过小广场，向野营村后面的小树林走去。

老鲍……秦冲刚张嘴，鲍里斯就把他制止了，秦，鲍里斯认真地问，你为什么总叫我老鲍？

秦冲一愣，说不为什么，中国人就这习惯。

鲍里斯摇了摇头说，不好。

秦冲问为什么不好，叫老鲍是对你尊重？

不不，鲍里斯说，我叫鲍里斯不叫老鲍，秦，你知道鲍里斯是什么意思吗？

什么意思？

为荣誉而战。

为荣誉而战，秦冲沉吟了一下说，老鲍，你这名字……

不是老鲍，是鲍里斯，鲍里斯坚持道。

秦冲笑了，说好，鲍里斯，你这名字很军人，真不错。见鲍里斯高兴地咧开了嘴巴，又不无醋意地点着鲍里斯的肩章说，为荣誉而战，鲍里斯，你下一步该升准将了吧？

不，鲍里斯说，这是我最后一次参加军事演习了，演习回去之后，我们部队就撤编了。

秦冲一愣，那你要离开部队了？

鲍里斯说，是的。

部队知道吗？秦冲问。

已经宣布过命令了，鲍里斯说。

你们是在宣布命令之后来参加演习的？秦冲问。

是的，鲍里斯说，因为是最后一次，所以大家都很努力。秦，鲍里斯问，我们部队的表现可以吗？

当然，秦冲充满敬意地对鲍里斯说，不是可以，是很好，是非常非常的好。

谢谢，秦！鲍里斯高兴地说，可你还没回答我，我是不是好军人？

你是好军人，鲍里斯，秦冲毫不迟疑地回答，从前到现在，都是！

小树林里凉风习习，果然清爽得很，秦冲觉得好受多了。两人坐在草地上，举起瓶子狠狠地撞了一下，咕咚咕咚地一口气连喝了好几口。

鲍里斯，秦冲问，你去车臣了？

两年，鲍里斯竖起两个指头说，在车臣打了两年仗。

我真羡慕你，秦冲说，当了这么多年兵，我还没上过战场呢。

鲍里斯看着秦冲说，秦，没上战场之前我也像你这样想。

秦冲有些意外地看了鲍里斯一眼，问那现在呢？现在你怎么想？

现在？鲍里斯迟疑着把目光转向一边，忽然又狡黠地笑了，现在我想，应该让你去上战场。

秦冲审视着鲍里斯说，鲍里斯，你没说实话。

鲍里斯拍了拍秦冲的肩膀说，秦，说实话你是好军人，你们是好军队，上战场，鲍里斯做了个坚决的手势说，没问题。

秦冲笑了笑，默默地用酒瓶子撞了一下鲍里斯的酒瓶子，两个人一起仰头对着瓶嘴又喝了几口。

小树林里看不到月亮，但有月光。月光被切成碎末洒在地上，洒出了满目的斑驳，眼前的一切就显得不那么清晰了。秦冲和鲍里斯抬眼向远处望去，远处天空中飘扬着的两国国旗，在月夜里却显得分外清晰。

秦，鲍里斯指着那两面一高一低的国旗问，这是为什么？

怎么说呢？秦冲想了想说，这么说吧，我在土耳其接受训练时有个体会，两个军队就像两个完全不同的家庭，各家有各家的生活方式，习惯了就只觉得自己的好，就算发觉了人家的好，也不会轻易就学，因为不习惯，还因为没有积累一时学不来。你能明白我说的意思吗?

不，鲍里斯说，我不明白。

原来我也不明白，秦冲说，后来到了土耳其才深有体会，等到学习回来以后，我想把从外面学到的东西移植到我们军队时，这种体会就更加深刻了。

鲍里斯说我明白了，就是我们的腰带好，你们的腰带也好，但不可以换?

秦冲大笑，说胡扯，这哪儿跟哪儿呀?腰带有什么不能换的?

鲍里斯立刻跳将起来，大叫了一声，好，那我和你换腰带。

换就换，秦冲也跳了起来。其实秦冲一直希望能得到一条俄罗斯陆军腰带，只是没有机会。在边防当连长时他得在战士面前绷着，离开边防后就再没这种可能性了。现在鲍里斯主动送上门了，他心里正巴不得呢。

秦冲抽下自己的腰带在手里掂了一下，腰带很打手，皮质厚实，卡头漂亮。要离手了，秦冲才发现这腰带真的很好，难怪俄罗斯兵红着眼到处寻摸着换呢。可自己为什么一直没觉出好呢?是因为自己的东西不新鲜，整天系在腰上没感觉，就把好给忽略掉了吗?

秦冲接过鲍里斯的腰带仔细地端详着。没错，正是他喜欢的那种俄罗斯陆军腰带，纯铜的卡头上面并排有两个钉，棕黄色的皮带条上也相应地打了两排孔，整条皮带都用明线扎出了规则的菱形图案。往腰上扎的时候，秦冲才觉出有些不方便，两个钉眼不是一下就能找准，皮质也显得过于粗硬了些。但这腰带系在身上真的很妥帖，很紧实，很有束缚感。

换完腰带，两人笑看着对方。

干了怎么样?秦冲举着酒瓶子问。

没问题!鲍里斯也举起酒瓶子回答。

为什么干呢?秦冲问。

为了……鲍里斯在腰上拍了拍说，为了腰带。

对，秦冲说，就为了腰带。

两个瓶子重重地撞在一起，撞出了一声清脆的响声。一仰头，两人把瓶里的酒全干了。

痛快，秦冲说，鲍里斯，我那还有两瓶好酒，明天给你带上，回去……话音未落，就见鲍里斯站不住脚地开始往下出溜。秦冲赶紧伸手去拉，一把没拉住，竟和鲍里斯一起摔倒在地上了。

醉中的鲍里斯把秦冲抓得很紧，他们像当年打架似的在地上打起了滚，秦冲好不容易才把压在身上的鲍里斯掀掉，两个人就那样摊手摊脚地并排躺在了草地上。

斑驳的月光从林间洒落下来，迷彩一样涂满了他们的全身。

借着月光，秦冲惊讶地发现，自己的胳膊平整光滑，神经性皮炎竟奇迹般地好了……

2011 年岁末

于大连天源山庄

我的帐篷里有平安

叶　舟[1]

门是半扇式的，没有天，也没有地，就挂在门框中段，齐腰高。

多半是因为酒鬼。原先的门是完整的，但酒鬼们来喝酒时，一般不敲门，而是伸出脚踢，把门的下半端给踢烂了。老板不去锯酒鬼们的腿，反倒把门锯掉了天和地，剩下半截子，随便挂在上面，摇摇欲坠，一口气就能吹垮似的。当然，和气生财么，谁也不会跟钱去结仇。老板惹不起酒鬼是另一重原因。——夜深了，八廓街上灯火缭绕，烤羊排的气息逶迤流淌，让风吹远，被转经的信众们裹挟上，弥洒一片。酒鬼们吃完肉，喝饱了酥油茶，给肚子垫了底，便纷纷往这家客栈拢过来，个个揣着一布袋的碎钱，都想大醉一场。据说，一个男人只有喝醉了，才会梦见佛光，比念上一万遍嘛呢（六字真言）还强。

这家客栈是拉萨城里最红火的，不说人，光门口拴下的马，一晚上就能拉出十七八车的粪。白捡的，把粪运到拉萨河的对岸当肥料卖掉，又有一笔不错的收入，老板肯定在背地里偷着笑。进去一拨人，门扇上嵌的青铜铃铛就要丁零叫上一叫，小伙计们闻讯而来，先给客人敬上一条哈达，再引着路，顺利安顿在闲空的位

---

① 叶　舟　1966 年生于兰州，毕业于西北师范大学中文系，曾发表过大量的小说、诗歌及散文作品，作品多次入选各种年鉴、年度选本和中国小说排行榜，并被译为英、日、韩等国文字。著有诗文集《大敦煌》《边疆诗》《练习曲》《叶舟诗选》《世纪背影——20 世纪的隐秘结构》《花儿——青铜枝下的歌谣》，散文集《漫山遍野的今天》，小说集《叶舟小说》（上下卷）和《叶舟的小说》《第八个是铜像》以及长篇电视连续剧《我们光荣的日子》等。甘肃省作家协会副主席。

子上。另外，门扇上还钉着一块氆氇，老板每天拿起竹笔，都会在纸上写下酒的名字和产地，再用一把匕首插在彩色的氆氇上，像个告示，以示郑重。喏！今晚上的酒水叫“擦哇”，意思是“一半的酒精”，是用青稞酿的，来自后藏的安多地区。那里靠近拉卜楞寺。价钱么，哼哼，当然不会含糊。

将近半个月，我天天晚上站在门口，眼睛都快花了。

入秋后，天开始变凉，星星们在头顶上打着寒战。即便乌鸦是金刚护法的化身，此时也怕冷，早已踪迹难觅，音信皆无。我整理了一下身上的袈裟，把肩膀护严了。其实，我完全可以跑到大昭寺门前去取暖。那里的僧俗们不舍昼夜地煨桑点灯，站在火堆旁，人不会感冒，也不会打愚蠢的喷嚏，惊吓了天上的神佛。另外，那里还可以看见谁的等身长头磕得比较好，谁的心更虔敬一些，谁的嘛呢更悦耳。这半个月以来，整个拉萨城都在过雪顿节，西藏十三万户人家都往圣城里赶，一来供养寺院；二来，可以参加节日的庆典，祝贺丰收，祈福明年的风调雨顺，牛羊满圈。——傍晚时，我在冬宫（布达拉宫）里吃的饭，没喝酥油茶，喝的是新鲜的酸奶。雪顿节的意思就是酸奶节嘛。到现在，我还能听见袈裟下的肚子在咕噜咕噜地叫，像藏着一只小羔羊，闹夜，始终不肯去睡觉。刚搁下饭碗，我看见尊者踅出了囊谦（佛堂），一摆手，冲我神秘地撇了撇嘴巴。我立时明白了，给周围的喇嘛们装了装样子，就说肚子疼，告退出来，便尾在了尊者的后头。我跟上尊者七拐八转，出了宫后的一个暗门，悄悄进了城，混入了八廓街上的人群里。

人多得像一锅煮烂的稀饭，挤挤挨挨，打头碰脸的。

天知道，这一段时间里，尊者每晚上钻进客栈里做什么。他饮食规律，又不沾酒，兴趣就更寡淡了。他是佛爷，我是个卑贱的侍僧，当然不能去打问，冒犯尊者的威仪。我像一根经幡杆子，站在客栈门前，心里空荒荒的，只好问天打卦，数天上的星星。有时候，尊者也会体恤我一下，在半扇门后露一露脸，冲我招手，喊我进去喝奶茶，祛祛寒气。我忸怩一番，委婉地拒绝，脚下像生了根。一个小小的下人，岂能跟法座同台？！偶尔，尊者会突然跑出来，问我要钱。我就打开布袋子，给他一把碎银子。我贴身侍奉多年，很知道尊者对钱是没什么概念的。一高兴，尊者会用一坨银子买一根竹笔；或者，用一两黄金购下一本空白的册页，还嘻嘻然地说这是印度或尼泊尔的纸莎草装订的，可以写道歌。我见尊者那么开心，也就没说上当受骗的事。我不想捅破。

这不！八廓街上出现了一个卖艺老人，抱着一把旧弦子，在弹唱格萨尔老爷带领藏军，将一股妖魔降伏的事迹。我见过他许多次。听人讲，他的年纪在七十八到一百六十二岁之间，总之很老了，老得像一只穿破的皮靴子。还听说，他此前是贩羊毛的，一点不识字，连三十个藏文字母都念不全。可有一回，他路过药王山时遇见了雹灾，躲在山洞里睡了一大觉，醒来后，他就会说唱全本的故事了，身畔还多了一把旧弦子。

他是一枚异熟之果。我思想，他一定是被佛祖摸了顶。

我挪开步子，刚想上前去听弹唱时，尊者急匆匆地从客栈门里跑出来，喊我的名字。尊者说："仁青，我让你保管的那枚金刚杵呢？快拿给我，我真的有用。"我恭顺地致了礼，低眉说："尊者，这枚金刚杵就挂在我的脖颈子上，我不能给你，它是纯金的，可值钱了。"看家护院，不能随便舍财，这也是我的义务，我必须尽责。尊者揪了揪我的鼻子，揶揄说："小气鬼！快给我，我又不是去乱糟蹋，我是拿去送人的。"我愈加低下了腰身，不敢瞻仰天颜，嘟哝说："呃！是去送人呀，那就更不能给你了。要知道，这枚金刚杵是上一世佛爷传下来的，是布达拉宫的圣物，不可外流。"尊者呵呵呵地发笑，像在给我开示，笑得我一头雾水。尊者说："对呀！上一世佛爷传下来的，可传的是我，又不是你仁青，你咋能不让我做主说话呢？"——这是一句申斥。我吓慌了，忙将金刚杵摘下来，双手呈给尊者。

这时，客栈周围的路人们停下脚来，往尊者和我的身上看，好像一个下人闯了祸，在受主子的训斥。我叮嘱尊者说：

"能不给，最好不给。法王，这可是你的传世宝贝啊。"

尊者忽然击了一下巴掌，示意我闭嘴。尊者说："别乱嚷嚷了，这里没什么法王，我的名字叫宕桑汪波。记住喽！"

"我记下了，少爷！"

"嗐！今天的运气不坏，我碰见了一个山南来的少年人，会讲无数个莲花生大师的故事，都是善行与妙果，好听极了。"尊者扬了扬手里的金刚杵，眉飞色舞地说，"还没听够，会很晚的！你要是等不及，你就先回宫里去，看你，哈欠都打出来了。"——显然，金刚杵是一件赏赐。等一下，它就会挂在那个少年人的脖子上。我有点嫉妒，却也无奈。

"不回！我在外边等。"

"呃，我自己能找见回去的路，放宽心吧。"尊者道。

"可我找不见，我需要尊者的莲花脚印在前头引路，要不我会迷失的。"我一再执拗，谨守义务。

“你呀你，人小鬼大，也会讲恭维话？”尊者讥讽说。

我闭紧嘴巴，不露痴相，一时间恼恨起了自己。

尊者离身，对周围的路人们笑了笑，仿佛他认识他们很久了，还打了几声招呼，遂脚步轻盈地推开半扇门，兴致盎然地走进了客栈里。哦！我这才意识到，自己的脊背上早就孵出了一层汗，也不是紧张，更重要的是担心那枚纯金的金刚杵。哎哟！担心很快就被忘掉了，原因是一群路人拢了过来，围住我，上上下下地打量我，好像我是一只山里的长毛猴子似的。

我掀开袈裟，透了透气，凉快死了。

有人问：“喂！小喇嘛，刚才那个鲜衣怒马、气度不凡的青年是谁呀？啧啧，长相那么好，双耳逶长，两臂过膝，真的是一副观世音菩萨的颜容呀。”我早有预备，不想回答这些愚蠢的问题，便敷衍说：“我家少爷！先时当过一阵子喇嘛，他现在还俗了。我是少爷在寺里时的朋友，结伴来玩。”夜色深沉，我听见一个个嘴巴都洞开了，舌头在赞美，在叹息，在艳羡。又有人问说：“他一定是贵族吧？听他的口音，准保是门隅一带的人，那可是圣地呀，刚出过一位大法王。”我心里痴笑，暗暗说，算你眼睛里有水，尊者就是在山南门隅被认定为转世灵童，坐上了布达拉宫的无畏狮子大宝法座的。但我嘴上却说：“其实，我家少爷叫宕桑汪波，来拉萨城朝佛的。”

“带了几千头牛？”

我不答，指了指天。意思说，比天上的星星还多。

“几万只羊？”

我摸了摸头发。

啧啧！——他们面露讶色，舌头卷起来，古怪地叫，仿佛嘴巴咂着酸奶，赞唱不止。我得意地撑开袈裟，兜住身体，裹紧自己，还扬起了下巴。见我爱搭不理的样子，路人们也就没了闲情，一忽儿就散光了。

再找那个弹弦子的艺人时，也没了踪迹。耳朵里全是八廓街上的嘈杂声，一锅稀饭又滚开了，水面上有牡丹花般的层层涟漪。

客栈右首，是一个露天的马厩，客人们的坐骑都拴在里头，饲料免费。一眼望去，马的品种个个俱佳，衬得上主人的身份。其中一匹炭黑色的跑马，几乎有一丈高，正打着响鼻，声震四方。看得出来，这匹马是从康巴藏区来的，差不多值一百两金子吧。左首，紧贴着客栈的是一家卖唐卡的铺子。这么晚了，里头仍灯火通明，金碧辉煌。画师们安静地盘坐在氆氇毡毯上，一笔一画，细心描着画布上的菩萨样子。听说，菩萨的一根眉毛，就要画上大半夜方可停笔，这当然算得上一桩功业。我空荒了一阵子，便想去唐卡店里转转，沾沾佛像的吉。

孰料，八廓街上涌来了一大帮人，吵吵嚷嚷的，停在唐卡铺子前，借着店内明亮的灯光，开始玩起了游戏。

游戏叫“插刀子”，我早就玩腻了。雪顿节前后，拉萨河谷底也就进入了雨季，每天晚上都会下，天亮就停了。昨晚也不例外，雨虽说不大，但此刻地上是软的。一帮人稀稀拉拉地散开，先在湿地上画好了方格，然后退出去七八丈远，开始打赌，看谁把刀子掷得远，投得准，恰好插在事先敲定的那一个宫格内。反正也无聊，我便袖手一旁，看热闹，磨时间，等待尊者出来，好护送他赶紧回囊谦里歇息。我是个侍僧，我不能忘了自己的志业，怠慢了法王。

问题在于，我看着看着，鼻子就快气歪了。哎哟！一帮顶天立地的粗汉子，笨手笨脚的，就像刚嫁人的新媳妇一样，竟然拿不好一根绣花针。投不准不说，有的居然扔到了自己的屁股后边，像一句日喀则的谚语说的那样：我指的是西门上的城楼子，你却是东门上的笨猴子。我忽然失笑起来，一下子笑得弯下了腰，笑得肚子也疼得抽筋，眼泪哗哗的。一帮人停下来，面面相觑，不知道我发的什么疯，中了什么蛊。这时，有一个黑脸踱过来，质问说：

“小喇嘛，你笑话我们呀？有本事，你投一下试试看。”

“呃！那你选一个宫格吧。”

我慨然道。

“嗬！看你的手也就是翻经书摸念珠的，你要是能投中的话，我拜你为师，包括大家。”——黑脸递给我一把刀子，又去指定了一个方格，讽刺说，“要是插不中，小喇嘛你翻个跟头给我们瞧，我就饶你一马。”

我轻蔑地哼了一声，一掀袍衣，出手如电，将刀子钉在了目标上。

不用问，他们先是不服气，七嘴八舌，说我凑巧的，简直撞了大运，其实没那么神。又有人递来刀子，我投中了，还有人来递，我全都接上，就当是一种试探吧。后来，我脚下居然堆了十几把刀子，刀柄上的缨穗花花绿绿的，纷纷央求我表演。——真的！我不吹牛，出家人不可妄语，我在剃度为僧前，一直在家里放牛。牛在草坡上啃青时，我就自己玩“插刀子”，技不压身，我差不多算童子功吧。我表演完了，没一次失手的，绝对镇住了他们。我知道人都会有嫉妒心，黑脸也算不上太过分。黑脸说：

“这里太窄了，施展不开，不如我们去拉萨河边，那里开阔？”

“呃，乐意奉陪！”

我态度笃定。

“那么请！”黑脸相邀，弯了弯身子。

离开了八廓街，我被一帮人簇拥着、夸赞着、相搀着，拐进了一条僻静的巷道里。巷道很杂乱，污水横流，会闻见死鼠死猫的腐烂气息。每一年，来自藏地的信众们都麇集此处，围绕大昭寺，一圈一圈地扩远，密密麻麻地驻扎起来。或是盖一座简易的土坯房子，或是支起牛毛毡帐，错错落落地生活着，早晚朝佛，经年不散。其实，这怨怪不了他们，有的信徒家中有病人，许下愿，要磕五六年的长头；有的为躲避仇家，大隐于此，连肤色和样貌都渐渐变了；还有的，纯粹是懒汉和酒鬼，知道拉萨城里的日子相对容易，便拖儿带女，天天去磕头的人群里伸手。——看在佛爷的面子上，谁也不会计较。儿女们的肚子里装满了酥油，一个比一个胖，胖得像供养池子里的千年龟。

我被护持着，夹在队伍的中间，穿过巷道。

逼仄处，仅能容一个人侧转身子过去。更多的时候，我的左右都有人搀扶，生怕我被湿漉漉的地皮滑倒，啃一嘴的烂泥。呵呵！前头竟有人开路，喝退一两个路人，令他们避让。冷不丁，脚下蹿出来一群獒犬，颈上都箍着一只只红色的羊毛项圈，冲我龇牙咧嘴，低声咆哮。这时，我听见黑脸开口发话，念了一下嘛呢，又念了一句咒语。獒犬们登时肃穆下来，夹紧尻子，灰溜溜地跑了，比乌鸦还快。在巷子的尽头，忽然站起了一头公牦牛，不停咀嚼着，裆里的睾丸和家什悬垂下，比一块磨盘还大。我有点骇然，不敢看它，它却用挑衅的眼神射我。

黑脸见状，慢慢踱上前去，一下子扳住了公牦牛的犄角。公牦牛在抵他，弯刀般的犄角差一点刺破黑脸的肚皮。但黑脸汉子不费吹灰之力，猛地一撑双臂，就将公牦牛举了起来，举在头顶。

公牦牛不大，中等，可怎么也比十万块玛尼石要沉。黑脸抽空瞅了瞅，发现不远处有一堆干草垛，用来过冬的。黑脸气沉丹田，猛地一甩胳膊，公牦牛飞了出去，陷在了草垛中。害羞死了，它半天都没咳嗽一声，也没出来道个歉。

我失笑了一下，继续走。

距河岸不远了，我能闻见河水的味道，鼻尖上湿漉漉的。夜色也柔，洗浴着头顶的星星们，让它们烁亮，给飞行的度母们引路。偶尔，人的喘息和脚声惊起了草丛间的夜鸟，呀地一叫，在黑暗中一步步滑远，也看不见摔没摔跤。此时，还能听见河水冲击礁石的声音。礁石上一定刻满了彩色的经文，水冲一遍，等于念诵了一遍嘛呢。这个季节，拉萨河时常发脾气，用洪水裹挟着上游的树木和死牲口，不问青红皂白，一泻千里地往下跑。但今晚上，拉萨河很静，静得仿佛在焚香，也仿佛一尊从四川背回来的瓷器，敛尽了人世上的一切喧嚣。

我边走边卖弄，告诉他们该怎么执刀，如何出手，力道要用几分，准头该咋找。以前，我见过几次尊者在冬宫大法会上讲经说法的样子，我其实学的是尊者的口气，手势也像，表情也学着庄严。我这般照猫画虎，他们当然懵懂不知了，继续恭维我，说我的好话，让我的耳朵很舒服，慢慢发软。我讲解完后，另有几个人单独来提问，我就停下脚，拾起一根树枝，在地上开始比画。——比画完，刚收了势，我甚至有点气喘吁吁的，却忽然间觉得眼前一黑，被一条牛毛口袋罩住了脑壳，四肢被叉住，动弹不得。

佛爷呀！我被绑架了。

我突遭黑手，像一块酥油喂进了别的嘴里。这一刻，我立时明白了，原先他们在演戏，一步步的诱引我，让我自己送上门来。

我真蠢！

我的脚乱踹，拳头挥舞，尽力挣扎着。在这个红尘世上，我才活了十七岁，还没有看够风景，身体没长开，拳头也不够硬。我不贪，不嗔，不痴，我知道心上的戒律。对！我喜欢做一个喇嘛，也喜欢读《五明》经书，更喜欢在尊者的囊谦里擦拭佛龛，给尊者沏茶点灯，供奉一日三餐。我知道有一道宫墙将布达拉和拉萨城隔开了，我对宫里的999间房子滚瓜烂熟，却对俗世上的恩怨一无所知，也不曾结下过仇人和冤家。我猜，他们肯定认错了人。——迷离中，我感觉自己被抬了起来，架在半空中，一帮人往远处跑去，哑默无声。

我的袈裟被风掀开，衣袂飘飘。我越缩越紧。

我一直在踹，每一脚都踹在了棉花垛上，软绵绵的，毫无反应。我的拳头挥出去，打着空气。偶尔，拳头好像砸在了某个家伙的鼻子上，砸出了鼻血。我嗅见了一丝丝的血腥气，在清冽的夜风中很刺鼻，也很解恨。我被举在空中，像一只风筝那般滑行，滑向了夜幕的深处，滑向了拉萨河的滩涂。其实，我根本看不清夜色，牛毛口袋罩在头上，一团黑暗比铁还黑，也更坚硬。——恰在这时，我想起了尊者。尊者晴朗的颜容浮现在我的心里，比满月辉煌，照临我，给了我加持和信念。顺便，我还忆起了尊者前一天在囊谦里，用竹笔写下的一首道歌：

这么静，

比诵经声
还静。
……本来是去远山拾梦，
却惊醒了
梦中的你。

我闭上嘴巴，精气内敛，凝神不动。

这样，我的分量更重了，压得他们吭哧吭哧的，发出了牛喘声，脚步也慢了下来。我有点失笑。我这一具凡体肉胎，从没受过如此的恩遇，竟然被当作了一尊佛像，被一帮粗汉子们抬举着，向一个不知名的龛笼上归位。眼底里漆黑如墨，但我的耳朵亮了起来，鼻子也尖了不少。这时，我又闻见了河水，以及河面上升起的雾气，有一点点土腥，也有一丝丝的鱼腥，还羼杂了枯枝败叶的腐烂味道。不知怎么了，我听见拉萨河的一刹那，心中作涌，略微有些恓惶。经书上讲，一个人的一世，其实就是一条河流过，把自己的少年、青年和以后都冲走了，只不过剩下了一些似是而非的念想、一些牵挂罢了。先时，我还不懂这一句话，太深奥，便向尊者去求证。尊者每每说，仁青啊，等将来的某一天，河水打湿了你的脚脖子，你就觉悟了。

现在，我的脚是干的，我却恍悟了，了然在心。

……涉河入林，辗转而行，我感觉身下的人群突然嘈杂起来，相互换手，挨个儿叮咛，将我一寸寸地往前传递，平稳，妥帖，毫不颠簸。听得出来，人实在太多了，比哲蚌寺后院的那一座玛尼山上的经石要多，比秋田上收获的谷穗还多，比云彩中藏下的雨滴更多。他们掐住声嗓，不敢高语，前后左右地悄悄递话，一个说，小心点！一个说，抬稳了，别趔趄！另一个又道，举高点，快把帘子打起来！——倏忽间，一团暖意扑面袭来，我不再发冷打战，甚至还闻见了火堆里劈柴和牛粪的味道，嗅见了酥油茶和糌粑的香气，另有燃香和桑烟。不用说，我被绑架了，这里才是目的地。

我听见那个黑脸的家伙在说："到了！款款放下，请喇嘛赶紧上座吧。"我像一根经幡杆子，从空气中卸下来，戳在地上。黑脸又催促说，"快摆上坐垫，给喇嘛把靴子脱了，请上去！"我的胳膊被牵拽着，挪前几步，一屁股坐了下来。就这样，牛毛头套忽然被摘掉了，光明刺人，我眼底里黑了一黑。

妈哟！我坐在一顶宫殿般的帐篷里，坐在了首席的氆氇毡毯上。

我的眼前，麇集了成百近千的人，不分男女，无论长幼，每个人都身穿节日的盛装，珠光宝气，笑靥如花，拢着我，盘坐成一大圈。我心猜，他们一定洗了一整天的脸，梳了大半天的辫子，抹了一晚上的酥油。我闻见他们香喷喷的，像刚从煮羊肉的锅里捞出来的样子。男人们的羊毛领口雪白，妇人们的眉心里点了朱砂，鼻涕娃娃们吮着奶疙瘩，衣襟上油光斑斑。见了我，他们开始双手合十，嘴里念起了嘛呢。一时间，帐篷里嗡嗡嘤嘤的，仿佛一大群蜜蜂来送花蜜。我惊呆了，有一点忐忑，也有一种不安。——这时，首领般的黑脸汉子挪过来，边鞠躬，边给我献了一条洁白的哈达。黑脸说：

“仁青喇嘛，请宽恕我这个部落的鲁莽之举吧！”

我缄默。

“哦，冒犯了喇嘛，实出无奈！”黑脸汉子用眼神逡巡了一圈，唇红齿白地说，“怕耽搁时间太多，只好动了动粗，将喇嘛你抬了进来，真是礼数亏欠呀。”

心里打鼓，我且听下文。

“呵呵，这座帐篷下是我的整个族人，翻山渡河，来拉萨城朝佛献供，在拉萨河旁扎起毡帐过雪顿节，已经逗留了许多个时日。可是在我的部落开拔前，尚有一个小小的卑微的心愿没能满足，感觉心里空荒。”——黑脸慢慢红了起来，像有一朵彤云升起，又嗫嚅说，“仁青喇嘛，你是尊者的侍僧，如雷贯耳，今夜请你来，想请你开口朗诵，证悟我们。”

“我只是个小僧人。”我答。

“不！西藏十三万户人家，谁不知道六世达赖喇嘛仓央嘉措佛爷的法座下，有一个聪慧机灵的小仆人叫仁青呀。”——黑脸赳赳然的，对着帐篷下的众人朗声介绍说，“喏，都听好了！这就是大名鼎鼎的仁青喇嘛，刚刚请来的客人。”

我有些发窘，搪塞说：

“我是仆人，没什么法力。”

“可是，整个藏地都在传说，说仁青你对仓央嘉措佛爷的诗过目不忘，倒背如流呀。”黑脸汉子边说，边拿起五彩的供品，给三宝献祭。又喜滋滋地说，“哦，这是个恩典的夜晚！从此，我的帐篷里有平安，有了佛赐的平安！”

“那么，绑架我，只为了逼我朗诵？”我质疑道。

“仁青喇嘛，还请你悲深愿重，宽谅我的整个部落，宽谅我这一座卑贱的帐篷吧！”——黑脸停了手，合十，作揖，虔敬地说，“哦！我要坦白，我跟踪了喇嘛你许久。我知道尊者慈悲，每天晚上去散心，去采集谣曲，去灯火阑珊里习经修法。在八廓街上，我不敢去惊扰尊者的威仪，也不想打扰你去侍奉法王。可今晚上，却听见尊者对你讲，时间会很迟的，先让你回去。我想，这是一个佛赐的机缘，所以就……”

我伸手，拈起一撮供台上的五谷，撒向空中。问说：

“朗诵什么？”

“哦，法雨慈云，广拔众苦，快请佛爷的诗，做我们供养的福田吧！”——登时，黑脸汉子声音哽咽，长身倾倒，伏卧于地，朝着布达拉宫的方向再三叩首。又说，“我和族人们干渴坏了，盼佛爷的道歌，盼得眼睛里哭出了血，心中也寂灭了许久。恩典的夜晚呀！从此，我的帐篷里有了平安。现在，我看见空行母在帐篷下飞舞，就现在，就在头顶上。”

不作迟疑，我伸手说：

“快！快把三弦琴拿来，让我漫唱一首尊者仓央嘉措的道歌吧！”

我接过琴，抱在怀里。

霎时，我惊呆了。——我发誓，我见过这一把旧弦子。先时，它还在八廓街上的那个卖艺老人的手里，还在赞唱格萨尔王爷的英雄过去，此刻却神秘地传递在了我的怀中。我想，我也一定是被佛祖摸了顶。不加犹豫，我双目微阖，开始弹拨起来，如梦如幻地漫唱起六世达赖喇嘛仓央嘉措的一首谣曲。

听得出，帐篷外开始下起了雨，在这个慈祥的夜晚。

在拉萨河谷地。

香炉山

叶　弥[①]

自从搬到白菊湾的花码头镇，我陆续结交了一些朋友：大道观的看门人老邬，花亚，旅行家江吉米，张小虎和他的母亲，乌兰、她的父亲老乌，罗汉芳……

近半年来，我没有再交朋友。原因是花码头镇出了杀人案。一位性格孤僻的女士，在夜里被她的同居男友杀害。而且镇上的人都说她活该。没有结婚就同居，还引狼入室，这不是活该是什么？我虽说体格健壮，胆大妄为，但自从这件事后，我就谨言慎行，不太敢在夜里独行，也不太敢去结交他人。以免被人骂上一句活该。

今天下了一天的小雨，到了傍晚，雨停了。站在屋子西边的丝瓜架子边，朝北边望去，看到雨后的香炉山上，到处冒出白色亮丽的烟岚，轻如白纱。天空中拖曳着细沙一样的白云，白云之后，淡淡的蓝正在变紫。

今夜的月亮也是特别：粉桃色的一弯上弦月，清丽淡雅。它淋了一天的雨，化去了媚态和火躁，散发出蕙质兰心。

舍不得这个月亮，因我从未见过这样的月亮。花码头的人，对极美的事物是形容“俊”，不说美丽，也不说漂亮，只称“俊”。

香炉山上看这样的“俊”月，应该是绝好的一件事。我穿上舒服的拖鞋和灯

---

①叶　弥　女，1964年生，苏州人。1994年开始小说创作。著有长篇小说《美哉少年》《风流图卷》。出版有中短篇小说集《成长如蜕》《粉红手册》《钱币的正反两面》《天鹅绒》《去吧，变成紫色》《桃花渡》《恨枇杷》《市民们》等。部分作品译至英、美、法、日本、俄罗斯、德、韩等国。现居苏州。

笼裙，拿了吃剩下的半袋原味葵花子，一面走，一面吃，仰面看着天上的月亮。我走的这条大路叫会稻路，还没有安装路灯，白天人来人往，通着六百路公交车。乡下人没有夜生活，一到夜里，路上杳无人迹，白蒙蒙宽阔平整的一条空路，闭上眼睛也可以走路的。

一条路，一个人，一个月亮。路两边是稻田，还没显亮的萤火虫在稻田里飞来飞去，却不落脚。一望无际的稻田里，有几处聚拢着蛙，精力充足地大喊大嚷。——大自然的声音，你不会觉得烦呢。

惬意地走着，还是看到了危险的东西：潮湿的路边，横躺着一只土黄色蝴蝶翅膀，有着咖啡色和淡黑色的波浪纹，比麻雀的翅膀略小一些。我心头一惊，朝前走了几步，又吓了一跳，路上又有躺着的蝴蝶翅膀，这回是一对，看来是从同一只蝴蝶身上扯下的。不知道为什么我想起镇上那个被杀的女人，杀害她的同居人说，并没有杀害她的念头，只是那天他心里不高兴，嫌她话多，掐着她的喉咙，直到她没有气息。她死了，杀人者先是痛快，过了一阵才感到害怕。……至于伤心，那是再以后的事。

撕下蝴蝶翅膀的人，怕也是这种心理：并没打算杀死蝴蝶，只为了一时的痛快。

什么样的人寻求这种痛快?

但愿不是孩子!

我捧起这对蝴蝶翅膀，走回去把前面那只蝴蝶翅膀也捡起来。为了不再让路上人践踏，我用树枝在路坡上掘了一个小坑，把它们葬了。

身后忽然有一个人说：“旁边不是有一棵橘子树吗？怎么不埋在橘子树下？”

我抬头一看，边上真的有一棵结了累累小果子的橘子树，刚才又是恐惧又是难过，竟然没有看到它。再朝身后一看，见到那个说话的人了，一位年轻男子，穿着白衬衫和牛仔裤，身材极好，浑身上下充满削薄硬健的线条。令人看了，不由得眼睛一亮。天已经凉快了，他的手里还捏着一把蒲扇，有意显得闲云野鹤似的。

——也不过眼睛一亮而已。这种年轻人，花码头镇上多得很，他们很聪明，一眼就能掂量出别人的身份家境。他们只对家境富裕的女性感兴趣，愿意与她们交往，成为干姐弟或干母子。那位被杀的女人，就是在路上认识了今后杀她的人，认了这个人做干弟弟，后来又同居了。

这个世上，蝴蝶要当心自己的翅膀，女人要当心自己的喉咙。我的眼神里一定流露出警觉和不屑，他的神情立刻现出了局促不安，掉头走下一个坡，朝北边的村庄去了。

我定了定神，决定继续我的行程。我恐慌，但我不想示弱。

他去的路正是我要去的，香炉山就在会稽路的北面。我不想跟在他的后面，以免被他看到了又回头来搭腔。我碰到过这种事，不止一次。陌生的男人对你感兴趣，千方百计地找机会搭腔。我决定朝西一直走，然后再找通向北边香炉山的小路。

我一直走到了蓝湖边。发育良好的蓝湖，还保留着远古的些许风韵，虽然说没有了史书上所记载的珍禽异兽和香草奇花，更没有传说中围湖一圈的水石。但是作为现代人，我早已学会珍惜眼前的东西，因为蓝湖正在缩小，我担心再过若干年，也许连湖水也看不到了。

担心和焦虑正在成为我们生活的一部分，所以我对你说，我具有的享乐精神是积极的态度，弥足珍贵。当人类在恐惧世界末日时，我正在让我的愉快成为未来的回忆。

我在蓝湖边找到了一条通往东方的小草路。我早已走过了香炉山，现在我要向回走，走过这条草路，再找到一条向北的路，才能到达香炉山。

天穹中的蓝变成紫，紫们变了灰黑，不久都隐去。天黑了下来，上弦月明亮得就像宝石一样，它太细，它的光照不到路上。现在是七点半钟，它要消失掉，起码还有三个多小时。我有的是时间，并不着急。

这些村子我从没有进来过。每次从会稽路上隐隐约约地看到它们，总觉得它们的构成很简单，一模一样的屋子，种着菜蔬和稻子的田地，大大小小的树，无非是杨柳、香樟、白果、玉兰……今晚进来之后，才知道我小看了它们。它们是错综复杂的迷宫。村与村转承口，路与路的交接处，没有任何文明世界的文字标志。它们隐藏的标志只有村里人才知道：谁家的白果树那边拐弯可以到达大路。转过谁家的那堵废土墙才能找到那座小渡桥。从什么样的竹林里穿过才会走进另一个村庄……它们就像一个万花筒，不经意地一碰，就换了一个样式。又像魔方，拼错了一个环节，就错了整个方向。你也千万不要小看了那个独木桥，一根又粗又短的大柳木，横放在小河两头，它在老金家的屋后，另一头连着老王家的屋后。从老金家这头，走到老王家那头，才能从南边的村子转到北边的村子，才能找到上香炉山的小路。

我很快就在村子里迷了路，这是我没有想到的事。有些屋子我看到了好几遍，有些僻静的路陌生得让人害怕。走来走去，我发现我一直在几个村子里面转悠，总也出不去。这期间，我敲开过六家村民的门，但是他们指出的路径都是一样的复杂，我走着走着又迷了路。村民们对陌生人都很冷漠，都疑心重重。当我敲开他们的大门时，他们都会朝我身后看一眼，确定我的身后没有可疑人物时，才搭理我的问话。……到后来，我没有了办法，对一位开门的中年妇女说："我就住在花码头镇上，你带我到香炉山去，回头我付你一百块带路费。"中年妇女慢慢伸出手说："行。那你把钱拿出来。"我摸摸灯笼裙的大口袋，里面只有瓜子和家门钥匙，别的什么都没有。中年妇女说；"没钱也行，你把手机押在我这边。"我只有苦笑。我是个享乐至上的人，在我享受生活的时候，身边从来不带手机。这个中年妇女并不像精明得冷酷的人，憨厚的黑脸，说话的声音小而胆怯，向我伸出的那只手不自然地微微晃动，像害着羞似的。但她最后对我说的话却那么斩钉截铁："什么都没有，那谁会相信你？你去找别人试试看，没有一个人相信你。"

信任的基础只是一部手机或一百块钱？

于是就关了门。

现在的问题是，我找不着到香炉山的路，也找不着回家的会稽路了。我在迷宫一样的村落里迷惑不已：不是说白菊湾的村民们是很热情淳朴吗？谁说过这句话来着？我想起来了，我奶奶说过，我妈也说过。现在轮到了我，我该怎样说？

如果不是迷路的话，今夜会是一个很好的享受机会。我心里焦急，所见到的事物尽成过眼云烟。但是到了现在，时过境迁后，我可以从容地给你描绘一下这些村庄的美丽了。确实是美丽的村庄，每一个村子都被树木掩藏，路上铺着干净清凉的石块，村子里河道纵横，清澈的河水从每一户人家的屋前或者屋后流过，河水里穿行着一群群小鱼，在夜里喋喋有声。野菊花到处开着，竹林随风摇曳。所有的庄稼地都被辛勤的农人收掇得秩序井然，棱是棱，角是角，田地里看不见杂草，就如干净女人的床一样。

我抬头看看偏西方向的月亮，从它现在的位置判断，应该有十点钟了。我迷路两个多小时了。

我的耳朵忽然听到歌声。有一个男人在唱歌，并且这个人向着我走来了。我掏出一粒瓜子，迅速地和自己打了一个赌：瓜子掉到头上，今夜的好运气来到。

瓜子掉到地上，好运还没有来。我把瓜子朝头顶上方一抛，瓜子不偏不倚正好落在了我的头顶。哈哈，好运来了！我头顶瓜子，站在那里，微笑着迎接这个唱歌的人。

唱着歌的男人走近了，他停下步子。很显然，他看得出我不是村里人，有些明白我的处境。他等着我开口。我说："请问……"刚说了两个字，我就不说话了，我认出来了，这个人就是我刚才在会稽路上看到的，一个我拒绝与他搭腔的年轻人。我不太信任他。他的手里还是拿着蒲扇。

这时候，他也认出了我，站在那儿不吱声。

两个人面对着面，样子难堪。

还是他打破了沉默。

"你有什么事吗？"他的语气里没有一点生硬的成分，看来他并没有为会稽路上的事感到不快。这使我的心里生出了警惕。我并不流露出警惕的样子，他也许是我今夜唯一的指路人。我轻松地说："迷路了。难道陌生人就要永远在村子里打转吗？"他笑了，声音轻而得体，自信地说："碰到我就不一样了。我认识这里所有的路。"

我喜欢这种自信的口气，但是自信并不说明什么。

我决定不回家，而是继续我的既定目标，这有些冒险，这位突然冒出来的带路人更是一个危险因素。我跟在他的后面，问他尊姓大名，他云里雾里地回答我："苏家庄人，姓苏。"

他没有问我的姓名。我有些奇怪。

为了预防危险，我做了一件事：在暗地里捡了一小块砖头，对他说，我要给丈夫打一个电话。于是就转身避开他的视线，大声地对砖头说："你先睡吧。我还是要到香炉山上去看月亮。……没关系，小苏陪着我，他年轻力壮。……他是苏家庄人。"

把砖头放进口袋里，我转身对苏说："苏，今天真悲惨。我碰了无数钉子，没有谁肯像你这样带路的，有的要钱，有的冷若冰霜，拒人于千里之外。"苏淡淡地说："你运气不好。你要是碰到我燕姐姐和我老干娘的话，早就到了香炉山了。"

我跟着他穿行在一个又一个的小村庄里。我心里保持着紧张，苏却轻松地向我介绍每一个村子里的秘密："这棵广玉兰树是老叶家的，有一百年了。夏初开花，半树白花，半树紫花。不是嫁接的，天生就这样。我们都叫它夫妻树。"

我心里一动：苏这么说，是有含义吧？

苏又介绍："你看到这家人家门口的葫芦了吧？他家的葫芦上了菜市场，比别人家的贵一倍还不止，——还供不应求，因为他家的葫芦每一只都是并蒂葫芦。真是少有。"

我的心里又是一惊：并蒂葫芦？暗示？

苏在一户砖木结构的屋子后停下来，用扇子柄指指它，神秘地悄声问道："你胆子大不大？说实话，大不大？"

我把这句问话放在心里迅速地盘算一下，这样回答："我胆子很大，我练过跆拳道，空手跟一到两个男人打架不会输。"

苏好像有些失望，一下子兴味索然。

我要的就是这种效果。

我马上来了精神，说："你怎么不说了啊？你继续说下去啊。"

苏叹口气，一边走一边头也不回地叙说道："这家人家的爷爷，十八岁的时候结了第一次婚。新娘子是镇上的大户人家闺女，很漂亮，——就像你这样漂亮，结婚的那天夜里，男的起身上厕所，看见新娘在月光下梳头，新娘子头发很长，从梳妆桌上一直拖到地上——原来她把头拿下来了，放在桌子上梳头发。她是个狐狸精，狐狸美女。"

这一次，我怀疑苏是在调戏我。我还从来没有被男人说成是一个漂亮的狐狸精，没有男人敢这么说我。

我装聋作哑，紧催着苏快点走。我不怕他使坏，我给我的"丈夫"打过"电话"了，他会有所忌惮的。

从迷宫一样的村落里转出来，走到一条向着香炉山的直路。路的两旁只有成片矮矮的野菊花，视野开阔。我这才轻松了一些，问苏："你还有干娘啊？刚才说的燕姐姐是谁？"

我马上就要让他离开我，从这里到香炉山的路，我熟悉。这条开满野菊花的路，北头连着香炉山，南边连着会稽路。我有礼貌地等着苏回答这个问题，回答完了就和他告别。

苏的话出乎我意料，他没有回答我的话，而是说："我陪你到了这里。礼尚往来，你要陪我到前面那个村子里去一趟。顺路的。我去看我的老干娘。"

苏指着前面的那个村子，村子就在香炉山脚下，我必经的地方。村里的一座屋子里，隐隐地亮着灯。

我对苏说："不行。我到香炉山就是去看月亮的。你看，月亮马上就要落到天底下去了。"

苏说："是啊。月亮马上就要落下去了。你还没爬到半山腰的观云台，就看不到了，还不如陪我一下。"

我承认这一点。折腾了三个多小时，面临着打道回府，我心有不甘。也许苏已看出了我的心思，但是这与他是没有关系的，也不存在这样的礼尚往来。我绷紧了脸问他："那个村子里有什么有趣的东西吗？并蒂葫芦还是双色玉兰花？"我居高临下的口气没有打消苏的热情，他几乎是急切地说："跟着我，没错的。有很好玩的东西。走！"他走了几步，看我还在原地不动，跺一下脚，催我："快走啊！你没听说过香炉山上今夜会出现神灯啊？我们去问问干娘，她知道神灯出现的时辰。"

有许多时候，我的好奇心会超过理性，就像猫一样。我真的跟着苏走了。神灯？香炉山上的神灯？我从来没有听说过这回事啊。如果真的存在这件事的话，为什么我从来没有听说过？也许是现在的人们有意地忽略这种事，只对杀人之类的事感兴趣；或者这种玄妙的事纯粹就是乡村的秘密——只属于乡村的秘密，只在乡里口口相传。

这些看些平淡的乡村还藏着多少的秘密？乡村的路是不是在夜里都会化成迷魂之路？

苏的干娘叫夏婆婆。村口那座亮着灯的土房子是乡村的小教堂，将近十一点，这个时间在乡里是躺在床上做梦的时间，但还是有许多人在里面虔诚地做着祈祷。

苏带着我走进小教堂，正好大家都跪着，他也跪下了。我站着不动，他扯我，把我扯得跪下了。我有些恼火。我对他说我不信教。他说他也不信教，不信教的人难道就不能表达一下对神明的敬畏吗？我没有理由相信他这句话，跪了几秒钟就跑到门外去了，苏刚才扯我的动作太亲密，我想让他知道我们之间的距离。

一会儿，苏和夏婆婆从小教堂里出来了，站在我边上唠嗑儿。

"今天是走来的？燕姐姐好些了吗？"满面起皱的夏婆婆问苏。她的脸真像一片脱了水的风干树叶。她的眼睛是亮晶晶的，吉祥温顺。

"好些了。刚才我去看了她。我一个星期没有去看她，她就是担心我变心，急出来的头晕。我去和她说说话，她也就好起来了。”苏回答。

“那你想不想变心呢？”

“想啊。”苏笑着说，听得出他是开玩笑。但是他瞄了我一眼，让我又气恼起来。真是见了鬼了！这种小土痞子。

“她那群金腰燕好不好？”

“一个个活得很开心呢。比她开心多了。”

“那你妈怎样呢？”夏婆婆换了一个问题。

“妈比去年的秋天好多了。她就是惦记增寿。今天晚上，原本是她差我来看你老人家的，顺便问问增寿的情况。我看时间还早，就先去看了燕姐姐，她要我多陪陪她。所以我就来晚了。”

“增寿好着呢。”夏婆婆说，“每天早上老早就起来了，到处玩。脾气坏，火性大。胃口大，什么都吃。哎哟喂，真是的。上次把我的小花瓶打碎了，被我追着打了几下，倒乖巧了几个时辰。”

夏婆婆笑起来。苏也跟着笑。他们这样愉快，我感受不到同样的愉快。我猜到那个“燕姐姐”定是苏的爱人，他有了爱人，还对我这个陌生女人有非分之想？

现在是夜里十一点钟了，我的恐惧还在，又增加了对一个人的厌恶。我考虑着回家的事。

我咳嗽了一声。

苏马上问夏婆婆：“干娘。我听说今天夜里香炉山上看得见神灯呢，你会占卦，知道神灯什么时候出来。”

夏婆婆极为聪明地瞟我一眼，犹豫地说：“可能年纪大了，算不准。……多少年没算准，没人信我了。我昨天算出神灯是今天夜里十二点一刻出来……但是谁知道呢？谁知道它出不出来？哎哟，我知道了，现在天象气候都变了，它也就不准时了。”

这夏婆婆，她把失算推在天象气候的变化上。

这两个人极为严肃地讨论神灯的问题，不像是一个陷阱——至少有百分之八十的安全保证。我想。我略一踌躇，不去细究这百分之八十里到底有多少可靠的依据，下决心上香炉山一探究竟。

“燕姐姐是你的妻子吗？”在路上，我问苏。

“算是吧。但我们还没拿结婚证书。”苏说。

“男人就应对女人负责，不管有没有正式结婚。”我一本正经地说。这句话在我的耳边“嗡嗡”作响。为这句话，我一时倒怔住了：我什么时候变得这样软弱？也学会说这样的话了？

“增寿是谁？”我又问。

苏忍不住大笑起来。他笑得酣畅淋漓，看来他真是一个快乐的人。

“增寿是一只母鸡。”他说。

而后，我明白了一件事：增寿确实是一只母鸡，养着它是为了给苏的亲娘增寿，所以它就叫“增寿”。三年前，苏的母亲生了怪病，吃什么吐什么，连大医院也看不好。眼看着奄奄一息。后来，苏的父亲到花码头镇上的大道观去求签。去晚了，一个道士也没碰到。大道观的看门人老邬听了他的叙述，就对他讲，养一只“增寿”鸡也许有用。以前的人就这样做。男的用公鸡，女的用母鸡。这鸡一定要精心养护的，鸡死人也死，鸡活着，人也活着。于是，苏的父亲就到花码头镇的集市上买了一只健壮的小母鸡，回家的路上，交给了苏的干娘夏婆婆养着。苏的母亲从此没有了呕吐的毛病，活下来了。

苏讲完了这件温情的乡里故事，我心里有些安定：这些都是心地善良的人啊！

……镇上的人不是都在说，那个杀人的人，平时脸上总是笑嘻嘻的，杂货店林家的孩子，不是被他抱过？还亲了一下……前两天看到一篇故事，说以前与汪精卫一起做汉奸的褚民谊，就在本市刑场被国民政府枪毙那天，还对记者说他的身体很好，可给医院作解剖用，心脏和骨骼尽数供给医学界研究之用。可见人是具有多面性的。夜深人静，荒郊野外，更要小心提防。

我不由得有些后悔起来。我是个女人，深知女性的弱点，爱吃后悔药就是弱点之一。现在到了山脚下了，来不及后悔了。

这时我又觉得苏又些怪异，他看得见夜里的一切东西：静悄悄藏在沼泽地里的白鹭，竹林里的野鸡，野苋菜下面的青蛙……甚至五六步以外的一株兰花他都看到了。他把他看到的悉数告诉我，因为我不相信，他还朝一根竹子上投去一个石子，结果惊起一只野鸡。关于那棵兰花，我坚决不信。他和我打了一个赌：赌一个拥抱。我的好奇战胜了提防心理，欣然应战。我们一起走下路沿，苏用手电筒光一照，真是一株野生兰花草。于是我们走回路上，苏也没提拥抱的事。他还算识趣。

夜里的这些东西我都看不到，我暗自羡慕他。

你是鬼吗？我心里问了一声。他当然不是鬼，是我今夜特别乱，我患得患失，怕他这个人，也怕他这人是一个鬼。神灯一定也是一个可怖的事物，或是某个不祥的信号，神灯升起时，苏会不会转眼变成一个鬼？

“你，你见过神灯吗？”我战战兢兢地问苏。

“我只见过一次，还是八岁那年，干娘带着我上山来看了。”

“什么样子的？”

他回答：“小小的一个火苗，边上一圈光晕。从山下什么地方晃晃悠悠地升起来，快到半山腰时，不见了。当时看到有六盏吧，一模一样的，我觉得有仙女在暗里提着它们，上了山，就把它们吹了。”

苏的故事很有感染力，不管是真是假，反正我听了这个故事后，不再想入非非了。我得承认，这个世界确实有一些使人心旷神怡的东西，哪怕只是想一想它们，也会得到有力的安慰。

到了香炉山上的观云台，窄窄的上弦月一下子不见了。它不见以后，我更觉得四周的寂静，一丝风也没有。放眼从半山腰望下去，下面就如一条黑漆漆的大河。看久了，双脚恍如腾空，魂若离世。苏坐我边上，坐得很近，我听到他坐下来的时候，惬意地叹了一口气，这不是微妙，简直是明目张胆了。苏在地上扯了一根狗尾草，轻轻地哼起一首歌来，看来他真是很享受这一刻啊。离神灯出现还有二十多分钟，我必须安然度过这段时间。我问苏：“刚才碰到你时，好像唱的也是这首歌。”苏回答我：“正是。一把钥匙配一把锁，哥是钥匙妹是锁……”他还想唱下去，被我打断了：“你去看过燕姐姐了？你干妈说她有一群金腰燕。”

苏在淡薄的夜光里微笑，语气里也弥漫着笑意：“嗨，这个人，各别。”

“各别”就是特别，有个性的人就叫“各别”。这里的人都这么说。

“——她就是一个各别的女人。人家像她这样的，一定到城里去发展了。她读完师范学院，就回村子里当了小学老师，语文、数学、体育，全教，一是爱孩子，二是舍不得小学校里的那群金腰燕。那金腰燕关她什么事？有一百多只呢，住在小学校后山上的木房子里。她经常带着小孩子们去看燕子，给它们投食。燕子也经常到她上课的教室里去看她。……所以，人家叫她燕姐姐。其实她叫齐阿巧。我问她，齐阿巧，你到六十岁的时候，难道还让人叫燕姐姐吗？”

“哟。这是一个好人，你要好好珍惜她，早点结婚，让她安心。”我决不放过任何机会敲打苏。

“正是。”苏说，“你看，我本来有许多机会出去发展的，但她不让我走。我就留了下来。”

我问苏："为什么不让你走？"这是我第一次对他产生出兴趣。

"她是怕我变心，——女人都这样的。但是我这个人，走也好，不走也好。我在什么地方都会让自己过得舒舒服服的。"

"你为什么会这样？"我忍不住又问。苏好像没有想过他为什么会在任何地方都过得舒舒服服的。此时他认真地想了一想，竟说了一个让我想笑的理由：

"我会唱情歌！"

这话乍听之下让人发笑，细想一下，确有道理。

二十分钟过去了，我们没见到神灯从山下飘升到半山腰上。我觉得应该再等一下，就建议苏唱一个。苏有些不好意思，走到山崖边，背对着我，脸朝山下，蹲着唱："一把钥匙配一把锁，哥是钥匙我是锁。河水清清河水长，哥是橹来妹是船。春来满山鸟咕咕，秋来枫叶满山红。"

苏拖泥带水地唱完了，还是不见神灯。苏开始唱第二首情歌。他唱完后，我站起来向山下走去。苏追上来说："再等等看。我肚子里的情歌唱不完，唱到天亮都行。"

我没有搭理他。很快走下了山，走到通向会稻路的直路。苏在后面跟着我。这条路我认识，我加快步子，一面走一面对他说："你回去吧。谢谢你！我要快点走的，我丈夫在家里肯定着急了。"苏在后面说："不用你谢的，我也要穿过会稻路，苏家庄在会稻路的南边。"

我一直保持着匀速的快步，苏也一直跟在我后面看得见的地方。我气喘吁吁，他悠然自得地唱着歌。会稻路临近了，他停止了唱，小跑着接近我，在我的身后，我几乎感觉到了他的鼻息。

我猛地回过头，严厉地问他："你想干什么？"

我感到旁边的树叶都一惊一乍。

苏不好意思地说道："我想送你回家。"

我看看这条路。我从没听说过这条路上出过什么事。我放缓了语气说："不必了。这条路很安全。"我真想对他说，他才是一个不安全的因素。

苏说："我送你，跟安全无关。"

"那和什么有关？"

苏说："跟一个男人的面子有关。"

显而易见，不是这个理由。但我想了一想，决定尊重他说出来的这个理由。

我依旧走得有些快，而苏一直落在后面，一会儿，他跑上来，递给我一只又大又沉的稻穗，该有一斤吧。说实话，我有生以来没见过这么大的稻穗，它匀称，散发着令人感动的气息。我的感叹还没结束，苏又递过来一枝野菊花，黄色的，微微沾上些露水，显得润而沉厚。它枝叶繁多，放在手上成一大捧，每一朵花儿都光泽亮丽。我“啊”地发出一声，我感觉到我的内心就在此时轻松畅快了。哦，许久没有这样的心情了。

我把稻穗和花放在一起，两样不相干的东西在一起竟然如此和谐。

苏喜笑颜开，大声说：“谢天谢地，你终于高兴了。”

这句话感动了我。“谢谢你！”我真诚地说。到现在为止，与苏待了四个小时，这是我对他仅有的一次真诚。

花码头镇上一片灯光，我看得见我住的地方了。我停下来，意欲告别。

苏说：“其实是我要谢谢你。我去年夏天第一次在蓝湖边上看到你，你穿了一件绿色的裙子，像仙女一样。昨晚，我在这条路上看你埋蝴蝶翅膀，心里想，不愧是一个仙女。人家都说有学问的女人不漂亮，你是一个例外呢。……所以就想着和你说说话。我实现了这个愿望，是我的幸运。”苏的言语里透露出一丝不自信，不多，但足够让我知道，他是因为爱，才显出不自信。

苏难道早就暗地里认识了我？

苏忽然调皮地说：“再见，艾我素老师。”

苏说完就走。远远地，我突然看见他在路上快乐地蹦跳着走路，那把扇子在他身边挥舞。……天，与他在一起，我也有了夜视的能力了？

苏知道我的姓名，他是认识我的。但我不认识他。他一定知道我许多事，譬如在大学里教书，写诗，写童话，独身，火爆的脾气……住在花码头镇后面的小区里……

那么，这砖头手机，给子虚乌有的丈夫用砖头打电话……

我想他早就看穿了我的把戏。

这个积极的人并不吹毛求疵，他实现了愿望，快乐了。而我呢？我怎么评价我度过的这一夜？他感到的是爱，我感到的是恐惧和厌恶。我自认为是一个很享受生活的人，却白白失去了一个享受愉悦的机会。

我是一个积极的人，我要重新享受一下昨夜风景。

回到家里，我开始给自己洗尘接风。我在院子里的瓷桌上放了三只酒杯，一只敬天地，一只代表苏，一只是我的。杂货店林家的花雕黄酒，五块二毛钱一斤，便宜而好喝，味道纯正雅致。苏给我的稻穗和黄菊花横放在瓷桌当中，在微微的晨曦里，它们各自显示出令人惊叹的对称之美。回想昨天一夜，浑身如沐春风：最初粉红色的上弦月，美丽的迷宫一样的村庄，苏的情歌和有趣的故事，乡村小教堂，干娘和燕姐姐，“增寿”鸡和金腰燕……我尤其感谢苏给我的一夜之爱。我知道，此夜之后，我会驱除怯懦，就像从前那样无所畏惧。

我端起酒杯碰碰苏的酒杯，说：“苏，祝你妈妈长寿！祝你和燕姐姐一生幸福和快乐！”

2009年7月21日至7月25日写于浦庄

2009年7月26日修改

良 宵

张 楚[①]

1

她刚搬到麻湾时，村人并未觉得有何异样。或许在他们看来，这只是位干净的老太太，衣着素朴，脸上一水褶子，梳了低低的发髻，站在樱桃树下，束手束脚，竟有几分与年岁不相称的羞怯。隔壁的妇人偶来瞅了几眼，闲聊几句，这才晓得是村里王静生的远房姨妈，不知怎么想起要到乡下住上段时日，这才劳烦她外甥在村西租了三间瓦房。行李也不甚多，几床被褥，一只泛黄的皮箱。随行的还有一只白鹅。白鹅也老了，翼羽暗淡，喙上的肉瘤失了色泽，在屋檐下恹恹卧着。若是有人来，她就从包裹里掏栗子、榛子类的坚果，笑着塞进人家掌心，慢声慢语地催促道："吃吧，吃吧。"她的牙齿大抵是假牙，白如玉米，笑时几乎不见牙龈。

翌日，鸡没叫上三遍就早早爬起，绕村子转了半圈。四月初，清冷了一冬的

---

① 张 楚 1974年生，唐山人。在《人民文学》《收获》《十月》《当代》《中国作家》《山花》等杂志发表过若干小说。著有中短篇小说集《樱桃记》《七根孔雀羽毛》《夜是怎样黑下来的》《野象小姐》等。曾获《中国作家》"大红鹰文学奖"、《人民文学奖》短篇小说奖、林斤澜短篇小说奖、第十届和第十二届河北省文艺振兴奖、《北京文学·中篇小说月报》奖、《十月》青年作家奖等。2011年入选"未来文学大家TOP20"。被《人民文学》和《南方文坛》评为2012年"年度青年作家"。

村子，难免透些活泼。樱桃就不消说了，顶一树雪，招了细腰蜂，单说荒地里大片的紫云英，于风中凝敛成水晶，流出光和蜜来。后来她走累了，坐上块青石歇脚。不时有村人牵着黄牛、骡子从她身旁撵过，难免都瞥上两眼。她呢，但凡有人瞅她，都要笑一笑，嘴唇被暖阳打成瓣蔷薇。

她也不喜欢串门。村子里的妇女，如果不是农忙季节，屁股底下是安了陀螺的。尤其是此处的女人，舌头都要比别村的长两寸。就有那好事的，借串门的名义来，吃几枚老太太的坚果，喝几盏老太太泡的茉莉花茶，再打听些该问不该问的话，想传与旁人听。可这老太太，就是安静的一只猫，村妇们在炕沿上东拉西扯，她也舍不得插嘴。问她退休前是干哪行的？她说，当教师；问她儿女几个？她说，两儿一女；问她多大年岁？她说，忘了；问她老伴是否健在？她说，去世二十多年了。人家问她话时，大眼珠子瞪得溜圆，而她呢，只眯眼盯着墙旮旯，有一搭没一搭地应着。有时那只老鹅摇摆着肥硕的屁股踱进屋，她就顺手抓了脖子拎上炕，箍在怀里，榆树皮手细细摩挲着。那鹅也不吭声，闭了眼，仿佛在她怀里死去一般。

闲妇们就渐渐没了兴致，不怎么来往。只有一个诨号“刘三姐”的，时不时跑上一趟，倒比王静生还勤些。蒸了野菜馅儿的饺子趁热端一碗来，炖了排骨趁热送几块来，亲闺女似的。老太太推辞几句，就接了，也不见有言谢的套话。“刘三姐”似乎也不在乎。在村人眼里，她本来就是个有点缺心眼的“女光棍”。所谓“女光棍”，是周庄、夏庄、马庄、麻湾一带独有的叫法，专指那些性情如男人的女人。哪个村不出一两个“女光棍”？譬如夏庄，最有名的女光棍是周素英，专跟男人赌钱闹鬼；譬如马庄，最有名的女光棍是刘美兰，整日里蹬着大头皮靴，领了帮唢呐手跑红喜白丧之事；麻湾呢，若说有女光棍，大抵就是“刘三姐”了。“刘三姐”其实长得还算英俏，只是脾性躁，嗓门粗，肠子直，有事没事喜欢扯着铁嗓子唱两句。

2

老太太过了五六日，将麻湾村周遭咂摸透了。这个叫麻湾的村庄，地处冀东平原，西行百里是燕山，东行百里是渤海，怪的却是靠山不吃山，靠海不吃海，反倒以植棉闻名。据说老辈子，宫里用的棉花全由此处沿京东北运河载去。不过现下却是荒了手艺，年轻的跑到城里做泥瓦匠，只有老农人种几亩棉花。麻湾呢，除了村西有块方圆百米的土岗，全然是平地。若是站荒田里环四周，便是由地平线草草勾勒的浑圆。现下清明才过，麦子返青不久，作物都还归仓，除了野花草，只有柳树顶了绿苞芽，飞着些酱色的七星瓢虫。

那天她从村西的土岗下过。虽走得慢，还是呼哧带喘，就顺势找了干净的一块地脚坐下。屁股还没凉，便听到不远处传来孩子们的叫骂声。手搭了凉棚去瞅，却是一个孩子在前边跑，一帮孩子在后身疯追。那孩子蹽得比野兔子还快，转眼就从她身边旋风般刮过，直刮到那黄土岗上。那帮孩子呢，也就不再穷追，只在岗下叽叽歪歪骂个不休。这麻湾的方言倒也有点意思，平心静气说起来时，三拐五拐的犹如唱评戏，骂起人来时则脆生利落，简直京戏里的念白一般。那帮崽子兀自咒骂一通，这才怏怏散去。

老太太瞥了瞥他们的背影，又去斜眼瞅那土岗。不一会儿，土岗上便隐约探出个圆头，小心逡巡着岗下。大概是看孩子们走了，这才约略着直起身抖抖索索矗在那儿。孩子套了件过膝的破夹克，晃荡晃荡的，鸡胸脯裹件露出眼的长袖海魂衫。见老太太望他，竟俯身捡起块土坷垃扔过来，不偏不倚冲她额头上。老太太倒是吭也没吭一声，只顺手摸了摸额头，又朝那岗上望去。孩子就不见了。

晚上，老太太蒸了锅馒头，干嚼了半个，就披了羽绒服拎了马扎坐院子里。夜晚的村庄静得早，偶有耗子钻垛草鸡闹窝。墙头似有野猫出没。老太太定睛瞅了瞅，拎了马扎进屋，打开戏曲频道，正演常香玉的《木兰从军》，忍不住把睡着的老鹅抱上炕，揽在怀里，摸它温热的羽，摸它冰凉的喙，再闭了眼细细听戏。须臾，过堂屋传来轻微的脚步声，侧耳听，倏尔没了，过了会儿，脚步声重隐约响起，老太太就问："谁啊？"话音未落已是一派沉寂。心想这双耳朵，真是一天不如一天了。

晨起时，发现锅里的馒头少了几个。心想不会是被野猫叼走了吧？出了院子，又想不起到哪里溜达，就念起了昨日那个野孩子，这么想着，吆喝了老鹅，慢慢悠悠朝土岗走去。她这院子靠村西边，离岗最近，不过三四百米，可若真一步一步量起来又无比漫长。想当年，她能一连串翻百十个筋斗云。

土岗矗眼前时，她叉着腰大口大口地喘息起来。岗也不高，只不过人太矮了，岗也不长，只不过人的胸腹太窄了。土岗四周除了杂生的几株野榆钱，便是蒲公英，蒲公英密密麻麻洇成一片，远看仿若一块安静的黄金，近看则是朵朵小向日葵。鼻子里涩香之气渐发浓烈，她从兜里掏出枚榛子，嘎嘣嘎嘣嚼起来。人老了，牙掉了，馋虫还活着，吃了一辈子的坚果看来是戒不掉了。后来她想，何不去岗上看看？就绕到那条斜坡前仔细端详，这一看先就心虚。斜坡虽不是很长，却陡峭得很，别说是她，就是十五六岁的愣小子也会发怵。断了念想，捶着腰慢慢悠悠回了家。

这一晚，老太太做的炸酱面。饭后照例躺在炕上看电视。说是看电视，不如说是听电视。眼皮子磕磕绊绊时睁时闭，只耳朵支棱着听胡琴声咿咿呀呀。待听到过堂屋传来“吸溜吸溜”的声响，这才骤然醒来，轻咳两声，声响就淹没在无涯的黑暗中了。她把电视声音调大些，轻手轻脚穿了鞋子下炕，猛一挑门帘，就见一团矮小黑影窜到院子里。那晚夜空无月，她只瞅到影子晃荡着爬上矮墙，倏地下就不见了。转身将过堂屋的灯打开，却见剩下的炸酱面没了，只碗边粘了硬邦邦几根。似乎就明白了。如果没有猜错，这偷食的人，除了岗上那野孩子，大抵也不会再有旁人了。心里难免嘀咕起来，这孩子是怎么回事？为何吃不上饭？他爹娘去做什么了？村里就没旁的亲戚了？便寻思有机会了，定要问问那“刘三姐”。

这“刘三姐”倒是好几日没来。听村子里的喇叭，好像麻湾村家家要签什么合同。自己这房子是租来的，倒也没往心里去。炕上坐了会儿，便又愣愣想起那野孩子的小眉眼，心格外绵软，竟隐隐盼起夜晚的降临了。翌日，未及晌午，老太太就盘算着晚上煮何饭菜。这几天不是干馒头就是稀面条，那偷食的孩子估计也吃不饱。思来想去，便要做“菠萝酱鲫鱼”。

小卖部里倒是有鲫鱼，可却没有菠萝，老太太就买了几根芹菜。芹菜味冲，又有股异香，虽不及菠萝，想必也不会差到哪里。回了家就刮鱼鳞剖鱼腹，将肠子肚子喂给老鹅。又将空鱼肚塞上姜片、葱段和豆瓣酱，才用铁锅小火炖起来。这是个岑寂的午后，同往常一样，只听得细春风拂过老屋檐，只听得嫩叶拱出苍树皮，只听得邻居猪圈的约克猪懒懒呻吟……这样闲坐了很久，这才把火关了。光一寸一寸缩，夜一寸一寸长，她草草喝了碗稀饭，将过头屋的灯打开，早早猫进被窝，照例看电视。

孩子又来了，先是锅盖碰锅沿的清脆声，然后是电饭锅被揭开的嗞啦声，再是不当心被热气熏了手又不得不强忍着的“哎呀”声，饭菜入嗓猛然吞咽的咕咚声……最后，是窸窸窣窣的衣裤和门帘摩擦声。不过五六分钟，声音就消散在夜里，又是漫漫的静。她披上衣裳蹑手蹑脚踱到庭院。月亮大而黄，孩子正在翻墙，不晓得是如何了，这回翻了几次都没翻上去。后来，他从猪圈旁搬了块石头，探着身子踮着脚才够住墙头。怪的是他没立马跳过去，而是骑矮墙上，双腿耷拉着呆坐了良久。后来，老太太看到孩子的肩胛骨在月光下一颤一颤地抖索起来。

老太太没敢惊扰他，默然看了片刻回房，靠着门闩愣神。

3

翌日清晨，她便早早出门。老鹅在她身后摇摇摆摆尾随着。她知道村里有家小卖店，专卖冷鲜肉。那天，小卖部人倒不少，有人在扯成匹的帐子布，看来是村里有人过世了。老太太戴上花镜，观瞧半天，这才吩咐店主从猪背腿上割了一斤，而后带着老鹅回了家。中午时，忍不住一个人跑到黄土岗下坐了个把时辰。风比昨日暖些，吹得骨头酥痒，荒田里的紫云英被阳光照成一团紫雾。可孩子却没出现，她愣愣地盯了会儿野榆钱树，这才走了。及至下午，老太太切姜剥蒜，又配了红椒、桂圆、八角、茴香和十三香，用高压锅将肉焖了，肉香不久弥漫开来。

这期间倒是有几个闲妇过来串门。她们有阵子没来了，进了屋先耸动着鼻子问："咋这香呢？"见是老太太炖肉，又夸她厨艺高超，接着喟叹起如今的儿子媳妇们，全是金贵命，虽然都是土里刨食的，却连饺子也包不好，年三十煮破了一锅，简直成了馄饨片汤。老太太只缩在炕脚听，一句话也不插。又听她们说，县政府的人来了七八次，看样子村子搬迁是避免不了的。老太太这才问了句：村子搬到哪儿啊？干吗要搬啊？她们的兴致就被勾起来了，哄嚷着说，麻湾和附近的周庄、夏庄，据科学家们检测，地下埋着大量铁矿。大量是啥概念呢？就是储存量位居全国第三。全国第三哪，可不是闹着玩的！这些人四五年前就来勘探，折腾了几年，据说明年就要动工采矿了，这不，镇上天天逼着签拆迁合同。用不了多久，麻湾就消失了，取而代之的，将是一个巨大的地下采矿场。老太太"咦"了声问道，你们搬到哪儿啊？没了田地，日子怎么过？她们就扬着眉角嬉笑说，我们巴不得搬到县城，当城里人呢。钱嘛，不是有赔偿款吗？这世道，有了钱，啥都不用怕……

可算是走了。老太太捶了捶腰，不禁去看锅里的肉。其实本想跟她们问问那孩子的事，可话到嘴边又咽了下去。这帮长舌妇，定会好奇她为何问询。何况，又何必非要知晓孩子的事？她跟他，只打了个照面，闲话也没说上过一席。他要是饿了，就来这里吃两口，填饱肚子；他若是有了下家，不再来偷食，自当没有过这回事。老太太眯眼在炕上打起盹儿来。等睁开眼，天已大黑，蹒跚着去过堂屋看看炖的肉，明显是吃剩的。孩子吃了不少，看来很对他胃口呢。老太太竟有些隐隐的得意，方沉沉睡去。

次日早早就起来，栽了两垄韭菜。韭菜根是王静生送的，顺便捎了一粪箕子猪粪。这个远房外甥，跟她并不亲近，反倒有些罅隙。老太太也并不介怀，送了他一双自己绣的棉拖鞋。王静生接了，又闷闷地抽了一袋烟，这才趿拉着鞋转身离去。等外甥走了，老太太就坐到屋檐下晒太阳，晒着晒着有些恶心，想必是这几天受了风寒，随口吞了几粒药片，倒头睡起来。中间醒来几次，只觉得骨头酸软喉咙胀痛，喝了口热水又渐渐迷糊过去。其间，闻得老鹅嘎嘎乱叫，想必是饿了来讨食，却没气力爬起来喂它。醒来时太阳已爬上屋檐，就拌了糠菜去喂，却发现老鹅没了。

这老鹅，跟了她十三年，是她从小区门口捡的。肯定是谁家的孩子从宠物市场买来，养得不耐烦随手扔掉了。城里的孩子，就是没耐性。她小心翼翼地把它揣兜里带回家。当初也只是小小一团鹅黄，睁了惊恐的眼动也不敢动，谁承想竟长成偌大一只呢？儿女们是极少来的，通常只有她和它，晨起去中山公园散步；中午吧唧吧唧嚼着青菜，听收音机里唱着老戏；傍晚呢，窝在沙发里打盹儿，半夜醒来时方将电视关掉，日复一日，年复一年。想说话了就和它唠叨两句，生气了就踹它两脚，它不记仇，依旧影子似的随着她，贴着她，腻着她。

老太太难免心慌起来，颠着老寒腿在院子四周搜寻一番，仍没得踪迹。猛然想起那孩子，心就咯噔了一下。该不会夜晚来时不见吃的，索性将它逮走炖了吧？

那晚，灶冷灯灭，她早早在过堂屋候了，大气也不敢喘一口。果不其然孩子仍是来了。当他在灶台上翻寻时，她冷不丁一把就攥了他胳膊。他胳膊如此干枯，挣了两挣竟没有脱开。老太太随手开了灯，这才不紧不慢地问道："我的鹅呢？"

这倒是她与他头一次如此近地说话。他比前些日子似乎更细瘦了，有那么片刻，她竟怀疑他会不会被过堂风给吹走。他的眼也是红肿的，嘴角生了水疱。老太太又问道："是不是你把鹅偷走了？"孩子点点头。她想也没想就从他后脑勺扇了一巴掌，"是不是把鹅给吃了？"她颤抖着声音问。孩子又是点点头。老太太"哎呀"一声，顺势从锅台拎了把刷锅的炊具，捋起他衣袖就抽打起来。抽着抽着便瞧得他胳膊上全是银圆大小的红斑，一圈连一圈，看得心里麻麻幽幽，索性撒了他，一屁股坐在灶台上，默默盯了他半晌，这才摆摆手说："你走吧，走吧。以后不要再来了。"孩子一愣，却并没有动。老太太听他嘟囔道："我奶奶死了……我杀了它祭祀……"老太太不再搭理他，转身回了屋子，和衣躺下。

这一躺就是两天。中间清醒时老太太想，该不会是大限已到吧？然而转念想想，死在这个叫麻湾的村里也没什么不好。这个村子，地上有棉花，地下有铁矿，也算是宝地了。迷迷瞪瞪间又觉得自己化了妆缓步走上那戏台，不承想环顾四周，琴师未来，台下一个人也无，竟怅然起来，旋尔又自嘲，都这把老骨头了，竟还怕没人来听自己唱戏……

等再次睁开眼，屋里的灯怎么就亮了。侧身朝门外望，先看到炕沿上摆着副碗筷，碗里尚冒着热气。老太太爬起来张看，却是碗疙瘩汤，香油花浮着，白鸡蛋卧着，鸡蛋旁是几粒剥好的新蒜。老太太心里热了下，小口小口地吸溜起来。大抵是饿得塌锅了，虽然缺盐少醋，竟觉得格外香甜。就想，会有谁来呢，若是静生或“刘三姐”，断不会悄没声地来了又走，看来，也只有那孩子了。定是他过来找食，见她卧床生病，这才煮了疙瘩汤。看她睡得香，又不忍叫醒，才将疙瘩汤放在炕沿上，睁眼就能看到。小小年岁，心眼倒是不少呢。虽然他将老鹅杀了，心里百般怨恨，可谁没办过蠢事呢？何况一个细脚伶仃、饥肠辘辘的孩子？她突然萌生起拜访他的念头。来了半月有余，她还没正式拜访过谁呢。老太太就拿了手电筒出了院子。

夜晚的村庄和白日的村庄，气味是不一样的。白日的村庄是属于动物的：属于槽子边的黄牛、属于圈里的约克猪、属于栅栏里的奴羊、属于篱笆里的凤头鸡、属于墙头的野猫、属于麦秸垛的刺猬，属于草丛里的春蛇……那气味掺在灶坑里，掺在孩子的鼻涕里，掺在男人的尿液里，是重的、冲的、浓的、腥的、烟火气的；而夜晚的村庄则属于植物：属于韭菜、属于樱桃、属于桃花、属于榆钱，属于一切静默生长着的神灵，所以那味道是甜的、是淡的、是凛的、是澈的，是悄然入心入肺的……老太太走在夜里，骨头似乎也轻灵起来，平时十来分钟的路，只走了七八分钟。到了黄土岗才想起，那条斜坡太陡了，以她生锈的腿脚，白天攀爬上去已是不易，何况繁星漫天的夜晚？怏怏地在岗下站了会儿，蒲公英的甜涩又隐约着扑进鼻孔。

还好，病又隔了一夜就痊愈了。上午，就接到了大儿子的电话。她没想到儿子会给她打电话。他说话向来简洁。他在电话里说，妈呀，你生日快到了，还记得吧？有个香港大公司的老板，做了你一辈子的戏迷，专门从香港飞过来，要给你隆重地庆祝一下，光赞助费就掏二十万。你过几天拾掇拾掇，赶快回省城吧。

大儿子五十多岁了。他秉承了他父亲的一切：暴躁、酗酒、打老婆。他早把她盘剥得只剩一具衰老的身体。每到发工资的日子，都会带兄弟来分钱，此后一月不见踪影。说她手头没攒下钱谁信呢？去年跌了一跤，路也走不了，孩子们谁都不吭声，也没带她到医院治，如果不是几个戏曲学院的弟子出了手术费，她剩下的日子怕也只是瘫烂在床上。如今她好不容易偷偷跑到乡下，不承想还是被他找到。她轻声轻语地告诉他，她是不会回去的，她喜欢这个叫麻湾的村子，她要在这里老死。

“那你就死那儿吧！永远别回来！”儿子在电话里咆哮起来，“反正这辈子你的命比草还贱！有福也不会享！”

命比草贱……命比草贱……她的眼眶就湿了……

“老太太啊，发啥愣呢？”

她抬头，却是“刘三姐”推门进来。“刘三姐”手里捧着碗懒豆腐。

“我用黄菜叶跟豆腐渣熬的，闻闻，闻闻，比猪肉都香！”“刘三姐”边说边咂摸着嘴，“趁热吃了吧，世界上最好吃的懒豆腐，就是我‘刘三姐’做的。”

4

那天晚上，老太太炖的清水排骨汤。喝完了汤，天方擦黑。她觉得有点热，就脱了棉衣在院里给韭菜浇水。浇着浇着，耳畔便传来谁家的收音机声。有人正在唱《春闺梦》，是张氏与丈夫王恢互诉衷肠那一场。听声音不是王缺月就是赵恒秋。毕竟是晚辈，功夫还是有些稚嫩。听着听着，她不禁将水桶缓缓放下，轻声轻语唱将起来：

去时陌上花如锦，今日楼头柳又青。

可怜侬在深闺等，海棠开日我想到如今。

门环偶响疑投信，市语微华虑变生。

因何一去无音信，不管我家中这肠断的人。

她恍惚又站在偌大舞台之上，金丝绒帷幕拉开，司鼓开始打倒板头，倒板头打完，胡琴声一响，满场肃静无哗。一瞬间，她仿佛就成了张氏，对着夫君埋怨。虽是埋怨，却是娇憨的、惊喜的、委婉的、意犹未尽的。她窃笑、她颔首、她掩面、她莲步生灭……当她最后佯装拂袖时，她仿佛听到戏台下传来惊雷般的叫好声……

唯有墙边传来“咕咚”一声闷响，她才猛然梦醒，身子打个激灵，木木地朝墙边看去。这一看竟忍不住笑出声来。却是那孩子从墙头跌了下来。看来没什么大碍，他慌里慌张地拍拍身上的灰尘，这才怯生生凝望着她。

“你怎么又来了？”老太太沉着脸道，“你偷吃了我的鹅，这回又想偷什么？”

“我……我……”男孩诺诺道，“我只是来瞧瞧，你的病好了没有。那天晚上，你的头比开水还热……”

老太太眯眼看他。他就支吾着说：“我刚才在墙头听你唱戏……一不留神掉下来了，没吓到你吧……”

老太太这才走过去，摸了摸他的头，说：“以后不用爬墙头了，奶奶给你开着门。”

她说着就领男孩进屋，给他热了排骨和米饭，盛得鼓尖才递给他。孩子大口大口扒拉着，她就问：“你爸妈呢？”“全死了。”“怎么回事？”“病死的……”“爷爷奶奶呢？”“爷爷早死了，奶奶……奶奶……”男孩哽咽着说，“奶奶前几天心肺病犯了……你那只鹅，我杀了做供品的……”“还有亲人吗？”“有个大伯……是个瘸子……”

男孩将碗筷放下，呆呆凝望着房梁。老太太说：“人是铁饭是钢，一顿不吃饿得慌。先把排骨都吃了。”男孩快速地瞥了她一眼，又埋头闷闷吃起来。他饭量委实很好。他总共吃了三碗米饭，排骨也啃得精光。

“以后跟谁过呢？”她仿佛问自己，又仿佛问孩子，“这么小，比火旗高不多少……”

男孩就放下碗筷，径直往外走。老太太伸手拽他，他没动。老太太说：“你喜欢吃糖吗？柜子上的铁盒里有。有大白兔的，还有金丝猴的。”

男孩说：“我从来不吃零食。”

老太太撇撇嘴说：“哪里有孩子不贪零食的？”

男孩黯然道：“我爸妈活着的时候，也没给我买过零食。”

老太太叹息着说：“以后奶奶给你买……”

男孩瞥她一眼，嘟着嘴转身走了。不一会儿，老太太听到屋外关门的声响。这次，他不是翻墙出去的。

随后几日，男孩都过来共进晚餐。家里好像还没如此喧闹过。老太太特意让王静生从集市买了张八仙桌。桌上通常是一凉一热。热的呢，是老北京菜，什么番茄腰柳啊，炸灌肠啊，砂锅狮子头啊，樱桃肉啊，都是最拿手的；凉的呢，无非是萝卜缨子、香葱、新韭，抑或小嫩菠菜，用海天酱油和酸酱细细拌了。两个人，就在炕上面对面坐了吃。孩子呢，通常只闷了头扒饭，很少动筷子夹菜。吃一阵偶然抬头，老太太便往他碗里夹一箸菜，嘴上唠叨着：“十来岁的小子，吃穷老子。多吃，多吃。”孩子也夹了肉丁或腊肠，犹犹豫豫着往老太太碗里塞。老太太就笑。如果两人都不言语，屋内便只听得牙齿咀嚼食物的声响，不过声响又不同：老太太是细嚼慢咽，老牛反刍般半晌才动下嘴；孩子呢，则像猪崽儿抢槽子般呼噜呼噜，眨眼间一碗米饭就下了肚。老太太说：“你慢些吃，吃得太快，胃哪能受得了呢？可要当心，年轻的时候是人找病，老了啊，就是病找人了。”孩子仍是大口大口地吞咽，仿佛没长耳朵般。那一日，孩子忽然放下手中的碗筷，郑重地对老太太说：

“我……我想求你个事……”

老太太故意说：“那可不行，你给我什么好处呢？”

孩子眼神就黯淡下去，老太太这才说：“好吧，我不要好处了，只要你拜我为师，学一出《红拂夜奔》就成。”

孩子仍垂着头，半晌才说：“我估计活不过明年了。要是我死了，你把我跟我爸妈埋一块吧。”

这话从一个孩子的口里出来，老太太一时就找不出合适的话来应答。孩子又慢慢说道：“坟就在岗上。我喜欢吃肉，到时候你给我坟头……放一块猪头肉就行了……纸钱呢，多烧些，我好给我爸妈买新衣裳……”说完了又继续埋头吃起来。老太太就强笑着说：“你个兔崽子，小小年岁，净想些不着边的事儿，就是死，我肯定也在你前头。”

老太太面上挂着笑，心下却不时犯愁。孩子为何要说这番话？不像是睁着眼说假话，难道是得了什么绝症？又想，一个父母双亡的孤儿，如何安顿为好？虽说有伯父，看来也是薄情寡义的人，不然怎会让孩子孤身独住？只是个十来岁的孩子啊，按常理，晚上还赖在娘被窝里暖脚的。便寻思着去找村里的干部，好歹找个人家寄养才安妥吧？实在不行送福利院，也比夜里孤零零守着土岗强，也比被孩子们整日欺负强，起码不至于吓破胆，只到晚上才敢出来。

那天，男孩夜间又来，老太太炖了半只芦花鸡。刚把鸡大腿撕下放孩子碗里，“刘三姐”夹着团棉花就来了。“刘三姐”脸上本来堆着笑，愣眼瞅到男孩，突然一声尖叫，吓得男孩兀自撒腿就跑。男孩跑了，“刘三姐”还抚胸长叹，竟是副失魂落魄样。老太太乜斜着她，冷冷问道：“抽羊角风了吗？”

“刘三姐”说：“我的天亲啊，你咋敢让这孩子跑你屋里头？”

老太太说：“他又不是十恶不赦的人，我干吗不敢让他来？”

“刘三姐”捶胸顿足地嚷嚷道：“他可是个瘟神哪！你不知道，他爹妈出去打工，被人骗去卖血，得了艾滋病，去年全死了！艾滋病啊！你老人家可知道这是啥病？你还敢跟他一块吃饭！不想活了你！”

老太太茫然地瞅着“刘三姐”，说：“他爹他妈有病，跟孩子有什么关系？”

“刘三姐”急赤白脸地说：“咋没关系？！他妈怀孕的时候就得病了！这孩子生下就有艾滋病！”

老太太不再听她絮叨，开始收拾碗筷。“刘三姐”一把将碗筷夺过，顺势扔进垃圾桶，又匆忙提了垃圾桶快步出屋。显然，这个麻湾唯一的“女光棍”是被彻底吓着了。当然，麻湾唯一的“女光棍”被彻底吓着了，也就说明整个麻湾村被彻底吓着了。

5

老太太翌日起得晚。如若不是敲门声越发大起来，定会再睡个回笼觉。等她将门打开，倒不禁愣住。房北围站着七八个女人，有相识的，有不相识的，还有半生不熟的。见她迈门槛出来，都不约而同向后退了几步。老太太用手压了压发髻，她们又是碎步挪腾。很显然，她们都知道孩子的事了。看来“刘三姐”的舌头，也并不比她们的短多少。

那个清晨，这帮子妇女围圈住老太太，七嘴八舌问个没完。譬如，他何时开始到她这里蹭饭的；譬如，他吃过之后的碗筷，她是否用开水烫过？譬如，他有没有跟她讨要钱物；譬如，她以后是否还会叫他来吃饭？显然，她们最关心的还是末一个问题。

老太太目光漠然地越过她们，扫到了房前一棵梨树。梨树也是素白，不过却比樱桃多了分莹润。女人们仍喋喋不休，仿佛她们若不是如此这般盘问她，倒真是对她不起。她后来实在有些厌烦，就说，我筋骨有些受风，要去屋里好生静养一番，你们还是各自忙各自的去吧！

女人们怔怔地盯了她看。她连个招呼也没打就关门回屋。站在过头屋里，耳边还响动着她们嘈杂的议论声。

待到日悬中天，老太太又去了黄土岗。空中飞着乱柳絮和蒲公英，老太太不停打着喷嚏。这样行到岗下，又歇息片刻，这才一点一点向上爬。爬了没几步就腰酸腿疼，寻思寻思又径自下坡，仰头朝岗上望去。

男孩就站在岗上俯视着她。他只穿了那件露着眼的海魂衫，细瘦胳膊支棱着。他看她一眼，她看他一眼，谁都没有说话。老太太“哎”了声再去瞅他，他仍站在那儿，犹如刚从泥土里钻出的豌豆苗。他的瞳孔与眼白，倒如昼与夜般泾渭分明。

“你下来，”老太太朝男孩摆摆手，“以后别住这儿了，搬到奶奶那儿。”

男孩猛地摇摇头。

“别怕。七十三八十四，阎王不想小鬼至。我都这把年纪了，还有什么怕的？我都不怕，你还有什么怕的？”

男孩仍是摇摇头。

“你晚上想吃什么呀？奶奶给做砂锅白肉吧？”

男孩转身就跑了。岗上又空旷起来。

看来，这孩子是怕连累她，没准这次，恐是最后一次见到他了。老太太蔫头耷脑回了家，捂了棉被静躺。晌午刚过，王静生就来拜访了。王静生来了后并未言语，先是在炕沿上默默卷了支旱烟，咳嗽着抽完才去瞧他姨妈。他姨妈这才从被窝里钻出来，盘腿坐在炕席上。王静生说，关于她跟孩子的事，他听别人说了。别人呢，也没啥恶意。以前他跟父母住岗上，跟村里人不怎么来往。去年他父母病死，剩他一个，都是她奶奶送粮送水。前几天他奶奶死了，还有个伯父。可这伯父是他奶奶的养子，打自初就跟他父亲不合，又是个瘸子，看来指望不上。孩子的病不是好病，别人才不敢跟他往来，怨不得别人。老太太就别瞎掺和了，省得别人戳着脊梁骨说闲话。“姨啊，你这辈子，”王静生顿了顿说，“听到的闲话还少吗？”

这倒是老太太搬到麻湾村以来，头一次听王静生讲这么多话。王静生说完，又卷了支旱烟抽起来。老太太这才转过身说：“回去吧静生，我有分寸的。”

王静生就趿拉着鞋走了。

那晚，老太太做好了饭菜，孩子却没来。老太太看着桌子上的卤煮和油条，一口都吃不下。八仙桌就在炕上摆了一宿。半夜老太太睁开眼，盼着那饭菜已被孩子吞咽得精光，不过，油条仍硬邦邦躺在笸箩里，盛卤煮的碗已凝了一层油。叹息一声，却是怎么都睡不着了。

村长是头午来的。这是个有点驼背的中年人，面目红肿，穿双皱巴巴的皮鞋，一说话嘴里就喷薄出酒气。他先自报家门，而后一屁股坐到炕上。他说，他本来早该拜访拜访老太太，可他实在太忙了。他可能是世界上最忙的村长了。这不是他能干，而是他必须能干：谁让他们村地底下有铁矿呢？这个村子不起眼，却埋藏着大把大把的金钱。县里让他们年底前全部搬迁，可要让这帮庄稼人离开住了半辈子的窝，倒真是费力不讨好的事。他忙呀，比奥巴马还忙，这才没顾忌上那孩子。再说了，孩子有毒，人还是少接触为好。“他的事你就别操心了，”最后村长打着哈欠说，“我跟书记会解决好他的事。如果有问题，也只是时间上的问题。”

老太太“哦”了声。村长似乎很满意，又说：“你要是有啥困难，尽管跟我说！我虽然不是骑马的驾鹰的，可毕竟还是一村之长嘛。”

老太太笑了笑。

村长前脚走，老太太后脚就出了门。她手里端着个铝盆，盆里是五六个大馒头。出了院门，村长赫然就堵在门外。他皱着眉头瞥她一眼，又瞥了瞥馒头，铁青着脸说：“真是个老古董。你没长耳朵吗？嗯？拿我说话当放屁吗？嗯？”

老太太没吭声，径自朝前走。村长一愣，随即吼道：“站住！你给我站住！”老太太仍是走自己的。村长三步并作两步过来，一把扯住她衣襟，“你给我回去！回去！不是说了吗？没你的事！”

老太太站在那里，一声都没吭，只默然眺望着远处的土岗。

6

儿子是第二天上午到的麻湾。

他是坐夜车来的。省城离麻湾不过一千四百里，可除了火车还要倒三次长途汽车。他腋下夹个皮包，走起路犹如身后有恶鬼追赶一般。他连问带打听地找到王静生家，让王静生带他去找老太太。王静生让他连弟喝口水，也被断然拒绝了。看来他真是有十万火急的事。王静生领了他穿街过巷，到了老太太住处。铁门四敞着，院里栽着韭菜、菠菜和萝卜秧子，一群花腰小蜂在阳光下嗡嘤着飞。还有几棵樱桃树，花期已过，葳蕤枝叶上顶着几枚枯花蒂。他们悄悄进了屋。老太太正在炕上收拾皮箱，见了儿子，只是茫然地点了下头，然后继续把衣裳一件一件折叠好，再放进散发着樟脑味的箱子里。

儿子似乎就放了心，擦了擦额头的汗水说：“哎，我真是白着急了，原来你已经准备回去了啊？”

老太太看他一眼，将皮箱拉链拉好。儿子埋怨道：“你的手机也不开。不开你拿它干什么呀？我昨天找了你一天，都是关机。”又瞅一眼王静生说，“你们家也是，好歹安装个电话啊，有个大事小情的多不方便。是不是？”王静生就赔着笑脸点头称是，又说姨妈住这里的日子，自己照顾得不是很周全，还望见谅。两人又闲聊几句，儿子才对老太太说："你最近还好吧？这个礼拜日就是你寿日，香港的李老板星期六就飞过来，饭店呢，就定在凯撒大酒店。毕竟是李先生面子大，省电视台的还要全程录像呢。快回去吧，窝在这个兔子不拉屎的地方干吗？"

老太太将皮箱从炕上往下拎。拎了几次都没拎动，王静生赶忙伸手接过来。儿子继续唠叨道："破鞋烂衣裳的还要它干吗？给静生老婆好了。人家伺前伺后也不容易。"王静生连忙说，她老婆是个胖子，比母熊还肥，姨妈的衣裳肯定不合身。儿子说："算了算了，我们快走吧。出租车司机还在村头等着呢。我们直接打车去市里，好歹还能赶上下午的火车。"

三人就往门外走。王静生帮老太太提着皮箱。等出了大门，老太太把皮箱从他手里接过，抽出拉杆，拍了拍他的肩，就朝土岗那厢走去。王静生"咦"了声，忙扭头看他连弟。他连弟已然将他们拉开五六米，又狐疑地去看老太太，嘴里喊道："姨妈！姨妈！走错了！"老太太没应答，王静生只得又朝他连弟喊："彦春！彦春！彦春！"

儿子这才扭头，蹙着眉朝老太太喊："妈！你糊涂了啊，出租车在村东呢！"见老太太不语，声音就又挑高些。他嗓门本来就粗大，这下倒真像是用喇叭喊话了，"回来！往这边走！回来！往这边走！"老太太大抵聋了，只顾弯着脊背迈着碎步拉着棕色皮箱一步一步朝前走。儿子大概在王静生跟前有点上火，他小跑着过去，一手按捺住皮箱，另一只手死死拽住她衣角，晃着她身体喊道："妈！你傻了啊！这是去哪儿啊？！怎么连东南西北都分不清了！"

老太太这才回身默默注视着儿子。儿子虚胖的脸上全是汗水。儿子身后是王静生，王静生身后则是些街坊邻居，"刘三姐"也伸着脖子缩在人群里，几度想踏上前来，又都犹豫着退回去。他们若即若离地环在左右，仿佛是专门来看热闹的。老太太一把甩开儿子的手，继续拉着皮箱西行。儿子倒也不敢再造次，只得跟在母亲身后边走边絮叨："人家可是给了赞助费的！不瞒你说，说是二十万，其实给了五十万！图个啥？不就图见你一面，听你唱两句《春闺梦》和《锁麟囊》？人家拿你当宝，你可不能把自己当宝，傲气值几个钱呢？"

如果有人从土岗上俯瞰，便会看到一行人以一种奇怪的姿势迤逦前行：最前面是位拖着皮箱、满脸皱纹的老太太，后面是两个神态疲惫焦虑的中年人，再后则是稀稀拉拉、端着胳膊嗑着瓜子的闲人。老太太走了好一阵才到岗下。她再次转过身看着儿子，看了会儿，方才叹息道："回去吧，你。听话啊。"儿子哭丧着嗓子喊道："那你呢？你这是去哪儿啊？"老太太伸手擦了擦他额头的汗，扔下皮箱径直朝坡上走去。

这条坡不长，但是陡，爬满了蒲公英和矢车菊。老太太曾在黄土岗下徘徊多次，却从未真正上去过一回。她深吸了口气，这才徐徐弯下腰身，晃晃悠悠往上爬，爬了没几步就有些气喘，冷不丁一个趔趄，险些就栽滚下来。众人在坡下不禁一阵尖叫，她听到儿子劈着嗓子喊道:“妈！下来！快下来！这是唱的哪出戏啊？”她装作没有听见，只是将腰俯得更低，胸腹几乎就要贴上地面，手里抓住花草茎叶，身如脱水的弯狗虾般一拱一拱朝坡上蹭。当眼前蓦然出现一只瘦骨嶙峋的小手时，她不禁抬起脖子瞅了瞅。男孩就站在她上边。他还穿着那件海魂衫，小脸大抵有几天没洗了，灰头灰脑的。她就慢吞吞地说:“没事儿，别管我！”嘴上这么说着，手还是颤颤巍巍伸过去。当孩子冰凉的小手紧攥住她榆树皮似的掌心时，老太太身上忽就有了气力，手脚在瞬息都热了起来。有那么片刻，老太太确信双腿其实就踏在棉花般洁净干燥的云朵里，每向上微微跨一小步，就离天空和星辰更近了半尺。

2012 年

父亲的后视镜

黄咏梅[①]

父亲生于1949年。过去，他总是响亮地跟别人说，我跟中华人民共和国同龄。不过，很久没听他再这么说了。退休前，父亲是个货运司机，跑长途。那些年月，汽车司机是很红的，跟副食品店员、纺织工人合称“三件宝”。父亲跟人炫耀光辉岁月，总是说，他最远跑到过天路，“呀拉嗦，那就是青藏高原……”一说，肯定就要唱。天晓得父亲是哪个年代开到过天路的。别人要是问起，天路是一条怎么样的路？他无言以答，只顾哼“呀拉嗦”，一哼没个完，好像他记忆里那条天路，开不到尽头，还时常超速，把人撇在后视镜都看不见的拐弯处。

公路上拖着大皮卡的那些货车司机，敞开车窗，赤着膊，肩头挂条油腻腻的毛巾，边扭动方向盘边朝窗外吐痰，或者逆着风大声讲粗话。父亲跟他们完全不一样，他无论跑多远，都穿得整整齐齐的，第二颗扣子永远扣牢以支撑衣领的挺拔，皮带卡在第二或第三只眼上，坐再久也不松懈。20世纪90年代初，发胶刚刚开始流行那阵，父亲的车上就一直备着一瓶，风从来吹不动他的大背头。人们说，父亲倒像一个开礼仪车的，后边那一大卡车的货物，就像一支仪仗队，父亲领着他们在盘山公路、国道上拉练。我记得很清楚，父亲的驾驶室上挂着一个小相框，倒不是

---

① **黄咏梅** 女，出生于广西梧州，现居杭州。在《人民文学》《花城》《钟山》《收获》《十月》等杂志发表小说，多篇被《小说月报》《小说选刊》等转载并收入多种选本。出版小说《隐身登录》《少爷威威》《后视镜》《走甜》等。曾获“《人民文学》新人奖”“《十月》文学奖”“《钟山》文学奖”“林斤澜优秀短篇小说家奖”“汪曾祺文学奖”、第七届鲁迅文学奖等。小说多次进入中国小说学会年度排行榜。

常见的平安符之类的东西，也不是毛主席肖像，是他20世纪80年代在彩虹照相馆拍的4寸艺术照。所谓艺术照，也就是在黑白相片的基础上，涂上些彩色，眉毛加黑了，嘴唇微红，衬衫涂成了蓝色。坐在抖叽抖叽的驾驶椅上，父亲看看远方的路，又看看近前的艺术照，心里不知想到了什么，脸上露出了跟那照片一样的笑容，臭美地、轰隆隆地开向目的地。父亲的车开得并不快，他说，开得再快，也快不过前方那团云，一眼是这样，再下一眼，就跑样了，所以，着急啥呢？父亲不着急。父亲在路上跑的时候，感觉不到时光飞速，每次回家看看日历，摸摸脑袋，哎呀，这个月又穷啦？后来，我从物理课上学到了绝对运动定理，父亲在跑，时间在跑，父亲在路上的时间等于静止。

母亲在家守着我们兄妹二人，参照隔壁印刷厂工人老王一家五口的日子，时间就在做相对运动，跑得又快又漫长。母亲经常忧心忡忡地说："也不知道你们父亲在路上会遇到什么？"那个时候没有移动电话，全靠父亲从某个途中加油站，拨个电话回家报平安，有时候是清晨，有时候是深夜。后来我才弄明白，母亲最害怕父亲在路上遇到人。仔细想想，父亲每次出车，不仅自己穿得整洁，还把大卡车也擦洗得清爽，的确像一个出门约会的男人。母亲的担心不是没有缘由。事实上，父亲四十岁那年，他跟他的卡车的确开出过轨道。这事情无须隐瞒，在我们这条红石板街，只要住过些年头的人，都不会忘记父亲那次出轨。那个下雪的深夜，他们在梦里被一阵接一阵的汽车长鸣惊醒了，叫声既像一个人在发疯，又像是拉响的警报，听说有好几个人从床上蹦下地，出门打算要往防空洞逃了，后来发现竟然是一辆卡车，停在我们红石板街中央，在我们家楼下那片空地，瞪着大大的远光灯，厉声尖叫着。雪仿佛是被它从天上叫下来的，簌簌发抖着跌落地面。人们看着这不明来路的庞然大物，竟然不敢张口开骂，只是探出头去，像看到一只受了伤、不断哀号的野兽。

卡车不知道叫了多久，忽然便一下子安静了下来，同时远光灯也熄灭了，人们才看见，我父亲那辆卡车不知什么时候已经停到了近前。他们先是沉默着，车头顶着车头。后来，父亲的卡车发动起来了，发出嗡嗡的叹息声。父亲一点一点地逼近，那辆卡车开始一点一点地往后退，一直退出了我们红石板街，在大转盘掉了个头，朝城北开出去了。父亲的卡车安静地跟在后边，打着亮亮的远光灯，照亮了前边的道路。一前一后，他们开到国道上去了。

被灯光照亮过的雪，是有记忆的，结冰时就把光锁在了里边。两辆卡车留下的车痕，有时重叠，有时分开，每一段都特别深、特别亮，我母亲踩在车痕上，来来回回地走。天亮的时候，父亲回来了。如同他每次跑完长途回家一样，用热水把自己洗得干干净净，把大背头梳得亮亮的，然后倒到床上，睡了一个长长的觉。

人们再也没见到过那辆尖叫的卡车，他们总是不无遗憾地说，可惜那晚灯光太刺眼了，看不清车上那个四川婆。“四川婆”漂亮的吧？我母亲也常这样问父亲，父亲从来没正面回应过，在他看来，这问题就是公路上设的一个路障，他手握方向盘，绕了过去。

“不要总是老生常谈嘛，我们是新社会的人。我跟新中国同龄。”父亲理直气壮地越过这路障。

“新社会的人，就要做这样的荒唐事？”母亲眼眶就红了。

“好啦好啦，都过去了，已经开过十八道弯了，都过去了不是吗？”父亲就这么哄着母亲。

我们都没有见过“四川婆”，她是父亲远方的情人。

母亲生前也有一个情人，他总是在远方。父亲跑长途，远的地方，一趟七八上十天的，母亲就把父亲一件灰色的旧毛衣垫在枕头上，把手伸进袖口里，这样，她就躺在父亲的胸口上了，并跟父亲握着手。等到父亲出车回来，很奇怪的，那个远方的情人就消失了。她总是动不动就埋怨父亲，那种温柔的思念一扫而空。通常是吃过饭，把我们打发去做作业了，她就开始对着桌上的空碟、脏碗，责备起父亲来。归根结底，她是怨父亲不顾家庭，一个人跑到外边潇洒，留下她一个人在家拖儿带女。父亲也不逃避，安静地坐在母亲身边，用火柴将香烟点着后，花一点时间，用食指和拇指将火柴烧黑的地方捻掉，火柴变成了一根牙签，在父亲牙缝间进进出出。母亲那些唠叨在父亲耳畔进进出出，父亲像剔牙一样将它们剔了出来。

偶尔，父亲也不会绕开这些“路障”，会向母亲申辩。“你以为一个人在外边跑有多潇洒？我不累？你自己想想看吧？”母亲沉默一下，心里认输了，嘴巴还是要犟的：“再累也没我累，我一个人，既要上班，又要照顾两个孩子，你一个人在外头，吃饱穿暖，全家不饿的……”“我哪里是一个人了？我后边不是拖着一条大尾巴？”我母亲光联想到父亲坐在驾驶室疾驰的风光模样，她忘记了父亲身后那一车重重的货物。母亲无语了。父亲站起身来，拍着母亲的肩膀，柔声说：“我哪里是一个人？我背后拉着一台拖拉机呢。”母亲彻底沉默了，肩膀慢慢地松懈下来。

父亲常说，他的身后拉着台拖拉机，母亲是车头，哥哥是左轮，我是右轮。

在我和哥哥的成长过程中，父亲经常缺席，他从来没有参加过一次家长会，他的签名从没出现在我们任何一本作业簿上。可是，父亲却为我们的求知欲付出过沉重代价。那一年，哥哥念初三，我念初一，我们不再满足从父亲捎回来的特产袋子上找课本里读到的地名了，我们缠着父亲讲那些地方。可是，父亲每每让我们失望。父亲抱歉地解释说，你们老爸天天坐在这个大玻璃罩子里，脚都不沾地，这些地方，多数是在镜子里看到的，你们知道，后视镜里看到的东西，比老王伯伯的风筝还飞得远，又远又小。是的，隔壁老王伯伯经常从印刷厂里拿回些彩纸，扎各种各样的纸风筝，星期天带上他们家三个女儿到运河边放，我们也会跟去。运河边空旷，北风南风全都不缺，风筝遇到风就会失控，线一松就往天空蹿，很快就远成一个点了。既然父亲在路上看到的风景仅仅是那样的一个个点，父亲又有什么好说的呢？可我们还是不甘心。我们趴在父亲的卡车轮子边，用手摸着厚厚的轮胎，想要从那些粗糙的纹路里，找到父亲碾过的地方，张家界、桂林、南京长江大桥、嘉峪关……最后，我们钻进父亲的驾驶位上，吵闹着，让父亲带我们到公路上，到这个小城以外的任何一个地方去。父亲从来没有妥协过。运输厂纪律很严，别说是我们小孩子，就连母亲，都没坐过父亲的车出城，她最多坐过父亲的车到十里外的郊区农场买红茶菌。母亲恐吓我们说，别老缠着爸爸和他的卡车，要是爸爸饭碗丢了，我们这台拖拉机就报废了，到那个时候，拆掉你们这两只轮子，卖钱去。我们就再不钻进父亲的驾驶室闹了。

有一天，吃过晚饭，父亲从房间里拿出一沓照片，神秘兮兮地递给我们。我们一看，竟然全是父亲在路上拍的。原来父亲求厂里那个工会主席借了相机。这些照片拍下的多数是公路牌。很多地名我们听也没听说过：怀集、白沙、乐从、溧阳……也有我们知道的：桂林、长沙、武昌，天啊，竟然还有贺兰山。哥哥显摆地背起了那首诗：“驾长车，踏破贺兰山缺，壮志饥餐胡虏肉，笑谈渴饮匈奴血。待从头，收拾旧山河，朝天阙！”父亲赞赏地看着哥哥，那目光让我嫉妒死了。母亲也凑了过来，一张一张去认照片上的地名。翻到一张“宁夏人民欢迎您！”的路标时，她激动了半天，说，哎呀，这就是宁夏啊。原来她读书时，有个要好的同桌，读了一年就跟着父母转学到宁夏，从此杳无音信，似乎跑到西伯利亚那么远去了。所以，她对宁夏这个地名印象特别深刻。母亲像找到了老同学般激动。过后，我从书里找哥哥背的那首《满江红》，心里一阵郁闷，此贺兰山非彼贺兰山啊，当时，竟然没有一个人知道，就连开到过贺兰山的父亲也不知道。那么，父亲算不算到过这些地方？

逐渐地，我们不再满足看公路牌，我们吵着父亲要看风景。父亲只好拍些沿途的风景回来。一座奇怪的石头山，一排飒爽的钻天杨，一道有趣的倒淌河，以及一轮即将沉入群山的落日……父亲的拍摄技术不怎么样，他的取景器总是装不完那些美丽的瞬间，这时，父亲就会在旁边用话语补充给我们听，有照片为指示牌，父亲说得生动些了。

父亲拍回来的照片越来越多，也越来越好看，他被路上的风景迷住了。因为这些照片，我们觉得自己就坐在父亲的副驾驶位上，到了父亲所到的地方，看到了父亲所看到的风景，我们不再觉得父亲远得只剩一个点了。

我们开始记挂在路上的父亲，会看着街上任何一辆车，想，不知道这次，父亲又会拍回什么样的照片呢？我们这样记挂着，觉得时间慢得像蜗牛。那天，父亲回来了，脸色沉重，二话不说，只顾喝水。气氛严肃，我和哥哥便没敢吵着父亲要看照片。母亲更伤心，她只是一直重复着那句话："阿基，就是不能停啊，以后千万别停了！"父亲没作任何申辩，他垂着头，乖乖地重复着母亲的话："是啊，就是不该停的啊，以后千万不能停了……"原来，父亲这次开到贵州六盘水盘山公路，那地方刚下过雨，山与山之间正骑着一道彩虹，像年画里看到的那么美。父亲生怕这彩虹消失了，连忙停下车，抓起相机，跑到路边拍起来。没想到，父亲停车的地方是盘山路一个转弯口，迎面一辆货车看到父亲的卡车时，刹车已经来不及，两相对撞，货车翻了，父亲卡车上的货物也被撞得七零八落。万幸的是，人没事。父亲被厂里记过处分，还要负责赔偿货物损失。

父亲再也没有停下来拍照。那些地图一样的照片，一段时间被我夹在课外书里，当书签。

父亲拉着我们这台拖拉机，吭哧吭哧地进入了新世纪，好在，我们都算争气，哥哥念了一所理科重点大学，毕业后在一家著名的证券公司工作，他骄傲地对父亲说，我跟您一样，也抓方向盘啦，我的手一转，上亿金额从我的手里转进转出。哥哥成了业界颇有名声的操盘手，赚大钱了，给父亲在运河边买了一套公寓。我呢，则读了文科，在一家报社工作，比上不足比下有余。在买下人生第一辆车那天，我隆重邀请父亲这个老司机坐到副驾驶位。那时父亲已经退休在家，开始看时间参照自己在做相对运动，他认为时间比过去快多了，像一辆改装后提速的卡车。我们一直朝城北开去，上了新开通的一条高速公路。父亲刚开始对车的感觉有些保守，总是盯着我的脚底下看，似乎害怕我踩错了油门和刹车。在高速路上飙了一阵，父亲才有点兴奋起来，他说，你这样开车，真像那个女人。我愣了一下，才明白他在讲"四川婆"。那个女人开得一点都不端庄。父亲说，就像你现在这样，从这条车道窜到那条车道，我跟在她后边，净看到她的车屁股扭来扭去，野得很。父亲遇见那女人的时候，是想跟上她，教训她一下，对她说，车不能这么开，太危险了，刚才她超他的时候，差点撞上了他的车头。谁知道那女人一直没让父亲赶上，“扭着个大屁股，在我跟前晃啊晃的。”父亲暧昧地笑了笑，不知道是想起那女人还是那车的屁股了。父亲赌气地一路跟着她，那女人见甩不掉父亲，就那样保持着若即若离的距离。一直开到一个汽车旅馆，他们都停了下来。他们坐在一起吃饭，好像经过一路上的较量彼此已经熟悉。后来，父亲干脆请那女人喝起了酒，他们喝得很尽兴，每喝一杯就像在用手挂挡，一挡、二挡、三挡……他们加速度冲向终点。

我猜，父亲跟那个女人爱得很疯狂，那个下雪的夜晚，女人跟踪父亲来到我们红石板街，疯狂地揿响喇叭，母亲说，就像一只在雪地里撒泼打滚的母老虎。

父亲向母亲保证过，想要再跟那女人见面，除非母亲不在这个世界上了。不过，直到母亲去世，父亲也没再跟那女人联系。父亲说，怎么能开历史倒车呢？

父亲一辈子只会开车，也没有培养什么业余爱好。母亲去世后，他独自一人打发晚年生活。我们劝父亲学点什么，父亲都兴致不高，后来哥哥想起父亲曾经爱拍照，就给他买了架简易的莱卡照相机。父亲拿着相机在运河边转悠，将远景拉成近景，将天空的云图分成若干祯局部，将一朵花拆成几瓣，将运河搓成一根线……如此半年不到，父亲发现，从镜头里看到的世界，其实跟肉眼看到的也没什么区别。他不玩了，把莱卡相机放进柜子里。

60岁那年，医生检查出父亲的脊椎变形、增生，是长期坐驾驶椅落下的职业病，晚年加重，压迫了神经，出现耳鸣、双腿发麻等症状。医生教父亲尝试倒着走路，可以锻炼脊椎，减轻疼痛。父亲很快喜欢上了这项运动，他做得很好。只见他双手握拳，双臂前后摆动，就像胸前摆着一只方向盘，父亲上下转动着它，一发动，便双膝微曲，左右、左右，一步步朝后退去。父亲倒行得很稳当，既撞不到朝前行走的旁人，也撞不到身后的树木、花丛、栏杆，仿佛他的身体左右各安了两只后视镜，背上装了只影像雷达，并且还发出了嘟嘟的警报声：“倒车，请注意，倒车，请注意……”每天，父亲给自己定下了起点和终点，从稻香园小区出发，沿着河堤，倒行至拱宸桥底，再折返，参照那条一路向东流淌的运河，父亲顺流一趟，逆流一趟，如此往复，一日两次，服药般定时定量。这种有起点有终点的运动，让父亲找回了上班的感觉，少一趟他都会觉得浑身不舒服。

父亲倒行的本领日渐上乘，速度已经可以跟那些慢跑者相媲美，他就像车流中一辆逆行的车子，往往引来行人避让、侧目，父亲超过了这些人，并且跟这些人对望，他正视着他们，朝和善者微笑，朝埋怨者挤挤眼，直到把这些人远远地甩在他的正前方。有一次，由于手臂摆幅过大，父亲撞到了一个男人的脊背。男人停下脚步，朝父亲瞪大了眼睛，嘴里骂骂咧咧。父亲超过他之后，一边倒退着，一边朝男人作揖道歉，男人觉得父亲倒行作揖的动作实在滑稽，简直有点卓别林的效果，便转怒为乐，用手臂捅一下身边的女伴，两人指着父亲笑起来。父亲看着那对开心的男女逐渐从自己眼前远去，最终变成两只小点。父亲说，现在我才知道，原来后视镜里的小点是这样形成的，有趣。

父亲倒行遇见了很多有趣的事。那个漂亮的年轻妈妈拉着小儿子闪进灌木丛，不一会儿就传出了小孩哭声，父亲清楚地看到了她教训儿子的过程，她无声地揪着那孩子的耳朵，又无声地把作业本塞进那孩子的手上；那个跟在生气的姑娘身后的男孩，数次抬起手，虚拟着去敲姑娘的后脑，表情既无奈又解恨；那一对老头儿老太磨蹭地落在了晨运队伍后边，他们偷偷拉了一会儿手；那个拉着行李箱的少年后边，跟着个中年男人，他走一会儿，就将手背放到脸上抹一把，抹完还不忘东张西望……倒行不仅有趣，也使父亲的脊椎轻松多了，他在电话里对我说，就像有人在前边拉着自己走，一点都不用使力的，即使上坡也不用挂挡，哈哈。父亲神清气爽的样子，让我感到欣慰，也减轻了我对父亲的内疚，算起来，我已经有两个月没回家看过父亲了。

一个秋天的傍晚，父亲倒行至德胜桥底拐弯的一个小坡，竟发生了“车祸”。他的脊背重重地遭到了一下撞击，脚下一个趔趄，重心朝后倒，要不是刹车果断，他差点一屁股摔到地上。父亲随即听到了一声尖厉的“啊呀”，之后很快爆发了一串响亮的笑声。父亲掉转车头，查看“车祸”现场，只见一个女人先他转过了头，查明事故原因后，兀自先笑了起来。那女人原来也在做着跟父亲一样的倒行运动，因而接收不到父亲身后的雷达警示，于是——两背相撞。

父亲停下了，女人也停下了。彼此道歉，并不追究事故责任人。父亲和这位姓赵的女士，放弃了他们此次出车的终点，他们停留在各自的中间站，坐到运河边的长椅上，交流起他们的“行车经验”，聊得愉悦。自此，他们每每相约到德胜桥下的那张长椅，偶尔，也结伴倒行至武林门或者拱宸桥。那赵女士调皮地称父亲为“驴友”。当父亲头一回跟我说起这个词的时候，我还以为赵女士是位时髦的中年妇女。说实话，父亲孤零零的，我倒不拒绝父亲再找一个阿姨。

认识了赵女士之后，父亲生活变得丰富多彩，尤其晚上，他的手再也不去抓遥控器了，他抓住了赵女士的手。在横跨运河的那条潮王桥下，依着河堤的那只桥洞里，开有一间歌舞厅，名叫水晶宫，在运河一带是极其有“老人气”的，白天集中在河边运动的老人们，到了晚上会带着舞伴来这里娱乐。赵女士喜欢带父亲到“水晶宫”去“嘭嚓嚓”。刚开始，父亲不愿意去，他这辈子没跳过舞，跳舞对他来说是新事物，他的腿不懂得“前嗒嗒、后嗒嗒，嘭嚓嚓、嘭嚓嚓”，他的手从不会握着女人的手和腰，“左晃晃、右晃晃，嘭嚓嚓、嘭嚓嚓”。赵女士像唱歌一样念着这些口诀，培训着父亲。她说，“跳舞嘛，小意思，就是嘭嚓嚓、嘭嚓嚓嘛！”她边说着，用脚带着父亲，前前后后地舞了起来。赵女士跳起舞来，是真的很迷人的，父亲向我坦白过这一点。

据赵女士自己介绍，她今年五十有六，一儿一女都在外地生活，目前属于“空巢”一族，她跟她的老伴，呃，每每提到她的老伴，父亲总觉得她有满腹辛酸。起初，父亲倒不想太了解她老伴，横竖他和赵女士仅仅是“驴友”，即使像现在这样拉着手握着腰“嘭嚓嚓”，也只限于纯洁的“驴友”友谊。可偏偏赵女士最爱讲的还就是她老伴，仿佛那个人是缠绕她一身的慢性病，生气起来如山倒，多数时候提起来又如抽丝。时日长了，父亲渐渐明白，赵女士早就不想跟老伴过了，无奈就是找不到离婚的契机。明白了这一点，父亲的就心像碾到了一块石头，咯噔地颠了一下。在与赵女士认识、交往的这一路上，父亲的路况极其不稳定，总是被这样咯噔、咯噔地颠着，父亲的心脏就有了反应，他先是同情赵女士，后来，就喜欢上了赵女士。

某天晚上，父亲约赵女士又到水晶宫，买了两张十元钱含茶水的门票。他捏着赵女士的手，“嘭嚓嚓，嘭嚓嚓”。这晚，他发挥得尤其好，自我感觉也非常佳。父亲的外形在水晶宫里是出挑的，尽管他的头发稀疏了，但长年保持的大背头依旧隆起，闪着发胶浇湿的光泽，他的皮带还毫不吃力地搭在第二格里，他跳舞的时候，脖子尽量伸得长长的，在蓝莹莹的灯光下，就像一尾俊美的白条鱼，而赵女士呢，父亲觉得她就像风情万种的美人鱼了。

几曲跳毕，他们坐到边上的圆桌喝茶歇息。他们置身的水晶宫，宫殿的穹顶就是桥身，在音乐停止的间隙，能听到桥上过车的轰鸣，感受到车轮碾过桥身的颤动，在这些熟悉的颤动中，父亲一脚油门到底，朝赵女士飙出了一句：“离婚吧，跟我过！”这句话一脱口，父亲就感到头顶的桥身上，一辆重型卡车正隆隆驶过，凌空的重量仿佛要压向自己。赵女士并没有回答父亲，她只是站起身，优雅地朝父亲伸出一只右手，邀请父亲跳下一支快三。一被父亲揽住，赵女士才忽然变得羞涩起来，她服帖地倚着父亲，随着父亲的脚步，前进一步，后退两步……他们像两条优雅的鱼，欢乐、亲昵，在这幽暗的水晶宫里，游过来游过去。

隔三岔五地，赵女士就来跟父亲住。父亲先是觉得别扭，但又不愿意拒绝。赵女士生动活泼的生活作风，用父亲的话来说是——很有味道的。赵女士到家里来，改造了父亲的生活滋味，这滋味好是好，但细嚼起来也有那么点异常，父亲总觉得这样名不正言不顺的夫妻生活，实在是不成体统的，也心存隐恐，他说，哪天，老胡杀上门来，会宰了我们。尽管父亲从没见过老胡，也不知道老胡住在哪个小区哪间公寓，但在赵女士长期的描述中，父亲已当他是一位抬头不见低头见的邻居了。赵女士面对父亲的担忧却毫不在意，她总是说，老胡病恹恹的，拳头都握不紧，怕什么？再说了，我已经跟他分床住，等到春节，子女都回来后，我们就摊牌离婚。面对仍有疑虑的父亲，赵女士豪爽地说了一句："嗨，你怎么那么老派，现在都是新时代了，我们可是新时代的人啊！"父亲才想起，自己出生于1949年，是中华人民共和国的同龄人哪。

这么看来，赵女士是位开放、大方的新派人物，事事显示出跟这个时代合拍的步调，可唯独在见家人这件事情上，赵女士表现出了不可突破的传统。当父亲要求把赵女士带给我和哥哥认识的时候，赵女士却坚持自己的原则，理由是时机还不成熟，见过家人，那就意味着要成为一家人了，目前，"我们还不能成为一家人"，父亲把赵女士的原话告诉了我们，我和哥哥顿时觉得，这位赵女士有热情，却不乏理性，绝对是操持家政的一把好手。一度，我们甚至把"成为一家人"当成了父亲余生的寄托，有这位"驴友"陪伴父亲同走人生最后阶段，也没什么遗憾了。

那年春节，注定是个不平常的日子，就连我那一贯运筹帷幄的哥哥也有点抓不准了，他给我打电话说，妹妹，会不会我们春节回去，家里就多了个新——妈妈？哥哥的心情跟我一样复杂。我更多地想起了我们的母亲，这个常年枕着父亲毛衣独自睡觉的女人，这个常年参照着隔壁老王家生活得又苦又漫长的女人。母亲没有跟进到这个越来越美好的新时代，她就是一台过时的拖拉机，永远停留在了那个埋头耕耘的年月。母亲真的没享到福。除旧迎新之际，往事历历在目，我想得泪流满面。不过，我又不得不宽慰自己，父亲跟赵女士结婚后，我就可以有理由长时间不回家了，我跟父亲的距离，就心安理得地处于一种远方的距离，而远方总是充满了想念，温柔、美好，我的父亲跟母亲就如同一张张旧照片，好好地珍存在我过去的某个远方了。

离大年三十还有五天，赵女士拎着一只新扫帚，几瓶玻璃水、油葫芦等清洁用品，风风火火地跑到父亲家，说要提前给父亲"扫垃圾"，因为两天后，她的子女回家，就没工夫管父亲了，她要处理离婚大事了。父亲心里一阵温暖，将这个正扎着一块头巾用扫帚撩着蜘蛛网的女人认定为自己的妻子，并下决心跟她一起养老至终。

赵女士怕父亲被灰尘呛着，命父亲到运河边做做运动。出门前，父亲喝下了一杯浓醇的铁观音，他关上门的那一刻，隐约听到了赵女士欢快地哼起了小曲。父亲微笑着下了楼，散步到河堤，“预备，开始！”父亲轻快地往后迈出了第一步。北风吹得树叶哗哗地往一侧倒去，似乎在为运河当啦啦队，有旁观者助威，运河跑得比平日快，像一个志在必得的冠军选手。父亲在逆风中稳住了自己，他双拳紧握，上下摆动着胸前那只“方向盘”，步伐如此坚定，仿佛他是在朝前奔去，是迎着风，相反，运河则在他的视线里一点点往后退去。父亲想着，那种孤单凄清的晚年生活，即将像这运河一样，迅速退出自己视线了。父亲百感交集，他的思维在一个又一个弯道里行驶。

父亲倒行一个来回后，神清气爽地回到家，只见屋内窗明几净，悄无声息，一缕冬阳正罩着桌上那杯喝剩的铁观音，好心好意地为父亲加热着。毫无迹象地，赵女士如灰尘般消失了。就像一个会变戏法的女巫，赵女士骑着那把扫帚飞走了。她还把父亲衣柜里那些值钱的东西都变走了，包括：两只夏家祖宗传下来的金元宝、一对母亲的玉手镯、一只瑞士老手表以及那架还装着风景的莱卡照相机。父亲找遍了衣橱、壁柜、床底，甚至每一只抽屉，赵女士都不在里边。

父亲坚决不承认赵女士是个女骗子，他为她做过许多设想，他想得最笃定的就是——赵女士被老胡抓走了，没收了手机，软禁起来了。那么，老胡在哪呢？这个一度被父亲当成邻居却从没出现过的人，随着赵女士的消失，遥远得成了一个没有形状的黑点，甚至，一个点都不是，是一团白色的浮沫，逐渐消散。我们劝父亲报警，父亲死活不同意。他说，这绝对不是入室抢劫，哪里会有这么一个贼，先帮主人打扫卫生，然后再拿东西的？赵女士不是贼。好在，父亲的损失并不算太严重，加起来不过几万块钱。赵女士没拿走父亲的存折，她知道，拿了也取不出来，反而成为一名大盗。

父亲没有报警，他在水晶宫门口守了好些个夜晚，他在运河一带来来回回地碰，期待能与他的“驴友”重逢。这些美好的念头一次一次从侥幸的身边擦肩而过。整个冬天过去了，春天来了，万物发芽的时候，父亲将那些美好的念头掐芽，他将它们制成茶叶，泡水喝。夏天即将到来的时候，父亲终于敢直面这次挫败，他向我们坦白，跟那个女人好的时候，还给过 4 万元让那女人代为炒股，也不知道她到底有没有炒。我和哥哥倒吸了一口冷气，像侦破一桩大案般，顺着父亲一点一点的交代，闪回了各种蛛丝马迹。哥哥说，遇到大盗了，这应该是一个有组织、有预谋的诈骗团伙，回过头看，父亲在德胜桥倒行的那次“车祸”，就是那女人的一次“碰瓷”。马路“碰瓷”这类手法，对于长期在路上开车的人来说，往往一眼就能识破，父亲为什么轻易就上当了呢？父亲没作任何解释，他低下头，用手慢慢地捋着那一丛稀疏的大背头，反复说：“在那个地方，就不应该停下来的，不该停的，我真像驴一样蠢啊……”看着父亲这个样子，哥哥悄悄地对我说，我们的父亲真的老了，已经搞不掂这个时代了。我的心里一阵疼痛。

父亲再不乐意在路面上倒行了。他跟大多数老头子一样，在运河边散散步，坐在长椅上晒晒太阳。不过父亲还是跟大多数老头子不一样，他不爱扎堆聊天，木乎乎的，找僻静的一截河岸，坐在椅子上，看着离自己不到十米远的运河，以及河上稀稀拉拉的几艘货船，目送它们从下游的一个河湾处逐渐消失。父亲想起了很多遥远的事情，仿佛他的脑子里有无数面镜子，那些关于我母亲以及我们兄妹的往事，在镜子里成像清晰，他自个儿看得感慨万分，常常不管在上班时间还是午睡时间，拎起电话就给我或哥哥打，“小峰，你们小时候用石头去砸车厂的猪，人家都跑掉了，你还傻乎乎地站在那里看，害得我在厂里上了一个晚上的家长学习班……”“小妹，你总是吵着妈妈给你买明星贴纸，妈妈不给，你就到我挂在门背的衣服口袋里翻，每次都有五毛钱在里面吧？那是我故意留在里边的……”“唉，你们妈妈都没好好坐过我的车，她总是说，想坐我的车去宁夏看看，她最远到过哪里？……唉，你们妈妈最可惜了，都没享到福……”这些星星点点的事情，让父亲变得忧伤甚至消沉。我不得不鼓励他：“老爸，别老想着过去，你要往前看，吃好穿好，过好每一天，现在生活好了，想要什么就去买，我给你买……”父亲从来都乖乖应答，仿佛他是大病刚愈的患者。我讲得口干舌燥，心里其实很虚弱，我又能帮他做些什么呢？电话结束的时候，父亲说得最多的一句话是：“怪了，就像是昨天发生的事情……”

有一天上午，我接到父亲的电话，他兴致勃勃地告诉我，他决定开始练习游泳，他打算到运河里游一游。我吓了一跳，当即警告他，千万别做这事，这条肉眼看起来平缓的河水，实际上太危险了。在我的印象中，父亲从不会游泳。可父亲却丝毫听不进去，他很兴奋，向我说起老家乡下的那条河，他说他从小就是泡着这条河水长大的，不过他只懂得青蛙式，小时候一淘气，奶奶就会追着他打，一追，他就跳进河里，奶奶在岸上又气又急的……父亲说："我要把游泳捡回来，今年夏天到运河里走走。"电话里，我听到了一声清脆的船鸣，我猜父亲正站在河边，羡慕地看着这艘货船，仿佛运河是他即将启航的另一条公路。

父亲对运河游做足了准备。他到小区的游泳馆，花800元请了那个健硕的游泳教练，一对一地教他，并且只教一个动作——仰泳。父亲觉得仰泳这个姿势太优雅了。人像睡觉般仰卧在水里，头枕在水面上，双臂在身体两侧轮流滑水，双腿夹着水往后蹬，一往后蹬，人就往前飙出几米，这比在河堤上倒行优雅多了。

父亲练得刻苦认真，除了每天到游泳馆，教练利用午休时间一对一地训练他之外，他更多的时间是在家里自行练习。他穿着厚厚的羽绒服和棉裤，仰卧在客厅的木地板上，双手在身体两侧划着地面，双脚则配合地往后蹬。他先是在原地滑动，反复练习之后，他开始尝试着在地板上游。他顺着客厅往卧室的那条笔直长廊，来回地游。后来，他掌握了用髋部拐弯，就从客厅的长廊里游进卧室，再从卧室游进书房……父亲的方向感很强，他的脑袋就像一个舵，能准确地判断出，前方十点钟的位置是房门，左边九点的位置是一张茶几，右边四点的位置是一只拖鞋……父亲摆着舵，轻易地绕开了这些障碍物。

夏天还没真正到来，父亲已经可以仰躺在水面上，周游游泳池了。即使池子里人再多，父亲都不会撞到他们，就算那个埋头划着狗刨式的大块头，鲁莽地就要撞向父亲了，父亲都会调整好身体，脚掌一踩水，来一个侧滑，像一条无声无息的鱼，优雅地从大块头身边掠过。教练抱着双臂站在池子边，得意地看着他64岁的高徒，他对他的同事说："所以说，年龄根本不是问题，关键看怎么教，谁来教。"

那个午后，父亲从一场充足的午睡中醒来。他开始行动了。他穿上一件文化衫，在游泳裤外套上一条阔短裤，脚踏进一双拖鞋，再用一只塑料袋装上一条浴巾，精神抖擞地往河边走去。在文化广场的一个坡下，他找到了走下运河的那条阶梯。他站在倒数第四级阶梯，脱下了衣裤和拖鞋，将它们装进塑料袋里，放在地上，又犹豫了一下，返回坡上，在草丛里找来一块石头，将石头压在塑料袋上。做完这一切，父亲才放心地走向最后一级台阶。

父亲的脚一迈，重心就交付给了与他做伴几十年的运河。

跟父亲的理想完全吻合。他平躺在河面上，顺着流水的方向，不紧不慢地，两手划水，两脚蹬水，脑袋顶水，那丛大背头被浸湿了，坍塌下来，藤蔓般稀稀拉拉地攀在他头上。游着游着，父亲惊讶地发现，在这里游泳根本不费力气，比在木地板上、游泳池里省力多了。他开始放松身体，快乐地、轻盈地向前浮游，并不时扭头看两岸风景，路灯、长椅、花坛、六角亭、柳树、橙色的健身器械……他看到自己走了无数遍的那条堤岸，他朝岸边挥挥手，就像一个阅兵的首长。偶尔，父亲会停下来，身体静止在水面上，很享受地朝天空打个呵欠。远远看去，那样子真像是睡着了。

父亲优雅的游泳逐渐吸引了两岸的观众，他们倚着栏杆，站在树荫下看，其中有几个人，还迈起了碎步，一路跟着父亲，跟了一会儿，他们看到一辆装满黑煤的货船，远远地驶过来了。货船的船身被压得很低，破着深深的水线，笔直朝前开，仿佛稍微做个侧身都很困难。在距离父亲还有几百米远的时候，货船已经发现了水上这个障碍物，长长地鸣叫了几声，把岸上的人都吓了好几跳。

父亲丝毫不理会那噪音，他慢条斯理地继续直线朝前游，仿佛他的脚掌上安着两只后视镜，在货船还没叫喊之前，他就先看到了它，并且完全掌握了它跟自己的距离。

货船越驶越近，它已经不可能再为父亲调整方向了。这辆身上写着“湖州007号”的货船，主人是一对中年夫妻，他们着急地走出船舱，双手叉腰，朝前方的父亲大声嚷嚷。紧接着，他们养的一条大狼犬也站到船头来了，它朝父亲紧锣密鼓地示威嚎叫。岸上的人开始揪起了心，好像父亲很快就会被卷到船底下，有的人还甚至朝父亲呼叫、打手势，他们以为父亲是个聋子。

就在货船与父亲相距不到100米的时候，只见父亲双腿一蜷，身体一个侧翻，沉入水里，几秒之后，又浮出了水面，父亲脑袋朝下，背朝天空，张开四肢，像一只敏捷的青蛙，迅速地朝岸边游去，给货船让出了路来……

货船超过父亲的时候，那对中年夫妻惊魂未定，就像被捉弄了一番，恼怒地朝父亲大叫大骂，而那只大狼犬却无比安静，它警惕地看着远处的父亲，耳朵紧张地竖着，仿佛水中潜藏着一个威力无穷的不明危险物。

沉重的货船疲倦地朝前方开远了，风平浪静。父亲又回到了河中央，他安详地仰躺着，闭着眼睛。父亲不需要感知方向，他驶向了远方，他的脚一用力，运河被他蹬在了身后，再一用力，整个城市都被他蹬在了身后。

出 警

戈 舟[1]

大学四年，从警五年，算起来，迄今人生已经在架子床上断断续续睡了九年。没什么意外的话，可能还得隔三岔五地睡九年。躺在上铺往窗外瞧，夜色氤氲，所门口的警灯无声闪烁。对面超市门前的投币木马也旋转着同样的彩灯。没谁玩，它也播放着儿歌。这让人产生错觉，仿佛我们是一家游乐场的守夜人，身后有摩天轮隐现或者七个小矮人出没。

此刻要是从宿舍冲进夏夜，不啻跳进沸腾的大锅。和冬泳一个道理，那得有点儿勇气。楼下值班室的电话响个不停，好在没什么大事需要出警。但谁也说不准。外面太热，晚上好像更甚。地面蓄积了一天的热力开始蒸腾。暑气弥散，像是黑夜对白昼的反攻倒算。还好所里给装了空调。去年夏天，宿舍还是靠风扇降温的。

报纸上说这个夏天的高温破了六十年的纪录。我还不到三十岁。反正长这么大我没被这么热过。小吕却认为这在他们家乡根本算不得什么——如果他们家乡的夏天是一百度，现在我们承受着的，顶多才六十度。小吕是新疆人，住在火焰山脚下。那儿真会这么热吗？他的说法让人感觉大家是被扔在同一口大锅里的青蛙，但

① 弋 舟 曾获第三、第四届郁达夫小说奖，首届中华文学基金会茅盾文学新人奖，第二届鲁彦周文学奖，第六、七、八届敦煌文艺奖，第二、三、四、五届黄河文学奖，首届“漓江年选”文学奖，2012 年《小说选刊》年度大奖，第十六、十七届《小说月报》百花奖，第四届《作家》金短篇小说奖，2015 年《当代》长篇小说年度五佳，第十一届《十月》文学奖，以及《青年文学》《西部》《飞天》等刊物奖及华语文学传媒盛典年度小说家提名。中国作协会员，现任陕西省作协《延河》副主编。

一般苦，两样愁，有人已经将要被煮熟，有人却还在惬意地蛙泳。

我还是挺爱值班的，因为接着可以休息一天。再过一周，我就要去封闭集训。市局组织篮球赛，我被挑中了。那样一来，就有段日子不能回家了。小吕和我心思一样，他是想值完班就能多出一天时间去陪女朋友。小伙子正在热恋，女孩刚刚大学毕业，还没找到工作，有大把的时间需要人陪着。而我是想在家多陪陪我妈。

我们每隔四天值一次班。我是主班，小吕是副班，还带着几个协警。他警校毕业分配到所里，我们就成了搭档。我算是他师父。值班当天，小吕会提前准备好休息日的便装——这像是吹响了他约会的预备哨——牛仔裤什么的，能让他摇身一变，精精神神地去约会。他长得帅，个头和我差不多，要不是单薄些，肯定也会被抓去打篮球赛。因为个儿高，有几次我俩还被法院临时借去押嫌疑人上庭。都是大案子，电视台要播新闻，两个高大的警察上镜，将嫌疑人夹在当间儿，那效果不言而喻。

值班的时候小吕很快活，一副随时会唱上几句的高兴劲儿。其实我也是这样的心情，一般早早地就让妻子做好了我妈爱吃的东西。这种精神状态不会影响工作，因为我们都感觉有了个近在眼前的盼头，心里得到了鼓舞。人的盼头很多，但近在眼前的却很少。

那天一共接警二十多起，跟高峰期比要少得多。按规定，要是没有突发事件，我们可以在夜里十一点睡觉，清晨五点再爬起来处警。那时我们已经躺在宿舍的架子床上了，我跟他聊起片区的老奎——就是被报社记者写进文章里的那个主角。小吕听了我讲的一切后，陷入了沉思。他肯定受到了不小的启发。后来他就跳进了外面那口沸腾的大锅。等他回来，晨光熹微，黎明已近。他好像完全忘了还要摇身一变这档子事儿。

我们这一行也是师父带徒弟。我的师父是老郭。他教会了我怎么做警察，可惜三年前查出了喉癌，提前退休了。前段时间我去看他，老头儿看来已经挺不了多久了。整个人出气多，进气少了。我进所的时候他可健康着呢，黑脸，皱纹像是刀子削出来的，胸脯拍上去，让人相信能听见金属发出的咣咣声。我觉得他长得很像写《白鹿原》的那个作家，都是那种典型的关中老汉的样子。

老郭烟瘾大。后来满世界开始禁烟，所里也禁，他得空只好跑到院子里，找个拐角蹲着抽几口。有时候太忙，他忘了这茬儿，嘴里不小心叼上了烟，结果被所长撞到，挨了批评还得罚款。这规矩不太通人情。要说喉癌可能跟吸烟会有点关系，可我觉得要是放开让老郭抽，他没准儿现在还带着我巡街呢。烟就像是老郭的口粮。每天在所里抽根烟都跟做贼似的，可能就叫度日如年了吧。真是委屈了老郭。他在所里干了一辈子，架子床可是没少睡。

我们这个派出所在城乡接合部。高楼大厦的背面弄不好就藏着块儿菜地。咖啡馆里坐着的，经常是光着膀子打麻将的人。一开始，要是老郭不带着我，到片区走一趟，我肯定得迷路。那就是一个迷宫。有的窄道楼挨着楼，只容得下一个人通过。如果迎面也有人走进来，脾气不好的话，往往就会形成对峙的局面。搞不好还能腾挪不开地打一架。上帝说通往天堂的是窄门，每次从这种窄道挤过去，我都幻想会有一个天堂等在前面。有一回，一个女孩走进窄道，没遇到歹徒，却遇到两条流浪狗。一前一后，前后夹击，预谋好了似的。女孩吓惨了，打电话报警。等我们赶过去，她都尿裤子了，裙子湿漉漉的。于是我挥舞着套狗杆，又充当了一回打狗人。对付流浪狗，也是我们的工作。

我师父老郭跟谁都熟。谁见着他都会给他让烟，有点儿妇孺皆知的意思。很多不吸烟的人，见了他也能摸出一根皱巴巴的来，像是专门为了见他备了好几天似的。他有一个铝制的烟盒，上面刻着天安门前的华表，看上去恐怕有些年头了。收了递上来的烟，他就放进铝烟盒里。巡逻一圈回来，差不多能装满一盒。他也给别人让烟，但收到铝烟盒里的他不会再让出去，递给对方的，肯定是他自己的烟。这里面就有了原则和讲究，是一种德行，也是一种从警之道。我觉得，我就是从这种你来我往地让烟里，开始领悟做一个警察的真谛。老实说，这和我入行时的想象不太一样。我师父老郭穿上警服也还是个大爷。何况，现在跟警服差别不大的制服也太多了。所里的协警，超市的保安，跟我们站一起，没点儿专门知识，你分不清谁是谁。巡逻的时候我腰里会有警具，可保安的腰里也有根棍子呢。

每个辖区都会有几个狠角色，我们的专业术语叫“重点人口”。对这些人，你得盯着点儿。老奎就是这么个人物。我到所里时他已经七十出头了。在我眼里，他要是还能算得上“重点”，顶多也就是上路碰个瓷，伏地不起，讹点儿钱什么的。可我师父老郭不这么看，他跟我说：“别看这老汉走得慢，腰里别的都是万。”“万”就是“万货”，方言里指“东西”和“玩意儿”。好像老奎腰里缠了一圈暗器，随便亮出一件，就能耸人听闻。

我觉得老奎和老郭长得也有点儿像。第一次老郭带着我上门“认人”，我都以为他俩是亲戚。他们两个对坐在老奎家被烟熏得四壁焦黄的客厅里，互不搭理，都埋着头使劲抽烟。烟是老奎自己卷的。他把烟丝铺在两指宽的报纸上，搓成棒，用舌头舔一遍，递给老郭。老郭接了，点上，反手也给他递根自己的烟。老奎应该比老郭大个二十多岁，但除了腿脚没老郭利索，背驼得厉害，看上去两个人没多大差别。也不知道是老郭显老还是老奎显小。可能关中男人上了岁数都像是一个模子倒出来的吧，跟兵马俑一样。他让老郭坐在沙发上，自己搬张板凳，矮上那么一截地坐着。老郭跟他介绍我，他瞟了我一眼，就像瞟了眼他的孙子。他可没孙子，就是一个孤老头儿。

按制度，对重点人口，每个月走访一次就行。可老郭基本上每周都会带着我上老奎家转一趟。有时候巡逻遛到了老奎家楼下，他也要上去歇个脚。我猜老奎沾着唾沫卷出的烟，挺对我师父的口味。

他们第一次当我面说起老奎的案底时，我已经不算个新人了，早就习惯了偶尔上街去打打狗什么的，也不再盼望窄路的尽头就是天堂。老奎闷头抽烟，突然来了一句。“早知道当年把人弄死算逑了，活着就是受罪么！”这话跟他嘴里的烟一同喷出来，格外呛人。他的老底儿我知道，故意杀人，致人残疾，被判了十八年。可我没料到时隔多年，他还能放出这种狠话来。

老奎说完扔了手里的烟卷，伸出穿着懒汉鞋的脚使劲碾。旁边就有烟缸，可他这么干，说明是故意摆出一个凶狠的态度。我静等老郭发话。我猜他会训一顿老奎，至少脸色会严肃起来，低沉地说：“你这么想不对，想早死也不能拿别人的命垫背么。”老奎呢，就会垂下脑袋说：“对么，你说得对。”因为我已经训过不少家伙了，基本上没遇到过跟我顶着干的。我想，此时老奎要是不垂下脑袋挨训，我会让他把刚刚踩灭了的烟头捡起来吞下去。然后老郭会说：“有问题就跟政府说么，你现在有啥困难？”然后老奎就会诉诉苦：肉价太贵，假货满天飞，乃至人心不古，女孩子穿得太暴露什么的。老人们经常就是这么跟我抱怨的。疏导民意也是我们的职责，这么一番对话，是我心里的套路。我算是个内心戏比较多的人。

可老郭压根儿没接茬。他只是递了根烟过去。然后就聊起医保、天气和附近即将拆迁的居民楼。老郭平时也不是个话多的人，这有些难为他了。他有一处没一处地说，老奎有一句没一句地听。说什么可能也不重要，就是有人说话有人听。说到拆迁，老奎身上也有劣迹。他家老屋拆得早，是这一带最先被开发了的。也就两间小平房，当年硬是被他置换成了两套一居室的楼房——不能得逞的话，他扬言再杀一次人。说到做到，他天天敞胸露怀坐在自家门口，地上撂着把杀猪刀，随时要给谁开膛破肚的架势。这都是老郭告诉我的。

那天老郭跟他东拉西扯了半天，临走还给他扔下半包烟。出门时我回头看了眼老奎，怎么看，埋头坐在小板凳上的这个老恶棍，都只是个与世无碍的废物了。脊柱都像是被重锤给敲弯了，还咋呼什么？

从那以后老郭带着我去的次数更多了。隔三岔五就得去看看老奎。在我看来，这事好像被搞颠倒了。老奎放了句狠话，老郭没教育他，反而像是被他吓住了。退休前老郭还专门叮咛我，让我没事也多去瞅一眼老奎。后来我一个人上门，老奎听说老郭得了癌，那眼神，就像是挨了一棍子似的。他当时的表情，让我相信，这厮其实早就被我师父驯服了。

我不抽烟，跟老奎没法坐一块儿。我师父跟他坐一块儿，即使没话，也是心照不宣和意味深长。我跟他可没什么默契。他干脆连句狠话也不给我撂。我自然也就没去落实老郭的叮咛，顶多每个月去看一眼，例行公事而已。

我太忙了。派出所警察干的事情，说出来你能当笑话听。更多的时候，我们就是个片区里跑腿的，而且谁都能使唤我们。没了老郭带着，同样的事，我干起来手忙脚乱。那些鸡零狗碎的小案件、小纠纷，老郭处理起来就是烟来烟往，举重若轻，可是让我来，不知怎么就有了疲于奔命的感觉。如今我成了小吕的师父，我该拿什么给他言传身教？

小吕这个人挺爱自己琢磨事，责任心也挺强，就是跟我才入行时差不多，想象力还没落到地面上。在他心目中，警察就该是神探，破大案，捕顽凶，除暴安良，跟打狗赶鸡没半毛钱关系。我想这可能跟他正在谈恋爱有些关系。男人在谈恋爱的时候，可不都会把自己想象成一个英雄吗？否则好像就配不上一个美人。这情绪我也有过。直到今天，我也不太跟妻子说我每天都忙活些什么。我不做英雄梦了，但希望我妻子还接着做。那样回了家，我才可以心安理得地喊累。所以有时候遇着邻里纠纷之类的事儿，我都不忍心让小吕去处理。我怕这会过早地消磨了一个男子汉的英雄气。小吕和我不同，我是跨了专业，半路出家，考公务员干上的警察，他却是从火焰山脚下走出来的正规警校毕业生。我愿意看到他成长为一个我从前想象过的那种警察。

把那天我俩的值班情况捋一捋，你就能明白现实跟梦想之间有多大的差距。

早上八点半报到，户籍室打来电话，要进行境外人员办证提醒。这事让小吕来，他英语不错。但是有个别电话已经停机，只有等方便的时候上门找人。

打完电话开始巡逻。一看油表，发现油箱存量不多，先开到加油站加油，免得在半路上抛锚。我可是吃过这种亏。

十点多，接到报警，公墓边上的苗圃有人打架。到现场才知道，昨天早上两个工人为小事动了手，其中一个吃亏大点儿的，睡了一夜气不过，醒来后索性报案。秋后算账，当事人都是一副养精蓄锐后的样子，精神头十足，谁也不让谁。只能拉回所里处理。回去后跟他们掰扯了半天，俩人还是要较劲。我当然又想起了老郭。可能这事他用两根烟就打发了，而我就得把自己弄得口干舌燥。

正感慨，有人报警，说是接到了反动电话。我让小吕出警，过了会儿他把人也带回来了，是个满头大汗、一看就知道警惕性很高的那种大妈。询问，登记。兹事体大，要向上级汇报。

处理好已经过了饭点儿，食堂打饭的窗口空无一人。幸好食堂阿姨还在，不然又得上对面的小饭馆吃油泼面。那面不好吃，就是便宜。

刚端上碗，接到有人打架的报警。我让小吕接着吃，自己带了几个协警过去。路远事急，报案人情绪激动，像是要出人命的架势，上车后于是一脚油门踩到底。边儿上的协警落实当事人的具体方位，对方却报出了临近派出所的辖区。这叫错报，汇报给指挥中心，掉头回去接着吃。

也就是刚放下碗，所长指示：最近辖区盗窃案件多发，最好召集几个小区的物业开会通通气，想想对策，同时给居民拟一份“警方提醒”。这活我干吧。说实话，我不太好意思让小吕去趴着写安民告示。

才开了个头，接到报警，某公司门口发生纠纷。小吕跟着我一起赶过去。烈日之下，一派安宁，压根没什么状况。街面上几乎没有人影。别说人影，连阴影都没有。正午的艳阳直射着，马路明晃晃得宛如一匹发光的银练。跟公司的门卫打听，原来人已经走了。“就是小两口闹别扭。”门卫的答复听上去还有点儿幸灾乐祸。

回到所里，有报案人等着，是个姑娘，说是“心爱的”电动车被盗了。她说不出电动车的型号，只说得出电动车对她的重要性——男朋友送的生日礼物，“是世界上最漂亮的电动车！”小吕耐着性子做笔录，我继续写安民告示。

刚写好，有人报警在饭馆被偷。还没赶到现场，又接到报警，一家塑胶公司发生了纠纷。兵分两路，小吕去处理饭馆盗窃案——好歹这也算是个刑事案件。我到了塑胶公司，却是一场劳务纠纷。打工的觉得老板给的少了。双方不同意调解，我只好告知他们可以到劳动仲裁部门处理。

回所的路上接到社区的电话，说他们晚上有个群众活动，可能参与的人比较多，需要我们帮助维持秩序……

差不多就是这些事。

黄昏的时候稍微消停点儿，小吕自己去了片区。他手头有个案子。有人报警说邻居在家里制毒，我没怎么考虑就把这案子交给了小吕。开始他挺兴奋的，像是张网以待，翘望已久，终于来了条大鱼。涉案的那栋楼我知道，教育局盖的，里面住的都是中学老师。报案人是位退休的校长，信誓旦旦地说，以他对化学知识的丰富掌握，完全能够通过阳台上飘来的怪味儿做出判断。他的邻居也是一对教师，两口子带着个十多岁的孩子，女主人倒还真是个教化学的。可查来查去，一点儿证据都没有。小吕不太甘心，加上老校长半年报了五十多次警，这个案子就成了小吕的心事。他不觉得我们就只能写写安民告示、追回一辆“世界上最漂亮的电动车”。也倒是，前几天别的片区还发生了大案子，几个女孩把个酒吧老板捅了足有几百刀。

回来后小吕眉头不展。他说他又趴在老校长家的阳台上闻了半天，隔壁飘来的只有红烧肉味儿。我想的却是这会儿的阳台上怕是得有五十度的高温。不知怎么，这个夏天我总是觉得夜晚比白天更难熬。白天的热正大光明，不由分说，但晚上的热却显得没有道理。没有道理，就热得更加令人不堪忍受。

那天晚上社区的活动就是广场舞表演。实际上围观的人并没有他们想象得那么多。他们高估了自己的风头。过去后看了看情况，安排几个保安维持秩序，我和小吕徒步去人员密集的场所巡逻。小吕懂事，他以见识过真正酷暑的火焰山人的善意，让我尽量钻到商场里去，巡街的苦差由他来干。真是热啊。巡逻时还得扎起腰带、戴上帽子。从商场走到街上，我感觉会被烫一下。从街上进到商场，我又感觉会被冻一下。每次进出，心里都一惊一乍，让人畏缩。我本来是农大毕业的，“解民生之多艰”是我们的校训。眼下干的活儿，冷热交替，打摆子一样，让我觉得真是“多艰”。

那天算得上是平安无事。我们本来可以睡个好觉。顺利的话，第二天早上八点半交了班，小吕就能摇身一变，去会女朋友了。我也可以带着冻好的饺子去看看我妈。我爸去世得早，年前我妈起夜时摔了一跤，摔断了股骨头，手术后就卧床不起了，只好找了个小保姆陪着。结果当我说完了老奎的事，小吕又跑出去忙活了大半夜。他不在，我也没睡踏实。一开始他可能并没留意听我说话，躺在下铺憧憬第二天的约会。可我是故意要说给他听的，就一直往下说。他果然听进去，领会了我的苦心。我只是没想到他会那么雷厉风行，当机立断就跑去印证自己的猜测了。

老郭退了休，我按部就班，每个月顶多到老奎家转一圈。后来有一次我再去的时候，家里却没人了。我当时也没怎么放在心上，下楼顺便问了句，一个老太太告诉我有日子没见着老奎了，“不知道死哪儿去了。”她这么一说，我就有点担心。老年人鳏寡孤独，死在家里都没人知道，这事也不是没发生过。回去跟所领导做了汇报，我喊来锁匠打开了老奎的家门。屋里空空荡荡，家徒四壁，死的和活的都没有。但看得出有日子没人烟了。

老奎他失踪了。

这看上去也不能算是件事儿。老奎有老奎失踪的自由，谁也没规定他只能窝在屋里卷烟抽。我猜他没准出门旅游去了。他的经济状况还过得去，有套房子出租给别人。如今这一片的房价可不低。我让锁匠师父换了新锁，给邻居留了话，关上了老奎的家门。

我去看我师父老郭时，把这事跟他说了。他一听就有些要跟我急的样子。“旅游个屁！他老奎要是会去旅游，我就会去逛窑子了！”老郭冲着我吼。我一下子没太听明白，但我不想惹老郭生气，他正在进行保守治疗，效果如何，谁都没底儿。“你去申请协查一下，看看市里有没有发现无人认领的死尸。”他这么说我就听懂了，他是担心老奎真的死在外面了啊。“也去收容站问问，人老了糊涂，说不定遛个弯儿自己就找不回去了。”老郭接着指示我。

回去后，这两件事我一一落实了，但都查无其人。就在我发愁该给老郭怎么交代时，半个月后，老奎自己冒出来了。而且冒出来的方式完全出乎意料。一天夜里，他竟然打报警电话，说是自己在家摔倒了，现在根本爬不起来。赶过去的路上我还纳闷，新锁的钥匙在我手里，他是怎么进的家门呢？

老奎家的门虚掩着。我推门进去，以为会看到卧地不起的老奎——年前我妈摔断腿就在地上躺了一夜。我妈常年独居，电话又不在手边儿，第二天早上邻居听见屋里有人哭才发现出了事。看到我后，我妈委屈得像个孩子那样号啕不已。我从没见我妈哭得那么凶过。她真是伤心极了。可是老奎佝背坐在小板凳上。客厅灯泡的瓦数太低，就照亮着他头顶那么一圈，其他角落一派昏暗。他就像是孤零零坐在一个黑暗的舞台上，被追光灯示众般的圈定着。

老奎三十岁才娶上老婆。当时这块地方还是一片良田。他可能压根就没干过什么农活。换一个时代，他能在梁山上谋个差事。入狱前他就是村里的混混。三十五岁的时候，他终于把自己混到大牢里去了。十八年后回来，老婆孩子都没了。二十多年过去，良田变成了高楼，姑娘们的裙子越穿越短，当年的村霸一个人坐在三十瓦的灯泡下面，就这么苟延残喘着老去了。

他并没摔跤，更谈不上爬不起来。说白了，老奎报了个假案。可我不知道他意欲何为。看到我，他也没话，并不解释自己的作为。我拉下脸批评了他几句。他就那么听着，过了会儿，开始卷烟。卷好后，下意识地给我递过来。我猜他把我当成老郭了。递烟的手在半空有个停顿，随即他醒悟过来，缩回去塞到了自己嘴里。点火，手哆哆嗦嗦，看着让人着急。想到老郭，我就对他客气点儿了。问他这段日子跑哪去了，他也不吭声，就是埋头抽他的烟。间或把一口痰吐在地上，然后用脚蹭。我没话找话，问他怎么进的家门。他不屑地回我一句：开个锁费啥劲么。我去看了看，门已经换了锁。这钱我得给他，毕竟前面那锁是我给他换的。他不说要，也不说不要。我没什么耐心了，塞给他二十块钱。我的手跟他的手相触的那个瞬间，他连钱带手一起抓住了我，像是激起了某种动物性的应激反应。可能不到一秒钟的时间，但我有着突然被什么抓牢了的感觉。

这事还不算完。几天后老奎又报警了。还是说他摔得起不来了。即使知道这回八成还是个假案，我也得上门去看看。果然，老奎照旧坐在小板凳上，臊眉耷眼，像个坐在黑暗舞台中央的老猿猴。不同的是，这回他竟然泡好了茶等着我。茶泡在一只破搪瓷缸子里，我闻了闻，可能是那种需要熬制的砖茶。我像是能听到熬茶时发出的噗噗声。那么好吧，既然请我喝砖茶，老奎你总得跟我说说干吗老折腾我？他不做说明，倒是跟我聊起他前段时间跑出去干吗了。我从来没听过他说那么多话。其实，我差不多就没怎么听过他说话。但这天晚上他却对我打开了话匣子。

老奎说他是去找自己的闺女了。

他先去了重庆的云阳县。循着记忆，他看到的却是一片滔滔江水——当年这里不是连绵的青山吗？那一刻，他以为自己真的是老糊涂了。原来那里如今已是三峡库区，昔日的村落十几年前就搬迁了。这就叫天翻地覆，沧海桑田。老奎不甘心啊。他走了那么远的路，孰料已经换了人间。他在江边硬是坐了三天，好像那样就能等来一个水落石出的奇迹。三天后，他动身前往上海。他打听到了，当地的移民都是迁到了上海的青浦镇。上海滩带给他的冲击恐怕不亚于滔滔江水。想必那里的一切对他来讲，就是光怪陆离的另一个世界。撬门溜锁他不在话下，可是要在上海找到个人，这事儿他根本办不到。青浦镇倒是找着了，但当年移民来的人，十有八九继续流动，早已四散。他还是不能甘心。青浦镇西面是上海最大的淡水湖，十万亩烟波浩渺，他又在湖边对着水面海枯石烂地坐了三天。他没找到闺女，感觉是从天而来的大水带走了所有的人间消息。

我对他的家事没什么兴趣，也搞不懂他干吗跟我说这些。但我看出来了，可能说什么对他也没那么重要。重要的是说话本身。他的嘴巴就像是台生锈了的老机器，重新运转，吱吱嘎嘎地颇为费力。而这费力的运转，却能带给他不一般的快感和惊喜。他矮一截地坐在我对面，边说边吞咽口水，润滑着他喉咙里那尘封已久的轴承。他的眼神浑浊而又迷乱。没错，他有点儿亢奋。我在想，这老头儿大概有许多年没这么滔滔不绝地跟人说话了吧。他都快把自己给说醉了。一边说，一边打着气味难闻的醉嗝。为此，我耐心地喝了两缸子茶，权当自己听了个没多大意思的故事。我猜，最后他会提出要求，让我们帮着他找闺女。他要是真这么要求，我就又多了件事。我都想好了，回去先跟上海警方联系一下。但临了他也没跟我提这茬。

破天荒的，这回我走的时候老奎还送了送我。他趿拉着懒汉鞋，颤巍巍地踅到门前替我开门。手伸出去，捞一把，又捞一把，第三把才捞到门把手上。我就知道了，这老头儿是真的老到头了。明摆着的，身体已经不听使唤了。

又是几天过去，还是在半夜，老奎的求助电话又来了。他好像专门找我值班的日子这么干。我让一个协警过去看看。小伙子回来跟我说，老奎点名要我去。这我的气就不打一处来了。问明白他没什么事儿后，干脆就置之不理了。

谁知第二天一大早老奎竟然找上门来。

我刚在值班室坐下，打算整理一下头天的值班记录，一抬眼，看见老奎隔着窗子矮一截地出现在我面前。他不说话，我也懒得理他，顾自干事。过了会儿他敲了下玻璃。我抬眼看到他翕动着嘴在嘀咕什么，模样就是动物园里跟游客隔窗龇牙咧嘴的大猩猩状。我低头继续忙活，他继续敲玻璃。这下我听见他说什么了。我以为自己听错了，歪着头瞅他。他的嘴在张合，但隔着层玻璃，让我感觉那是声腹语。一只看不见的手把老奎的肚肠搅和得翻腾不已，发出了不受他支配的神秘气声。他又咕哝了一遍。没错，他就是说“我要自首”。

不管真的假的，事儿来了。

我示意他进来说。隔着窗子，我看他扶着墙往里走的时候，脸上竟然有股掩藏不住的幸福感。

直接说了吧，老奎二十四年前从监狱里一放出来，转身就把自己的闺女给卖了。

就在老奎出狱的前一年，他老婆跟人跑了。对此我挺怀疑的。那个时候，老奎已经五十多了，他老婆也不会年轻到哪儿去吧？谁会带着她跑呢？要跑，也是自个跑了的吧？可老奎认定他老婆就是“跟人跑了”。好像不如此，不足以强调他内心的愤怒。可即便这样，他被强调起来的怒火也还是难平。坐了十八年的牢，他肚子里可是没少憋着邪火。所以他才有资格做个“重点人口”。这种家伙仇视万物，是该盯着点儿。老奎重返社会，举目四望，十八年过去，世界变得跟火星似的，让他老虎吃天，根本无从下嘴。但他有邪火，要抗议。没个泄愤的地方，就盯上自己闺女了。

老奎的闺女那年二十三岁。你都能想到，这种家里长大的孩子会有什么好？倒不是说那女孩品行不端，她挺好的，就是太单纯孤僻。怎么能不单纯孤僻呢？老爹坐牢，老娘撒手跑了，换了谁可能都一样。女孩小学毕业就辍学了，在路边摆了个菜摊，冬天还卖烤白薯。按说老奎回家了，当钉子户搞到了两套房子，守着闺女过日子也挺好，可他偏不这么干。人心不就是这么叵测吗？否则也用不着警察这个行当了。我听说南方有钱人还盛行吃婴儿呢。虽然我每天面对的都是些鸡零狗碎，走的路也多是窄道，但仔细想想，世态炎凉，里面确乎有惊涛骇浪。比方说，妻子跟踪丈夫，丈夫跟踪妻子，这些事儿，让你都不知道世界到底怎么了。但你能感觉到，它们正在改变那些赋予你生活意义的重要信念。

老奎在监狱里有个狱友是重庆云阳县人，服刑时跟他开过玩笑，说出去后要把他闺女买了当老婆。想到这茬，邪火攻心的老奎开了窍。他联络上了这个人，带着闺女上路了。坐了两天两夜的火车，到了地方，老奎一看，山清水秀，适于人居——这可能是他最后的一点儿良心了——当即拿了那人两万块钱，撂下闺女就走了。他跟我说他压根没打算在那人家里过夜。我想我明白他的意思。他的邪火发到这儿就算到头了，再烧下去，会把他也活活烧死。两万块钱多吗？这恐怕不是个问题。钱不是他的目的，没准两百块钱他也要这么干。他就是想报复，至于报复谁，他都说不清楚。人性中那块最为崎岖陡峭的暗面，早把他黑晕了。他想要报复的对象，是他老婆，是带走他老婆的某个人，是世道和人心，没准，连他自己也能算在里面。那是种连自己都一并仇恨厌弃的情绪。他跟我说，那钱直到今天他都没动过。当年他转身而去，走在山路上，脚底发虚，轻飘飘地像是腾云驾雾。后来还跌进了沟里。旷野无人，他在野地里昏睡了一宿。醒来后，山风浩荡，感觉像是死过了一回。

当年老奎的女儿不见了，群众都想当然地认为女孩是找自己的亲妈去了。谁知道背后藏着个天大的秘密。

不折不扣，这是罪行。

可是怎么处理呢？却非常棘手。拐卖人口罪，最长的追诉期是二十年。不放心，我还特意查了下刑事诉讼法。就是说，时光已经赦免这桩令人发指的罪行了。如果要把老奎绳之以法，得报请共和国的最高人民检察院核准。他肯定还够不上这资格。我做完笔录，让老奎按了指印，上楼去给领导汇报。出门时老奎喊住我，问我干吗不把他铐起来。我瞅了他一眼，用指头点点他，意思是你给我等着。至于等着又如何，我也不知道。在我眼里，他当然是个混蛋。可是我还没见过这么老的混蛋。不是吗，一个混蛋老到这种地步，混蛋的程度都要打折扣了。

所长听了我的汇报，跟着我去了值班室。他也只能歪着头瞅了半天老奎。但毕竟是领导，一开口就问出了我心里面纠结的疑惑。

“我说老奎，”所长捏着自己的下巴问，“你咋今天才想着要来自首呢？”

老奎活动着嘴。刚才他说了不少，肯定也说累了。但他只是活动嘴，像空转着的马达，就是不启动，让人干着急。

他是为了逃避打击吗？那么他压根就不需要跑来认罪。是他的良心终于发现了吗？看起来也不像。你从他脸上根本看不出痛苦和悔意，反倒有股兴奋劲儿。就像那天晚上他跟我滔滔不绝后一样，脸上洋溢着的，是一股“可是给说痛快了”的惬意。我都想踹他一脚。

所长拍板，让老奎先回去。他却不走了，无论如何也要让我们把他先关起来。关起来谈何容易！对于这种根本不能批捕的案子，你没法把人送进看守所去。留在所里更是不可想象，等于弄来了个祖宗，得专门派人伺候着。怎么办？急中生智，我想到了老郭。

一段时间没见，我师父老郭真的瘦成了一张纸片。他像是飘到所里来的，让我不禁一阵心酸。看到老郭，老奎一下子就蔫了。刚才他看上去还得意扬扬的——好像回光返照，又成了当年那个臭名昭著的滚刀肉。但老郭只给他递了根烟，他就像条老狗似的，佝背塌腰地跟着老郭走了。他们一同消失在派出所的门廊前，飘进炽白的光里，就像是羽化成仙，遁入了虚空当中。

我以为这事就算完了，至少是可以暂时搁置起来了。但过了大概有半个月，报纸上居然登出了报道，题目是——老浪子昔日卖女，今日终于投案自首。还配了照片，老奎在镜头里正说得眉飞色舞。然后就有不明就里的群众往所里打电话，义愤填膺地质问我们干吗不把这没人性的老东西逮起来。所长被搞得恼火，指派我专门答复这样的质询。好像这事儿是我惹出来的一样。我当然更恼火，每天的琐事已经够多的了，还得在电话里苦口婆心地普法。同事们也故意逗我，一接到这种电话，就大呼小叫地喊我。

是老奎自己跑到报社爆的料。他像是专门要给我找事。

这事闹了有小半年，我被折腾得够呛。后来有一天我在家休息，中午时老郭给我打来了电话。他让我找辆车，马上到老奎家去。我到了的时候，他们已经等在楼下。两个老头都蹲着抽烟，旁边撂着一捆包袱。老郭得病后就戒了烟，我看出来了，这会儿他也就是做做样子。好像不做做这个样子，就不能跟老奎打成一片。

上了车，我才知道这是要把老奎送到养老院去。地方是老郭找的，离得也不算远，还在我们派出所的辖区里。这家养老院是私营的，规模不小，据说条件不错，住进去不容易，有的老人已经排了两年的队。天知道老郭是怎么搞定的。我想这事儿，怕是不会像让两根烟那么轻而易举。这就是我师父。他除了跟老奎长得像点儿，俩人之间既不沾亲又不带故。再说了，他已经退休了，自己还在跟喉癌死磕。

两个老头儿都不说话。我偶尔回头，看到坐在后排的他们，居然手拉着手。两只满是老年斑的手彼此扣着，像盘根错节的枯树根咬合在一起。车里有股老年人身上特有的怪味儿。这气味还带着颜色，青灰，又泛着点儿苔藓长着毛的墨绿。没错，你也可以说那就是死亡的味道。

到了地方，老奎却不想进去了。老郭也不劝他，让我跟他在院门口等着，自己蹒跚着进去找人办手续。老奎的包袱扔在地上，他一屁股坐了上去，从口袋里拿出只铝烟盒。这只铝烟盒我太熟悉了，现在竟然到了他的手里。铝烟盒里装着烟丝，估计不够他抽几回的。也就是说，用这只铝烟盒来装烟丝，实用性不大。它更像是个装饰品或者是纪念物。不知为什么，我还觉得拿在老奎手里，它也像是个女人用的粉饼盒。尽管它算不上太讲究，但对老奎来说，还是精致了点儿。

他开始卷烟。我跟他说这家养老院有多好。我也知道，我的话他压根没往耳朵里进。他抽着烟，眼睛空洞地望出去，像是曾经望着滔滔的江水。最后我还是忍不住又问了那个问题。它挺困扰我的，我当时想的是，我要是再不问一下，可能就永远不会得到答案了。我装作漫不经心地问老奎——为啥要在一把年纪了的时候想到来自首？老奎不搭理我，抽他的烟，望他的水。问完我才明白，其实我也没那么想得到个答案。这世界上说不清的东西太多了，而有答案的东西却太少。法律写得倒是清楚，那也可能是一部分答案，但如果世界的问题犹如滔滔江水，法律的答案扔进去，顶多是颗微不足道的石子。明白了这点，你大概才能当好一个警察。

“就是孤单么，想跟人说话。”冷不丁，老奎来了这么一句。

我听见了。但当时像没听见一样。随后我才意识到，“孤单”这个说法，我压根就没跟他挂上过钩。这个词不该在他老奎的词库里。我认为有些情感是他无从觉醒到的。哪怕它们已经实实在在地攫紧了他的心，疯狂地荼毒他。就好比如果他真的被“孤单”所煎熬，恐怕也只会本能地有所不适而已——那情形完全是生理上的，在他，可能就像是嗅到了一股令人反胃的恶臭。他没法将之上升为一种情感。所以，我以为听见了另外一个人说话。

他还是不看我。但我没看错的话，他的眼角有浑浊的老泪。你见过人的眼泪像洗过抹布的脏水吗？当时我就见识了。他还能流出脏水一样的眼泪，这算是上帝对他的一个优待。你知道，动物们只能干瞪着眼睛默默承受。不过这可不像一辈子都让上帝头疼的那个老恶棍。他敢杀人，敢卖闺女，敢当钉子户，可是不敢承受老了的“孤单”。

他坐在那儿，整个人蜷缩着，像是被人扔出去时还揉成了团的废纸，你要是想重新弄平整，得用熨斗使劲熨才行。报纸卷出的烟卷都快烧到他指头上了。有一阵，我甚至动念，是不是想办法帮他把闺女给找回来。但这念头立刻打消了。还是算了吧。有什么好说的呢？你要是也被自己的亲爹卖过一回，你就会明白我的意思。

“从上海回来，咋就觉得屋里更空了。”他说，“我都后悔为啥非要那么大的房子，不如回监狱去待着。”

那房子并不大，一居室而已。凑合着住倒是够了。可已经放不下一个老混蛋的“孤单”——这玩意儿好像有体量，而且呈弥漫状，随物赋形，无孔不入，能把整个世界都塞得满满当当的。

老郭在院子里朝我们招手。我把老奎拎起来，还替他拎起了包袱。这两样都不重，轻飘飘的。不是的，我没有同情他的感觉。或者说，仅仅是同情他并不足以说明我的情绪。我只是被更加虚无的东西给裹住了。就像是掉进了云堆里。怎么说呢？嗯，我是有点儿伤感。

我师父老郭站在不远处。几个统一穿着橘红色马甲的老人在窗口探头探脑。条件再好，在我眼里，这里也是生老病死的所在，是荒凉之地。但你无能为力。可能最后我也得把我妈送进来。可能最后我自己也得被人送进来。我们向老郭走过去，我突然觉得我师父也是轻飘飘的，大概也已经瘦到了能被我一只手就拎起来的地步。时值仲秋，天高云阔，但那一刻，我的感觉并不比待在六十年未遇的酷暑中好受多少。

那是浩渺的炽灼跟微茫的薄凉交织在一起的滋味。

本来小吕是要求睡上铺的，他觉得下铺是我应该享受的待遇。但我还是坚持睡了上铺。我觉得在那样一个上不着天、下不着地的高度躺着，人像是躺在了另外的一个维度里。这能让我有种无从说明的平静之感。我说过，我是个内心戏比较多的人。我睡在上面，看不到下面的情况，说话就像是自言自语了。说完这些后，下面半天都没声音。我以为小吕已经睡着了。

"孤单。"他突然发出了一声叹息般的回味。

我探出头，看到小吕的头枕在自己胳膊上，一脸若有所思的样子。又过了一会儿，小吕就跳了起来。临出门他还没忘记戴上帽子。他就是这样，注重警容，比我强，是个当警察的好苗子。他没跟我说要去干吗，但我大致能猜出来。我从窗子望出去，看见他跑进夜色里，于是开始将他想象成一只在六十度的水温里畅游着的青蛙。

我想睡，却不怎么能睡得着了。夜深人静，万籁俱寂。连值班室的电话都不再响了，对面超市门前的木马却还在唱着儿歌。我也想过要提醒超市的老板夜里就把它给关了，费电，可能也有点扰民。但我没那么做。我想，这世上的人干世上的事，恐怕都有他自己的理由。如果对别人妨碍不大，就由他们去吧。儿歌里唱到"天上的眼睛眨呀眨，妈妈的心呀鲁冰花。"我开始想我妈。我想，她老人家现在孤单吗?

小吕出门时替我关了灯。外面旋转着的警灯把斑斓的光投射在天花板上。我举起手，光着的胳膊被照进的彩光裹缠，红红绿绿，像是文了身。这一刻，我又想到了我们农大"解民生之多艰"的校训。随后，我也感到了那大水一般漫卷着的孤单。

天边露出鱼肚白的时候小吕才回来。我迷迷糊糊地被他吵醒，看见他兴奋地趴在我床沿上，腋窝下全是汗渍。

"老校长承认报假案了。"他说，"本来问清楚我就打算回来，可老头儿硬是拽着我说了一宿的话。他儿子去美国三年了，平时连个说话的人都没有。"

小吕的眼睛里有血丝，不像青蛙，着实像兔子了。

"他那是诬陷，"我说，"涉嫌犯罪了。"

我当然早料到了，否则干吗半夜跟他聊老奎?

"我教育过他了。"他说，"老头儿就是见不得邻居一家三口其乐融融的样子，说是看了堵心。”

小吕的口气里有着替人辩护的味道。我想我大概没看错人，这小伙子没铝烟盒，也能当个好警察。

我翻下床准备洗漱。洗澡间在对面食堂的楼上，从宿舍走过去，盛夏清晨的空气就开始隐隐发烫。冲澡的时候小吕一直围在我身边说东说西。为了让他更高兴些，我在水花中拍了拍他肩膀。

再有半个小时，五点半，就得在值班室里就位了。但愿八点半交班前不用出警。不是厌战畏难，是天太热，都破了六十年的纪录了。人活着已经是在苦熬。

2016 年 5 月 10 日

香榭丽

后　记

说起编选本书的由来，还得从我1997年做中国年度最佳小说中篇卷和短篇卷说起，那时我在漓江出版社工作。记得有一次出差北京，到沙滩北街《求是》杂志社院内找《小说选刊》副总编傅活老师，洽谈做这套书的选题事宜，双方一拍即合。书在1998年年初上市。优秀的作者，负责的选家，热心的读者，我当时就像被鞭策一样，认真地做起了中短篇小说选本的事情来。

掐掐指头算来，不知不觉做这样的选本已有20年了。其间，我于2008年受命组稿并编选《中国当代短篇小说精选集》（新闻出版总署与希腊驻华使馆互译并出版图书合作计划项目，中方负责向希方提供图书的书稿和有关版权，希方将负责翻译组稿、编辑校对、制作出书等工作，希腊文本图书于次年出版），我在《导言》用如下一句话来表达我的编后感——“关注现实，关注人生，鲜明的时代特征和艺术追求，体现在每一篇作品中……”

我不会写小说，但20年来所编辑过的数以百计的优秀中、短篇小说，作者们的努力与追求，我是有体会的。

收入本稿的作者，大多都有作品选入我策划组稿或编辑过的选本。时光荏苒，在我手头的一长串作者名单中，一些耳熟能详的姓名，已经离开人世了——乔典运，杨绛，陈忠实，史铁生，红柯……我还依稀记得和他们以及他们的亲人通电话和短信来往的细节，而授权书上的签名，字迹依然鲜明，仿佛写于昨日。

4月初，我在中国美术馆看中国美术学院九十年展览，在一幅有着院史意味的巨型油画上，我看到位于画家群像中的画家陶元庆。记得鲁迅先生在写于1927年12月的《当陶元庆君绘画展览时——我要说的几句话》中，如此评价陶元庆的作品：

他并非“之乎者也”，因为用的是新的形和新的色；而又不是“Yes”，“No”，因为他究竟是中国人。

这段文字表达了鲁迅的文艺观，即要有中国向来的灵魂，和世界的思潮合流，而又并未梏亡中国的民族性。

具体到做小说，鲁迅曾这样说过：

说到“为什么”做小说罢，我仍抱着十多年前的“启蒙主义”，以为必须是“为人生”，而且要改良这人生。我深恶先前的称小说为“闲书”，并且将“为艺术的艺术”，看作不过是“消闲”的新式的别号（《南腔北调集·我怎么做起小说来》）。

几十年后的今天，重温鲁迅的这些话，依然能体会先生的心境。以此臧否时下的文学创作，窃以为依然适用。

始于1997年的鲁迅文学奖各单项奖，受到文学界的广泛关注和支持。收入本稿的作品，在思想上和艺术上达到的水准，宏观地体现了短篇小说的创作实绩。作者们用新的形和新的色，讲述有鲜明的中国特色的故事。向读者推介这些优秀的短篇小说，正是选编者的初衷。

本书体例如下：

收选范围从第一届（1995—1996）到第七届（2014—2017）。

排序以中国作家协会公布的篇名顺序为根据。

个别篇目因故未能收入本书。

感谢支持本书出版的获奖作家们！

是为记。

庞俭克

2018年6月29日

附录：鲁迅文学奖短篇小说名录

第一届：1995 年—1996 年

《老屋小记》 史铁生

《雾月牛栏》 迟子建

《赵一曼女士》 阿成

《镇长之死》 陈世旭

《哺乳期的女人》 毕飞宇

《心比身先老》 池莉

第二届：1997 年—2000 年

《鞋》 刘庆邦

《清水里的刀子》 石舒清

《吹牛》 红柯

《厨房》 徐坤

《清水洗尘》 迟子建

第三届：2001 年—2003 年

《上边》 王祥夫

《驮水的日子》 温亚军

《大老郑的女人》 魏微

《发廊情话》 王安忆

第四届：2004 年—2006 年

《城乡简史》 范小青

《吉祥如意》 郭文斌

《白水青菜》 潘向黎

《将军的部队》 李浩

《明惠的圣诞》 邵丽

第五届：2007 年—2009 年

《伴宴》 鲁敏

《老弟的盛宴》 盛琼

《放生羊》 次仁罗布

《茨菰》 苏童

《海军往事》 陆颖墨

第六届：2010 年—2013 年

《俄罗斯陆军腰带》 马晓丽

《如果大雪封门》 徐则臣

《香炉山》 叶弥

《我的帐篷里有平安》 叶舟

《良宵》 张楚

第七届：2014 年—2017 年

《父亲的后视镜》 黄咏梅

《1987 年的浆水和酸菜》 马金莲

《俗世奇人》（足本） 冯骥才

《出警》 弋舟

《七层宝塔》 朱辉